Le Loup des îles

De la même auteure

La Louve des mers, Libre Expression, 2008.

CLAUDINE DOUVILLE

Le Loup des îles

Roman

Libre Expression
Une compagnie de Quebecor Media

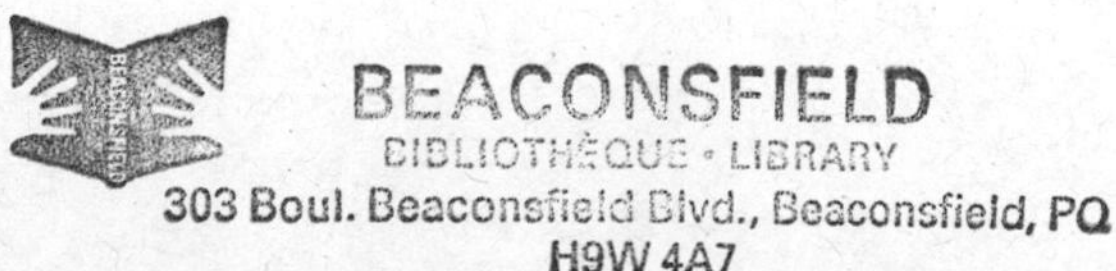

Catalogage avant publication de Bibliothèque et Archives nationales du Québec et Bibliothèque et Archives Canada

Douville, Claudine

Le loup des îles
ISBN 978-2-7648-0461-2
I. Titre.

PS8607.O982L675 2009 C843'.6 C2009-940683-7
PS9607.O982L672 2009

Édition : Johanne Guay
Révision linguistique : Laurence Baulande
Correction d'épreuves : Françoise Le Grand
Couverture : Marike Paradis
Grille graphique intérieure : Groupe Librex
Mise en pages : Marike Paradis
Photo de l'auteure : Robert Etcheverry

Cet ouvrage est une œuvre de fiction : toute ressemblance avec des personnes ou des faits réels n'est que pure coïncidence.

Remerciements
Les Éditions Libre Expression reconnaissent l'aide financière du gouvernement du Canada par l'entremise du Programme d'aide au développement de l'industrie de l'édition (PADIÉ) pour ses activités d'édition. Nous remercions le Conseil des Arts du Canada et la Société de développement des entreprises culturelles du Québec (SODEC) du soutien accordé à notre programme de publication. Gouvernement du Québec – Programme de crédit d'impôt pour l'édition de livres – gestion SODEC.

Les Éditions Libre Expression
Groupe Librex inc.
Une compagnie de Quebecor Media
La Tourelle
1055, boul. René-Lévesque Est
Bureau 800
Montréal (Québec) H2L 4S5
Tél. : 514 849-5259
Téléc. : 514 849-1388
www.edlibreexpression.com

Dépôt légal – Bibliothèque et Archives nationales du Québec et Bibliothèque et Archives Canada, 2009

ISBN : 978-2-7648-0461-2

Distribution au Canada
Messageries ADP
2315, rue de la Province
Longueuil (Québec) J4G 1G4
Téléphone : 450 640-1234
Sans frais : 1 800 771-3022
www.messageries-adp.com

Diffusion hors Canada
Interforum
Immeuble Paryseine
3, allée de la Seine
94854 Ivry-sur-Seine Cedex
Tél. : 33 (0)1 49 59 10 10
www.interforum.fr

Aux cinq hommes de ma vie : mon père, Constant,
mes fils, Nicolas, Marc-Antoine et Gabriel,
et bien sûr mon amour, Simon. Je vous aime.

Chapitre 1

Un éclair déchira le ciel et le tonnerre lui donna la réplique quelques secondes plus tard. Les arbres tremblaient peureusement sous les bourrasques de vent tandis que la pluie se mettait à marteler le sol. Marie de Beauval se leva rapidement pour aller fermer les fenêtres grandes ouvertes de son bureau. Alors qu'un autre éclair illuminait cette matinée sombre de septembre 1711, la jeune femme compta mentalement les secondes qui allaient marquer l'arrivée, non pas d'un autre coup de tonnerre, mais de son fils de quatre ans, à qui elle n'avait pas encore réussi à inculquer l'amour des grands orages.

Elle sourit en entendant les pas précipités dans l'escalier et tendit les bras quand la porte s'ouvrit sous la poussée impétueuse du bambin. Il s'engouffra dans la pièce et se jeta dans les bras de sa mère.

— Maman, maman, le ciel est encore fâché ! Est-ce qu'on va mourir ?

Marie embrassa la tignasse brune de son fils.

— Mais non, gros bêta ! Ce ne sont que les nuages qui s'agitent un peu et font du bruit. D'ailleurs, tu vois, ils se sont cognés si fort qu'ils se sont mis à pleurer…

Un violent éclair ponctua ses paroles et le tonnerre, ne voulant pas être en reste, fit vibrer les murs de la maison.

— Maman, j'ai peur, dit le garçonnet en enfouissant son visage dans les jupes de sa mère.

— Thierry, les petits garçons comme toi qui aiment l'aventure et la mer ne devraient pas se laisser effrayer par un orage. Viens, nous allons nous installer et profiter du spectacle que nous offre le ciel.

Marie entraîna son fils dans une confortable causeuse qui faisait face à une porte vitrée menant à un balcon. Ils s'installèrent entre les coussins et s'amusèrent à deviner où le prochain éclair allait déchirer le ciel sombre. Thierry aimait bien ce jeu. S'il ressentait quand même une petite crainte lors d'un gros orage, il exagérait sa frayeur pour le simple plaisir d'être rassuré par sa mère, à qui il vouait une réelle adoration.

Marie profitait elle aussi de ces moments. Étienne, capitaine du navire militaire le *Gergovie*, était en mer depuis quatre mois et ne serait pas de retour avant le mois de mai. C'était exceptionnel qu'il parte aussi longtemps, mais il lui avait promis de rester ensuite trois mois à terre. Son époux lui manquait beaucoup et il lui fallait bien avouer qu'elle s'ennuyait un peu dans sa vie de commerçante. Cinq années s'étaient écoulées depuis qu'elle avait dû renoncer à la vie en mer à la suite des ordres de Louis XIV. Son incroyable épopée faisait encore jaser, elle était une figure de légende dans tous les ports de France. Sa vie s'était rangée après qu'elle eut parcouru les mers pour se venger de Marek, le corsaire favori du roi, qui avait ruiné son père et sa vie par ses activités illicites. Marek avait été condamné aux travaux forcés et exilé dans les colonies françaises, mais Marie avait toujours trouvé que la punition était trop douce pour les torts qu'il avait causés autour de lui. Elle aurait préféré de beaucoup le rayer de la surface de la terre. Mais le roi n'avait pu se résoudre à une solution aussi extrême, lui qui s'était délecté pendant tant d'années des récits fabuleux de son corsaire…

Depuis ce temps, la jeune femme, qui portait ses cheveux châtains jusqu'aux épaules, s'était concentrée sur les activités de sa boutique, boutique qui avait grandi au fil des années. Avec tout ce qu'elle avait rapporté de ses voyages, le commerce avait acquis une solide réputation. Julien Legoff, qui avait été son complice et son ami dans ses aventures, s'était révélé un commerçant hors pair. Avec Marguerite, autrefois gouvernante de Marie et aujourd'hui épouse de Legoff, il menait les destinées de la boutique allègrement tout en tenant l'intendance du domaine de Marie et d'Étienne à La Rochelle. Avec le titre de baron que le roi avait donné à Étienne étaient venues des terres et un manoir imposant, qu'il fallait bien entretenir. Marguerite s'occupait aussi du petit Thierry quand sa mère allait à Marseille avec Legoff pour voir aux affaires de la seconde boutique ouverte là-bas. Et tranquillement, la brave femme reprenait auprès du bambin la place qu'elle avait occupée auprès de Marie quand celle-ci était enfant.

Marie avait de nombreux fournisseurs et lorsque l'un d'eux faisait escale à La Rochelle, elle s'empressait d'aller le rencontrer à bord de son bateau et s'enivrait alors de l'atmosphère qui y régnait. Si elle oubliait volontiers les combats en mer qu'elle avait menés, elle se rappelait avec délices les longues soirées sur le pont à regarder les étoiles, les levers de soleil fabuleux sur des mers calmes ou démontées, les tempêtes qui secouaient les hommes et les navires mais qui vous faisaient tellement sentir la puissance des éléments. C'était bien souvent à regret qu'elle regagnait la terre ferme…

L'orage, justement, semblait s'éloigner. Il y avait un petit moment qu'ils n'avaient vu un éclair.

— Eh bien tu vois, dit-elle à Thierry, l'orage est fini et encore une fois nous avons survécu.

Le gamin la regarda avec un grand sourire et des étoiles plein les yeux. Marie le serra contre elle, émue comme toujours par sa ressemblance avec son père. Si le gamin avait ses yeux gris-bleu changeants, tout le reste lui rappelait Étienne. Que n'aurait-elle donné pour pouvoir le serrer dans ses bras lui aussi à cet instant même !

— Bon, tu vas aller retrouver Marguerite maintenant, il faut que j'aille à la boutique.

— Je veux y aller moi aussi !

— Pas question, bonhomme. Tu ne me serais d'aucune utilité là-bas et d'ailleurs tu t'y ennuies bien souvent.

— D'accord, je reste ici, mais promets-moi que demain nous irons à la plage.

— Demain ? Mais il faut que demain je vérifie les comptes avec Julien…

— Dans ce cas, je vais avec toi !

Marie battit en retraite.

— Bon, ça va. Demain nous ferons une sortie ensemble. Tiens, nous apporterons notre déjeuner dans un panier et nous irons voir Sarah.

— Oui ! Je t'adore, maman.

— Moi aussi je t'adore, mon poussin. Laisse-moi partir maintenant, Julien va m'attendre.

Après un dernier baiser, Thierry s'en fut en courant, laissant là sa mère qui avait bien l'impression de s'être fait manipuler une fois de plus…

En sortant de l'écurie avec Saskia, Marie huma avec plaisir les odeurs soulevées par l'orage. Menant sa jument par la bride, elle marcha à ses côtés jusqu'à la grande grille qui protégeait l'entrée du manoir. *C'est là une protection bien fictive*, pensa-t-elle en la poussant. La grille n'était jamais verrouillée et tous savaient qu'ils étaient les bienvenus au manoir du baron. *Mais il faudrait peut-être changer cet état de chose*, songea encore la jeune femme. Le port de La Rochelle se positionnait de mieux en mieux sur l'échelle du commerce maritime, ce qui, immanquablement, en accroissait le trafic. Cela amènerait beaucoup plus d'étrangers dans les rues et quelques marins mal intentionnés pourraient se montrer intéressés par la grande demeure. Il faudrait envisager de verrouiller la grille, et cela demanderait aussi l'embauche d'un gardien. La situation financière des Beauval leur permettrait de le faire sans problème : aux revenus de la baronnie s'ajoutaient en effet ceux générés par les boutiques, mais cela occasionnerait aussi certains problèmes d'intendance. Marguerite et Julien occupaient un petit pavillon dans l'enceinte de la propriété, et Marie doutait fort qu'ils acceptent de partager leur logis avec un étranger. Il faudrait donc construire un autre pavillon. Cela prendrait quelques mois. Peut-être valait-il mieux attendre le retour d'Étienne pour prendre ce genre de décision…

Marie referma la grille derrière elle et enfourcha sa jument. Elle s'était fait tailler une tenue d'équitation qui lui permettait de monter son cheval aisément, sans avoir à sacrifier à la mode des selles d'amazone, qu'elle détestait particulièrement. Mais pour recevoir clients et fournisseurs à la boutique, elle avait toujours des vêtements de rechange. Elle lança Saskia au galop, non pas parce qu'elle était pressée, mais par simple plaisir de voir l'animal répondre à ses commandes et de sentir la puissance de ses foulées sur la route.

Moins d'une heure plus tard, elle mettait pied à terre et menait Saskia à la petite écurie aménagée dans l'ancien appentis derrière la maison. La maison elle-même, attenante à la boutique, en faisait maintenant partie et abritait toute la section consacrée aux importations du monde entier, celle que Marie préférait. Dans la partie originale, on retrouvait les tissus, soieries et brocarts que Marie avait tenu à continuer d'offrir pour poursuivre la tradition familiale.

Legoff était là depuis le petit matin. Marie ne put s'empêcher de sourire en le voyant s'affairer dans le bureau exigu de l'arrière-boutique, classant des papiers, ses lunettes perchées sur le bout de son nez. Qui aurait cru que le bouillant Breton qui avait partagé ses aventures, qui avait été un marin et un combattant redoutable, serait si à l'aise dans une vie rangée de commerçant ? Il avait pris quelques livres depuis, sa flamboyante chevelure rousse s'était un peu éteinte au fur et à mesure que le gris l'envahissait, des rides profondes marquaient maintenant son visage, mais ses yeux avaient conservé toute leur malice et sa tendresse envers Marie s'était renforcée au cours des années, si cela était toutefois possible.

— Bonjour Julien ! dit Marie en entrant dans le bureau.

— Bonjour, jeune fille, répondit le Breton en levant son regard au-dessus de ses lunettes. Bien entendu, l'orage ne vous a pas fait peur ?

Marie se mit à rire.

— Vous savez bien qu'il faut plus que cela pour m'effrayer.

— Oui je sais, et c'est bien ça qui… m'effraie !

— Alors, quoi de nouveau ?

— Rien, si ce n'est que notre fournisseur d'huiles exotiques se fait un peu attendre. Ce n'est pas dans ses habitudes, il a dû avoir un pépin. Peut-être que l'orage que nous avons essuyé ici nous venait de la mer.

— De qui s'agit-il ?

— De Marcelin Beaupré, un nouveau fournisseur qui m'a été recommandé par notre intendant de Marseille. Je ne l'ai encore jamais rencontré, mais Gustave m'en a dit beaucoup de bien. Il devait arriver sur l'*Épervier*. Et je compte beaucoup sur ce qu'il doit nous apporter. Nous avons reçu une commande importante de la Cour. Il semblerait qu'on va y recevoir certains notables prochainement et Sa Majesté voudrait leur offrir quelques cadeaux originaux témoignant de l'ouverture de la France sur le reste du monde. Ses huiles seraient parfaites.

— Je suis curieuse de le rencontrer. J'espère qu'il ne lui est rien arrivé de fâcheux.

— Donnons-lui encore un jour ou deux.

— À part cela, les affaires vont bien ?

— Les affaires vont très bien, fillette. Et c'est pourquoi il nous faut redoubler d'efforts pour conserver notre allant.

— En entrant, j'ai vu que vous avez fait ajouter quelques tablettes au mur du fond.

— Oui, mais elles risquent de rester vides si nous n'avons pas de nouvelles de ce fournisseur d'huiles…

— Dans ce cas, si je ne peux pas être utile ici, dit Marie, je vais repartir vers la maison. Je reviendrai demain pour les comptes et l'inventaire. Le ciel est en train de se dégager et il semble qu'après tout nous aurons un bel après-midi.

Thierry voulait aller faire un tour à la plage demain, nous irons plutôt aujourd'hui. Et je vais en profiter pour rendre visite à Sarah. Il y a un petit bout de temps que j'ai eu de ses nouvelles.

— Vous la saluerez pour moi.

— Je n'y manquerai pas. On se voit au dîner ?

— Bien sûr. Soyez prudente, ajouta Legoff pour la forme tout en remettant le nez dans ses papiers.

— Comme toujours, ajouta Marie sur le même ton.

Elle retourna chercher Saskia et reprit le chemin de la maison.

Une heure et demie plus tard, Marie marchait sur la plage en tenant Thierry par la main. Ils avaient laissé Saskia à l'ombre d'un arbre et l'avaient délestée de la sacoche qui contenait leur déjeuner. Marie savait que la jument resterait là, bien sagement, à les attendre mais l'avait quand même attachée au tronc de l'arbre pour plus de sûreté.

La mer s'annonça d'abord par le chant de ses vagues, puis par son odeur saline. Enfin, elle s'ouvrit devant eux. Thierry lâcha la main de sa mère pour courir vers elle. Marie étendit sur le sable la couverture qu'elle avait apportée et sortit de la sacoche ce que Marguerite y avait mis : fruits, pain, viande séchée, œufs à la coque, fromage, jus de fruits, il y en avait suffisamment pour nourrir une armée !

— Maman, on peut se baigner ? cria Thierry.

— Elle n'est pas un peu froide ?

— Non non, viens, tu vas voir.

Marie retira ses bottes d'équitation et s'avança pieds nus sur le sable. Thierry avait déjà retiré ses chaussures et sa veste et il s'éclaboussait joyeusement dans les vagues. Heureusement que le soleil était revenu, gardant quelques forces de l'été déclinant. Le gamin aurait tôt fait de se sécher par la suite. Marie entra à son tour dans la mer et poussa un petit cri quand l'eau froide vint lui lécher les pieds.

— Mais elle est glacée !

— Mais non, maman, elle est juste bonne.

Ils s'amusèrent ainsi quelques instants et finirent trempés tous les deux. Leurs jeux les avaient affamés et c'est avec enthousiasme qu'ils se jetèrent sur le goûter préparé par Marguerite.

Une fois qu'ils furent repus et séchés, Marie ramassa ce qui restait de victuailles.

— Nous allons porter cela à Sarah.

Déjà Thierry sautait sur ses pieds.

— D'accord ! Je peux y aller en courant ?

— Vas-y mais sois prudent. Je te rejoins à l'instant.

Thierry eut tôt fait de disparaître derrière la dune sous le regard attendri de sa mère, qui ne cessait de s'étonner devant l'énergie débordante de son fils. Marie replia la couverture, jeta la sacoche sur son dos et garda ses bottes dans ses mains, préférant marcher pieds nus dans le sentier qui menait à la cabane de Sarah. Elle jeta un dernier regard vers l'océan et quelque chose attira son œil. Elle mit sa main en visière pour se protéger du soleil et regarda avec attention. Un petit point dansait à l'horizon, mais il était si petit qu'elle n'était pas certaine de ce qu'elle voyait. Reposant son sac par terre, elle y fouilla pour chercher la lunette d'approche qu'elle avait maintenant l'habitude d'emporter avec elle.

Ajustant la lentille, elle la pointa sur la tache et vit qu'il s'agissait d'un bateau, un bateau de grande envergure. Il était trop loin pour qu'elle puisse voir son pavillon et trop loin aussi pour qu'elle en reconnaisse la silhouette. Mais il ne lui était pas familier… Il semblait venir vers La Rochelle, elle serait donc vite fixée.

Elle reprit le sentier. Lorsqu'elle arriva, le bambin était déjà en grande conversation avec la vieille femme, qui semblait passionnée par ce qu'il lui racontait. Marie fut émue à la vue de ce tableau. Sarah aussi vieillissait. Ses cheveux avaient blanchi et il semblait à la jeune femme qu'elle s'était un peu voûtée. Mais peut-être n'était-ce là qu'illusion, que c'était parce qu'elle était penchée vers Thierry que Marie avait cette impression. Sarah leva ses yeux couleur de lavande vers la jeune femme.

— Eh bien, il en a des choses à raconter, ce petit homme !

— Il n'arrête jamais, confirma Marie. Et il faut que je le surveille constamment, il est toujours prêt à se lancer dans n'importe quelle aventure au mépris de toute prudence !

— Tiens, tiens…

— Quoi, « tiens, tiens » ?

— Ça me rappelle quelqu'un…

Marie soupira en s'asseyant par terre à leurs côtés.

— Je sais à quoi tu penses, mais ce n'est pas du tout pareil.

Sarah se contenta de sourire.

— As-tu des nouvelles d'Étienne ?

À nouveau, la poitrine de Marie se gonfla d'un soupir.

— Pas récemment. La dernière lettre que j'ai reçue de lui m'a été remise par le capitaine d'un bateau qui l'avait croisé aux Açores il y a un mois, où ils avaient fait escale avant de descendre vers l'Afrique. Tout semblait bien aller. Il a un bon équipage, le *Gergovie* avait été mis en carénage quelques mois avant son départ et ne devrait donc pas présenter de défaillance, mais je suis toujours inquiète quand il navigue dans les eaux troubles du golfe de Gascogne. Je me souviens trop bien de cette gigantesque vague qui avait failli nous faire chavirer et qui avait emporté un aide-cuisinier… J'en ai encore des cauchemars parfois.

— Mais ton Étienne a un grand sens de la mer.

— Je sais. Et je ne peux pas m'empêcher de l'envier un peu aussi, ajouta-t-elle en regardant Sarah. J'aime la vie auprès de mon fils, auprès de Marguerite et de Julien, mais il me manque quelque chose…

— Étienne, peut-être ?

Marie le revit en pensée aussi nettement que s'il était à ses côtés. Ses cheveux un peu plus foncés que ceux de Thierry qui frôlaient le col de sa veste, ses yeux verts qui pouvaient prendre toutes les nuances de la mer… et toutes ses humeurs aussi. Marie était persuadée y avoir vu voler des mouettes parfois, tout comme elle avait vu quelques orages y passer. Il lui manquait tellement. Sentant l'émotion l'envahir, la jeune femme chassa bien vite l'image de son mari pour revenir à l'instant présent.

— Étienne sûrement, mais un peu d'action ne me ferait pas de mal non plus. Le commerce est intéressant, ouvre de belles possibilités, mais je trouve ça un peu routinier parfois. Je devrais peut-être aller faire un tour à Marseille avec Julien, ça me changerait les idées…

— L'action ne se présente pas toujours sous la forme qu'on souhaiterait, dit sentencieusement Sarah, et mieux vaut une routine tranquille que le chaos.

— Que veux-tu dire ? demanda Marie en se levant et en enlevant le sable de ses culottes.

— Que tu devrais t'estimer heureuse d'avoir ce que tu as. Il me semble que tu as vécu ta part d'aventures et que ton existence est aujourd'hui bien remplie par ton mari, ton fils et ton commerce.

Marie ne répondit pas. Elle savait que Sarah avait raison, mais il lui semblait que toute sa vie, elle aurait l'impression de courir après quelque chose. Après quoi ? Elle aurait été bien en peine de le dire.

Sarah regarda pensivement le garçonnet, qui s'était désintéressé de leur conversation et qui jouait dans le sable.

— Veille bien sur lui. Il a besoin de toi et il t'aime tant. Pendant qu'Étienne est au loin, tu es tout son monde.

— Il a aussi Julien et Marguerite… et toi. Mais quand tu parles comme ça, Sarah, tu m'inquiètes. J'ai toujours l'impression que tu vois des choses que je ne vois pas et ça me fait peur.

— Je ne vois rien, ma mignonne, mais tu ne peux empêcher une vieille femme comme moi de constamment s'inquiéter pour ceux qu'elle aime. Nous vivons dans une époque où les changements vont vite et, à mon âge, ce n'est pas toujours facile à suivre. Heureusement qu'ici autour de moi le temps semble immuable, mais j'ai un choc chaque fois que je me rends à la ville. Allons, ne t'inquiète pas, ce sont les traces de l'orage qui sont restées dans ma vieille cervelle.

Marie serra son amie contre elle.

— Ta vieille cervelle, comme tu dis, est probablement la plus aiguisée de La Rochelle. Et j'ai toujours eu le plus grand respect pour tes intuitions. Tu n'es pas une sorcière pour rien, ajouta-t-elle avec un sourire malicieux, faisant allusion aux rumeurs qui avaient toujours couru chez les paysans à propos de Sarah.

— Allez viens, Thierry, dit Marie en se tournant vers l'enfant. Il est temps de partir, sinon Marguerite va s'inquiéter. Embrasse Sarah et allons chercher Saskia, qui doit bien se demander ce que nous faisons.

Docilement, l'enfant laissa son château en pleine construction et alla serrer Sarah dans ses bras.

— Tu vas laisser mon château là pour que je le continue demain ? Tu ne vas pas laisser les chèvres le démolir ?

— Nous ne reviendrons pas demain, Thierry, dit Marie. Je dois faire l'inventaire avec Julien.

— Je vais mettre une barrière tout autour, comme ça tu pourras le terminer la prochaine fois, le rassura Sarah.

Thierry hocha la tête et prit la main que sa mère lui tendait. Après un dernier adieu, ils reprirent le chemin de la plage. Marie voulait repasser par le bord de mer pour voir si le bateau qu'elle avait aperçu un peu plus tôt s'était approché de la côte. Le pas de Thierry se faisait un peu plus hésitant, l'enfant était fatigué, et bien qu'il refusât de faire une sieste quotidienne, il aurait certainement fait un petit somme. Marie s'arrêta, remit ses bottes et prit le garçon dans ses bras, bien calé sur sa hanche. Il commençait à être lourd, mais il ne protesta pas, couchant sa tête au creux du cou de sa mère.

Lorsqu'ils eurent la mer en vue, Marie le déposa sur le sol et prit à nouveau sa lunette d'approche. Le bateau avait fait du chemin, mais il était encore trop loin pour que Marie en distingue le pavillon. On voyait cependant que c'était un navire imposant, à la voilure chargée. Le soleil accrochait des reflets d'or sur sa figure de proue qui, même à distance, semblait particulièrement ouvragée. Un détail la frappa cependant. Les postes de vigie perchés sur les trois mâts du bateau miroitaient dans la lumière comme s'ils avaient été couverts d'or, créant l'effet de trois lances de feu plantées au cœur du navire.

Marie continuait d'être intriguée par ce grand bâtiment. Il se distinguait des autres bateaux commerçants qui fréquentaient le port et n'avait rien de l'allure militaire d'une frégate. Elle ferma sa lunette et reprit son fils qui, entre-temps, s'était couché sur le sol.

— Viens, mon poussin, allons à la maison.

Sans un mot, Thierry lui tendit les bras.

Lorsqu'ils arrivèrent, il dormait profondément entre les bras de Marie, assis devant elle sur la selle de Saskia, bercé par le pas tranquille de la jument. En entrant à l'écurie, Marie héla doucement Olivier, un jeune paysan robuste qui faisait office de palefrenier et d'homme à tout faire.

— Prends Thierry et va le porter dans sa chambre, lui demanda-t-elle. Je vais m'occuper de Saskia.

Olivier sourit en voyant le bambin endormi et le saisit avec une délicatesse étonnante chez un homme de sa force. Il avait beaucoup d'affection pour le petit garçon, qui passait souvent de longues heures avec lui. Sans dire un mot, il prit son précieux chargement et se dirigea vers la porte qui donnait sur la cuisine. Marie frotta ses bras engourdis par le poids de Thierry et mit pied à terre. Elle emmena Saskia dans sa stalle et commença à la bouchonner. Elle aimait prendre soin elle-même de sa jument, estimant que c'était là un juste retour des choses pour les heures de bonheur que celle-ci lui procurait. Elle trouvait cette routine apaisante, c'était un retour au calme pour elles deux après leurs folles cavalcades ou leurs longues escapades dans l'arrière-pays. Mais aujourd'hui, l'effet n'y était pas. Malgré elle, la jeune femme se sentait fébrile, et bien qu'elle n'eût aucune raison de se préoccuper de quoi que ce soit, elle ne pouvait empêcher son esprit de voler dans toutes les directions, comme une mouche qui cherche la sortie devant une fenêtre fermée. Peut-être était-ce l'absence d'Étienne qui commençait à lui peser... *Ce sera long,* soupira-t-elle.

Chapitre 2

Le lendemain, la pluie était revenue. Pas avec les démonstrations spectaculaires de la veille mais avec une régularité qui n'annonçait rien de bon. Cette pluie était là pour rester. Marie se leva et s'habilla rapidement d'une jupe de coton et d'une chaude veste de laine en accord avec la fraîcheur du matin. Elle se rendit à la cuisine, où elle avait l'habitude de prendre le petit déjeuner avec Marguerite et Legoff. Marguerite avait tenu à garder l'intendance de la cuisine, bien qu'elle eût maintenant l'aide d'une jeune fille, Fleurette, qui la secondait. C'était cette dernière qui s'affairait aux fourneaux quand Marie entra dans la pièce.

— Marguerite n'est pas encore là ? s'étonna Marie.

— Non madame, je ne l'ai pas encore vue ce matin.

Sur les entrefaites, ladite Marguerite arriva en attachant une mèche folle qui s'était échappée de son chignon.

— Est-ce possible dormir si tard ! maugréa-t-elle. C'est à cause de la pluie. Il fait si sombre ce matin.

Legoff la suivait de quelques pas et il embrassa sa femme dans le cou en passant à côté d'elle. Marie ne put retenir un sourire entendu.

— À cause de la pluie ou de la nuit ? demanda-t-elle innocemment.

Marguerite rougit instantanément pendant que Legoff se mettait à rigoler doucement. Elle ouvrit la bouche pour dire quelque chose, puis se ravisa, préférant cacher son embarras en houspillant la pauvre Fleurette parce que le café n'était pas prêt. Marie se mit à rire.

— Laisse-la donc, Marguerite, elle n'a pas à pâtir de tes folles nuits d'amour.

— C'est ça, jeune impertinente, taquine-moi encore, moi qui suis une femme respectable.

— Respectable, mais appétissante ! ajouta Legoff, qui ne partageait en rien le trouble de son épouse. Et d'ailleurs, j'ai très faim ce matin.

— On se demande pourquoi, insista Marie bien décidée à garder le rouge aux joues de son ancienne gouvernante.

— Si vous vous y mettez tous les deux, on va y passer la journée, dit Marguerite qui, tranquillement, retrouvait son aplomb. Alors, vous voulez quoi ? Des œufs ? Des crêpes ? Du pain ? De la confiture ?

Marie souriait. Rien ne pouvait lui faire plus plaisir que le bonheur de ces deux êtres qui avaient tant d'importance pour elle. Alors qu'elle-même avait trouvé l'amour auprès de son ami d'enfance, Legoff avait parcouru la planète et vécu bien des aventures avant que la vie lui fasse rencontrer tardivement sa Marguerite.

— Et Thierry ? demanda celle-ci. Pas encore levé ?

— Tiens, c'est vrai, remarqua Marie. Je vais aller voir s'il va bien.

Quelques instants plus tard, la jeune femme était de retour dans la cuisine.

— Il est un peu fiévreux et son nez coule. Je savais bien que l'eau était trop froide hier...

— Tu l'as laissé se baigner ? lui reprocha Marguerite.

— Pas se baigner vraiment, mais on a fini par se mouiller pas mal tous les deux. Ce n'est pas grave, il n'a qu'à se reposer aujourd'hui et demain il n'y paraîtra plus. Je vais aller lui porter un peu de gruau. Il faudra s'assurer qu'il boive beaucoup aujourd'hui.

— Tu ne restes pas à la maison ? lui demanda Marguerite.

— Non, je vais partir avec Julien. Encore de la paperasse à finir, soupira-t-elle, mais il faut aussi régler le cas de ce fournisseur qui ne se présente pas. Je reviendrai dans l'après-midi.

Le reste de la conversation porta sur des sujets plus anodins, comme l'automne qui approchait, l'absolue nécessité pour Marguerite de se coudre une nouvelle robe et la récolte du jardin. Marie et Legoff demandèrent ensuite à Olivier d'atteler la calèche au solide percheron que le Breton avait acquis dans les environs. Ils déployèrent la capote pour se protéger de la pluie et s'en furent vers la boutique.

Marie et Legoff consacrèrent la matinée à faire un inventaire serré de ce qui s'y trouvait. La boutique elle-même resterait fermée la journée entière pour leur permettre de se consacrer entièrement à leur tâche. Il fallait passer en revue toute la marchandise, évaluer les longueurs de tissus disponibles, planifier les prochaines commandes et penser à certaines améliorations. À midi, ils cassèrent rapidement la croûte avant de se remettre au travail. Quelques minutes plus tard, on frappa à la porte.

— Finalement, M. Beaupré se sera décidé à arriver, dit Legoff en dépliant sa grande carcasse et en faisant craquer ses genoux avec une grimace.

Marie leva à peine la tête du journal d'inventaire où elle était plongée. Legoff alla ouvrir.

Au bout de quelques minutes, elle entendit les bruits d'une conversation animée, ponctuée du rire caractéristique de Legoff, auquel faisait écho celui du visiteur. Marie se laissa distraire quelques instants, puis retourna à l'étude du document qu'elle avait devant elle. Au bout d'une dizaine de minutes, les rires reprirent de plus belle. Elle tenta vainement de se concentrer sur les chiffres qui dansaient devant ses yeux, puis, n'y tenant plus, elle laissa là les calculs arides et alla les rejoindre.

Les deux hommes étaient assis à une petite table ronde placée devant une fenêtre dans un coin de la pièce. Ils étaient totalement absorbés par leur entretien et n'avaient pas vu Marie entrer.

— … et c'est là, mon cher, disait le visiteur, que j'ai pu goûter à une eau-de-vie incroyable. Un parfum délicat difficile à décrire. D'ailleurs, si vous le permettez, j'ai avec moi…

L'homme s'interrompit en apercevant Marie. Legoff se retourna.

— Ah Marie ! Venez que je vous présente. M. Beaupré est ce marchand dont je vous parlais, celui que Gustave nous a recommandé.

M. Beaupré s'était levé et salua la jeune femme d'une inclinaison de la poitrine.

— Madame, c'est un honneur et un plaisir de vous rencontrer. J'ai beaucoup entendu parler de vous par mon ami Gustave, qui a pour vous la plus grande admiration, admiration que je partage, dois-je spécifier.

— Monsieur, répondit Marie en souriant, je vous en prie, vous m'embarrassez.

La jeune femme lui tendit la main.

— Bienvenue à La Rochelle et dans notre boutique ! J'espère que nous aurons l'occasion de faire affaire ensemble. Mais j'ai interrompu une conversation plaisante, je crois.

Legoff tira une chaise à Marie qui s'assit à son tour à la table.

— J'étais en train d'expliquer à M. Legoff que mon métier m'amène à faire parfois des découvertes étonnantes. Lors de l'un de mes voyages au Maroc, on m'a fait goûter une eau-de-vie parfumée à la rose dont la délicatesse et l'originalité de goût sont des plus intéressantes.

— Au Maroc ? s'étonna Marie. Ce n'est pourtant pas une terre d'alcool.

— Ah madame, vous démontrez là votre connaissance du monde ! Effectivement, il y a peu d'alcool dans ce pays musulman, et c'est cette rareté qui en fait tout l'intérêt. L'eau-de-vie dont je vous parle est une petite production qu'on pourrait presque qualifier de clandestine, mais qui bénéficie d'un raffinement extraordinaire. D'ailleurs, pour prouver mes dires, j'aimerais vous la faire goûter. C'était ce que je m'apprêtais à proposer à M. Legoff lorsque vous êtes arrivée. Vous vous joindrez bien à nous pour la dégustation ? demanda-t-il en sortant une bouteille au goulot effilé de son sac.

— Je ne sais trop, dit Marie, si c'est un alcool rare…

— Madame, vous me feriez honneur.

Julien Legoff ne semblait pas avoir ce genre de scrupules. Déjà, il avait à la main le petit verre que M. Beaupré lui avait servi et il le humait avec délices. Marie se laissa tenter. D'ailleurs, l'homme était sympathique. Il lui rappelait vaguement son père, l'étincelante chevelure cuivrée en moins. Un peu plus jeune que Legoff, il était au moins aussi costaud que lui. Marie l'aurait imaginé plus facilement sur une ferme ou dans une forge qu'en sage commerçant. M. Beaupré lui tendit un verre avec bonhomie, sa courte barbe à la mousquetaire frétillant sous son menton.

Marie prit le verre et trinqua avec les deux hommes. Chacun s'absorba dans la dégustation de l'alcool. Legoff fit claquer sa langue.

— Pardi, mon cher, voilà certainement une boisson qui tient ses promesses ! Marie, je me demande si nous ne devrions pas étendre un peu nos affaires…

La jeune femme reposa son verre sur la table en toussant légèrement.

— Je crois, dit-elle en reprenant son souffle, que nous allons nous contenter de nos étoffes et de nos produits exotiques pour l'instant. J'imagine que M. Beaupré n'a pas fait tout ce chemin pour nous offrir de l'eau-de-vie à la rose…

— Bien sûr que non, madame, s'empressa de répondre l'intéressé. J'ai avec moi des huiles qui égalent en qualité et en variété cet alcool que vous venez de goûter. Et j'en ai de toutes sortes, des huiles tant pour la cuisine que pour le corps. J'ai aussi des épices rares, gardées dans des pots d'une céramique si fine qu'on dirait de la porcelaine. Et enfin, j'ai pu mettre la main sur un lot de tissu qui était promis à la sœur du roi du Maroc, avant que celle-ci change finalement d'idée. Un tissu unique, quelque chose d'exceptionnel, que l'on a rarement vu.

— Ça me semble bien intéressant, tout ça, dit Marie. Avez-vous quelques échantillons avec vous ?

L'homme sembla embarrassé.

— Hélas non, madame. J'ai dû descendre à terre en laissant tous mes échantillons à bord. Comme je vous le disais, c'est une marchandise de grande qualité et lorsque j'ai débarqué, la mer était plutôt agitée. Je n'ai pas voulu prendre de risque.

— C'est dommage, dit la jeune femme, vous avez aiguisé ma curiosité.

— Je pourrais revenir demain, dit le marchand. À moins que…

— À moins que ? l'encouragea Marie.

— Non, c'était juste une idée comme ça. Vous êtes très occupés et je ne crois pas que cela vous convienne.

— Oh ! nous travaillons sur cet inventaire depuis déjà plusieurs heures, soupira Marie, votre visite est un excellent prétexte pour m'en éloigner un peu.

— Vous devriez aller faire un tour dehors, Marie, dit Legoff, la pluie a cessé depuis déjà une demi-heure et il y a même des percées de soleil.

Marie regarda par la fenêtre.

— C'est vrai que prendre un peu l'air me ferait du bien.

— Dans ce cas, dit M. Beaupré, si je vous suggérais de venir faire un tour à bord du bateau pour voir ces échantillons ? S'ils vous convenaient, nous pourrions régler ça dès aujourd'hui, et demain, à la première heure, je vous ferais livrer la marchandise à la boutique.

Marie jeta un coup d'œil à Legoff, qui eut un sourire amusé. Il savait que sa jeune amie sautait sur toutes les occasions possibles de remonter sur un bateau, fut-il ancré ou solidement amarré à un quai.

— Eh bien… hésita-t-elle pour la forme. En avons-nous le temps, Julien ?

Il sortit une montre en or de sa poche, une belle montre que Marie lui avait offerte lors de son cinquantième anniversaire.

— Nous avons trois heures et demie avant que Marguerite nous semonce parce que nous sommes en retard pour le dîner.

— Bien plus de temps qu'il n'en faut, dit joyeusement la jeune femme en se levant. Alors, monsieur Beaupré, y allons-nous ?

Le marchand se leva en laissant la bouteille d'eau-de-vie sur la table.

— Une barque m'attend au port, nous pourrons la prendre pour rejoindre le bateau ancré dans la rade. On ne peut toujours pas venir jusqu'aux quais avec le navire à cause des tours qui masquent l'entrée du port.

— On parle de détruire éventuellement la petite, dit Legoff.

— Oui, mais pour l'instant ça nous oblige à bien des manœuvres. Lorsque je suis arrivé, il y avait déjà plusieurs bateaux ancrés, alors le mien est assez loin derrière. Mais ce ne sont là que de petits inconvénients faciles à contourner, philosopha l'homme. Pour parler d'autre chose, faites-moi le plaisir d'accepter cette bouteille en cadeau pour sceller notre amitié.

— C'est trop... commença Marie.

Legoff prit la bouteille et alla la porter dans l'arrière-boutique.

— Il faut savoir accepter les cadeaux quand ils sont sincères ! dit-il en disparaissant.

— Dans ce cas, merci beaucoup, monsieur Beaupré. Allons donc voir vos merveilles.

Lorsqu'ils arrivèrent au port, le soleil baignait de lumière les quais mouillés. La pluie avait rehaussé les odeurs, qui se mêlaient, flattant les narines de certains et agressant celles de quelques autres. C'était comme l'odeur d'une écurie : soit on aimait, soit on détestait. Ils eurent tôt fait d'arriver à l'endroit où était amarrée la barque du marchand, mais pour l'heure elle était vide. M. Beaupré eut l'air mécontent.

— J'avais pourtant dit à ce vaurien de rester là, dit-il avec humeur.

Puis, comme pour s'excuser auprès de ses hôtes, il expliqua :

— Mon bateau, l'*Épervier*, est resté en carénage à Toulon. Il nécessitait des réparations qui prendront au moins deux ou trois mois et je ne voulais pas cesser mes activités durant tout ce temps, alors j'ai loué un bateau, le *Mirage d'or*. Et avec ce bateau est venu un équipage dont la discipline laisse à désirer.

— Vous ne pouviez pas prendre avec vous vos propres hommes ? demanda Marie.

— J'ai trouvé ce navire trop tard, répondit Beaupré. J'avais déjà libéré mes hommes pour quelques mois et la majeure partie d'entre eux s'étaient déjà trouvé du travail. Ah ! le voilà, s'exclama-t-il en voyant un homme qui venait lentement vers eux. Où étais-tu passé ? lui demanda-t-il. Je t'avais dit de m'attendre.

L'homme murmura quelque chose entre ses dents sans se donner la peine de regarder Beaupré. Il descendit dans la barque et tint l'échelle pour que les passagers y descendent à leur tour. Marie le regarda à la dérobée. Ses cheveux pendaient le long de son visage étroit et il sentait vaguement l'alcool. La jeune femme n'eut aucune difficulté à imaginer à quoi était dû son retard. Legoff avait dû se faire la même réflexion parce qu'il regardait l'homme d'un œil réprobateur.

— Amène-nous vite au bateau, dit Beaupré à son marin. Mes invités ont fort à faire.

Marie se désintéressa de l'homme, qui se mit à ramer pour faire avancer la lourde barque, et porta plutôt son regard sur la mer. On avançait doucement vers les deux tours de garde qui masquaient l'entrée du port. L'étroitesse du passage empêchait les gros bateaux aux longues vergues d'entrer directement dans le port. Comme l'avait dit Legoff, on parlait de plus en plus de démolir la petite tour, ce qui libérerait l'entrée et permettrait un accès beaucoup plus aisé aux quais. *Ce serait une bonne chose pour le commerce,* pensa la jeune femme, *et ça permettrait à La Rochelle d'entrer dans une nouvelle ère de prospérité.* Mais en même temps, elle craignait les changements que cela apporterait immanquablement. *Rien n'est simple,* soupira-t-elle.

On sortait justement de l'enclave du port pour entrer dans la rade où étaient ancrés les bateaux. Il y en avait plusieurs, la plupart battant pavillon français, mais quelques étrangers se glissaient parmi eux.

— Où est votre bateau ? demanda Legoff.

— Là-bas, derrière, répondit Beaupré en montrant du doigt un bateau à moitié caché par un navire portugais. Mais je dois tout de suite vous avertir qu'il ne paie pas de mine. J'ai dû me contenter de ce qu'il y avait de disponible.

Le *Mirage d'or* arrivait maintenant en vue. Legoff grimaça. Effectivement, le bateau ne se comparait pas avantageusement à ceux qu'il côtoyait dans la rade. L'œil exercé du Breton nota toutes les réparations dont il aurait eu besoin et il se demanda si le navire de Beaupré ne valait pas mieux que celui-là. Il devait être fort mal en point pour que le marchand se contente d'un si piètre pis-aller.

Un grand coup de vent poussa la barque contre le flanc du *Mirage d'or,* qui n'avait d'or que le nom. Marie leva les yeux vers le ciel, qu'elle n'avait plus regardé depuis qu'ils étaient sur l'eau, ayant concentré toute son attention sur la mer et les bateaux. Les nuages semblaient revenir en force et le soleil s'accrochait à une petite trouée qu'il allait bientôt perdre. Elle regretta subitement de ne rien avoir pris avec elle pour se couvrir. Visiblement, il y avait de fortes chances pour que leur retour se fasse à la pluie.

L'échelle volante se balançait dans le vent et le marin de la barque eut un peu de mal à l'attraper.

— Yvan va tendre l'échelle pour vous permettre d'y monter, dit Beaupré.

— Allez-y d'abord, Marie, je vous suis.

La jeune femme s'engagea avec assurance dans l'échelle. Elle eut tôt fait d'atteindre le pont et Legoff la suivit aussitôt. Marie regarda avec curiosité autour d'elle. Personne n'était en vue et, bien que les voiles aient été affalées, plusieurs d'entre elles étaient mal attachées aux vergues. Si le vent se levait, elles risquaient d'être malmenées. La jeune femme fit quelques pas vers la proue tout en notant que le pont avait grand besoin d'être briqué. Elle retourna vers Legoff alors que Beaupré montait à son tour sur le bateau.

— Il n'y a pas grand monde, fit remarquer Marie.

— Non, confirma Beaupré. La plupart des hommes sont à terre, il n'y a que le personnel essentiel qui est de quart. Nous repartons après-demain et ils bénéficient d'une journée de congé. Aimeriez-vous boire quelque chose avant d'aller voir la marchandise ?

— Non merci, dit Marie. Je crains que la pluie ne revienne et j'aimerais retourner à terre avant.

Beaupré jeta un coup d'œil vers le ciel.

— Vous avez raison, répondit-il. Descendons donc au deuxième pont, là où je garde ma marchandise la plus précieuse.

Ils descendirent l'un derrière l'autre. L'impression de délabrement que Legoff et Marie avaient eue en arrivant au bateau se confirmait dans ses entrailles. C'était même curieux de penser qu'un équipage pouvait se mouvoir dans ces escaliers vermoulus et faire jouer les loquets de ces portes qui répondaient avec peine à la pression des mains.

— Je m'excuse encore une fois de vous inviter sur un navire en si mauvaise condition. Heureusement que ce n'est que temporaire.

Arrivés au deuxième pont, ils croisèrent deux hommes occupés à ramasser des filets. Le commerçant s'adressa à eux dans une drôle de langue et ils lui répondirent de la même façon.

— Quelle est cette langue étrange ? demanda Marie.

— Oh ! un dialecte tribal que je me suis amusé à apprendre auprès d'eux. J'ai toujours aimé les langues, expliqua-t-il.

— Mais vous avez fait vite ! s'exclama Marie. Vous les connaissez depuis fort peu de temps et vous parlez déjà très bien.

— Euh… ceux-ci viennent de mon bateau. Ce sont les deux seuls qui n'avaient pas trouvé à s'employer ailleurs, alors je les ai emmenés avec moi. Ah ! Nous y voici !

Beaupré s'était arrêté devant une lourde porte, fermée par une serrure de bonne taille. Ouvrant une petite boîte cachée à gauche de la porte, il en sortit une clé, qu'il fit jouer dans le pêne.

— Vous êtes quand même confiant avec un équipage que vous connaissez à peine, fit remarquer Legoff. Si cette pièce renferme la moitié des choses que vous nous avez décrites, son contenu doit être bien tentant pour l'équipage.

— Peut-être pas tant que ça, répondit Marie à la place du marchand. Des huiles et des épices ne sont pas de l'or et des bijoux. Il faut savoir où les vendre pour les transformer en espèces sonnantes.

— Mme de Beauval a raison. Et de plus, mes hommes de confiance assurent la sécurité de l'endroit.

Beaupré avait fini par faire jouer la serrure et la porte s'ouvrit. Il la poussa et s'écarta devant ses visiteurs.

— Je vous en prie…

Plusieurs caisses étaient empilées dans la pièce, qui baignait dans une pénombre épaisse.

— Ça va être difficile de voir quelque chose, constata Marie.

— Permettez que j'aille chercher une lanterne, dit le marchand.

Legoff en avait pris une lors de la descente.

— J'ai celle-ci.

C'était une lanterne aux vitres salies par la suie, qui éclairait fort peu. Un tout petit bout de chandelle brûlait à l'intérieur.

— Ce ne sera pas suffisant, dit Beaupré. Je vais aller chercher une lumière plus forte.

Beaupré sortit. Il accrocha la porte au passage, qui se referma derrière lui. Marie et Legoff n'y prêtèrent pas attention, cherchant à voir le contenu de l'une des caisses qu'ils avaient ouverte. La jeune femme y plongea la main et ne trouva que de la paille.

— C'est sûrement pour protéger les céramiques et les bouteilles. C'est curieux, ajouta-t-elle au bout d'un moment, je ne trouve rien. C'est comme s'il n'y avait que de la paille dans cette caisse.

— Peut-être qu'on a déjà vendu le contenu de celle-ci, dit Legoff. Attendez que Beaupré revienne, il nous dira dans lesquelles regarder.

Comme le marchand ne revenait pas, Legoff alla ouvrir la porte... et fut incapable de la pousser.

— Voyons... elle est coincée, constata-t-il en y mettant l'épaule cette fois.

Marie avait fini par se retourner.

— Qu'est-ce que vous faites, Julien ?

— Je ne peux ouvrir la porte, c'est comme si elle était verrouillée de l'extérieur.

Marie fronça les sourcils et vint aux côtés du Breton.

— Mais c'est impossible, voyons.

Elle poussa à son tour, vainement, sur le battant.

— Qu'est-ce que c'est que cette histoire ?

Ils entendirent une clé jouer dans le pêne. Pensant qu'il s'agissait de Beaupré qui revenait, ils s'écartèrent. Mais c'est lorsqu'ils entendirent des pas décroître derrière la porte qu'ils commencèrent à s'alarmer. Ils frappèrent à la porte en criant mais seul un silence désolant leur répondit.

Au bout d'un certain temps, il leur fallut se rendre à l'évidence. Personne ne semblait disposé à venir leur ouvrir, et, pis encore, le deuxième pont semblait déserté.

— Mais qu'est-ce que c'est que cette histoire ? répéta Marie en se tournant vers Legoff. Pourquoi M. Beaupré voudrait-il nous enfermer ici ?

Le Breton demeurait taciturne. Dans la lumière dansante de la lanterne, il semblait préoccupé.

— Je n'ai aucune idée de ce qui se passe, finit-il par dire, mais ce que je sais, c'est qu'il ne ferait pas bon moisir ici. Cherchons plutôt un moyen de sortir de cette pièce.

Marie jeta un coup d'œil sur la lanterne.

— Nous n'avons pas de lumière pour bien longtemps.

Elle resta silencieuse quelques instants.

— Julien, vous n'aviez jamais vu M. Beaupré auparavant, n'est-ce pas ?

— Non, bien évidemment.

— Et Gustave ne vous l'avait pas décrit ?

— Pourquoi l'aurait-il fait ? Il nous l'avait recommandé, c'était bien suffisant… À quoi pensez-vous ?

— Qu'est-ce qui nous dit, finalement, que c'est bien Marcelin Beaupré qui est venu nous voir ?

— Et qu'est-ce qui nous dit que ce n'est pas lui ? Qu'allez-vous chercher là ?

— Alors pourquoi, dans ce cas, sommes-nous enfermés ici sans personne pour nous répondre ? Je n'aime pas ça, Julien, et je commence à regretter d'avoir fait si facilement confiance à cet homme.

— Nous n'avions aucune raison de nous méfier.

Il tenta encore une fois d'appeler en martelant la solide porte. Ses appels résonnèrent inutilement.

Marie retourna vers les coffres, dont aucun n'était verrouillé. Elle finit par constater que tous ceux accessibles étaient complètement vides, à l'exception d'une ou deux araignées qui prirent la fuite quand on les dérangea.

— Peut-être pourrions-nous utiliser un coffre comme bélier pour tenter de défoncer la porte ? suggéra Marie.

— Elle est trop épaisse et trop solide, répondit Legoff. Il semble que tout est pourri sur ce bateau, sauf cette fichue porte.

— Alors tentons de forcer la serrure.

— Nous n'avons rien, aucun outil, objecta le Breton.

Mais Marie n'allait pas se laisser abattre pour si peu.

— Il y a certainement quelque chose que nous pouvons utiliser, dit-elle en regardant autour d'elle.

Son regard se posa à nouveau sur les coffres inutiles.

— Voilà ! Les ferrures des coffres ! Il nous suffit de les enlever et de nous en servir pour crocheter la serrure.

— Les enlever ! Comme ça, tout simplement. Et j'imagine que vous pensez qu'elles vont se défaire aisément...

Malgré tout, Legoff approcha la lanterne des coffres et en examina un de plus près.

— Tenez-moi ça, dit-il en tendant la lanterne à Marie.

Il examina les rivets qui fixaient les ferrures sur le couvercle du coffre. Ils étaient rouillés et jouaient un peu dans le bois desséché. Legoff prit les côtés d'une ferrure entre ses gros doigts et se mit à la secouer latéralement. Elle bougea légèrement. Il tenta de la soulever avec ses ongles, mais l'espace qu'il réussissait à créer n'était pas suffisant pour qu'il puisse y glisser un doigt.

— Laissez-moi essayer, dit Marie en passant son index sous la ferrure.

Mais elle ne réussit qu'à s'entailler le doigt.

— Non, dit Legoff. Il faut autre chose pour la soulever... Qu'est-ce qu'on pourrait bien glisser dessous ?

— Le lacet de ma botte ? suggéra Marie en suçant son doigt qui saignait.

Le visage du Breton s'éclaira dans la pénombre.

— Excellente idée !

Marie défit rapidement un long lacet d'une de ses bottes et le remit à Legoff, qui le replia sur lui-même deux fois. Il avait dans les mains une solide corde à quatre brins, qu'il passa sous la ferrure et sur laquelle il tira de toutes ses forces. La latte métallique ne mit pas longtemps à céder. Le bois vermoulu laissa s'échapper le rivet et la ferrure sortit de son ancrage pour voler dans les airs et retomber aux pieds de Marie.

Legoff s'en empara et l'examina de plus près. La flamme faiblissait, il ne restait pas beaucoup de temps avant qu'ils ne soient plongés dans l'obscurité.

— On peut utiliser la pointe. Elle devrait être assez longue pour entrer dans la serrure.

Le Breton joignit le geste à la parole et enfonça le bout de métal dans l'ouverture. C'est le moment que choisit la bougie pour s'éteindre, ce qui arracha un juron étouffé à Legoff. Marie n'était pas encore véritablement inquiète. Elle était plutôt surprise par la tournure des événements. Il y avait certainement une explication à tout cela. À moins qu'effectivement cet homme ne soit pas celui qu'il prétendait être. En quel cas... Son cœur se serra soudainement; au même moment Legoff réussissait enfin à faire jouer la serrure. D'un grand coup de pied, le Breton ouvrit la porte. Ils étaient libres.

Chapitre 3

Aussitôt sortis de la pièce, Marie et Legoff s'élancèrent à la recherche de l'escalier, qu'ils trouvèrent sans peine. *Combien de temps avons-nous passé là ?* se demanda Marie. Une peur sourde commençait à croître au creux de son ventre, un pressentiment que quelque chose de terrible allait arriver.

Ils débouchèrent sur le pont sans avoir croisé âme qui vive. Le bateau semblait complètement abandonné. Legoff rageait.

— Mais qu'est-ce que cette mascarade ?

Le soleil avait complètement disparu sous l'épais manteau de nuages et la pluie était revenue en force. L'obscurité tombait rapidement.

— Il faut retourner à terre au plus vite, dit Marie, déjà trempée comme une soupe.

— Je sais bien, fillette, mais encore faut-il trouver un moyen.

— Les chaloupes de sauvetage ?

— On peut toujours aller voir.

L'emplacement de la première était vide. Ce devait être la barque qui avait servi à les amener sur le *Mirage d'or*. Ils allèrent de l'autre côté du pont pour trouver une autre chaloupe, mais on avait pris soin d'en percer le fond à coups de hache. Même s'il s'en doutait, Legoff ne put s'empêcher de jurer affreusement en donnant un grand coup sur une écoutille.

— Mais avons-nous été bêtes !

— Julien ! l'interrompit Marie, ça ne sert à rien de nous mettre dans tous nos états. Gardons notre énergie pour trouver une solution.

— N'empêche… Mais vous avez raison, on aura bien le temps de chercher ce Beaupré, si toutefois c'est son nom, quand nous serons à terre.

— Peut-être pourrions-nous tenter d'attirer l'attention de quelqu'un pour qu'on vienne à notre secours ?

— Ce serait bien le diable si on réussissait à nous voir avec cette visibilité réduite, mais on peut toujours essayer.

Ils s'approchèrent du bastingage et s'y appuyèrent quelques instants. La pluie brouillait leur vision et si, eux, arrivaient à peine à distinguer les autres bateaux dans la rade, il aurait été étonnant qu'on puisse les apercevoir sur le *Mirage d'or*.

— J'ai bien peur que nous devions passer la nuit ici, soupira Legoff.

— Il n'en est pas question ! s'écria Marie. Je ne sais pas ce qui se trame, mais j'ai la sinistre impression qu'une très mauvaise surprise nous attend à terre. Il faut qu'on trouve le moyen de retourner à la maison au plus vite. Ce monsieur était pourtant si sympathique. Peut-être trop, finalement, ajouta-t-elle en se rappelant la bouteille d'eau-de-vie.

— Je lui ai fait confiance aussi, dit Legoff, nous n'avions aucune raison de nous méfier.

— Je n'arrive pas à comprendre ce qui se passe, Julien, et c'est ce qui me préoccupe. Il nous faut partir d'ici, dussions-nous y aller à la nage.

— Ah non, vous ne m'aurez pas encore avec une baignade impromptue ! Il doit bien y avoir un moyen…

Mais Marie ne l'écoutait plus. La pluie s'était soudainement arrêtée même si elle menaçait de reprendre à tout instant. Une brume épaisse enveloppait l'extrémité du bateau.

— Julien, ne sentez-vous pas une drôle d'odeur ?

— Ma foi oui… Ça sent le brûlé…

Il se tourna dans tous les sens pour tenter de trouver l'origine de l'odeur.

— Diantre ! s'écria-t-il. C'est le bateau qui brûle !

Le feu devait couver depuis un petit moment et l'arrêt de la pluie lui avait sans doute donné de la force.

— On a dû mettre le feu avant de partir. Comme c'est à l'autre bout du bateau, nous ne pouvions pas nous en rendre compte.

— Il faut qu'on trouve un moyen de quitter ce navire ! s'exclama de nouveau la jeune femme.

— Vous souhaitiez qu'on nous voie, vous allez être exaucée.

Julien empoigna une perche et y attacha vivement un morceau de tissu coloré qu'il trouva dans une caisse entrouverte sur le pont. Il se mit à faire de larges moulinets avec son drapeau improvisé.

Marie scrutait les environs, espérant de tout cœur que quelqu'un remarquerait l'épaisse colonne de fumée qui montait du bateau. Le feu leur offrait l'occasion d'être vite repérés, mais, en même temps, menaçait leur sécurité au plus haut point. Encouragées par le vent qui s'était remis à souffler, les flammes grimpaient rapidement. À ce rythme, elles atteindraient bien vite le mât de misaine et, de là, pourraient se propager à l'ensemble du bateau.

— Là ! s'écria Legoff. On vient !

En effet, une barque où quatre hommes souquaient ferme venait vers eux. Le vent soufflait maintenant avec plus d'intensité, rendant la progression de la barque plus difficile. Les vagues claquaient furieusement sur la coque et Marie se demandait comment ils pourraient monter dans la chaloupe, si seulement celle-ci pouvait s'approcher d'eux.

Le feu gagnait maintenant du terrain. Il avait trouvé de quoi se nourrir avec les voiles amassées au bas du mât de misaine et déjà il courait le long de la hampe et serpentait sur le pont. Monter sur le gaillard d'arrière n'aurait servi à rien à Marie et Legoff, sinon à retarder un face-à-face qui risquait d'être explosif.

Mais comme le feu, la barque gagnait aussi du terrain. L'un des hommes sortit alors un porte-voix.

— Holà du bateau ! Nous ne pouvons nous approcher, il faudrait…

Le reste de ses paroles fut balayé par le vent.

— Ils ne peuvent venir plus près, cria Marie au-dessus de la tourmente. Il nous faut sauter !

— Quoi ? cria Legoff.

— Sauter ! répondit Marie en escaladant déjà le bastingage.

— Non ! Attendez !

Dans un geste pour la retenir, Legoff ne réussit qu'à effleurer la jupe de la jeune femme avant qu'elle plonge dans la mer. Pestant contre sa témérité, mais sachant confusément que c'était la seule solution, Legoff se hissa à son tour sur le bastingage. Il n'avait ni la souplesse ni l'intrépidité de Marie. Il ferma les yeux, retint son souffle et se laissa tomber à son tour dans la mer agitée.

Marie était déjà accrochée à la chaloupe quand Legoff réussit à sortir la tête de l'eau. Crachant et jurant, il se mit à nager vers l'embarcation et accepta la main secourable qu'on lui tendait. Sa sortie de l'eau fut moins élégante que celle de Marie, à qui on avait mis une couverture sur les épaules. Legoff s'échoua sur le banc central comme un cachalot sur une plage.

— Nous devons nous dégager du bateau avant qu'il flambe entièrement, cria un de leurs sauveteurs, un gros homme rougeaud que Legoff avait croisé à maintes reprises dans le port.

Avec un bel ensemble, les hommes empoignèrent les rames et se mirent à ramer en direction de la rive. Toute conversation était devenue difficile à cause des éléments qui se déchaînaient autour d'eux. Les vagues secouaient vigoureusement la chaloupe, et de grandes giclées d'eau y entraient régulièrement. Marie se mit à écoper avec un petit seau qu'elle trouva derrière un banc. La jeune femme craignait qu'ils chavirent tout simplement.

Après ce qui leur parut des heures, ils finirent par approcher des quais, où les eaux étaient plus calmes. Comme par ironie, le vent tomba quelque peu et la pluie se transforma en crachin gras. Épuisés, les quatre rameurs reprirent leur souffle alors qu'on leur lançait une amarre du haut du quai. Ce ne fut que lorsqu'ils mirent pieds sur la terre ferme que la conversation put reprendre.

— Messieurs, merci infiniment de votre aide, leur dit Marie chaleureusement. Sans votre arrivée providentielle, je ne sais ce qui serait advenu de nous.

— Nous revenions de notre bateau quand nous avons vu les flammes sur le vôtre. C'est curieux quand même, c'est le deuxième bateau qui brûle depuis hier...

Legoff s'avança.

— Un autre bateau qui a brûlé ? Sait-on de quel navire il s'agit ?

— De l'*Épervier*, semble-t-il...

Mais le marin ne put pousser bien loin ses explications. Marie les avait plantés là et filait déjà à toutes jambes. Tout en courant, elle se traitait d'idiote : comment avait-elle pu oublier un instant ce qui les avait mis dans cette fâcheuse position ? Et si l'*Épervier* avait brûlé, ce n'était certainement pas par hasard. Il y avait trop de coïncidences dans cette histoire : un bateau qu'elle attendait s'envolait en fumée et un autre où elle se trouvait subissait le même sort. Un horrible pressentiment lui étreignait le cœur, il lui fallait retourner à la maison au plus vite. Elle se revoyait des années auparavant, découvrant le naufrage du *Green Clover* par une journée tout aussi mauvaise que celle-ci, une journée où sa vie avait basculé. Elle entendit vaguement qu'on l'appelait derrière elle mais ne ralentit pas pour autant.

Un cheval était attaché à l'entrée d'un établissement. Sans plus de manières, Marie le détacha, l'enfourcha en remontant sa jupe jusqu'à la taille et le lança au galop. Quelques passants durent s'effacer rapidement devant la cavalière qui déboulait dans la rue mal pavée. Marie s'engagea sur la route qui menait au domaine et obligea le cheval à garder cette allure d'enfer.

Il lui semblait que le chemin s'étirait à l'infini et que jamais elle n'arriverait. Pourtant, quelques instants plus tard, elle y était, retenant d'une main ferme le cheval couvert d'écume. La grille était ouverte et le cœur de Marie se serra encore plus. Jamais on ne laissait la grille grande ouverte. Elle remit son cheval au galop jusqu'à ce qu'elle arrive devant le grand escalier de pierre qui menait à la porte principale. Personne n'était en vue. Elle sauta au bas de sa monture et vit une forme couchée dans les fourrés. Elle s'approcha et reconnu le vieil Anselme, qui venait parfois donner un coup de main à Olivier au domaine. Il y avait plus de bonne volonté que d'aide réelle dans les efforts d'Anselme, mais le vieil homme était sympathique et tous trouvaient plaisir à sa compagnie, surtout Olivier. Pour l'heure, Anselme avait une vilaine estafilade au bras et un œil passablement tuméfié. Marie le souleva doucement.

— Anselme, est-ce que ça va ? Me reconnaissez-vous ?

Le vieil homme gémit tout en tentant d'ouvrir son œil valide.

— Ah, madame Marie, des voleurs, des bandits de grand chemin... J'ai voulu les empêcher de rentrer...

— Taisez-vous, Anselme, gardez vos forces. Vous pouvez marcher ?

Malgré l'angoisse qui lui étreignait le cœur, Marie aida Anselme à entrer dans la maison. La lourde porte était entrouverte. Elle déposa le vieil homme dans un fauteuil et se mit à courir dans toute la demeure.

— Marguerite ! Marguerite ! Thierry ! Où êtes-vous ?

Seul un silence oppressant lui répondit. Marie entra dans la cuisine en répétant ses appels, toujours sans réponse. Elle monta ensuite à l'étage et fila directement à la chambre de Thierry. Là aussi, la porte était ouverte et la pièce désespérément vide.

— Thierry, Thierry, où es-tu mon bébé ?

Une inquiétude terrible enveloppait Marie comme une cape glaciale. C'est alors qu'elle vit quelque chose sur le mur, au-dessus du lit de son fils. Sa vue était brouillée par les larmes de frayeur qui s'amassaient dans ses yeux. Elle s'approcha et manqua défaillir en voyant une dague plantée dans le mur, retenant un bout de parchemin sur lequel on avait écrit : « Il oubliera jusqu'à ton nom. » Arrachant rageusement le papier du mur, Marie se laissa tomber sur le lit en hurlant comme une bête blessée.

Chapitre 4

Legoff entra dans la maison à ce moment-là. Le cri de Marie lui figea le sang dans les veines. Montant l'escalier quatre à quatre, il se précipita dans la chambre de Thierry pour y trouver la jeune femme ramassée en boule au pied du lit de son fils. Elle tenait un parchemin à la main.

— Marie, Marie, que se passe-t-il ?

— C'est lui, Julien, c'est lui, hoqueta-t-elle, il est revenu ! Il a emmené Thierry !

— Mais qui est revenu ? De qui parlez-vous ?

— Marek ! Marek, le corsaire maudit du roi.

D'une main tremblante, Marie lui tendit le bout de parchemin.

— Et comment savez-vous que c'est lui ?

— Regardez la dague !

Legoff s'approcha et arracha la dague du mur où elle avait été plantée avec force. Un médaillon avec un « M » ouvragé ornait son manche.

— Ça ne veut pas nécessairement dire... tenta Legoff.

— Je sais que c'est lui. J'ai vu son bateau hier sans savoir à qui il appartenait. C'est certainement lui qui nous a envoyé ce faux M. Beaupré – qui sait ce qui est arrivé au vrai ? – et qui lui a demandé de nous enfermer pour gagner du temps. Et l'incendie à bord de l'*Épervier* est sûrement son œuvre également. Maintenant, ce monstre de Marek a mon petit Thierry entre les mains.

— On va le retrouver Marie, on va demander... Marguerite ! s'inquiéta soudainement Legoff. Qu'est-il advenu de Marguerite ?

— Je n'ai vu personne en entrant dans la maison, mais je n'ai pas cherché dans toutes les pièces…

Marie se redressa d'un bond, un peu honteuse d'avoir oublié sa gouvernante.

— Venez, nous allons la trouver. Il ne peut pas l'avoir emmenée elle aussi. Elle pourra peut-être nous dire quelque chose.

Legoff n'avait pas attendu sa permission pour commencer à fouiller la maison. Ses cris retentissaient maintenant à l'intérieur de la demeure.

— Marguerite ! Marguerite !

C'était au tour de Legoff d'être fou d'inquiétude.

Ils firent rapidement le tour de la vaste demeure sans trouver âme qui vive.

— Mais il ne peut pas avoir enlevé tout le monde, soupira Legoff en passant une main tremblante sur ses yeux.

Ils entendirent soudain un petit bruit, comme un grattement suivi du bruit d'un objet qui tombe. Cela venait de la cuisine. Ils y retournèrent précipitamment. Le bruit venait d'un peu plus loin et ils percevaient maintenant des gémissements étouffés. Marie s'élança vers la dépense. Elle ouvrit la porte et ne vit tout d'abord rien dans l'obscurité du réduit. Ses yeux s'habituèrent rapidement et elle distingua une forme par terre, tout au fond. Legoff, la bousculant sans ménagement, se précipita vers sa femme. Il enleva rapidement le bâillon qui couvrait la bouche de Marguerite et la serra contre son cœur.

— Ma douce, qu'est-ce qui s'est passé ? Es-tu blessée ? Qui t'a mise dans cet état ?

Pendant qu'il lui parlait doucement, Marie détachait les liens qui entravaient les mains et les pieds de Marguerite. Celle-ci pleurait abondamment et, pour l'instant, ne disait rien d'intelligible.

— Je vais le tuer, gronda Legoff, l'étriper de mes propres mains…

Marie ne disait rien. Elle ne voulait pas brusquer Marguerite, même si elle était pressée d'entendre ce qu'elle avait à dire. Au bout de longues minutes, la brave femme parut reprendre son souffle. Legoff l'avait conduite précautionneusement dans le salon, la soutenant comme si elle était une porcelaine fine qui risquait de se briser. Marie les avait suivis, mais une brusque nausée la fit se précipiter vers un seau dans la cuisine. Son cœur battait à tout rompre et elle avait de la difficulté à ordonner ses idées. Elle revint au salon, où Legoff tenait toujours Marguerite dans ses bras.

— Veux-tu boire quelque chose ? demanda-t-il tendrement à sa femme.

— Non, ça va, je me remets.

Marie tentait de régulariser sa respiration. Il lui fallait retrouver un semblant de calme si elle voulait être efficace. Elle sentait que chaque seconde qui passait éloignait Thierry d'elle.

— Je n'ai, hélas, pas grand-chose à vous raconter, dit Marguerite. J'étais seule dans la cuisine, Fleurette était partie chercher du pain, quand j'ai entendu de grands cris venant de l'extérieur. C'était Anselme, qui semblait discuter vivement avec quelqu'un, deux ou trois personnes, je dirais bien. Ça n'a pas duré bien longtemps, puis on a entendu un cri, comme un râle. Je me hâtais vers la porte quand Thierry est descendu en me demandant ce qui se passait, un brin effrayé. Je l'ai pris dans mes bras pour le rassurer, il avait les joues rouges et était brûlant de fièvre. Ne sachant toujours pas ce qui se tramait dehors, j'ai voulu ramener Thierry dans sa chambre. Je remontais rapidement les escaliers quand la porte s'est ouverte. Je me suis alors dépêchée, sans me retourner, jusqu'à la chambre de Thierry. J'ai entendu des pas derrière nous. Je voulais fermer la porte quand trois hommes masqués sont entrés, et le plus grand d'entre eux nous a regardés en ricanant et en disant : « Tiens, tiens, voyez qui est là... »

Le souvenir de la scène troubla Marguerite, qui se tut quelques instants. De grosses larmes coulaient sur ses joues. Legoff lui tendit son mouchoir. Marguerite le prit et se contenta de le rouler en boule dans sa main, ignorant ses joues mouillées. Elle reprit son récit :

— Thierry s'est mis à pleurer. L'homme s'est approché et m'a dit de lui remettre l'enfant. Comme je ne voulais pas, ils se sont avancés vers nous tous les trois, et celui qui semblait être leur chef m'a arraché Thierry des bras en me disant qu'il ne faudrait pas l'effrayer, qu'on ne ferait que le perturber pour rien alors qu'ils ne lui voulaient aucun mal. Thierry pleurait de plus en plus. Les deux autres hommes me tenaient loin de lui, et le chef a alors remarqué qu'il faisait de la fièvre. Il a sorti une fiole de sa poche et lui a dit de la boire, que ça lui ferait du bien. Thierry ne voulait pas, il me réclamait. L'homme lui a dit de cesser de pleurer, qu'il était un grand garçon et qu'il fallait qu'il boive son médicament. C'est alors que les deux autres m'ont tirée hors de la chambre et m'ont ramenée jusqu'à la cuisine. J'étais désespérée, mais je ne pouvais rien faire. Ils étaient bien trop forts pour moi. Ils m'ont fait entrer dans le placard, m'ont ligotée et bâillonnée, et j'y suis restée jusqu'à votre arrivée.

Marguerite se remit à pleurer.

— Je n'ai rien pu faire, Marie, je les ai laissés emmener Thierry.

Marie serra sa gouvernante dans ses bras. Elle aurait voulu la rassurer, mais une grosse boule bloquait sa gorge.

— Nous aurions dû le tuer quand nous en avions l'occasion, grinça-t-elle entre ses dents.

— Tu sais qui c'était ? s'étonna Marguerite.

— Celui que tu appelles le chef, est-il blond ? A-t-il les yeux très bleus ? Est-il grand ? Impressionnant ?

Marguerite écarquilla les yeux.

— C'est exactement ça. Tu le connais donc...

— Trop bien hélas ! ragea la jeune femme. Il s'agit de Marek, le corsaire que le roi a banni il y a cinq ans.

— Celui-là même qui...

— Oui, c'est bien de lui qu'il s'agit.

Lui qui, dans une autre vie, avait ravi celle de Marie. Lui qui l'avait violée puis laissée en pâture à ses hommes. Lui qui avait été responsable de la ruine de son père et des événements tragiques qui l'avaient conduit à la mort. Marek, que le roi n'avait pas pu punir à la hauteur de ses crimes et qui, semblait-il, s'était reconstruit une fortune et un pouvoir dans ces contrées lointaines où il avait été déporté. Des contrées pas assez lointaines cependant pour qu'il ne puisse en revenir et ressurgir dans la vie de Marie.

La jeune femme se releva.

— Je dois partir à sa recherche.

— Marie, attendez, commença Legoff en aidant Marguerite à se mettre debout.

— Non. J'ai déjà trop attendu. Chaque seconde compte. Chaque minute éloigne de plus en plus Thierry. Marek est venu en bateau et il a certainement l'intention de repartir de la même façon. Je veux récupérer mon fils avant qu'il ne soit trop tard. Je vais aller seller Saskia. Occupez-vous d'Anselme, qui est au salon.

— Marie, il faut…

Mais déjà la jeune femme était partie et les paroles de Legoff ne s'adressaient plus à personne.

— Va avec elle, lui dit Marguerite. Je vais mieux maintenant, et il faut retrouver ce petit bonhomme. Je vais aller voir Anselme.

Legoff embrassa sa femme sur le front et partit précipitamment à la poursuite de Marie. Dehors, le vent le bouscula et la pluie le trempa le temps qu'il se rende à l'écurie. Toutes les stalles étaient vides à l'exception d'une seule, où Legoff aperçut Marie agenouillée devant quelque chose. Il s'approcha et vit qu'elle était au chevet d'Olivier. Le jeune homme avait été assommé et revenait lentement à lui. Il tenta de se relever mais retomba lourdement sur la paille.

— Doucement Olivier, ne va pas trop vite.

Il ouvrit les yeux et reconnut Marie.

— Je suis désolé, réussit-il à articuler, je n'ai pas réussi à les empêcher…

— Tu n'as rien à te reprocher, Olivier, mais peux-tu me dire ce qui s'est passé ? demanda Marie.

Cette fois-ci, le jeune homme parvint à s'asseoir.

— Deux hommes sont entrés et se sont mis à détacher les chevaux. Je me suis approché en leur demandant ce qu'ils faisaient. L'un d'entre eux m'a dit de me tenir tranquille. Je ne l'ai pas écouté et il a foncé sur moi. Nous nous sommes battus et j'aurais probablement eu le meilleur sur lui si l'autre ne s'était amené, armé d'un gourdin. Je l'ai vu lever la main vers moi et ensuite, plus rien. C'est la dernière chose que je me rappelle.

Marie s'était relevée et avait mouillé un torchon propre dans un seau. Elle l'appliqua sur la tête d'Olivier, là où une belle bosse fleurissait.

— Ils ont emmené les chevaux avec eux pour que nous ne les poursuivions pas, dit-elle à l'intention de Legoff.

Elle tentait de se maîtriser du mieux qu'elle pouvait, mais ses nerfs étaient bien près de craquer. Sa respiration s'accélérait, ses yeux se dilataient. Legoff s'en rendit compte immédiatement.

— Marie, regardez-moi dans les yeux, dit-il en mettant ses larges mains sur les épaules de la jeune femme. Nous allons le retrouver. Nous allons demander de l'aide et je vous promets que nous retrouverons Thierry.

— Mais de quoi parlez-vous ? s'enquit Olivier en maintenant le linge sur sa tempe.

— Pendant que ces deux hommes s'occupaient des chevaux, répondit Legoff, trois autres étaient à la maison et enlevaient Thierry.

— Mais pourquoi… ? s'étonna le jeune homme.

Marie retrouvait peu à peu son calme.

— Ce serait trop long à expliquer. Il faut trouver un moyen rapide de nous rendre à la crique. C'est là que j'ai vu son bateau.

— Ils ont beaucoup d'avance sur nous, Marie. Et il fait presque noir…

— Et qu'attendez-vous de moi ? explosa la jeune femme. Ils sont partis avec mon fils, Julien, pas de l'or ou de l'argenterie, mon enfant ! Et je devrais rester ici les bras croisés ? Où vont-ils l'emmener ? Comment pourrons-nous le retrouver ? Oh Julien ! J'ai si peur !

Et Marie éclata en sanglots dans les bras de son vieil ami. Il avait peine lui-même à contenir ses larmes. Ils n'avaient pas remarqué qu'Olivier s'était levé pendant ce temps. Il revenait, maintenant, tirant un âne derrière lui.

— Je sais qu'il est loin de valoir Saskia à la course, mais il est vaillant et peut accélérer le pas quand on sait comment le lui demander.

Marie releva la tête, et sans prendre la peine de réfléchir, elle prit l'âne par la bride et l'entraîna dehors. L'instant d'après, elle avait disparu. Legoff ne fit pas un geste pour la retenir. Il la regarda s'éloigner au rythme du trot rapide de l'animal, puis se retourna vers Olivier.

— Bravo, mon gars. C'était ce qu'il lui fallait. Ça ne la mènera pas bien loin, elle ne retrouvera certainement pas ceux qu'elle cherche et l'obscurité ne va pas l'aider. Mais, au moins, elle n'aura pas l'impression d'être restée là à rien faire.

— Et nous, qu'allons-nous faire ? demanda Olivier.

— Aller à la maison pour soigner ta bosse et attendre que Marie revienne, dans quelques heures.

Ainsi firent-ils.

Chapitre 5

La nuit était tombée lorsque Marie revint au domaine. Elle poussa la porte d'un geste las qui en disait long sur son état d'âme. Il y avait de la lumière au salon. Elle y entra, un peu pour chercher le réconfort de la douce lueur des chandelles, et beaucoup dans l'espoir d'y trouver quelqu'un.

Legoff était là, dans un fauteuil, et il ronflait doucement pour accompagner les rêves qui faisaient frémir ses paupières. Marguerite était là aussi, appuyée sur son époux dans un sommeil plus silencieux. Le cœur de Marie se serra à la vue de ces êtres chers que la vie avait eu la bonne idée de réunir. Puis ses yeux s'emplirent de larmes. La quiétude et la tranquillité n'étaient plus pour elle. Elle revenait les mains vides, n'ayant pu trouver trace de son fils, et l'angoisse reprit ses droits dans le cœur de la jeune femme.

Marguerite sentit sa présence la première. Ouvrant précipitamment les yeux, elle se redressa sur son siège.

— Tu es revenue ! Dieu que j'étais inquiète ! Et Thierry, as-tu…

Marie fondit en larmes. La carapace qu'elle tentait courageusement de se bâtir s'effritait au moindre souffle. Elle se retrouva dans les bras de celle qui lui avait pratiquement servi de mère.

— Il l'a emmené, Marguerite ! Il n'y a trace nulle part d'un bateau. Personne n'a vu d'hommes à cheval avec un petit garçon, personne ne se souvient d'inconnus dans la ville. C'est comme s'ils n'avaient jamais existé.

— Allons, allons, dit Legoff, qui avait fini par s'éveiller. Les fantômes, ça n'existe pas. En tout cas, ils ne frappent pas si fort que ça – parlez-en à Olivier – et ils ne laissent pas de traces derrière eux ni ne volent des chevaux. Vous allez vous reposer, poursuivit-il, et demain nous mènerons notre enquête. Dans quelques heures, en fait, puisque la nuit est déjà entamée. Après un peu de sommeil, vous y verrez plus clair et ce sera bien le diable si nous ne trouvons pas un indice quelconque.

Marie n'avait pas la force de protester. Elle se laissa mener doucement jusqu'à sa chambre par Marguerite, qui la borda comme lorsqu'elle était enfant. Le sommeil la prit presque par surprise et l'emporta pour quelques heures précieuses loin de ses soucis.

Lorsque, à peine sortie du lit, elle descendit à la cuisine, elle n'y trouva que Marguerite, qui ramassait les reliefs d'un copieux petit déjeuner.

— Julien n'est pas là ? demanda Marie en guise de bonjour.

— Il est parti à la ville, répondit Marguerite, afin de voir s'il pouvait glaner quelques informations.

— Pourquoi ne m'a-t-il pas attendue ?

— Il préférait que tu te reposes. Il a dit que les jours à venir seraient suffisamment difficiles comme ça et qu'il valait mieux que tu refasses tes forces.

— Je vais aller le rejoindre.

— Ah oui ? Et où iras-tu ? Et avec quel cheval ? demanda Marguerite, les poings sur les hanches. Ne sois pas sotte et attends plutôt qu'il revienne. Il aura peut-être des nouvelles.

— Marguerite, cette attente me tue. Chaque minute, chaque heure creuse la distance entre Thierry et moi. S'il fallait qu'il disparaisse à jamais…

— Ne dis pas ça, répondit la gouvernante. Ne crois-tu pas que moi aussi je suis inquiète à en mourir ? Seulement, ça ne donnera rien de s'agiter comme des poules affolées. Attendons encore un peu, Julien a dit qu'il reviendrait vite.

— Et pourquoi Étienne n'est-il pas ici ? Rien de tout cela ne serait arrivé s'il avait été auprès de sa femme et de son fils.

— Ne sois pas injuste, Marie, tu sais bien que ce que ton époux désire le plus au monde, c'est d'être près de vous deux. Mais tu sais aussi qu'il a un métier difficile et exigeant, que le service de Sa Majesté a ses impératifs et qu'il doit faire son devoir.

— Oui mais…

La jeune femme n'alla pas plus loin ; on entendait un bruit de sabots dans l'entrée. Elle se précipita vers la porte, qu'elle ouvrit à toute volée. Legoff mettait pied à terre et Marie reconnut le cheval qu'il montait, ainsi que Saskia, qu'il tenait en longe. Mais pas de trace de Thierry.

— Alors, quelles nouvelles ?

Julien confia les chevaux à Olivier, qui était venu à sa rencontre. Le jeune homme avait un œil à moitié fermé et son visage prenait des couleurs qui n'avaient rien à voir avec la vie au grand air. Le Breton monta les marches pesamment.

— Où avez-vous trouvé les chevaux ? insista Marie.

— Venez, dit-il, ignorant la question de la jeune femme, j'ai besoin d'un bon café.

Il l'entraîna à sa suite dans la maison et ils s'attablèrent dans la cuisine devant un pot de café que Marguerite avait eu la prévenance de préparer.

— Tiens, mange un peu, dit celle-ci en posant un croissant devant Marie, tu n'as encore rien avalé.

— Je ne vous ferai pas languir plus longtemps, reprit Legoff après avoir bu une gorgée de café brûlant. Les chevaux ont été retrouvés errant aux alentours du port. Quelqu'un les a reconnus, un coup de chance vraiment, et les a conduits à la poste pour qu'on nous avise qu'on les avait trouvés.

— Donc, personne ne peut nous renseigner.

— Non, personne à la poste. Mais je suis allé voir les pêcheurs, dont certains revenaient déjà d'une sortie au petit matin, et j'ai appris là des choses intéressantes.

— Dites vite !

— On aurait vu à l'extérieur du port, du côté de la crique, un gros bateau, un trois mâts de style espagnol, ancré et les voiles en panne.

— C'est certainement le bateau que j'avais aperçu ! s'écria Marie.

— Du mouvement aurait été noté autour de ce navire, continua Legoff, ignorant l'interruption. Deux barques l'auraient rejoint et auraient été montées à bord. On n'a cependant rien pu me dire sur ses occupants.

— Rien ne nous dit alors qu'il s'agissait de Marek.

— Mais j'ai appris autre chose d'intéressant. Un homme dont la description fait beaucoup penser à celle de notre faux fournisseur d'huiles exotiques a aussi été vu en ville, accompagné de deux individus à la peau sombre qui parlaient un dialecte étrange. Ils auraient posé des questions sur le baron de Beauval et sa femme, cherchant à savoir où ils vivaient, qui ils pourraient trouver au domaine. Lorsqu'on s'est étonné de leur enquête, l'homme a répondu qu'il devait livrer des marchandises, des meubles de valeur arrivés par bateau et qu'il devait s'assurer d'aller au bon endroit.

— Ce devait être quand nous étions prisonniers sur le bateau.

— Un peu avant, en fait, avant même que nous recevions sa visite à la boutique. Je crois que l'opération avait été soigneusement planifiée.

— Et le navire espagnol, il est encore là ?

Le visage de Legoff s'assombrit.

— Il aurait pris la mer peu avant l'aube.

Marie poussa un cri et se cacha le visage entre les mains. Mais bien vite elle redressa la tête.

— Il faut aller chercher de l'aide auprès de la marine royale. Il faut lancer un bateau à leurs trousses.

— Je ne crois pas qu'ils bougeront pour de simples présomptions, dit Legoff.

— Ce sont plus que des présomptions, s'indigna Marie, il y a trop de choses qui se recoupent.

— Vous avez peut-être raison. De toute façon, nous n'avons rien à perdre.

Quelques instants plus tard, ils étaient sur la route, poussant leur monture au galop. Quand ils arrivèrent au bureau de la marine, la porte était fermée. Il semblait n'y avoir personne à l'intérieur. Marie frappa vigoureusement à la fenêtre.

— Mais que font-ils ? s'impatienta-t-elle.

— Il est encore tôt, temporisa Legoff. Peut-être ne sont-ils tout simplement pas arrivés.

— Il devrait toujours y avoir un officier de garde, répondit Marie. Étienne ne serait pas heureux de constater ce laisser-aller.

Sur ces entrefaites, un jeune enseigne imberbe arriva derrière eux, une brioche à la main.

— Vous cherchez quelqu'un ? demanda-t-il, imbu de l'autorité que lui conférait l'uniforme.

Il en fallait plus pour impressionner Marie.

— Ne devriez-vous pas toujours être à votre poste ?

— Ma petite dame, je ne crois pas que la façon dont nous gérons cet office vous regarde.

— Mais peut-être intéresserait-elle mon époux, le capitaine de Beauval ?

Le jeune homme rougit subitement.

— Ah pardon, madame, je ne savais pas… enfin… je ne voulais pas…

Legoff intervint.

— Ça va, jeune homme. On peut comprendre que vous ayez envie de casser la croûte, dit-il, soucieux de ne pas laisser survenir une dispute. Nous venons discuter d'une affaire grave. Où est l'officier responsable ?

— Il sera là dans une heure. Il avait une affaire... délicate à régler, répondit l'enseigne en jetant un regard prudent du côté de Marie.

Celle-ci fulminait.

— Ça manque grandement de sérieux, tout ça. Où sont les autres ?

— Tous les bateaux sont en mer, madame, expliqua le jeune homme sur un ton beaucoup plus déférent. Et il n'y a pas de relève prévue avant deux mois.

— Aucun bateau de la marine ici ? s'exclama Marie en voyant brusquement son idée de poursuite s'envoler.

— Non, aucun. La Rochelle n'est pas un port militaire, vous savez. Faudrait aller à Brest pour ça.

— Je sais, je sais. Allez, venez Julien, nous n'avons plus rien à faire ici. Nous perdons plutôt un temps précieux.

Plantant là le jeune homme et sa brioche, elle tourna les talons, suivie d'un Legoff un peu préoccupé. À la façon dont marchait Marie, il voyait bien qu'elle avait une idée derrière la tête.

Marie et Legoff s'en retournèrent à la maison aussi vite, sinon plus, que lors de l'aller. Le cheval de Legoff, avec une charge beaucoup plus lourde, avait peine à suivre le rythme que Marie imposait à Saskia. Celle-ci était couverte d'écume quand ils franchirent la grille du domaine. Marie amena sa jument directement à l'écurie et la laissa toute sellée dans sa stalle. Olivier s'en chargerait plus tard. Sans prendre la peine d'attendre Legoff qui arrivait dans son sillage, Marie s'en fut en courant vers la maison. Elle monta l'escalier quatre à quatre et se précipita dans sa chambre.

Alarmée par le vacarme, Marguerite était apparue pour voir la jeune femme disparaître au haut des escaliers. Legoff arriva tout essoufflé.

— Quelle mouche l'a piquée ? demanda Marguerite.

— Ah ça, va savoir ! répondit Legoff. La dernière chose qu'elle a dite avant de revenir à bride abattue jusqu'ici, c'est : « Nous perdons un temps précieux. »

— Pas de nouvelles alors.

— Non, rien. Et je m'inquiète de ce que veut faire Marie. Elle n'est pas du genre à attendre la suite des événements les bras croisés et les recours ne sont pas nombreux ici.

— Que penses-tu qu'il faudrait faire ?

— Envoyer un message à Étienne en lui expliquant la situation. Et voir ce que lui pourrait faire à partir de là.

— Mais ça peut prendre des mois !

Le regard de Legoff s'assombrit.

— Je sais bien. Mais pour l'instant il n'y a pas d'autre solution.

— Il y en a une autre, l'interrompit Marie en entrant dans la pièce, un sac de toile jeté sur son épaule. Je pars pour Brest.

Marguerite et Legoff eurent un hoquet avec un bel ensemble. Le Breton fut le premier à protester :

— Brest ? Comment ça, Brest ?

Marie posa son sac par terre.

— Pensiez-vous sérieusement que j'allais rester tranquillement ici à filer la laine pendant que cet infâme Marek emmène mon fils Dieu sait où ?

— Et que pensez-vous faire ?

— Je trouverai bien une fois là-bas, répondit Marie en levant le menton avec un air de défi. Je convaincrai les autorités de s'impliquer ou j'affréterai moi-même un bateau pour partir à sa poursuite. Et je vous avertis tout de suite, rien de ce que vous pourrez dire ou faire ne me fera changer d'idée.

— Je ne le sais que trop bien, soupira Legoff. Mais vous lancer ainsi tête baissée dans une autre folle entreprise n'est peut-être pas ce qu'il y a de mieux à faire. Et n'oubliez pas que, par ordre du roi, vous ne pouvez prendre la mer en l'absence de votre époux.

— Tous les ordres de Sa Majesté tombent devant la vie de mon fils !

Legoff ne releva pas la bravade.

— Et vous, qu'est-ce que vous proposez ? lui demanda tout de même Marie.

— Nous pourrions envoyer un message à Étienne, tenta-t-il, et celui-ci pourrait…

— Étienne ! le coupa Marie. Que voulez-vous qu'il fasse là où il est ? Et d'abord, pour qu'il reçoive votre message, ça prendrait des semaines, voire des mois.

— Je…

— Il n'avait qu'à être près de nous en cet instant !

— Marie, il me semble que nous avons déjà discuté ce point, intervint Marguerite, ne dis pas des mots que tu pourrais regretter.

— De toute façon, ma décision est prise. Je pars immédiatement, affirma-t-elle en reprenant son sac.

Legoff jeta un coup d'œil à sa femme, poussa un autre soupir et se leva.

— Puisque je sais pertinemment que, quoi que l'on dise, vous vous lancerez quand même sur les grands chemins, autant préparer cette expédition la tête froide. Reposez votre sac par terre et discutons. Si vous voulez bien de mon aide, nous partirons ensemble demain, à la première heure.

Les yeux de Marie s'emplirent de larmes. Cette nouvelle preuve d'amitié l'émouvait plus qu'elle n'aurait pu le croire.

— Julien, vous n'avez pas à faire ça…

— Et vous pensez peut-être que le sort de ce petit bonhomme m'est indifférent ? Il me manque déjà à moi aussi.

— Et moi, ajouta Marguerite, je serai beaucoup plus rassurée si je sais Julien à tes côtés sur ces routes dangereuses.

— Partons donc ensemble, Julien, puisque vous m'offrez encore une fois votre appui. Après tout, ce ne sera pas la première fois que nous courons les chemins ensemble.

— Bon, il y a maintenant des choses à faire et à préparer si nous voulons être prêts demain. Mais d'abord les choses sérieuses, dit-il en souhaitant alléger la tension du moment. Marguerite, qu'y a-t-il à manger ?

Chapitre 6

Ils pensèrent d'abord à emmener Olivier avec eux. Peut-être ne seraient-ils pas trop de trois sur les routes hasardeuses et souvent dangereuses. Mais Marie repoussa bien vite cette idée. D'abord, la présence d'Olivier au domaine était importante, voire essentielle, étant donné les derniers événements. Il faudrait veiller à ce que la grille soit sécurisée et finalement procéder à certains travaux, comme la construction d'une maisonnette de gardien. Ensuite, elle répugnait à laisser Marguerite trop seule dans la grande maison. Le vieil Anselme, qui se remettait tranquillement de ses blessures et de ses émotions, était plein de bonne volonté, mais son âge respectable et l'état de ses vieux os en faisaient plus une aide morale qu'autre chose. Tout comme Fleurette, elle aussi secouée par les événements.

Et puis Marie voulait aller vite. Si on partait avec Olivier, cela voulait dire prendre Saskia et les autres chevaux du domaine. Cela supposait des haltes pour permettre aux montures de se reposer et donc une perte de temps précieux. Par contre, si elle partait avec Legoff uniquement, ils pourraient louer des chevaux de poste et se procurer à chaque étape des montures fraîches, qui leur permettraient d'avaler des lieues plus rapidement. Legoff, que la perspective de galoper jour et nuit ne séduisait pas outre mesure, tenta bien de faire pencher Marie pour la première option, mais c'eût été comme vouloir dresser une tente un soir de grand vent…

Le lendemain matin, Olivier les amena donc à la poste du village, munis d'un léger bagage et d'une bourse modeste pour subvenir à leurs besoins les plus pressants. Il ne fallait pas attiser la convoitise des brigands qui, hélas, hantaient toujours les routes. Marie avait pris tout de même soin de coudre quelques bijoux dans l'ourlet de la veste de la tenue masculine qu'elle avait choisi de porter. Peut-être auraient-ils besoin d'une somme plus convaincante à Brest pour pousser plus loin les recherches. Ils étaient partis sans faire de bruit. Legoff avait eu le temps de faire ses adieux à sa femme durant la nuit tandis que Marie avait préféré partir sans un ultime au revoir. Elle s'était muré le cœur pour faire face à ce qui l'attendait et ne voulait pas craquer devant l'inévitable désespoir de Marguerite. Elle laissa cependant une lettre pour Sarah, priant sa gouvernante d'aller la lui porter. Si une véritable amitié ne s'était pas tissée entre les deux femmes au cours des ans, leur amour commun pour Marie leur avait permis un certain rapprochement teinté de respect mutuel. C'est ainsi que la poussière se leva sous les sabots de deux chevaux qui se lancèrent sur la route dans la brume matinale du soleil levant.

Ils arrivèrent à Nantes en début de soirée. Leurs chevaux, exténués par le rythme infernal qu'on leur avait imposé, ne demandaient pas mieux que d'entrer dans la stalle qui leur était ouverte et de se goinfrer de l'avoine que Marie leur avait achetée. Elle voulait reprendre la route aussitôt qu'elle et Legoff auraient avalé quelque chose. Mais elle se heurta à une forte opposition de la part de son ami.

— Vous faites comme vous voulez, mais moi je passe la nuit ici ! Nous avons parcouru en une journée ce que toute personne sensée aurait fait en deux jours et demi. Nous avons été très chanceux de pouvoir changer deux fois de monture en cours de route, sinon ces pauvres bêtes seraient mortes à l'ouvrage.

— Mais, Julien, n'avions-nous pas dit que nous couvririons le plus de distance possible ?

— Pendant que vous rameniez les chevaux à l'étable, j'ai un peu bavardé avec l'aubergiste. Il semble que des bandes de brigands hantent les routes entre Nantes et Vannes, notre prochaine étape. Et franchement, parcourir plus de vingt-cinq lieues en pleine nuit, sur des chemins que nous ne connaissons pas ou très mal, avec la crainte de voir une horde de sauvages nous tomber dessus, très peu pour moi. Ce serait rendre un fort mauvais service à Thierry que de mourir nous-mêmes trucidés par des malfaiteurs.

— Julien, vous exagérez…

— Ah j'exagère ? N'avez-vous pas déjà été confrontée vous-même aux plus vils instincts d'une bande de gaillards mal intentionnés ? Dois-je vous rappeler ce que l'homme est capable de faire à ses semblables, surtout lorsque ses semblables ont une allure comme la vôtre ?

Marie serra les lèvres. Il était inutile, en effet, de lui rappeler le pénible drame qu'elle s'efforcerait d'oublier toute sa vie.

— Nous repartirons aux premières lueurs de l'aube, ajouta Legoff radouci. Et si entre Nantes et Vannes la route se révèle finalement plus tranquille que prévu, nous pourrons peut-être même pousser plus loin. Mais n'y comptez pas trop. Il y a tout de même plus de vingt lieues entre les deux villes.

Marie n'insista pas. Elle était même secrètement soulagée. Elle aurait eu l'impression de trahir Thierry en prenant elle-même la décision de passer la nuit à Nantes. Mais comme c'était la décision de Julien… Les dernières journées avaient été chargées d'émotions, et la fatigue qui en résultait se faisait sentir. Elle savait bien qu'après une bonne nuit de sommeil, ils seraient plus d'attaque pour la suite. Ils prirent donc deux chambres et se donnèrent rendez-vous au petit matin.

La route entre Nantes et Vannes tint ses promesses. Elle offrit aux voyageurs un parcours sûr et relativement facile.

Ils traversèrent la petite ville au milieu de l'après-midi, surpris de la foule qu'ils y virent. Pendant presque quinze ans, le Parlement de Bretagne y avait été installé, sous les ordres de Louis XIV, en représailles aux émeutes des Bonnets Rouges qui avaient secoué toute la région. La petite ville avait alors connu un essor subit, dont on ressentait encore les effets des années plus tard.

Legoff tint parole. Ils cherchèrent un endroit où changer de monture et, après une petite heure consacrée à se délasser les jambes et à casser la croûte, ils reprirent la route vers Lorient, pour une douzaine de lieues supplémentaires. Le soleil descendait rapidement à l'horizon et Legoff souhaitait vivement atteindre la ville avant que la nuit complète soit tombée. Il devint toutefois rapidement évident que ce ne serait pas possible. Les chevaux qu'ils avaient loués à Vannes étaient beaucoup moins fringants que les précédents, et il était impossible aux deux cavaliers de les garder au petit galop, voire au simple trot. Les montures retombaient d'elles-mêmes, et avec un bel accord, dans un pas monotone et surtout très frustrant pour Marie.

— Si je pouvais retourner à Vannes, j'irais dire ma façon de penser à ce loueur malhonnête. Ces chevaux sont épuisés, ils ont dû galoper toute la journée d'hier...

— C'était tout ce qu'il restait.

— C'était pas une raison pour nous les refiler...

Marie ne put continuer sa phrase, interrompue par deux hommes jaillis de l'ombre, qui empoignèrent sans mal son cheval par la bride. Deux autres hommes se saisirent de la monture de Legoff de la même façon. Un cinquième s'avança vers eux.

— Bien le bonsoir, messieurs... Vous ferez bien la charité à quelques pauvres hères affamés.

— Quelques bandits sans scrupules plutôt, lança Marie, furieuse de s'être laissée prendre par surprise.

Legoff retint un juron en entendant la jeune femme. L'effet de l'algarade ne se fit pas attendre.

— Tiens, tiens, remarqua celui qui semblait être le chef en s'avançant vers Marie. Est-ce que, sous ses apparences trompeuses, nous ne trouverions pas là une dame ?

Marie maudit son impétuosité. Mais, malgré leur aspect menaçant, ces hommes ne lui faisaient pas peur. Le langage soigné de celui qui prenait la direction des opérations indiquait qu'il avait une certaine éducation. Peut-être serait-il alors possible de négocier ?

Legoff prit les devants.

— Nous n'avons pas grand-chose à vous donner. En fait, rien du tout. Nous avons été appelés d'urgence au chevet de notre mère malade, et chaque minute compte. Si vous avez un peu d'humanité, laissez-nous passer.

— Bien sûr, bien sûr, répondit l'homme. Et moi je suis un moine qui fait la collecte pour ses œuvres de bienfaisance. Mais assez parlé, mettez pied à terre tous les deux.

Le ton maintenant était plus menaçant.

En se penchant sur sa selle, Marie attrapa une dague qu'elle tenait sanglée sur son mollet, dans sa botte. On avait déjà tiré Legoff au bas de son cheval et deux hommes l'immobilisaient. Un autre s'occupait des deux chevaux, tandis que le quatrième, sous l'œil de son chef, tendit les bras vers Marie. Celle-ci ignora l'aide offerte et, aussitôt qu'elle fut à terre, planta sa dague dans la cuisse de l'homme, qui plia le genou en poussant un cri de surprise et de douleur. Marie l'écarta d'un coup de botte et se mit en position de défense face au chef, qui comprit rapidement ce qui se passait. La jeune femme ne voyait pas Legoff, caché par les deux chevaux, mais aux bruits qui lui parvenaient, elle en déduisit que le Breton donnait du fil à retordre aux deux hommes qui l'entouraient.

Elle dut cependant reporter rapidement son attention sur le chef, qui fonçait maintenant vers elle avec colère. Il avait dégainé une épée et il devint vite évident que la dague de Marie ne ferait pas le poids face à cette arme, qu'il pointait à cet instant précis sur sa gorge.

— Putain ! Mais qu'est-ce que tu croyais, ma belle ? T'en sortir aussi facilement ? M'est avis que ta mère mourante ne verra pas sa prétendue fille de sitôt. Lâche cette dague si tu ne veux pas que je tranche la gorge de ton ami !

Marie jeta un bref regard du côté de Legoff pour constater que celui-ci était maintenant au sol, la tête dans les cailloux, écrasée sous la botte d'un des deux hommes tandis que l'autre tentait de lui lier les mains derrière le dos. Mais ils n'étaient pas arrivés à ce résultat sans mal puisque l'un saignait du nez tandis que l'autre avait la lèvre éclatée.

Marie n'eut d'autre choix que de laisser tomber sa dague. Son adversaire la poussa du bout du pied et, s'approchant de la jeune femme, il la gifla à toute volée.

— Voilà qui t'apprendra à jouer les héroïnes. Et maintenant, on va te fouiller. M'est avis que tu caches plus sur toi que ce que ton « frère » nous dit.

L'homme qui avait eu la cuisse transpercée par Marie s'était relevé et s'approchait d'elle en boitant, l'air mauvais.

— Garce ! Tu vas me payer ce que tu m'as fait...

Marie était encore étourdie par la claque qu'elle avait reçue et il lui semblait entendre son cœur marteler dans ses oreilles. Elle sentit des mains la palper sans ménagement, s'attardant beaucoup trop sur ses seins, où il était pourtant évident qu'elle ne cachait rien. Ils ne tarderaient pas à trouver les bijoux cousus dans l'ourlet de la veste. Le bruit dans ses oreilles persistait et elle finit par se rendre compte qu'il venait d'un peu plus loin sur la route. C'était le bruit des sabots d'un cheval lancé au galop. De plusieurs, peut-être. Les hommes, concentrés sur leur fouille, n'avaient encore rien entendu.

— Ils arrivent ! cria subitement Marie. Courage, Julien, le reste de la troupe n'est pas loin ! Gaston, Bernard, Vincent, Daniel et les dix gardes seront là dans un instant !

Leurs assaillants suspendirent leurs gestes. Elle sentit leur hésitation. Tournant la tête vers la route, elle hurla :

— Vite, messieurs ! À l'aide ! Ils sont cinq ici, dont un blessé !

Le son de la galopade devenait de plus en plus fort. D'ici quelques minutes, la troupe allait débouler sur eux. D'un accord tacite et sans demander leur reste, les quatre voleurs regagnèrent la sûreté des bois en aidant leur compagnon blessé. L'instant d'après, Marie s'affairait à libérer Julien de ses liens.

Celui-ci se relevait péniblement quand une troupe de six hommes émergea de l'ombre sur la route.

Amis ou ennemis ? pensa Marie.

Découvrant la jeune femme qui aidait Legoff à se remettre debout, ils immobilisèrent net leurs montures.

— Des problèmes ? demanda l'homme qui était le plus près d'eux.

Amis, décida Marie.

— Votre arrivée est certes très opportune, messieurs. Nous avons été attaqués par une bande de brigands, et n'eût été votre apparition soudaine, je crois que nous nous serions retrouvés en très fâcheuse posture.

— Êtes-vous blessés ? demanda son interlocuteur.

— Secoués seulement, répondit Legoff, qui avait fini par se remettre sur ses jambes. Mais je me joins à ma... jeune sœur pour vous remercier de l'aide que vous nous avez dispensée sans le savoir.

L'homme regarda Marie avec surprise.

— Pardonnez-moi, madame, dans la pénombre je vous avais prise pour un jeune garçon.

— Ces vêtements sont plus pratiques pour voyager, répondit Marie avec un sourire. Mais je me rends compte que j'aurais dû écouter les recommandations de mon frère, qui hésitait à prendre la route de nuit. Les dangers qu'on y rencontre sont finalement bien réels.

— Puis-je vous demander où vous vous rendez ?

— Nous pensions faire étape à Lorient, dit Legoff, mais notre destination finale est Brest.

L'homme se retourna sur sa selle et chercha du regard l'un de ses compagnons qui s'était tenu en retrait. Il dut y avoir communication entre les deux parce que le premier reporta son attention sur Marie et Legoff et leur dit :

– C'est aussi notre destination. Nous accompagnons le comte de Bellefeuille, qui a à faire à Brest. Si vous voulez vous joindre à nous, vous serez plus en sécurité.

Marie et Legoff se regardèrent. Cette offre ne pouvait pas mieux tomber.

– Nous acceptons avec soulagement, répondit Legoff. Et peut-être qu'à sept nous pourrons mieux contrôler l'impétuosité de cette jeune femme.

Marie haussa les sourcils en direction de Legoff mais ne put rien ajouter puisque l'homme, sans relever l'allusion du Breton, leur demanda de se remettre en selle.

– Nous voudrions profiter d'une partie de la nuit à Lorient pour nous y reposer un peu avant de nous remettre en route vers Quimper. Nous y avons réservé une auberge aux chambres bien accueillantes, et quelques heures de sommeil ne seraient pas de refus. Il y aura de la place pour vous, bien sûr.

– Alors ne perdons pas temps, messieurs, si ces deux canassons qu'on nous a refilés à la poste de Vannes veulent bien suivre le rythme de vos chevaux.

– Nous ne sommes pas bien loin, quelque cinq lieues tout au plus, alors inutile de fatiguer nos montures.

Le petit groupe se remit en marche, Legoff était resté en tête en compagnie de l'homme qui les avait abordés, Jacques Guérêts. Il avait présenté ses compagnons aux deux voyageurs, soit Paul, Tristan, Bernard et Gaston, et Marie eut un petit sourire en notant qu'elle avait vu juste à propos de deux des prénoms de leurs sauveteurs. À ce groupe s'ajoutait, bien sûr, le comte de Bellefeuille, qui pour l'instant trottait aux côtés de Marie tandis que deux des hommes fermaient la marche derrière eux.

Tous progressaient silencieusement, sauf Legoff, qui parlait à bâtons rompus avec Guérêts. Marie s'amusait toujours de la facilité avec laquelle son ami nouait des liens avec les gens. Qu'il se retrouve devant quelqu'un de la noblesse ou un simple paysan, on aurait toujours pu croire, au bout de quelques instants, qu'ils étaient les plus vieux amis du monde. La fatigue du jour et les émotions de la nuit commençaient à faire leur œuvre sur Marie. Le pas lent et cadencé des chevaux avait un effet hypnotique et ses paupières se faisaient lourdes.

— Si vous vous endormez, vous risquez de tomber de cheval.

La voix grave la sortit de sa torpeur. Resserrant les rênes dans ses mains, elle tourna la tête vers son interlocuteur. Enveloppé d'ombre et d'une cape noire, elle ne le distinguait pas très bien. Il portait un feutre à large bord qui dissimulait en partie son visage et, ainsi en selle, il était difficile d'imaginer sa stature. Mais au ton de sa voix, elle devinait un petit sourire amusé.

— Je… je ne m'endors pas du tout, protesta-t-elle pour la forme.

— Si vous voulez, je peux suggérer qu'on fasse une pause. Tous mes hommes sont bien armés, et je pense qu'on pourrait s'arrêter quelques instants sans danger.

— Je vous remercie, déclina Marie, mais je vous assure que je vais très bien. Je crois qu'il vaut mieux regagner Lorient le plus vite possible. Le repos sera plus efficace dans une auberge que sur les abords de cette route. Vous parlez de vos hommes, vous êtes donc…

— … le comte de Bellefeuille, pour vous servir, acheva-t-il avec un petit salut de la tête.

— Merci de nous permettre de voyager avec vous.

— Votre frère avait raison. Ce n'est pas très prudent pour deux voyageurs seuls de parcourir les chemins la nuit. Comme vous avez pu le constater, les rencontres qu'on y fait ne sont pas toujours amicales.

— Vous vous rendez à Brest pour affaires ? demanda Marie, soucieuse de changer le sujet de la conversation.

— Oui, en quelque sorte. Mais vous-même ?

— Je… je dois aller rencontrer des officiers de la marine pour les convaincre de…

Mais elle ne put continuer, sa gorge nouée ne laissant plus sortir un son. Gênée de son moment de faiblesse, Marie détourna la tête. Discret, le comte n'insista pas et chacun retomba dans ses pensées.

La nuit était toujours très épaisse lorsqu'ils arrivèrent dans les faubourgs de Lorient. Malgré la forte croissance que la ville avait connue au cours des années précédentes grâce à la prospère Compagnie des Indes, les rues étaient désertes à cette heure et seul le bruit des sabots des chevaux sur les pavés inégaux perçait le silence de la nuit. Une lanterne allumée accrochée à la porte de l'auberge « An Orient », soit « Lorient » en breton, signalait aux voyageurs qu'ils y étaient attendus. Guérêts poussa la grille, qui n'était pas verrouillée, et descendit de son cheval dans la cour. Comme s'il n'attendait que ce moment, l'aubergiste ouvrit la porte et les salua à voix basse :

— Bien le bonsoir, messieurs, vous avez fait bon voyage ?

— Oui, et nous sommes fatigués. Nous avons chevauché sans relâche depuis près de vingt-quatre heures.

— Vos chambres sont prêtes. Mais, ajouta l'aubergiste en regardant le petit groupe, je croyais que vous étiez six.

— Deux compagnons se sont joints à nous, intervint le comte de sa voix profonde. Vous seriez aimable de leur préparer chacun une chambre.

— C'est que… balbutia l'homme embarrassé, il ne m'en reste qu'une…

— Ne deviez-nous pas nous réserver l'auberge au complet ? l'interrompit le comte, visiblement mécontent.

— Oui, monsieur le comte, mais je n'ai pas eu le choix, l'un des bateaux que la Compagnie des Indes avait mis en chantier sera livré ces jours-ci et…

— Peu m'importent vos raisons, l'ami, le coupa le comte d'un ton glacial. Une entente est une entente. Alors vous nous ferez le plaisir de trouver une solution satisfaisante à ce problème.

— Nous pouvons partager la chambre, intervint Marie, que l'aubergiste avait prise pour un jeune homme.

Elle était pressée de se glisser entre les draps d'un bon lit, même si cela voulait dire supporter les ronflements inévitables de Legoff.

— Et cela me fera plaisir de vous l'offrir, de même que le solide goûter qui vous attend dans la salle à manger, s'empressa d'ajouter l'aubergiste, heureux de cet appui qui arrivait juste à temps. Des stalles sont prêtes pour vos chevaux à l'écurie, et je vais tout de suite aller faire préparer la chambre.

Il se retourna vivement et se précipita dans l'auberge avant de recevoir un autre reproche de la part du comte.

Le petit groupe se dirigea en silence vers l'écurie et ils remirent leurs chevaux à trois garçons d'écurie qu'ils avaient visiblement tirés de leur sommeil. Marie titubait de fatigue. C'était comme si toutes les émotions des derniers jours lui tombaient dessus en même temps. Alors que les hommes se dirigeaient vers la salle à manger, elle annonça à Legoff son intention d'aller se coucher tout de suite.

— Je monte avec vous, répondit Legoff.

— Mais vous n'avez pas faim ? demanda Marie.

— Je redescendrai dans quelques instants.

Haussant les épaules, la jeune femme laissa le Breton lui emboîter le pas. Un commis leur avait donné la clé de la chambre numéro 9. Deux petits lits, une penderie et une table avec sa chaise constituaient le mobilier sommaire. Legoff grimaça en voyant les lits. Il ne faudrait pas qu'il bouge trop s'il ne voulait pas terminer sa nuit sur le plancher. Mais il détourna bien vite son attention du mobilier pour la concentrer plutôt sur la jeune femme.

— Et si vous m'expliquiez maintenant ce qui vous a pris ?

Sa colère, contenue depuis plusieurs heures, refluait maintenant en lui comme une vague.

— De quoi parlez-vous ? demanda Marie en jouant les étonnées.

— Qu'est-ce qui vous a pris de résister aux brigands, et non seulement ça, mais aussi d'en attaquer un ? Et d'où venait cette dague que vous avez sortie ? Vous auriez pu être tuée ou même pire !

— Ah ça ! Il aurait peut-être fallu que je leur facilite la tâche ? De quel droit essayaient-ils de nous déposséder ? Et la dague, vous l'avez vue vous-même, elle sortait de ma botte.

— C'était parfaitement inconscient de votre part, explosa le Breton. Ils étaient supérieurs en nombre, je ne pouvais rien faire pour vous porter secours, et rien de ce que nous avions sur nous ne justifiait un tel acte de témérité.

— Ils s'attendaient à ce que nous jouions les victimes consentantes, et c'est pour ça que tant de gens se font dévaliser ! Si vous pensez que j'allais laisser ces moins que rien s'en tirer comme ça… Et de quoi vous plaignez-vous ? Nous nous en sommes sortis indemnes.

— Je dois reconnaître que vous avez eu une bonne présence d'esprit en criant de la sorte, mais que se serait-il passé si les cavaliers n'étaient pas arrivés à ce moment-là ?

— La question ne se pose pas puisqu'ils sont arrivés.

Tant de mauvaise foi fit sur Legoff l'effet d'un souffle de vent sur un feu moribond. Sa colère gonfla d'un seul coup.

— Marie, nom de Dieu ! Vous avez assez l'expérience des hommes pour ne pas ignorer que tout cela aurait pu bien mal finir. Je doute qu'Étienne…

— Laissez Étienne en dehors de tout ça !

— Nous sommes là pour retrouver votre fils et non pas pour vous offrir en sacrifice sur les routes…

Des coups frappés à la porte les interrompirent. L'aubergiste entrouvrit prudemment l'huis et y risqua un œil.

— Messieurs, je vous en prie, on vous entend partout dans l'auberge. J'ai des clients qui dorment…

— Eh bien, ils ne dorment plus maintenant, répondit Legoff avec humeur.

Marie, voyant là l'occasion de mettre un terme à une discussion qu'elle jugeait pénible et qui, surtout, ne menait nulle part, en profita pour temporiser.

— Nous ferons attention, pardonnez-nous. D'ailleurs, ce monsieur s'apprêtait à aller faire honneur à votre table.

Le monsieur en question lui jeta un regard courroucé, ouvrit la bouche pour ajouter quelque chose puis se ravisa et sortit de la chambre en fermant sèchement la porte derrière lui.

Marie poussa un soupir. Legoff avait raison, mais elle n'aurait voulu en convenir pour rien au monde. Elle n'arrivait pas à regretter son geste. C'était eux les malfaiteurs, pas elle. Alors pourquoi devrait-elle se sentir coupable ? Elle se rafraîchit le visage avec l'eau d'un pichet disposé là pour les clients, se dévêtit rapidement et se glissa dans le lit. Les draps étaient râpeux mais bien propres. Elle ferma les yeux, pressée de s'endormir avant que Legoff ne revienne, d'une part pour éviter que la discussion ne reprenne et, d'autre part, pour être plongée dans le sommeil avant qu'il ne se mette à ronfler.

Toute la troupe se retrouva au petit déjeuner. Ils avaient pu bénéficier de quelques heures de sommeil, et, impatiente de repartir, Marie était au rendez-vous. Les chevaux étaient déjà sellés ; ils allaient reprendre la route incessamment. Lorsqu'elle s'était réveillée, Legoff avait déjà quitté la chambre. Ils ne s'étaient pas reparlé depuis la scène de la veille. Maintenant reposée, la jeune femme voyait les choses différemment et avait un peu honte de s'être emportée de la sorte. Elle sortit dans la cour et le chercha des yeux sans le trouver.

— Vous cherchez quelqu'un ?

Marie sursauta. La voix grave l'avait surprise. Elle se retourna et vit le comte qui réglait l'étrier de sa selle. Elle ne l'avait pas bien vu la veille, même s'ils avaient chevauché côte à côte pendant quelque temps. L'obscurité qui les enveloppait alors ne facilitait pas l'observation. Elle se rendit compte qu'il était plus grand qu'elle ne l'avait présumé. Bien qu'elle l'eût cru plus âgé, elle lui donnait maintenant autour de trente-cinq ans.

Ses longues jambes étaient galbées dans des bottes de cuir fin, et ses mains bronzées ajustaient avec assurance une sangle un peu dure. Ce détail surprit un peu Marie. Il trahissait une vie au grand air, ce qui n'était pas forcément dans les habitudes de l'aristocratie. Comme le soleil était plus chaud, le comte avait laissé sa cape et ne portait qu'une chemise large sur sa culotte de daim. Une épée ouvragée était glissée à sa ceinture.

Il leva les yeux vers elle. Pendant un instant, Marie crut qu'ils étaient noirs, mais elle nota avec surprise qu'ils étaient bleus, mais d'un bleu si foncé qu'ils paraissaient noirs… comme ses cheveux un peu longs, trop courts cependant pour être attachés en catogan. Sentant qu'il était l'objet d'un examen minutieux, il leva les yeux vers elle, un léger sourire flottant sur ses lèvres.

— Alors ? Je passe l'examen ?

Marie rougit, consciente de ne pas avoir été très subtile.

— Pardonnez-moi, mais hier dans l'obscurité, je vous avais vu plus vieux.

— Eh bien non, riposta-t-il en rabattant l'étrier sur le flanc de son cheval. Vous aurez peut-être confondu avec mon père, le très rigide comte de Bellefeuille.

— Vous ne semblez pas l'aimer particulièrement.

— Disons que nos points de vue diffèrent sur à peu près tout. Et que mettre une certaine distance entre nous est la seule façon de ne pas envenimer nos rapports. Mais assez parlé de lui, ajouta-t-il en sautant en selle. Vous devriez prendre vos affaires, nous allons partir dans quelques instants.

— Mais je suis prête ! riposta Marie. Je cherchais Julien.

— Je l'ai vu du côté des écuries. Ah ! le voilà qui arrive.

Julien s'approchait effectivement, balancé par le pas traînant de son cheval. Voyant Marie, il bifurqua vers la grille d'entrée de la cour.

— Tiens, êtes-vous en froid ? demanda le comte.

— Mais non, répondit Marie. Il est comme ça, voyez-vous… têtu comme le Breton qu'il est.

— Ah ! Et en tant que sœur, n'êtes-vous pas vous-même bretonne ?

— Euh, mais oui… bien sûr, balbutia Marie. Il faut d'ailleurs que j'aille le rejoindre.

La jeune femme s'empressa de laisser le comte, qui commençait à la mettre mal à l'aise, et alla rejoindre Legoff. Celui-ci était déjà sorti de la cour et faisait marcher son cheval en petits allers-retours sur la route.

— Julien, je voulais vous parler.

— Ouais ? Qui voulez-vous attaquer cette fois ?

Il semblait n'avoir rien perdu de sa mauvaise humeur de la veille. Mais Marie ne voulait pas croiser le fer avec lui.

— Je voulais vous prier de m'excuser de m'être emportée hier. Nous étions fatigués et…

— La fatigue n'a rien à voir là-dedans, jeune fille. J'ai plutôt une préoccupation bien réelle devant vos réactions parfois irréfléchies.

— Avouez cependant que ça nous a servi.

— Parce que les secours sont arrivés juste à temps ! Sinon, je n'ose imaginer ce qui se serait passé ensuite.

— Bon, disons que j'ai été un peu impulsive, mais je ne pouvais accepter qu'on nous détrousse comme ça, tout simplement. Je vous promets de me contrôler la prochaine fois. Mais dites-vous bien qu'une seule raison motive mes actions : retrouver mon petit garçon au plus vite. Et ici, sur terre, je ne peux flairer la trace de Marek…

— Espérons tout de même qu'il n'y aura pas de prochaine fois.

— Alors… vous ne m'en voulez plus ?

Legoff soupira.

— C'est bien ça le problème. Comme je suis incapable de vous en vouloir bien longtemps, vous oubliez vite et vous recommencez à la première occasion.

— Mais non, je…

Le reste de la phrase de Marie se perdit dans le bruit de sabots de la petite troupe qui venait les rejoindre.

— Bon, vous êtes là, lança Jacques Guérêts. Eh bien puisque nous y sommes tous, partons.

Ils poussèrent leurs chevaux reposés au galop et se lancèrent vers Quimper.

Chapitre 7

La matinée passa rapidement, les chevaux progressant avec une belle régularité sur la route. Mais, peu à peu, ceux de Marie et de Legoff se laissèrent distancer, insensibles aux encouragements prodigués par leurs cavaliers. La troupe du comte ralentit le rythme pour se mettre à leur allure.

— M'est avis que ce ne sont pas des montures de première jeunesse qu'on vous a refilées, dit Guérêts en venant à la hauteur de Legoff.

— On ne peut pas attendre beaucoup plus des chevaux de poste, répondit Legoff. Mais quand même, ils nous ont bien servis, ajouta-t-il, en flattant l'encolure de son cheval.

— Il faudra tout de même en changer à Quimper. Ils nous ralentiraient beaucoup trop. Et votre sœur, ça va ? Vous pensez qu'elle peut tenir ?

Legoff sourit.

— Elle est beaucoup plus coriace qu'elle n'en a l'air. Nous devrions plutôt nous demander si nous allons réussir à suivre son rythme !

Guérêts eu l'air étonné.

— Pourtant elle a l'air si frêle...

— Les apparences sont trompeuses parfois.

Vers midi, le petit groupe s'arrêta pour manger un morceau. Une auberge sympathique les accueillit et ils profitèrent du soleil agréable de septembre pour s'installer à l'ombre d'un grand chêne qui trônait dans la cour. Marie choisit soigneusement sa place, voulant éviter le comte et ses questions embarrassantes.

D'ailleurs, elle n'avait pas le cœur à la conversation. Ses pensées la ramenaient sans cesse vers Thierry, et l'angoisse se répandait dans ses veines comme un poison brûlant. Elle mangea du bout des lèvres l'omelette, pourtant appétissante, qu'on lui avait servie.

Lorsqu'il fut temps de se remettre en selle, Marie n'avait quasiment pas pris part à la conversation. Elle se sentait sombrer dans la tristesse et savait que c'était bien là la dernière chose à faire. Se laisser abattre lui enlèverait toute possibilité de riposte. Il fallait qu'elle se secoue et passe à l'action. Mais ce voyage interminable lui minait le moral, même si elle savait bien qu'il n'y avait pas d'autre solution. Ici, impossible de trouver des pistes, encore moins des informations puisque les ravisseurs n'étaient pas passés par là. Elle aurait voulu être déjà sur la mer, dans le sillage du bateau aux mâts dorés.

Quand ils reprirent la route, son cheval semblait s'être mis au diapason de son humeur. Il marchait à pas pesants, ignorant désespérément les coups de talons de sa cavalière. De temps à autre, les cavaliers qui la précédaient faisaient une pause pour lui permettre de les rattraper. Mais sitôt qu'elle arrivait à leur hauteur, ils éperonnaient leur monture et repartaient de plus belle. Même Legoff, pourtant beaucoup plus lourd que Marie, ne semblait pas avoir trop de difficulté à les suivre. Marie soupira. À ce rythme-là, elle n'arriverait jamais…

Ils arrivèrent cependant et la jeune femme fut presque surprise lorsqu'elle vit la silhouette de la ville se profiler dans le soleil déclinant. Les hommes du comte semblaient avoir tout prévu, et c'est avec assurance qu'ils entrèrent dans Quimper pour se rendre à une auberge où, visiblement, ils avaient leurs habitudes. Celle-ci était plus imposante que celle de Lorient et, cette fois-ci, elle n'avait pas été réquisitionnée en entier. Même s'il semblait y avoir une belle affluence, il n'y eut aucun problème à trouver deux chambres supplémentaires pour Legoff et Marie.

Le Breton s'inquiétait pour la jeune femme. Il la voyait s'enfoncer lentement dans un état d'abattement qui ne lui ressemblait pas. Et il sentait que les nouvelles qu'il avait à lui donner n'allaient pas lui plaire. Alors que chacun était allé se détendre quelques instants dans sa chambre avant de descendre pour le repas du soir, qui serait fort bienvenu après toute une journée de cavalcade, il alla frapper à la porte de la chambre de Marie. N'obtenant aucune réponse, il frappa à nouveau, en l'appelant cette fois.

— Marie ! Marie, êtes-vous là ?

Seul le silence lui répondit. Legoff fronça les sourcils. Il était pourtant certain d'avoir vu la jeune femme entrer dans sa chambre quelques instants plus tôt. Comme il avait gardé la porte de la sienne ouverte, au cas où Marie aurait voulu lui parler, il l'aurait vue si elle était sortie. Il fit jouer le loquet de la porte et constata qu'il n'était pas verrouillé. Il entra dans la chambre, surpris par la pénombre qui y régnait. Les rideaux étaient tirés et ses yeux mirent quelques instants à s'habituer à l'obscurité.

— Marie ? souffla-t-il, impressionné malgré lui par la tranquillité des lieux.

Toujours pas de réponse.

Il s'avança dans la chambre et distingua une silhouette ramassée en boule sur le lit. Son inquiétude monta en flèche.

— Marie, ça va ? Qu'est-ce qui se passe ? Vous êtes malade ?

D'une main attentive, il voulut lui tâter la joue et fut surpris de la trouver toute mouillée. Il s'assit sur le bord du lit et souleva à moitié la jeune femme dans ses bras.

— Marie, Marie, voyons, ne vous mettez pas dans cet état-là…

Il était bouleversé de la trouver une fois de plus en larmes, elle qu'il n'avait presque jamais vu pleurer avant l'enlèvement de Thierry.

— Vous qui êtes si combative, ne vous laissez pas abattre de cette façon. Il n'est pas disparu, votre bambin, on le retrouvera. D'ailleurs, n'est-ce pas pour ça que nous sommes ici ?

— Mais la terre est si grande, Julien. Et s'il était vraiment malade ? Si on allait lui faire du mal ?

— D'abord, votre garçon est très solide. Ce n'est pas parce qu'il avait un petit rhume qu'il faut vous inquiéter. Et ce n'est pas une mauviette. Rappelez-vous quand il s'était salement écorché le genou en sautant d'un arbre... Il n'avait même pas pleuré ! Et pour ce qui est de lui faire du mal, si cela avait été dans les intentions de ses ravisseurs, ils l'auraient fait sur place, pour que vous le voyiez. Si c'est vous qu'ils veulent atteindre, pourquoi se donner la peine de l'enlever et de le faire souffrir loin de vos yeux ? Tenez, dit-il en lui tendant un mouchoir, séchez vos larmes et levez-vous. Ce n'est pas en larmoyant que vous lui serez utile.

— Tout est si long, Julien, et mon fichu cheval qui retarde tout le monde. Il me semble que nous n'arriverons jamais à Brest.

— Il faut être patiente, jeune fille. De toute façon, une journée de plus ou de moins n'y changera pas grand-chose. Et je dois aussi vous dire que nous allons faire un petit détour...

— Comment ça, un détour ? l'interrompit Marie en se redressant. Où voulez-vous aller ?

— Pas moi, répondit Legoff, mais le comte de Bellefeuille et ses hommes. Ils ont quelques affaires à régler à Douarnenez. Mais le détour n'est pas bien grand, nous y serons en une demijournée tout au plus.

— C'est déjà trop ! s'exclama Marie en sautant sur ses pieds. À ce compte-là, Marek aura le temps d'aller vérifier si la terre est ronde avant que nous puissions quitter Brest !

Legoff réprima bien vite un sourire. Il s'étonnait de voir avec quelle rapidité Marie pouvait passer du plus profond découragement à une fureur flamboyante. Mais son sourire s'estompa bien vite quand la jeune femme poursuivit :

— Eh bien, puisqu'il en est ainsi, nous allons poursuivre seuls. Nous avons assez perdu de temps avec ces sinistres rosses qu'on nous a refilées.

— Et que nous devrons garder pour une autre étape encore. Je suis allé vérifier à la poste, et tous leurs chevaux sont sortis. Ceux qui sont revenus ne sont pas en état de reprendre la route tout de suite. Mais de toute façon, pas question qu'on se sépare de notre escorte. Je n'ai pas envie de revivre une attaque de bandits de grands chemins.

— Ma foi, Julien, deviendriez-vous couard avec l'âge ?

Legoff explosa.

— Voulez-vous bien réfléchir deux minutes avant de m'insulter ? Dites-moi de quelle façon nous pourrions venir en aide à Thierry en baignant dans une mare de sang... Ça n'a rien à voir avec la couardise et encore moins avec l'âge ! Parfois, vous réfléchissez à peine plus qu'un potiron.

— Un potiron ! Non mais, je ne vous permettrai pas...

Elle se tut brusquement. Puis, d'une façon tout à fait inattendue, elle éclata de rire. Legoff, d'abord surpris, se laissa peu à peu gagner par l'hilarité de la jeune femme.

— Un potiron ! Julien ! Vous me voyez en potiron ?

Ils rirent encore un bon coup puis se calmèrent peu à peu. Reprenant son souffle, Marie s'approcha de la fenêtre.

— Vous avez probablement raison. Ce n'est pas une journée qui va changer quoi que ce soit à la situation. Et puis, comme vous le disiez si bien, si Marek avait voulu faire du mal à Thierry, il n'aurait pas pris la peine de l'emmener avec lui. Pourquoi s'encombrer d'un enfant, malade par surcroît, pour s'en débarrasser par la suite alors que personne ne peut voir son geste ? Non, s'il avait décidé de le... S'il avait voulu...

Les mots ne passaient pas ses lèvres.

— ... il l'aurait fait au moins devant Marguerite, un témoin important et concerné, compléta Legoff pour elle. Je suis heureux de vous voir revenir à une attitude plus sensée. Nous continuerons donc notre route avec les compagnons que le destin a bien voulu mettre sur notre chemin. D'ailleurs, ces compagnons doivent déjà être attablés en bas, et si on veut qu'il nous reste quelque chose du repas, nous ferions bien de descendre tout de suite.

Sans se faire plus prier, après s'être rafraîchi le visage, Marie emboîta le pas au Breton.

Le lendemain matin, ils repartirent de bonne heure. Le ciel était menaçant et la pluie serait fort probablement du voyage. Après une bonne nuit de repos, le cheval de Marie semblait un peu plus fringant, il avait moins de difficulté à suivre le rythme du groupe. La jeune femme était de meilleure humeur et, tranquillement, la confiance lui revenait.

La pluie annoncée par les gros nuages gris arriva, une pluie fine qui prenait possession du ciel en maître des lieux. La route devint rapidement boueuse et ralentit leur avancée. Quelques coups de tonnerre se firent entendre au loin. Marie grimaça. Si l'orage se rapprochait, ils seraient contraints de s'arrêter, car les chevaux deviendraient trop nerveux. Sa propre sécurité ne la préoccupait pas, elle en avait vu bien d'autres, tout comme ses compagnons de voyage, elle en était certaine. Mais l'orage ne vint pas. Il dévia de sa route pour aller tonner sous d'autres cieux.

Lorsqu'ils arrivèrent à Douarnenez, ils étaient tous trempés jusqu'aux os. Leur premier souci fut de trouver un endroit où se sécher. La ville, dont les activités étaient surtout centrées autour du port de pêche, semblait grise et morose avec ses rues désertes, ses maisons aux portes et aux fenêtres fermées. Elle semblait se replier sur elle-même afin de tenter d'échapper à la pluie.

Ils trouvèrent finalement une auberge, où un ruban de fumée prometteur s'échappait de la cheminée. Jacques Guérêts mit pied à terre, aussitôt imité par le reste de la troupe. Il poussa la porte et tous s'engouffrèrent avec soulagement dans la pièce centrale, où un feu crépitait joyeusement dans l'âtre. Il était à peine une heure et pourtant la pièce était plongée dans la pénombre de cette journée sans soleil. Alors que, d'un commun accord, ils se dirigeaient vers la chaleur du foyer, un cri d'horreur les arrêta net.

— Pas un geste de plus, malheureux ! Retournez sur vos pas et ne bougez plus !

Surpris, ils regardèrent tout autour, s'attendant à voir une troupe de gens armés fondre sur eux. Ce fut plutôt une toute petite femme aux formes rebondies qui surgit, un balai menaçant à la main. Elle l'agita sous le nez de Guérêts qui, interloqué, était resté un pied en l'air. Elle le déséquilibra en le repoussant sans ménagement, et il se serait étalé par terre si l'un de ses compagnons ne l'avait reçu en pleine poitrine.

Peu impressionnée par les hommes, qui faisaient au moins deux fois sa taille, elle les obligea à battre en retraite vers la porte, à laquelle ils se retrouvèrent adossés.

— Qu'est-ce que vous croyez ? vociféra-t-elle. Que j'ai passé ma journée à briquer ce plancher pour qu'une bande d'abrutis vienne ensuite ruiner mon travail ? Regardez-vous ! Vous êtes dégoulinants, boueux, repoussants et je ne veux pas de ça dans mon auberge.

— Mais... tenta bravement Guérêts.

— Pas de mais qui tienne ! Si vous voulez entrer, allez d'abord vous sécher. Et enlevez ces bottes boueuses. Ensuite, on parlera. Allez dans la grange derrière. Il y a de la paille pour vous étriller.

Tout en les admonestant, elle avait ouvert la porte et les avait poussés dehors. Le claquement de la porte ponctua la fin de son discours. Les hommes et Marie se regardèrent, interloqués, puis le comte se mit à rire.

— Je pense que je devrais l'engager comme garde du corps, dit-il. Si elle peut tous vous tenir en respect et vous plier à sa volonté, je me demande ce qu'elle ferait devant une troupe mal intentionnée.

— Je suis désolé, monsieur le comte... commença Guérêts.

— Ne le soyez pas. J'ai du respect pour les gens qui savent ce qu'ils veulent et qui ont leur travail à cœur. D'ailleurs, elle avait raison, nous n'avons pas fait preuve de grande délicatesse. Allons plutôt nous sécher dans cette grange pour avoir enfin droit à la chaleur du feu et à une soupe réconfortante.

Comme la pluie avait cessé entre-temps, ils allèrent chercher des vêtements secs dans les sacoches accrochées aux chevaux et se dirigèrent vers la grange.

★

Marie avait récupéré ses vêtements féminins, les seuls qui étaient secs, et le reste de sa garde-robe était accroché aux branches d'un petit saule qui poussait à côté de la grange. Un vent léger s'était levé et il avait cessé de pleuvoir ; ses habits pourraient donc sécher assez rapidement. Les hommes s'étaient changés, eux aussi, et leurs vêtements trempés pendaient pêle-mêle aux poutres de la grange.

Tout le monde était revenu dans l'auberge et, cette fois-ci, la troupe avait heureusement passé l'inspection. Ils étaient attablés devant une soupe aux pois cassés fumante. La conversation était limitée au strict minimum. Finalement, le comte repoussa son assiette et laissa échapper un soupir de satisfaction.

— Je me sens revivre. Bon, il faudrait maintenant vaquer à nos affaires si nous ne voulons pas perdre trop de temps. J'ai cru comprendre, dit-il en jetant un bref regard amusé vers Marie, que ce petit détour ne fait pas l'affaire de tout le monde, alors inutile de le prolonger indûment. Jacques, vous vous rappelez où est située la sénéchaussée ?

— Oui, très bien.

— Alors, allons-y de ce pas. Nous essaierons de faire vite, madame, de sorte que nous puissions reprendre la route rapidement.

Le comte et ses hommes se levèrent et l'instant d'après ils étaient partis.

Le silence retomba dans la pièce. Voulant éviter que Marie ne replongeât dans des pensées moroses, Legoff le brisa aussitôt.

— Bon, que faisons-nous, jeune fille ? Voulez-vous vous reposer ? Il y a probablement des chambres disponibles dans cette auberge. La ville semble morte…

— Détrompez-vous, jeune homme, lança la tenancière de l'auberge, qui revenait desservir la table. Douarnenez n'est peut-être pas Paris, mais c'est une ville très vivante. Vous, les gens de la ville, vous pensez toujours qu'en dehors de Paris il n'y a rien.

— Mais nous ne sommes pas de Paris… tenta vainement Legoff.

— Peu importe d'où vous êtes, vous sentez la grande ville à plein nez. Sachez pour votre gouverne que notre petit port provincial reçoit lui aussi du bien grand monde. Tenez, pas plus tard qu'avant-hier, un grand bateau plein de voiles s'est ancré chez nous et nous a amené bien des gens.

— Un grand bateau ? s'intéressa soudainement Marie. Quel type de bateau ?

La petite femme haussa ses épaules.

— Qu'est-ce que j'en sais, moi ? C'est un bateau qui flotte, avec beaucoup d'hommes à bord. D'ailleurs, plusieurs d'entre eux sont venus manger ici et ils ont trouvé ça très bon, ajouta-t-elle avec un air de défi.

— Je n'en doute pas, s'empressa de répondre Legoff.

— Le bateau, est-il toujours là ? insista Marie.

— À ce que je sache, il n'est pas reparti.

Marie se leva pour se diriger vers la porte.

— Venez, Julien !

— Mais…

Ses protestations flottèrent dans le vide, la jeune femme était déjà sortie.

Marie se dirigeait d'un pas vif vers l'écurie. Legoff la rattrapa à grandes enjambées.

— Puis-je savoir où vous courez comme ça ? demanda le Breton en se doutant de la réponse.

— Au port. Je veux savoir à qui appartient ce bateau.

— C'est probablement un bateau de pêche.

— Qui relâche autant d'hommes dans une si petite ville ? Non. Je pense que c'est un navire de la marine royale.

— Marie, ne vous emballez pas, vous risquez d'être déçue. Et quand bien même vous auriez raison, ça ne veut pas dire qu'on vous prêterait une oreille attentive, ni même qu'on pourrait vous recevoir.

— On ne le saura qu'en s'y rendant, répondit-elle en sellant son cheval.

Sachant qu'il était inutile d'insister, Legoff sella le sien à son tour.

Ils prirent aussitôt la route. Si de grandes flaques d'eau témoignaient des récentes pluies, la couche de nuages laissait maintenant entrevoir de larges ouvertures de ciel bleu par lesquelles le soleil s'empressait de s'engouffrer. La vie revenait peu à peu dans la petite ville. Ils croisèrent quelques ménagères chargées dc cabas et traînant à leur suite des gamins qu'elles avaient bien de la peine à empêcher d'aller jouer dans les trous d'eau. Marie dut retenir le pas de son cheval, tout à coup bien alerte, sous peine d'éclabousser tout ce beau monde. Legoff en profita pour se porter à sa hauteur.

— Je continue de croire que nous devrions nous en tenir à notre plan initial et attendre d'être à Brest pour tenter quoi que ce soit, essaya-t-il vainement d'argumenter.

— Et moi je persiste à penser qu'il faut saisir les occasions quand elles se présentent. Peut-être que ce bateau n'aura rien à nous offrir, mais si on ne tente pas notre chance, nous ne le saurons pas. Et je préfère me heurter à une porte close que de penser que, peut-être, j'ai raté quelque chose. Je préfère les remords aux regrets !

Legoff préféra ne rien répondre. C'était là une conversation qui ne menait nulle part. Et puis, ils seraient fixés très bientôt. Douarnenez n'était pas une grande ville, et dans peu de temps ils auraient atteint le port.

Après une demi-heure de trot léger, les rues étant de plus en plus animées, ils arrivèrent enfin. Port estuaire, Douarnenez accueillait à l'occasion de grands bateaux qui se hasardaient jusqu'à l'intérieur des terres. Mais c'était surtout un port de pêche, et l'arrivée d'une frégate, d'un grand voilier commercial ou de tout autre navire à grand déploiement de voiles causait immanquablement une commotion dans la petite ville. Pour l'instant, il ne semblait y avoir nulle trace d'une agitation inhabituelle sur les quais déserts. Le cœur de Marie se serra et une immense déception l'enveloppa tout entière. Elle se laissa glisser de son cheval, son regard balayant la rade, où seules quelques petites embarcations de pêche se balançaient mollement au rythme des vagues. Legoff, qui avait mis pied à terre lui aussi, lui étreignit l'épaule.

— C'est ce que je voulais vous éviter, dit-il. Que vous vous emballiez avec de faux espoirs pour les voir s'envoler aussi vite qu'ils étaient apparus…

Mais Marie n'écoutait pas.

— Attendez-moi ici, dit-elle en mettant les rênes de son cheval dans les mains de Legoff.

Déjà la jeune femme avait tourné les talons et s'était élancée vers les commerces qui bordaient le port. L'un des chevaux fit un écart, ce qui réclama toute l'attention du Breton. Quand il leva les yeux, Marie avait disparu. Réprimant un soupir, il s'approcha tranquillement des quais, tenant les deux chevaux bien serrés. Mais il n'eut pas à souffrir bien longtemps. Marie revenait à grands pas, un large sourire fendant son visage. Plus de traces de l'abattement des minutes précédentes.

— L'aubergiste avait raison, finalement. Il y a bien un gros navire qui mouille par ici.

— Eh bien, il a le don d'invisibilité, votre navire ? Parce que moi, j'ai beau regarder partout, je ne vois rien.

— J'ai dit « par ici », pas « ici ». Il n'est pas entré jusqu'au port mais a jeté l'ancre près de l'île Tristan.

— Qui est… ?

— Un peu plus à l'ouest. On ne la voit pas d'ici, mais il nous suffit de suivre l'estuaire sur une demi-lieue et l'île devrait être devant nous.

— J'imagine qu'on va y aller.

— Et tout de suite encore ! lança la jeune femme en montant sur son cheval.

Cette fois-ci, Marie eut bien de la peine à refréner son ardeur. Si cela n'avait dépendu que d'elle, elle aurait poussé sa monture au grand galop, d'autant plus que le cheval semblait vouloir se montrer coopératif ce jour-là. Mais de nouveau, la présence de marins, de commerçants, de femmes et d'enfants l'obligea à beaucoup plus de patience qu'elle n'en avait en réserve.

Les indications qu'on avait données à la jeune femme étaient justes. Ils n'eurent qu'à suivre l'estuaire et, finalement, ils aperçurent le profil de l'île promise. Marie talonna son cheval et sur la route désormais dégagée, elle le fit galoper. Lorsqu'ils arrivèrent au bord de la côte, ils ne virent d'abord rien. Mais c'est parce qu'ils ne cherchaient pas au bon endroit. Leur regard se portait sur l'île elle-même alors que le bateau avait jeté l'ancre un peu plus loin au large. Éperonnant leur monture, ils se dirigèrent vers le navire en suivant la côte. Ils avaient perdu le bateau de vue depuis quelques instants quand ils trouvèrent un passage qui leur permit de descendre sur la plage.

Cette plage n'était pas très large, mais grâce à son sable dur, les chevaux purent y marcher aisément. Marie et Legoff ne voyaient plus le bateau, qui était caché par l'un des replis de la falaise. Ils le contournèrent… et se retrouvèrent à quelques brasses seulement du navire, qui avait affalé ses voiles.

C'était bien un navire de la marine royale, majestueux et magnifique dans son immobilité, géant mis au repos par des mains humaines. Marie ne disait rien mais ses yeux grands ouverts reflétaient un étonnement sans fin.

— Dieu du ciel ! commença Legoff, n'est-ce pas…

— … la *Louve des mers*, compléta Marie. On aura beau la peindre, faire flotter n'importe quel drapeau à ses mâts, changer ses voiles, sa proue et ses sabords, je la reconnaîtrai toujours entre tous. C'est mon bateau qui est là.

Chapitre 8

À la suite de l'incroyable aventure qui avait mené à l'affrontement entre Marie et Marek, le corsaire du roi, la jeune femme avait dû répondre de sa conduite devant Louis XIV lui-même. Si celui-ci avait été assez magnanime dans sa sentence, étant donné les faits exposés devant lui, il avait néanmoins saisi le bateau de Marie pour le remettre à sa flotte royale et avait interdit à la jeune femme de naviguer à moins qu'elle ne soit en compagnie de son époux, capitaine du *Gergovie*.

La *Louve des mers* avait donc été transformée pour répondre à son nouveau profil militaire. Mais derrière ses modifications, Marie reconnaissait le fier bateau qui avait partagé ses aventures et lui avait fait vivre des moments inoubliables. Une question la hantait maintenant. Qui était à son commandement ? Et surtout, comment rencontrer son capitaine ?

Legoff était lui aussi étreint par une certaine émotion. Ce navire avait également beaucoup compté pour lui, et le revoir ainsi lui rappelait chacun des moments qu'il avait passé à en arpenter le pont, houspillant marins et matelots.

— Il manque deux chaloupes à bord, ce qui veut dire qu'une partie de l'équipage est descendue à terre, remarqua-t-il.

— Ils ont dû aborder au quai que l'on voit là-bas, à l'entrée de la crique, dit Marie, la main en visière au-dessus des yeux. Allons voir.

Éperonnant sa monture, elle fit demi-tour et se dirigea vers la ville. Ils arrivèrent bien vite près du quai. Deux grosses chaloupes aux armoiries royales confirmèrent les dires de Legoff et de Marie.

— Où pourraient-ils être ?

— Ça dépend de qui faisait partie de la délégation, répondit Legoff. Si ce ne sont que des marins, cherchons dans une taverne. Si c'est l'état-major, ils peuvent avoir affaire avec le bureau de la marine ou les instances administratives de la ville. Il y a aussi les…

Mais Legoff n'alla pas plus loin. Il venait de perdre son interlocutrice, qui avait planté là son cheval et courait se jeter dans les bras d'un officier, interloqué par l'assaut subit dont il était victime. Aussi surpris que l'officier lui-même, Legoff se dirigea vers eux en traînant derrière lui les deux chevaux. Mais alors qu'il s'apprêtait à se confondre en excuses, il rugit à son tour et s'approcha de l'officier pour lui donner de grandes claques dans le dos.

— Ça, par exemple ! Saint-Yves ! Si je m'attendais ! Mais que faites-vous ici, vieux bougre ?

L'officier se remettait lentement de sa surprise en reconnaissant ses deux agresseurs. Son visage, tanné par le vent de la mer et souligné par une courte barbe courant sur sa mâchoire, s'éclaira alors d'un grand sourire. Ce fut à son tour de s'exclamer et de donner lui aussi de grandes claques dans le dos de Legoff tout en serrant Marie contre lui.

— Ça alors ! Pour une surprise ! Mais qu'est-ce qui vous amène dans ce coin perdu ?

Le sourire de Marie s'enfuit comme le soleil derrière un gros nuage. Legoff la regarda avec inquiétude, craignant qu'elle ne s'effondrât une nouvelle fois. Mais le regard de la jeune femme se durcit et sa mâchoire se crispa. Le temps des larmes était fini.

— C'est le Ciel qui vous a mis sur ma route, Philippe. L'histoire est longue et mérite qu'on lui consacre un peu de temps.

Étonné mais pas outre mesure, Saint-Yves regarda Marie dressée devant lui, comme au temps où elle voulait discuter l'un de ses ordres sur le bateau. Il chercha une réponse du côté de

Legoff mais ne vit qu'une profonde inquiétude dans les yeux de son ami. Cela suffit à le convaincre.

— Nous avons rempli nos obligations pour la journée. Je retournais au bateau pour régler les préparatifs de l'appareillage en fin de journée, dès que la marée sera montante. Un bateau, poursuivit-il en regardant Marie, que vous auriez plaisir à reconnaître.

— Je l'ai vu, répondit Marie avec émotion. Par quel miracle êtes-vous de nouveau lié à son destin ?

Saint-Yves se retourna et lança quelques ordres aux hommes qui l'accompagnaient. Ceux-ci partaient au pas de course quand il rappela brusquement l'un d'entre eux. Saint-Yves alla à sa rencontre, ajouta quelque chose à ce qu'il avait déjà dit et revint vers Marie et Legoff, confinés au simple rôle de spectateurs.

— Il y a là une taverne tranquille. Allons-y, je crois que nous avons bien des choses à nous dire.

Le tavernier, reconnaissant là un officier de la marine royale, s'empressa de leur donner sa meilleure table.

— Apportez-nous une bouteille de rhum, commanda Saint-Yves sans consulter ses compagnons. En souvenir du bon vieux temps, souligna-t-il en se tournant vers eux.

Ils attendirent que le tavernier essuie la table d'un vaste coup de torchon, dépose la bouteille de rhum vieilli, visiblement la meilleure de son établissement, et les laisse finalement, après un salut obséquieux à l'adresse de Saint-Yves.

Legoff servit tout le monde et ils trinquèrent silencieusement, chacun perdu dans ses souvenirs. Reposant son verre, Saint-Yves dit :

— Alors, si vous me racontiez ?

— Non, vous d'abord, répondit Marie. Comment se fait-il que vous soyez capitaine de la *Louve des mers* ?

— La *Louve du roi*, rectifia Saint-Yves avec un petit sourire.

— La *Louve du roi*... Il sera quand même resté quelque chose... A-t-elle été beaucoup modifiée ?

— À ce que j'ai su, la marine a été impressionnée par la facture du navire. Il n'y a pas eu grand-chose à faire pour qu'il intègre la flotte royale. Mais je ne l'ai retrouvé qu'il y a trois mois, lorsqu'on m'en a confié le commandement.

— Nous ne nous sommes pas revus depuis ce jour où le roi vous a condamné à servir dans les rangs de sa marine.

— Au début, on m'a envoyé comme sous-officier sur un bateau qui avait de nombreux problèmes...

— Des problèmes ?

— Beaucoup d'indiscipline, des missions jamais achevées, de nombreuses escarmouches au sein de l'équipage. Tranquillement, j'y ai fait ma place, j'ai pris du galon et lorsqu'on a trouvé, pour la cinquième fois, le capitaine ivre mort alors que nous allions appareiller pour une mission périlleuse, je me suis retrouvé à la tête du commandement de ce bateau. C'était d'abord une mesure temporaire, mais finalement il semble que j'ai reçu l'appui important d'un capitaine respecté, qui m'a chaleureusement recommandé pour qu'on me nomme officiellement capitaine du navire. Un certain Étienne de Beauval.

Marie leva un sourcil en signe d'étonnement. Étienne ne lui avait jamais parlé de ça. Il était impossible qu'il ait oublié. Plus vraisemblablement, il avait voulu taire ce fait à Marie pour éviter d'évoquer avec elle un passé qui créait encore certains différends entre eux. La jeune femme reporta son attention sur le récit de Saint-Yves.

— Nous avons reçu des missions de plus en plus importantes jusqu'au jour où, tentant de venir en aide à une frégate en difficulté lors d'une grosse tempête, notre navire a été déporté vers des récifs acérés qu'il nous a été impossible d'éviter dans le brouillard. Le navire a fait naufrage et, malgré tout, très peu d'hommes ont péri. Deux matelots, mais c'était quand même deux de trop.

Marie savait à quel point Saint-Yves détestait perdre ses hommes. Pour lui, la sécurité de son équipage passait largement avant sa propre vie.

— Je me retrouvai alors sans navire, poursuivit Saint-Yves, et avec un équipage qui restait au sec. On nous a envoyés en garnison, où nous avons passé une très longue année loin de la mer, faute de bateau. Puis j'ai demandé ce qu'il était advenu de la *Louve des mers*. Personne n'a su me répondre, alors j'ai poussé mon enquête plus loin pour découvrir qu'elle était en cale sèche à Brest depuis l'époque où votre mari avait mis fin à ses activités. J'ai demandé la permission d'aller l'inspecter et, comme j'ai constaté qu'elle était certainement en état de reprendre la mer, après quelques réparations, j'ai insisté pour qu'elle subisse une inspection officielle et qu'elle me soit confiée. J'avais de bons arguments : un équipage à terre, qualifié mais désœuvré, un bateau que je connaissais comme le fond de ma poche et que je savais capable d'affronter n'importe qui... Après quelques mois de tergiversations, j'ai fini par avoir gain de cause.

— Et c'est vous qui l'avez rebaptisée ?

L'ombre d'un sourire éclaira les yeux graves de Saint-Yves.

— Je me suis dit que ça vous ferait plaisir qu'elle conserve une partie de son identité. Le roi a dû entériner mon choix. En général, il tient à choisir lui-même le nom des bateaux de sa flotte, mais s'il a d'abord tiqué un peu, je crois que, finalement, ça l'a amusé. Je l'ai toujours soupçonné d'avoir, malgré tout, un peu d'affection pour vous.

Marie était émue devant ce geste d'amitié et de loyauté de son ancien capitaine. La prétendue affection du roi la touchait un peu moins.

— Et c'est ainsi que vous foulez à nouveau le pont de la *Louve*... Avez-vous des nouvelles de...

Mais elle fut interrompue par un grand cri. L'instant d'après, un jeune officier de bonne taille la serrait à l'étouffer entre ses bras.

— Madame Marie ! Madame Marie ! Ah ça, par exemple ! Nom de Dieu de nom de Dieu !

— Lieutenant ! le réprimanda Saint-Yves avec peu de conviction. De la tenue, s'il vous plaît.

Dégagée de l'emprise de son assaillant, Marie lâcha à son tour un cri de surprise.

— Mathieu ! Mais que fais-tu ici ? Comme tu as changé ! Mais tu es devenu un homme !

Le jeune homme rougit sous l'examen auquel il était soumis. Il ne restait plus aucune trace de l'enfance dans le visage de Mathieu. Ses taches de rousseur avaient disparu sous le tannage dû à la vie en haute mer, une barbe de trois jours hérissait ses joues et ses cheveux roux, maintenant plus foncés, étaient disciplinés et coiffés en catogan. Elle reporta son regard sur Saint-Yves.

— Lieutenant ?

Saint-Yves souriait franchement.

— C'était ma petite surprise... Le lieutenant Mathieu Deschamps travaille désormais sous mes ordres sur la *Louve du roi*. Conformément aux ordres du roi, il a fait ses classes à l'école des officiers et, lorsqu'il a eu terminé sa formation, l'un de mes lieutenants a justement été emporté par une forte fièvre. J'ai demandé à ce que Mathieu le remplace.

C'était au tour de Legoff d'être ému. Il serrait Mathieu contre lui, et le jeune homme, qui le dépassait maintenant d'une demi-tête, se prêtait complaisamment à cette étreinte d'ours. L'espace d'un instant on se serait cru cinq ou six ans plus tôt, alors qu'à eux quatre ils formaient le cœur de la *Louve des mers*. Une nouvelle tournée salua l'arrivée de Mathieu.

— Je peux, maintenant ? demanda malicieusement le jeune homme à Marie, faisant allusion au temps où elle refusait qu'il boive du rhum alors qu'il était âgé de quinze ans, un âge pourtant respectable sur un bateau.

Cette dernière sourit et présenta elle-même un verre au jeune homme.

— Maintenant, dit Saint-Yves, à vous de me raconter...

Marie prit la parole. Elle commença par raconter d'une voix ferme la visite du prétendu Beaupré à la boutique et comment ils étaient montés sur le bateau. Lorsqu'elle arriva à l'épisode de l'enlèvement de Thierry, sa voix se cassa. Elle prit une grande gorgée de rhum pour tenter de contrôler son émotion, et ses compagnons respectèrent son silence passager. Évoquer les événements, c'était leur donner une réalité qui lui faisait mal au plus profond de son être. C'était raviver une blessure qu'elle tentait d'endormir. Lorsqu'elle reprit le fil de son histoire, elle s'étonna elle-même qu'une seule semaine se fût écoulée depuis la disparition de Thierry. Il lui semblait que son petit garçon lui manquait depuis des siècles.

Saint-Yves n'avait pas dit un mot durant le récit de Marie. Il tendit la main et serra celle de Marie dans la sienne.

— Je ne connais pas Thierry, dit-il, mais je crois qu'il a de la chance d'avoir une mère telle que vous. Et s'il a la moitié de votre courage, je suis certain que vous le retrouverez. Mais comment êtes-vous arrivés ici ?

Legoff prit le relais et raconta leur voyage jusque-là, en faisant mention des circonstances de leur rencontre avec le comte de Bellefeuille.

— Les années en mer ne vous ont donc rien appris ? dit Saint-Yves.

— Si, justement, répliqua Marie en levant le menton et en retrouvant son attitude batailleuse. J'y ai appris que la meilleure façon de se mettre en difficulté, c'est d'adopter un profil de victime. Mais nous ne sommes pas là pour discuter de ça. Voyons plutôt de quelle façon vous pouvez nous aider. C'est vraiment incroyable qu'on vous retrouve aujourd'hui, ça ne pouvait pas mieux tomber.

Un pli d'inquiétude barra le front de Saint-Yves.

— Je compatis certes à vos malheurs et regrette que nous n'ayons pu mettre fin définitivement aux agissements de… ce corsaire à l'époque, mais là, dans la minute, je ne vois pas…

— Philippe, il faut partir à la recherche de Marek. Il détient mon fils et Dieu sait ce qu'il peut lui faire.

— Rien, très certainement, répondit le capitaine de la *Louve du roi*, sinon, il se serait arrangé pour que vous en soyez témoin.

— C'est ce que je lui ai dit, approuva Legoff.

— Mais alors, ma foi, je devrais peut-être laisser Thierry entre ses mains, en espérant qu'il lui donne une bonne éducation et que dans quelques années il le marie à une jeune fille bien ou le fasse mécréant à ses côtés… Marek est une ordure et vous le savez bien. Je n'aurais jamais pensé que vous puissiez prendre sa défense !

La jeune femme s'était levée avec indignation, et la colère rosissait ses joues.

Saint-Yves la saisit par le poignet.

— Tout doux, jeune dame, ne lancez pas de mots ni de noms dans une taverne où on ne sait qui nous écoute.

Marie se rassit à contrecœur. Son cœur battait follement et elle se sentait prête à éclater à nouveau.

— Essayons de voir la situation avec clarté. Vous voulez vous lancer à la poursuite de celui que vous croyez être le ravisseur de votre enfant, mais vous n'avez pas d'idée sur l'endroit où il est allé.

Legoff prit la parole.

— Lorsque nous sommes montés à bord du bateau du faux vendeur d'huiles exotiques, il y avait là deux Indiens qui parlaient un dialecte que je n'ai pu comprendre. Cependant, j'avais déjà entendu cette langue étrange à une autre occasion. C'était avant que vous ne preniez le commandement de l'*Imperator*, Saint-Yves. Chamberlain avait rencontré un armateur qui avait une flotte de négriers…

— Charmant personnage, l'interrompit Marie,

— … et il traînait avec lui un Indien bariolé qu'il exhibait partout comme un trophée. Il parlait avec lui cette même langue.

— Un négrier ? Ça veut dire qu'il faisait affaire avec les colonies en Amérique, dit Saint-Yves en réfléchissant. Ça confirmerait les rumeurs qui circulent…

— Quelles rumeurs ? demanda Marie.

— Qu'un trafic d'esclaves transite par la France avant d'appareiller vers la Guadeloupe et la Martinique. Et qu'une ancienne gloire de la marine française serait impliquée...

— Et le roi ne fait rien ?

— Le roi n'a pas encore de preuves tangibles. Et à proprement parler, ce n'est pas totalement illégal. C'est la nature même de l'entreprise qui gêne Sa Majesté, et que son nom soit mêlé à ça. Et puis, il aurait souhaité ne plus entendre parler de son favori de l'époque.

— Mais alors, que fera-t-il ?

— Rien pour l'instant...

— Rien ?! hoqueta Marie.

Elle fulminait. À la seule pensée que Marek jouissait à nouveau de sa liberté, alors qu'il aurait dû croupir au fond d'un cachot humide infesté par les rats, toutes ses résolutions de patience et de rationalité disparurent instantanément.

— Mais nous, nous allons agir, n'est-ce pas ? rugit-elle en se levant à nouveau.

— Vous voulez mettre fin au commerce des esclaves, commerce sur lequel est basée l'économie de bien des gens influents à la Cour, même s'ils sont à l'autre bout de l'Atlantique ?

— Je ne peux croire, Philippe, que vous approuviez ce trafic.

— Qui dit que je l'approuve ? répliqua le capitaine en rasseyant à nouveau la jeune femme. Simplement, pour l'instant, il n'y a pas grand-chose à faire.

— Eh bien, si vous demeurez impuissant et inactif, moi, je vais bouger, affirma Marie en frappant la table avec son poing. Et je trouverai bien quelqu'un pour m'aider !

— Elle n'a pas changé tant que ça, constata Saint-Yves en jetant un coup d'œil vers Legoff.

— Si vous saviez... soupira son vieil ami. Elle est encore capable de m'en faire voir de toutes les couleurs.

— Écoutez, reprit Saint-Yves. Je comprends la nature de vos tourments et je sais que vous êtes prête à tout pour voler au secours de votre fils. Et c'est bien ce qui m'inquiète. On va chercher et trouver une solution. Seulement elle ne m'apparaît pas là, subitement. Il va falloir y penser un peu.

— Mais vous appareillez ce soir...

— Nous partons pour Brest...

— Là où nous allons !

— ... et peut-être que là-bas quelque chose se présentera. Laissons le destin nous donner un petit coup de main.

— Emmenez-nous avec vous, dit Marie.

— Je savais bien que vous alliez me dire ça. Mais rappelez-vous que vous êtes interdite de navigation par décret royal, sauf si vous êtes avec votre époux. Et, que je sache, le capitaine de Beauval n'est pas dans les parages. Je ne peux me mettre hors-la-loi en vous accueillant à mon bord, alors que je représente moi-même la loi.

— Mais ça va nous prendre des jours par la route ! Brest n'est pas loin par la mer, mais avec tous les détours du chemin de campagne, sans compter les charrettes des agriculteurs et les troupeaux que nous allons croiser, il nous faudra peut-être une semaine pour couvrir la distance.

— À vous, sûrement. Vous m'avez dit que vous voyagiez désormais avec une solide escorte. Continuez avec elle et vous nous retrouverez à Brest. Nous aurons eu le temps d'évaluer la situation sous tous ses angles.

— Nous ?

— Pour gagner du temps, je pourrais prendre Legoff à bord. Il n'a pas les mêmes restrictions que vous.

Legoff se retint de sourire. Si la perspective de laisser Marie quelques jours le tracassait un peu, le plaisir qu'il aurait à fouler de nouveau le pont de la *Louve* l'emportait.

— C'est ça ! s'écria Marie avec colère. Pendant que je courrai les routes, payez-vous du bon temps entre hommes puisque c'est ce que vous voulez !

— Marie, vous êtes injuste, dit Legoff. Saint-Yves offre ici une ébauche de solution et vous ne regardez que votre frustration de ne pas naviguer. Car c'est bien de ça qu'il s'agit, n'est-ce pas ?

— Vous vous trompez, Julien. C'est de me rapprocher de Thierry qu'il s'agit. Et puis, il faudra bien que je prenne le bateau pour aller le chercher ! On ne se rend pas à pied ni à cheval dans les colonies.

— Mais pas un bateau du roi, pas en mettant dans l'embarras notre fidèle ami. Chaque chose en son temps. Et puisqu'il s'agit de temps, on pourrait peut-être avancer plus vite si j'étais à Brest quelques jours avant vous.

La jeune femme se tut. Elle savait qu'ils avaient raison, mais c'était difficile de l'admettre. La perspective de passer plus d'une semaine à cheval plutôt qu'un jour ou deux au plus sur le bateau ne l'enchantait guère, mais elle devait reconnaître, au fond, que c'était la solution. Enfin, un début de solution.

— Soit, dit-elle finalement. Partez donc puisque telle est votre envie. J'irai affronter seule les dangers de la route...

— Accompagnée par six hommes armés jusqu'aux dents...

— ... et je vous retrouverai au port de Brest si vous voulez bien m'y attendre. Ne venez pas chercher vos effets, Julien, je vous les apporterai.

— Mais non, protesta le Breton, je vais quand même retourner à l'auberge. Et il faut ramener mon cheval.

— On peut le laisser au port, où la poste garde un bureau ouvert. Je l'ai vu à l'entrée de la rue commerciale.

— Pour les vêtements, on peut, toujours vous en prêter, souligna Saint-Yves. Et je dois ajouter que j'avais pensé appareiller bientôt pour profiter au maximum de la marée. C'est toujours un peu délicat dans un port d'estuaire, et même si nous ne sommes pas entrés très profondément, je ne veux pas prendre de risque. Vous attendre nous ferait perdre du temps.

— J'aurais aimé parler au comte et à Jacques Guérêts...

— Pour lui dire quoi ? s'indigna Marie. Je peux bien lui parler moi-même et me passer des inutiles recommandations que vous ne manqueriez pas de lui faire.

Legoff se mit à rire.

— Vous me connaissez trop bien. Êtes-vous certaine que ça ira ?

— Mais oui ça ira, dit Marie en se levant. Et puisqu'il semble qu'il n'y a maintenant que moi qui vous retarde, je vais partir tout de suite. Si ça se trouve, le comte a déjà fini ses affaires et il fait le pied de grue avec ses hommes en nous attendant. On se retrouve au port de Brest !

L'instant d'après, la jeune femme était partie.

Les trois hommes regardèrent la porte.

— C'était presque trop facile, dit pensivement Saint-Yves.

— Oui, ajouta Legoff. Quand elle se plie trop aisément à ce qu'on lui demande, j'ai toujours tendance à me méfier.

— Mais voyons, intervint Mathieu. Mme Marie est peut-être un brin impétueuse, mais elle n'est pas folle. Elle sait que c'était ce qu'il y avait de mieux à faire.

— Tu as encore pas mal de choses à apprendre sur les femmes, et surtout celle-là, dit Saint-Yves en se levant. Mais ne perdons plus de temps et allons-y.

Chapitre 9

Une charrette transportant des victuailles pour le bateau s'avança le long de la plage. Le charretier poussa son attelage jusqu'à la chaloupe, où trois matelots finissaient d'embarquer le dernier chargement à apporter à la *Louve*.

— Hé ho ! lança-t-il aux matelots. J'ai ici quelques poches pour votre capitaine.

— Des poches de quoi ? s'étonna l'un d'eux. Il ne nous en a rien dit et tout ce que nous devions prendre est déjà à bord ou ici, dans cette chaloupe.

— C'est un cadeau envoyé par le bureau de la marine. Des fromages et quelques fruits de saison.

— Encore des fruits ? Me semble qu'on en a plus qu'on peut en manger.

— Tu connais le capitaine, répondit un autre matelot. Il tient à ce qu'on en mange beaucoup pour éviter je ne sais trop quoi…

Mal à l'aise et étouffant de chaleur dans la poche de jute, Marie ne put s'empêcher de sourire. Saint-Yves avait donc continué ce qu'elle avait commencé avec lui sur la *Louve des mers*. Une alimentation riche en fruits et légumes tenait le scorbut loin des marins. Ce n'était pas toujours facile lors des longs voyages, mais au moins l'intention y était.

— Mais il n'était pas question de poches supplémentaires, insista le troisième matelot.

— Bon, si vous n'en voulez pas, moi je retourne avec mon chargement, dit le charretier. Quand il vous le demandera, vous n'aurez qu'à expliquer à votre capitaine pourquoi il n'a pas eu ce que le bureau de la marine lui a envoyé. Peut-être pensera-t-il que vous les avez vendues…

Soucieux de ne pas avoir de problèmes, le premier marin reprit :

— On a encore de la place. On n'a qu'à les emporter et si le capitaine n'en veut pas, il les jettera à la mer.

Tout en protestant vaguement, les deux autres acquiescèrent et s'approchèrent de la charrette pour prendre les poches.

Chargeant celle où était cachée Marie, un matelot protesta :

— Diantre, c'est lourd ! Ils sont en quoi, vos fromages ? demanda-t-il en laissant tomber la poche sur le sable.

— Eh là ! Doucement ! s'écria le charretier. Ce sont des fromages fins, qu'il ne faut pas endommager. Certains sont dans une jarre de terre cuite, alors c'est un peu plus lourd. Les autres sont enveloppés dans des linges et de la paille. Eh ! Que faites-vous là ?

Le matelot avait entrepris de dénouer la ficelle qui fermait la poche de jute.

— Je regarde ce qu'il y a dedans.

Une odeur de fromage fort lui monta aux narines. Réprimant une grimace, il plongea la main dans le sac.

— Ouais, c'est bien du fromage que vous avez là. Je tâte ici une tomme bien ferme et de bonne taille…

Marie serra les dents et se fit violence pour ne pas repousser la main du matelot qui lui pétrissait le sein. Elle espéra vivement qu'il mette vite fin à ses investigations. Son souhait fut exaucé. Il referma le sac et le remit avec dureté sur son épaule. Heureusement, il le déposa plus délicatement dans le fond de la chaloupe.

Leur chargement étant complété, les matelots poussèrent l'embarcation à l'eau et deux d'entre eux se mirent à ramer. Marie poussa un soupir de soulagement. L'espace d'un instant, elle avait craint que sa folle idée ne fonctionne pas. Elle n'était jamais retournée à l'auberge, remettant les deux chevaux au bureau de la poste, où elle avait en outre payé un messager pour qu'il aille porter un billet à Jacques Guérêts lui disant que les deux voyageurs poursuivraient leur route autrement. Il n'avait pas besoin d'en savoir plus, avait-elle estimé. Puis, elle était allée au marché où elle avait donné une somme rondelette, tirée d'un bijou, à un marchand pour qu'il l'emballe avec quelques fromages odorants dans une poche de jute et l'envoie au bateau du roi. D'abord réticent et soupçonneux, le marchand avait fini par accepter de satisfaire le caprice de la jeune femme, qui disait être envoyée par un ami pour occuper gentiment le capitaine lors de sa traversée vers Brest. Il n'avait pu s'empêcher de penser qu'il avait bien de la chance, ce capitaine, et que c'était dommage de donner à une jolie fille une odeur si épouvantable. Mais si les choses devaient mal tourner, il nierait toute participation à l'affaire, avait-il affirmé, et dirait ne rien savoir du contenu illicite du sac. Quant aux fromages et aux fruits, ils auraient été envoyés par quelqu'un de la ville qu'on ne pouvait plus retrouver...

Un choc ébranla la chaloupe et Marie sut qu'ils étaient arrivés au bateau. Pestant encore contre la lourdeur du colis, le matelot chargé de la poche où était la jeune femme se hissa péniblement sur l'échelle du bateau. Il monta un échelon, puis son pied glissa. Dans son effort pour se rattraper, la poche lui échappa et tomba à l'eau. Pendant un terrible instant, la jeune femme crut qu'elle allait mourir noyée dans l'anonymat le plus total, entourée de quelques fromages malodorants. Mais les deux autres matelots réagirent vivement et récupérèrent le sac de jute avant qu'il ne sombre.

— Fichtre ! Vont être salés, les fromages !

— Peut-être qu'on devrait ouvrir la poche et monter les fromages un par un ?

Marie, qui tentait silencieusement de reprendre son souffle, frémit à cette idée. S'il leur prenait l'envie d'ouvrir la poche, son plan, élaboré sur un coup de tête, s'effondrerait à coup sûr.

Le matelot qui avait perdu pied reprit :

— Ce serait trop long. On va l'attacher à une corde et la hisser à partir du sabord du deuxième pont.

La jeune femme n'entendit pas la réponse, mais elle comprit que la poche était laissée au fond de la chaloupe pendant que les matelots s'affairaient à monter à bord le reste du chargement. Elle était dans une position très inconfortable, le cou cassé en deux s'appuyant douloureusement sur le banc du centre. La paille, mouillée par le passage à l'eau, dégouttait dans son col et l'un des fromages malmenés s'étalait sur sa joue et dans ses cheveux. Comble de malheur, c'était l'un de ceux qui sentait le plus mauvais. Mais elle devait rester immobile malgré tout pour surtout ne pas attirer l'attention des marins.

Au bout de ce qui lui sembla une éternité, la jeune femme sentit qu'on soulevait le sac où elle était et qu'elle commençait une lente ascension vers le sabord du bateau. Elle croisa les doigts pour que le tissu résiste et ses vœux furent exaucés. Un matelot la tira rudement à l'intérieur du bateau, où elle alla choir sur le plancher, sa chute étant quand même amortie par les fromages, qui seraient décidément en piteux état. Puis, elle sentit qu'on la traînait et finalement qu'on la laissait là. Elle se força à attendre de longues minutes pour être certaine qu'il n'y avait plus personne aux alentours. Comme plus rien ne semblait bouger, elle enfouit sa main dans sa poche, à la recherche du petit couteau qu'elle y avait glissé. Poussant la paille, les fromages et un pot de terre cuite qui avait miraculeusement résisté à l'aventure, elle perça le jute et se mit à le découper. Quand l'ouverture fut assez grande pour qu'elle puisse sortir du sac, elle tenta, péniblement, de se redresser, mais retomba bien vite sur le dos. Engourdis après ces quelques heures d'immobilité, ses muscles refusaient d'obéir. Elle essaya de faire quelques exercices d'étirement, mais c'était difficile étant donné l'exiguïté de l'espace. Finalement, après de longues minutes, craignant par-dessus tout qu'un matelot ne revienne trop vite, elle réussit à s'asseoir et put passer la tête dans l'ouverture de la poche.

C'était très sombre sur le deuxième pont. Ses yeux s'habituant à l'obscurité, elle regarda autour d'elle. Rien n'avait vraiment changé. Marie reconnut les canons que Saint-Yves avait achetés à Brest, et seul le fait qu'ils étaient désormais frappés des armoiries royales rappelait que ce navire ne lui appartenait plus désormais. Elle passa les épaules, posa les mains sur le sol, puis sortit complètement du sac. Elle se releva. La tête lui tournait un peu et la jeune femme se laissa le temps de reprendre son souffle. *Et maintenant ?* se dit-elle. C'était bien beau d'être arrivée jusque-là, mais ensuite ? La traversée vers Brest ne devrait pas être très longue. Peut-être pourrait-elle rester dans un coin du deuxième pont, ou bien descendre plus bas pour être encore plus à l'abri et ne ressortir qu'au moment où ils accosteraient. Avec toutes ces victuailles autour d'elle, elle ne risquait pas de mourir de faim !

Elle ne croyait pas que révéler sa présence à Saint-Yves et Legoff soit une très bonne idée. Ils risquaient de ne pas apprécier son initiative et, de plus, elle mettrait dans l'embarras le capitaine de la désormais *Louve du roi*. Finalement, la meilleure solution était de rester la plus discrète possible. Quand ils seraient au port, et que, grâce à son subterfuge, ils auraient gagné beaucoup de temps, les deux hommes en verraient comme elle les avantages. Le tangage du navire lui apprit qu'ils avaient levé l'ancre. Que n'aurait-elle pas donné pour se trouver, à ce moment précis, sur le gaillard d'arrière à regarder la côte s'éloigner dans la douceur colorée du soleil couchant...

Marie se mit plutôt à chercher un coin où elle pourrait établir ses quartiers. Sa connaissance du bateau l'aidait à se mouvoir aisément dans la pénombre. Elle se souvenait d'un petit réduit qui, à l'époque, ne servait pas à grand-chose. Il était situé un peu plus bas dans la cale. Elle retrouva sans peine l'escalier qui y menait et l'emprunta. Alors qu'elle mettait le pied sur la première marche, un roulis accentué lui fit perdre l'équilibre. Elle se rattrapait de justesse à la rampe quand un gros rat lui passa entre les jambes. La surprise lui fit ouvrir la main, et elle dégringola le reste des marches dans un raffut qui risquait d'ameuter le bateau tout entier !

Elle se tapit dans l'ombre et resta aux aguets quelques instants. Rien. Seul le clapotis de l'eau sur la coque venait troubler le silence oppressant de la cale. Marie se décida à sortir de sa cachette et retrouva sans peine le chemin du réduit. Elle avait craint d'y trouver un cadenas qui lui en barrerait l'accès, mais elle fut rassurée en tâtant le pêne. Rien ne lui en interdisait l'entrée. En appuyant sur la clenche, son cerveau enregistra un détail une seconde trop tard : un rai de lumière passait sous la porte ! Elle l'avait déjà ouverte toute grande et se trouva face à face avec trois soldats, qui se retournèrent immédiatement et la dévisagèrent avec surprise. Le réduit avait été converti en salle de rangement pour drapeaux et voilures, et les trois hommes étaient occupés à plier les étoffes.

— Ben ça alors ! dit l'un d'eux.

Paniquée, Marie voulut battre en retraite aussitôt, mais elle n'avait pas fait deux pas qu'on l'avait déjà rattrapée.

— Eh là, la belle ! Où vas-tu comme ça ?

Une grosse boule se forma au creux de son estomac. Elle n'avait jamais pu effacer de sa mémoire l'horrible viol dont elle avait été victime presque dix ans auparavant et elle se retrouvait au fond d'une cale, seule en compagnie de trois soldats alors que personne ne savait qu'elle était à bord. L'histoire allait-elle se reproduire ? Mais elle était sur un bateau de la marine royale, pas sur celui d'un corsaire sans foi ni loi.

— Il semblerait que tu as oublié de payer ton passage, reprit le soldat qui l'avait interceptée. Le capitaine sera certainement très heureux de bavarder avec toi.

— Oh ! Je vous en prie, dit Marie, qui avait retrouvé l'usage de sa voix, ne pouvez-vous pas m'oublier, faire comme si vous ne m'aviez pas vue ? Je veux seulement me rendre à Brest auprès de ma mère malade…

— Bien sûr. Et mon oncle Eugène sera sacré pape cette année.

— Bon d'accord. Je fuis mon père et je vais retrouver mon amoureux…

— C'est très touchant, tout cela, dit le soldat qui semblait être le plus vieux des trois, mais ce sera au capitaine de décider de ton sort. Mais… peux-tu me dire comment il se fait qu'une belle fille comme toi sente si mauvais ?

À sa grande honte, Marie dut reconnaître que le soldat avait raison. Les fromages avaient laissé sur elle des traces très odorantes. Comme une odeur de bas rancis depuis plusieurs semaines… La perspective de se retrouver face à Saint-Yves dans cet état ne lui plaisait guère. En fait, la perspective de se retrouver face à Saint-Yves ne lui plaisait guère, tout court. Mais il était écrit qu'on ne lui demanderait pas son avis. L'un des soldats lui avait déjà lié les mains dans le dos et la poussait hors du réduit. Éclairée par une lanterne, Marie put marcher d'un pas un peu plus assuré. Les soldats n'étaient pas brutaux avec elle, ils étaient simplement… militaires.

Rapidement, ils rejoignirent le pont principal et Marie foula avec émotion le pont de ce qui avait été son bateau. Des images se bousculaient dans sa tête, la ramenant plusieurs années en arrière. Elle avait dû ralentir le pas sans s'en rendre compte parce qu'on la poussa doucement dans le dos.

— Allez, la fille, tu n'y couperas pas. Et faire la forte tête ne te servira à rien.

S'ils savaient seulement, pensa Marie, amusée malgré tout. L'idée d'être confrontée à Saint-Yves ne l'effrayait pas, même si elle savait pertinemment qu'il ne serait pas très heureux de la trouver là. Enfin, elle serait fixée très vite puisqu'on arrivait à la porte de la salle des cartes.

Le soldat frappa respectueusement à la porte et attendit qu'on lui donnât l'autorisation d'entrer. Il précéda Marie, qui franchit la porte à son tour, encadrée par les deux autres soldats.

Les soldats saluèrent Saint-Yves qui, s'il reconnut la jeune femme, ne le montra pas. Il était en compagnie de Mathieu, qui eut plus de mal à cacher son étonnement, de Legoff, qui se mordit les lèvres, et d'un officier qui, à en juger par les galons qu'il portait à sa jaquette, devait être le second du capitaine.

— Mon capitaine, nous avons trouvé cette fille dans la cale alors qu'elle essayait de se cacher. Nous l'avons empêchée de s'échapper et de s'approprier des secrets militaires.

— Vous croyez que c'est une espionne, enseigne Lebœuf ? Elle ne m'a pas l'air bien méchante.

— Je... Elle nous a menti à deux reprises, mon capitaine, ce qui veut dire qu'elle avait quelque chose à cacher, dit l'enseigne en se redressant du mieux qu'il pouvait.

— Ah bon ? Et que vous a-t-elle dit ?

— D'abord qu'elle allait au chevet de sa mère malade, puis qu'elle fuyait son père pour aller retrouver son amoureux.

— Et elle aura choisi un bateau militaire pour s'enfuir ?

— C'est ce qui m'a semblé incongru, mon capitaine. C'est pourquoi nous vous l'amenons.

— De toute façon, c'est une passagère clandestine, vous avez donc bien fait. Laissez-la ici, je vais l'interroger. Merci messieurs, votre diligence sera notée dans votre dossier.

Marie, qui commençait à en avoir assez qu'on parle d'elle comme si elle n'était pas là, nota que l'autorité naturelle de Saint-Yves n'avait absolument pas faibli avec les années. Il semblait avoir toujours autant d'emprise sur ses hommes qu'à l'époque où il menait la *Louve des mers,* avec peut-être cette aura supplémentaire que lui conférait son uniforme militaire galonné. Le capitaine se tourna vers son second.

— Martinez, il faudrait voir avec l'homme de barre à changer l'itinéraire prévu en fonction de ces nouvelles données sur la marée. Emportez ces cartes pour les lui montrer, j'aime bien quand les hommes comprennent ce qu'on leur demande.

Sans dire un mot, Martinez ramassa les cartes et sortit en saluant.

Une fois la porte refermée, les trois hommes éclatèrent de rire.

— Vous me devez deux louis, dit un Legoff hilare en tendant la main vers Saint-Yves.

Celui-ci paya sa dette de bonne grâce.

— Faut croire que vous la connaissez mieux que moi…

— C'est que vous êtes resté éloigné d'elle trop longtemps, vous ne vous rappelez plus de quoi elle est capable.

— Quand vous aurez fini de rire, peut-être que l'un d'entre vous aura l'amabilité de me délier les mains…

Saint-Yves devança Mathieu, qui avait sorti un couteau de sa poche. Il coupa les liens qui entravaient les poignets de la jeune femme.

— Puis-je savoir quel est ce nouveau parfum que vous portez ?

— Diantre ! Marie, ajouta Legoff, sans vouloir vous offenser, vous sentez la vieille chaussette.

La jeune femme rougit.

— C'est à cause des fromages…

— Des fromages ? dirent les trois hommes en même temps.

Piteusement, Marie leur raconta le subterfuge qu'elle avait imaginé pour monter à bord du bateau.

Après avoir ri de nouveau de bon cœur, Saint-Yves retrouva son sérieux.

— Bon, c'est bien mignon tout ça, mais vous nous avez quand même mis dans une situation délicate. Tout aurait été beaucoup plus simple si vous aviez respecté ce que nous avions décidé ensemble.

— Ce que VOUS aviez arrangé entre VOUS, dit Marie. Il était clair que vous vouliez m'écarter afin d'avoir les coudées franches.

— Marie, dit Legoff, il n'a jamais été question de vous écarter de quoi que ce soit. Vous n'êtes plus ici sur votre bateau, même si je sais que vous y êtes encore très attachée. Mais rappelez-vous qu'en foulant le pont de ce navire, vous vous êtes mise hors-la-loi et que Saint-Yves représente maintenant la loi.

— Il ne devait pas savoir que j'étais à bord. J'aurais été la seule en cause.

Legoff soupira.

— Je craignais que vous ne tentiez quelque chose de la sorte.

— Et c'est pour ça que vous avez même parié sur ma présence !

Saint-Yves jugea bon d'intervenir.

— Cette conversation ne nous mène à rien. Puisque Marie est là et que nous ne pouvons retourner sur la côte pour la rejeter sur la plage, cherchons plutôt une solution. Aux yeux de l'équipage, n'oubliez pas que les nouvelles vont vite sur un bateau, vous êtes une passagère clandestine et, à ce titre, je devrais vous mettre aux fers.

— Mais...

Saint-Yves leva une main pour interrompre la jeune femme.

— Cependant, l'enseigne Lebœuf nous a peut-être involontairement montré la voie. En vous soupçonnant d'espionnage, il vous a donné un statut particulier qui me permet de vous enfermer dans une cellule plutôt qu'à la cale avec les rats. Vous y gagnerez en confort. Et j'ajouterais que, pour notre confort à nous, je m'assurerai que vous ayez des vêtements propres et de quoi vous laver.

— Vous n'allez certainement pas m'enfermer ! s'exclama Marie.

— Peut-être pensiez-vous retrouver sur ce bateau votre ancien statut ? demanda Saint-Yves. Vous n'êtes pas sotte, Marie, vous savez que vous ne m'avez pas laissé le choix. Mathieu, peux-tu te charger d'emmener cette jeune femme à ses quartiers ?

Mathieu acquiesça et s'approcha de Marie.

— Désolé, madame Marie, mais il faut me suivre.

— Mathieu, tu ne vas pas te mettre de leur côté !

— Il ne fait qu'obéir à mes ordres, Marie. Ne lui rendez pas les choses plus difficiles qu'elles ne le sont déjà et, pour une fois dans votre vie, soyez raisonnable.

Mathieu ouvrit la porte et prit Marie par le coude. Devant le regard implorant du jeune homme, elle ravala les paroles cinglantes qu'elle avait à la bouche et se laissa emmener.

Chapitre 10

Marie et Mathieu n'échangèrent pas un mot pendant que le jeune homme l'escortait jusqu'à la cellule. La jeune femme supporta avec hauteur les regards curieux que lui jetaient les soldats, marchant avec dignité malgré les poignets qu'on lui avait de nouveau liés pour la forme. Lorsqu'ils arrivèrent à la cellule, le lieutenant referma soigneusement la porte derrière eux.

— Je suis désolé, madame Marie, dit-il, je n'avais pas le choix, il me fallait obéir aux ordres du capitaine. Il ne faut pas lui en vouloir, vous savez, s'empressa-t-il d'ajouter, il n'a pas la tâche facile sur ce bateau. Des fois je me dis que c'est plus compliqué que du temps où nous naviguions ensemble, à cause de tous ces règlements qui n'en finissent plus et qu'il nous faut respecter.

Marie leva les mains pour l'apaiser.

— Je sais tout cela, Mathieu. Même si la manière ne me plaît pas beaucoup, je sais aussi que Philippe n'a pas le choix. Je ne suis pas bête, je peux comprendre ça. Mais inutile de le leur montrer, à ces deux lascars qui s'entendent un peu trop bien parfois... Ce sera notre petit secret, si tu veux bien.

Soulagé, Mathieu coupa les liens de Marie. Il avait à peine terminé qu'on frappait à la porte. Deux soldats apportaient quatre seaux d'eau et un troisième suivait avec des vêtements. Ils posèrent le tout sur le sol et saluèrent Mathieu avant de partir. Marie ne put retenir un sourire.

— Eh bien, voilà qu'on te respecte maintenant. Je suis contente de voir le chemin que tu as fait, dit-elle avec sincérité.

C'est drôle quand même les routes qu'emprunte la vie pour nous amener là où on doit être…

— Mais qu'est-ce qu'on va faire maintenant ?

— Tu vas commencer par sortir d'ici afin que je puisse faire un brin de toilette. Cette odeur de fromage est vraiment insupportable.

— Ma foi, puisque vous en parlez…

— Va-t'en vite avant que je ne t'étripe !

Prudemment, Mathieu fit une retraite bien avisée.

Une fois lavée et changée – on lui avait fourni des vêtements de matelot, les vêtements féminins étant plutôt rares à bord d'un navire de guerre –, Marie s'approcha sans grand espoir du loquet de la porte et le trouva verrouillé de l'extérieur. Elle s'y attendait. Après tout, elle était dans une cellule.

Mais elle n'eut pas à patienter longtemps, on frappait déjà à la porte.

— Dois-je dire « entrez » ? demanda-t-elle avec une pointe de sarcasme dans la voix.

Un bruit de ferrure se fit entendre et Saint-Yves entra dans la pièce, suivi de Legoff.

— Jamais l'un sans l'autre, n'est-ce pas ?

— Marie, nous sommes vos amis… commença Legoff.

— … qui n'hésitent pas à m'emprisonner.

Legoff soupira.

— Je déteste quand vous faites la mauvaise tête comme ça alors qu'au fond de vous vous savez que nous avons raison.

La jeune femme voulut ajouter quelque chose, mais elle se ravisa. Saint-Yves avait d'ailleurs déjà pris la parole.

— Je crois que nous devrions nous concentrer sur ce que vous allez faire plutôt que sur vos humeurs un peu précieuses, dit-il en s'asseyant sur l'unique chaise de la pièce, Marie et Legoff ayant pris place côte à côte sur ce qui devait servir de couchette.

La jeune femme tiqua sur cette déclaration, mais laissa parler le capitaine de la *Louve du roi*.

— Voyons donc les éléments d'information que nous avons, poursuivit Saint-Yves. Votre fils a été enlevé il y a une semaine, par Marek, présume-t-on…

— Personne ne présume, s'exclama Marie, c'est lui !

Saint-Yves ne releva pas l'interruption.

— … et a été emmené vraisemblablement vers les colonies à bord d'un bateau de type espagnol. Si le navire a fait voile aussitôt sur l'Atlantique, il a déjà une bonne semaine de navigation d'avance. Je ne peux partir à sa poursuite sans l'accord express de l'amirauté, ordre qui ne me sera donné en aucun cas sur de simples présomptions, peu importent vos certitudes. Le billet que vous avez arraché du mur de la chambre de votre fils et, je dirais même, le témoignage de Marguerite, qui peut être mis sur le compte d'une émotion ayant embrouillé son jugement, ne sont pas suffisants. Il ne vous reste donc qu'à agir par vous-même pour l'instant, à moins que vous ne consentiez à ce qu'on attende le retour du capitaine de Beauval, qui pourra alors agir en toute légalité.

— Il n'en est pas question, ça prendrait beaucoup trop de temps !

— Je me doutais bien que ce serait là votre réponse. J'ai peut-être une ébauche de solution à vous offrir.

Le moral de Marie remonta d'un cran.

— J'ai un ami qui doit partir de Brest pour les colonies au cours des prochains jours. Il est venu en France pour régler certaines affaires et retourne s'installer définitivement là-bas. Il a un bateau et une partie de son équipage, les autres étant restés en Martinique pour naviguer sur ses autres navires. Il me doit un service, et je pourrais lui demander de vous prendre, vous et Legoff, à son bord pour la traversée. Ce que vous ferez une fois là-bas, je n'en ai aucune idée. Mais je vous connais suffisamment pour savoir que vous trouverez certainement un moyen de retrouver la trace de votre ennemi, ce qui devrait vous rapprocher de votre fils. Je n'aime pas beaucoup cette idée, continua Saint-Yves en se passant une main sur les yeux. Mais si je ne vous mets pas entre des mains de confiance, Dieu sait ce que vous serez capable de faire.

— Mais c'est parfait ce que vous proposez là, Philippe ! Votre ami doit appareiller bientôt donc.

— C'est la seule inconnue de la donne. Je l'ai rencontré par hasard à Marseille il y a deux mois, et nous avons découvert que nous mouillerions à peu près en même temps à Brest. Nous pourrions arriver au port et découvrir qu'il est déjà parti.

Marie poussa un petit cri.

— Ne pouvons-nous accélérer l'allure du bateau ? Cette baie n'est pas si grande à traverser.

— Mais très délicate à naviguer. Il faut d'abord aller vers l'ouest pour passer le cap de la Chèvre, puis vers le nord pour aller chercher la pointe du Toulinguet, et prendre ensuite le goulet de Brest, en espérant que nous aurons les vents adéquats et que la marée nous sera favorable. La précipitation pourrait être coûteuse. Mieux vaut faire les choses comme il se doit. S'il est déjà parti à notre arrivée, eh bien nous chercherons autre chose !

Legoff était resté silencieux durant tout le discours de Saint-Yves.

— Mais pensez-y bien encore une fois, jeune femme. Je ne crois pas que votre capitaine de mari soit très heureux de votre initiative.

— Il ne pourra qu'approuver, sachant que la vie de son fils est en jeu. C'est un guerrier dans l'âme, il sait que dans une situation pareille le temps est très précieux.

Legoff se tourna vers Saint-Yves.

— Combien de temps pour rallier Brest ?

— Un ou deux jours tout au plus, mais encore une fois, ça dépend des conditions.

Les deux hommes se levèrent. Marie les imita.

— Je vous ferai envoyer un repas et des couvertures, dit Saint-Yves à Marie.

La jeune femme manqua s'étouffer d'indignation.

— Comment ?! Vous n'avez quand même pas l'intention de me laisser moisir ici !

Saint-Yves réprima un sourire devant la fureur de Marie.

— Dois-je vous rappeler qu'aux yeux de tout mon équipage vous êtes une passagère clandestine, peut-être doublée d'une espionne ? À ce titre, on comprendrait mal que je vous laisse circuler à votre guise sur le bateau. Et si d'aventure quelqu'un en venait à deviner votre réelle identité, c'est moi qui serais dans le pétrin pour vous avoir laissé monter à bord malgré l'interdiction qui vous frappe. Alors si vous voulez bien m'excuser, j'ai un bateau à faire naviguer.

— Et moi, qu'est-ce que je suis censée faire pendant ce temps ?

— De la broderie peut-être, risqua Legoff.

Pour sa sécurité, Saint-Yves le poussa hors de la pièce et verrouilla la porte derrière eux.

Le temps parut interminable à Marie, et pourtant ce ne furent que deux jours de navigation. Pour l'occuper et pour la faire patienter, et un peu aussi par malice, Saint-Yves lui fit envoyer des voiles à réparer. Elle les entassa d'abord rageusement dans un coin de sa cellule pour ensuite aller les reprendre afin de tromper son ennui. Lorsqu'ils arrivèrent enfin au port, elle avait les mains tout écorchées par le travail d'aiguille sur la grosse toile.

Mathieu vint la chercher lorsque les manœuvres d'accostage furent terminées. Quelques heures auparavant, on avait donné à la jeune femme ses vêtements lavés, qu'elle s'était empressée d'enfiler. Les bijoux cousus à l'intérieur de sa veste avaient été remis à Saint-Yves, qui les avait confiés à Legoff. Le jeune lieutenant demanda humblement à Marie la permission de lui lier les mains pour la forme et, devant l'embarras évident du jeune homme,

Marie accepta sans faire d'histoires. Ils franchirent la passerelle qui reliait le bateau au quai et se dirigèrent vers les quartiers généraux de la marine. Quand il fut certain que plus personne à bord du bateau ne pouvait les voir, Mathieu prit Marie par le coude, après avoir pris soin de lui délier les poignets, et l'entraîna dans une ruelle qui débouchait sur une petite place publique, qu'ils traversèrent d'un bon pas. Une rue étroite les mena jusqu'à une auberge, *Le Repos du matelot*, dans laquelle Mathieu fit entrer la jeune femme.

Négligeant la personne derrière le comptoir de la réception, il conduisit Marie à l'étage et, sortant une clé de sa poche, la fit entrer dans la chambre numéro 15.

— Alors, demanda impatiemment Marie, tandis que Mathieu refermait la porte derrière lui, sait-on si le bateau est toujours au port ?

— C'est ce que le capitaine est allé voir, il devrait vous rejoindre ici un peu plus tard. Moi, je dois retourner sur le navire m'occuper de mes hommes, répondit le jeune lieutenant avec une pointe de fierté. Il m'a bien recommandé de vous dire de l'attendre ici même et de ne surtout pas tenter de vous rendre par vous-même sur le bateau. On dirait qu'il vous connaît bien…

— Ne t'inquiète pas, Mathieu, je serai très sage. A-t-il dit dans combien de temps il comptait me rejoindre ?

— Il n'a pas voulu me le dire, il a seulement insisté pour que vous ne sortiez pas de la chambre.

— Et Julien ?

— M. Legoff viendra avec lui.

— Bon, soupira Marie, alors vaque à tes occupations, moi je reste ici.

— Promis ?

— Promis. Je vais en profiter pour faire une petite sieste, le lit dans ma cellule n'était pas très confortable.

— D'accord. À plus tard alors.

Mathieu sortit, refermant soigneusement la porte derrière lui. Il la rouvrit aussitôt.

— Peut-être que vous devriez fermer à clé, on n'est jamais assez prudent.

— Ne t'inquiète pas, je verrouillerai dès que tu fermeras la porte.

Il sortit à nouveau et attendit sur le palier que la jeune femme fasse glisser le verrou de la porte. Puis, satisfait, il s'engagea dans l'escalier et sortit.

Marie attendit de voir Mathieu passer à la fenêtre. Elle l'ouvrit ensuite et se pencha, au risque de se rompre le cou, pour s'assurer que le jeune homme était bien parti et qu'il ne reviendrait pas. Elle prit la clé sur la commode, l'enfouit dans sa poche et sortit aussitôt. Si Saint-Yves croyait qu'elle allait passer là de longues heures à l'attendre, eh bien, il se trompait ! Ses deux jours de réclusion forcée lui pesaient encore et elle avait grande envie d'une promenade en toute liberté. Et grande envie aussi d'aller voir ce fameux bateau sur lequel elle s'embarquerait. En toute discrétion, bien sûr, et à la condition qu'il soit déjà là.

Elle retrouva sans peine son chemin vers le port, se souvenant d'une escale d'une semaine qu'elle avait faite à Brest avec la *Louve des mers* dans une autre vie. Les abords des quais étaient bondés de monde. Les marchands sollicités pour réapprovisionner les navires se mêlaient aux soldats qui marchaient en grappes avec cette assurance que leur conférait leur uniforme fraîchement amidonné. Quelques filles de petite vertu offraient leurs services et certains se laissaient convaincre d'aller vérifier l'état de la « marchandise » dans les ruelles obscures.

Marie goûtait l'atmosphère et l'agitation du port. Elle échappa de peu au lestage d'un goéland et se rapprocha des maisons, qui lui fournissaient un abri plus imaginaire que réel.

C'est alors qu'elle entendit un cri venant du fond d'une cour sombre. Elle s'arrêta net et tendit l'oreille. Rien ne venait plus percer la rumeur de la rue, les pleurs des goélands et les rires des mouettes. Elle s'apprêtait à repartir quand le cri retentit à nouveau, se terminant en un son étouffé. Décidée à savoir de quoi il s'agissait, Marie entra dans la cour. Celle-ci était encombrée de caisses de bois éventrées, de morceaux de ferraille divers et de quelques mauvaises herbes qui avaient eu la pugnacité de pousser malgré le manque de lumière et la pauvreté du sol. La jeune femme balaya la cour du regard et un mouvement dans le fond retint son attention. Le gémissement venait de là.

Elle contourna un petit tas de terre et vit avec horreur un homme en train de malmener une jeune fille. D'une large main, il lui retenait les poignets tandis que, de l'autre, il lui arrachait ses vêtements. La terreur remplissait les yeux de l'adolescente, qui ne devait pas avoir plus de quatorze ans. Un peu de sang coulait de sa lèvre fendue.

— S'il vous plaît, s'il vous plaît... suppliait-elle.

L'homme, tout occupé à son sinistre méfait, n'avait pas senti la présence de Marie. Le sang de celle-ci ne fit qu'un tour. Elle revit en un éclair la terrible scène de son propre viol sur la plage de La Rochelle, et la rage qui l'avait habitée à ce moment-là ressurgit du plus profond de son être. Regardant autour d'elle s'il y avait quelque chose qu'elle pourrait utiliser comme arme, elle prit une planche de bois et, faisant fi des échardes qui lui perçaient les paumes, elle visa la tête de l'homme et donna un grand coup. Juste avant, celui-ci s'était baissé pour goûter la poitrine de sa victime et le coup ne l'atteignit que dans le dos. Maintenant alerté, il se retourna en gardant toujours les poignets de l'adolescente dans sa main. Son haleine fétide empestait l'alcool et ses yeux injectés de sang se fixèrent avec surprise sur Marie. Il était grand, de longs cheveux gras pendaient dans son cou et son nez cassé lui donnait un air terrifiant. Une barbe de plusieurs jours lui mangeait les joues, poussant en touffes éparses dans un visage piqué par la petite vérole.

Marie n'attendit pas qu'il réagisse. Elle arma une autre frappe, qu'elle balança cette fois à la hauteur du visage de son adversaire. De sa main libre, il arrêta le coup et, avec une torsion du poignet, il s'empara d'un bout de la planche. S'ensuivit une épreuve de force mais les mouvements de l'homme étaient entravés par sa victime, qu'il maintenait toujours par les poignets. Voyant que Marie était bien décidée à se battre, il poussa avec force l'adolescente, qui alla choir tout étourdie sur le mur de pierre près duquel son bourreau l'avait entraînée.

— Relève-toi ! lui cria Marie, sauve-toi vite et va chercher de l'aide !

Terrifiée, la jeune fille n'osait bouger.

— Tu vas regretter de t'être mêlée de ça, grogna l'homme en tirant maintenant la planche à deux mains.

De peur de se voir précipitée dans les bras de son adversaire, Marie lâcha le bout de bois et l'homme s'en trouva déséquilibré. Mais il se releva bien vite.

— Tu veux ta part du gâteau peut-être, cracha-t-il.

— Allez ! Fais un effort ! cria Marie à l'adolescente. Regagne la rue.

— Reste là ! lança l'homme avec autorité. Je n'en ai pas fini avec toi.

Ces paroles eurent pour effet d'accroître la terreur de la jeune fille, qui se tapit encore plus au pied du mur.

Mais ce n'est pas possible, pensa Marie, *il faut qu'elle réagisse !* Gardant ses yeux vissés sur l'homme, elle bougea de façon à se retrouver tout près de l'adolescente et la releva en lui agrippant le poignet.

— Allez, debout, vite ! Sauve-toi !

Peut-être fut-ce le contact de la main de Marie qui fit son œuvre, mais la jeune fille sortit enfin de sa torpeur, passa précautionneusement derrière Marie en tentant de ramener les pans de sa blouse déchirée sur elle et prit finalement ses jambes à son cou.

— Envoie de l'aide ! lui cria Marie.

L'homme ricana.

— Elle ne t'entend pas, la belle… Il n'y a plus que toi et moi.

En effet, il n'y avait plus qu'elle et lui. À voir la réaction de l'adolescente, Marie doutait que celle-ci ait la force de s'arrêter et de demander de l'aide. Elle devait plutôt être en train courir de toutes ses forces jusque chez elle pour aller se terrer sous les couvertures de son lit. Mais, pour l'instant, il y avait plus urgent que de penser aux états d'âme de cette jeune fille qui l'avait échappé belle. L'homme regardait Marie avec un intérêt nouveau et la rage avait fait place à un éclat différent dans ses yeux.

— Allons, viens là que je m'occupe de toi.

Il se jeta subitement sur la jeune femme, qui n'avait plus beaucoup de marge de manœuvre, coincée entre le coin du mur de pierre et un tas de gravier qui lui barrait le passage de l'autre côté. L'homme occupait tout l'espace qu'il restait.

Mais elle n'était plus la jeune fille fragile que le corsaire et ses hommes avaient assaillie sur la plage. Des années de combats en mer lui avaient montré sa valeur et avaient chassé sa peur devant un ennemi potentiel. Et comme ennemi, celui-ci n'était pas mal ! Elle empoigna le revers de sa veste et, alors qu'il ne s'y attendait pas du tout, persuadé d'avoir entre les mains une victime, peut-être un peu moins effarouchée que les autres, mais une victime quand même, elle lui balança un solide coup de genou entre les jambes. Les poumons du bonhomme se vidèrent d'un seul coup et, les yeux exorbités par la surprise, il se plia en deux. Marie lui asséna un grand coup de poing sous la mâchoire et compléta son traitement d'un coup de tête qui envoya valser son adversaire dans les herbes folles, sur un tas de ferraille. Elle avait joué sur la surprise, mais il ne fallait pas pousser sa chance trop loin. N'attendant pas qu'il reprenne ses esprits, elle saisit sa jupe à deux mains et sortit de la cour en courant à toutes jambes.

Arrivée dans la rue, elle ralentit son allure afin de ne pas attirer l'attention. L'homme bénéficierait du fait qu'elle souhaitait que sa promenade reste discrète. Elle décida de retourner à l'auberge, toute envie d'aller traîner au port lui étant passée. Son cœur commençait à peine à se calmer quand elle franchit la porte du *Repos du matelot*. La femme qui était à la réception poussa un petit cri en la voyant.

— Vous êtes blessée, madame !

Surprise, Marie porta la main à son visage et la retira pleine de sang. Dans la bagarre, elle s'était ouvert l'arcade sourcilière sans s'en rendre compte, l'adrénaline ayant fait son effet.

— Ce n'est rien, je me suis bêtement heurtée à un mur...

— Mais il faut vous soigner, je vais faire chercher le docteur.

La dernière chose que voulait Marie, c'était de se faire remarquer. *Bien réussi*, se félicita-t-elle intérieurement. Avec Saint-Yves et Legoff qui risquaient de débarquer d'un instant à l'autre, le temps pressait.

— Non, ce n'est rien, je peux m'en occuper toute seule, assura-t-elle à l'aubergiste. Si vous pouviez seulement me donner un pansement, un peu de saindoux, de l'achillée millefeuille, si vous en avez, ainsi que du fil et une aiguille, je me soignerai moi-même. Inutile de déranger quiconque pour ça.

— Vous êtes certaine ?

— Je suis sage-femme dans mon coin de pays, mentit Marie.

Mais cela eut l'effet de rassurer la femme, qui s'empressa de lui donner ce qu'elle avait demandé. Appuyant une compresse sur sa blessure et tenant dans l'autre main sa trousse de fortune, Marie monta dans sa chambre.

Elle avait fini de nettoyer sa blessure et, au prix de bien des souffrances, s'était fait trois points de suture pour refermer la plaie. Un peu d'achillée millefeuilles mêlée à du saindoux recouvrait le tout et, si la douleur était encore vive, elle se calmait rapidement. La jeune femme tenta de nettoyer le sang qui avait taché sa chemise, mais comme elle n'avait aucun vêtement de rechange, elle dut se contenter d'un lavage de surface. Un léger mal de tête commençait à poindre et, chose très rare chez elle,

elle songea à s'étendre quelques instants. Alors qu'elle regardait avec envie le lit recouvert d'une épaisse courtepointe, on frappa à la porte.

— Marie, vous êtes là ?

La voix de Saint-Yves.

— L'aubergiste nous a dit que vous étiez mal en point…

La voix inquiète de Legoff.

Marie alla ouvrir la porte.

— Ce n'est rien, s'empressa-t-elle de dire devant le regard horrifié de ses amis. Un accident ridicule. Je me suis penchée à la fenêtre pour voir si vous veniez et un coup de vent a subitement rabattu le volet sur moi.

Saint-Yves fronça les sourcils.

— Un coup de vent ? Vraiment ? Pourtant, aucun navire ne peut quitter le port parce que, justement, aucun vent n'agite les voiles.

— Ah ? C'est curieux. Ce devait être un coup de vent local…

— Très local, en effet. Ne serait-ce pas plutôt vous qui seriez partie… et revenue en coup de vent ?

Le mal de tête qui s'était annoncé un peu plus tôt s'installait maintenant tout à fait. Elle aurait pu leur raconter sa mésaventure en toute franchise – après tout, n'avait-elle pas sorti une jeune fille du pétrin ? –, mais elle ne se sentait pas d'humeur à supporter leurs inévitables remontrances. Et à l'heure qu'il était, le bonhomme avait dû prendre le large depuis belle lurette. Inutile donc de les alarmer en vain.

— Écoutez, l'expérience est suffisamment douloureuse comme ça sans que vous n'en rajoutiez de votre côté. Si vous me donniez plutôt les dernières nouvelles ?

Legoff ne dit rien. Mais Marie pouvait lire dans son visage le combat entre l'inquiétude, le soulagement et la fureur.

— Bon, dit Saint-Yves, à part cette jolie cicatrice que vous garderez en souvenir, vous allez bien ?

— J'ai un mal de tête terrible, mais je peux dire que ça va malgré tout.

— De toute façon, vous aurez quelques jours pour vous remettre. La chance est avec nous. Le bateau dont je vous parlais est au port, ce qui n'est pas le cas de son propriétaire cependant. Les affaires qu'il avait à régler ont dû lui prendre un peu plus de temps que prévu, il n'est pas encore ici. Toutefois, son équipage est là et j'imagine qu'il complétera ses effectifs à son arrivée. Moi-même j'en ai pour une bonne semaine à Brest, la *Louve du roi* devant se soumettre à sa révision annuelle.

— Ne risquez-vous pas de le rater ?

— Non. Chaque bateau qui quitte le port doit en aviser les autorités. Brest est un port militaire, ne l'oubliez pas. Je laisserai un message demandant que l'on m'avertisse dès qu'on aura des nouvelles de Simon Vercoutre.

— Simon Vercoutre ?

— L'armateur et capitaine dont je vous parlais et qui, s'il le veut bien, vous accueillera sur son bateau. Je pense que nous devons aussi préparer soigneusement ce que nous lui dirons. Même s'il me répugne de lui mentir, lui révéler votre véritable identité serait en faire un complice. Si jamais les choses tournaient mal, plaise au ciel que ça ne se produise pas, il pourra toujours dire avec sincérité qu'il ignorait qui vous étiez.

— Nos liens fraternels vont donc de nouveau renaître, dit Legoff.

— Vous êtes toujours décidé à venir avec moi ?

— Plus que jamais, jeune dame, plus que jamais. Figurez-vous que moi aussi je tiens à la vie, et Marguerite n'hésiterait pas à me trancher la gorge si elle venait à apprendre que je vous ai laissée partir seule.

Marie pressa ses tempes entre ses mains.

— Ainsi donc je dois encore attendre.

— Et ça vous fera le plus grand bien, dit Saint-Yves en se levant. Profitez-en pour vous reposer, vous semblez en avoir grandement besoin.

— Moi, dit Legoff en l'imitant, je vais aller faire un tour en ville pour chercher quelques articles de première nécessité, comme quelques vêtements pour vous et pour moi.

Pour la première fois, Marie ne protesta pas. Elle avait l'impression que sa tête allait se fendre et ne voulait rien d'autre que regagner ce lit qui semblait lui faire des clins d'œil.

— Je reviendrai bientôt, dit Legoff alors que Saint-Yves était déjà sorti. J'ai réservé la chambre à côté de la vôtre, et si vous vous sentez mieux, nous descendrons dîner ce soir.

La porte se referma sur lui et deux minutes après, Marie sombrait dans le sommeil.

Chapitre 11

Lorsque Marie se réveilla, son mal de tête avait presque disparu. Il n'en restait qu'un vague écho qui serait définitivement balayé lorsqu'elle se serait mis quelque chose dans l'estomac. Elle se leva quand même avec précaution et fut vaguement étourdie lorsqu'elle posa les pieds par terre. Laissant le temps aux meubles de la pièce de retrouver leur place normale, elle s'approcha ensuite de la fenêtre, qu'elle ouvrit toute grande.

Elle avait dormi à peine une heure, mais cela avait été suffisant. Encore deux heures et la cité glisserait doucement dans la pénombre. La nuit serait certainement belle, avec la pleine lune qui ne tarderait pas à se lever. Marie referma la fenêtre, frissonnant malgré elle dans la fraîcheur du début de soirée. Elle espérait que Legoff arriverait bien vite et qu'ils dîneraient tôt, car son estomac faisait entendre bruyamment son besoin de nourriture. On frappait justement à la porte. *Quand on pense au loup*... songea la jeune femme. À sa grande surprise, ce n'était pas Julien qui se tenait sur le pas de la porte mais la dame de la réception, le visage marqué par l'inquiétude.

— Je m'excuse de vous déranger, madame, mais vous m'avez bien dit que vous étiez sage-femme de métier...

— Je... commença Marie, aussitôt interrompue par l'aubergiste.

— C'est que la situation est très urgente. La fille de la boulangère ne devait enfanter que dans un mois et le bébé semble vouloir arriver ce soir. Il n'y a personne pour l'aider. Le docteur est parti au port, la sage-femme du quartier est introuvable et la pauvre enfant souffre mille morts.

— Mais…

— S'il vous plaît, madame, il n'y a que vous qui puissiez faire quelque chose. Ça fait déjà des heures que le travail est commencé et la mère s'affaiblit de plus en plus.

Marie ne savait que faire. Elle avait lancé cette affirmation pour se débarrasser de la femme et voilà que cela lui retombait sur le nez. Elle n'avait jamais servi de sage-femme, même si elle avait assisté Sarah à quelques reprises durant les mois où elle avait habité chez elle. Est-ce que cette mince expérience serait suffisante pour aider la fille de la boulangère, dont le cas semblait dépasser de loin ses compétences ? Mais elle ne se posa pas la question très longtemps. Jamais elle n'était restée les bras croisés devant quelqu'un qui avait besoin d'aide. Ce n'était pas aujourd'hui qu'elle commencerait.

— Je n'ai aucun matériel avec moi, protesta-t-elle tout de même.

— Dites-moi ce dont vous avez besoin et je m'arrangerai pour que vous l'ayez le plus vite possible.

La décision de Marie était prise. Sans prendre le temps de laisser une note à Legoff, elle glissa la clé dans sa poche, referma la porte derrière elle et suivit l'aubergiste.

Les deux femmes traversèrent plusieurs rues en s'éloignant du port, empruntèrent un dédale de ruelles pour finalement déboucher sur une petite maison faiblement éclairée de l'intérieur. L'aubergiste poussa la porte et Marie entendit des cris et des sanglots qui venaient d'une pièce à l'arrière. *Elle semble avoir encore de la force,* pensa la jeune femme avec espoir. Mais ses illusions tombèrent bien vite quand elle vit que les cris venaient d'une grosse femme qui se tordait les mains à côté de la parturiente.

— Alphonsine, voici la sage-femme dont je vous ai parlé.

La dame se retourna vers Marie, les joues baignées de larmes.

— C'est le Ciel qui vous envoie ! Vite, faites quelque chose pour ma pauvre fille qui se meurt…

Négligeant la détresse de la boulangère, Marie s'approcha vivement du chevet du lit où une jeune femme geignait doucement. Son pouls était faible, sa respiration saccadée, et son ventre distendu semblait occuper toute la pièce. La sage-femme improvisée se tourna vers l'aubergiste.

— Il me faut de l'eau bouillie en quantité, des serviettes, des draps, des linges propres autant que vous pourrez en trouver, de l'achillée millefeuille et un pain de savon non parfumé. Et faites sortir cette femme d'ici, elle n'est d'aucune aide et perturbe l'atmosphère. Quand vous aurez tout ça, revenez. Ah ! Et comment s'appelle la jeune mère ?

— Odile.

L'aubergiste sortit rapidement en poussant devant elle la boulangère, malgré ses protestations. Une fois la porte refermée, un calme relatif revint dans la chambre. Il y avait sur la table de chevet un bol d'eau parfumée à l'oranger et un linge qui avait visiblement servi à éponger le front de la jeune femme.

Marie s'y rinça les mains, en attendant de mieux les laver lorsqu'elle aurait le savon et l'eau bouillie, et tâta le ventre d'Odile.

— Odile, je suis là pour vous aider. Vous avez un beau bébé qui ne demande qu'à naître, et nous allons l'aider à y parvenir. Mais, pour ça, j'ai besoin de vous.

Seul un gémissement lui répondit. Marie espérait de tout cœur qu'il n'était pas trop tard pour la mère et pour l'enfant. En palpant le ventre d'Odile, elle avait reconnu les formes du bébé et avait bien rapidement compris quel était le problème. Il se présentait par le siège, cause de bien des mortalités tant chez les mères que chez les bébés. Mais plusieurs s'en tiraient malgré tout. Marie devait tenter une manœuvre qu'elle avait vu Sarah faire. Il lui fallait retourner l'enfant dans le ventre de sa mère.

Cependant, si elle avait été une spectatrice fascinée par cette intervention de sa vieille amie, elle était terrorisée à l'idée de la pratiquer elle-même.

Fouillant dans les armoires, elle trouva un peu d'encens qu'elle fit brûler afin de purifier l'air de la pièce. Elle revint au chevet de la mère et lui épongea le front.

— Odile, votre bébé ne se présente pas très bien. Il va falloir que je vous fasse un peu mal, mais ça ira beaucoup mieux ensuite. Serrez-moi la main pour m'indiquer que vous m'avez comprise.

Marie sentit une faible pression sur ses doigts. Elle avait une grosse boule dans la gorge. Soudainement, la porte d'entrée s'ouvrit avec fracas. Des pas précipités se firent entendre et la porte de la chambre s'ouvrit à son tour. Un jeune homme à l'air hagard faisait une entrée tumultueuse.

— Odile, Odile, mon amour, dis-moi que tu vas bien !

Marie se leva précipitamment et mit la main sur la poitrine du nouveau venu.

— Chut ! Ne criez pas ainsi ! Il ne faut pas l'agiter, c'est déjà assez difficile comme ça pour elle.

Le regard de l'homme se posa sur Marie.

— Mais qui êtes-vous ? demanda-t-il en se dégageant de la main de la jeune femme.

— La sage-femme qui vient aider votre épouse, répondit l'aubergiste, qui arriva à ce moment précis, les bras chargés de tout ce qu'on lui avait demandé.

— Comment va Odile ?

— Elle a besoin d'aide, répondit Marie, et si vous pensez que vous pouvez vous rendre utile sans risquer de tourner de l'œil, restez avec moi, je pourrais avoir besoin de vous.

Le jeune homme se calma immédiatement. Grand, le regard franc, il inspira immédiatement confiance à Marie.

— Lavez-vous les mains comme je le fais, dit-elle en joignant le geste à la parole, quant à vous…

— Eugénie.

— … Eugénie, occupez-vous de la future grand-mère et assurez-vous qu'elle ne vienne plus ici.

— Nous allons encore faire bouillir de l'eau pendant ce temps.

— Excellente idée.

Marie se tourna vers le père.

— Et vous, vous avez bien un nom ?

— Pierre.

— Moi, c'est Marie. Votre bébé se présente par le siège. Il va falloir le retourner et ce ne sera pas une expérience agréable pour votre femme. Je vais vous demander de la tenir fermement par les épaules et de l'empêcher de bouger. Ce ne sera pas facile.

— Mais elle est si faible…

— Vous serez étonné de la force et du courage dont peut faire preuve une femme dans de telles circonstances.

— Vous avez déjà fait ça ?

— Plus d'une fois, mentit Marie avec une assurance qu'elle était loin de ressentir. Mais agissons, le temps joue contre nous.

Pierre se positionna sur le lit derrière sa femme. S'adossant au mur, il appuya Odile contre son torse dans une position semi-assise. Ses propres genoux relevés de chaque côté de la mère empêcheraient celle-ci de bouger alors que ses bras lui encerclaient la poitrine.

— C'est parfait comme ça, approuva Marie, tenez-la bien, je vais commencer.

Écartant les jambes de la mère, Marie inséra deux doigts à l'intérieur d'elle pour s'assurer qu'elle était complètement dilatée. Elle remercia encore une fois Sarah mentalement, qui l'avait un jour obligée à faire cet exercice malgré ses réticences. Un grognement de satisfaction ponctua son examen.

— Le col de l'utérus est dilaté, dit-elle à Pierre. Je vais d'abord entrer une main pour pousser doucement l'enfant par le côté. Je vais appuyer sur le ventre de votre femme de l'autre main et ainsi aider le bébé à se retourner.

— Mais c'est trop étroit ! protesta le jeune homme.

— Si un bébé peut passer par là, je peux bien y passer ma main, qu'en pensez-vous ? Tenez-la bien, elle va se débattre.

Marie commença sa manœuvre et, effectivement, la jeune femme voulut refermer ses jambes et repousser l'intruse. Pierre passa ses pieds à l'intérieur des chevilles de sa femme pour l'empêcher de resserrer les genoux.

En voilà un qui ne perd pas la tête, pensa Marie.

— Odile, je vais avoir besoin de votre aide, dit Marie. Regardez-moi.

La future mère ouvrit péniblement les paupières et ses yeux bleus plongèrent dans ceux de la sage-femme improvisée.

— C'est bien, dit Marie. Tentez maintenant de vous détendre. Je sais que ce ne sera pas facile.

Marie poursuivait la délicate manœuvre.

— C'est très bien, j'y suis presque.

Les gémissements d'Odile envahissaient toute la pièce. Pierre poursuivait ses efforts.

— Faites vite, bon Dieu ! Elle souffre !

— Il faut y aller doucement. Je ne veux pas que le cordon étouffe le bébé.

Elle sentait que l'enfant cédait à ses pressions et, déjà, les fesses étaient sur le côté. Marie avait les cheveux collés au front et sa blessure toute fraîche l'élançait terriblement. Mais, faisant fi de sa propre douleur, elle se concentra plutôt sur celle de sa patiente.

— Je sais que c'est dur, Odile, mais on y est presque. Le bébé se retourne. Voilà ! Je sens sa tête sous mes doigts !

Marie retira peu à peu son bras, qui avait fini par entrer largement au-delà du poignet.

— Maintenant, Odile, il faut pousser.

La jeune femme ne réagit pas.

— Bassinez-lui les tempes avec de l'eau, Pierre, je sens une contraction qui arrive. Allez Odile, ce bébé veut naître, il faut l'aider. Poussez, poussez de toutes vos forces !

La contraction arracha un cri à la jeune femme, qui tenta de se redresser quelque peu, aidée par son mari inquiet. L'utérus était fatigué et la mère aussi. Les premières poussées ne furent pas très efficaces. Chaque fois, Odile retombait sur la poitrine de son mari, mais serrait les dents courageusement à l'approche de la contraction suivante. Après presque une heure d'efforts, Marie s'écria enfin :

— Je vois la tête, encore une poussée et elle va sortir ! Voilà, vous y êtes presque !

Dans un ultime effort, Odile poussa un grand coup et Marie reçut le bébé entre ses mains.

— C'est une fille, vous avez une belle petite fille !

Cependant, l'aspect du bébé ne lui plaisait pas beaucoup. Inerte et la peau bleutée, la fillette ne bougeait pas.

Mon Dieu, pas tout ça pour avoir un bébé mort-né, pensa Marie.

— Le bébé, pourquoi il ne pleure pas ? demanda Pierre.

Sans lui répondre, Marie dégagea les voies respiratoires de la nouveau-née et, lui pinçant le nez, elle se mit à lui souffler dans la bouche tout en lui massant le thorax. Après ce qui lui parut des heures mais qui en fait ne dura qu'une petite minute, la fillette laissa échapper d'abord un petit cri, puis se laissa aller à des hurlements bien sentis. S'empressant de couper le cordon ombilical, Marie enveloppa le bébé dans une couverture propre. Pierre pleurait à chaudes larmes, embrassant le front détrempé de sa femme.

— Une fille, mon amour, nous avons une petite fille !

C'était maintenant la mère qui inquiétait Marie.

— Pierre, laissez Odile et venez prendre votre fille. Nous allons inverser nos rôles.

De la trousse qu'Eugénie lui avait confectionnée, Marie sortit un flacon d'ammoniaque qu'elle passa sous les narines de la jeune mère. Celle-ci détourna la tête, mais Marie insista.

— Odile, revenez avec nous, venez faire la connaissance de votre fille.

La jeune femme finit par ouvrir les yeux et balbutia :

— Ma fille ?

Marie poussa un grand soupir. La mère et l'enfant étaient sauvées.

La pièce fut rapidement investie par la nouvelle grand-mère, alertée par les cris de la nouveau-née. Se précipitant sur sa fille, elle l'embrassa avec un peu trop de vigueur étant donné l'état de faiblesse de la parturiente. Marie était elle-même épuisée, mais elle trouva l'énergie de se lever et d'écarter doucement la forte femme.

— Ce n'est pas terminé, il faut maintenant qu'elle expulse les suites.

La nature eut pitié des efforts d'Odile, et l'expulsion se fit, somme toute, assez aisément.

— Il faut qu'elle reprenne des forces. Allez plutôt lui préparer un peu de lait chaud avec un œuf battu, un peu de miel et une goutte de whisky ou de rhum.

La boulangère déversa son trop-plein d'affection sur Marie, qu'elle serra à son tour entre ses bras puissants.

— Merci, merci ! Je ne vous le dirai jamais assez. Vous avez sauvé la vie de ma fille et de ma petite-fille. Que grâces vous soient rendues !

Ce fut Pierre qui vint libérer Marie de l'étreinte de sa belle-mère.

— Alphonsine, vous allez étouffer cette jeune femme qui a, elle aussi, bien besoin de repos. Et de se nettoyer un peu, ajouta-t-il en la regardant.

Marie jeta un regard sur sa tenue. Ses bras et sa chemise étaient tachés de sang et une large tache brune mouillait le devant de sa jupe. Eugénie l'aubergiste achevait de nettoyer la mère et l'enfant, qui avaient toutes deux retrouvé leur calme. Marmonnant de vagues excuses, Alphonsine sortit de la chambre pour préparer la mixture qui allait redonner des forces à sa fille.

Marie se lava, épongea comme elle put sa jupe et sa chemise.

— Je dois retourner à l'auberge, dit-elle. Il vaudrait peut-être mieux que le docteur vienne voir votre femme lorsqu'il sera de retour. Elle est toujours à la merci d'un accès de fièvre, mais je pense que ça devrait aller. Quant à votre fille, elle est solide, vous n'avez pas à vous inquiéter pour elle.

— Si vous le permettez, nous lui donnerons votre nom. Sans votre présence, elle serait morte et ma femme aussi, d'ailleurs, ajouta-t-il les yeux pleins de larmes.

Marie fut touchée par ce geste et l'émotion la gagna à son tour.

— Je ne sais que vous dire... C'est trop d'honneur...

Un petit étourdissement la fit vaciller. S'appuyant à la commode, elle ajouta :

— Je crois que je vais vous laisser. Je ne suis plus d'aucune utilité ici, et on m'attend à l'auberge.

— Je vais vous reconduire, offrit Pierre.

Marie refusa.

— Restez auprès de votre femme, elle a besoin de vous et marcher un peu me fera du bien. Indiquez-moi seulement le chemin du retour.

— Je vous accompagne, dit Eugénie. Je dois retourner à l'auberge moi aussi.

Après les dernières embrassades et la promesse de se revoir un jour, Marie et Eugénie sortirent dans la rue. La jeune femme frissonna dans l'air piquant du soir, sa chemise humide lui collant à la peau. L'aubergiste revint sur ses pas, entra dans la maison et en ressortit aussitôt avec un châle qu'elle posa sur les épaules de la jeune femme.

— Il ne s'agirait pas que vous attrapiez la fièvre vous aussi.

Avec un sourire de gratitude, Marie serra le châle autour d'elle. Elles firent le chemin en silence, chacune perdue dans ses pensées. Lorsqu'elles arrivèrent à l'auberge, Eugénie lui dit :

— C'est formidable ce que vous avez fait ce soir, vous pouvez être fière de vous… Une véritable sage-femme n'aurait pas fait mieux.

Marie la regarda avec surprise. Eugénie sourit.

— Je savais que vous n'étiez pas sage-femme, que vous aviez dit ça pour vous débarrasser de moi. Mais à voir l'assurance avec laquelle vous vous êtes vous-même soignée, je savais aussi que je pouvais compter sur vous, que vous n'étiez pas de celles qui se défilent. Et puis, ajouta-t-elle en haussant les épaules, vous étiez notre seule chance. Allez vous reposer, vous l'avez bien mérité. Si vous voulez, je vais vous faire monter quelque chose à manger dans votre chambre

Mais le repos n'était pas encore au programme de la soirée de Marie. Lorsqu'elle franchit le pas de la porte, l'homme qui était à la réception lui dit qu'on l'attendait dans la salle à manger depuis un petit moment déjà.

Marie grimaça. Legoff devait être déjà là et, même si elle n'était pas très présentable, elle préféra aller le rejoindre plutôt que d'aller à sa chambre, où elle risquait fort de s'écrouler sur son lit. De toute façon, elle ne pouvait pas grand-chose pour sa tenue, n'ayant aucun vêtement de rechange. Elle passa la main dans ses cheveux dans une vaine tentative de les discipliner et entra dans la salle à manger. Balayant la pièce du regard, elle vit Legoff attablé au fond en compagnie d'un homme qu'elle ne voyait que de dos. Cela l'agaça un peu, elle ne se sentait pas d'humeur à socialiser. Mais peut-être que cet inconnu pourrait lui servir de prétexte pour gagner sa chambre un peu plus vite…

Louvoyant entre les tables et ignorant les regards étonnés que suscitait sa tenue, elle s'approcha de Legoff. Levant les yeux vers elle, le Breton eut un hoquet de surprise en la voyant.

— Mais où étiez-vous donc passée ? Il est plus de neuf heures ! Et que vous est-il arrivé cette fois ?

Marie n'eut pas le temps de répondre, c'était à son tour d'ouvrir des yeux ronds d'étonnement.

– Ah, bien sûr, dit Legoff avec un geste vers l'homme à sa table. Marie, je vous présente Simon Vercoutre, comte de Bellefeuille.

Chapitre 12

Marie était trop surprise pour esquisser un geste. Par quelle magie l'ami de Saint-Yves et le comte de Bellefeuille étaient-ils une seule et même personne ? Puis, par quel miracle était-il arrivé aussi vite à Brest ? La route ne devait-elle pas prendre plus longtemps ? Sa stupéfaction devait être très évidente sur son visage parce que les deux hommes éclatèrent de rire.

— J'avoue que j'ai eu un mouvement de surprise, moi aussi, en rencontrant notre ami. Mais, reprit plus sérieusement Legoff en voyant la chemise de Marie tachée de sang, que s'est-il passé pour que vous soyez dans un tel état ? Êtes-vous blessée ?

— Vous devriez vous asseoir, dit Vercoutre de sa voix profonde. Vous êtes toute pâle et un verre de vin chaud vous ferait certes le plus grand bien.

Sans attendre la réponse de Marie, il héla un garçon de table et lui commanda un vin chaud à la cannelle. Puis il tira une chaise vers elle dans un geste qui ne supporterait aucun refus.

— Alors ? demanda Legoff après que le vin fut apparu devant Marie.

La jeune femme prit d'abord une gorgée puis ferma les yeux en sentant la chaleur de l'alcool couler au fond de sa gorge. Vercoutre avait raison, c'était exactement ce dont elle avait besoin.

Reposant son verre sur la table, elle leur raconta sa soirée mouvementée. Legoff siffla entre ses dents.

— Eh bien ! Un accouchement ! Il ne manquait plus que ça à votre feuille de route !

— L'accouchement a dû être très difficile, en effet, ajouta Vercoutre, à en juger par la cicatrice fraîche qui orne votre front…

— Ah ça, rougit Marie, c'est… c'est un volet qui m'a claqué au visage, poussé par le vent.

— Le vent ? s'étonna Vercoutre.

— Lorsque vous aurez fréquenté cette jeune femme un tant soit peu, dit Legoff, vous saurez que d'inexplicables phénomènes poussent comme des champignons sous ses pas.

Marie lui jeta un regard noir.

— Si on cessait de parler de moi pour plutôt nous intéresser à notre affaire ? D'après ce que Saint-Yves nous a dit, vous êtes sur le point de prendre la mer. Remarquez que j'étais loin de me douter que celui qui nous avait prêté main-forte sur la route allait être appelé à nous aider de nouveau… si vous le voulez bien, évidemment. Mais d'abord, comment avez-vous fait pour arriver si vite jusqu'ici ?

— Nous avons acheté de nouvelles montures à Douarnenez, beaucoup plus performantes que des chevaux de poste, dit-il avec un petit sourire, et on a pu aller à fond de train, coupant par les champs pour éviter les petits villages qui nous auraient retardés.

— Cela a été une surprise pour tout le monde, renchérit Legoff. Mais avant de pousser plus loin, et sans vouloir vous offenser, peut-être serait-ce une bonne idée d'aller vous changer et de faire un brin de toilette. Il y a encore des traces de sang à la naissance de votre cou et vous attirez bien des regards curieux dans cette salle. De plus, notre ami ici a eu l'amabilité de nous apporter nos affaires, qui ont déjà été montées à votre chambre.

— C'est une excellente idée, en effet. Me rafraîchir me fera le plus grand bien, dit Marie en terminant d'une seule gorgée son verre de vin.

L'alcool l'avait réchauffée et elle commençait à entrevoir l'avenir avec plus d'optimisme. Elle se leva donc et se dirigea vers l'escalier qui menait aux chambres, suivie par le regard pensif de Vercoutre.

La soirée se déroula plutôt bien. Marie s'était lavée, avait attaché ses cheveux en une torsade sommaire qui laissait échapper quelques mèches et portait un corsage bleu clair qui mettait en valeur l'éclat de son teint et la couleur de ses yeux. Ceux-ci brillaient joyeusement. Le vin à la cannelle et les deux ou trois coupes qui avaient suivi durant le repas l'avaient aidée à relâcher la tension de la journée et, momentanément du moins, elle en oubliait tous ses soucis.

Chacun avait des histoires à raconter et Marie puisa surtout dans sa jeunesse à La Rochelle pour prendre part à la conversation. Elle ne pouvait pas évoquer sa vie en mer devant le comte sans révéler sa véritable identité, ce qui était impensable si elle voulait embarquer sur son bateau. Quand Vercoutre s'étonna de leur enfance séparée s'ils étaient frère et sœur, Marie et Legoff réglèrent la question en invoquant leur différence d'âge et des mères différentes. Une fois passé son étonnement – il eut la délicatesse de ne pas insister –, le comte se révéla être un homme charmant. Sa conversation était teintée d'humour, ses réparties faisaient montre d'un esprit brillant et ses yeux bleu marine détaillaient Marie avec intérêt et attention, ce que ne manqua pas de remarquer Legoff.

Lorsqu'ils arrivèrent au dessert, la question de leur prochain embarquement arriva sur le tapis.

— Ainsi donc, vous voulez vous rendre aux colonies.

— Oui, répondit Legoff devançant Marie. Nous y avons des affaires de famille à régler.

— Où exactement ?

Ça, c'était plus embêtant.

— Il faudrait consulter les papiers que notre notaire nous a remis, dit Marie. Nous devons aller voir un autre notaire à la Guadeloupe…

— Mais je vais à la Martinique.

— … à la Martinique en fait, je les confonds toujours, et là nous aurons tous les détails. C'est une affaire de succession…

— Vous ne resterez donc pas dans les îles par la suite.

— Non, une fois cette affaire réglée, nous reviendrons en France.

Marie était quand même un peu inquiète : sauraient-ils garder le fil de leurs mensonges ? Vercoutre ne semblait pas être de ceux que l'on abuse facilement. Voulant changer de sujet, elle ramena la conversation sur lui.

— Mais, pardonnez ma curiosité, comment se fait-il que Simon Vercoutre se trouve être le comte de Bellefeuille ?

— Histoires de familles également. Mon père, le très sérieux comte de Bellefeuille, et moi n'avons pas du tout les même vues sur la vie.

— Je me souviens que vous nous en aviez glissé un mot, souligna Marie.

— Je suis fils unique, et il a voulu que je lui fasse honneur dans tous les domaines. Je n'avais aucun droit à l'erreur, devais être le meilleur en tout, et même si j'y parvenais, aucune félicitation ni marque d'affection ne venait souligner mes succès. Je m'épuisais au travail dans l'espoir qu'un jour, il reconnaisse mes efforts et daigne baisser ses yeux vers moi. Mais je n'en faisais jamais assez.

— Et votre mère ?

— Ma mère était beaucoup plus jeune que lui et bien trop timide et effacée pour tenter de tenir tête à son illustre époux. Je garde d'elle un souvenir un peu triste. Une femme pâle à la santé fragile, mais pleine de tendresse à mon égard.

— Vous gardez un souvenir… ?

— Elle est morte alors que j'avais huit ans. Elle était à peine âgée de vingt-six ans. Une maladie des poumons l'a emportée en dix jours. Je n'ai pas eu le droit de la pleurer, un comte ne pleure pas, voyez-vous, même s'il n'a que huit ans et un cœur brisé.

— Comment s'appelait-elle ?

— Thérèse Vercoutre. J'utilise maintenant son nom, à la fois pour honorer sa mémoire et parce que ça déplaît au comte de Bellefeuille que je délaisse le sien.

— Pourtant, sur la route, vous nous avez été présenté comme le comte de Bellefeuille...

— Ici, c'est moins compliqué de cette manière, et le fait d'être comte facilite les choses parfois.

Un silence chargé de souvenirs divers s'abattit sur le trio. Marie était émue par l'histoire de Vercoutre, sensible à la détresse passée du petit garçon qu'il avait été un jour. Ça la ramenait à son propre fils, et elle sentit une certaine mélancolie s'abattre sur elle. Où était-il en ce moment ? Pensait-il à elle ? Croyait-il qu'elle l'avait oublié ? Allait-il bien ?

Legoff sentit le changement d'humeur de Marie et en devina la cause. Il lui fallait faire diversion avant que la tristesse ne s'empare d'elle...

— Et votre père, vit-il toujours ?

— Oui. Il a menacé de me déshériter si je ne revenais pas dans le comté, mais, malheureusement pour lui, ma mère m'a aussi légué une petite fortune, et un domaine qui appartenait à sa famille à la Martinique. C'est là que je vais m'installer définitivement. Je ne suis revenu que quelques mois, le temps de régler quelques affaires.

— C'est pour cela que vous n'avez avec vous qu'une moitié d'équipage ?

— Oui, la moitié des hommes qui ont fait le voyage avec moi ne retourneront pas dans les Antilles. C'est leur choix et je le respecte. L'autre moitié y retourne. Il me faudra donc compléter les effectifs avec des marins d'ici que je payerai pour faire le travail et qui repartiront pour la France sitôt arrivés là-bas.

— Ce Jacques Guérêts et le reste de votre escorte seront-ils du voyage ?

— Non, ce ne sont pas des marins. Ils font partie de la garde de mon père et se sont portés volontaires pour m'accompagner.

— Je pourrai certainement vous donner un coup de main sur le bateau, offrit Legoff.

— Et moi... commença Marie, mais le regard sévère de Legoff la fit taire.

— Je peux vous garantir le confort d'une cabine, madame, répondit Vercoutre, se méprenant sur le sens de l'intervention de la jeune femme. Vous n'aurez à vous inquiéter de rien. Quant à vous, Legoff, j'accepte volontiers votre offre. Saint-Yves m'a parlé de votre expérience en mer. Sur des navires de commerce, je crois ?

— Oui, c'est ça, de commerces divers, répondit le Breton avec un geste vague de la main.

— Quand pourrons-nous appareiller ? demanda Marie, qui commençait à entrevoir que le temps risquait de lui paraître bien long en simple passagère sur un grand navire.

— D'ici deux ou trois jours tout au plus. Le temps que je complète l'équipage.

— Qui en sera le capitaine ?

— Moi, dit Vercoutre.

— Un comte, capitaine de navire ? s'étonna Marie, oubliant que son propre époux était maintenant baron.

Vercoutre répondit avec un petit sourire en coin.

— C'est une autre des sources de dissidence entre mon père et moi. Il n'a jamais pu comprendre mon attirance pour la mer et la navigation. Il aurait préféré de beaucoup que je suive ses traces dans les salons et les hauts lieux de la finance, et que j'aime les mondanités. Bon, dit-il en se levant, suffisamment parlé de moi et de ma triste famille. Je ne sais ce qui m'a pris de me laisser aller à autant de confidences ce soir, cela doit être parce que la compagnie est agréable. Vous comptez poursuivre votre séjour ici ?

— Jusqu'à notre départ, répondit Legoff. J'essaierai de tenir cette jeune femme tranquille.

— Dans ce cas, je vais vous souhaiter bonne chance…

— Va-t-on de nouveau se retrouver devant un cas de solidarité masculine ? demanda Marie, faussement offusquée.

— J'espère que vous vous souviendrez que, sur mon navire, je suis seul maître à bord, dit Vercoutre en lui baisant la main, avec une chaleur dans les yeux qui démentait la sévérité de ses paroles. Je vous ferai avertir la veille de notre départ.

Il les salua une dernière fois tous les deux et sortit de l'auberge.

Marie passa les deux journées suivantes dans l'oisiveté la plus complète, ce qui ne lui convenait pas très bien. Aussitôt qu'il avait le champ libre, son esprit s'envolait immanquablement vers son fils et avait tendance à échafauder des hypothèses plus terribles les unes que les autres. Elle ressentait alors immanquablement une brûlure là, au creux de l'estomac, son cœur s'emballait et elle avait un goût de bile dans la bouche. Il lui fallait rapidement trouver quelque chose à faire, sinon elle risquait de s'effondrer. La muraille qu'elle tentait d'ériger autour d'elle était bien fragile. Quant à Legoff, fidèle à sa promesse de donner un coup de main à Vercoutre, il passait ses journées au port. Il partait tôt le matin et ne revenait qu'une fois la nuit tombée. Marie soupçonnait que c'était aussi en partie pour s'occuper l'esprit, pour ne pas trop penser à Thierry, et elle l'enviait un peu. Le Breton était fort attaché au gamin, qui le suivait partout lors des absences prolongées de son père. Legoff lui servait de grand-père, puisque Thierry n'en avait plus.

La jeune femme vérifia le contenu de ses bagages qui se résumaient à peu de chose en fait : quelques vêtements masculins, deux jupes et trois chemises, une robe et une veste, sans oublier une cape, des bottes en plus de ses chaussures et, bien sûr, quelques sous-vêtements. En quittant le domaine, elle avait choisi ses habits à la hâte et les avait lancés pêle-mêle dans son sac. En les replaçant, elle sentit quelque chose dans la poche de l'une de ses jupes. Intriguée, elle y glissa la main pour en ressortir un petit soldat de plomb que Thierry affectionnait particulièrement. C'était un officier de la marine et il disait qu'il lui faisait penser à son papa. C'était d'ailleurs Étienne qui le lui avait donné au retour d'un voyage en Méditerranée. Marie referma la main sur le jouet, comme s'il avait eu le pouvoir de la transporter auprès de son fils. Et plutôt qu'une bouffée d'émotion, c'est une bouffée de haine qui la submergea. Une haine terrible, viscérale à l'endroit de Marek, responsable de tous ses malheurs. Elle n'aurait pas assez d'une vie pour les lui faire payer. Mais, pour l'instant, ça ne servait à rien de se laisser envahir par ces sombres pensées. Elle embrassa le petit soldat et l'enfouit dans la poche de sa veste. Elle se dit puérilement que, tant qu'elle l'aurait avec elle, ce serait signe que Thierry allait bien. Elle passa ensuite en revue le contenu de sa trousse de soins et nota qu'elle n'avait pas suffisamment de sa précieuse achillée millefeuille et de quelques autres herbes aux vertus curatives pour un long voyage en mer. Prenant sa besace, elle décida d'aller faire un tour au marché. La journée était belle et l'agitation coutumière de la place lui fit le plus grand bien. Chassant les dernières pensées tristes qui alourdissaient son esprit, elle passa une bonne heure en compagnie d'une herboriste à échanger des conseils et à parler entre connaisseuses. Elle passa ensuite devant une boutique de vêtements pour enfants et eut un pincement au cœur en voyant dans la vitrine un ensemble marin pour garçonnet. *Il irait bien à Thierry*, pensa-t-elle. Cédant à une impulsion subite, elle entra dans la boutique et acheta le vêtement. Une chemisette pour bébé attira également son attention. Le tissu délicat était rehaussé de fleurs brodées et le résultat était ravissant. Marie décida de l'acheter aussi et d'aller rendre une petite visite à Odile et Pierre afin de voir comment allaient la mère et le bébé.

Elle n'était pas très loin de chez eux et trouva aisément sa route. La maison semblait silencieuse mais les volets étaient ouverts. Marie hésitait devant la porte quand celle-ci s'ouvrit. Pierre la regarda avec des yeux étonnés. Un panier à la main, il allait visiblement faire quelques emplettes.

— Eh bien, quelle surprise !

— Je ne voudrais pas vous déranger, dit Marie, je passais prendre des nouvelles…

— Vous tombez bien ! J'allais sortir quelques instants chercher du pain, du lait et des œufs et je répugnais à laisser Odile seule avec la petite.

— Votre belle-mère n'est pas là ?

— Elle est à la boulangerie mais elle passera en fin d'après-midi. Ça ne vous ennuie pas de rester jusqu'à mon retour ?

Marie, ravie de trouver une raison officielle à sa visite, lui répondit :

— Prenez votre temps, il n'y a rien qui me presse aujourd'hui. Rassuré, le jeune homme sortit et, à son pas vif, on pouvait deviner qu'il était pressé de revenir.

Marie entra dans la maison en refermant la porte derrière elle. Posant sa besace sur la table, elle en sortit le joli paquet que la marchande avait fait pour la chemisette. Elle retrouva sans peine la chambre d'Odile et glissa un œil par la porte entre-bâillée. La mère dormait, mais la fillette semblait éveillée dans le berceau à côté du grand lit. Ses petits poings se dressaient au-dessus de la couverture et son regard curieux semblait examiner quelque chose au-dessus d'elle. Marie s'approcha sur la pointe des pieds.

Le bébé s'agitait de plus en plus et plissa le nez dans une grimace qui laissait présager quelques pleurs. La jeune femme berça le petit lit en murmurant des mots doux. Odile ouvrit les yeux.

— Oh ! je ne voulais pas vous réveiller, dit doucement Marie.

— Je ne dormais pas. J'ai entendu Pierre vous parler à votre arrivée. Je suis bien contente que vous soyez là, dit-elle en se redressant sur ses oreillers. Je n'ai pas eu l'occasion de vous remercier pour ce que vous avez fait pour moi et ma fille.

— Mais si, vous l'avez fait. Vous étiez si faible que vous ne vous en souvenez pas. Et puis, laissons ça, voulez-vous ? Nous avons tous eu un peu de chance ce jour-là.

— C'est plus que de la chance, Marie, vous nous avez sauvé la vie.

La petite Marie choisit cet instant pour se faire entendre à son tour, ce qui évita à la jeune femme de répondre, embarrassée par ces manifestations de gratitude.

— Vous voulez bien la prendre ? demanda Odile.

Marie prit délicatement le bébé dans ses bras. L'enfant se calma aussitôt et se mit à téter son poing avec vigueur.

— Je pense qu'elle a faim, dit la jeune femme en souriant.

— Elle a toujours faim, soupira sa mère en dégageant son sein.

Marie lui remit la fillette, qui se consacra immédiatement à sa tâche. La jeune femme était touchée par la sérénité de la scène. La vie était si simple et si belle lorsqu'on la dépouillait de la violence des hommes. Une fois le bébé repu, Marie le remit dans son lit où il s'endormit aussitôt.

— Vous voulez bien m'aider à me lever ? demanda Odile.

— Vous ne voulez pas dormir un peu vous aussi ?

— Je ne fais que cela depuis deux jours ! Je prendrais plutôt une tisane, bien assise sur une chaise avec une table pour poser les coudes.

— Venez, je m'en occupe.

Les deux femmes se retrouvèrent à la cuisine, autour d'une infusion de camomille bien chaude et d'une galette d'avoine.

— Ah, j'oubliais, dit Marie en allant chercher le paquet qu'elle avait laissé dans la chambre. Voici un petit cadeau pour votre fille.

— Comme c'est joli ! dit Odile en découvrant la chemisette. Vous n'auriez pas dû, vous avez déjà tellement fait.

— Ce n'est pas grand-chose, mais je la trouvais mignonne.

— Elle la portera le jour de son baptême. Vous serez des nôtres ? C'est dans trois jours.

— Je crois bien qu'à ce moment-là je serai en mer.

— Vous partez ?

— En fait, je ne suis que de passage. Je dois me rendre dans les colonies.

— Nous avons donc eu de la chance que vous soyez ici pour la naissance de Marie…

Pierre arriva sur ces entrefaites, les bras chargés de commissions.

— Vous resterez bien manger avec nous ? C'est moi qui cuisine.

— Je ne voudrais pas…

— Ça nous ferait très plaisir.

Marie céda devant leur insistance et partagea avec eux un repas simple mais qui avait le goût inégalé de l'amitié. La boulangère arriva un peu plus tard avec une grosse tarte aux cerises qui fut dévorée en un rien de temps. L'heureuse grand-mère ne cessait de roucouler avec sa petite-fille dans les bras.

— Je dois partir, dit finalement Marie. J'ai encore bien des choses à préparer.

Elle quitta la maison avec la promesse d'assister au baptême si jamais le départ du bateau était retardé. Lorsqu'elle fut de retour à l'auberge, un message l'attendait à la réception. Ils appareilleraient le lendemain, à la première heure.

Marie était très excitée. Elle avait enfin l'impression de faire quelque chose pour son petit garçon, de faire un pas dans sa direction. Elle boucla rapidement ses bagages et fut prête bien avant que Legoff ne vienne frapper à sa porte. Une calèche les attendait, envoyée par Vercoutre. Il y avait peu de gens dans les rues, qui semblaient encore endormies, le soleil pointant à peine.

Il en était tout autrement au port, où une activité fébrile régnait. Un vent prometteur se levait doucement sur la mer et la marée descendante favorisait le départ des bateaux. Ils seraient nombreux à mettre les voiles ce matin-là.

— Lequel est-ce ? demanda Marie en regardant les bateaux amarrés aux quais.

— Le tout dernier, là-bas. Les navires de la marine royale ont les meilleures places, celles qui permettent des départs rapides, alors que les autres bateaux doivent se contenter de ce qu'il reste.

— Il semble assez gros.

— De la taille de la *Louve* certainement.

— Parlant de la *Louve*, où est-elle ?

Legoff balaya la rade du regard.

— C'est étrange, je ne la vois pas. Ah ! mais nous y sommes.

La calèche s'était arrêtée devant un superbe navire. Si ce n'était pas un galion espagnol, il en avait les parures et les ornements. *Un peu trop ouvragé à mon goût*, pensa Marie. Le drapeau français flottait à son mât, mais il y en avait aussi d'autres, que Marie ne connaissait pas.

— Quel est ce drapeau si coloré là, au mât de misaine ?

— Je ne le reconnais pas. Probablement un étendard des colonies, un pavillon plus sentimental qu'officiel parce que, à ma connaissance, le seul drapeau là-bas est celui de la France.

Marie réprima un frisson. Jusque-là, sa traversée de l'océan avait quelque chose d'abstrait, mais subitement, avec cet étendard qui oscillait doucement dans le vent, cela devenait une réalité beaucoup plus tangible. Mettant pied à terre, Marie s'avança jusqu'à la proue du bateau. Le *Fleur de lys*, lut-elle en lettres dorées. Un nom résolument français sur un bateau de facture espagnole. De fort tonnage, probablement près de quatre cents tonneaux au jugé, le bateau se caractérisait par des superstructures se projetant à l'extérieur de l'étrave et un château avant en retrait qui trouvait un écho dans le château arrière, beaucoup plus imposant. Une galerie de poupe courait le long de la dunette et ses trois mâts à voiles carrées étaient pour l'instant dépouillés de leurs atours. Le *Fleur de lys* devait faire plus de cent cinquante pieds de longueur, et le regard surpris de Marie se porta sur les nombreux sabords qui perçaient la coque. Il devait bien y en avoir une soixantaine, en comptant ceux qui étaient de l'autre côté du bateau, ce qui voulait dire autant de canons pour la défense… ou l'attaque ? Mais déjà Legoff l'appelait. Elle retourna vers lui. Il avait monté leurs bagages à bord et lui faisait signe de se presser.

— Ils n'attendent plus que nous pour lever l'ancre. Si on veut profiter de la marée, il faut partir tout de suite.

— Ah ! J'aurais bien voulu voir Philippe et la *Louve* une dernière fois…

— Ils sont partis, il y a déjà deux ou trois heures de cela. Un départ précipité, à ce que j'ai pu comprendre.

Surmontant sa déception, la jeune femme suivit Legoff et ils franchirent la passerelle qui menait au pont supérieur. Fugitivement, Marie se demanda quand elle marcherait à nouveau sur la terre ferme. Et surtout où ses pas la mèneraient. Quelques hommes étaient sur le pont, affairés aux tâches de l'appareillage et ils ne portèrent nullement attention aux nouveaux arrivants.

Malgré elle, Marie était un peu intimidée. Elle n'avait jamais voyagé comme simple passagère sur un navire et sentait qu'elle trouverait difficile de ne pas faire partie intégrante du navire, de ne pas pouvoir s'impliquer comme elle l'avait fait sur la *Louve*.

— Venez par ici, lui dit Legoff, entraînant la jeune femme à sa suite.

Ils se dirigèrent vers le château arrière, où ils montèrent au deuxième des quatre étages. Le Breton poussa la porte d'une cabine à l'avant du château. *Pas très grande mais confortable,* constata Marie. Une couchette, assez large malgré tout, était fixée le long du mur. Deux hublots amenaient de la lumière dans la pièce, ce qui réjouit Marie. Une armoire, une table, deux chaises et, détail intéressant, un petit meuble dans lequel un large bol de faïence peint à la main était encastré, et qui était aussi fixé au mur, complétaient l'ameublement. *Une femme a certainement déjà séjourné ici,* pensa Marie. On avait aussi porté un soin tout particulier à la décoration murale. Habituée au décor austère des navires de combat, Marie s'étonna devant le bleu et le doré qui se côtoyaient sur les murs et admira les rideaux grenat attachés de chaque côté des hublots. Un peu ostentatoire, mais efficace : cela donnait une certaine majesté à la pièce pourtant petite.

— Satisfaite de vos quartiers ? demanda Legoff la tirant de sa rêverie.

— Étonnée surtout. J'espère simplement que ce ne sera pas une cage dorée.

Mais ils ne poussèrent pas plus loin cette discussion, un mouvement plus soutenu se faisant sentir sur le pont. Marie, qui avait eu le temps de voir que ses bagages avaient déjà été déposés sur sa couchette, accompagna Legoff et ils montèrent au troisième étage du château, où ils s'accoudèrent à la rambarde. Ils y avaient une excellente vue sur l'ensemble du bateau. Marie remarqua deux hommes accoudés plus bas, à la rambarde du deuxième étage, qui observaient eux aussi les mouvements sur le pont.

— Qui sont ces hommes ? demanda Marie.

Legoff baissa la tête vers eux.

— Aucune idée, dit Legoff, se désintéressant rapidement des deux hommes.

La jeune femme reporta elle aussi son attention sur le pont et retrouva avec émotion des sensations qu'elle avait refoulées au plus profond d'elle-même. Revivre l'appareillage d'un navire – elle en avait été privée sur la *Louve du roi,* emprisonnée dans sa cellule – lui remettait nombre de souvenirs en mémoire. Les bruits qui montaient du pont lui étaient familiers. Elle reconnaissait chacun des ordres lancés, anticipait les manœuvres, goûtait tous les moments marquant la séparation du navire de la terre ferme. Dans cette agitation, elle remarqua Vercoutre, qui allait et venait avec aisance au milieu de ses hommes. Le pas ferme et le geste sûr, elle reconnut en lui le marin d'expérience, et son attitude sur le pont n'était pas sans lui rappeler celle de Saint-Yves avec, cependant, un petit quelque chose en plus qui devait tenir à son statut de comte.

Les amarres avaient été lâchées depuis belle lurette et le navire profitait de cette marée qui l'emmenait vers la mer ouverte. Brest n'était plus qu'un vague souvenir à l'horizon quand Marie s'arracha enfin à sa contemplation. Legoff l'avait abandonnée depuis longtemps et était allé retrouver Vercoutre sur le pont supérieur. Les deux hommes avaient disparu. La jeune femme, laissée à elle-même, commençait à entrevoir avec effroi ce que seraient les longues semaines d'inactivité sur le bateau. Elle jeta un regard à l'endroit où s'étaient tenus les deux hommes mystérieux mais eux aussi s'étaient évaporés. Faisant contre mauvaise fortune bon cœur, Marie retourna à sa cabine, histoire de s'installer un peu mieux.

Elle y passa la matinée. Lorsque l'heure du déjeuner arriva, Marie était affamée, n'ayant rien avalé depuis leur départ de l'auberge. Legoff était toujours invisible, tout comme Vercoutre, et Marie ne savait où aller prendre son repas. La salle de l'équipage ne lui semblait pas le meilleur choix, celle des officiers non plus, et il était certainement hors de question d'aller manger à la cuisine. Elle en était à ce point dans ses réflexions quand on frappa à sa porte.

Un matelot lui apportait un plateau de victuailles.

— Madame, le capitaine m'a demandé de vous apporter ceci, dit-il en se libérant de son plateau sur la table de la cabine. Il s'excuse de ne pas pouvoir vous donner toute son attention, mais la navigation est toujours délicate au sortir de Brest, et la proximité de l'Anglais demande une vigilance de tous les instants. Cependant, il m'a prié de vous transmettre une invitation à partager sa table ce soir.

— Dites-lui, je vous prie, que je comprends bien ses obligations et que c'est avec plaisir que j'accepte son invitation.

— Dans ce cas, madame, je vous laisse à votre repas.

Le jeune homme sortit sans plus de cérémonie et Marie s'attaqua avec enthousiasme au contenu du plateau.

Comme toujours, lorsque Marie eut l'estomac plein, elle se mit à voir les choses sous un jour meilleur. On était au cœur de la journée, elle décida d'en profiter et sortit sur le pont. Sa présence souleva un peu de curiosité les premières minutes, mais, bien vite, les marins retournèrent à leurs occupations. Marie déambula sur le pont, jetant un regard de connaisseuse sur les filins, les haubans qui retenaient les voiles, les enfléchures qui semblaient parer les mâts de dentelle. Même si elle n'avait pas pris la mer depuis plus de cinq ans, conformément aux ordres du roi, elle gardait une excellente mémoire de tout ce qui touchait aux navires et, bien que celui-ci soit quelque peu différent de sa *Louve*, il gardait suffisamment de similitudes pour qu'elle s'y meuve avec assurance.

Elle s'approcha de la poupe où était le gouvernail, mais ne s'engagea pas sur l'escalier qui y menait. Son regard fut attiré par un mousse qui peinait à fixer des cordages sur leurs attaches. Il jetait des regards inquiets autour de lui, et retournait aussitôt à sa tâche. Visiblement, le nœud d'écoute lui causait de gros problèmes. Marie s'approcha doucement.

— Tu as de la difficulté à faire le nœud d'écoute ?

Surpris, le jeune garçon en laissa presque échapper son cordage.

— Non, ne crains rien, je ne dirai rien, s'empressa de le rassurer la jeune femme. Je connais des garçons qui, eux aussi, se sont un jour embarqués sur un navire en prétendant tout savoir de la mer et de la navigation. Mais il faut bien commencer quelque part, n'est-ce pas ? Je ne trahirai pas ton secret. Si tu veux, je peux même t'aider.

— Mais… balbutia le gamin. M'aider ? Comment ?

— Je m'y connais pas mal en nœuds de toutes sortes. Je vais te montrer.

Le mousse rougit.

— Vous vous trompez, madame, dit-il en regardant avec inquiétude autour de lui, je sais très bien ce que je fais.

— Ah oui ? Alors montre-moi un nœud de bouline[1].

Avec des mains hésitantes, il se mit à manipuler maladroitement un bout de corde. Après quelques minutes d'essais infructueux, Marie s'impatienta et lui prit la corde des mains.

— Mais non, tu n'y es pas du tout. Regarde… Fais une boucle et tiens le cordage d'une main. Là, tu as ta paume vers le bas. Tu la tournes vers le haut, et tu fais une boucle dans la partie dormante, ici. Donc ton brin courant est inséré dans la boucle.

---

1. Aujourd'hui connu sous le nom de « nœud de chaise » (*NdA*).

Ensuite, il passe derrière cette extrémité de cordage et revient dans la boucle. Voilà ! dit-elle en terminant sa démonstration. C'est important de t'assurer que le bout qui ressort du nœud est aussi long que la boucle elle-même.

Le jeune garçon leva des yeux étonnés vers Marie.

— Bon, tu vois que je m'y connais. Alors, je peux t'aider ?

Il hésitait toujours.

— J'imagine que tu as peur qu'on nous voie. Viens, allons un peu plus loin nous mettre à l'abri des regards indiscrets. D'abord, dis-moi ton nom.

— Gabriel.

— Regarde, le nœud qui te causait tant de problèmes est pourtant bien simple à faire. Tu commences par faire une ganse avec le plus gros des cordages. Tu passes ensuite l'autre cordage dans la ganse pour en faire le tour. Puis tu passes ton courant, le petit cordage, entre la ganse et l'origine du courant. Puis tu serres. Et voilà, tu as ton nœud. Mais attention, il risque de se défaire s'il n'est pas sous tension. Pour éviter ce problème, tu peux faire un nœud d'écoute double. À toi maintenant.

Gabriel prit les bouts de chanvre dans ses mains et, après une première tentative ratée, il réussit à la seconde, guidé par les encouragements de Marie.

— Excellent ! Tu vois, ce n'est pas si difficile.

Un grand sourire éclairait maintenant le visage du mousse.

— Vous sauriez aussi me montrer le nœud de cabestan ?

— Bien sûr. Quand es-tu de quart de travail ?

— Tous les matins à compter de huit heures.

— Retrouvons-nous donc ici le matin et je te montrerai un nouveau nœud par jour. Il faudra cependant que tu pratiques.

— Oh oui, madame, je vous le promets ! Je vais travailler très fort, vous allez voir.

— Parfait. Là, tu peux continuer de ranger tout ce fourbi. Assure-toi de bien tout attacher et on se voit demain.

— Merci madame, répondit le gamin, déjà empressé à terminer sa tâche.

Marie reprit sa marche, heureuse d'avoir pu dépanner le jeune homme. Elle se rappelait ses propres premières heures embarrassantes sur l'*Imperator* et avec quel soulagement elle avait vu Mathieu voler à son secours. Elle retourna vers le pont, sans sentir le regard de Vercoutre qui la suivait pensivement.

Marie était soulagée. Elle s'était trouvé une activité qui serait peut-être loin d'occuper toutes ses journées, mais qui lui donnerait quand même quelque chose à faire, ne serait-ce que le prétexte de réviser tous ses nœuds. Elle avait toujours aimé comprendre leur mode d'emploi et Legoff avait été un très bon professeur pour cela. Et puis, le gamin lui était sympathique. Elle passa le reste de l'après-midi à faire et à défaire des nœuds de toutes sortes dans sa cabine, ne voulant surtout pas attirer l'attention. Lorsqu'elle leva la tête et jeta un regard par le hublot, elle vit, à sa grande surprise, que le ciel adoptait déjà les couleurs du soleil couchant. Ramassant ses bouts de cordes et de ficelles, elle décida de passer d'autres vêtements pour le dîner à la table du capitaine. Bien que la coquetterie ne fût certainement pas de mise sur ce bateau, elle voulait faire honneur à son hôte et se rafraîchir un peu. Elle se lava le visage, tenta de discipliner ses cheveux en une torsade sommaire qu'elle fixa sur sa tête avec un petit peigne de nacre et passa une robe marine toute simple, sur laquelle elle enfila une veste bourgogne. *Ce doit être l'heure,* pensa-t-elle en jetant un dernier regard à son image dans le miroir. Elle sortit pour se rendre à la salle à manger.

Elle s'attarda quelques instants sur le pont pour admirer le soleil couchant. Il semblait leur montrer le chemin à suivre en traçant devant eux un sentier d'or rose. Le vent se posait doucement et les vagues s'assagissaient. Déjà, quelques étoiles plus téméraires pointaient leur nez dans les dernières lueurs du jour. La nuit promettait d'être belle et étoilée. Marie chercha Legoff du regard et ne le trouva nulle part. Sans vouloir se l'avouer, elle était un peu intimidée d'arriver seule à la table du capitaine. Vercoutre, malgré son affabilité, la mettait légèrement mal à l'aise et elle ne savait dire pourquoi. Dans ces moments de faiblesse, elle se détestait et se morigénait. Où était donc cette femme qui avait affronté des équipages barbares et qui s'était battue à l'épée contre bien plus costaud qu'elle ? Poussant un soupir, elle affermit son pas et se dirigea vers la salle à manger.

Dès qu'elle approcha, elle reconnut le rire sonore de Legoff, ce qui acheva de la rassurer. La salle à manger, de bonnes dimensions, était presque entièrement occupée par une table massive richement parée. Le couvert était mis pour six personnes. Pourtant, il n'y avait que Legoff et Vercoutre dans la pièce.

— Bonjour, sœurette, lui lança son ami breton. Alors, comment s'est passée cette première journée en mer ?

— Pas mal, merci. C'est très agréable de naviguer à nouveau.

— À nouveau ? demanda Vercoutre. Vous avez donc beaucoup voyagé ?

Marie maudit son inconscience. Elle devait être plus prudente dans ses paroles. Legoff vint à sa rescousse.

— Elle m'a accompagné une ou deux fois alors que je faisais de courts voyages en Méditerranée. Nous avions connu de belles conditions de navigation…

— … et c'est pourquoi j'en ai gardé un bon souvenir, compléta Marie.

— Eh bien, j'espère que cette traversée ne viendra pas gâcher vos souvenirs, dit Vercoutre en la sondant de ses yeux bleu foncé. L'Atlantique n'est pas toujours aussi clément et, lors d'une aussi longue traversée, on peut s'attendre à connaître plusieurs facettes de l'océan.

— Je sais je… euh, mon frère m'a raconté quelques-uns des gros grains qu'il a essuyés. Mais dites-moi, demanda la jeune femme afin de changer de sujet de conversation, vous n'avez finalement pas eu trop de problèmes à rassembler votre équipage ?

— Non, répondit le capitaine, ça s'est plutôt bien passé. En fait, j'ai joué de chance. J'ai rencontré un homme, lui-même capitaine, dont une partie de l'équipage était au sec avec lui. Ils en avaient pour quelques mois à terre en attendant que leur navire de commerce soit réparé. En apprenant que je cherchais des hommes, il s'est tout de suite offert, avec une trentaine de marins d'expérience, ce qui a beaucoup simplifié les choses. Cela leur permettra de gagner quelques pièces en occupant leur temps libre, et moi, cela m'a évité de recruter mon équipage un homme à la fois. Notre traversée devrait prendre un peu moins de deux mois, il leur en faudra autant pour revenir et, à leur arrivée, leur navire sera fin prêt.

— Vous n'avez plus besoin de Julien alors ?

— Non pas, dit Vercoutre. J'ai pu me rendre compte aujourd'hui des solides connaissances de votre frère, et il sera certainement très utile à mes côtés. Dutrisac va s'occuper surtout de ses hommes et Legoff va me donner un coup de main avec les miens, tout en faisant le lien entre les deux moitiés de l'équipage.

Marie se rembrunit quelque peu. Elle était un peu jalouse de Legoff, qui avait la chance d'avoir une position officielle sur le bateau alors qu'elle n'était considérée que comme une simple passagère.

— Vous allez d'ailleurs faire la connaissance de Dutrisac, il va se joindre à nous pour le repas, poursuivit Vercoutre.

— Et les deux autres places ? demanda Marie

— Outre vous, nous avons deux autres passagers à bord. Deux amis de Dutrisac qui devaient aussi se rendre en Martinique, et leur passage a été inclus dans nos négociations. D'ailleurs, les voici.

Marie se retourna et vit deux hommes de bonne taille pénétrer dans la pièce. C'était les deux individus que Legoff et elle avaient aperçus en début de journée. Le premier avait une barbichette à la façon des mousquetaires et de très petits yeux enfouis sous des paupières tombantes. Le second, un peu plus petit, avait un visage rond, joufflu, en accord avec le ventre rebondi qui débordait de sa ceinture. Il aurait eu l'air sympathique, n'eût été cette lippe épaisse qui lui donnait un air d'insatiable gourmandise et ces yeux délavés qui le faisaient ressembler à un merlan frit.

Vercoutre fit les présentations :

— Marie Legoff, je vous présente Victor Ledru et Boniface Bellehumeur. Ils sont tous deux originaires de Nantes et se rendent à la Martinique pour affaires. Messieurs, vous connaissez déjà son frère, Julien.

Marie les salua de la tête. Elle ne ressentait pas un grand élan de sympathie envers ces hommes qui la détaillaient sans vergogne.

Vercoutre les invita à passer à table.

— Dutrisac viendra nous rejoindre plus tard, alors, je vous en prie, asseyez-vous et permettez que je vous serve une coupe de vin.

— Laissez, je m'en occupe, dit Legoff en s'emparant de la carafe.

Les victuailles furent apportées sur la table par deux jeunes matelots un peu gauches. Il y avait là des viandes rouges, quelques poissons, des légumes en quantité et du pain frais.

— Il faut en profiter, dit Vercoutre, nous avons des denrées fraîches parce que nous venons à peine de quitter la terre ferme. J'ai bien peur que le menu ne perde un peu de son lustre au fil de la traversée.

Les voyageurs s'attaquèrent volontiers au repas, leur appétit ayant été creusé par cette première journée en mer, une mer calme qui avait épargné leurs estomacs. La conversation porta sur des sujets anodins jusqu'au moment où Marie s'adressa aux deux hommes :

— Ainsi vous allez à la Martinique pour affaires. Dans quel domaine êtes-vous ?

— La menuiserie, dit Bellehumeur.

— L'orfèvrerie, dit Ledru en même temps.

Les deux hommes se regardèrent et Ledru se tourna vers Marie.

— En fait, nous fabriquons des meubles de collection, décorés de pièces d'or ouvragées.

— Ah ? s'étonna Marie. Je n'ai jamais rien vu de tel.

— C'est en effet assez unique, convint Ledru.

— Et vous croyez que cela peut avoir du succès en Martinique ?

— Il y a là de riches planteurs qui feraient n'importe quoi pour se distinguer et épater la galerie, expliqua Bellehumeur. Ce sont des clients parfaits pour nous.

— Apportez-vous quelques-unes de vos pièces avec vous ?

— Non, hélas. Nous avons eu la chance de pouvoir trouver une place sur ce bateau et, comme tout s'est fait assez précipitamment, il nous a été impossible d'apporter quoi que ce soit avec nous. Nous n'avons que notre catalogue.

— J'aimerais bien le voir, si c'est possible.

— C'est-à-dire... commença Bellehumeur.

— Certainement, le coupa Ledru. Seulement, il est un peu loin dans nos malles, il faudra nous donner le temps d'aller le chercher. A-t-on accès à ces malles, capitaine ?

— Eh bien, fit Vercoutre, embarrassé, je dois dire qu'elles sont dans la cale derrière plusieurs malles et meubles que moi-même j'apporte là-bas...

— Ah ça, Marie, y tiens-tu vraiment ? intervint Legoff, adoptant pour l'occasion le tutoiement envers sa prétendue sœur. As-tu des projets de réaménagement que je ne connaîtrais pas ?

— Je... commença Marie en rougissant.

— Je peux faire chercher ces malles, proposa aimablement Vercoutre.

— Non, non, inutile, dit Marie. C'était par simple curiosité, ne vous donnez pas cette peine. J'aurai certainement l'occasion d'aller vous voir à la Martinique et vous pourrez alors me montrer vos produits.

— Ce sera avec plaisir, dit Ledru.

Marie éprouvait un certain malaise en présence de ces deux hommes, mais elle aurait été bien en peine d'expliquer pourquoi.

Elle n'eut pas le temps de s'appesantir sur la question, la porte s'ouvrant derrière elle.

— Ah ! dit Vercoutre en regardant le nouveau convive. Voici Gil Dutrisac, le second de ce navire.

Marie se retourna et son cœur se figea en reconnaissant l'homme. C'était l'agresseur de la jeune fille dans la cour de Brest.

Chapitre 13

Marie réprima à grand-peine sa surprise, ce qui lui valut un regard curieux de la part de Legoff. Il n'y avait pas de méprise possible : le nez cassé, le visage piqué par la petite vérole étaient très reconnaissables même si l'homme s'était rasé depuis leur première rencontre. Le nouveau venu balaya la salle des yeux en saluant les convives de la tête. Lorsqu'il arriva à Marie, son regard passa d'abord tout droit puis revint vers la jeune femme.

— Ah ça, capitaine ! vous ne m'aviez pas dit que nous aurions de la galante compagnie.

— Mme Legoff et son frère, que vous avez rencontré un peu plus tôt, sont les deux autres passagers dont je vous avais parlé.

Le ton était sec, avec une pointe d'agacement. Dutrisac s'était approché de Marie et avait pris sa main, qu'il baisait cérémonieusement. La jeune femme eut du mal à rester stoïque. Rien n'indiquait que l'homme l'avait reconnue. Mais comme il gardait sa main un peu trop longtemps dans les siennes, elle la retira avec précaution.

— J'espère, poursuivit le second de Vercoutre, que nous aurons l'occasion de nous croiser souvent.

— Je dois dire, monsieur, répondit Marie avec quelque hauteur, qu'il est un peu difficile de se perdre sur un bateau.

— Dutrisac, fit Vercoutre en coupant l'échange, je vous en prie, asseyez-vous et mangez avant qu'on ne vienne chercher ces plats.

Détachant enfin son regard de Marie, l'homme alla s'asseoir à l'autre bout de la table, se servit une bonne assiette et s'y attaqua bruyamment. Marie avait peine à garder son calme. Son cœur battait follement et ses mains étaient moites. Deux mois ! Deux mois à passer sur ce bateau en compagnie de cet homme ! Dieu merci, il ne semblait pas l'avoir reconnue. Elle devrait s'efforcer de l'éviter le plus possible. L'idée de le dénoncer lui avait traversé l'esprit un instant, mais elle l'avait vite écartée. Ce serait sa parole contre la sienne. Il pourrait nier, la faire passer pour une folle, mais surtout cela la placerait en position délicate pour le restant du voyage. Vercoutre ne mettrait pas son second aux fers, il en avait trop besoin, et Legoff demanderait des détails, bref mieux valait adopter un profil bas. Elle supporta encore une vingtaine de minutes l'atmosphère de la salle, qui était devenue oppressante pour elle. Puis, prétextant une grande fatigue, elle sortit alors que tous les hommes s'étaient levés galamment pour la saluer. Elle sentit, comme un fer rouge sur sa peau, le regard de Dutrisac qui l'accompagnait jusqu'à la porte. Elle la referma vivement et s'y adossa en tentant de maîtriser les battements de son cœur. *Je suis folle*, se dit-elle, *je m'imagine des choses. Il ne m'a pas reconnue…*

Marie fit quelque pas en direction de sa cabine, puis se ravisa. La nuit était douce, un peu d'air frais lui ferait le plus grand bien et elle voulait profiter de cette première soirée en mer. Le ciel était magnifique et des milliers d'étoiles y scintillaient comme des diamants. Marie monta à l'étage supérieur et, s'appuyant sur la rampe qui en faisait le tour, elle chercha les constellations que Saint-Yves lui avait appris à reconnaître. Elle vit une étoile filante déchirer le velours sombre de la voûte céleste. Elle soupira. Est-ce que Thierry avait vu cette même étoile au même moment ? Est-ce qu'Étienne était, lui aussi, accoudé au bastingage de son bateau et regardait le ciel en pensant à elle ? La pensée de son mari lui fit ressentir une bien grande solitude. Sa colère à l'endroit d'Étienne s'était apaisée et elle savait bien qu'elle ne pouvait nullement le tenir responsable des événements. Et, ce soir, son bras rassurant autour de ses épaules lui manquait cruellement. Le père et l'amant lui manquaient. Que n'aurait-elle pas donné pour sentir son souffle chaud dans son cou et l'entendre lui murmurer des mots doux à l'oreille ? Cette nuit étoilée était faite pour la romance, pour être partagée l'un à côté de l'autre, et non séparés par des milliers de milles sur la mer... Que dirait-il lorsqu'il apprendrait qu'elle s'était lancée sur l'océan à la recherche de leur fils ? Il ne pourrait que l'approuver, décida-t-elle. La vie de leur enfant passait avant tout.

Elle mit la main dans sa poche et sentit le petit soldat qui ne la quittait plus. L'objet la transporta à nouveau auprès de Thierry. Il lui semblait entendre sa voix claire lui dire : « Elles sont jolies les étoiles, n'est-ce pas maman ? J'aimerais t'en faire un collier. » Les étoiles dans le ciel se brouillèrent subitement alors qu'une eau salée qui ne venait pas des embruns lui piqua les yeux. Un frisson lui hérissa la peau des bras. Elle décida de rentrer à sa cabine et de se mettre au lit.

Alors qu'elle faisait demi-tour, elle se heurta à un homme dont elle n'avait pas senti la présence. Son sang se figea quand elle reconnut Dutrisac.

— Alors, ma belle, comme on se retrouve, lui dit Dutrisac d'un ton doucereux. Tu m'as quitté bien brusquement lors de notre dernière rencontre. Mais comme le hasard fait bien les choses, ici tu ne pourras pas te sauver...

— Espèce de mécréant ! lui cracha-t-elle au visage, sachant maintenant que toute tentative de nier son identité était inutile. Je ne sais ce qui m'empêche de vous dénoncer au capitaine.

— Parce qu'il ne te croirait pas, ma toute belle. Je suis un honnête marin qui lui amène l'équipage dont il a besoin. Et, justement, tout cet équipage était avec moi au moment où toi, tu as cru me voir à Brest. Mes hommes se feront un plaisir d'en témoigner...

— Vous n'êtes qu'un sale porc !

— Oh ! que de gros mots dans une si jolie bouche... que j'ai bien envie d'embrasser, d'ailleurs, ajouta-t-il en faisant un pas vers elle.

Marie recula et se trouva adossée au bastingage.

— Ne vous avisez pas de me toucher, je ferais un foin de tous les diables.

— Je ne pense pas. Il y a beaucoup d'hommes sur ce navire qui n'apprécient pas la présence d'une femme à bord. Ils disent que ça porte malheur. Et si en plus elle est hystérique…

Des pas se firent entendre dans l'échelle qui donnait accès à l'étage. Dutrisac fit un pas en arrière.

— Sauvée par la cavalerie, semble-t-il… Mais ce n'est que partie remise. Comme tu l'as si bien dit, il est difficile de se perdre sur un bateau, ajouta-t-il en s'inclinant, avant de tourner les talons.

Marie n'avait pas bougé, ses mains serrant la rampe à s'en faire blanchir les jointures. Elle entendit Dutrisac dire « Bonsoir capitaine » et ajouter quelque chose qu'elle ne comprit pas. L'instant d'après, Vercoutre était auprès d'elle.

— Est-ce que vous allez mieux ? s'inquiéta-t-il. Dutrisac m'a dit que vous aviez eu un malaise.

Marie fulminait mais le cacha du mieux qu'elle put. Un malaise, vraiment ? Il ne manquait pas d'aplomb, celui-là, et elle aurait intérêt à le surveiller. Le bateau lui semblait subitement bien petit.

— Je vous remercie, ça va très bien. J'ai peut-être un peu forcé sur le vin…

— Vous en avez pris à peine deux coupes. Mais vous frissonnez, remarqua le capitaine.

— Je… la soirée a fraîchi.

— Permettez, dit-il en ôtant sa veste et en la posant sur les épaules de la jeune femme.

Marie rougit. Dans l'obscurité, elle voyait les yeux de Vercoutre l'observer avec attention, le regard teinté d'une inquiétude réelle. La veste gardait l'odeur du tabac aromatisé que Vercoutre aimait fumer à l'occasion, une odeur qui, malgré elle, la troubla quelque peu.

— Je crois que je devrais rentrer me coucher…

— Gardez la veste, vous me la remettrez demain. Je ne voudrais surtout pas que vous preniez froid.

Marie voulut protester, mais un nouveau frisson la convainquit d'accepter l'offre.

— Merci. Bonsoir, capitaine.

— Bonsoir, madame, dit-il en s'inclinant légèrement et en s'écartant pour la laisser passer.

— Je vous en prie, appelez-moi Marie.

— Bonsoir Marie, donc, répondit Vercoutre avec un demi-sourire.

Lorsqu'elle entra dans sa cabine, Marie tenta de mettre de l'ordre dans ses idées. Sa position sur le bateau devenait de plus en plus délicate et tissée de faux-semblants. D'abord, elle devait passer pour la sœur de Legoff. Si elle avait souvent joué ce rôle, elle répugnait à mentir au capitaine du *Fleur de lys*, qui leur offrait si spontanément son amitié. Immanquablement, elle vouvoierait parfois Legoff, ce qui pourrait sembler curieux entre un frère et une sœur. Puis il y avait Dutrisac. Elle sentait que sa vie à bord allait être grandement compliquée par la présence de cet homme qui ne perdrait pas une occasion de la harceler. Elle songea à s'en ouvrir à Legoff, mais ne savait trop comment aborder le sujet. Son ami aurait à travailler avec cet homme. Le mettre dans la confidence ne ferait qu'envenimer les choses. Et puis, qui sait ce que le bouillant Breton ferait une fois mis au courant des actes de Dutrisac et des menaces voilées qu'il avait adressées à la jeune femme ? Par ailleurs, il y avait un côté rassurant à mettre Legoff dans la confidence. Marie décida donc que, dès qu'elle en aurait l'occasion, elle lui parlerait des agissements de Dutrisac. Elle retira la veste de Vercoutre, qu'elle déposa sur le dossier de la chaise en s'assurant de ne pas y faire de faux plis, puis elle se mit au lit.

★

Les jours suivants, Marie continua de rencontrer discrètement Gabriel, dont la science des nœuds s'améliorait rapidement sous son enseignement, tout en évitant soigneusement de se trouver en présence de Dutrisac. Chaque fois qu'elle se promenait sur le pont, il lui semblait sentir le regard de l'homme peser sur elle, mais, quand elle se retournait, il n'y avait personne. Les choses semblaient se tasser d'elles-mêmes et la jeune femme ne jugea plus nécessaire de parler à Legoff de tout ça. *Ce serait jeter de l'huile sur un feu mourant*, décida-t-elle.

On était toujours à proximité des côtes anglaises et une certaine tension régnait sur le navire. Personne ne souhaitant en découdre avec les corsaires anglais, Vercoutre avait fait mettre le maximum de voiles pour gagner le grand large au plus vite. D'ailleurs le vent soufflait fort depuis quelques jours et, avec son instinct de marin qu'elle n'avait pas perdu, Marie sentait qu'une tempête se préparait. Mis à part ses rendez-vous secrets avec Gabriel, la jeune femme n'avait pas grand-chose à faire et commençait à s'ennuyer ferme. Même Legoff avait disparu de son paysage. Lorsqu'il n'était pas de quart, il avait pris l'habitude de passer de longs moments avec elle, mais depuis deux jours, il gardait le lit, écrasé par une grippe qui le rendait maussade et ronchonneur. Marie s'offrit pour le remplacer mais sa proposition fut fort mal accueillie par son ami.

— Vous tenez tant que ça à vous faire découvrir ? fulmina Legoff. Comment allez-vous expliquer vos connaissances maritimes, qui dépassent de loin celles de bien des hommes à bord ?

— Je le sais bien, Julien, mais c'est pour ça que ça m'exaspère. Quand je les vois commettre des erreurs bêtes, il faut que je me retienne à deux mains pour ne pas intervenir !

— Et si vous le faisiez, vous mettriez votre ami Vercoutre, que vous semblez bien apprécier, dans une position fort délicate, ai-je besoin de vous le répéter ?

— Non merci. Philippe m'a suffisamment avertie de ce côté-là. Et que sont ces allusions : « votre ami Vercoutre, que vous semblez bien apprécier » ? ajouta-t-elle en l'imitant. Vous vous préoccupez de mes relations maintenant ?

— Comme un frère, Marie, comme un frère. Que ce capitaine ne vous en fasse pas oublier un autre...

— Mais de quoi parlez-vous, Julien ? Ma parole, la fièvre vous monte à la tête...

— C'est vous qui me montez à la tête.

— Bon, je vous laisse. Je reviendrai un peu plus tard voir si votre humeur a changé. Dormez un peu, ça vous fera du bien.

À l'extérieur, la température ne s'était pas améliorée. Le vent venait par bourrasques, tendait les voiles au maximum, secouant le bateau comme un prunier, puis tombait l'instant d'après, rendant le travail des gabiers très difficile. Pour l'instant, il n'y avait que du vent, mais Marie ne doutait pas que la pluie se mettrait aussi de la partie au cours de la soirée, peut-être même assortie d'un orage. Elle le sentait à cette lourdeur de l'air que le vent n'arrivait pas à balayer.

Elle se rendit aux cuisines chercher quelque chose à manger qu'elle rapporta à sa cabine. Puis elle sortit à nouveau, munie cette fois de sa précieuse trousse d'herbes médicinales et passa voir Legoff. Elle frappa à la porte de la cabine qu'il partageait avec deux autres hommes, un luxe si on considérait que la majorité de l'équipage était entassée dans une salle commune et dormait dans des hamacs. Une voix éraillée lui répondit. Marie entra. Legoff était seul, couché sur son lit étroit qu'il remplissait entièrement.

— Comment ça va ?

— De mal en pis. J'ai l'impression d'avoir la tête dans une casserole, j'ai chaud et, l'instant d'après, je frissonne.

Marie lui tâta le front.

— Pas étonnant, vous faites un peu de fièvre. Je vais aller chercher de l'eau chaude pour vous préparer une tisane qui va vous aider à dormir.

— Il me semble qu'un rhum bien tassé me ferait plus de bien.

Marie sourit.

— Je peux bien en mettre quelques gouttes si ça vous fait plaisir. Mais juste pour donner un peu de goût.

— Je ne goûte plus rien tellement je suis congestionné... Alors n'hésitez pas à forcer la dose.

— Je vais aller chercher de l'eau chaude. Attendez-moi, je reviens.

— Je ne risque pas d'aller très loin...

Marie sortit en soupirant. Quand Legoff était malade, on aurait dit que la terre entière cessait de tourner. Quelques instants plus tard, elle était de retour avec un pot d'eau fumante. Le malade ouvrit un œil à son entrée.

— Et le rhum ?

— Ah ! Julien, soyez raisonnable, il s'agit de vous soigner, pas de vous soûler !

— Vous êtes bien placée pour parler d'être raisonnable, vous !

— Julien, je ne suis pas venue pour me disputer avec vous, mais plutôt pour tenter de vous aider.

Elle jeta quelques feuilles de bouleau, de violette et de tilleul dans la théière de métal et y ajouta une bonne rasade de rhum. Elle laissa infuser quelques minutes.

— Voilà, dit-elle en versant la tisane fumante dans une tasse. Buvez ça. Demain, après une bonne nuit de sommeil, vous devriez vous sentir mieux.

Alors que Legoff prenait la tasse des mains de la jeune femme, un mouvement brusque du bateau la fit tomber sur lui. Le contenu de la tasse se répandit sur la couverture.

— Peste là ! Faites attention, Bon Dieu, je suis tout mouillé ! Vous voulez m'achever ou quoi ?

— Pardi, Julien ! Vous pensez que je fais exprès et que ça m'amuse de tomber sur vous ? Il va falloir que je vous serve de nouveau. Si c'est pour avoir autant de reconnaissance, je serais mieux de vous laisser mourir en paix !

Legoff répondit quelque chose d'inintelligible tandis qu'elle versait une autre tasse de sa décoction.

— Voilà, j'ai mis tout le rhum qu'il restait dans la bouteille, alors si vous renversez à nouveau votre tasse, vous devrez vous en passer.

— Tenez-vous loin de moi et ça ira.

Marie soupira devant tant de mauvaise foi. Décidément, un homme ayant la grippe, si costaud et endurant fût-il, devenait carrément impossible.

— Dormez bien, dit-elle en refermant la porte derrière elle.

S'il y eut une réponse, elle ne l'entendit pas. Le bruit du vent et des vagues qui claquaient étant assourdissant. *Pas étonnant que j'aie été précipitée contre Julien,* songea-t-elle, *la mer est vraiment démontée.*

Elle se pressa de se rendre à sa cabine, tentant de s'abriter du mieux qu'elle pouvait de la pluie qui avait finalement commencé à tomber. N'ayant rien de mieux à faire, elle décida de se coucher. Elle dut s'assoupir un peu et se réveilla en sursaut. Le navire gémissait, craquait et on entendait des cris sur le pont malgré le tumulte. Sans réfléchir et suivant son instinct, la jeune femme se leva vivement et enfila ses vêtements masculins. Elle noua ses cheveux et mit un bonnet sur sa tête. Puis elle sortit.

Elle se retrouva dans le chaos le plus total. Les vagues attaquaient le bateau de tous les côtés et des éclairs zébraient le ciel en un spectacle magnifique et terrifiant. Les hommes couraient partout sur le pont et si certains menaient des actions efficaces, plusieurs d'entre eux s'agitaient inutilement. Marie s'élança. Quelques mousses effrayés s'accrochaient au bastingage. Elle renvoya les plus jeunes à l'intérieur et demanda aux autres de jeter dans les écoutilles tout ce qui n'était pas assujetti au bateau. Puis, se rappelant les consignes de Saint-Yves qui avaient au moins une fois sauvé la vie d'un timonier, elle empoigna une corde et monta en courant jusqu'à la roue du bateau. Le timonier avait fort à faire pour maintenir un semblant de direction au navire.

Marie fit un nœud serré pour attacher la corde au pied de la roue, ce qui lui valut un regard curieux de l'homme à la barre, puis elle en noua l'autre extrémité autour de sa taille. Il cria par-dessus le vacarme :

— Qu'est-ce que tu fais ?

— C'est pour éviter que la vague t'emporte !

Comme pour donner raison à Marie, une grosse giclée d'eau les projeta tous deux sur le pont. Marie glissa jusqu'à l'échelle tandis que l'homme restait amarré à la roue. Elle se releva péniblement en jetant un coup d'œil en direction du timonier. Celui-ci se releva également et lui fit un signe de la main pour lui signifier que tout allait bien.

Rassurée de ce côté, elle retourna sur le pont supérieur, où régnait la pagaille la plus complète. Encore une fois, elle remarqua que la moitié des effectifs courait partout comme des poules sans tête, tandis que l'autre moitié agissait avec précision et efficacité. Marie n'eut aucune peine à imaginer quelle partie de l'équipage travaillait mieux que l'autre. Mais, pour l'instant, ce n'était pas ce qui importait, l'urgence était de garder le bateau à flots. Au milieu de l'agitation, elle vit Vercoutre qui donnait des ordres et mettait la main à la pâte, comme ses hommes autour de lui. Dutrisac, par contre, était invisible. *Probablement caché au fond d'un placard*, pensa Marie dédaigneusement. Elle songea à aller voir le capitaine pour lui offrir son aide, mais elle se ravisa bien vite, imaginant sa stupeur. Et puis, il risquait de l'obliger à retourner dans sa cabine, ce qu'elle ne voulait surtout pas. Outre le désir de se rendre utile, la jeune femme aimait sentir la rage de la mer et la colère du vent. Bien qu'elle ne voulût pas prendre de risque inutile, se retrouver là au milieu de la tempête lui faisait oublier ses soucis et elle se sentait plus vivante que jamais.

Un bruit perça la rumeur du vent et lui fit lever la tête. On avait oublié de choquer le grand foc et la voile se déchirait sous la morsure du vent. Marie courut jusqu'à l'avant du bateau. Avisant un matelot qui avait peine à garder son équilibre, elle prit le couteau qu'il portait à la ceinture sans lui dire un mot. Avant qu'il n'ait le temps de réagir, Marie était déjà en train de grimper au mât pour atteindre la vergue qui retenait le grand foc.

Le cordage de la voile était coincé dans la poulie et il était impossible de le relâcher. En équilibre précaire, elle entreprit de le couper, ce qui n'était pas chose aisée. La voile était déjà déchirée sur une longueur de bras et le vent ne facilitait pas la manœuvre. De plus, Marie glissait. Aveuglée par les gerbes d'eau salée, elle tenta vainement de s'essuyer les yeux avec sa manche. Finalement, elle sentit que le chanvre cédait et le grand foc claqua librement dans le vent. Mieux valait ça que réparer une voile sur toute sa longueur. Elle se laissa glisser souplement sur le pont et entendit qu'on la hélait.

Marie chercha du regard qui s'adressait à elle. C'était Vercoutre, qui lui criait quelque chose. Son cœur se figea. L'avait-il reconnue ? Elle ne pouvait comprendre ce qu'il disait en pointant son index vers le ciel. Marie leva la tête et vit que la voile supérieure du mât de misaine était détachée. Toutes les voiles avaient été ramenées et attachées à leur vergue, sauf celle-là qui pendait d'un côté. Marie comprit ce que voulait Vercoutre : qu'elle monte au mât de misaine et aille sécuriser la voile. Elle ressentit une petite pointe de fierté... Il l'avait prise pour un gabier, ces hommes habiles qui grimpaient aux mâts et couraient sur les vergues comme s'ils y étaient nés.

Elle pivota sur ses talons et entreprit de monter à l'échelle de corde qui courait le long du mât. Elle passa la première vergue, puis la deuxième. C'était de plus en plus haut et le bateau tanguait beaucoup sous les assauts de la mer déchaînée. Son pied glissa et, l'espace d'un terrible instant, il ne rencontra que le vide. Marie se rattrapa bien vite et poursuivit sa montée. Plus elle progressait, plus le vent soufflait fort. Elle y était presque. La voile claquait au-dessus de sa tête. Le filin qui devait la retenir s'était relâché et pendait lui aussi. Elle grimpa sur la vergue et se mit à y enrouler l'épaisse voile de toile. Le tissu rugueux lui mordait les mains. Ses doigts étaient gourds à cause du froid. Le filin s'accrochait dans la déchirure et Marie peinait à le ramener. Elle s'avança un peu plus sur la vergue, la serrant entre ses cuisses.

Un fort coup de vent la déséquilibra et la force de ses jambes ne suffit plus à la maintenir en place. À sa plus grande horreur, elle sentit qu'elle se mettait à glisser et entrevit en un éclair le moment où elle allait s'écraser sur le pont. Elle lança ses bras en avant et sa main gauche réussit à happer le filin qui battait au vent. L'instant d'après, elle était suspendue au bout de la corde, bombardée d'eau. Ses mains brûlaient. Elle sentait qu'elle ne résisterait pas longtemps. Amorçant un mouvement de balancier, elle réussit à se rapprocher du mât pour s'en éloigner aussitôt. Elle accentua son mouvement tandis que ses mains glissaient de plus en plus. Alors qu'elle commençait à désespérer, son pied accrocha un maillon de l'échelle. Elle y enroula sa cheville et put se tirer jusqu'au mât. Tentant de calmer les battements désordonnés de son cœur, Marie resta immobile quelques instants.

La tempête faisait toujours rage et, si des trombes d'eau continuaient de se déverser du ciel, il lui semblait que le vent faiblissait un peu. Mais peut-être n'était-ce que le fruit de son imagination. La jeune femme releva la tête. La voile claquait toujours au vent et la déchirure avait couru un peu plus loin. Passant le cordage dans sa ceinture et faisant taire ses appréhensions, Marie se remit à monter au mât. Elle ne savait plus si elle tremblait de peur ou de froid. Un peu des deux, peut-être.

Lorsqu'elle atteignit la vergue d'où elle était tombée, elle saisit à nouveau la voile et se remit à l'enrouler. Puis, elle prit le filin à sa ceinture et amarra solidement la voile. Elle réchauffa quelques instants ses mains meurtries sous ses aisselles puis commença à descendre. Lorsqu'elle toucha enfin le pont, elle perçut un goût salé sur ses lèvres… celui de l'océan auquel se mêlaient des larmes de soulagement. Elle jeta un regard à ses mains en sang, devenues insensibles à cause du froid. Ses muscles étaient lourds et, sentant qu'elle ne pourrait plus être d'aucune utilité, elle se décida à regagner sa cabine. Alors qu'elle faisait demi-tour, un cri la cloua sur place.

— Eh ! Toi là ! Qui t'a permis de quitter ton poste ?

Marie se retourna et se trouva face à Vercoutre. Elle sut exactement à quel instant il la reconnut, une immense stupeur se peignant sur son visage.

— Vous ? Mais que… ?

— Puis-je vous être utile d'une autre façon ? Sinon, j'aimerais bien retourner dans mes quartiers…

Vercoutre était trop stupéfait pour répondre. Il se contenta de hocher la tête et Marie s'en fut vers sa cabine, suivie par le regard du capitaine.

Lorsqu'elle ouvrit la porte de sa cabine, la tempête s'était déjà beaucoup calmée. Jetant ses vêtements mouillés pêle-mêle sur le sol, Marie entreprit de se sécher vigoureusement avec une serviette rêche. Il n'était pas question qu'elle s'enrhume comme Legoff. Elle enfila un épais tricot sur une jupe de laine et s'assit en se pelotonnant sur son lit. Malgré la fatigue, elle savait qu'elle n'arriverait pas à dormir, encore sous l'effet de l'excitation de ce qu'elle venait de vivre. Et puis ses mains lui faisaient mal. Il lui faudrait les soigner si elle ne voulait pas risquer d'infection. Appuyée sur son oreiller, elle ferma les yeux.

Elle les rouvrit lorsqu'on frappa à la porte. Tout de suite elle sentit que la tempête s'était apaisée. Le bateau ne tanguait plus follement et, si le vent soufflait encore, à voir la course des nuages par le hublot, il ne pleuvait plus et on pouvait même imaginer un ciel dégagé à l'horizon. La lueur matinale arrivait à mettre un peu de lumière sur les vagues toujours grises. Elle avait donc dormi une heure ou deux. Elle se leva péniblement, tous les muscles de son corps protestant contre ce qu'elle avait exigé d'eux, et alla ouvrir. Un mousse se tenait timidement devant elle.

— Madame, le capitaine vous offre sa cabine pour vous reposer.

— Sa cabine ?

Marie fronça les sourcils. Que signifiait cette proposition ?

— Il m'a aussi dit de vous dire, poursuivit le gamin, qu'il en avait pour toute la matinée à la salle des cartes et que vous pourriez donc profiter en toute tranquillité de sa cabine et du bain chaud qu'il vous y a fait préparer.

Marie soupira, un peu honteuse d'avoir fugitivement prêté des intentions pas très honnêtes au capitaine. Et la perspective d'un bon bain chaud qui l'aiderait à détendre ses muscles raidis par l'effort de la nuit balaya ses dernières inquiétudes.

— Très bien. J'arrive.

La jeune femme ramassa quelques vêtements et quelques herbes qu'elle avait l'intention de mettre dans l'eau. En allant vers la cabine de Vercoutre, elle s'arrêta quelques instants à celle de Legoff, où le concert de trois ronflements l'accueillit. Rassurée, elle poursuivit son chemin.

La cabine du capitaine était plus grande que la sienne et joliment aménagée. On notait un certain raffinement dans la décoration, ce qui ne manqua pas de l'étonner. Mais elle abrégea son inspection à la vue du bain fumant qui trônait au milieu de la pièce. C'était un bain d'étain poli au dossier relevé, posé sur des pattes ouvragées. *Que peut bien faire un tel bain sur un bateau ?* se demanda la jeune femme. Elle mit vite de côté ses interrogations et jeta dans l'eau quelques feuilles de lavande et d'oranger. Elle avait aussi apporté un sachet de sels de bain dont elle versa quelques pincées dans l'eau. Elle commençait à se déshabiller quand on frappa à la porte. Marie ouvrit et reçut des mains d'un matelot un plat de victuailles et un petit pichet de vin. Refermant la porte derrière elle, elle alla poser le plateau sur la table qui était sous la fenêtre. Puis, enfin, elle se dévêtit et entra dans le bain. Elle s'enfonça dans l'eau odorante jusqu'au cou, soupirant d'aise. Mais lorsque ses mains plongèrent à leur tour dans l'eau, cela lui arracha un petit cri de douleur. L'eau parfumée piquait les ampoules, ouvertes pour la plupart, et les nombreuses lacérations qu'elle avait au niveau des doigts. Cependant, passé le premier choc, la douleur s'estompa. Il lui faudrait panser soigneusement ses mains en les enduisant d'une pommade curative. On verrait cela plus tard. Pour l'heure, elle avait l'intention de profiter des bienfaits de ce bain. Appuyant sa tête sur le dossier, elle ferma les yeux et se détendit complètement. L'odeur subtile de la fleur d'oranger mêlée à celle de la lavande flattait ses narines et, tranquillement, elle s'assoupit.

Elle avait dû finir par s'endormir car un changement dans l'atmosphère de la pièce la réveilla. Encore dans les limbes de son demi-sommeil, Marie ouvrit avec difficulté les yeux et distingua une ombre sur le pas de la porte. Maintenant bien réveillée, elle se redressa en se frottant les paupières et son sang se figea en entendant la voix qui s'adressait à elle.

— Alors, on se prélasse ? Joli spectacle, je dois dire. Il a du goût, le capitaine...

Marie s'enfonça dans l'eau, qui lui offrait une bien mince protection, et rougit sous l'allusion.

— Espèce de porc immonde ! lança-t-elle à Dutrisac. Sortez d'ici immédiatement ou j'appelle à l'aide.

— Et qui vous entendra, ma jolie ? répondit-il en refermant la porte derrière lui. Tout le monde est bien affairé à réparer les dégâts que la tempête a causés au bateau.

— Et vous ? Où étiez-vous pendant ce temps ? Caché et bien à l'abri, j'imagine. On ne vous a pas trop vu mettre la main à la pâte. Vous n'êtes bon qu'à agresser les fillettes...

Marie crachait sa fureur tout en gardant les mains croisées sur sa poitrine, tentant de se soustraire aux regards intéressés de Dutrisac. Le visage de celui-ci prit une teinte cramoisie sous les insultes de la jeune femme.

— Je vais te montrer que ce ne sont pas que les fillettes qui m'intéressent. Les garces dans ton genre ont aussi un certain attrait.

Il s'approcha à grands pas du bain et empoigna Marie par le poignet, voulant la sortir de force de l'eau. Elle tenta de résister mais l'homme était fort. Sa main libre tâta le plancher à la recherche de quelque chose pour se défendre. Elle toucha le sachet de sels de bain, s'en empara et le balança en direction de son agresseur. Les sels volèrent vers son visage et lui piquèrent douloureusement les yeux. Dutrisac la lâcha en portant les mains à son visage.

— Salope ! Tu m'as rendu aveugle !

Marie en profita pour sortir du bain et s'envelopper dans la grande serviette qui gisait par terre.

— Si seulement ça pouvait être vrai ! Peut-être qu'aveugle vous seriez moins dangereux !

Mais l'homme retrouva vite ses sens. Après avoir rincé ses yeux avec l'eau du bain, il les essuyait maintenant à la manche de sa chemise.

— Attends un peu, tu vas payer pour ça !

Il se lança vers Marie, qui tenta de se mettre à l'abri derrière le paravent dressé dans un coin de la cabine. Mais déjà l'homme fonçait sur elle. Il l'agrippa par la serviette, à laquelle la jeune femme se cramponnait de toutes ses forces. D'une main, il la tira vers lui tandis que, de l'autre, il la giflait à toute volée. Étourdie, Marie lâcha prise et il en profita pour arracher la serviette. Elle se retrouva nue et sans défense, la lèvre fendue par la vigueur de la gifle.

— Tiens, tu es moins faraude maintenant ? Pas de planche de salut cette fois...

La saisissant par les cheveux, il la tira vers le lit. Marie tenta de résister du mieux qu'elle put, mais ses pieds glissaient sur le sol et ses mains ne trouvaient aucune prise. L'homme prenait avantage sur elle et, dans ses yeux qui étincelaient de fureur, elle lut aussi un peu de folie. La jetant sur le lit, il l'y maintint clouée par sa main qui lui enserrait le cou. De l'autre, il déboucla sa ceinture. Mais il n'alla pas plus loin, un solide coup de poing l'envoyant valser vers le bain, dans lequel il tomba la tête la première. Vercoutre s'empressa alors auprès de Marie.

— Vous n'avez rien ? s'inquiéta-t-il en recouvrant la jeune femme avec sa serviette.

Celle-ci se rassit péniblement sur le lit en tâtant sa joue.

— Non, ça va, mais je crois que vous êtes arrivé juste à temps.

Vercoutre reporta son attention sur Dutrisac, qui sortait de son bain forcé.

— Quant à vous, je vous veux au rapport dans cinq minutes, dit-il sèchement.

— Vous vous trompez, capitaine, j'ai surpris cette fille qui fouillait dans vos affaires…

— Elle les mettait dans ses poches, peut-être ? Je sais parfaitement ce que j'ai vu et vous aurez à en répondre.

— Je n'ai à répondre de rien devant vous, fanfaronna Dutrisac. N'oubliez pas que vous m'avez engagé pour être votre second.

— Et croyez bien que je le regrette. Un homme capable de gestes aussi vils ne mérite pas d'en diriger d'autres.

— Ça, c'est vous qui le dites, répondit Dutrisac, qui avait retrouvé toute sa superbe. Moi, je pense que mes hommes ne pourraient que m'approuver. Après tout, si une femme se trouve sur un bateau rempli d'hommes, c'est bien pour qu'ils s'en servent une fois de temps en temps.

Vercoutre serra les dents et grinça :

— Disparaissez de ma vue, nous en reparlerons dans quelques instants.

Jetant un dernier regard haineux à Marie qui s'était pelotonnée sur le lit, Dutrisac lui lança :

— Dommage, ma belle, qu'on ait été interrompus. Mais je sens qu'on aura l'occasion de se reprendre.

Et il sortit sans se donner la peine de refermer la porte derrière lui. Vaincue par les émotions, Marie éclata en sanglots. Vercoutre l'attira délicatement contre son épaule.

— Pleurez tout ce que vous voulez, cela vous soulagera. Vous êtes maintenant en sécurité.

La jeune femme ferma les yeux et commença à se détendre entre les bras fermes du capitaine. Le tissu rugueux de sa veste lui râpait la joue, et, curieusement, cela lui donnait un certain sentiment de confiance. Elle percevait l'odeur de tabac sucré qui s'en dégageait et commença à ressentir un léger trouble. Elle se raidit imperceptiblement.

— Vous êtes certaine que ça va ?

Vercoutre la dévisageait de ses yeux bleu foncé, qui avaient à cet instant précis l'apparence du velours.

— Oui je... je vais bien.

Il passa doucement un doigt sur sa lèvre boursouflée.

— Et ça, ça ne vous fait pas trop mal ?

Marie toucha ses lèvres avec sa main.

— Non, pas trop.

— Et ceci ? demanda encore Vercoutre en tournant la main de la jeune femme vers lui. Ce n'est quand même pas ce rustre qui vous a fait ça ?

Les ampoules et les lacérations s'étaient rouvertes dans la lutte et saignaient un peu.

— Non, ça c'est sur les cordages. Mais ne vous en faites pas, je saurai me soigner.

— Avec toute cette histoire, dit le capitaine en se relevant, j'avais presque oublié que vous aviez joué les gabiers dans la tempête. Vous me devez quand même quelques explications...

L'instant de trouble était passé. Marie retrouvait son aplomb et le capitaine reprenait ses distances.

— Si vous le permettez, j'aimerais d'abord me rhabiller.

— Bien sûr. Je manque à toute civilité. Je vois que vous n'avez pas touché au plat que je vous avais fait porter. Prenez le temps de vous vêtir et de vous soigner, puis venez me rejoindre à la salle des cartes. Nous pourrons y avoir une conversation que j'estime maintenant nécessaire. Prenez votre temps, je dois d'abord voir Dutrisac.

— Ne croyez rien de ce qu'il vous dira sur moi ! Je n'ai pas touché à vos affaires.

Un demi-sourire laissa entrevoir les dents blanches de Simon Vercoutre.

— Pensez-vous un seul instant que je pourrais accorder un quelconque crédit à cet homme ? Vous avez fait vos preuves sur ce bateau, pas lui. À tout à l'heure, madame.

Le capitaine s'inclina légèrement devant Marie, puis sortit de la cabine.

Chapitre 14

Marie s'habilla rapidement et regagna sa cabine en jetant des regards circonspects autour d'elle. À son grand soulagement, elle ne rencontra personne en chemin. Une fois rentrée, elle chercha dans son armoire de quoi panser ses plaies. Elle se fit un cataplasme avec de l'achillée millefeuille qu'elle posa avec soulagement sur ses blessures, puis elle banda soigneusement ses mains avec des pansements propres. Si elle mettait des gants par-dessus, personne n'y verrait rien.

Marie laissa passer encore quelques minutes afin d'être sûre que Vercoutre en aurait fini avec Dutrisac lorsqu'elle arriverait. Elle ne tenait pas du tout à croiser son agresseur pour l'instant. Elle pressentait que sa vie à bord venait encore de se compliquer. Marie soupira ; on n'en était pas encore à la moitié du voyage. Lorsqu'elle arriva près de la salle des cartes, elle entendit la porte claquer et vit un Dutrisac furieux en sortir. Elle tenta de se dissimuler mais ne fut pas assez rapide. L'homme la vit et se tourna vers elle.

— Toi, cracha-t-il avec un affreux rictus, tu ne perds rien pour attendre. Vercoutre ne sera pas toujours là pour veiller sur toi.

Sur ces paroles lourdes de menaces, il descendit l'échelle qui menait au pont principal. Marie n'avait pas bronché. L'attaque avait été trop soudaine pour qu'elle puisse amorcer une parade ou, mieux, une riposte. Une sourde colère grondait en elle. De quoi était-elle coupable ? La victime devenait-elle l'agresseur ? C'était mieux de ne pas s'y attarder, décida-t-elle. Un individu de son espèce ne valait pas grand-chose, inutile de donner un quelconque crédit à ses paroles.

Elle entra dans la salle des cartes. Vercoutre était au fond de la pièce et lui tournait dos. On sentait à la tension de ses épaules qu'il venait d'avoir une conversation orageuse. Marie était désolée d'être au cœur de ce conflit, mais, en même temps, elle n'y pouvait rien. Ce n'était certes pas elle qui avait provoqué cette situation. Elle laissa échapper un petit soupir. Tout semblait toujours se compliquer autour d'elle. Aussi léger qu'il fût, ce soupir attira l'attention du capitaine, qui se retourna aussitôt.

— Ah ! Vous êtes là. Je suis désolé, je ne vous ai pas entendue entrer.

— J'aurais peut-être dû frapper…

— Non, non, c'est très bien comme ça. Je vous en prie, asseyez-vous. J'ai demandé à ce qu'on nous apporte un petit déjeuner. Ça ne saurait tarder. Je suis sincèrement désolé de l'incident de ce matin. J'ai engagé un peu trop rapidement ce Dutrisac et ses hommes. Mais le temps pressait et je n'avais pas vraiment d'autres solutions à ma portée. Il est un marin d'expérience, là n'est pas la question, mais c'est plutôt son attitude que je déplore, et je n'aime pas non plus celle de l'équipage qu'il a amené avec lui.

— Je dois vous avouer que je l'avais déjà rencontré avant d'embarquer, et cette rencontre n'avait pas été des plus agréables.

Vercoutre fronça les sourcils.

— Que s'était-il passé ?

Marie lui raconta alors l'épisode de la ruelle et son intervention pour aider la fillette en difficulté.

— Votre… frère est au courant ?

Marie nota à peine l'hésitation.

— Non. Il ne m'aurait pas reproché d'être venu en aide à cette jeune fille, mais par la suite, il aurait certainement jugé la ville dangereuse et je n'aurais pas pu y faire un pas sans l'avoir à mes côtés.

— Mais quand même, vous avez pris un risque terrible.

— Qu'y avait-il d'autre à faire ?

— Vous auriez pu aller chercher de l'aide…

— Les secours seraient arrivés trop tard. Vous voyez, vous vous mettez à raisonner comme Julien, ce qui me confirme que j'ai bien fait de taire l'incident.

— Vous auriez quand même dû m'en parler avant, cela m'aurait donné une bonne idée de la nature du personnage.

— Nous étions déjà en mer quand je me suis aperçue de la présence à bord de Dutrisac. La proximité de l'Angleterre requérait toute votre attention, et je me suis dit que je n'avais qu'à être prudente et à l'éviter le plus possible.

— Difficile sur un bateau.

— C'est ce que j'ai constaté, grimaça la jeune femme.

Sur ces entrefaites, un mousse entra avec un plateau chargé de pain frais, de fromages, de viandes froides et de fruits. Marie s'étonna.

— Après un mois en mer, encore des fruits frais ? Et du pain tout chaud ?

Vercoutre haussa les épaules.

— De vieilles habitudes difficiles à perdre. J'ai de bons coqs à bord du navire. Mais les fruits ne sont plus aussi frais qu'ils en ont l'air. Bientôt, nous devrons passer aux fruits séchés.

Peu importait en fait la composition du menu, Marie se servit sans attendre. Le capitaine lui versa une bonne tasse de café qu'elle sucra légèrement. Ils mangèrent quelques instants en silence puis Vercoutre prit la parole :

— Je pense qu'il est temps maintenant de me dire qui vous êtes réellement.

Marie manqua s'étouffer avec son café. Elle reposa précautionneusement sa tasse et prit le temps de s'essuyer la bouche avec sa serviette de table. Elle ne savait trop que répondre.

— Remarquez que je commence à avoir ma petite idée. Vous avez beaucoup de connaissances maritimes pour une femme. D'abord ces nœuds que vous faites comme un vieux loup de mer…

— Ces nœuds, mais de quoi parlez-vous ?

— Vous mentez très mal, Marie, et ne vous donnez pas cette peine. Je vous ai vue donner vos leçons au jeune Gabriel et, si je ne suis pas intervenu, c'est d'abord par curiosité, et ensuite parce que je me suis vite rendu compte qu'elles portaient leurs fruits. Le gamin a acquis beaucoup d'assurance et même un certain prestige auprès des autres quand il a commencé, à son tour, à leur donner des conseils. Jusque-là, il était plutôt en retrait du groupe et, malgré ses efforts, il n'arrivait pas à s'intégrer. Grâce à vous, il est maintenant devenu quelqu'un parmi les mousses.

— Je… j'en suis heureuse, balbutia la jeune femme. Mais ça ne veut pas dire…

— Ça ne veut pas dire quoi ? Que vous vous y connaissez sur un bateau ? Et comment, maintenant, expliquez-vous vos acrobaties sur le mât de misaine ? Et cette initiative d'aller attacher le timonier à sa roue, ce qui lui a sinon sauvé la vie, du moins évité un bain forcé. Seul quelqu'un qui a passé de longs mois, sinon de longues années en mer peut avoir développé ces connaissances, et cette habileté sur un bateau.

Marie était consternée. Elle avait agi par instinct en se lançant sur le pont du *Fleur de lys*, poussée par son besoin d'action et son sens de l'urgence. Lorsqu'il émergerait de nouveau à la vie, Legoff serait furieux, probablement avec raison. Il l'avait pourtant bien mise en garde contre ses initiatives, lui avait dit que sa couverture était bien fragile et qu'il fallait qu'elle soit prudente. Mais elle avait pris ces avertissements trop à la légère, y voyant plutôt l'inquiétude bienveillante d'un ami sincère. Et comment avait-elle pu penser abuser un homme tel que Simon Vercoutre ? Et comment, maintenant, se sortir de cette situation ?

De ses yeux bleu profond, Vercoutre l'observait avec attention en cet instant même. Marie prit une grande respiration et décida de se jeter à l'eau. L'heure n'était plus aux faux-fuyants. Mais jusqu'où pouvait-elle aller dans ses révélations ? S'il voulait respecter la loi, il la ferait jeter aux fers avant de la remettre à la justice une fois à terre. Sinon, il pourrait toujours prétendre ignorer sa réelle identité... si toutefois elle se décidait à la lui révéler.

Le silence s'épaississait et Vercoutre la scrutait toujours aussi intensément. Il eut alors un geste étrange. Il étira son bras et prit l'une des mains de la jeune femme dans la sienne. Sa main était chaude, rassurante. Du pouce, il lui caressa légèrement le dos de la main, comme on calme un petit animal nerveux et agité. Marie avait une grosse boule dans la gorge qui l'empêchait de parler. Mais Vercoutre était patient. Désireuse de rompre l'enchantement et le malaise qui s'insinuait en elle, Marie retira doucement sa main et se leva. Elle s'approcha du hublot de la salle des cartes en balayant la mer de ses yeux gris-bleu, y cherchant à la fois réconfort et réponse à ses questions. Tournant le dos au troublant capitaine, elle se décida finalement à parler.

— Vous avez raison sur toute la ligne. Je ne suis pas celle que je prétends être. Je traîne un lourd passé derrière moi, mais ce passé est celui qui guide mes actions aujourd'hui. Ne me forcez pas à dire des choses qui dresseraient irrémédiablement une barrière entre nous. Vous m'avez fait la faveur de m'accueillir à bord de votre bateau, ce dont je vous serai éternellement reconnaissante. Mais...

Vercoutre s'était levé à son tour et il interrompit la jeune femme.

— Marie, allons au bout des choses. Avant de me dire quelle urgence vous a fait prendre la mer, racontez-moi d'où vous vient ce savoir. Et quelle est au juste votre vraie relation avec Legoff.

— Je...

Marie rougit. En se retournant, elle prit appui sur la lourde table et plongeant à son tour son regard dans les yeux de Vercoutre, elle décida d'aller plus loin.

— Julien n'est pas mon frère, mais mon meilleur ami. Il a été à mes côtés chaque fois que j'ai eu besoin de lui. Il a été encore plus proche que ne peut l'être un frère, sans franchir toutefois la barrière de sentiments plus intimes, s'empressa-t-elle de spécifier. Il est aujourd'hui marié à celle qui fut ma gouvernante et, s'il m'a à nouveau suivi au détriment de sa propre sécurité et de son bonheur personnel, c'est par amitié et, je pense, un peu par amour. Un amour aussi sincère et désintéressé que peut l'être celui d'un frère envers une sœur qui lui donne bien des problèmes.

— Où et comment avez-vous navigué ?

— J'avais un bateau avec lequel nous faisions du... commerce. Nous avons navigué surtout dans l'Atlantique, parfois au large de l'Afrique, parfois près du Maroc, de l'Espagne, dans le golfe de Gascogne...

— Partout où on a vu la *Louve des mers*...

— La *Louve des mers* ? Mais qu'allez-vous imaginer là ? D'abord qu'est-ce que cette *Louve*...

— Je vous l'ai dit, vous mentez bien mal. Et puis, inutile de nier, je suis au courant depuis bien longtemps.

Marie manqua s'étrangler, mais Vercoutre ne lui donna pas la chance de reprendre la parole.

— Philippe Saint-Yves est un homme droit, un bon ami, et son passé tumultueux avant qu'il ne rejoigne les rangs de la marine royale, a tissé autour de lui une légende, légende dont une certaine femme fait partie. Lorsqu'il m'a demandé de vous prendre à son bord, il a voulu que je le fasse en toute connaissance de cause. Il disait ne pas vouloir me tromper ni abuser de ma générosité. Il savait que j'étais de ceux qui peuvent enfreindre les règles quand je considère que la cause en vaut la peine. Si j'ai joué le jeu, c'est que je voulais que cette confession vienne de vous. Je voulais attendre le moment où vous auriez suffisamment confiance en moi pour me parler en toute franchise. Mais les derniers événements ont un peu bousculé les choses.

Marie était abasourdie. Ainsi donc, depuis le début, Vercoutre connaissait son identité.

— Mais Saint-Yves ne m'a pas tout dit, poursuivit le capitaine. Ainsi j'ignore tout des raisons qui vous ont poussée à désobéir au décret royal.

Marie s'était assise, sentant ses jambes un peu molles tout à coup. Puis l'émotion la submergea de façon aussi imprévisible qu'un raz-de-marée. L'image de Thierry lui apparut et le vide que lui causait son absence la glaça tout entière. Voyant son trouble évident, Vercoutre servit un verre de rhum à la jeune femme, qui le prit et le vida d'un trait. Vercoutre leva la bouteille vers elle, une interrogation au fond des yeux. Marie refusa de la tête un second verre. Elle voulait garder l'esprit clair pour la suite des événements.

Puis elle se mit à parler. Elle raconta tout ce qu'avait été sa vie avant son mariage avec Étienne. Elle raconta tout sans ambages, lassée de se cacher, et de se dissimuler. Elle avait décidé de jouer son va-tout, de faire confiance à l'homme assis devant elle. Après tout, ne l'avait-il pas prise à son bord malgré les conséquences que cela aurait pu avoir pour lui ? Quand elle acheva son récit, de longues, très longues minutes plus tard, elle se servit elle-même un second verre de rhum. Vercoutre la regardait pensivement.

— Vous avez vécu là ce qu'une personne normale mettrait au moins cinq vies à vivre… C'est assez étonnant que vous en soyez sortie aussi forte, et c'est tout à votre honneur, madame. Maintenant, si on met de côté le fait de traverser l'Atlantique sur mon bateau, quelles sont vos intentions une fois arrivée à la Martinique ?

— Chercher Marek, le retrouver et reprendre mon fils.

Vercoutre eut un petit sourire.

— Je crains que ce ne soit plus difficile que ça. Il y a beaucoup d'endroits où se cacher dans les Antilles françaises.

— Ce n'est pas dans la nature de Marek de se cacher. Je suis certaine que je n'aurai pas de problème pour le retrouver. Ce sera peut-être plus délicat de l'approcher.

— Effectivement, il vous faudra être très prudente. Je suis certain également que le corsaire a su s'entourer, et s'il a pu armer une expédition dans le seul but d'aller enlever votre fils, il doit être loin d'être démuni à l'heure actuelle. Nous verrons une fois sur place.

— Vous allez m'aider ? s'exclama la jeune femme, surprise. Vous n'avez pas à le faire, vous avez vos propres affaires à régler.

— Nous verrons ça quand nous serons arrivés, dit Vercoutre en se levant. Je vous remercie de votre franchise et de votre confiance. Je resterais bien là encore avec vous, mais les affaires du bateau m'appellent.

— Je suis heureuse de vous avoir parlé, répondit Marie en se levant à son tour. Maintenant que vous me connaissez mieux, peut-être pourrais-je apporter ma contribution au travail du bateau ?

Le capitaine éclata de rire.

— J'imagine sans peine ce que ce pauvre Legoff a dû vivre à vos côtés. Non Marie, je ne crois pas que ce soit une bonne idée. C'est bien que je sache qui vous êtes, mais peut-être moins bien que l'équipage tout entier soit mis au courant. D'autant plus que ça risquerait de vous mettre en présence de Dutrisac très souvent, ce qu'il vaut mieux éviter, vous en conviendrez.

— Mais que vais-je faire alors ?

— Continuez de dispenser discrètement des cours à Gabriel. Vous pouvez même étendre votre classe à quelques élèves supplémentaires. De plus, poursuivit Vercoutre en prenant sa main entre les siennes et en regardant la paume de la jeune femme bien pansée, peut-être pourriez-vous donner un coup de main à notre chirurgien, qui semble ne pas avoir vos talents pour les pansements et autres traitements. Nos marins vous en seraient reconnaissants. Pensez-y, vous n'avez pas à me répondre tout de suite.

Et, s'inclinant légèrement devant la jeune femme, Vercoutre sortit de la pièce.

Marie resta encore quelques instants dans la salle des cartes. Bien des pensées se bousculaient dans sa tête et, en ce moment même, elle avait du mal à les ordonner. Elle décida de ne pas pousser plus loin ses réflexions ce matin-là et de prendre un peu de repos après une nuit et une matinée somme toute fort agitées. Elle songea subitement à Legoff. À l'heure qu'il était, il devait être réveillé depuis belle lurette et devait se demander ce qu'elle fabriquait. Qu'allait-elle lui raconter ? La vérité, décida-t-elle. Il réagirait sûrement en apprenant ses exploits durant la tempête, mais tout était bien qui finissait bien, non ? Et puis, savoir qu'ils pourraient vivre sous leur véritable identité, sinon sur le bateau au moins auprès de Vercoutre, le soulagerait certainement. Enfin, c'était ce qu'elle osait espérer.

Elle sortit finalement de la salle des cartes et se dirigea vers la cabine de Legoff pour prendre de ses nouvelles. Elle frappa à la porte mais ses coups restèrent sans réponse. Le Breton devait se sentir mieux. Sa nuit un peu escamotée, le peu de sommeil récupéré, les émotions du matin et le rhum bu un peu trop rapidement commençaient à avoir raison d'elle. Elle décida de regagner sa cabine pour s'y reposer quelques instants mais rencontra sur sa route les deux autres passagers du navire, Bellehumeur et Ledru. Depuis leur conversation lors du premier soir à bord du bateau, elle n'avait pas eu l'occasion de les fréquenter bien souvent. Ils avaient bien partagé avec elle quelques autres repas à la table du capitaine, mais elle s'était toujours débrouillée pour s'asseoir loin d'eux et s'intéresser davantage à ses compagnons plus proches. Le malaise ressenti le premier jour était toujours présent.

— Bien l'bonjour m'zelle, dit Bellehumeur. La tempête ne vous a pas trop effrayée ?

— Non, je vous remercie. J'ai été un peu secouée, comme tout le monde sur ce bateau, mais nous avons un excellent capitaine.

— Fallait venir nous voir si vous aviez peur, reprit Ledru en tiraillant sa barbichette entre ses doigts, nous nous serions occupés de vous.

— Très aimable de votre part, mais ce ne fut pas nécessaire. Cela dit, messieurs, je vous souhaite une bonne journée.

— Il me semble qu'on vous a fort peu vue ces derniers temps, reprit le replet Bellehumeur. Notre catalogue ne vous intéresse plus ?

— Ah tiens, vous l'avez retrouvé ? dit Marie. Il me semblait qu'il était dans une malle au fond de la cale.

— On en a quand même quelques pages dans notre cabine…

Marie, ne souhaitant pas poursuivre cet entretien, voulut couper court.

— Si vous le permettez, messieurs, je vais me retirer. Comme vous le dites si bien, la nuit n'a pas été de tout repos et je crois, hélas, que j'en ressens maintenant les contrecoups.

— Vous ne vous sentez pas bien ? s'inquiéta mielleusement Bellehumeur en s'approchant de Marie, qui eut instinctivement un mouvement de recul.

— Non ça va, je vous remercie. Je n'ai besoin que d'un peu de repos.

— Ah, te voilà !

La voix puissante les fit se retourner tous les trois. Legoff arrivait, le pied beaucoup plus alerte que la veille.

— Eh bien, on va vous laisser puisque vous voilà en famille, dit Ledru en tirant la manche de son compère.

— Au plaisir de vous revoir, mademoiselle, reprit Bellehumeur.

Et avant que Marie ne puisse esquisser un geste, il lui baisa cérémonieusement la main.

— C'est ça, c'est ça, bon vent, marmonna Legoff qui se tourna ensuite vers Marie. Je vous cherche depuis ce matin, où étiez-vous passée ?

— Ouf… C'est une longue histoire.

— Avec vous, ce sont toujours de longues histoires. Mais qu'est-ce qui est arrivé à vos mains ?

— Euh… Ça aussi…

— … c'est une longue histoire. Mais bon, vous me raconterez cela plus tard, parce que pour l'instant je suis de quart.

— Vous vous sentez donc mieux ?

— Comme neuf ! Il n'y a rien comme une bonne nuit de sommeil et un peu de rhum pour requinquer son homme !

— Vous avez dormi la nuit dernière ?

— Comme un loir ! Pas vous ?

Marie réprima un sourire. Les herbes sédatives, mêlées effectivement au rhum, avaient fait merveille.

— Pas beaucoup. Alors, si vous le permettez, je vais aller faire une petite sieste.

— Une sieste, vous ? Peste ! Vous devez être vraiment fatiguée. Allez, reposez-vous, on se verra plus tard.

Et ils partirent chacun de leur côté.

Chapitre 15

Bien entendu, Legoff se mit dans une colère folle. Non pas parce que Vercoutre était au courant de leur réelle identité, ce qui au fond de lui le soulageait un peu, mais parce que Marie avait pris de grands risques en grimpant aux mâts en pleine tempête. Il exigea de voir ses mains et fut sidéré devant ses blessures qui lui confirmaient, de visu, la témérité de l'entreprise.

Marie s'emporta à son tour. S'attendait-il à ce qu'elle ne fasse rien quand la sécurité de tous était en jeu ? Des hommes compétents s'en chargeaient, lui répondit-il, et ils n'avaient nul besoin de l'aide d'une faible femme comme elle. Marie manqua s'étrangler. Et de riposte en riposte, ils se fâchèrent pour de bon. Décidément, Legoff allait mieux.

Ils s'ignorèrent pendant le restant de la journée et, le soir venu, Marie déclina l'invitation d'aller manger à la table du capitaine, d'abord parce qu'elle ne voulait pas affronter de nouveau Legoff, ensuite parce que… eh bien, parce qu'elle préférait éviter Vercoutre pour quelque temps. Elle ne savait pas trop pourquoi, mais elle préférait mettre une certaine distance entre elle et le capitaine. Et puis, elle n'était pas d'humeur à voir qui que ce soit. Il y avait des jours comme ça où la morosité l'emportait sur tout. De plus, elle avait un sacré mal de ventre, ce qui n'arrangeait en rien les choses. Vraiment, mieux valait rester seule ce soir-là.

Elle se cloîtra donc dans sa cabine et regarda le temps se conformer à son état d'esprit. Après avoir déserté un ciel lavé par la tempête de la veille, les nuages revenaient mollement, sans menace aucune, mais donnant à la nuit quelques heures de plus.

Marie avala une bouchée à la lueur d'un chandelier. Elle était fatiguée, mais n'arrivait pas à se mettre au lit. Encore une fois, dans ces instants de solitude, ses pensées s'emmêlaient et se bousculaient dans sa tête. La disparition de Thierry lui apparaissait alors dans toute sa réalité et sa cruauté. Elle se demandait comment elle pouvait continuer à agir malgré tout, comment elle pouvait manger, boire, dormir, et même rire parfois, alors que son sort à lui était si incertain. Mais il lui fallait se blinder le cœur si elle voulait poursuivre sa route et ses recherches.

Elle sortit le petit soldat de plomb du tiroir où elle l'avait rangé et le mit bien en vue sur la table. Elle se souvenait du plaisir de l'enfant lorsqu'Étienne lui avait donné le jouet et de ce moment magique que le père et le fils avaient alors partagé. Elle avait vu toute la tendresse du monde dans les yeux de son mari, bien différente de la flamme qui y dansait quand son regard de jade se tournait vers elle.

Elle décida d'aller faire un tour sur le pont, histoire de s'aérer un peu l'esprit. Bien que les soirées fussent encore fraîches, ils s'éloignaient de plus en plus des eaux froides de l'Atlantique Nord pour naviguer vers des mers plus clémentes. D'ici quelques jours, le soleil serait plus chaud et elle pourrait abandonner ce châle, qu'elle jeta sur ses épaules pour sortir sur le pont.

L'air était humide et poisseux, même s'il restait frais pour l'instant. Sans ce vent d'est qui soufflait, la soirée aurait été beaucoup moins agréable. Marie marcha tranquillement sur le pont déserté. La majorité des hommes, sauf le personnel réduit qui était de quart pour assurer la navigation dans les eaux redevenues tranquilles, était dans ses quartiers ou dans la salle commune en train de partager bruyamment un repas. Cela tombait bien. Marie goûtait ces instants de solitude, si rares sur un bateau fort peuplé.

Elle marcha jusqu'à la proue où elle se pencha au-dessus du bastingage. Elle adorait regarder l'eau se fendre sous l'étrave du navire. Elle ressentait alors toute la puissance et la vitesse du bâtiment et avait l'impression de faire corps avec lui. Alors que les embruns lui humidifiaient les joues, elle ferma les yeux, savourant ce moment avec délices. Au bout de quelques instants, elle entendit des pas se rapprocher d'elle. Ne désirant nullement voir sa tranquillité troublée par quiconque, elle glissa le long de la lisse de gaillard et se tapit dans l'ombre. Les hommes, ils devaient être deux ou trois, n'étaient plus très loin. Ils s'arrêtèrent à quelques pas de Marie et se mirent à chuchoter. Leur attitude était étrange. La jeune femme ne pouvait pas les voir sans révéler sa présence, et le fait qu'ils mettent autant de soin à ne pas être vus l'incitait à la prudence. Elle tendit l'oreille.

Le bruissement des voiles au-dessus de sa tête l'empêchait de bien entendre leur conversation, mais elle en perçut quelques bribes.

— … c'est pour bientôt donc ?

— … attendre encore… trop loin des…

— Et qui… si… ?

— … passer le mot… et… action…

— … sac ?

— Oui… et prendre…

— … hâte… finir…

Puis plus rien. Aussi discrètement qu'ils étaient arrivés, les hommes s'en allèrent. Marie risqua un œil, il n'y avait plus personne. Seule flottait l'odeur d'un parfum lourd que la jeune femme se rappela avoir déjà respiré, sans pouvoir le relier à quiconque. Elle laissa passer de longues minutes afin de s'assurer que les hommes ne reviendraient pas, puis elle sortit de sa cachette pour se diriger vers sa cabine.

Une fois à l'intérieur, elle se rendit compte qu'elle était glacée. Que signifiait cette conversation ? Qui étaient ces individus ? C'était plus l'attitude de ces hommes que la teneur de leurs propos qui la tracassait. Pourquoi se cacher alors que le pont était pratiquement désert ? Plus elle retournait la chose dans sa tête, moins elle trouvait de réponses satisfaisantes. Elle en avait trop peu entendu pour rapporter la conversation à Legoff ou à Vercoutre et se méfiait aussi de son imagination parfois débordante. Elle quitta avec bonheur ses vêtements, humides en raison de la moiteur de la nuit, enfila une chemise qui avait le grand mérite d'être complètement sèche et se mit au lit sans tarder.

Le matin apporta un éclairage nouveau aux événements. Le soleil était revenu. Apparemment, les nuages de la veille n'étaient pas de nature belliqueuse, et Marie se demanda si elle n'avait pas imaginé la conversation sur le pont. Déjà celle-ci s'effaçait de sa mémoire et le soleil qui entrait à flots dans sa cabine acheva d'en chasser les derniers fantômes. Sa dispute avec Legoff lui revint plus clairement et la mit mal à l'aise. Elle ne voulait pas rester en froid avec son compagnon qui était, avec Thierry, Étienne, Marguerite et Sarah, l'un des êtres les plus chers dans sa vie. Tous deux s'étaient emportés et mieux valait couper court à cette brouille dès maintenant, avant que chacun ne se drape dans une dignité froissée et reste orgueilleusement sur ses positions.

Elle partit donc à la recherche de Legoff mais ne le trouva nulle part sur le pont. Elle alla frapper à sa cabine et seul un ronflement lui répondit. Un ronflement unique. Elle ouvrit précautionneusement la porte et vit que si Legoff occupait bien son lit, les deux autres étaient vides. Refermant doucement la porte, elle prit le chemin des cuisines, d'où elle revint avec un plateau bien garni. Elle entra dans la cabine, posa son plateau sur une table et ouvrit le rideau qui masquait le hublot.

Cela n'eut d'abord aucun effet sur le Breton, qui se contenta de se retourner sur le flanc en maugréant un peu. Marie alla tirer le rideau du second hublot – la cabine était en coin –, et cette fois-ci Legoff ouvrit un œil mauvais. La lutte n'était pas gagnée.

— Ah ça, vous avez décidé de m'achever ? Laissez-moi dormir, vous savez que je suis malade.

— Vous sembliez pourtant aller très bien hier soir, vous me l'avez dit vous-même.

— Ça, c'était avant que vous me fassiez vivre mille morts avec vos frasques et vos initiatives saugrenues.

— Julien, je suis venue pour faire la paix. Nous nous sommes un peu trop emportés tous les deux et je ne veux pas que nous restions fâchés.

Legoff s'assit dans son lit. Il offrait un curieux spectacle. Sa chemise de nuit, à laquelle il manquait trois boutons, s'ouvrait sur sa poitrine velue où fleurissaient quelques poils gris, ses cheveux en bataille prenaient les formes les plus diverses, dont un épi qui se dressait comme un mât à l'arrière de son crâne, et sa barbe de trois jours lui donnait l'allure d'un naufragé. Marie sourit doucement d'abord, puis éclata de rire.

— Quoi ! s'écria-t-il. Qu'est-ce qui vous fait rire ? Pas moi, j'espère, parce qu'il n'y a rien de drôle.

Mais Marie ne pouvait s'arrêter.

— Ah Julien, si Marguerite vous voyait en cet instant, elle regretterait certainement de vous avoir épousé !

— Laissez Marguerite en dehors de ça et sachez qu'elle ne s'attarde pas à des considérations aussi terre à terre que mon allure matinale…

L'hilarité de Marie commençait à être contagieuse, et Legoff luttait de toutes ses forces contre le fou rire qui montait en lui. Au bout de quelques instants, il n'y tint plus et éclata de rire à son tour.

— Venez là, dit-il en tapotant son lit et en s'essuyant les yeux. Venez là, qu'on fasse la paix.

Marie ne se le fit pas dire deux fois. Elle se jeta dans les bras de son vieil ami, qu'elle serra à l'étouffer.

— Pardonnez-moi, Julien, je sais que je ne suis pas toujours facile à suivre, mais pour rien au monde je ne voudrais perdre votre amitié.

Legoff lui frotta doucement le dos.

— Mais voyons ! Je me suis emporté moi aussi, mais il faut dire que vous me rendez fou avec tous les risques que vous prenez !

— Et si on mangeait un peu avant que le café ne refroidisse ?

L'appétit revint avec la bonne humeur qui s'installa dans la pièce. Ils partagèrent le repas en parlant de choses anodines et Legoff manifesta ensuite le désir de se lever. Pour épargner sa pudeur, et parce qu'elle avait aussi envie de bouger, Marie quitta la cabine et laissa son ami s'habiller.

Les semaines suivantes furent plus calmes. La mer semblait estimer que le *Fleur de lys* lui avait payé son dû et resta étonnamment coopérative. Un vent constant portait les voiles, et seul l'horizon sans fin et les requins qui accompagnaient parfois le bateau venaient leur rappeler qu'ils naviguaient sur l'Océan et non sur un grand lac.

Marie avait accepté de seconder le chirurgien du bateau et, comme à l'époque de son passage sur l'*Imperator*, qui lui semblait aujourd'hui si lointaine, elle y gagna le respect de l'équipage. Sauf de Dutrisac, bien entendu, qui continuait de lui faire grise mine. Dès lors, ses journées étaient beaucoup plus occupées, même si ses leçons auprès de Gabriel avaient cessé depuis un petit bout de temps. Le gamin était allé au bout du savoir de son maître et il devenait même évident qu'il ne tarderait pas à le dépasser. Marie avait gardé beaucoup d'affection pour le gamin, qui n'était pas sans lui rappeler Matthieu à peu près au même âge, mais sagement se gardait de le lui manifester ouvertement pour ne pas l'intimider.

Elle n'avait plus eu l'occasion de se retrouver en présence directe de Ledru et Bellehumeur, les deux hommes, pour une raison qu'elle ignorait, ayant déserté la table du capitaine. Comme Dutrisac n'y était plus le bienvenu, ils se retrouvaient bien souvent à trois, Marie, Legoff et Vercoutre à partager le repas du soir. C'était alors l'occasion d'échanges animés où les histoires de vie en mer prenaient une grande place. Si Vercoutre était un hôte accompli, c'était aussi un conteur hors pair. Il n'était pas de ceux qui épataient la galerie par la flamboyance de leurs propos, mais savait rendre, avec une économie de mots remarquable, une situation si réelle que ses auditeurs avaient l'impression de la vivre avec lui. Et sa voix grave, râpeuse lorsqu'il prenait un peu trop de vin, ajoutait à l'enchantement. Il savait les garder attentifs à ses récits, tant Legoff que Marie, même si c'était plus souvent vers celle-ci que son regard insondable se tournait.

Sur sa vie privée, il était resté très discret. Depuis la fois où il avait raconté ses relations difficiles avec son père, il ne s'était plus ouvert. Peut-être était-ce que l'occasion ne s'était pas présentée, ou peut-être ne s'était-il pas suffisamment senti en confiance pour le faire, mais il restait bien mystérieux aux yeux de Marie. Lorsqu'elle en parlait à Legoff, celui-ci haussait les épaules en disant que si Vercoutre ne disait rien, c'était probablement parce qu'il n'y avait rien à en dire, explication qui était bien loin de satisfaire la curiosité de Marie mais dont elle devait se contenter.

Le réchauffement promis était arrivé depuis plusieurs jours. On était déjà dans la deuxième semaine de novembre, et alors qu'en France Marguerite s'apprêtait à faire face à l'hiver, autour d'eux la température s'élevait constamment. Ils se rapprochaient des Caraïbes et l'Océan lui-même se parait de nouvelles nuances. De nouveaux poissons peuplaient ces eaux claires, et Marie fut émerveillée lorsqu'elle vit son premier poisson volant filer au-dessus de l'écume blanche. Elle poussa un petit cri qui attira l'attention de Vercoutre, qui n'était pas loin d'elle.

— Oh ! Mais qu'est-ce que c'est ?

Laissant ce qu'il était en train de faire, le capitaine se rapprocha de la jeune femme.

— Quoi donc ?

— J'ai vu quelque chose, là, un reflet d'argent au-dessus des vagues. Ce ne peut être un oiseau, nous sommes encore trop loin des terres.

— C'est probablement un poisson volant.

Marie le regarda avec de grands yeux.

— Un poisson volant ? Vous vous moquez de moi ?

— Jamais je n'oserais. Ils sont assez fréquents dans cette partie du monde. Je m'étonne qu'une navigatrice comme vous n'en ait jamais vu auparavant.

— Je naviguais dans des eaux plus froides, rappelez-vous. Oh ! Un autre ! Oui je le vois bien maintenant !

Elle battit des mains comme une petite fille, et son enthousiasme fit rire Vercoutre. La prenant par les épaules, il la tourna vers l'arrière du bateau en lui désignant un endroit dans l'eau.

— Regardez là-bas, ils sont plusieurs à voler ensemble.

Marie était fascinée. Les poissons décrivaient de jolies arabesques au-dessus de l'eau, gardant leur élan quelques instants avant de replonger un peu plus loin. Le soleil faisait briller leurs écailles argentées, c'était ce qui avait accroché le regard de Marie. L'excitation avait fait rosir ses joues et, depuis quelques minutes, ce n'était plus les poissons que regardait Vercoutre, mais la jeune femme.

Une voix grinçante brisa l'enchantement.

— Désolé de vous déranger, capitaine, mais des choses plus urgentes que des poissons volants vous réclament.

Le ton de Dutrisac était sarcastique et Marie sentit les poils de sa nuque se hérisser. Plus le temps passait, plus elle se méfiait de cet homme. Elle ne le regretterait certainement pas une fois à terre. Le visage de Vercoutre se referma aussitôt. Lui non plus ne le regretterait pas.

— Excusez-moi, dit-il simplement à Marie en suivant son second.

Celle-ci tenta de s'intéresser à nouveau aux poissons mais le cœur n'y était plus. Elle décida plutôt de retourner à l'infirmerie pour voir comment récupérait un marin qui s'était cassé le bras la semaine précédente.

Le soleil et la chaleur qu'ils avaient auparavant espérés étaient maintenant implacables. Pour une fois qu'ils souhaitaient voir des nuages, pas un seul ne brisait l'uniformité du ciel bleu. Plusieurs semaines de chaleur oppressante avaient alourdi l'atmosphère sur le bateau. Les escarmouches étaient fréquentes et la chaleur incitait à l'oisiveté, ce qui entraînait de sérieux problèmes de discipline pour Vercoutre. Le bateau était de plus en plus scindé en deux : d'un côté, l'équipage indolent de Dutrisac, qui n'était d'ailleurs pas le meilleur exemple pour ses hommes, et, de l'autre, les marins aguerris de Vercoutre, qui ne pouvaient tout faire sur le bateau. On entendait fréquemment la voix de Legoff s'élever au-dessus des incessantes chamailleries.

Une journée, en fin d'avant-midi, le cri de la vigie retentit.

— Navire à tribord !

Tous les regards se portèrent vers le point mentionné. Marie, qui n'en pouvait plus d'arpenter le pont à ne rien faire, s'approcha de Legoff, qui avait une lunette d'approche.

— Il est encore loin, dit Legoff en réponse à l'interrogation muette de la jeune femme, et rien n'indique qu'il croisera notre route. Nous approchons de la mer des Antilles et il y aura désormais un peu plus de circulation maritime. Il faudra se méfier cependant des flibustiers et boucaniers qui naviguent par ici. Ils feraient passer nos pirates pour de simples filous d'opérette.

Marie regrettait le temps où elle se penchait avec Saint-Yves sur les grandes cartes qu'il étalait devant eux. Elle reporta son regard sur la mer, où le bateau annoncé n'était qu'un petit point au milieu des vagues.

La jeune femme était presque déçue. Elle aurait tout fait pour avoir un peu de distraction... Mais l'écart entre les deux bâtiments restait le même. Finalement, elle décida de fuir la chaleur et de rentrer dans les entrailles du navire. L'infirmerie était vide. Malheureusement pour elle, personne ne requérait ses soins. Elle descendit donc jusqu'au deuxième pont pour aller du côté de ce qu'elle appelait « la ménagerie », soit un enclos où on gardait une vingtaine de chèvres, quelques poules et des moutons.

C'étaient ces animaux qui fournissaient la cuisine en œufs, en lait, en fromage et en viande. L'odeur n'était pas extraordinaire quand on s'en approchait, mais au fil de ses jours oisifs, Marie avait réussi à apprivoiser quelques chèvres et les avait même baptisées : Grisette, Coquette, Capucine et Marilou. Elle avait pu arracher au cuisinier la promesse qu'aucune de ces quatre-là ne passerait par sa casserole. Elle y était depuis un moment et songeait à remonter à l'air frais avant que l'odeur ambiante n'imprègne trop ses vêtements quand elle entendit de grands cris et quelques coups de feu sur le pont.

D'abord intriguée, elle sortit de l'enclos en refermant soigneusement la porte derrière elle. Elle commençait à monter à l'échelle qui menait à l'entrepont quand d'autres coups de feu retentirent. Maintenant aux aguets, elle ralentit sa progression en tendant l'oreille. Elle atteignait l'entrepont lorsqu'elle entendit Vercoutre jurer abondamment. Ce n'était pas dans ses habitudes et cela suffit pour mettre la jeune femme en alerte. Il se passait quelque chose d'étrange sur le pont supérieur et Marie ne savait plus trop ce qu'elle devait faire. Son cœur battait à tout rompre et elle se dit qu'elle devait tenter de trouver Legoff au plus vite.

Elle s'approcha précautionneusement du pont supérieur tout en faisant attention de ne pas être vue. Elle voulait savoir de quoi il en retournait avant de se manifester. Lorsqu'elle entendit le Breton hurler à son tour, elle comprit que la situation était très sérieuse. Mais de quelle situation s'agissait-il ? Délaissant l'escalier principal, Marie se dirigea vers un petit escalier de service qui menait à l'écoutille située à bâbord. De là, elle pourrait peut-être mieux observer sans être vue. Il semblait régner un vacarme indescriptible sur le pont et le son clair des épées s'entrechoquant perçait le tumulte.

Elle monta lentement l'escalier étroit, et prenant bien soin de rester dans l'ombre, elle risqua un œil. On se battait ferme, mais Marie avait encore peine à comprendre qui était l'ennemi. Elle ne voyait pour l'instant que des hommes du *Fleur de lys* qui semblaient être tous engagés dans une mêlée générale. Ce fut lorsqu'elle vit l'un des hommes de confiance de Vercoutre se faire transpercer par l'épée de l'un des marins amenés par Dutrisac qu'elle comprit enfin: il s'agissait d'une mutinerie ! Un choc lui fit presque perdre l'équilibre dans l'escalier, et, l'instant d'après, le pont était envahi de nouveaux arrivants.

Marie se demanda d'où ils pouvaient bien venir. Puis elle pensa au bateau qui avait été aperçu plus tôt par la vigie. Le navire avait dû changer de cap alors qu'elle était au deuxième pont et avait abordé le *Fleur de lys*. Sa présence dans ces eaux ne devait donc rien au hasard. Dutrisac, parce qu'il ne pouvait s'agir que de lui, avait bien ourdi son complot. Marie tremblait de rage. Elle était là, en témoin impuissant, devant un spectacle qui la déchirait. Les hommes de Vercoutre avaient beau être forts et vaillants, ils céderaient bien vite devant le nombre. Ils se battaient férocement, mais leurs efforts étaient voués à l'échec. Un à un, ils furent désarmés. Marie bougea un peu pour tenter d'améliorer son champ de vision et de repérer Legoff. Elle ne tarda pas à le voir, entouré de quatre hommes qui le retenaient à grand-peine. Il ne semblait pas blessé sérieusement, même si un peu de sang coulait de sa pommette droite. Chose certaine, il fulminait. D'où elle était, elle ne pouvait entendre ce qu'il disait, mais à voir son expression, ce ne devait pas être des amabilités...

Elle chercha aussi Vercoutre du regard, et ce qu'elle découvrit fit manquer quelques battements à son cœur déjà malmené. On attachait le capitaine au grand mât, les mains au-dessus de sa tête, et déjà l'un des mutins lui arrachait sa chemise. Pendant que ses hommes étaient ligotés et tenus en respect par une trentaine de marins à l'air féroce, on semblait vouloir lui réserver un traitement spécial. Le silence se fit sur le pont, demandé par un Dutrisac tout gonflé de sa nouvelle autorité.

— Tiens tiens, on ne fait plus le faraud maintenant ?

— Espèce de sale ordure ! cracha le capitaine, j'aurais dû me méfier de toi depuis le début.

Dutrisac le gifla à toute volée.

— Tu parles quand je te l'autorise !

— Le jour où je recevrai des ordres de toi ne s'est pas encore levé.

Mais le capitaine ne put aller plus loin. Il eut le souffle coupé par le violent coup de poing que Dutrisac lui asséna dans l'estomac. Plié en deux par la douleur, le plus qu'il le pouvait dans sa position, il se redressa après le coup de genou qui suivit la première attaque. Dutrisac l'accueillit alors avec une solide droite.

— Alors ? Quelque chose à ajouter, capitaine ?

Vercoutre était à deux doigts de tourner de l'œil et il faisait un effort surhumain pour rester debout.

— Espèce de lâche ! Sale mauviette ! Laissez-le, nom de Dieu, vous allez le tuer !

— Et si c'était justement là mon souhait ? dit Dutrisac en se retournant.

Marie avait retenu sa respiration en reconnaissant la voix de Legoff.

Mais un nouvel acteur venait d'entrer en scène. Marie ravala un cri en reconnaissant la haute silhouette du faux Marcelin Beaupré, ce prétendu vendeur d'huiles exotiques qui les avait attirés, Legoff et elle, dans un guet-apens à La Rochelle. Le Breton aussi l'avait reconnu. Marie le vit tentant de se dissimuler derrière ses compagnons d'infortune, malgré les gardes qui l'encadraient. Beaupré, ou peu importait son nom, devait rester dans l'ignorance de leur présence sur le bateau.

— Alors, Dutrisac, tout s'est bien passé ?

— Plus facilement que je ne l'espérais. Il faut dire que ces messieurs ont été d'une aide précieuse, dit-il en désignant deux hommes qui s'avançaient.

Ledru et Bellehumeur ! Marie manqua s'étouffer. Elle avait eu raison de s'en méfier. Ils devaient être autant vendeurs de meubles qu'elle était bonne sœur ! En allant rejoindre Dutrisac, Bellehumeur passa non loin de l'écoutille où se terrait Marie. Le vent porta jusqu'à elle une odeur douceâtre, un brin trop musquée, qui la ramena quelques semaines en arrière, lorsqu'elle avait surpris quelques bribes d'une conversation étrange sur le pont. Tout se mit alors en place dans sa tête. Dutrisac avait planifié son opération avant même d'embarquer sur le bateau. Ses hommes devaient être dans le coup et les deux « invités » étaient en fait des complices.

— Tu avais raison, Dutrisac, c'est un beau navire, dit celui qui s'était fait passer pour Marcelin Beaupré.

— Il a tout ce qu'il faut, Larouche, et même plus encore.

— Mais ce n'est pas uniquement le navire qui nous intéresse...

— Ne t'en fais pas. L'authentique propriétaire du bateau ne touchera pas la côte et notre ami aura la voie libre. Mais je vais faire durer le plaisir.

Notre ami? se demanda Marie. De quel ami parlait-il ?

Dutrisac tendit la main et un homme y glissa un fouet.

— Alors, toujours prêt à jouer au preux chevalier, Vercoutre ? La donne a changé, n'est-ce pas ?

Marie tenait la rampe d'escalier à s'en faire blanchir les jointures. Sa raison lui disait de fuir, de chercher un endroit où se cacher, mais elle était comme hypnotisée par le spectacle qui se préparait. Lorsque le premier coup de fouet claqua, elle tressaillit comme s'il avait meurtri sa propre chair. Un sourire mauvais éclairait le visage de Dutrisac qui, visiblement, prenait plaisir à la chose.

— Eh bien ? Tu ne dis rien ? Comment se fait-il que la belle ne vienne pas à ton secours, comme toi tu l'as fait ?

Marie vit Larouche froncer les sourcils. Il allait poser une question à Dutrisac lorsqu'un autre coup de fouet entailla le dos de Vercoutre et que le sang se mit à couler. Le capitaine serrait les dents et des gouttes de sueur perlaient sur son front. Au troisième coup, il tourna sur lui-même et, dans son mouvement, s'écartant un peu du mât, il vit Marie cachée dans l'écoutille. Il n'y eut qu'un éclair dans son regard, mais celui-ci lui intimait l'ordre de se cacher et de ne surtout pas se faire prendre par ce malfrat. Ce fut bref, impossible à saisir par quiconque, mais Marie le lut comme dans un livre ouvert. Vercoutre cracha alors au visage de Dutrisac, et Marie comprit qu'il agissait ainsi pour lui permettre de fuir, quitte à en subir les conséquences. Mais fuir où ? Dutrisac entra effectivement dans une colère folle. Empoignant le fouet à deux mains, il vociféra :

— Ah ! Pas encore calmé, le capitaine ? On va s'en occuper !

Ne voulant pas que le supplice de Vercoutre soit vain, Marie tourna silencieusement les talons et retourna au cœur du bateau. Que pouvait-elle faire ? Où pouvait-elle aller ? Elle avait peu de temps devant elle, on ne tarderait pas à partir à sa recherche. Elle reprit le chemin de l'enclos des animaux et y entra à nouveau. Réprimant son dégoût, elle se roula sur le sol, maculant ses vêtements de paille souillée et de crottin. Elle se tapit ensuite au fond de l'enclos, les animaux, habitués à elle, faisant peu de cas de sa présence. Puis Marie resta immobile. Les chèvres et les moutons étaient retournés à leurs occupations, soit manger, dormir, se chamailler. Enfouie sous la paille, parfaitement invisible, Marie attendit là la suite des événements.

Chapitre 16

Ses fréquentes visites à l'enclos l'avaient rendue peu sensible à l'odeur. Ce qu'elle tolérait moins bien, c'était les immanquables insectes qui y vivaient et qui, pour l'instant, semblaient trouver fort divertissant d'utiliser son cou et ses joues comme nouveau terrain de jeu. Elle s'efforçait de rester le plus invisible possible. Au bout de ce qui lui parut un très long moment, elle entendit des bruits qui approchaient. Des hommes la cherchaient. Le bêlement des chèvres et des moutons l'empêchaient de comprendre ce qui se disait et son salut passait par l'immobilité la plus complète. Elle eut bien du mal à la conserver cependant lorsqu'elle sentit quelque chose de chaud lui mouiller les reins… L'un des animaux se soulageait sur elle ! Elle décida de prendre ça comme un compliment : elle réussissait vraiment à se fondre dans le décor !

Au bout de quelques minutes, le calme revint. La première alerte était passée. Marie se releva lentement, sachant qu'elle n'avait gagné là que quelques heures. Immanquablement on reviendrait à l'enclos et, cette fois, on risquait de le passer au peigne fin. Elle avait besoin d'une stratégie. Première constatation, il fallait qu'elle quitte le bateau ; seconde constatation, elle devrait le faire sans Legoff, lui-même sous étroite surveillance. Pour l'instant, elle ne s'inquiétait pas trop pour son ami. La coupure qu'il avait à la pommette témoignait de son manque de coopération lors de sa capture, mais depuis, il avait dû se calmer. Bien que ne sachant pas quel sort on lui réservait, elle doutait que l'intention des mutins soit de le supprimer. Elle ne nourrissait pas la même tranquillité d'esprit à l'égard de Vercoutre.

En repensant à la conversation surprise sur le pont quelques semaines auparavant, et à la lumière des derniers événements, elle était persuadée que Dutrisac voulait se débarrasser du capitaine. *Peut-être même l'a-t-il déjà fait,* songea-t-elle avec une grande angoisse dans le cœur.

Si Legoff pouvait s'occuper de lui-même, Vercoutre n'était certainement pas dans la même situation. Marie était bien déterminée à découvrir s'il était toujours vivant, et si oui, quel était le sort qu'on lui réservait et où on l'avait enfermé. C'était peut-être bien ambitieux pour une personne dans sa position... Si elle voulait garder un quelconque avantage, il fallait que l'on pense qu'elle avait déjà quitté le bateau. Et pour ce faire, elle avait sa petite idée. Elle devait d'abord changer de vêtements. Elle savait qu'il y avait à cet étage un petit réduit où on entassait quelques vêtements pour les mousses, qui arrivaient bien souvent les mains vides à bord du bateau. Elle n'eut pas à chercher longtemps, le réduit étant tout près de l'enclos. Elle referma la porte derrière elle et se retrouva dans une obscurité presque totale. Seul un rai de faible clarté passait par le haut de la porte, lui permettant de deviner le contour des étagères, mais pas d'en voir le contenu. C'est donc à tâtons qu'elle trouva de quoi se vêtir : un pantalon qu'elle retint à la taille par une corde, un tricot qui tombait lâchement sur ses hanches et un bonnet dans lequel elle enfouit ses cheveux. Elle garderait les chaussures qu'elle avait aux pieds.

Ramassant ses propres vêtements, elle sortit précautionneusement du réduit. S'assurant qu'il n'y avait personne dans les parages, elle revint près de l'enclos. Quelques balles de foin étaient entassées pour servir de fourrage pour les animaux et Marie en défit une rapidement. Prenant ses vêtements, elle se mit à les bourrer avec le foin pour fabriquer un mannequin à son effigie. Elle utilisa la corde qui retenait les ballots pour façonner un corps, tout spécialement les jambes, qui seraient recouvertes par sa jupe. Quant à la tête... Marie utilisa une petite poche de jute qui traînait par là, la remplit de paille et la recouvrit d'un fichu. Bon, ce n'était pas génial, mais ça ferait l'affaire. Elle comptait beaucoup sur la pénombre et la fugacité du moment pour la réussite de son plan.

Armée de son mannequin qui, elle l'espérait vivement, saurait faire illusion, elle descendit d'un étage. Elle s'approcha des sabords. Les canons n'y étaient pas engagés, le navire ayant accosté le *Fleur de lys* étant plutôt attendu, comme elle avait pu le constater. Marie ouvrit l'un d'entre eux et se tapit dans l'ombre avec son mannequin. Puis elle attendit. Au bout d'une heure, elle commença à s'impatienter. Les recherches ne pouvaient pas avoir déjà cessé. Forcément, quelqu'un reviendrait par ici pour fouiller à nouveau, s'ils étaient déjà passés. Quoiqu'on ne pouvait pas parier sur les méthodes certainement brouillonnes de Dutrisac, qui avait pris le commandement.

Marie en profita pour lester son mannequin à la taille en y attachant quelques bouts de ferrures trouvées aux pieds des canons. Puis elle se cacha à nouveau. Un certain engourdissement s'empara d'elle et, malgré la délicatesse de sa situation, elle craignait de s'endormir. Alors qu'elle luttait contre le sommeil, des bruits se firent finalement entendre dans l'escalier. Tous ses sens maintenant aux aguets, elle se redressa légèrement, ouvrant grand les yeux pour distinguer les silhouettes qui s'avançaient. Ils n'étaient que deux, elle avait craint pire. Mais elle ne devait pas représenter une grande menace pour Dutrisac, qui estimait sans doute qu'elle serait une proie facile à saisir et qu'il avait tout son temps pour la retrouver.

— On a déjà cherché ici, dit l'un des deux hommes.

— Ouais, mais faut regarder à nouveau. Elle a pu se déplacer et revenir ici ensuite.

— Tu parles ! Perdre notre temps à chercher une donzelle.

— Dutrisac y tient. J'imagine qu'il a des projets pour elle.

— Je me suis toujours demandé ce qu'elle faisait sur ce bateau.

— La sœur de l'autre…

— Ah lui… Je ne serai pas fâché quand on s'en débarrassera aux îles.

— Je sais pas pourquoi on ne lui fait pas subir le même sort qu'au capitaine. Ce qu'il m'en a fait baver, celui-là.

— Paraîtrait qu'on peut en tirer un bon prix comme esclave. Dutrisac aurait des clients pour ce genre de bonhomme.

— C'est sûr, le capitaine, il vaut pas cher maintenant.

— Pas après la raclée qu'il a subie. Mais bon, demain il ne s'en ressentira plus lorsqu'il flottera au grand mât.

— Ouais... Beau spectacle qu'on aura, commenta l'un des deux hommes en crachant par terre. Bon, elle est où cette fichue bécasse ?

— M'est avis qu'on va la...

Marie ne put entendre la suite parce que les hommes s'étaient éloignés. Elle était terrifiée par ce qu'elle venait d'apprendre sur le sort qu'on réservait à Vercoutre. En le voyant soumis à la torture, elle avait cru que Dutrisac le garderait comme un trophée et jouerait la carte de l'humiliation à outrance. Mais il semblait plutôt décidé à éliminer le capitaine de son chemin. Elle se traita d'imbécile. Pourquoi était-elle surprise ? Elle avait déjà connu ce genre de racaille et savait qu'elle était sans foi ni loi. Mais il lui fallait revenir au moment présent et mettre la première partie de son plan à exécution. Elle empoigna son mannequin et le fit passer à moitié par le sabord, le retenant par la taille. Puis, du pied elle poussa un boulet qui alla rouler plus loin et frappa le canon suivant.

Ainsi qu'elle l'avait espéré, le bruit attira l'attention des deux hommes. Comme ils revenaient en courant vers l'endroit où elle était, elle poussa un petit cri, précipita son mannequin dans les flots et se tapit à nouveau dans le noir en espérant très fort que leur attention se porte vers le sabord.

Les deux hommes se ruèrent vers l'ouverture et l'un d'eux s'y pencha.

— Putain ! Elle a sauté à l'eau !

— Es-tu sûr ? Laisse-moi voir ! répondit l'autre en poussant son compagnon de côté.

Celui-ci vint choir non loin de Marie, qui retint son souffle.

— On dirait bien que c'est elle, il me semble reconnaître sa jupe… mais elle coule !

— Doit pas savoir nager, ou elle s'est assommée en plongeant, dit l'autre, qui avait réussi à revenir glisser un œil dans l'ouverture.

— Ben voilà qui règle son cas. Dommage quand même, Dutrisac nous l'avait promise après qu'il se serait servi d'elle.

Marie réprima un haut-le-cœur. Les images associées à cette perspective n'étaient pas des plus belles. Et cela ravivait des souvenirs douloureux auxquels elle ne voulait pas penser. Les deux hommes s'attardaient et Marie craignait qu'ils ne finissent par la découvrir. Au bout de quelques minutes, ils retournèrent vers l'escalier dans l'intention d'aller mettre Dutrisac au courant des derniers événements.

Marie laissa échapper un soupir de soulagement. Elle ne savait si le capitaine usurpateur du bateau allait avaler cette couleuvre, mais elle l'espérait fortement. Cela lui donnait quelques heures supplémentaires, mais elle savait aussi que plus de temps elle passerait sur ce bateau, plus elle risquerait de se faire prendre. Et si cela arrivait…

Il lui fallait maintenant mettre la deuxième partie de son plan – bancal, elle devait le reconnaître – à exécution. Elle ne voulait pas laisser Vercoutre à bord, où il était voué à une mort certaine. Elle ne pouvait, en son âme et conscience, quitter le navire en n'ayant pas tout tenté pour le sauver. Elle avait une dette envers lui et entendait bien s'en acquitter. Depuis quelques jours, on voyait au loin des oiseaux voler dans le ciel, indice que la terre n'était plus bien loin. Cela rendait la perspective de la fuite beaucoup plus plausible. Cependant… cependant il lui fallait une embarcation. Tenter de rejoindre la terre à la nage serait du pur suicide. D'abord parce qu'elle n'avait aucune idée de la distance qu'elle aurait à parcourir, avec un blessé de surcroît, puis parce qu'ils constitueraient un apéritif apprécié des requins, et enfin parce qu'elle ne s'en sentait tout simplement ni la force ni l'envie.

Comme le pont où elle était venait d'être inspecté par les hommes de Dutrisac, elle savait qu'elle y serait en relative sécurité pour le moment. C'est donc de là, par les sabords qui perçaient les deux flancs de la coque du bateau, qu'elle pourrait observer l'environnement. La côte commençait-elle à être visible ? Le second bateau était-il toujours là ? Aussi silencieusement qu'elle le pouvait, Marie marcha jusqu'à l'autre extrémité du navire. Du sabord où elle était, elle n'avait rien vu d'intéressant. Peut-être qu'à l'autre bout… Arrivée à destination, elle ouvrit doucement le lourd sabord et glissa un œil.

Rien. Que la mer calme et sans fin. Le soleil avait commencé à baisser et le ciel se teintait de doré. Marie ne pouvait voir le soleil, qui se couchait de l'autre côté du bateau. Il n'y avait rien sous ses yeux qui puisse lui apporter l'ombre d'une solution. Elle décida de passer de l'autre côté.

Le premier sabord était coincé. Elle mit beaucoup d'efforts à tenter de l'ouvrir mais ne réussit qu'à s'écorcher les mains. Elle grimaça en soufflant dessus. Depuis son aventure sur le mât de misaine, ses mains étaient restées sensibles et un peu plus fragiles. Elle abandonna le sabord récalcitrant et passa au suivant. Là, elle eut plus de chance. Bien huilé, il s'ouvrit facilement.

Marie retint un cri de surprise. Sous ses yeux se balançait au gré des vagues le bateau par lequel était arrivé Larouche. Mais plus important encore, la barque qui l'avait emmené à bord était toujours amarrée au *Fleur de lys*. Larouche était donc toujours là. Et, étant donné la pendaison planifiée par Dutrisac, probablement qu'il y resterait jusqu'au lendemain. Les deux bateaux avaient jeté l'ancre ; il y avait fort à parier que les mutins célébraient leur triomphe en ce moment même. Avec beaucoup d'alcool, espérait la jeune femme.

Dutrisac n'avait pas dû parler à Larouche de la présence à bord de Marie et Legoff. Ignorant les liens qui les unissaient, le capitaine mutin devait vouloir garder la jeune femme pour lui et éviter de la mettre sous le nez de Larouche. Il pousserait certainement les recherches plus loin au départ du visiteur… à moins qu'il n'ait mordu au plan de Marie.

La jeune femme savait maintenant exactement ce qu'elle avait à faire : fuir à bord de cette barque avec Vercoutre, qu'elle devait auparavant retrouver. Si, pour prendre la mer, il fallait attendre que la nuit soit tombée – l'obscurité l'aiderait à se dissimuler –, elle pouvait dès maintenant tenter de localiser Vercoutre. Encore une fois, le remords de laisser Legoff derrière elle la tenaillait. Peut-être pourrait-elle le retrouver lui aussi ?

Sachant qu'il était impossible qu'on garde le capitaine au niveau où elle était, Marie décida de tenter sa chance à la cale. Il y avait là quelques cellules sommaires dont l'inconfort était légendaire. Rasant les murs, elle descendit les deux étages qui la séparaient de la cale et stoppa net son élan quand elle vit de la lumière. Des lanternes étaient accrochées aux parois et elle entendit des voix qui venaient d'un peu plus loin. Prudemment, elle s'approcha, se faufilant entre les barils d'eau potable stockés un peu partout. Elle parvint à avoir une meilleure vision de la scène. Les cellules étaient bondées. Elle y reconnut quelques-uns des hommes de Vercoutre. Ils ne semblaient pas trop mal en point, mais tous avaient les poings liés et les pieds entravés. Une voix s'éleva au-dessus des bruits de chaînes et des gémissements que laissaient entendre certains blessés.

— Mais donnez-nous à boire, bon Dieu ! Ça fait des heures qu'on est entassés comme un troupeau de moutons. Regardez ce gars-là, il ne tiendra pas longtemps si vous ne lui donnez pas à boire !

Émue, Marie reconnut la voix de stentor de son vieil ami. S'il avait encore la force de beugler ainsi, c'était qu'il était en bonne condition ! Ce qui était moins positif cependant, c'était que les prisonniers étaient sous bonne garde. Une dizaine d'hommes armés traînaient devant les cellules, ce qui démontrait bien que Dutrisac ne voulait prendre aucun risque. Dans ces circonstances, il serait très difficile de libérer Legoff et de s'enfuir avec lui. À regret, Marie dut abandonner l'idée...

Il n'y avait pas de trace de Vercoutre à la cale. On avait probablement décidé de le garder à part. La jeune femme repartit par où elle était venue et décida de monter jusqu'au pont supérieur. Ce serait délicat de ne pas se faire voir, mais elle commençait à avoir une petite idée de l'endroit où on pouvait garder le capitaine.

Chapitre 17

Le soleil déclinait rapidement et la lumière semblait plus lourde, chargée des événements du jour. Marie avançait à pas feutrés dans les coulisses du bateau, se contentant de la clarté que voulait bien lui consentir ce soleil couchant. Il lui fallait être très prudente. Pour atteindre l'endroit où, pensait-elle, le capitaine était prisonnier, elle allait devoir se rendre jusqu'au château arrière et passer à découvert sur le pont supérieur.

Elle enfonça un peu plus son bonnet sur ses yeux et essaya d'adopter une attitude de nonchalance naturelle. Il n'y avait pas grand monde sur le pont. Comme le bateau était à l'ancre et les voiles en panne, les marins avaient le champ libre pour vaquer à d'autres occupations. Boire, en l'occurrence. Le bateau par lequel Larouche était arrivé était ancré un peu plus loin, ses voiles également affalées. Personne ne semblait prévoir reprendre la mer dans l'immédiat. Marie s'approcha du bastingage, s'assurant d'abord que personne ne l'observait. La barque qui avait amené le complice de Dutrisac était bien là, accrochée au bateau, tout près de l'échelle, qui avait été descendue.

Elle se contenta de la regarder et résista à l'envie de sauter vite dedans et de s'éloigner à grands coups de rames. Elle reprit sa marche vers le château arrière. Là, cela devenait plus délicat. Elle était certaine que Dutrisac était bien installé dans la salle à manger, la pièce la plus confortable du bateau hormis la cabine du capitaine. L'endroit où elle allait était situé tout près, pas loin de la timonerie en fait. Mais pour l'instant, heureusement pour elle, personne n'était à la barre. Elle monta au premier étage. Si ses présomptions étaient justes, elle n'aurait pas besoin d'aller plus loin. Il y avait, de l'autre côté de la salle des cartes, un espace à découvert, bien en vue de tous ceux qui se trouvaient sur le pont. C'était là qu'étaient les fers.

Sur un bateau, la punition par le fouet, la vraie, pas les simples petits coups de semonce, exigeait un certain cérémonial et perturbait la routine. Pour des fautes légères, on mettait le coupable aux fers, en lui passant les chevilles dans des boucles de métal verrouillées par un cadenas. Il restait là, sans manger et sans boire, exposé à la vue de tous, aussi longtemps que le capitaine le jugeait bon. Le fautif n'était pas protégé des éléments et pouvait soit rôtir au soleil, soit frissonner sous la pluie. Marie était certaine que c'était là que Dutrisac avait mis Vercoutre. Ainsi exhibé, il n'avait nul besoin de geôlier, et, les pieds dans les fers, il ne pouvait tenter de s'échapper. De toute façon, avec la correction qu'il avait reçue plus tôt dans la journée, Marie craignait de le trouver bien mal en point, si toutefois il était bien là où elle le pensait. Elle allait être fixée bientôt.

Passant silencieusement devant la salle à manger, dont la porte était fermée mais d'où sortaient bien des cris et des rires gras, elle se glissa vers l'endroit où étaient les fers, endroit qu'on avait ironiquement baptisé la salle de repos. Son intuition avait été bonne. Une forme gisait là sur le sol, les deux pieds enserrés dans les boucles de métal. Vercoutre avait les yeux fermés et le teint gris. Sa chemise en lambeaux tenait à peine sur ses épaules. Il était couché sur le flanc et Marie, dans la pénombre, devinait de vilaines zébrures sur son dos. Elle s'approcha et le secoua légèrement.

— Simon, chuchota-t-elle, c'est moi, Marie.

Seul un gémissement lui répondit. Il semblait à moitié inconscient. Il fallait absolument que Marie réussisse à le réveiller. Mais d'abord, elle devait le libérer de ses entraves. Elle n'eut pas à chercher longtemps, la clé du cadenas était tout simplement glissée à un clou sur la paroi du château. Il n'y avait nulle raison de se méfier de quiconque, et le clou était suffisamment haut pour être hors de portée du prisonnier. Marie eut tôt fait d'ouvrir la ferrure et de libérer les pieds de Vercoutre. Elle tenta de le secouer à nouveau.

— Simon, revenez à vous, nous n'avons pas beaucoup de temps.

Cette fois-ci, ses paroles parurent se frayer un chemin jusqu'au cerveau du capitaine. Il entrouvrit les yeux pour les refermer aussitôt.

— Non, je vous en prie, restez avec moi !

Marie tenta de l'asseoir et, en voulant le redresser, toucha les marques de coups de fouet sur son dos. Vercoutre laissa échapper un cri que Marie étouffa aussitôt de la paume de la main.

— Chut ! Ils ne sont pas très loin et il ne faut pas attirer l'attention. Pouvez-vous vous lever ?

Il hocha légèrement la tête et, serrant les dents, essaya de se mettre debout avec l'aide de la jeune femme. Marie se demandait comment elle pourrait arriver jusqu'à la barque avec lui. Il s'appuyait fortement sur les épaules de la jeune femme, y pesant de presque tout son poids. Mais après quelques pas, sa démarche se fit plus assurée. Ils passèrent devant la porte de la salle à manger, fort heureusement toujours fermée, et entreprirent de descendre l'escalier. Ils y étaient presque quand Vercoutre manqua la dernière marche, s'étalant de tout son long et entraînant Marie avec lui.

Marie se releva aussi vivement que le lui permettait le poids du capitaine couché en travers de son corps. Elle entendit la porte s'ouvrir à l'étage supérieur. Elle s'élança alors le long de la paroi et tira Vercoutre vers elle. Un peu sonné, celui-ci roula à ses pieds. Marie lui fit signe de garder le silence. La porte ouverte jetait un rai de lumière sur le pont. Si quelqu'un pensait à aller voir du côté de la « salle de repos », c'en était fait d'eux. Mais le calme apparent convainquit celui qui avait ouvert la porte qu'il n'y avait rien à l'extérieur qui méritât qu'on y sacrifie un tête-à-tête avec une bouteille de rhum. La porte se referma, emportant sa lumière avec elle.

L'obscurité était rapidement tombée, comme c'est toujours le cas sous les tropiques. Au bout des quelques minutes que Marie jugea nécessaires pour s'assurer que l'alerte était bien passée, elle aida Vercoutre à se remettre debout. Ils devaient traverser le pont supérieur pour aller jusqu'à l'endroit où était amarrée la barque. Ils longèrent le bastingage, s'accroupissant dès qu'ils entendaient quelque chose. Vercoutre semblait encore un peu dans les vapes, mais était quand même plus coopératif. La jeune femme se prit à croire que son entreprise avait des chances de succès.

Ils arrivèrent près de l'échelle volante. Marie était inquiète. Son compagnon serait-il capable de descendre dans ces maillons mobiles ? Il ne fallait pas qu'il aille s'écraser sur la barque ou tombe à l'eau… Marie décida de le lier à elle par une corde. S'il tombait il risquait de l'entraîner, mais si elle s'y prenait bien, elle pourrait certainement le retenir et le descendre doucement. C'était là bien présomptueux de sa part, son petit gabarit ne faisant pas contrepoids à la grande taille de Vercoutre, et aux livres qui allaient avec. Mais qui ne risque rien n'a rien, décida-t-elle en nouant une corde autour de la taille du capitaine, puis en attachant l'autre extrémité à sa propre taille.

— Voilà, chuchota-t-elle, c'est ici qu'il faut descendre. Il y a une barque qui nous attend au bas de cette échelle. Pourrez-vous y parvenir ?

Vercoutre se passa une main sur le visage.

— Je ne sais pas, murmura-t-il, ce que Marie considéra comme une victoire.

Au moins il parlait et était conscient de ce qui se passait.

— J'ai les jambes en coton, poursuivit-il, et mes bras et mon dos me font un mal de chien.

— Pas étonnant, avec ce qui vous est arrivé… Mais, sans vouloir vous presser, il faut absolument qu'on y aille. Ces abrutis vont certainement finir par sortir de là… Allez, passez la jambe au-dessus du bastingage, je vais vous aider.

— Et vous allez où comme ça ?

La voix lui fit le même effet qu'un coup de couteau dans le dos. Marie resta figée et même Vercoutre, au cœur des brumes qui l'enveloppaient, sentit le danger. L'homme s'approcha d'eux.

— Vous savez que vous êtes dans un sale pétrin ? Me semblait bien que j'avais entendu du bruit tout à l'heure. J'ai bien fait de sortir. Dutrisac va être content et ça va me valoir une belle prime.

Avant que Marie n'ait pu répondre quoi que ce soit, Vercoutre la devança.

— Laissez-la aller, dit-il d'une voix étouffée, c'est de moi que Dutrisac veut se venger, elle n'a rien à faire là-dedans. Je vais rester sur ce bateau, mais laissez-la partir.

— Il n'en est pas question ! protesta Marie. Ce rustre veut vous tuer. Il veut vous pendre ! Gardez-moi plutôt, dit-elle à l'homme, et pour une fois dans votre vie, faites une bonne action, laissez partir le capitaine.

— Vous êtes très touchants tous les deux, mais je pense que Dutrisac préférera garder chacun de vous... Pas pour le même usage, ricana-t-il en passant sa main sous le tricot de la jeune femme.

Celle-ci ne put se retenir et gifla le marin de toutes ses forces. Poussant un grognement de rage, l'homme amorça un geste vers Marie, geste qu'il suspendit pour s'étendre de tout son long sur le pont. Interloqués, Marie et Vercoutre le regardèrent sans comprendre. Un autre homme sortit de la pénombre, armé d'un bras de cabestan.

— Si celui-ci vous a vus, il y en aura d'autres. Faites vite, descendez et ne perdez pas un instant.

— Mais... commença Marie, hébétée.

— Même si je ne suis pas un ange, je n'approuve pas les méthodes de Dutrisac... Et il se trouve que vous m'avez sans doute sauvé de l'amputation, en réparant avec soin le bras que je m'étais cassé, et que vous, Vercoutre, vous êtes un bon capitaine.

— Alors fuyez avec nous, monsieur, vous n'avez rien à faire sur ce bateau.

— Oh ! je n'entends pas y rester. Dès que nous entrerons dans un port, j'ai la nette intention de filer en douce.

Le marin qu'il avait assommé se mit à gémir.

— Mais c'est vous qui devez fuir maintenant, et vite. Vous avez vu juste, madame, le capitaine doit être pendu au matin, dès que toute cette racaille se sera remise de la cuite de cette nuit. Ce qui vous laisse un peu de temps pour partir.

— Avez-vous une idée de l'endroit exact où nous sommes ? réussit à articuler Vercoutre.

— À quelques milles à peine des terres mais à trois jours de navigation de la Martinique. Si vous gardez le cap vers l'ouest, vous devriez toucher la côte d'ici le matin. Tenez, ajouta-t-il en leur présentant une besace, il y a là une gourde d'eau, quelques biscuits et une couverture. Ça pourra vous servir. Je les ai pris dans une chaloupe de sauvetage, dit-il en réponse à l'interrogation qu'il avait lue dans les yeux de Marie. Mais fuyez maintenant !

— Je ne vous remercierai jamais assez, dit Marie, les larmes aux yeux. Vous prenez un très gros risque pour nous.

— Croyez-vous ? Je suis certainement le seul qui est sobre sur ce bateau, à part les prisonniers dans la cale.

Pensant subitement à Legoff, Marie demanda :

— Savez-vous quel sort on leur réserve ? Dutrisac veut-il aussi les pendre ?

L'homme émit un ricanement.

— Il a d'autres plans pour eux. Plusieurs ont une bonne valeur marchande sur le marché des esclaves.

— Mais personne ne va vouloir acheter des Français ! protesta Marie.

— Vous connaissez bien mal les hommes, jeune fille, tout s'achète et tout se vend dans ce monde.

— Marie, il faut partir pour ne pas mettre ce brave en danger, dit Vercoutre, qui peu à peu recouvrait ses esprits. Vous avez bien un nom ? demanda-t-il à leur sauveur.

— Jacquelin, dit le Boiteux, répondit-il.

Marie ne put s'empêcher de regarder ses jambes.

— Ce n’est qu’un surnom, dit-il étirant un mince sourire sur ses lèvres.

Vercoutre avait détaché la corde qui enserrait sa taille.

— Je ne l’oublierai pas, dit Vercoutre. Merci pour tout. Venez, dit-il à Marie, je peux descendre sans aide maintenant.

Et il passa la jambe par-dessus le bastingage.

Chapitre 18

Vercoutre insista pour s'installer aux rames. On pouvait aussi dresser une voile dans la barque, mais mieux valait d'abord s'éloigner du navire. Ils devaient éviter d'être trop visibles. Pourtant, le capitaine avait présumé de ses forces et de son état. Après quelques minutes d'activité intense, les croûtes qui zébraient son dos commencèrent à se fendiller. L'instant d'après, ce qui restait de sa chemise s'imbibait de sang.

Vercoutre serrait les dents et continuait malgré tout. Ses coups de rames, cependant, perdaient peu à peu de leur puissance.

— Capitaine... commença Marie.

Mais il l'ignora, serrant encore un peu plus les rames dans ses mains. Il passait sa rage dans ce mouvement qu'il voulait régulier mais qui s'effritait peu à peu. La sueur perlait sur son front.

— Simon, insista Marie, laissez-moi les rames. Vous allez vous épuiser et votre dos saigne.

Il ne semblait pas l'entendre. Il continuait. Les rames n'entraient plus profondément dans l'eau. Elles ne faisaient qu'effleurer les vagues et la chaloupe avançait à peine. La jeune femme lança un regard inquiet vers le *Fleur de lys*. Ils n'étaient pas encore assez loin pour hisser la voile, ni pour être invisibles à un regard curieux, d'autant plus que le croissant de lune éclairait généreusement la mer. Alors qu'elle se retournait vers le capitaine pour tenter à nouveau de lui faire entendre raison, il s'effondra, sa tête heurtant le banc où était assise Marie. Réprimant un petit cri, la jeune femme se pencha vers lui. Elle le prit par les épaules et essaya de le soulever. Il n'était qu'un poids mort au bout de ses bras. Elle le fit rouler délicatement à l'arrière de son banc et l'étendit du mieux qu'elle put. Un bref examen lui confirma ce qu'elle soupçonnait : il ne s'était pas assommé, il s'était évanoui. Pestant contre l'orgueil mâle qui l'avait fait ramer en dépit de tout, Marie sortit la couverture de la besace. Couchant Vercoutre sur son flanc afin d'épargner un peu son dos, elle recouvrit le capitaine, qui ne bougea pas d'un poil. Elle n'avait rien à glisser sous sa tête et dut le laisser dans cette position inconfortable.

Marie s'installa aux rames. La barque avait fait du surplace depuis que Vercoutre s'était évanoui et il semblait même à la jeune femme qu'ils s'étaient rapprochés du *Fleur de lys*. Elle se mit donc à souquer ferme. Lentement, la lourde chaloupe se remit à glisser sur l'eau. Un coup de vent s'éleva soudain. Marie releva la tête et vit avec surprise que des nuages roulaient dans le ciel et s'ils obscurcissaient avantageusement la lumière lunaire, ils n'annonçaient rien de bon.

La jeune femme décida qu'ils étaient assez loin pour qu'elle puisse monter la voile. Le mât était fixé sur le flanc du bateau et après quelques efforts, elle parvint à le dégager de ses attaches. Elle le planta dans le socle situé entre les bancs et chercha la voile dans la cache au bout de la chaloupe. Lorsqu'elle voulut la fixer au bout du mât, elle se rendit vite compte que celui-ci était beaucoup trop long pour elle. Vercoutre, avec sa grande taille, y serait parvenu, mais pas elle. Jurant entre ses dents, elle dut démonter le mât et y accrocher la voile avant de le remettre dans son socle. Marie descendit le gouvernail dans l'eau et hissa enfin la voile. Aussitôt le vent s'y engouffra, faisant faire un bon en avant à la chaloupe.

Marie s'empara de l'écoute, qu'elle choqua aussitôt pour relâcher la voile. La barque se calma immédiatement. La jeune femme prit le temps d'observer l'horizon pour voir si la côte s'y dessinait. Avec l'obscurité qui devenait de plus en plus épaisse, ce serait difficile de s'orienter. Les nuages cachaient les étoiles et la lune, et il ne lui restait plus que les lumières vacillantes du

Fleur de lys, de plus en plus lointaines, pour avoir une idée du cap qu'elle tentait de garder.

Elle borda l'écoute et reprit un peu de vitesse. Mieux valait garder un certain contrôle sur la barque que de la laisser dériver à sa guise. Vercoutre était toujours inconscient et cela commençait à préoccuper la jeune femme, qui aurait bien voulu lui donner quelques soins, ce qui était impossible dans la situation présente. Pour tout arranger, la pluie se mit à tomber, de grosses gouttes qui rebondissaient sur les bancs de la barque. Marie essaya de pousser Vercoutre sous le banc pour le mettre le plus possible à l'abri. Elle tentait de maintenir un semblant de cap, mais ça devenait de plus en plus difficile avec le vent qui forcissait et les vagues qui enflaient. Finalement, comme Marie s'arrachait les mains sur l'écoute, elle décida d'affaler la voile et de laisser la barque dériver. De toute façon, elle n'y voyait rien et menait là un combat inutile. Elle s'étendit à son tour au fond de la chaloupe et se colla à Vercoutre pour lui communiquer un peu de sa chaleur. Elle se dit que le mieux qu'elle avait à faire était de dormir un peu. Pour l'instant, il n'y avait pas de tempête, seulement une mer un peu grosse qui leur compliquait la tâche. Mais c'était difficile de mettre son esprit au repos. Les événements des dernières heures tournaient sans cesse dans sa tête : Legoff, les chèvres, la mutinerie, la fuite, puis plus rien… Elle avait fini par s'endormir.

C'est une giclée d'eau au visage qui réveilla Marie. Se relevant rapidement, elle se frappa la tête sur le banc et retomba sur quelque chose de mou. L'espace d'un instant, elle se demanda où elle était et pourquoi elle était trempée. Puis tout lui revint en mémoire. Le quelque chose de mou, c'était Vercoutre qui n'avait pas protesté devant l'assaut. Marie passa sa main sur le front du capitaine. Il était brûlant de fièvre. Se déplaçant à quatre pattes, elle prit la gourde qui était dans la besace et tenta de le faire boire un peu. Elle réussit à lui faire avaler une gorgée ou deux, mais le reste coula sur son menton. Il ne fallait pas perdre le précieux liquide. Elle-même but une demi-gorgée et referma soigneusement la gourde.

Redressant la tête, elle vit que, s'il avait cessé de pleuvoir, les vagues restaient de bonne taille. S'agrippant au mât, elle se leva pour faire un tour d'horizon. Celui-ci était désespérément vide. Plus de trace du *Fleur de lys*, ce qui était une bonne nouvelle. Elle avait dû dormir quelques heures parce que le jour commençait à poindre. Les nuages étaient encore épais mais malgré cela, elle pouvait maintenant deviner où était l'est. C'était toujours ça de pris.

Sachant que la côte était à l'ouest, elle décida de jouer le tout pour le tout. Elle hissa la voile et orienta la barque dans cette direction. Au bout de quelque temps, la faim la tenailla. Elle ne voulait pas toucher aux biscuits, qui constituaient leurs seules provisions, mais lorsqu'elle sentit la tête lui tourner, elle se dit qu'elle devait conserver un minimum de forces et que s'ils avaient une petite chance de s'en sortir, c'était sur elle que tout reposait. Attachant l'écoute à un taquet, elle alla chercher un biscuit dont elle cassa un morceau avant de remettre le reste dans la besace.

Elle le mâcha consciencieusement, faisant durer le plaisir. Une bourrasque de vent la ramena à l'ordre et elle s'empressa de reprendre le bateau en mains. Vercoutre s'était mis à gémir dans son sommeil agité. Il murmurait des paroles inaudibles et quelque chose que Marie n'arrivait pas à comprendre revenait sans cesse. L'état du capitaine l'inquiétait de plus en plus. Elle craignait que les blessures ne s'infectent et que sa fièvre devienne incontrôlable. S'ils ne trouvaient pas la côte bien vite… mais elle aimait mieux ne pas y penser et concentrer ses efforts sur ce qu'il y avait à faire dans l'immédiat : les amener sur la terre ferme.

★

Le soleil était maintenant bel et bien levé et des percées de ciel bleu venaient engager la lutte avec les nuages. Marie y vit là un bon présage. La mer se calmant progressivement, la jeune femme décida de prendre quelques instants de repos. Ses mains brûlaient à cause du frottement sur la corde rêche de l'écoute et ses bras étaient endoloris à force de retenir la voile agressive. Elle affala la voile, s'allongea quelques minutes dans le fond du bateau. Elle ne ferma pas les yeux, se contentant de regarder la course des nuages au-dessus de sa tête.

Leur situation était précaire, elle le savait. Ils pouvaient fort bien être passés à côté de l'île et elle n'avait aucun moyen de s'en assurer. Avec le peu de vivres qu'ils avaient, ils ne survivraient pas longtemps, sans parler de l'état de Vercoutre qui risquait fort de se détériorer. Ils avaient une seule gourde d'eau et malgré la soif qui la tenaillait, Marie refusait d'y boire. Si le retour du beau temps était en soi une bonne nouvelle, elle craignait que le soleil ne revienne en force et que le risque d'insolation s'ajoute à la liste de ses soucis.

Une mouette passa au-dessus de la barque, et, sans aucune considération pour les passagers, laissa tomber une fiente qui s'écrasa sur la tête de Marie. Fermant les yeux de dégoût, la jeune femme pesta contre la précision de l'oiseau... puis se redressa brusquement. Un oiseau ! Cela voulait dire que la terre n'était pas loin ! Au mépris de toute prudence, elle grimpa sur le rebord de la chaloupe, le plus haut point de l'embarcation, afin de scruter l'horizon.

Il lui sembla voir une bandelette de terre, mais aussitôt que la barque plongeait entre deux vagues, elle disparaissait. Marie remonta la voile prestement et mit le cap dans cette direction. Au bout de quelques instants, deux ou trois autres mouettes vinrent survoler la chaloupe. Les espoirs de Marie grandissaient à chacun de leurs passages. Et finalement, la terre fut vraiment en vue. Il n'y avait plus aucun doute. Sous la silhouette montagneuse se dessinait une bande dorée, indiquant qu'il y avait certainement là une petite plage. D'aussi loin, il était impossible de voir si elle était protégée par des récifs, mais il serait bien temps de s'en préoccuper lorsqu'ils seraient plus près.

Marie aurait bien aimé que Vercoutre puisse lui donner son avis, mais il était toujours endormi ou inconscient. De temps à autre, elle laissait la barre pour le faire boire un peu et constatait chaque fois que la fièvre ne diminuait pas. Elle avait jeté un coup d'œil sur les zébrures qui marquaient son dos et avait constaté un début d'infection. Les croûtes étaient bordées de rouge et les lèvres des plaies étaient enflées. Elle n'avait absolument rien avec elle pour le soigner. Elle devait se contenter de rincer les plaies à l'eau de mer, ce qui arrachait quelques gémissements supplémentaires à son patient.

Ils s'approchaient de plus en plus de la côte et son profil se dessinait clairement. La plage était bel et bien là, mais son entrée était protégée par deux massifs rocheux sur lesquels ils risquaient d'aller s'écraser. Il y avait de la place pour manœuvrer, mais il faudrait aussi avoir de la chance. Le vent les poussait vers la pointe sud de l'île, qui ne semblait pas très grande, et Marie devrait d'abord le remonter pour se donner un angle d'attaque adéquat. Sa première tentative les amena un peu trop loin. Ils passèrent devant l'ouverture sans que la jeune femme puisse virer à temps pour glisser la barque entre les rochers. Elle dut remettre le cap vers le large. Lors du virement de bord, les vagues claquèrent durement sur la coque de la petite embarcation et y laissèrent quelques pouces d'eau. Marie s'assura que Vercoutre était tourné du bon côté afin que son nez et sa bouche ne soient pas immergés. Rassurée, elle se remit à la tâche. Si le vent pouvait tomber ! Elle rêvait de naviguer sur une mer d'huile et de n'utiliser que les rames pour avancer. Les rames… C'était peut-être la solution. Si elle se rapprochait suffisamment des rochers, mais pas trop près pour ne pas s'y écraser, et qu'elle descendait la voile, le bateau perdrait de la vitesse et elle pourrait ensuite le diriger à la rame pour passer entre les barres rocheuses plus facilement.

Sauf qu'il faudrait qu'elle fasse vite entre le moment où elle descendrait la voile et celui où elle aurait effectivement le contrôle du bateau. Encore une fois, elle regretta que le capitaine du *Fleur de lys* ne soit pas en mesure de l'aider. Jugeant qu'elle était allée assez loin, Marie remit la proue de la chaloupe vers la pointe nord de l'île. Elle garda ce cap un petit moment, puis retourna vers le large. Même si elle semblait s'éloigner de son objectif, elle s'en rapprochait. Elle vira la barque pour ce qu'elle espérait être une dernière fois. Elle ne visait pas directement l'ouverture entre les rochers, mais un point un peu plus sur la gauche. Lorsqu'elle serait à quelques longueurs de barque de la paroi rocheuse, elle affalerait la voile.

Son cœur se débattait dans sa poitrine. Elle était consciente du danger mais, en même temps, elle était sûre de pouvoir y arriver. Comme par exprès, une bourrasque de vent enfla subitement la voile et la poussa plus sur sa droite que Marie ne l'aurait souhaité. La jeune femme se précipita pour relâcher la voile. Le bateau perdit immédiatement sa vitesse, mais continua de dériver à tribord.

Marie se jeta sur les rames. Ses premiers coups ne rencontrèrent que le vide. Elle se força à se calmer et, donnant plus d'angle aux rames, elle reprit le contrôle de la barque. Comme elle s'était un peu éloignée de sa trajectoire à cause du coup de vent, elle devait revenir vers le premier rocher. Elle avançait mais arrivait à peine à contrecarrer la force du courant. Jetant un regard au-dessus de son épaule, elle vit que l'ouverture était là, tout près… presque trop près. Elle n'avait plus le choix, il lui fallait s'y engager maintenant, sinon elle dériverait vers les pointes du récif qui bordait la pointe sud de l'île.

Ramant à s'en arracher les épaules, Marie réussit à faire avancer la lourde barque. Le courant était fort dans l'étranglement entre les deux rochers. Elle espérait qu'une fois qu'elle y serait, elle pourrait profiter de ce courant pour être propulsée dans la crique, qui s'annonçait paisible au-delà de cette imposante protection. Le bateau y était engagé à moitié quand une grosse vague le poussa sur le rocher de droite. Le choc brisa la rame de ce côté, et Marie tomba cul par-dessus tête au fond du bateau. Elle se releva rapidement et, sortant la rame cassée de son loquet, elle se servit de ce qu'il en restait pour pousser et tenter de dégager le bateau. Celui-ci était coincé sur la roche et secoué durement de tous bords. La pression même de l'eau le gardait en place et chaque ressac le faisait frapper durement les parois de sa prison. Quelques craquements de mauvais augure se firent entendre. Marie tenta de pousser encore une fois. Il était impossible de lutter contre la force de l'eau, alors il lui fallait attendre que la vague se retire et agir à ce moment-là.

Le moment propice survint quelques instants plus tard. Poussant de toutes ses forces sur la rame tronquée enfoncée dans une fissure de la roche, Marie réussit enfin à dégager la chaloupe. Emportée par le courant qui s'apaisa aussitôt de l'autre côté des sentinelles de l'île, la barque se mit à flotter doucement. Marie poussa un gros soupir de soulagement, mais son répit fut de courte durée. La chaloupe gardait de sérieuses séquelles de sa lutte avec les rochers. Tout le côté tribord de la barque était fracturé. L'eau entrait par de multiples fissures et la barque ne tarderait pas à se remplir et à couler à pic.

Marie n'avait plus qu'une seule rame, devenue bien inutile. Elle était trop lourde pour qu'elle l'utilise comme un aviron. La voile ne servait plus à grand-chose non plus, parce qu'une fois passés ces rochers, à l'abri dans la crique, il n'y avait plus de vent. Le voyage risquait de se terminer au fond d'une mer d'huile. Il ne restait plus qu'une seule solution à la jeune femme. Elle redressa Vercoutre et l'appuya sur un banc – il ne fallait pas qu'il périsse noyé – puis se déshabilla complètement. Si le capitaine choisissait ce moment pour revenir à lui, cela finirait peut-être de le réveiller ! Ensuite, elle empoigna l'amarre de la chaloupe, se jeta à l'eau et se mit à tirer la barque à grandes brasses. Celle-ci était lourde mais glissait quand même sur la surface lisse de l'eau.

Lorsqu'elle put enfin prendre pied sur la plage, il y avait de l'eau jusqu'aux bancs dans la chaloupe. C'était inutile de tenter de la tirer au sec, elle était devenue beaucoup trop pesante. Épuisée par l'effort qu'elle venait de fournir, Marie s'accorda quelques instants de repos sur le sable invitant.

Ces instants furent très brefs. À peine le temps de sentir le soleil réchauffer sa peau qu'elle était déjà debout et s'empressait auprès du bateau. Il lui fallait s'occuper de Vercoutre. Passant rapidement ses vêtements humides, elle tenta de réveiller le capitaine. Comme il restait inerte, elle glissa ses bras sous ses épaules et essaya de le soulever. Ce fut peine perdue, il était beaucoup trop lourd.

Elle lui tapota les joues.

— Vercoutre ! Réveillez-vous. Il faut vous secouer.

Rien ne semblait percer l'épaisseur du mur derrière lequel il s'était réfugié. Une gifle plus sèche vint lui rougir les joues.

— Simon ! Aidez-vous ! Je ne peux vous sortir toute seule.

Rien n'y faisait. L'inquiétude de Marie ne cessait de croître. Il fallait sortir le capitaine de la chaloupe et l'amener à l'ombre au plus vite, mais il ne semblait pas disposé à revenir tout de suite au pays des vivants. Elle eut une idée. Laissant le capitaine, elle détacha la voile de son mât et la déposa à côté de la chaloupe, à plat sur l'eau. La voile flotta quelques instants avant de s'enfoncer doucement dans le pied d'eau sur lequel elle reposait. Marie souleva de nouveau Vercoutre. Cette fois-ci, elle l'approcha du rebord et l'y appuya. Elle le prit ensuite par les jambes et parvint à le faire basculer par-dessus bord. Sautant vivement hors du bateau, elle récupéra le capitaine et le coucha sur le dos, au-dessus de la voile. Elle referma celle-ci autour de Vercoutre et le tira ainsi vers la plage. Ce fut aisé au début, puisque l'eau elle-même servait de support, mais beaucoup plus difficile lorsqu'ils arrivèrent sur le sable. Marie n'abandonna pas. Au prix de bien des efforts, elle parvint à amener l'homme toujours inconscient jusqu'à la lisière de la forêt qui bordait la plage.

Elle le laissa là quelques instants et courut au bateau pour aller chercher la gourde d'eau. Elle s'en accorda une petite gorgée et revint vers Vercoutre. Appuyant la tête du capitaine sur ses genoux, elle lui fit boire un peu d'eau. La moitié coula sur son menton. Il n'en restait presque plus, il lui faudrait bientôt partir à la recherche d'une source où s'approvisionner. Elle devait également installer son compagnon à l'ombre, le plus confortablement possible. Elle le recoucha doucement sur le sable et s'affaira à ramasser des feuilles de palmiers pour faire la base d'une couche. Il faudrait éventuellement penser à construire un abri. Mais elle manquait d'outils.

Elle pensa subitement à la cache de la voile au bout de l'embarcation. Peut-être y avait-il là quelque chose qui pourrait lui servir ? Elle s'était contentée d'en sortir la voile sans l'explorer complètement. Courant pieds nus sur le sable, elle entra à nouveau dans l'eau. Elle s'approcha de la cache et en ouvrit la petite porte. Glissant son bras à l'intérieur, elle tâta d'abord une écope. Puis sa main toucha quelque chose d'autre. Tout au fond, il y avait quelques objets. Elle les retira et découvrit un flacon de rhum, ce qui pouvait s'avérer intéressant pour nettoyer les blessures de Vercoutre, un drapeau de détresse et, plus important que tout, un couteau.

Armée de son butin, elle revint vers l'endroit où elle avait laissé le capitaine. Elle songea à le recouvrir, mais la couverture était toute mouillée. Marie l'étendit au soleil en pensant que ce ne serait pas bien long avant qu'elle soit sèche. Faute de mieux, elle protégea Vercoutre avec de grandes feuilles cueillies sur un arbrisseau voisin. Puis elle se mit en frais de bâtir un abri.

Au bout de deux heures de travail intense, Marie admira son œuvre. À l'aide du cordage de la voile, elle avait réussi à courber deux solides bambous dont elle avait attaché les têtes au sol, sur des racines. Sur ces deux arcs, elle avait tendu la voile, qui faisait ainsi un toit respectable, dont les pointes rabattues protégeaient quelque peu du vent. Grâce à des feuilles de palmier qu'elle récupéra un peu partout sur le sol, elle referma les parois de l'abri à l'arrière et sur les côtés. Elle tressa quelques lianes qui lui servirent de corde pour entrelacer des branches qui constituèrent la façade, dans laquelle elle laissa une ouverture pour la porte. Elle alla ensuite ramasser d'autres feuilles de palmier pour tapisser le sol de l'abri. Jetant par-dessus la couverture maintenant sèche, elle jugea que son travail était fort convenable.

Elle retourna alors auprès de Vercoutre, qu'elle n'avait cessé de surveiller pendant tout ce temps. Elle ne savait si c'était son imagination, mais il lui semblait que le capitaine donnait un peu plus de signes de vie. La fièvre était toujours là cependant. Il lui faudrait trouver un moyen de la faire baisser. Avant de transporter son patient à l'intérieur, Marie voulait d'abord profiter de la pleine lumière pour faire un examen minutieux de ses plaies dans le dos. Elle tourna Vercoutre sur le ventre, prenant bien soin de lui installer la tête confortablement et grimaça devant le spectacle. Les zébrures étaient boursouflées et les lèvres des plaies étaient rouges et enflées. Elle pouvait voir des traînées d'infection sous la peau, qu'elle ne voulait pas percer immédiatement. Elle aurait souhaité lui faire des cataplasmes d'achillée millefeuille, sa plante fétiche, ou de résine de sapin. Mais étant donné la composition de la forêt tropicale qui l'entourait, elle était certaine de n'y trouver ni l'une ni l'autre…

Déchirant une bande du drapeau de détresse, elle l'imbiba de rhum et tapota doucement les plaies avec. Cela pourrait à tout le moins ralentir l'infection. Elle allait devoir pénétrer dans la forêt pour voir si elle ne pourrait pas y trouver quelque chose d'utile. De plus, elle avait besoin de se réapprovisionner en eau douce et de trouver quelque chose à manger. Il y avait certainement des fruits dans cette végétation luxuriante. Des animaux aussi, mais Marie n'avait aucune idée de ce qu'elle risquait de croiser. Y avait-il des serpents dans ces régions ? Des insectes dangereux ? Elle ferait bien d'être sur ses gardes…

Coupant court à ses réflexions, elle déposa son chiffon sur une pierre et entreprit de conduire Vercoutre à l'intérieur de l'abri. Elle réussit sans trop de difficulté à le glisser sur le sable et sur les herbes basses qui bordaient la plage. Elle dut faire le trajet en plusieurs étapes car il était tout de même assez costaud. Quand finalement elle put l'installer à l'intérieur, elle était couverte de sueur. Elle le coucha sur la paillasse de feuilles de palmier et rabattit la couverture sur lui.

Marie sortit ensuite, bien décidée à explorer les alentours. Elle voulait éviter de s'enfoncer trop profondément dans la forêt. Il ne s'agissait pas de se perdre ! Glissant le couteau à sa ceinture, ou plutôt à la cordelette qui en tenait lieu, elle prit la besace, qu'elle vida. Elle n'eut pas fort à faire puisqu'il ne restait que trois biscuits à l'intérieur. Elle espérait la remplir de choses à manger et d'herbes curatives pour soigner Vercoutre. Elle prit aussi la gourde, qu'elle passa en bandoulière à son épaule. Elle espérait bien la remplir elle aussi. Sans plus attendre, elle se mit immédiatement en marche.

La jeune femme suait à grosses gouttes sous son tricot trop épais pour le climat. Mais elle devait s'en contenter pour l'instant, et il avait au moins le mérite de la protéger contre les moustiques qui volaient autour d'elle. Elle ne mit pas bien longtemps avant de trouver un petit ruisseau. Elle décida de le remonter – impossible ainsi de se perdre –, pour voir d'où il venait. L'eau semblait claire et limpide, mais avant de la boire, elle voulait s'assurer qu'il n'y avait pas de cadavre d'animal ou d'autre source de contamination en amont. Elle marcha dans l'eau peu profonde. Cela lui permit de rincer ses chaussures, qui étaient devenues inconfortables, raidies par le sel de mer. Elle effraya ainsi quelques grenouilles qui s'enfuirent dans les herbes bordant le ruisseau.

Celui-ci déboucha sur un petit lac arrosé d'une chute qui tombait entre des rochers, venant de la montagne. Ne pouvant résister à l'invitation de ces eaux claires, Marie enleva ses vêtements et y plongea. Cela lui fit un bien immense. L'eau fraîche apaisait son corps égratigné, contusionné, malmené. Ses muscles endoloris pouvaient enfin se détendre. Elle plongea sous l'eau et goûta le plaisir de nager sans contraintes. Au bout d'un petit moment, elle sortit du lac à contrecœur. Elle ne voulait pas laisser Vercoutre seul trop longtemps et elle n'avait pas encore atteint le but de sa promenade.

Plutôt que d'enfiler ses vêtements, elle décida de les rincer soigneusement à l'eau douce. Elle les laisserait sécher sur des branches, le temps d'aller remplir la gourde d'eau directement à la chute. Cette fois-ci, elle suivit la rive du petit lac et remplit rapidement le récipient. Trop petit, conclut-elle, pour combler leurs besoins quotidiens. Elle allait devoir faire de nombreux allers-retours entre l'abri et la chute au cours d'une journée. Elle revint vers ses vêtements, qui n'avaient naturellement pas eu le temps de sécher.

Par souci de protection plus que par pudeur, elle remit ses vêtements, qui étaient plus doux sur sa peau maintenant qu'ils étaient débarrassés de leur sel. Sa marche prit alors une autre allure. Elle retourna en aval du ruisseau non plus en regardant le cours d'eau, mais plutôt la végétation qui poussait tout autour. C'est ainsi qu'elle vit un bananier lourdement chargé mais dont les fruits semblaient hors de sa portée. Le tronc de l'arbre était trop lisse pour qu'elle puisse tenter d'y grimper. Pourtant, les fruits mûrs qu'elle voyait là-haut lui faisaient envie. Son ventre, recevant instantanément le message des yeux, se mit à gargouiller... Pour l'instant, aucune solution ne lui venait à l'esprit. Quand elle avait trop faim, elle ne pouvait réfléchir adéquatement. Marie reviendrait plus tard. Après avoir mangé un biscuit, peut-être.

Les plantes qui poussaient lui étaient inconnues pour la plupart. Elle essaya de se rappeler ce qu'elle avait cueilli avec Farida dans une autre vie, alors qu'elle parcourait les chemins de l'Espagne, mais elle ne reconnaissait rien dans ce nouveau décor. Pourtant, il y avait forcément quelque chose. De nombreux arbres, serrés l'un contre l'autre, formaient un dais qui ombrageait le sol. Une épaisse végétation poussait à leurs pieds et Marie s'en approcha avec curiosité. Elle poussa un petit cri en reconnaissant des fougères. C'était une variété qu'elle n'avait jamais vue, mais au moins cela s'approchait de quelque chose de familier. Et il se trouvait que la fougère avait des qualités curatives certaines et était souveraine pour les plaies infectées. Elle en cueillit plusieurs, ramassant en même temps quelques racines qu'elle écraserait pour donner plus de puissance à ses cataplasmes. Alors qu'elle se relevait et retournait vers le ruisseau, son pied accrocha quelque chose. Une noix de coco ! Elle se mit à chercher autour et en trouva deux autres. *Voilà maintenant de quoi manger*, se dit-elle. Elle n'y avait jamais goûté, mais Legoff lui en avait parlé abondamment, vantant sa chair délicieuse et son lait nutritif. Si elle se rappelait bien, il lui avait dit que c'était divin avec un peu de rhum. Cependant, elle garderait leur rhum à des fins thérapeutiques.

Elle sourit à la pensée de son vieil ami, mais son sourire s'envola très vite. Comment allait-il en ce moment ? Le traitait-on bien ? Était-il en danger ? Autant de questions qui resteraient sans réponse pour l'instant. Alors, comme elle ne pouvait rien faire pour lui, elle décida de le chasser de ses pensées. Thierry l'y remplaça aussitôt. Les événements des deux derniers jours avaient occupé toute la place dans l'esprit de Marie et le souvenir de son petit garçon revenait en force pour y reprendre ses droits. Une immense tristesse s'abattit sur la jeune femme. Que pourrait-elle faire maintenant sur cette île perdue ? Comment partir à sa recherche si elle était là, sans bateau, avec un blessé sur les bras et aucune idée de l'endroit où elle se trouvait ? Elle ne devait pas se laisser aller au découragement mais la situation lui semblait bien sombre tout à coup. Elle songea à la figurine du soldat de plomb qui était restée sur le bateau et cela accrut sa tristesse. Allez ! Il lui fallait réagir, faire face aux urgences d'abord et on verrait ensuite. D'un pas plus ferme, elle reprit le chemin de l'abri.

Lorsqu'elle y arriva, le soleil avait largement passé le zénith et elle estima qu'il devait être à peu près trois heures de l'après-midi. Pas étonnant qu'elle fût affamée ! Elle entra à l'intérieur de l'abri, soucieuse de voir comment allait Vercoutre. Il était toujours inerte, mais sa respiration semblait plus paisible. En fait, il semblait dormir. Marie posa sa main sur le front du capitaine. Il était encore fiévreux, mais peut-être un peu moins brûlant.

Prenant la gourde, elle tenta de verser quelques gouttes d'eau dans la bouche de Vercoutre. Encore une fois, près de la moitié coula dans son cou, mais au moins il avait bu un peu. Marie devait maintenant s'occuper de ses blessures. Mais avant toute chose, elle décida de manger un demi-biscuit et l'une des noix de coco. Elle examina la noix de coco avec curiosité. Le fruit était assez gros et en le secouant, elle pouvait entendre le liquide à l'intérieur. Avec le couteau, elle tenta de le couper. Elle se rendit compte avec surprise que la fibre qu'elle tranchait n'était en réalité qu'une enveloppe. Poussant plus loin son exploration, elle arriva jusqu'au cœur du fruit, où se cachait une noix plus dure. Elle tenta de la couper, de la percer, sans succès. Son couteau rebondissait sur l'écorce épaisse sans qu'elle réussisse à fendre le fruit. Il lui aurait fallu un marteau ou une masse, mais elle n'en avait pas.

Frustrée par ses essais infructueux, elle se leva en cherchant une autre solution. Regardant les rochers qui se dressaient près de la mer, elle marcha résolument en leur direction. Lorsqu'elle arriva devant eux, elle leva le bras très haut et jeta de toutes ses forces la noix de coco contre le récif. La fibre découvrit un peu plus de la noix qui était à l'intérieur et, en l'examinant bien, Marie vit une petite fissure. Encouragée, elle répéta sa manœuvre deux ou trois fois, si bien que la noix finit par se briser.

Marie ramassa les morceaux, regrettant d'avoir perdu, par ces manières un peu brusques, le précieux lait dont lui avait parlé Legoff. Elle goûta la chair et la trouva très bonne. Elle se retint cependant de trop en manger, ne sachant pas comment son estomac s'adapterait à ce nouvel aliment.

Elle devait maintenant consacrer ses efforts à soigner les blessures de Vercoutre. Elle prit l'écope, qu'elle alla nettoyer dans la mer. La frottant avec du sable pour en détacher le plus de saletés possible, elle la rinça ensuite dans l'eau salée. Satisfaite de son travail, elle revint à la hutte. Elle prit quelques poignées de fougères dans sa besace et les jeta dans l'écope. À l'aide d'une roche qu'elle avait bien nettoyée, elle écrasa les herbes et les arrosa d'eau douce. Elle malaxa doucement sa mixture avec ses doigts et la laissa reposer pour qu'elle macère un peu. Elle alla ensuite rejoindre Vercoutre. Elle le retourna sur le ventre, lui enleva ce qu'il restait de sa chemise et la mit de côté. Mieux valait la garder même si elle était en piteux état. Ils n'étaient pas en position de faire les difficiles.

Les plaies ne s'étaient évidemment pas améliorées depuis son dernier examen. La rougeur était toujours là et l'infection durcissait les contours des déchirures. Marie appliqua les herbes en cataplasme et utilisa la bande du drapeau de détresse imbibée de rhum comme bandage. C'était très rudimentaire, mais c'était tout ce qu'elle avait. Vercoutre avait gémi durant le traitement, ce qu'elle jugea de bon augure. Il semblait remonter peu à peu vers le monde des vivants.

Elle sortit de l'abri afin de refaire une seconde mixture avec les feuilles de fougère. Celle-ci aurait le temps de macérer un peu plus et serait peut-être plus efficace. Elle comptait sur les vertus antiseptiques de la fougère pour venir à bout de l'infection causée par les coups de fouets. Cela aiderait les abcès à « mûrir ». Ensuite, Marie pourrait éventuellement nettoyer les plaies convenablement.

La jeune femme se dit également qu'il faudrait bien qu'elle tente de nourrir son patient. Comme ce serait difficile de lui faire mâcher de la noix de coco, elle décida d'écraser un morceau de biscuit dans de l'eau et de le nourrir à la cuillère... sauf que... elle n'avait pas de cuillère. Qu'à cela ne tienne ! Avec le couteau, elle coupa une petite branche d'arbre et se mit à sculpter grossièrement une cuillère.

Toutes ces tâches avaient comme vertu de lui occuper l'esprit. Si elle s'arrêtait à analyser froidement leur situation, le découragement s'emparerait d'elle à coup sûr. Et si Vercoutre mourait ? Ça non plus elle ne voulait pas y penser. Que ferait-elle alors toute seule sur cette île apparemment déserte, dans un monde où elle n'avait aucun repère ?

Elle avait déjà vécu cette angoisse avec Julien Legoff plusieurs années auparavant et elle se dit que si Julien s'en était sorti à l'époque, alors Vercoutre ne pouvait pas mourir. Ça ne pouvait tout simplement pas se produire. Comme il était évident qu'elle allait trouver une solution pour quitter rapidement cette île de malheur et retourner à la recherche de son fils... Sa situation était loin d'être désespérée... Après tout, elle avait à sa disposition une chaloupe qui avait coulé, un seul couteau à la lame pas très tranchante, peu de vêtements pas du tout adaptés à leurs besoins, deux biscuits, de l'eau et de stupides noix de coco qui demandaient bien des efforts pour être mangées...

Marie taillait furieusement la branche sur laquelle la lame glissait parce que le bois était mouillé, mouillé par les grosses larmes de la jeune femme, qui ne se rendait pas compte qu'elle pleurait. Un geste un peu vif lui entailla le bout du doigt. Elle poussa un petit cri et, rageusement, lança dans le sable la branche et le couteau. Entourant ses genoux de ses bras, elle y appuya la tête et, là, pleura franchement.

Elle resta prostrée de longues minutes, faisant de vaillants efforts pour repousser tout sentiment négatif. Un gémissement l'arracha à ses pensées. Se relevant rapidement, elle entra dans l'abri. Vercoutre tentait de se lever.

— Simon, restez tranquille, vos blessures sont encore ouvertes.

Elle se rendit vite compte qu'il ne l'entendait pas. Il repoussa mollement la main qui se posait sur son épaule et l'effort qu'il fit pour se relever lui arracha une autre plainte. Marie ne savait trop que faire. Il était à nouveau brûlant de fièvre. Elle décida de ne pas lutter contre lui et de plutôt l'aider à se relever. Peut-être que sortir à l'air frais lui ferait du bien ?

Elle prit son bras et le passa autour de ses épaules. L'abri n'était pas assez haut pour qu'ils puissent se lever. Progressant à genoux, elle le dirigea vers l'ouverture et, finalement, ils se retrouvèrent à l'extérieur sur la plage. Marie se mit debout, encourageant Vercoutre à la suivre dans le mouvement. Ce ne fut pas facile. Le capitaine vacillait sur ses jambes et il s'appuyait lourdement sur la jeune femme, plus petite que lui d'une bonne tête et demie.

Lorsqu'il fut enfin debout, le pansement et le cataplasme tombèrent à ses pieds. Il ne s'en soucia guère et voulut faire quelques pas.

— Allons-y doucement, vous êtes encore très faible.

Vercoutre ne répondit pas, mais Marie eut l'impression que ses paroles faisaient tranquillement leur chemin en lui. Elle le conduisit vers la mer, qui clapotait doucement un peu plus loin. Si elle réussissait à l'amener jusque-là, elle pourrait baigner ses plaies dans l'eau salée. Cela activerait peut-être la maturation des zones infectées. Elle jeta un regard inquiet vers le large. Leur fuite avait dû être découverte depuis belle lurette et elle craignait qu'on parte à leur recherche. Mais si tel était le cas, il faudrait vraiment que Dutrisac et ses hommes jouent de chance pour les retrouver. Les petites îles devaient pulluler dans cette région.

Le capitaine se laissait faire docilement. Il protesta à peine quand la jeune femme le força à s'asseoir dans l'eau fraîche. Le soleil se couchait derrière l'île et la plage était maintenant plongée dans l'ombre. Au loin, les étoiles s'allumaient une à une et Marie calcula qu'il ne leur restait pas longtemps de clarté.

Elle baigna les zébrures du dos de Vercoutre, constatant qu'elles n'avaient encore rien perdu de leur rougeur. Mais il lui semblait que c'était un peu moins dur autour des plaies. Ils restèrent là quelque temps, jusqu'à ce que Vercoutre se mette à frissonner. De retour à l'abri, Marie profita de ce qu'il était éveillé pour tenter de le faire manger un peu. Elle n'eut pas grand succès, ni avec les biscuits, ni avec la noix de coco, qu'elle avait pourtant réduite en petits morceaux, mais il accepta de boire de l'eau. Marie le recoucha doucement et lui appliqua un second cataplasme de fougères en espérant que celui-ci serait plus efficace, les feuilles ayant macéré plus longtemps. Cela parut soulager Vercoutre, qui s'endormit aussitôt, d'un sommeil agité, ponctué de grands frissons qui parcouraient tout son corps. Marie décida de lui enlever sa culotte mouillée, qui lui donnait froid. Le corps nu de Vercoutre luisait doucement dans la pénombre de la hutte, et n'eût été la précarité de leur situation, Marie aurait certainement admiré ce corps parfait, modelé par l'exercice et la vie en mer, qui gisait devant elle. Mais elle avait bien d'autres soucis en tête. Après avoir serré le drapeau de détresse sur le cataplasme autour du torse de Vercoutre, elle rabattit la couverture sur lui et il s'apaisa aussitôt. N'ayant rien de mieux à faire, Marie se coucha son tour.

Ce n'était plus l'obscurité totale lorsqu'elle s'éveilla. À ses côtés, Vercoutre était agité. Il murmurait des mots sans suite et la même chose revenait toujours. Marie se leva, alla faire un tour dans la forêt pour s'y soulager. Le capitaine n'avait pas eu la même délicatesse et il lui faudrait changer les feuilles de palmier qui servaient de paillasse.

Lorsqu'elle revint, elle regarda comment les blessures de son patient avaient évolué. Les zones infectées avaient gonflé sous l'action du cataplasme et Marie se dit que le temps était venu de crever les abcès. Une fois le pus évacué, la guérison serait probablement plus rapide. Elle craignait un peu la réaction de Vercoutre. Malgré son grand état de faiblesse, il gardait une certaine force et elle avait peur qu'il ne se laisse pas faire.

— Simon, vous allez venir avec moi à l'extérieur, là où il y a plus de lumière. Je vais m'occuper de vos blessures et après, ça ira mieux, vous allez voir.

Elle pensa lui remettre sa culotte, mais finalement jugea l'entreprise inutile. C'était plus simple de le laisser comme ça, elle n'avait qu'à détourner les yeux... ce qui était quand même plus facile à dire qu'à faire ! Le corps bien sculpté de Vercoutre prenait une étonnante réalité dans la lumière naissante du jour.

Il murmura quelque chose d'incompréhensible, mais fut encore d'une docilité singulière lorsqu'elle le conduisit à l'extérieur. Elle n'avait plus grand-chose à étaler sous lui pour faire écran avec le sable. Elle alla cueillir quelques grandes feuilles d'un arbre qui poussait tout près et les plaça en plusieurs couches successives à l'abri d'une roche. Elle installa Vercoutre sur cette couche improvisée et partit chercher la gourde d'eau et son couteau. Marie aurait bien aimé faire un feu pour désinfecter la lame, mais elle ne savait pas trop comment s'y prendre. Elle savait qu'il existait diverses méthodes, avec des pierres ou des bouts de bois, mais elle craignait d'y consacrer trop de temps et de perdre cette occasion où son patient était très docile. Elle se contenta de bien nettoyer la lame de son couteau à l'eau salée et de la rincer à l'eau claire.

Puis elle s'assit à califourchon sur les fesses de Vercoutre. Celui-ci ne protesta pas, curieusement apathique. Marie approcha la pointe du couteau et perça la première zone infectée. Vercoutre ne bougea pas, sentant instinctivement que c'était dans son intérêt. Il en fut autrement lorsque la jeune femme pressa les lèvres de la plaie pour en faire sortir le pus.

— Simon, nom de Dieu, restez tranquille ! Si vous croyez que ça m'amuse de faire ça...

Peut-être était-ce le ton de la jeune femme, peut-être était-ce parce que la pression diminuait, ce qui le soulageait, le capitaine se calma aussitôt. Il se contenta de gémir un peu lorsque Marie perça les autres abcès. Elle rinça à grande eau le dos de son compagnon. Un peu de sang s'était mêlé au pus, ce qui en soi était bon signe. Comme Vercoutre semblait disposé à s'endormir de nouveau, elle le laissa là, recouvrit son dos de ce qui lui restait de fougères macérées et ne prit même pas la peine de le bander avec le drapeau de détresse. Le soleil qui était maintenant haut sur l'horizon le réchaufferait rapidement. Marie prit la gourde et retourna vers la chute pour la remplir à nouveau.

Lorsqu'elle revint, Vercoutre n'avait pas bougé d'un poil. Craignant qu'il ne soit mort, Marie se précipita vers lui et poussa en soupir de soulagement en le voyant respirer normalement. La fièvre avait légèrement baissé et un coup d'œil sur les plaies lui indiqua que de ce côté-là aussi ça semblait aller mieux.

La journée s'annonçait longue et déjà la faim la tenaillait. L'idée de manger à nouveau des noix de coco ne la séduisait guère. Elle pensa aux bananes qu'elle avait vues la veille et décida d'aller tenter sa chance. Elle partit chercher quelques cailloux et retourna vers le bananier. L'idée était de faire tomber les bananes en lançant des cailloux dessus. Un peu primitif comme approche, mais elle n'avait rien trouvé de mieux. Quand Marie eut terminé ses munitions, aucune banane n'était encore tombée du régime. Elle trouva de nouveaux cailloux et réessaya. Ce n'est qu'à la troisième tentative que cela donna des fruits. Deux bananes se détachèrent et tombèrent sur le sol. Marie alla les chercher. Bien qu'elles aient souffert de leur chute, elles semblaient divinement bonnes. Sans attendre, Marie avala la première et ne put résister à la deuxième.

Un peu honteuse, elle pensa à Vercoutre. Il aurait été si facile de lui faire manger une banane… Courageusement, elle chercha de nouveaux cailloux et reprit sa chasse à la banane. Avait-elle joué de chance précédemment ? Les bananes refusaient obstinément de se détacher et Marie avait les épaules douloureuses à force de lancer ses cailloux. Ayant une fois de plus épuisé sa réserve, en désespoir de cause, elle prit un bout de branche qu'elle lança sur l'arbre de toutes les forces qu'il lui restait. Elle toucha l'attache du régime et eut juste le temps de s'écarter pour éviter les dizaines de bananes qui lui tombaient dessus ! Ce fut donc les bras chargés et le sourire aux lèvres que Marie regagna la plage.

La journée s'étira entre périodes d'éveil et de somnolence pour Vercoutre. Marie réussit à lui faire avaler deux bananes qu'elle avait écrasées au fond d'un morceau de coquille de noix de coco. Elle l'avait fait manger avec la cuillère grossière qu'elle avait fini par sculpter. Il semblait évident à la jeune femme que le pire était passé et si son patient ne s'était pas encore remis à la conversation, ça ne saurait tarder. Il reprenait des forces, même si son sommeil était encore agité et s'il continuait ses litanies de mots confus.

Pour s'occuper, Marie tenta sans succès de faire du feu. Elle arriva péniblement à faire un peu de fumée en tournant un petit morceau de bois sur un autre, mais ne réussit jamais à faire jaillir une étincelle entre deux pierres. Elle songea à aller pêcher en se confectionnant un hameçon avec un clou de la chaloupe, cependant la perspective de manger du poisson cru ne l'enchantait guère. Il y avait probablement des petits animaux qu'elle pourrait chasser dans les bois, mais elle ne savait pas lesquels et ne savait pas non plus comment s'y prendre. Et puis, le problème de la cuisson se poserait là aussi. Elle soupira. Il semblait bien qu'ils étaient condamnés à se nourrir de bananes et de noix de coco.

La journée passa dans l'indolence la plus totale. Vercoutre allait mieux, les blessures avaient perdu leur vilaine teinte rougeâtre. Marie rêvassait sur la plage pendant qu'il dormait. Elle pensait à Thierry et se demandait ce qu'il faisait à cette heure précise. Dès qu'elle ressentait un petit pincement au cœur, elle déviait le cours de ses pensées vers Étienne, qui se trouvait quelque part sur la mer. Son tricot étant beaucoup trop chaud pour cette température tropicale, elle se promenait seins nus, vêtue de sa seule culotte. De toute façon, Vercoutre somnolait la plupart du temps et, lorsqu'elle allait auprès de lui, elle remettait son tricot, quitte à suer à grosses gouttes. Avec un petit sourire, elle se rappela les propos de Stevo, le gitan, sur les pruderies niaises des *gadjé*...

Le soir revint sans qu'ils aient encore échangé un mot. L'état du capitaine allait en s'améliorant. Marie délaissa les cataplasmes pour éponger les blessures avec un peu de rhum seulement. Bientôt celles-ci sécheraient, et la guérison totale ne serait ensuite qu'une question de temps. Il était fort probable cependant que Vercoutre en garderait quelques souvenirs. Les zébrures étaient suffisamment profondes pour laisser des cicatrices.

Marie avait profité du fait que Vercoutre avait passé une partie de la journée à l'extérieur de l'abri pour changer la paillasse et tenter d'aménager un peu les lieux. S'ils devaient être coincés là quelque temps, ils seraient peut-être à l'étroit. Mais, en même temps, la jeune femme ne voulait pas penser à une réclusion prolongée. Plus le temps passait, plus l'impatience la gagnait. Elle commençait, sans se l'avouer, à éprouver un peu de ressentiment envers Vercoutre parce que... parce que rien justement. C'était totalement irrationnel. Elle savait que le capitaine n'était nullement responsable de son état et que si elle devait en vouloir à quelqu'un, c'était plutôt à Dutrisac qu'il fallait s'en prendre. Si ce n'avait dépendu que de Vercoutre, elle serait déjà à la Martinique avec Legoff en train de débuter ses recherches pour retrouver Thierry. Legoff... Encore une fois la pensée de son vieil ami lui traversa l'esprit et, encore une fois, elle s'empressa de la repousser pour ne pas s'angoisser encore plus. Il y aurait certainement moyen de l'aider, une fois sortis de cette prison luxuriante...

Lorsque Marie emmena Vercoutre à l'intérieur pour l'installer pour la nuit, elle constata que la fièvre avait pratiquement disparu. Délaissant les fougères, elle opta pour un cataplasme d'argile pour soigner ses blessures et replaça autour de son torse le drapeau de détresse qu'elle avait lavé durant la journée.

La nuit était très chaude et la jeune femme ne garda que la légère culotte de coton qu'elle portait sous celle de toile, plus grossière, qu'elle avait prise dans la remise sur le bateau. Elle hésita d'abord, puis, la chaleur prenant le dessus, elle ôta également son tricot épais et décida de partager la couverture avec Vercoutre qui, lui, dormait déjà profondément. Elle mit quelque temps avant de s'endormir à son tour. Ce sommeil profond, ce mutisme durant la journée... Était-ce bon signe ? Pourtant, à ce qu'elle sache, il n'avait pas reçu de coup sur la tête. On ne pouvait donc pas craindre une commotion. Comme elle aurait aimé discuter avec Sarah des soins à donner, comme elle aurait aimé bénéficier de ses précieux conseils ! Juste le fait de penser à son amie eut un effet apaisant sur la jeune femme, qui finit par fermer les yeux, emportée par le bruit des vagues qui glissaient sur la plage.

Marie rêvait. Elle était dans les bras d'Étienne, bien en sécurité, lovée contre sa poitrine chaude, totalement abandonnée. Elle était bien... Les bras du jeune homme se resserraient autour d'elle et son souffle brûlant chatouillait son cou. Poussant un soupir, Marie se rapprochait encore plus... lorsqu'elle ouvrit finalement les yeux. Elle était maintenant bien réveillée, mais la sensation persistait. Elle mit quelques secondes avant de revenir à l'instant présent, de se rappeler où elle était et de se rendre compte qu'elle était dans les bras de Vercoutre !

Dans un sursaut elle voulut se dégager, mais le capitaine, qui semblait maintenant atteint d'une tout autre fièvre, resserra son étreinte.

— Simon, tenta-t-elle, que faites-vous ?

Mais il ferma ses lèvres d'un baiser qui n'avait rien de timide, un baiser à la fois avide et langoureux. À sa grande surprise et dans la confusion la plus totale, Marie se mit à y répondre avec la même soif. Vercoutre embrassait bien. Sa main caressait la joue de la jeune femme, se perdait dans ses cheveux, revenait sur son cou pour glisser tranquillement vers sa poitrine.

Les barrières que Marie tentait d'ériger tombaient une à une. Son corps privé d'amour depuis trop longtemps s'éveillait sous cette lente caresse et semblait animé d'une volonté propre, indépendante des pensées rationnelles de la jeune femme. Et puis, les émotions des derniers jours, les peurs et les craintes de cet isolement forcé étaient soudainement balayées par les sensations délicieuses qui s'emparaient d'elle.

Elle sentait contre sa cuisse que Vercoutre avait retrouvé bien des forces. Pendant qu'il lui embrassait les seins, les goûtait, les mordillait, sa main libre s'attaquait à la mince culotte de Marie. Elle souleva les hanches pour l'aider, à la fois troublée et pleine de désir. Elle avait l'impression d'être au cœur d'une mer houleuse et de n'avoir d'autre choix que de suivre la vague, une vague qu'elle prenait grand plaisir à chevaucher.

Bientôt, ils se retrouvèrent aussi nus l'un que l'autre. Le drapeau qui tenait lieu de bandage avait disparu et Marie caressait à son tour ce corps qui s'offrait à elle. Les yeux ouverts, noirs dans cette demi-obscurité où la lune réussissait à faire des ombres, Vercoutre la contemplait avidement, appuyé sur son coude. Sa main baladeuse arracha un petit cri à Marie quand elle effleura une zone où toutes ses sensations semblaient concentrées. Tendue comme la corde d'un arc, Marie allait à la rencontre de ses caresses et ajoutait à la tempête en prodiguant les siennes au valeureux capitaine. Elle se redressa à son tour sur son coude et, l'esprit complètement vide de toute pensée cohérente, bousculée par un ouragan de désir, elle osa toucher ce qu'elle avait regardé en cachette toute la journée. Sa main suivit le contour de ses pectoraux bien dessinés, se perdit dans les sillons des abdominaux durs comme du fer pour se retrouver sur quelque chose de doux dont la fermeté n'avait rien à envier au reste de son corps.

Il frémit à peine lorsqu'elle effleura les blessures de son dos, mais en profita pour la renverser complètement et s'installer au-dessus d'elle. Un autre baiser eut raison de l'infime résistance qu'elle lui opposa, et son genou ouvrit les cuisses de Marie, qui cédèrent facilement. Il resta là quelques instants en suspension, le poids de ses hanches clouant la jeune femme au sol, l'enveloppant d'un regard qui aurait fait fondre une roche, fouillant sa bouche encore et encore jusqu'à ce que ce soit elle qui se soulève à sa rencontre, lui saisisse les hanches à deux mains et l'enfonce au plus profond d'elle-même.

Ils entreprirent alors un pas de deux vieux comme le monde et qui, à chaque figure, les amenait un peu plus loin. Marie se laissait emporter par ce raz-de-marée dont la conclusion approchait… Elle la repoussait en l'espérant en même temps. Elle voulait retarder cet instant délicieux, ravageur, où son corps et son esprit fusionneraient dans une extase intense, qu'elle partagea quelques instants plus tard avec Vercoutre, qui l'avait rejointe dans ce coin réservé du paradis. Ils y restèrent quelques longues secondes, baignant dans une euphorie commune qui reléguait au loin tous leurs soucis.

Puis, comme la vague qui se retire, ils retombèrent inertes sur leur couche, récupérant un souffle qui leur avait échappé dans leurs ébats. Marie resta longtemps les yeux ouverts tandis que Vercoutre sombra dans un sommeil réparateur. La jeune femme le regarda en l'enviant un peu. Ça semblait si simple pour lui de dormir. Finalement, elle se releva et s'avança vers la plage. Illuminées par la lune, les vagues avaient des reflets argentés qui venaient éclairer la masse sombre de l'océan. Marie ne put résister à l'envier de s'y baigner et, sans aller trop loin – elle était toujours intimidée par la mer, qui semblait prendre une tout autre personnalité la nuit –, elle fit quelques brasses.

Cela acheva de la détendre complètement. Elle ne voulait pas trop réfléchir à ce qui s'était passé, ni à ce que cela changerait dans ses relations avec Vercoutre. Elle voulait simplement goûter ce bonheur inattendu encore quelques heures, avant de revenir aux préoccupations immédiates générées par leur situation. Apaisée, rafraîchie, elle retourna tranquillement dans l'abri.

★

Lorsqu'elle s'éveilla, un rayon de soleil lui chauffait le visage. Elle garda les yeux fermés encore quelques instants, tout alanguie sur sa couche. Puis, un à un, les souvenirs de la nuit lui revinrent en amenant un peu de rouge sur ses joues. Elle se décida enfin à ouvrir les yeux… et se redressa immédiatement. Vercoutre n'était pas là ! Elle se drapa rapidement dans la couverture et sortit en catastrophe de l'abri. D'abord elle ne le vit pas, puis elle aperçut sa silhouette assise sur un rocher face à la mer. Rassurée, elle fit un premier pas vers lui, puis se ravisa, rentra dans l'abri et passa ses vêtements. Ensuite seulement elle se dirigea vers lui. Elle vit qu'il avait mis sa culotte, ce qui la soulagea un peu. Elle s'approcha de lui sans trop savoir quelle contenance prendre. Malgré leur étreinte enfiévrée, ils n'avaient pas échangé un mot. Que pensait-il de tout ça, ce matin ? Comment la recevrait-il ? Elle était maintenant tout près.

— Simon, commença-t-elle doucement, comment vous sentez-vous ?

Il tourna lentement la tête vers elle, la regarda quelques instants, puis passa sa main sur son visage.

— Faible. Étourdi. J'ai l'impression de sortir d'un long souterrain.

Il marqua un temps d'arrêt.

— Vous pouvez me dire comment nous sommes arrivés ici ?

Marie tenta de masquer sa surprise.

— Vous ne vous rappelez pas ?

— Il me semble qu'il me manque des grands bouts…

— Quel est votre dernier souvenir ?

— J'étais… – il semblait chercher dans sa mémoire – … enchaîné sur le bateau. Dutrisac… Il soupira. Puis vous êtes apparue, quelqu'un nous a aidés, et nous nous sommes retrouvés dans la chaloupe qui gît là, pleine d'eau. Puis… plus rien.

— Plus rien du tout ? insista Marie. Vous ne vous souvenez pas de cette île ?

Il jeta un coup d'œil autour d'eux.

— Ça fait longtemps que nous y sommes ?

— Trois jours.

— Peste ! Que m'est-il arrivé ?

Il voulut se lever, mais se rassit aussitôt, tout étourdi. Marie se précipita vers lui.

— Hé là ! Allez-y doucement. Vous avez passé trois journées très difficiles, avec beaucoup de fièvre. Vos plaies ne sont toujours pas jolies à voir, mais elles vont mieux maintenant. Le pire semble être passé. Mais n'en faites pas trop d'un seul coup.

— Je me sens aussi faible qu'une jeune fille, soupira-t-il.

— Il y a sans doute pas mal de jeunes filles qui sont plus fortes que vous en ce moment. Si vous reveniez vous étendre un peu ?

— Il me semble que je n'ai fait que ça, être couché. Je dois vous avouer que j'ai plutôt faim. On a de quoi manger ?

— Le menu est un peu simple. Il reste un biscuit, et nous avons des bananes en quantité et une noix de coco.

Vercoutre grimaça.

— C'est tout ? Pourtant cette île doit être un vrai garde-manger…

Un peu piquée, Marie répondit sèchement.

— Eh bien, pendant que vous jouiez les princesses endormies, j'ai fait ce que j'ai pu. Désolée si la carte ne vous convient pas.

Un peu penaud, le capitaine voulut se reprendre.

— Pardonnez-moi, ce n'est pas ce que je voulais dire. Vous avez été très courageuse, et c'est certainement grâce à vous que je suis en vie aujourd'hui. Les bananes et le biscuit feront fort bien l'affaire. Je dois reprendre des forces maintenant pour pouvoir vous aider. Il faut qu'on fasse le point sur notre situation.

— Je crains que nous ayons beaucoup, beaucoup de temps pour ça…

— Voyons, les choses ne sont certainement pas aussi désespérées que vous semblez le croire. Venez, dit-il en se levant plus lentement cette fois.

Marie le suivit, un peu abasourdie. Se pouvait-il qu'il n'ait aucun souvenir de ce qui s'était passé durant la nuit ? Elle ne savait si elle devait s'en réjouir ou en être blessée. Mais, finalement, elle se dit que c'était certainement mieux comme ça. Cela éviterait bien des complications et resterait pour elle un épisode agréable certes, fort agréable en fait, mais fortuit. Elle décida de ne pas lui en souffler mot et de ranger ça soigneusement dans sa boîte à souvenirs.

Chapitre 19

Vercoutre se mit à récupérer à une vitesse étonnante. Il dévora le stock de bananes, fit un sort à la noix de coco et demanda à Marie de le conduire à la chute dont elle lui avait parlé. Arrivé là, sans pudeur aucune, il ôta sa culotte et plongea dans l'eau. Marie avait bien tenté de l'en dissuader – elle craignait que les blessures ne s'ouvrent à nouveau –, mais il lui répondit qu'il était prêt à prendre le risque. Il avait besoin de se rafraîchir plus que tout.

Malgré son envie, elle résista à la tentation d'aller le rejoindre. Elle s'intéressa plutôt aux herbes qui bordaient le lac. Que n'aurait-elle donné pour mieux les connaître ? Elle était certaine que plusieurs d'entre elles étaient dotées de vertus thérapeutiques. Mais comment le savoir ? Si elles pouvaient guérir, elles pouvaient aussi empoisonner.

Lorsque Vercoutre sortit de l'eau, et après s'être revêtu de façon décente, il déclara qu'il fallait maintenant qu'ils trouvent à manger. S'emparant du couteau que la jeune femme portait à la taille, il s'enfonça dans la forêt. Marie devait marcher très vite pour le suivre. Qui aurait dit que la veille encore, cet homme semblait mourant ? Il s'arrêta devant un arbre aux larges branches. De gros fruits y pendaient et Vercoutre cueillit les deux plus bas. Marie n'en avait jamais vu de semblables, ils étaient gros et ronds, et elle se demandait quel goût ils pouvaient bien avoir. Le capitaine les lui tendit.

— Retournez au campement avec ces calebasses.

— Nous allons les manger ?

— Grands dieux non ! s'exclama-t-il en riant, mais ça nous fera de bons récipients. Je vous montrerai comment on procède à mon retour.

— Mais où allez-vous ?

— Je vous l'ai dit, chercher à manger.

Marie ne protesta pas et retourna docilement sur ses pas. Après ces journées de veille, elle était fatiguée et cela ne lui déplaisait pas de laisser l'initiative à quelqu'un d'autre pour l'instant. Elle se dit qu'elle pourrait peut-être en profiter pour dormir un peu…

Elle se réveilla lorsqu'on jeta à côté d'elle tout un assortiment de végétaux. Un peu abrutie, elle se releva en se frottant les yeux et les ouvrit tout ronds devant la débauche de formes et de couleurs entassée à ses pieds.

— Mais qu'est-ce que c'est que tout ça ? demanda-t-elle d'une voix pâteuse.

— Des goyaves, des mangues, des racines de manioc, des oranges, des pamplemousses et quelques fruits de l'arbre à pain.

— Et vous avez apporté ça comment ?

— Une culotte peut être bien utile parfois.

Devant l'air interloqué de Marie, Vercoutre se mit à rire.

— N'ayez crainte, j'ai pris soin de bien laver tout ça. Vous n'avez pas faim ?

Elle mourait de faim.

— Mais où avez-vous trouvé ces fruits ?

— Autour de nous, tout simplement. C'est fou comme cette forêt regorge de victuailles. Et on n'a pas commencé à chasser ni à pêcher…

— Pourtant je n'ai rien vu, protesta Marie.

— Parce que vous ne saviez pas où chercher. Je vous montrerai, mais pour l'instant, mangeons.

Tout était délicieux. Marie adora les goyaves avec leur chair rose remplie de pépins. Le jus des mangues lui coulait le long des bras en tachant les manches de son tricot sans qu'elle s'en soucie et elle avait le visage tout barbouillé de leur pulpe jaune et charnue. Le fruit de l'arbre à pain était plutôt sans saveur comparé aux deux autres, mais il viendrait certainement à bout des ventres creux. Finalement, elle se considéra rassasiée. Elle se laissa aller sur le rocher, transpirant à grosses gouttes sous le soleil ardent. Vercoutre sourit en la regardant.

— On dirait vraiment que vous aviez faim.

— Je n'ai pas beaucoup mangé ces deux derniers jours...

Le capitaine redevint sérieux.

— Je voulais d'ailleurs vous remercier de ce que vous avez fait pour moi. Sans vous, je serais mort cent fois. Vous avez été très courageuse...

Marie haussa les épaules.

— Vous en auriez fait autant pour moi.

— Ne présumez pas trop de la bonne volonté des gens, vous pourriez être déçue.

Marie leva un sourcil.

— Mais bien sûr que je serais venu à votre aide, s'empressa d'ajouter Vercoutre. Je voulais simplement vous mettre en garde contre votre tendance à supposer que tout le monde réagirait comme vous. Cela dit, conclut-il en l'aidant à se relever, nous avons du travail.

— Du travail ?

— Vous avez fait un bel effort en construisant cet abri, mais si nous restons coincés ici quelque temps, nous devrions lui apporter des améliorations.

— Mais il faut trouver une façon de quitter cette île ! s'écria Marie.

— Certes, mais si vous le permettez, je vais quand même prendre quelques jours pour me remettre complètement. Ça nous permettra aussi de faire un peu de reconnaissance et de tenter de savoir où nous sommes.

— En avez-vous une idée ?

— Nous sommes certainement arrivés dans les Antilles françaises. Maintenant, pour savoir exactement sur quelle île, c'est plus compliqué. La végétation et la topographie ressemblent à ce que nous avons à la Martinique, mais il faudrait avoir une vue d'ensemble de l'île pour mieux savoir.

Il se passa la main sur le visage.

— D'ici deux ou trois jours, je devrais avoir repris des forces. On pourra alors partir en exploration.

Marie se sentit honteuse d'avoir mis ses propres préoccupations à l'avant-plan alors que le capitaine vacillait sur ses jambes.

— Vous en avez fait un peu trop pour une première sortie. Vous devriez vous reposer quelques instants.

— Oui, peut-être que les projets de rénovation peuvent attendre un peu. Cependant…

Il prit le drapeau de détresse que Marie avait mis à sécher sur la roche. Le pliant en deux, il fit une ouverture en plein centre à l'aide du couteau.

— Qu'est-ce que vous faites ? s'étonna Marie.

— Voilà. Vous avez une nouvelle chemise. Vous allez fondre sous ce tricot épais, à moins que vous ne mouriez d'insolation avant.

— Et je suis censée faire quoi avec ça ?

— Où est votre sens de la mode ? Passez votre tête dans l'ouverture, le tissu vous recouvrira alors jusqu'à la taille à l'avant et à l'arrière. Puis, prenez l'un des fins cordages de la voile que vous utiliserez pour tenir le tout en place. Ça vous donnera une allure un peu bizarre, mais c'est mieux que de mourir étouffée dans ce tricot.

Marie prit le drapeau en le regardant avec un œil nouveau. Elle ne l'avait encore jamais considéré sous cet angle, mais il faut dire qu'il avait eu bien d'autres utilités jusque-là. Elle fit un grand sourire à Vercoutre.

— Vous avez tout à fait raison. Et je vais même en profiter pour aller au lac me laver un peu.

— Allez-y, mais pas d'imprudences…

— Je m'en suis plutôt bien tirée jusqu'à maintenant. Allez dormir, vous en avez besoin.

Vercoutre, que la fatigue accablait de plus en plus, ne protesta pas et se dirigea vers l'abri. Marie, le cœur soudainement allégé, marcha d'un pas ferme vers le lac.

Les deux jours suivants furent très occupés. D'abord, Vercoutre fit du feu, ce qui leur permit d'envisager un peu plus de variété dans leur menu. En fouillant bien la chaloupe, le capitaine avait trouvé une cache sous un banc que Marie n'avait pas vue et au fond de laquelle il y avait une lunette d'approche, une machette et une bougie. Démontant la lunette avec soin – elle pourrait toujours servir par la suite –, il utilisa la lentille pour mettre le feu à un tas d'herbes sèches en y concentrant la lumière solaire.

Puis, Vercoutre récupéra un peu du bois de la chaloupe, sans toucher à la coque brisée, qu'il utilisa pour construire un abri plus grand et plus confortable. Ce fut l'affaire de quelques heures, et ils se retrouvèrent avec une cabane à l'intérieur de laquelle ils pouvaient se tenir debout et qui offrait une meilleure protection contre le vent et la pluie, quoique, jusqu'ici, il ait toujours fait beau. Vercoutre en avait aussi profité pour réaménager l'intérieur. Il avait changé leur paillasse en y ajoutant des feuilles de bambou en quantité, plus moelleuses que celles de palmier. Mais, plus important, Marie nota qu'il avait fait deux lits, séparés par une table composée d'un morceau de banc de la chaloupe posé sur deux grosses pierres.

— Vous n'avez plus à veiller sur moi comme vous l'avez fait, expliqua Vercoutre en surprenant le regard de la jeune femme. Vous avez droit à votre intimité. Et vous prendrez la couverture, je n'en ai pas besoin.

Marie ne dit rien. Ainsi, il ne se rappelait vraiment pas leur nuit enflammée. Se pouvait-il que sa mémoire n'en ait gardé aucune trace ? Il semblait bien que oui. Elle s'en voulait de ressentir une petite pointe de déception dans le cœur, mais, en même temps, elle savait que c'était beaucoup mieux comme ça. Vercoutre était séduisant, très séduisant même, mais elle avait une vie en dehors de lui, une vie qu'elle espérait de tout cœur retrouver un jour. Au rythme de toutes ces activités, la journée en avait profité pour filer doucement. Le temps s'apaisait et la lumière prenait de douces nuances pour se préparer à la nuit qui n'allait pas tarder. Vercoutre, qui avait fait une petite sieste, sortit de la cabane un bâton à la main et se dirigea vers la mer. Marie, occupée à tresser des feuilles de bambou pour s'en faire un chapeau, le regarda passer.

— Qu'est-ce que vous faites ? Vous allez vous baigner ?

— Vous n'en avez pas assez des fruits ? demanda-t-il en poursuivant son chemin. Si ça va comme je le souhaite, nous allons manger du poisson ce soir.

Laissant son travail de côté, Marie regarda Vercoutre s'installer à la pointe d'un rocher. Vêtu seulement de sa culotte maintenant effilochée aux mollets, il se découpait dans la lumière diffuse du soleil couchant. Le bras tendu au-dessus de sa tête, il attendait. Soudain, il lança de toutes ses forces le bâton dans l'eau. Marie entendit un juron, signe indéniable qu'il n'avait pas eu le succès escompté. Récupérant son harpon de fortune, il reprit sa position. Un cri de triomphe ponctua son deuxième essai. Il se jeta à nouveau à l'eau mais en ressortit cette fois en brandissant la lance au bout de laquelle était piqué un gros poisson rouge gigotant. Marie battit des mains, emportée par l'exploit.

— Je l'ai eu ! jubila Vercoutre.

On aurait dit un gamin. Tout fier de sa prise, il revint vers Marie, qui put admirer son attirail de pêche : une tige de bambou au bout de laquelle il avait enfoncé un long clou de la chaloupe et qu'il avait lestée d'un bout de métal venant de cette même chaloupe, attaché par quelques lianes.

— C'est un rouget, dit-il à Marie, il y en a beaucoup par ici et c'est délicieux.

Marie alla chercher de l'eau fraîche dans les calebasses vidées. Elle écrasa une mangue dans l'une d'elles pour faire une boisson des plus honnêtes. Ce soir, ils auraient un véritable festin.

Le poisson était effectivement délicieux. Vercoutre l'avait cuit sur les braises et avait enfoui sous celles-ci des morceaux de la racine de manioc qu'ils mangèrent en accompagnement.

— Mais comment connaissez-vous tout ça ? s'étonna Marie.

— N'oubliez pas que je vis dans les Antilles.

— Oui, mais j'imagine qu'un comte ne met pas souvent la main à la pâte. Vous devez avoir des cuisinières sur votre domaine.

— Ce qui ne veut pas dire que je ne m'intéresse pas à ce qui se passe dans les cuisines. C'est un grand domaine, voyez-vous, et pour l'entretenir il me faut parfois partir deux ou trois jours à l'autre bout de mes terres. Je n'emmène alors pas toute une suite avec moi. Seul mon contremaître m'accompagne la plupart du temps, et il m'arrive de faire à manger. Vous avez une idée bien romanesque des comtes. Ils ne sont pas tous dans les salons à siroter une eau-de-vie en discutant des derniers potins politiques.

— Je dois avouer que vous ne cessez de me surprendre.

— Tout comme vous, ma chère.

La conversation retomba et chacun se retrouva perdu dans ses pensées. Puis Marie étouffa un bâillement.

— Je suis épuisée.

— Je vous avoue que moi aussi je suis fatigué. Je me sens maintenant beaucoup mieux, mais je ne suis pas encore au sommet de ma forme.

— Il ne faudrait surtout pas que vous retombiez malade. Si vous le permettez, je vais badigeonner votre dos d'une décoction que j'ai préparée aujourd'hui. Il faut s'assurer que ça cicatrise bien et que tout risque d'infection est vraiment passé.

Ils entrèrent dans l'abri après s'être assurés que le feu était réduit à quelques braises rougeoyantes. Vercoutre n'estimait pas nécessaire de l'éteindre complètement. Entouré de sable sur la plage, le feu ne risquait pas de s'étendre.

Vercoutre alluma la chandelle qu'il avait posée sur la table et Marie put travailler à la lumière vacillante. Elle étala la décoction sur les plaies maintenant en bonne voie de guérison. Ses mains fraîches volaient légèrement sur le dos du capitaine, qui avait fermé les yeux et semblait apprécier le traitement.

— Ça ne vous fait pas mal ? demanda Marie.

— Vous avez les mains d'un ange.

Marie rougit en pensant à ce que ces mêmes mains avaient fait quelques jours plus tôt. Elle balaya bien vite les images qui lui venaient en tête.

— Voilà. Ça devrait suffire.

Elle s'empressa de regagner sa paillasse, sentant un léger trouble l'envahir. Mais Vercoutre ne se rendit compte de rien. Marie se coucha bien vite et souffla la chandelle. Au bout de quelques minutes, elle avait toujours les yeux grands ouverts.

— Simon, dit-elle doucement, dormez-vous ?

Un grognement lui répondit.

— Simon… Qui est Évelyne ?

Cette fois-ci, ce fut un silence total qui accueillit sa question. À tel point que la jeune femme crut son compagnon endormi. Au bout d'une éternité, il lui dit :

— Pourquoi me demandez-vous ça ?

Sa voix n'avait plus rien d'ensommeillé.

— Parce que lorsque vous aviez de la fièvre et que vous déliriez, ce nom revenait constamment dans vos propos.

Un autre silence. Plus pesant que le précédent. Finalement une réponse.

— C'est ma femme.

Chapitre 20

Curieusement, et de façon tout à fait irrationnelle, Marie ressentit un petit pincement au cœur. Puis elle se morigéna intérieurement. En quoi cela pouvait-il la déranger que Vercoutre soit marié ? Ce qui s'était passé entre eux était sans conséquences, d'autant plus que l'un des principaux intéressés ne s'en souvenait même pas ! Et puis, il y avait Étienne, Étienne qu'elle avait chassé de ses pensées parce qu'elle se sentait vaguement coupable envers lui, Étienne dont elle se demandait maintenant si elle le reverrait un jour... Lorsqu'elle reprit la parole, ce fut avec une voix détachée.

— Votre femme ? Mais où est-elle alors ?

De l'autre côté de la table, Vercoutre soupira.

— C'est une longue histoire...

— Je n'ai pas sommeil.

— Moi, si.

Pendant quelques instants, seul le bruit des vagues emplit la cabane.

— Évelyne est la fille d'un planteur de la Martinique. Elle a toujours vécu ici, n'a fait que quelques brefs séjours en France, et nous nous sommes rencontrés par hasard au port, alors qu'elle faisait un esclandre à propos d'un enfant noir qu'on voulait séparer de sa mère au marché des esclaves. Finalement, elle voulut racheter au prix fort le bambin à son nouveau propriétaire pour l'emmener avec sa mère sur son propre domaine.

— Elle avait des esclaves ?

— Tout le monde a des esclaves là-bas.

— Mais ce n'est pas moral !

— Vous voulez qu'on discute de droits humains ou que je poursuive l'histoire ?

— Désolée. Continuez.

— Elle fit une offre qu'elle ne pouvait pas honorer à ce moment-là, n'ayant pas les liquidités sur elle. Le propriétaire, un gros bonhomme réputé pour mal traiter ses esclaves, ne voulut pas lui faire crédit pour la somme manquante.

— Et c'est là que vous êtes intervenu.

— Effectivement. Je me rendais à la banque faire un dépôt important et j'ai plutôt fait un prêt ce jour-là.

— Un prêt avec intérêts...

Vercoutre eut un petit rire.

— Oui, on ne peut pas dire que j'étais désintéressé.

— Comment est-elle ? Je veux dire physiquement.

— Une très belle femme. Grande, blonde, des yeux noisette très chaleureux, des gestes doux lorsqu'elle alla chercher l'enfant et le remit à sa mère en pleurs.

— Vous semblez l'aimer beaucoup.

— Ce fut un coup de foudre instantané, mais je pense que, ce jour-là, elle m'avait à peine remarqué. J'étais simplement celui qui lui avait permis de remédier à une situation qu'elle jugeait inacceptable. Seulement, ça m'a donné un prétexte pour la revoir.

— Et vous lui avez fait la cour.

Un autre petit rire.

— Si on veut, dans la mesure où l'on considère cela possible de faire la cour à une femme comme Évelyne Salvat.

— Pourquoi ?

— C'est une femme de tête, très autonome, qui n'avait aucun intérêt pour les fêtes et les soirées données sur l'île. Il me fallait des trésors d'imagination pour réussir à la rencontrer, comme ce prêt que j'ai étiré à son maximum. Mais finalement, après des mois d'efforts, elle a fini par succomber à mon charme, dit-il avec un petit rire un peu triste.

— Que s'est-il passé ensuite ?

— Nous nous sommes mariés le mois suivant. Évelyne n'était pas du genre à faire traîner les choses et, à partir du moment où elle avait décidé qu'elle voulait faire sa vie avec moi, il n'y avait plus de temps à perdre.

— Et puis ?

— Nous avons été incroyablement heureux pendant trois ans. Elle était pleine de vitalité et les projets s'enchaînaient les uns aux autres dans sa tête. Elle avait mis sur pied une petite école pour les enfants d'esclaves et ce projet était loin de faire l'unanimité parmi les planteurs. Mais elle s'en moquait. Elle faisait ce qu'elle estimait juste.

Vercoutre fit une pause que Marie respecta.

— Puis elle est devenue enceinte. Ce fut le plus beau moment de notre vie. La grossesse s'est bien passée et l'accouchement aussi. Notre fille est née à l'automne, c'était un bébé énergique, tout comme sa mère. Évelyne l'adorait, à tel point que je me sentais mis de côté parfois, même si j'aimais ce bébé à la folie moi aussi. Mais un jour, Léa est tombée malade. Elle avait dix mois.

— Qu'est-ce qu'elle avait ?

— On ne l'a jamais su. Évelyne l'emmenait toujours avec elle lorsqu'elle allait à l'école des enfants. On pense que la petite a peut-être attrapé quelque chose de l'un des petits esclaves, quelque chose qu'on ne connaissait pas. Deux ou trois enfants sont morts de façon inexpliquée à cette époque-là.

— Elle ne s'en est pas remise ?

— Léa est morte dans les bras de sa mère quelques semaines plus tard. Évelyne était dévastée. J'étais fou de chagrin moi aussi, mais pas au point de sombrer comme ma femme. Elle est restée enfermée dans sa chambre pendant des semaines. Même moi je ne pouvais pas la voir. Seule une servante avait accès à sa chambre. Puis un jour, elle en est finalement sortie. Très pâle, très maigre. Nous avons tenté de retrouver un semblant de vie commune pendant un mois, puis elle m'a dit que c'était fini entre nous.

— Mais pour quelle raison ?

— Je doute qu'elle le savait elle-même. Elle disait qu'elle ne voulait plus d'enfant, qu'elle ne voulait pas prendre le risque d'en perdre un autre, que c'était trop dur. Que j'étais trop associé à notre fille dans son esprit et que juste le fait de me voir était douloureux. Elle souhaitait que je parte.

— Mais ce n'était pas juste, vous mettre ainsi à la porte de chez vous !

Vercoutre eut un petit rire las.

— On peut le voir ainsi, mais j'ai préféré m'incliner sans pour autant m'avouer vaincu. De toute façon, il fallait que je retourne en France pour régler quelques affaires. Le moment semblait opportun. Je lui ai donc dit que je partais, mais que ça ne voulait pas dire que je mettais un terme à tout, que ce serait pour elle l'occasion de reprendre sa vie en main et qu'on verrait à mon retour s'il y avait une place pour moi dans cette vie.

— Vous avez été très noble.

— Disons que j'étais passablement confus moi aussi et que cette période de réflexion me convenait parfaitement. Et puis, c'était vrai, je devais aller au comté, régler certaines choses avec mon père, même si cette perspective ne m'enchantait pas vraiment.

— Et maintenant ?

— Je suis parti depuis près de deux ans. Je n'ai eu que des nouvelles sporadiques depuis. Je ne sais pas trop ce qui m'attend.

— Mais vous l'aimez encore ?

— Vous posez pas mal de questions pour une même soirée… Vous m'avez épuisé, peut-être pourrait-on dormir maintenant ?

— Je… je ne voulais pas être indiscrète, mais vous sembliez si torturé dans vos délires.

— Je vous dois beaucoup. Je considère que vous m'avez sauvé la vie à deux reprises. D'abord sur le bateau, où vous avez pris des risques énormes, puis ici, grâce à vos talents de guérisseuse. Vous méritiez la vérité.

— Je vous laisse dormir. Je vous remercie de votre franchise.

Vercoutre ne répondit pas, mais quelques instants plus tard Marie entendit son souffle régulier indiquant qu'il dormait d'un sommeil paisible. Pour elle ce ne fut pas aussi aisé. Toute cette histoire tournait et retournait dans sa tête et la gardait éveillée. Mais, peu à peu, ses pensées devinrent plus confuses et elle finit par s'endormir à son tour.

Lorsqu'elle s'éveilla, une curieuse odeur la fit saliver. Intriguée, elle enfila son drapeau de détresse, devenu une chemise pratique, noua la corde autour de sa taille, lissa sa culotte du plat de la main et sortit. Vercoutre était autour du feu en train de faire frire des œufs sur la machette transformée en poêlon de fortune.

— Des œufs maintenant ? s'étonna Marie.

— Il y a beaucoup d'oiseaux sur cette île, il suffit de savoir où regarder.

Il servit une portion à Marie sur une feuille de bananier qui faisait office d'assiette. La jeune femme se régala. Quelques tranches de mangue et deux goyaves complétèrent ce petit déjeuner plus que respectable. Marie mangea avec appétit et se rendit compte qu'il y avait quelque chose de changé entre eux. Une nouvelle intimité s'était installée au fil des confidences, leur relation semblait avoir évolué vers un autre stade.

— Eh bien, ma chère, dit Vercoutre en s'essuyant les doigts sur son pantalon déjà si sale qu'une tache de plus n'y paraîtrait pas, je pense qu'il faut commencer à songer à quitter ce petit paradis. Vous avez fait preuve de patience et vous devez avoir hâte de reprendre les recherches pour votre fils. Quant à moi, je voudrais bien retrouver mon bateau.

— Il fallait attendre que vous ayez retrouvé la forme... Cela semble chose faite.

Vercoutre sourit.

— Grâce à vos bons soins.

Il jeta un coup d'œil du côté de la chaloupe.

— J'aimerais bien tenter de réparer ce vieux rafiot. On pourrait en avoir besoin pour quitter cette île.

— Mais la chaloupe prend l'eau et vous y avez enlevé plusieurs planches…

— Rien d'essentiel et que je ne puisse remplacer. J'ai veillé à garder tous les clous que j'enlevais, mais il y aura quand même beaucoup de travail pour colmater les brèches. Cependant, avant de nous lancer dans cette entreprise, je voudrais essayer de déterminer où nous sommes.

Il jeta un coup d'œil vers le haut de la montagne, qui pointait au-dessus de la forêt.

— Une promenade dans le bois et un peu d'escalade, ça vous chante ?

Marie regarda à son tour en direction de la montagne.

— Vous voulez aller jusqu'en haut ?

— C'est certainement là que nous aurons le meilleur point de vue. En tout cas, cela vaut la peine d'essayer.

— Eh bien, dans ce cas, allons-y ! Je n'ai rien de prévu aujourd'hui.

Ils prirent la besace que le marin leur avait donnée au moment de leur fuite du *Fleur de lys* et Marie y mit la gourde pleine d'eau, quelques fruits, au cas où ils n'en trouveraient pas d'autres sur leur chemin et, sans savoir pourquoi, le bout de chandelle. Elle attacha son tricot à ses hanches, mit son chapeau en feuilles de cocotier sur sa tête, passa le couteau à sa ceinture et se déclara prête à partir. Muni de la machette dans une main et de la lunette d'approche dans la poche de sa culotte, Vercoutre ouvrit la marche. Il avait revêtu sa chemise, que Marie avait tenté de nettoyer et de réparer du mieux qu'elle pouvait. Ça donnait un curieux assemblage de nœuds, mais ça aurait au moins le mérite de le protéger un peu des moustiques.

Ils commencèrent par suivre le ruisseau. Une fois arrivés au lac, ils bifurquèrent vers la gauche. L'herbe était un peu plus épaisse de ce côté-là, mais Vercoutre ouvrait un passage avec sa machette lorsque ça devenait trop touffu. Ils contournèrent la falaise d'où s'écoulait la chute pour trouver un passage qui les conduirait vers le haut de la montagne. C'était très humide, Marie transpirait à grosses gouttes. La marche n'était pas facile et la jeune femme trébuchait souvent sur les racines des arbres. Leur progression était considérablement ralentie par la densité incroyable de cette forêt. Parfois, Vercoutre la mettait en garde contre certains feuillages.

— Tenez vos bras et vos jambes loin de ces feuilles, disait-il, sinon cela vous brûlera pendant plusieurs heures.

Et Marie marchait les bras croisés ou les tenait très haut au-dessus de sa tête. Mais ça ne durait jamais longtemps... jusqu'à l'avertissement suivant. La pente était de plus en plus abrupte et parfois elle devait s'accrocher aux troncs des arbres pour monter dans la côte. Ses jambes la faisaient souffrir, ses cuisses criaient grâce, mais elle aurait préféré mourir que de l'avouer.

— Ça va ? demandait Vercoutre, nullement incommodé par la difficulté du parcours.

— Oui, oui, ça va.

— Vous voulez faire une pause ?

— Mais non, je vous dis que ça va.

Elle aurait donné dix ans de sa vie pour une pause !

Au bout d'un certain temps, Vercoutre décréta qu'il avait soif. Ils s'arrêtèrent quelques minutes, Marie s'efforçant de ne pas avoir l'air trop essoufflée. Ils burent une partie de la provision d'eau et Vercoutre mit la besace sur son épaule.

— Mais je peux continuer à la porter, protesta Marie.

— C'est à mon tour, dit simplement le capitaine.

Ils continuèrent ainsi pendant une bonne heure. Ils arrivaient à un plateau quand quelques gouttes de pluie les atteignirent. Surpris, ils levèrent la tête vers le ciel, passablement caché par la cime des arbres qui formaient un dais spectaculaire. Tout à leur marche, ils n'avaient pas senti le changement de température. De gros nuages obscurcissaient maintenant le ciel et un orage semblait imminent.

— Il vaudrait mieux tenter de trouver un abri, remarqua Vercoutre.

— Bah, une petite pluie n'a jamais fait de mal à personne.

— Vous ne connaissez pas les orages tropicaux…

Il n'eut pas le temps de terminer sa phrase que des trombes d'eau se mirent à tomber du ciel. Saisissant Marie par la main, Vercoutre l'entraîna près d'un arbre sous lequel poussaient des philodendrons. La jeune femme ôta son chapeau et ils se mirent à l'abri des feuilles gigantesques, mais, le temps d'y arriver, Marie était déjà trempée. Il pleuvait tellement qu'elle arrivait à peine à voir à quelques pieds devant elle. Un coup de tonnerre la fit sursauter, et pendant quelques secondes la ramena à La Rochelle alors que Thierry accourait vers elle pour chercher refuge. Après l'intense chaleur, la fraîcheur subite amenée par la pluie la fit frissonner. Il était inutile de passer le tricot puisqu'il était trempé, lui aussi. Vercoutre l'attira vers sa poitrine et referma ses bras autour d'elle pour la réchauffer. Un peu tendue au départ, Marie se laissa aller et gagner par la chaleur du capitaine. Il avait appuyé son menton sur sa tête.

— C'est fou comme votre odeur m'est devenue familière, murmura-t-il.

Marie ne répondit pas, mais elle avait une idée assez précise de la cause de cette familiarité. Et puisqu'elle était là, elle-même ne se privait pas pour respirer l'odeur musquée du capitaine. Ils restèrent ainsi sans bouger jusqu'à ce que l'orage passe. Ensuite, presque à regret, Vercoutre déclara qu'il était temps de repartir.

Au bout de deux heures de marche ardue, ils arrivèrent enfin au sommet. Marie avait ralenti leur progression. Les chaussures qu'elle avait aux pieds n'étaient pas adéquates pour ce genre d'expédition. Elle ne cessait de s'empêtrer dans les branches et, plus d'une fois, Vercoutre dut rebrousser chemin pour la tirer d'un mauvais pas. Lorsque enfin ils débouchèrent dans une éclaircie au sommet, elle était couverte d'égratignures, avait le visage congestionné et tentait désespérément de régulariser sa respiration. Essayant de se faire discrète afin de garder une certaine dignité, Marie resta légèrement en retrait. Vercoutre observait la mer qui s'étalait devant lui. Si du côté est de l'île, celui par lequel ils étaient arrivés, l'horizon s'étirait sans fin, le côté ouest leur réservait une belle surprise. Ils étaient à courte distance d'une île plus grande que la leur, en fait, beaucoup plus grande. La partie nord de cette île semblait assez sauvage, tandis qu'on devinait que la partie sud était habitée. C'était difficile à voir à l'œil nu. Vercoutre chercha la lunette d'approche dans sa poche et se mit à jurer.

— Que se passe-t-il ? demanda Marie, qui avait à peu près repris une apparence normale.

— Je n'ai plus la lunette. Lorsque nous nous sommes arrêtés pendant l'orage, je l'ai sortie de ma poche pour ne pas m'asseoir dessus. J'ai oublié de la reprendre lorsque nous sommes repartis. Je devais avoir la tête ailleurs...

— C'est embêtant, constata Marie, cela aurait pu être utile ici.

— Vous avez tout à fait raison. Aussi vais-je retourner la chercher. Je vous propose de m'attendre ici pendant ce temps.

— Mais ça va vous prendre des heures !

Vercoutre sourit.

— Pas si j'y vais seul.

L'orgueil de Marie fut légèrement piqué, mais elle décida de le mettre de côté pour profiter des instants de repos qu'on lui offrait.

— D'accord. Je vais vous attendre.

— Bien. Mais vous ne bougez pas d'ici, n'est-ce pas ? Je ne veux pas avoir à vous chercher partout à mon retour.

— Où voulez-vous que j'aille ?

— Et pas d'imprudences surtout ! Cette forêt est remplie de pièges.

— Mais enfin, pour qui me prenez-vous ? Partez vite pour être de retour plus tôt.

Vercoutre lui lança un regard appuyé et reprit le chemin en sens inverse.

Marie commença par s'asseoir, et finalement se coucha sur l'herbe sèche. Elle ferma les yeux et s'assoupit quelques instants. Puis elle se releva, prit la gourde dans la besace que Vercoutre lui avait laissée, but une gorgée d'eau et mangea une goyave. Son regard balayait l'île d'en face. Une plage s'étirait sur une bonne partie de la portion montagneuse de l'île au nord, avant d'être coupée par une série de rochers qui s'étendait ensuite très loin. Il lui semblait voir de la fumée s'échapper de la forêt, mais à cette distance et avec les nuages qui étaient toujours bas, c'était difficile à dire. La lunette d'approche serait vraiment utile.

Vers le sud, l'île semblait moins escarpée, bien que la montagne lui cachât une bonne section du paysage. D'après Vercoutre, ce serait de ce côté qu'on pourrait retrouver la civilisation… et un bateau, et de l'aide, et peut-être même Legoff, compléta mentalement Marie. Elle n'était plus fatiguée et commençait à penser que, malgré ce que prétendait Vercoutre, l'attente serait longue. La patience n'avait jamais été la principale de ses vertus…

C'est alors que son regard fut attiré par un mouvement sur l'eau. Elle fit quelques pas dans cette direction et plissa les yeux pour tenter de voir ce qui l'avait accroché. Finalement elle distingua, se détachant légèrement sur l'eau grisâtre, un large canot où prenaient place quelques personnes. Il se dirigeait visiblement vers « leur » île et ne prendrait pas beaucoup de temps à y arriver. Puis, il disparut derrière les grands arbres. Marie imagina qu'il devait se trouver au pied de l'endroit où elle était. En s'approchant dans cette direction, elle se rendit compte que la forêt était plus ouverte de ce côté et que, si la pente semblait assez raide, elle ne paraissait pas présenter de grandes difficultés.

La jeune femme hésitait. Elle était tentée de descendre et d'aller voir d'un peu plus près ce que ces personnes venaient faire. Peut-être y avait-il là une belle occasion de quitter l'île, occasion qui risquait de leur passer sous le nez si les visiteurs s'en allaient avant que Vercoutre ne revienne. La tentation était grande.

Des éclats de voix lui parvinrent, confirmant que le groupe n'était pas très loin. Cela finit de la convaincre. Elle ôta son chapeau, qu'elle laissa bien en vue sur un arbrisseau aux côtés de son tricot suspendu. Elle posa également la besace par terre et espéra que Vercoutre comprendrait le message : elle serait de retour bientôt. Puis elle commença à descendre vers la plage. Elle prenait soin de ne pas faire de bruit, ne sachant pas à qui elle avait affaire. Elle descendait doucement, en se retenant aux branches souples des arbres et en évitant de faire craquer celles qui se trouvaient par terre. Mais le sol était surtout tapissé de feuilles… glissantes. Marie perdit pied et parcourut une courte distance sur les fesses avant de pouvoir s'accrocher à un petit tronc. La pluie récente avait laissé des traces et les feuilles cachaient un fond boueux.

C'était maintenant le fond de sa culotte qui était boueux. Se relevant en grognant, Marie essaya de se nettoyer tant bien que mal mais ne réussit qu'à étaler un peu plus de terre sur son vêtement. Elle réajusta son drapeau-chemise et reprit précautionneusement sa descente. Les voix étaient maintenant plus claires. S'arrêtant quelques instants, elle tenta de comprendre la conversation mais c'était encore impossible. Elle décida de se rapprocher encore un peu. Plus près de la plage, la végétation devenait plus épaisse, elle pourrait s'y mettre à couvert.

Marchant maintenant à quatre pattes, presque en rampant, Marie se dissimula derrière un fourré et écarta doucement les feuilles. Il y avait là cinq hommes qui parlaient dans une langue inconnue. Un feu était déjà allumé et ils embrochaient quelque chose sur une tige, qu'ils suspendirent ensuite entre deux bâtons au-dessus du feu. Puis, l'un d'entre eux sortit une gourde qu'il passa à ses compagnons après y avoir bu quelques gorgées.

Ils avaient la peau bistrée, très sombre, les cheveux noirs raides et coupés droits aux épaules. Ils portaient un pagne court et deux lanières de cuir passées en travers de leur poitrine, formant un « X ». Deux d'entre eux avaient des carquois remplis de flèches fixés à ces lanières, tandis que les autres avaient posé des espèces de lances à leurs pieds. Ils semblaient tous absorbés dans une discussion animée que Marie aurait bien aimé comprendre.

Elle ne savait pas trop quoi faire. C'était évident que si elle se montrait, la barrière de la langue serait un obstacle majeur à leurs éventuels échanges. Comment pourrait-elle leur faire comprendre qu'elle souhaitait qu'ils les conduisent, elle et Vercoutre, sur la grande île ? Et puis leur aspect n'avait rien de très rassurant. Elle n'avait aucune raison de croire qu'ils étaient inamicaux, en les voyant là, palabrer de façon paisible, mais ils étaient entre eux. Comment réagiraient-ils à la vue d'une jeune femme blanche à l'accoutrement un peu bizarre ?

Son regard fut détourné par une forme furtive qui rampait sur le sol. Un serpent ! Et aucun des hommes ne semblait l'avoir vu. Le serpent, noir avec de petits triangles blancs sur le corps, progressait lentement vers eux ; il n'était plus maintenant qu'à deux pieds de l'homme le plus près. Le serpent se redressa lentement, prenant ce que Marie estimait être une position d'attaque.

Instinctivement, la jeune femme empoigna une branche d'arbre et jaillit du fourré pour fondre sur le serpent, qu'elle frappa vigoureusement. Les cinq hommes s'étaient levés d'un seul bloc, se croyant attaqués. Certains avaient saisi leur lance et un autre avait déjà son arc à la main. Marie ne leur avait même pas jeté un regard, concentrée sur sa lutte avec le reptile, qui n'était maintenant plus qu'une chose molle gisant sur le sable. Alors, seulement, elle leva la tête pour voir les cinq hommes qui la contemplaient avec stupéfaction. La tension était à son comble. Puis, avec un bel ensemble, ils se mirent tous à rire. Pliés en deux, ils se donnaient de grandes claques sur les cuisses. L'un d'eux prit le serpent et le balança au bout de son poing, et cela suffit pour que les rires repartent de plus belle.

Marie était un peu frustrée. Elle venait tout juste de leur sauver la vie, au moins à l'un d'entre eux, et c'était là tout le cas que l'on faisait de son geste héroïque !

— C'est ça, riez ! ne put-elle s'empêcher de dire. N'empêche que si je n'avais pas été là, je me demande de quoi vous auriez l'air à l'heure actuelle !

Leurs rires s'éteignirent graduellement pour faire place à la curiosité. Ils échangèrent quelques mots entre eux puis la regardèrent de nouveau. Le plus petit du groupe s'approcha d'elle et lui toucha les cheveux. Marie eut un geste de recul. Un autre dit quelque chose et le petit homme la lâcha immédiatement. Celui qui était intervenu fit signe à Marie de venir s'asseoir avec eux, alors que les hommes reprenaient place autour du feu. L'un d'entre eux avait mis le serpent bel et bien mort autour de son cou. Marie trouvait que c'était là une étrange parure, mais elle pensa que ce devait être une coutume locale : porter l'ennemi vaincu autour de son cou, peut-être en signe de victoire.

Comme l'un des hommes retournait la brochette et que l'odeur de la viande lui chatouillait agréablement les narines, Marie s'assit parmi eux. Ils s'adressèrent à elle, mais, bien sûr, elle ne comprit rien. Elle se contenta de secouer la tête et de montrer ses paumes ouvertes vers le ciel en signe d'incompréhension.

Puis, ils sortirent la brochette du feu et l'un d'entre eux en ôta un morceau de viande, qu'il offrit à Marie. Sans se méfier, celle-ci tendit la main mais lâcha un petit cri en recevant le morceau brûlant dans sa paume. Le morceau vola dans les airs et aurait certainement atterri dans le sable si un autre des Indiens ne l'avait rattrapé au vol. En riant bien sûr. Marie souffla dans sa main et refusa lorsqu'on lui tendit à nouveau le morceau de viande. L'homme secoua la tête et enfourna le morceau dans sa bouche.

Marie les regardait en soufflant toujours sur sa paume douloureuse. Ne ressentaient-ils pas la brûlure ? L'un d'eux, ayant pitié d'elle, lui offrit un autre morceau de viande, cette fois-ci piqué au bout d'une branche. Marie le regarda avec reconnaissance et goûta du bout des lèvres. C'était un peu coriace, mais très goûteux. Ce fut le moment que Vercoutre choisit pour débouler sur la scène. Il avait l'air furieux et, aussitôt, les cinq hommes furent debout pour faire face à la menace.

Le capitaine s'arrêta immédiatement et, jetant un regard courroucé en direction de Marie, il porta la main à son cœur et s'inclina devant les Indiens en lançant quelques paroles gutturales. Les hommes se calmèrent, répondirent de la même façon et reprirent leur place en laissant un espace pour Vercoutre. Ils lui tendirent la gourde, qu'il accepta. Il prit une gorgée et la remit à son propriétaire.

— Vous ne savez pas respecter les consignes ? grogna-t-il entre ses dents sans regarder Marie.

Il lui tendit son tricot et la besace. Il n'avait pas apporté le chapeau tressé.

— Ils ont un grand canot. Ils peuvent peut-être nous emmener avec eux sur la grande île. Je ne voulais pas qu'ils repartent avant votre retour.

— Vous ne savez pas quel risque vous avez pris. Ce sont des Indiens Caraïbes, l'une des dernières tribus qui restent sur l'île. Ils sont très dangereux.

— Peuh ! On ne peut pas dire dans ce cas qu'ils ont beaucoup d'instinct. Si je n'avais pas été là, l'un d'entre eux serait mort.

— Mort ?

Vercoutre leva un sourcil en se tournant finalement vers elle. Patiemment, Marie expliqua :

— Un serpent rampait vers eux et il se préparait à attaquer. J'étais cachée dans les fourrés mais quand j'ai vu le danger, je suis sortie en vitesse et j'ai tué le serpent, conclut-elle avec une pointe de fierté.

Vercoutre se tourna vers les hommes et dit quelque chose dans leur langue étrange. L'un d'eux lui répondit et de grands sourires fendirent leur visage lorsqu'ils pointèrent le serpent que l'un des Indiens avait toujours autour du cou. Puis ils se remirent tous à rire et Vercoutre se joignit à eux.

— Je peux savoir ce qu'il y a de si drôle ? demanda Marie, un peu vexée.

— Vous avez tué une couresse, une couleuvre tout à fait inoffensive. Il n'y a pas de serpent venimeux en Guadeloupe. Il en existe bien un très dangereux dans les Antilles, mais il est en Martinique.

— Parce que vous savez que nous sommes en Guadeloupe maintenant ? dit Marie d'un ton sec, n'appréciant pas qu'on se moque d'elle.

— C'est en effet ce que me confirme la présence de ces hommes ici. Ils appartiennent à une tribu qui vit au nord de la Guadeloupe. Les gens de la ville évitent de se mêler à eux.

Vercoutre redevint sérieux tandis que les autres rigolaient encore doucement.

— Je vous l'ai dit, ils sont très dangereux. Vous avez eu beaucoup de chance. Votre action intrépide les a d'abord amusés, puis ils se sont rendu compte que vous aviez agi par pur instinct pour les protéger d'un danger que vous pensiez réel. C'est ce qui vous a sauvée.

— Mais… et vous-même ? S'ils sont si dangereux, n'était-ce pas risqué d'arriver comme ça, d'un seul coup ?

— D'abord, vous ne m'avez pas laissé le choix. Je ne pouvais pas savoir que vous aviez joué les héroïnes un peu plus tôt. Puis, comme vous l'avez vu, je parle un peu leur langue. J'aurais tenté de les convaincre de vous laisser la vie sauve.

Marie se retourna vers les hommes, qui mangeaient tranquillement leur viande.

— Pourtant, ils n'ont pas l'air si méchant.

— Ne vous y fiez pas.

— Et comment se fait-il que vous parliez leur langue ?

— Je ne parle pas très bien, à peine assez pour comprendre le sujet de leur conversation et pouvoir leur répondre. Un Indien Caraïbe a travaillé sur notre domaine pendant quelque temps. Il était là de son plein gré. Il avait été mis au ban de sa tribu pour je ne sais trop quelle raison. Sa connaissance des plantes nous fut très précieuse. C'est avec lui que j'ai appris les quelques mots que je sais.

L'un des Indiens offrit alors sa gourde à Marie, qui la regarda avec méfiance.

— Qu'est-ce que c'est ? demanda-t-elle à Vercoutre.

— De l'eau-de-vie de canne à sucre. C'est très fort.

— Non merci, dit Marie en regardant l'Indien.

— C'est très mal vu de refuser. Vous risquez de les offenser et même si vous ne semblez pas me croire, mieux vaut de ne pas les contrarier. N'en prenez qu'une toute petite gorgée.

Marie regarda Vercoutre d'un air de défi, prit la gourde et but une bonne rasade, qui lui brûla immédiatement la gorge. Elle devint rouge jusqu'à la racine des cheveux et, pour quelques longues secondes, put à peine respirer. Puis elle se mit à tousser, ce qui déclencha encore une fois l'hilarité des Indiens. Vercoutre se pencha vers elle, l'air soucieux.

— Ça va aller ? Je vous avais dit que c'était fort.

Marie lui jeta un regard furieux, même s'il était embué de larmes. Elle n'avait pourtant à s'en prendre qu'à elle-même, il l'avait avertie. Mais elle avait agi par bravade et elle en payait le prix maintenant.

Vercoutre sortit de l'une de ses poches la petite bouteille de rhum qu'il avait pris soin d'apporter et l'offrit aux Indiens. Marie, qui reprenait progressivement sa respiration normale, lui lança un regard interrogateur.

— Il est aussi bien vu d'offrir quelque chose en échange. Et c'est tout ce que nous avons.

— Vous avez retrouvé la lunette ? croassa Marie, la gorge encore irritée par l'alcool de canne à sucre

— Oui, mais elle, je la garde pour nous.

Les Indiens avaient ouvert la bouteille. Celui qui la tenait, et qui avait le haut des pommettes barré de deux bandes de peinture blanche, huma le liquide, puis, avec une expression de ravissement, y goûta. Celui qui était à ses côtés, jugeant que l'autre en profitait un peu trop, lui arracha la bouteille des mains, ce qui lui valut une protestation offusquée de son compagnon. La bouteille passa ainsi entre les mains des cinq hommes et c'est un contenant vide que l'on remit à Vercoutre. L'humeur générale bénéficia de la tournée. Les hommes rigolaient entre eux et lançaient des boutades à Vercoutre, qui commençait à se détendre. Entre-temps, Marie était revenue à la vie.

— Bon, qu'est-ce qui se passe maintenant ? Vous allez fonder la confrérie des Joyeux Lurons ?

— Ils semblent être dans de bonnes dispositions. Ils nous demandent où nous allons. Ils nous offrent de nous emmener avec eux.

Marie se redressa.

— Ça, c'est certainement une bonne nouvelle !

Vercoutre hésita.

— Je ne suis pas sûr que ce soit une bonne idée. Ils ont l'air bien gentil comme ça, mais ils sont redoutables. Et leur réputation de cruauté n'est pas surfaite. Ces Kalinas, on les appelle aussi comme ça, ont conquis toutes les Petites Antilles en exterminant systématiquement les premiers habitants des îles. Les tribus Arawaks sont au nombre de leurs victimes. Ils ont tué tous les hommes, épargnant cependant les femmes pour les garder pour leur usage personnel. On les dit aussi cannibales.

— Cannibales ?

Marie jeta un regard méfiant vers les hommes qui, pour l'instant, se désintéressaient d'eux.

— Les premiers colons français dans les îles trouvèrent des ossements dans les cases des Kalinas, poursuivit Vercoutre. Était-ce là de véritables preuves de cannibalisme ou de simples traces de certains rites funéraires ? En tout cas, il s'ensuivit des batailles sanglantes qui firent bien des victimes dans les deux camps. Charles Liènard de l'Olive, un colon français très puissant, pensa trouver une solution aux problèmes de la colonie en attaquant les Kalinas. Le but était de s'emparer de leurs jardins, riches et verdoyants, ainsi que de leurs femmes.

Au terme d'une guerre meurtrière, les Indiens Caraïbes disparurent pratiquement de l'île, sauf quelques tribus éparses ici et là.

— C'est une histoire triste.

— Ne les plaignez pas trop, ils ont été eux-mêmes très cruels envers les autres tribus. Leurs réactions maintenant sont imprévisibles et leurs contacts avec les Blancs sont rares, teintés de méfiance et de quelque chose d'autre que je qualifierais peut-être d'arrogance. C'est pour cela que je me demande si c'est vraiment une bonne idée que de faire affaire avec eux.

— On n'a pas d'autre solution, remarqua Marie.

— Si. Maintenant que nous savons que nous sommes à un jet de pierre de la Guadeloupe, nous pouvons retourner à notre campement, réparer notre bateau, et y aller par nos propres moyens.

— Mais ça va prendre des jours ! s'exclama Marie. Et pendant ce temps-là, Marek détient mon fils.

— Si vos présomptions sont justes, il ne peut pas vraiment aller plus loin.

— Il peut toujours aller plus loin. Je peux aussi perdre complètement sa trace et donc celle de Thierry. Et puis… Et puis j'ai déjà trop perdu de temps. Regardez-les, dit-elle en désignant les Indiens de la main. Ont-ils vraiment l'air de gens fourbes et cruels ? Ils nous ont accueillis, ont partagé leur nourriture avec nous, nous ont offert leur alcool, ce qui, vous l'avez dit vous-même, est un privilège, et proposent maintenant de nous emmener avec eux.

Les hommes d'ailleurs se levaient et jetaient un peu de sable sur le feu. Ils s'adressèrent à Vercoutre. Celui-ci se releva lentement. S'ensuivit une conversation brève entre le capitaine et l'un des Indiens, celui qui avait le plus de colliers autour du cou. Finalement, Vercoutre se tourna vers Marie.

— Ils disent qu'ils peuvent nous emmener et nous donner un peu de nourriture pour qu'on puisse ensuite partir vers la ville, qui est à trois ou quatre jours de marche.

— Ça me paraît très bien… commença Marie.

— Ils disent aussi que, ce soir, nous devrons rester avec eux, l'interrompit Vercoutre, pour être présentés au chef, qui doit signifier s'il accepte cet arrangement.

— Et s'il n'accepte pas ?

— Nous serons alors jetés hors du camp sans nourriture et sans arme.

— Mais nous serons en Guadeloupe. Et nous avons tout de même le couteau et la machette…

— … qui nous seront retirés dès que nous mettrons le pied dans l'enceinte du campement pour nous être remis à notre départ. Si tout se passe bien.

— Votre méfiance à leur égard est probablement justifiée, mais nous sommes dans une situation à une seule issue. Maintenant qu'ils connaissent notre existence et notre présence ici, nous laisseront-ils aller simplement comme ça ? Ne vaut-il pas mieux jouer leur jeu et essayer d'en tirer le meilleur parti ?

Vercoutre la regarda. En cet instant précis, il était difficile pour Marie de lire les pensées du capitaine dans le bleu sombre de ses yeux. Le capitaine poussa un soupir.

— Vous avez raison sur un point. Mieux vaut être coopératifs et tenter de tirer profit de cette situation dans laquelle *vous* nous avez mis, je tiens quand même à le souligner.

— Ils ne vont pas nous manger, tout de même.

En faisant savoir aux Indiens qu'ils partaient avec eux, Vercoutre s'abstint de répondre.

Autant Marie avait fait preuve d'assurance en embarquant dans le canot, autant elle en manquait maintenant qu'ils entraient dans le campement. Leur arrivée suscita beaucoup de curiosité et, en peu temps, toute la tribu fut autour d'eux.

— Restez calme, lui dit Vercoutre. Ne faites rien qui puisse paraître menaçant.

C'était difficile parce que la foule serrait Marie de plus en plus près. Lorsqu'une femme voulut lui tâter le bras, Marie eut le réflexe de reculer, ce qui souleva un murmure chez les Kalinas.

— Pardon, dit-elle aussitôt.

Et elle risqua un sourire timide vers la femme qui l'avait touchée. Un sourire qui ne lui fut pas rendu. Peu à peu, le silence retomba sur la foule.

— Et là, on fait quoi ? demanda Marie, entre ses dents.

— Rien, dit Vercoutre en apparence très calme. On attend.

— Qu'est-ce qu'on attend ?

— Ceci.

La tribu se scinda soudainement en deux pour laisser passer un personnage très coloré. Petit, il arrivait à la hauteur des yeux de Marie ; son ventre proéminent cachant l'essentiel de son pagne, il marchait à petits pas, tenant dans ses mains une lance parée de plumes. Il s'approcha des visiteurs et, jetant à peine un regard à Vercoutre, il se mit à examiner la jeune femme. Puis, au plus grand déplaisir de celle-ci, il se mit à la sentir, comme le ferait un chien polisson. Il se tourna ensuite vers la foule et lança quelques mots. Les Indiens éclatèrent de rire.

Vexée, Marie se tourna vers Vercoutre.

— Qu'est-ce qu'il a dit ?

— Je ne sais pas, répondit celui-ci en se mordant les lèvres, je n'ai pas compris.

— Je n'en suis pas si certaine. À voir votre mine, je suis sûre que vous savez de quoi il parle.

Mais elle ne put pousser son investigation plus loin. Un autre personnage arrivait, beaucoup plus majestueux celui-là. Grand, les cheveux raides tombant sur son dos, une frange s'arrêtant à la hauteur des sourcils, il portait un pagne de peau tannée orné de billes de bois colorées et divers colliers à son cou. Deux ou trois étaient faits de dents d'animaux et d'ossements, et un autre, plus imposant, était en alliage d'or, de cuivre et d'argent. Ses biceps et ses poignets étaient sanglés dans de larges bracelets de cuir décorés de perles blanches. Deux hommes, des guerriers apparemment, constituaient son escorte. C'était sans aucun doute un personnage important. Les murmures s'éteignirent un à un.

Les hommes qui avaient accompagné Marie et Vercoutre étaient à leurs côtés, et celui qui portait les colliers s'adressa au nouveau venu. *La hiérarchie de la tribu semble passer par les colliers que l'on porte au cou,* songea Marie. Ils se mirent à parler entre eux.

— Et là, comprenez-vous ? demanda Marie.

— Non. Ils parlent beaucoup trop vite pour moi. Il est évident cependant qu'ils parlent de nous et j'imagine qu'ils statuent sur notre sort.

— Mais nous ne sommes pas des prisonniers ! s'exclama Marie.

Ce qui lui valut un vigoureux coup de coude du petit homme rebondi.

— Eh ! protesta-t-elle. En voilà des manières !

Vercoutre posa une main apaisante sur son bras.

— Marie, calmez-vous.

Il ne put aller plus loin, le petit homme lui enjoignant sèchement de se taire. Finalement, le chef se tourna vers eux. Ignorant Marie, il se dirigea vers Vercoutre et lui dit quelque chose. Le capitaine répondit en cherchant ses mots. L'homme fit un signe d'assentiment de la tête. Il posa ensuite une question à Vercoutre, qui lui fit une réponse courte.

Marie détestait ne rien comprendre de ce qui se passait autour d'elle. Ici, elle n'avait aucun repère, ni pour la langue, ni pour les us et coutumes de ces gens. Elle avait déjà connu une situation semblable quelques années auparavant, alors qu'avec Legoff, elle s'était retrouvée dans un camp gitan. Mais alors, elle pouvait au moins communiquer avec les gens et le rapport de force n'était pas du tout le même qu'ici.

Le chef repartit finalement, sans même avoir jeté un regard sur la jeune femme, et toute la tribu lui emboîta le pas. Une Indienne s'approcha de Marie et voulut prendre le tricot qu'elle portait toujours, noué à sa taille. Vercoutre s'en aperçut. Il mit la main sur le poignet de la femme, lui lança deux mots secs et prit lui-même le tricot, qu'il attacha par les manches autour de ses propres hanches. Le petit homme s'était retourné et avait observé la scène sans mot dire. Puis il hocha simplement la tête et reprit sa marche. *Mais qu'est-ce que ça signifie ?* se demanda Marie en n'osant cependant pas intervenir. Tout cela dépassait son entendement.

Le camp était assez grand, composé de huttes de paille bâties autour d'un espace dégagé au centre duquel une place était aménagée pour de grands feux. Des branches de bois sec y étaient déjà entassées, ce qui laissait supposer qu'il y aurait là une flambée en soirée. Des enfants couraient partout, nus comme la main, et malgré le jeune âge de certains, ils ne semblaient appartenir à aucune mère en particulier. Pourtant, lorsque l'un d'eux tomba et se mit à pleurer avec force et conviction, une femme apparut instantanément à ses côtés et le consola aussitôt. Marie se vit à son tour en train de consoler Thierry après une chute et elle eut un élan de sympathie envers la femme. Peu importaient les peuples, les langues, les tribus et les villes, les préoccupations des mères restaient les mêmes partout sur terre.

Beaucoup d'arbres poussaient au cœur du campement, réservant ça et là des plages d'ombre certainement très appréciées. Tout le pourtour du camp était bordé d'une palissade faite de tiges de bambou serrées les unes contre les autres et dont les pointes avaient été effilées, pour décourager les éventuels envahisseurs. *Mais qui pourrait bien vouloir forcer l'entrée de ce camp ?* se demanda Marie. Plus elle progressait dans le campement, moins elle se sentait à l'aise. Elle commençait à regretter de ne pas avoir écouté Vercoutre…

La procession s'arrêta devant une hutte. Le petit homme se retourna vers Vercoutre et lui dit quelque chose en montrant la hutte de la main. Vercoutre hocha la tête et, prenant Marie par le bras, il la poussa devant lui et la fit entrer à l'intérieur. Puis il referma la porte derrière eux. Marie sentit immédiatement la tension retomber. Juste le fait de se trouver à l'écart des regards des Indiens, de ne plus sentir leur présence oppressante, lui faisait du bien. Elle se tourna vers Vercoutre.

— Et maintenant, si vous m'expliquiez tout ceci ?

— Il n'y a pas grand-chose à dire, dit Vercoutre en s'asseyant sur un banc de paille et de bambou. Le chef a semblé accepter notre présence ici. On nous laisse quelques instants pour nous reposer et nous serons conviés au repas communautaire du soir. Demain, si tout va bien, nous devrions repartir.

— Pourquoi toujours cette méfiance ? demanda Marie en s'asseyant à son tour sur un tas de feuilles sèches.

— Parce qu'ils sont imprévisibles, Marie. Parce qu'ils méprisent tout ce qui n'appartient pas à leur monde et qu'aucune loi des Blancs ne pourra jamais avoir d'emprise sur eux. Parce qu'ils agissent sur l'impulsion du moment et selon l'humeur du jour. Parce que, enfin, je n'ai pas aimé le regard du chef sur vous.

— Le chef ? Il ne m'a même pas regardée !

— C'est ce que vous pensez, et c'est aussi ce qui montre votre méconnaissance totale de ces gens. Il sait exactement comment vous êtes, la couleur de vos cheveux, de vos yeux, connaît chaque morceau des vêtements que vous portez et cherche à évaluer ce qu'il y a dessous.

Marie grimaça.

— Et mon tricot ? demanda-t-elle en désignant le vêtement du menton. Pourquoi le portez-vous maintenant à votre taille ?

— Pour montrer que vous m'appartenez.

Elle leva un sourcil.

— Que je vous appartiens ?

— En portant votre vêtement autour de ma taille, j'établis en quelque sorte mon titre de propriété. Ce n'est qu'une façon de vous protéger. Enfin, pour ce que ça vaut. Mais pour l'instant, aux yeux de tous, vous êtes ma femme, et ça peut ainsi vous mettre à l'abri des hommes de la tribu.

— Même du chef ?

— Même du chef. Tant que je serai là, à vos côtés, ils respecteront ça. La femme qui a tenté de vous prendre le tricot voulait voir ma réaction. Si je n'avais rien fait, vous auriez été considérée comme libre et disponible.

— Mais j'ai quand même mon mot à dire ! s'offusqua Marie.

— Pas ici, madame, pas ici. N'oubliez pas que nous sommes sur leur territoire, que ce sont eux qui en marquent les lois. Et que nous sommes assis sur une poudrière. Aussi, ce soir, je vous demanderais de vous tenir bien tranquille et de ne prendre aucune initiative. Même si tout un nid de serpents menaçait la tribu entière.

Marie ne répondit rien. Elle se contenta de remettre en place son drapeau-chemise et de s'assurer qu'il était bien ajusté autour de sa taille. Sa culotte, bien que maintenant percée en maints endroits, tenait le coup, de même que ses chaussures. Il ne restait donc qu'à attendre la suite des événements.

Chapitre 21

Avec tout ce qui s'était passé dans la journée, celle-ci avait filé si vite qu'ils n'eurent pas longtemps à attendre pour qu'on vienne les chercher pour le repas du soir. Toutes sortes d'odeurs flottaient dans l'air. On emmena Marie et Vercoutre à la place centrale, où la plupart des membres de la tribu étaient déjà installés. Sur de larges feuilles de bananiers, on avait posé des poissons grillés, de la viande d'iguane, que Marie reconnut comme celle qu'on lui avait offerte sur l'autre île, des oursins que les enfants se disputaient, d'énormes bananes rôties, des fruits connus et inconnus et de grandes jarres d'eau aromatisée à différentes essences. Marie et Vercoutre s'attaquèrent à la nourriture avec un bel appétit. Personne ne semblait leur porter attention et ils profitèrent pleinement de ce moment de répit. La nourriture était délicieuse et Marie aurait bien aimé connaître le nom des herbes qui parfumaient les poissons et la viande.

Au fur et à mesure que l'obscurité tombait, les hommes allumaient des torches qui donnaient une lumière chaude au sable doré. Les gens restaient attroupés autour du feu, continuant d'ignorer Marie et Vercoutre. Quand celle-ci se leva cependant, deux gardes apparurent à ses côtés, lui jetant un regard qui n'avait rien de jovial.

— Mais qu'est-ce qu'il y a ? demanda Marie.

— Ils ne veulent pas que vous vous promeniez à votre guise dans le campement.

— Ah bon ? Et si j'ai besoin de quelques minutes d'intimité ?

Vercoutre sourit dans la pénombre.

— Vous vous écartez légèrement dans les herbes hautes, là-bas. Mais vous aurez de la compagnie.

La jeune femme se rassit aussitôt en ramenant ses genoux entre ses bras.

— Ce n'est pas si urgent que ça.

Voyant que Marie retournait aux côtés de Vercoutre, les gardes relâchèrent leur attention, qu'ils reportèrent sur la danse qui se préparait. On avait sorti des sifflets – « sculptés dans les ossements de leurs ennemis », chuchota Vercoutre à l'oreille de Marie – et leur son strident commença à remplir l'espace. Bientôt, les tambours les accompagnèrent et progressivement le niveau sonore augmenta. C'était le rythme des tambours qui indiquait à l'assemblée le chant et la danse à interpréter. On commençait sur un ton grave et lent, qui allait en accélérant sous la direction de deux meneurs de chant.

Cette danse n'avait rien à voir avec celles des gitans. Ici pas de sensualité, pas de volupté, pas d'appel à l'amour ou à la séduction. C'était beaucoup plus primal, plus brutal. Marie avait l'impression de voir là une chorégraphie guerrière, une mise en train avant d'aller attaquer un ennemi. Les hommes, et quelques femmes, dansaient avec une précision terrifiante. C'était une gestuelle de combat et la jeune femme ne douta pas un seul instant qu'ils puissent être des ennemis redoutables.

Tout cela la mettait mal à l'aise. Elle commençait à comprendre la méfiance de Vercoutre à l'endroit des Indiens et retrouva la sensation d'oppression ressentie à son entrée au camp. Pour échapper à cette ambiance qui la paralysait, Marie dit à Vercoutre qu'elle était fatiguée et qu'elle aimerait bien aller se coucher.

— C'est probablement la meilleure chose à faire, répondit-il en se levant et en tendant la main à la jeune femme. Quittons cette place avant que l'alcool ne se mette à couler. Et puis demain, une rude journée nous attend.

Dès qu'ils furent debout, trois hommes se levèrent aussi.

— Il semble bien, cependant, que nous aurons une escorte.

— Mais que craignent-ils donc ? Nous ne pouvons rien faire ici. Ils ont la force du nombre pour eux, ils ont pris votre machette et mon couteau, et l'enceinte du camp est clôturée et fermée.

— Nous ne ferons rien sans leur permission. Nous sommes des étrangers sur leur territoire, ne l'oubliez pas. Ce sont eux qui font les règles.

— Je ne l'oublie pas, dit Marie, agacée. Mais je ne vois pas en quoi nous sommes une menace pour eux.

— Nous appartenons à la race qui les a pratiquement anéantis…

— Mais ça n'a rien à voir avec nous !

— Expliquez-leur. Pour eux, nous faisons partie de la même tribu que ceux qui sont arrivés par bateau et qui se sont emparés de leurs terres, qui ont tué leurs femmes et leurs enfants.

— Mais, n'est-ce pas ce qu'eux-mêmes ont fait subir aux Arawaks ?

— C'était des guerres tribales, entre habitants d'un même pays. Chacun avec des prétentions territoriales qu'ils estimaient légitimes. Les Blancs sont venus en voleurs.

— Ma foi, vous les défendez !

— Non, je ne les défends pas, je vous explique le contexte dans lequel nous nous trouvons. Pour vous éviter de faire des gaffes.

Vercoutre se retourna finalement vers les trois hommes qui les encadraient et leur dit quelque chose. Marie supposa qu'il leur signifiait qu'ils désiraient se retirer. Sans un mot, les gardes acquiescèrent de la tête et leur emboîtèrent le pas. Lorsqu'ils arrivèrent à la hutte qu'on avait offerte à Marie et à Vercoutre, après un petit arrêt près des grandes herbes galamment proposé par le capitaine, les Indiens entrèrent eux aussi.

— Mais qu'est-ce qu'ils font ? s'étonna Marie. Ils ne vont pas nous laisser ?

Les hommes se couchaient le long des murs, l'un d'eux en travers de la porte, en déposant leurs armes bien en vue à leurs côtés.

— J'ai bien l'impression que nous aurons de la compagnie, cette nuit.

— Ils vont dormir ici ?

— Le mieux à faire est de les ignorer. De toute façon, fatiguée comme vous l'êtes, vous les oublierez bien vite.

Marie en doutait fort. La jeune femme et son compagnon ramassèrent tout ce qu'il y avait de feuillage et de chaume pour tenter de se fabriquer une couche confortable. Ils n'avaient pas de couverture, mais comme la nuit était chaude, ils n'en avaient nul besoin. Ils s'étendirent côte à côte, et la jeune femme prit soin de mettre une certaine distance entre eux deux. L'un des hommes les observait et, voyant que la jeune femme restait à l'écart, il commença à se lever lentement.

— Vous devriez vous rapprocher de moi, murmura doucement Vercoutre, sinon il va penser que vous êtes libre pour la nuit.

Quelques secondes plus tard, Marie était lovée contre le capitaine.

— Ne leur aviez-vous pas dit que je vous appartenais ? chuchota-t-elle.

— Oui, mais si je ne vous utilise pas, en tant que visiteur, je dois vous offrir en guise de remerciement.

— M'utiliser ?

Le souffle de Vercoutre était chaud dans son cou.

— Restez tranquille, je ne vais rien vous faire.

Il passa un bras sous sa nuque et, de l'autre, la tint serrée contre lui.

— D'ailleurs, serait-ce si désagréable ?

Des images bien précises revinrent à l'esprit de Marie. Elle bénit l'obscurité qui cachait la rougeur de ses joues. Se méprenant sur le sens de son silence, Vercoutre s'empressa d'ajouter :

— Je vous taquine. Allez, dormez et ne craignez rien, je vais veiller sur vous.

Marie eut de la difficulté à s'endormir. Non pas parce qu'elle était inquiète, les Indiens ronflaient déjà de leur côté, mais plutôt parce qu'elle était très consciente de la présence de Vercoutre. Il était couché sur le flanc et, si elle lui tournait le dos, elle était parfaitement emboîtée dans le creux de son corps. Ses jambes suivaient les siennes, son dos s'appuyait sur le torse et le ventre dur du capitaine, sa tête se nichait sous son menton. Peu à peu, il se détendit, gagné lui aussi par le sommeil, et son bras se fit plus lourd sur la jeune femme. Puis il bougea un peu et sa main se posa tout naturellement sur le sein de Marie. Elle retint son souffle… mais il ne se passa rien. Le capitaine dormait bel et bien. Sentant comme une brûlure la chaleur de cette main à travers la mince étoffe du drapeau qui lui faisait office de vêtement, Marie essaya de s'endormir à son tour. Le sommeil la surprit à la manière d'un Indien Caraïbe fondant sur sa proie.

Lorsqu'elle se réveilla, il n'y avait plus personne dans la hutte. Elle se redressa péniblement, enlevant les brindilles qui étaient restées accrochées à ses cheveux. Elle se dit qu'elle devait avoir une mine épouvantable. Elle terminait d'enfiler ses chaussures quand la porte s'ouvrit sur Vercoutre.

— Ah, vous êtes réveillée ! Bien dormi ?

— Oui. J'aurais peut-être pris encore une heure de plus…

— Moi, c'est deux ou trois que j'aurais volontiers ajoutées. Vous n'avez pas cessé de bouger de toute la nuit. Et vous deviez avoir froid, vous m'avez à peine laissé respirer. Non pas que je m'en plaigne, remarquez.

Marie rougit légèrement.

— Désolée…

— Ne le soyez pas. Allez, venez. Nos nouveaux amis nous ont préparé un sac de victuailles. Partons vite avant qu'ils ne changent d'avis.

Marie lui emboîta le pas et se retrouva soudainement sous un soleil éclatant.

— Ouf ! dit-elle en se protégeant les yeux. J'ai dormi si longtemps ?

Vercoutre sourit et la prit par la main. Tout le monde semblait rassemblé pour les accompagner jusqu'à la porte de l'enceinte. Les femmes, qui se promenaient seins nus et ne portaient qu'un léger pagne, la regardaient avec curiosité. Marie vérifia une fois de plus si son drapeau-chemise était bien ajusté. Vercoutre portait toujours son tricot noué à la taille, et Dieu sait pourquoi, il gardait sur ses épaules sa chemise lacérée. Les nœuds qu'y avait faits Marie tenaient encore, et le vêtement offrait toujours une mince protection contre le soleil et les moustiques.

Le chef les attendait à la porte et sa garde avait grossi. Six hommes, trois de chaque côté, l'entouraient de façon solennelle. *On ne rit pas beaucoup chez les Indiens Caraïbes*, pensa Marie. Elle quitterait sans regret cette tribu aux mœurs étranges. Lorsqu'elle et Vercoutre arrivèrent à la porte, celle-ci était toujours fermée. Deux gardes y étaient postés et ce serait sans doute eux qui l'ouvriraient. Pour l'instant, il fallait, semblait-il, se plier au protocole.

Le petit homme grassouillet qui avait présidé à leur arrivée prit la parole. S'adressant à Vercoutre – comme toujours on ignorait superbement Marie –, il prit soin de parler lentement et de détacher chacun de ses mots, comme pour s'assurer que son interlocuteur le comprenne bien. Le chef observait la scène les bras croisés, le visage impassible. Vercoutre écoutait avec attention. Marie fronça les sourcils. Le capitaine avait l'air... soucieux ? Fâché ? Furieux ? Chose certaine, il était tendu, elle le voyait à sa façon de crisper les poings et de serrer la mâchoire. Qu'est-ce qu'on pouvait bien lui dire ? Il tenta une réponse mais se tut aussitôt. À peine avait-il prononcé un mot que les hommes de la garde rapprochée du chef avaient avancé d'un pas menaçant.

Alors Vercoutre fit une chose étonnante. Il prit la machette qu'on lui remettait, se tourna vers Marie et, en évitant son regard, il saisit dans sa main une longue mèche des cheveux de la jeune femme et la trancha net. Avant qu'elle n'ait pu se remettre de sa surprise, il jeta cette mèche aux pieds du chef. Puis, il empoigna le sac de victuailles qu'on lui tendait et sortit par la porte qu'on tenait grande ouverte pour lui. L'instant d'après il était parti, la porte s'était refermée, et Marie se trouvait seule au milieu des Indiens.

Chapitre 22

Tout s'était passé si vite que Marie n'avait pas eu le temps de réagir. Mais là, tout d'un coup, la réalité de sa situation lui sauta au visage.

— Simon ! Simon ! hurla-t-elle. Vous ne pouvez pas me laisser ici !

Elle voulut se lancer sur la porte, mais les gardes la saisirent par les bras. Ils s'apprêtaient à la ramener à l'intérieur du camp, vers la hutte qu'elle avait quittée moins d'une heure plus tôt. Marie se débattait, lançait des coups de pied et des coups de poing en continuant de hurler. La rage la submergeait.

— Vercoutre ! Espèce de salaud ! Vous me paierez ça ! Vous m'avez vendue ! J'aurais dû vous laisser crever sur le bateau ! Vous ne méritez pas la corde qui allait vous pendre ! Et vous, là, bas les pattes !

Ces dernières paroles s'adressaient aux Indiens qui avaient fort à faire pour tenter de maîtriser la jeune femme, qui était déchaînée. Le petit homme grassouillet s'approcha d'elle et, avec une force étonnante, la gifla si fort qu'elle tomba par terre. Étourdie et la joue en feu, Marie releva la tête et lui lança un regard venimeux. Il se mit à crier et, bien qu'elle ne comprît pas un traître mot de ce qu'il disait, elle pouvait deviner qu'il lui ordonnait de se calmer et la menaçait de la frapper à nouveau si elle n'obéissait pas.

Même si elle n'avait nullement l'intention de capituler, Marie sentit qu'il était peut-être préférable pour l'instant de jouer la docilité. Si la tension montait, elle serait en fâcheuse posture.

Mieux valait se calmer et analyser froidement la situation. On ne semblait pas vouloir lui faire de mal dans l'immédiat. Elle se laissa donc mener vers la hutte, où on la poussa sans ménagement, peut-être en guise d'avertissement. Lorsque la porte se referma sur elle, elle se laissa tomber sur le sol, essayant désespérément de réfléchir. Qu'est-ce qui avait bien pu se passer ? Qu'est-ce qui avait pris à Vercoutre d'agir de cette façon ? Que signifiait cette mèche de cheveux coupée ? Mais surtout, que pouvait lui avoir dit le petit bonhomme pour que le capitaine agisse ainsi ? Il devait y avoir une explication… Il fallait qu'il y ait une explication.

Elle passa par toutes sortes d'émotions. La fureur, bien sûr. Celle d'avoir été flouée par celui qui avait été jusque-là un ami solide. Puis la peur. Celle de se retrouver seule au milieu de cette tribu avec laquelle elle ne pouvait pas communiquer. Et enfin le désespoir. Il lui semblait sentir que Thierry s'éloignait de plus en plus d'elle. Tout ce que lui avait dit Vercoutre sur la cruauté de la peuplade lui revint en mémoire, et elle se prit à craindre qu'ils ne soient réellement cannibales. Allait-elle faire partie du menu du soir ?

Puis elle se traita d'idiote. Les vingt-quatre heures qu'elle avait passées dans le camp ne laissaient rien présumer de tel. Elle ignorait ce qu'on attendait d'elle et les raisons pour lesquelles on l'avait faite prisonnière, mais imaginait qu'elle le saurait bien assez tôt. Il lui fallait être maligne, stratège, et fomenter un plan pour sortir d'ici au plus vite. Sa réclusion n'améliorerait en rien la situation de son fils, et elle devait se rattacher à cette idée pour trouver à la fois courage… et prudence ! Ne rien faire d'inconsidéré qui risquerait de provoquer la colère de ses geôliers et de rendre sa position encore plus délicate. Mais elle se promit que si l'occasion se présentait, quitte à la forcer un peu, elle demanderait des comptes à Vercoutre.

On la laissa seule toute la matinée, ce qui lui donna le loisir de bien examiner la hutte. Malgré la pénombre qui régnait à l'intérieur, Marie put se rendre compte que celle-ci était fort bien construite. Les tiges de bambou étaient attachées très serré l'une à l'autre par des lianes solides et surtout très nombreuses. Des touffes de chaume venaient colmater les ouvertures, et le tout constituait un mur compact dans lequel elle ne pouvait certainement pas prétendre faire une ouverture à mains nues. Bien évidemment, on ne lui avait pas remis son couteau.

Son regard se porta ensuite vers le toit. Il semblait reposer tout simplement sur les murs, mais c'était peut-être parce qu'elle ne le voyait pas bien. Même si les gens de cette tribu n'étaient pas très grands, sauf le chef, ce qui lui conférait une autorité toute naturelle, la hutte était quand même assez haute. Elle prit l'un des bancs pour se hisser jusqu'à la jonction des murs et du toit, mais n'y apprit là rien d'utile. Un bruit à la porte la fit redescendre précipitamment.

Un groupe de femmes chargées de bols, de calebasses, de sacs, de colliers et de divers paniers que Marie ne voyait pas bien, entrèrent en jacassant. Elles ne semblaient ni hostiles ni amicales. L'une d'entre elles s'approcha de Marie et lui dit quelque chose. La jeune femme se demanda si elles espéraient qu'elle les comprenne. Une autre s'avança et voulut lui arracher ce qui lui servait de chemise. Marie eut un mouvement de recul qui lui valut une gifle de la part d'une troisième femme. Elle comprit qu'elle avait intérêt à se prêter docilement à leur petit jeu, sinon gare aux représailles…

En quelques secondes, elle se retrouva complètement nue. Les femmes la regardaient avec curiosité et Marie s'efforçait de rester calme. Puis elles se mirent à l'ouvrage. Deux d'entre elles entreprirent de frotter la jeune femme avec un mélange de miel et de sable. C'était assez abrasif et les Indiennes la frictionnaient avec vigueur. Marie eut rapidement la peau rouge et légèrement échauffée. Elle fut alors rincée avec l'eau contenue dans les calebasses.

L'une des femmes avait écrasé quelques fleurs très odorantes dans la sève d'une plante grasse. Elle en fit une mixture qu'elle étala sur tout le corps de Marie, pendant qu'une autre se chargeait de démêler ses cheveux avec un peigne de bois. Une fois les cheveux démêlés, ce qui ne fut pas chose facile et qui arracha quelques cris à la suppliciée, on les lui enduit d'une mixture huileuse et on les peigna à nouveau. Les cheveux de Marie étaient devenus beaucoup plus foncés et elle se dit que ça devait lui donner l'air étrange.

Encore une fois, on rinça Marie à grande eau et les femmes la forcèrent à s'étendre sur une couche de feuilles fraîches. Elles se mirent alors à la masser. Un peu surprise d'abord, Marie s'abandonna vite à leurs mains expertes. De toute façon, que pouvait-elle y faire ? Ses muscles endoloris par les événements des derniers jours se relâchaient lentement et retrouvaient toute leur souplesse.

On la frotta ensuite avec les pétales de la même fleur que celle qui avait été utilisée précédemment pour la mixture. Puis les femmes entreprirent de la vêtir. Enfin, si on pouvait appeler vêtements ce qu'on voulait lui mettre sur le corps. Il y eut d'abord un pagne, constitué de deux parties : un cache-sexe succinct avec une corde qui lui passait entre les fesses, et un semblant de jupe qui faisait le tour de ses hanches en ne cachant rien du tout.

Sur la poitrine, rien, seulement quelques colliers de coquillages qui tombaient jusqu'à son nombril. Ensuite, les femmes sortirent, la laissant seule à nouveau. Marie aurait bien aimé se regarder dans un miroir, mais elle dut se contenter de contempler son reflet dans l'eau d'un bol qu'on lui avait laissé. Elle ne se reconnaissait pas, avec ces cheveux foncés, et avait l'impression d'observer quelqu'un d'autre. Elle alla s'asseoir dans un coin. Quelle heure pouvait-il bien être ? Elle avait perdu la notion du temps depuis la matinée. Pendant combien de temps avait-elle été entre les mains de ces femmes ? On l'avait lavée, peignée, enduite de toutes sortes de choses, mais on avait oublié l'essentiel : elle mourait de faim.

Dans sa fureur, elle avait d'abord pensé faire une grève de la faim, mais elle s'était très vite ravisée. Elle savait par expérience qu'un ventre affamé allait avec un cerveau creux. Si elle ne pouvait réfléchir posément, elle ne trouverait jamais de solution à sa situation. Mieux valait donc se nourrir adéquatement. Elle était ainsi pleine de bonnes dispositions, mais ne voyait nulle trace de nourriture !

Comme si elles avaient lu dans ses pensées, les femmes entrèrent à nouveau, cette fois-ci les mains pleines de victuailles. Elles installèrent une natte de feuilles de cocotier tressées sur le sol et y disposèrent la nourriture. Elles s'assirent autour de la natte, et prenant une assiette en bois, l'une d'elles entreprit de servir la jeune femme. Rapidement l'assiette déborda. Marie tenta de refréner l'enthousiasme de celle qui la servait, mais elle s'attira un regard furibond de la part de l'intéressée.

Puis la femme déposa l'assiette d'un geste autoritaire devant Marie, lui faisant signe de manger. Cette fois-ci, la jeune femme n'avait nullement l'intention de désobéir. Elle se jeta sur le poisson, la viande et les fruits qu'on lui avait servis et commença à manger goulûment. Une grosse femme poussa vers elle un plat plus petit, rempli d'un genre de pâte blanche que Marie reconnut pour être du manioc. Elle remercia de la tête en repoussant l'assiette, elle n'aimait pas le manioc. Cela lui valut un cri de protestation de la part de la femme, qui ramassa l'assiette et prit une grosse pincée de la mixture entre ses doigts. Elle la fourra de force dans la bouche de Marie, qui voulut protester. Mais ses cris de dénégation ne servirent qu'à attiser la colère des femmes.

Menaçantes, elles s'approchèrent d'elle, décidées à prêter main-forte à leur compagne si Marie s'avisait à nouveau de refuser la nourriture. La pâte avait un goût étrange, pas franchement désagréable, mais tout avait un goût étrange ici. Marie se calma et avala docilement le contenu de l'assiette. Le manioc était très consistant et, rapidement, l'appétit de la jeune femme fut comblé. On semblait cependant décidé à lui faire avaler toutes les victuailles qui restaient sur la natte ! Finalement, les femmes durent se rendre à l'évidence ; elle n'avait plus faim et ne pouvait plus rien avaler sous peine de leur rendre tout ce qu'elle avait mangé.

L'une des femmes sortit alors un petit flacon qu'elle passa à Marie. Celle-ci le sentit et reconnut aussitôt l'odeur de l'alcool de canne à sucre. Jetant un regard sur celle qui lui avait offert le flacon, elle vit qu'un refus serait très mal interprété. Elle en prit alors une petite gorgée, prudemment. Fière d'elle, elle ne s'était pas étouffée, elle voulut remettre le flacon à sa propriétaire, qui le repoussa aussitôt de la main. Quoi ! Elle ne voulait tout de même pas qu'elle le vide en entier !

Cela semblait pourtant être le cas, et devant l'humeur changeante de ses geôlières, Marie vida le flacon à petites gorgées. C'était fort et ça brûlait. La sensation de chaleur s'étendit jusqu'à sa poitrine et elle eut subitement très chaud. Elle éventa ses joues rougies avec ses mains, ce qui provoqua l'hilarité dans la petite assemblée. Marie commençait à se sentir bien, elle se mit même à rire avec les femmes.

Elle ne les voyait plus du tout de la même façon. Elles devenaient tout à coup ses amies… non, ses sœurs. Après tout, n'avaient-elles pas les cheveux de la même couleur, ne portaient-elles pas les mêmes vêtements ? Il y avait bien cette langue étrange qu'elles parlaient entre elles, mais ce n'était là qu'un tout petit obstacle… Elle voulait les remercier pour tout ce qu'elles avaient fait pour elle. S'approchant de celle qui était la plus près d'elle, Marie passa son bras autour de son cou et l'embrassa fermement sur la joue. D'abord surprise, la femme éclata ensuite de rire, aussitôt imitée par ses compagnes.

Marie riait avec elles, heureuse et légère. Tout était si agréable ici, même ces petits papillons qui volaient dans la hutte. Elle se leva pour en attraper un, mais on la rassit doucement. Elle se laissa faire avec un sourire béat sur la figure. Les femmes se mirent à jacasser entre elles et Marie ferma les yeux, goûtant la musicalité de leurs voix. Puis elle sentit un léger courant d'air sur sa peau : quelqu'un venait d'entrer dans la hutte.

Ouvrant les yeux, Marie vit un guerrier qui la regardait, les yeux brillants. Pourquoi la regardait-il ainsi ? se demanda-t-elle. Ah oui ! Elle avait les seins nus. Mais tout le monde se promenait les seins nus ici, qu'est-ce que ça pouvait bien avoir d'extraordinaire ? Elle se leva langoureusement et se rapprocha de lui en faisant rouler ses hanches. Elle n'avait pas fait deux pas qu'une matrone s'interposa entre elle et le guerrier. La femme cracha quelque chose en direction de l'homme, qui disparut aussitôt, non sans avoir jeté un dernier regard en direction de Marie.

Celle-ci était déçue, elle voulait suivre cet homme qui lui semblait tout à coup si sensuel. Mais les femmes l'entourèrent et l'empêchèrent de sortir. Marie vit par la porte ouverte qu'on allumait les torches dehors… les torches, déjà ? La journée avait filé si vite ? Un grand feu était allumé au milieu de la place. Les sifflets et les tambours commençaient à se faire entendre.

Marie se laissait gagner par le rythme lent de la musique. Il lui semblait que chacune des notes trouvait un écho dans son corps. Presque à son insu, elle se mit à danser, les yeux à moitié fermés. Ce fut le moment que les femmes choisirent pour la pousser dehors. La jeune femme se laissa mener docilement jusqu'au centre de la place, devant un large siège où le chef de la tribu était assis.

Le son de la musique enflait, jusqu'à remplir complètement les oreilles de Marie. Il s'insinuait jusqu'au plus profond de son corps, jusqu'au cœur de ses entrailles. La jeune femme en suivait le rythme, ondulant des hanches, étirant ses bras au-dessus de sa tête en des gestes langoureux. Jamais elle ne s'était sentie aussi légère… C'était comme si son âme flottait au-dessus de son corps.

Le chef se leva et fit quelques pas vers elle. Marie se mit à tourner autour de lui, effleurant ses épaules et son torse avec des gestes provocants. Il se laissa faire en ne la quittant pas des yeux. Puis il étendit la main, saisit son bras et la tira brusquement vers lui. Empoignant un des seins de Marie, il la courba de son autre bras et l'embrassa furieusement. Un grognement d'approbation parcourut la foule, qui se mit à encourager son chef.

Marie en voulait encore plus. Elle se frottait contre les cuisses dures de l'homme tout en se détachant de lui pour l'exciter encore davantage. Sa silhouette se balançait devant le feu et ses mouvements étaient de plus en plus provocants. C'était soudain elle la prédatrice, elle trouvait d'instinct les gestes empruntés à une quelconque déesse de l'amour. Celui qu'elle voulait se trouvait là, à quelques pas. Le chef réagissait de plus en plus à ses avances et, finalement, n'y tenant plus, il prit la jeune femme dans ses bras pour l'emmener vers sa hutte, sous les acclamations de la tribu tout entière.

Mais il n'avait fait qu'un seul pas lorsqu'un grand cri l'arrêta net. Quelques secondes plus tard, tout le monde était debout et courait vers le fond du village. Le chef déposa Marie par terre en lançant quelques ordres brefs à l'un de ses guerriers tout en poussant la jeune femme vers lui.. Puis il partit en courant. Le guerrier prit Marie par le bras et la ramena vers sa hutte. La jeune femme fit la moue, elle ne voulait pas rentrer dans la hutte, elle voulait s'amuser ! Et avec le chef de préférence. Ils arrivaient à la hutte et le guerrier bouscula la jeune femme pour qu'elle entre à l'intérieur. Celle-ci se retourna et s'agrippa au bras de l'homme. Si le chef n'était plus disponible, celui-ci pourrait faire l'affaire…

Elle sentit que le garde n'était pas insensible à ses avances et voulut pousser son avantage plus loin. Mais l'homme se ressaisit et envoya Marie au fond de la hutte. Puis, peut-être de peur de le regretter, il ferma vite la porte derrière lui en s'assurant que la jeune femme ne pourrait l'ouvrir par elle-même. Et la laissant seule avec sa déception, il alla rejoindre les autres. Une épaisse couche de fumée s'était répandue sur le village.

Chapitre 23

Marie faisait la moue. Elle aurait bien voulu continuer à s'amuser… Elle alla secouer mollement la porte et poussa un soupir. Un bruit soudain attira son attention. Le fond de la hutte semblait bouger. En s'approchant, elle vit la pointe d'une machette passer entre deux tiges et couper les lianes qui les unissaient. Puis, quelque chose poussa le mur dans lequel une mince ouverture avait été créée. Un visage noirci apparut, fouilla la hutte du regard. Ce regard se fixa sur Marie.

— Marie, venez vite avant qu'ils ne reviennent.

Marie gloussa.

— Mais qui êtes-vous ? Je ne vous connais pas… D'où sortez-vous tout noir comme ça ?

La voix s'impatienta.

— Marie, c'est moi, Simon Vercoutre. Approchez-vous vite, il vous faut passer dans cette ouverture. Allez, le temps presse !

La jeune femme pouffa.

— C'est vous, Simon ? Je ne vous avais pas reconnu. Pourquoi vous avez la figure toute noire ?

— Parlez plus bas, bon sang ! Vous allez ameuter toute la tribu ! Voulez-vous bien venir tout de suite ! À moins que vous ne préfériez rester chez ces sauvages…

— Ben, je sais pas, minauda-t-elle, le chef est pas mal et justement, on a rendez-vous… Comment me trouvez-vous, Simon ? demanda-t-elle en se trémoussant devant lui.

Vercoutre réprima un juron. Marie n'était pas dans son état normal, ce qui allait lui compliquer un peu les choses. Il imaginait fort bien ce qui avait dû se passer… Les Kalinas étaient reconnus pour leur science des herbes et des euphorisants. À voir la tenue que portait la jeune femme et son attitude lascive, nul doute qu'on lui avait fait absorber un puissant aphrodisiaque pour la livrer ensuite au chef de la tribu.

— Venez par ici.

La jeune femme s'approcha en se dandinant. Lorsqu'elle fut tout près, Vercoutre, qui maintenait l'ouverture dans le mur avec le pied, saisit le poignet de Marie.

— Passez par ici.

Elle tenta de se dégager.

— Nooon… Venez, vous. On est bien dans cette hutte…

— Marie, cessez de faire l'enfant ! Si on me trouve ici avec vous, on ne sera pas tendre avec nous. Il faut vite s'enfuir.

— Mais non, vous vous trompez, ils sont très gentils.

Se gardant de répondre, Vercoutre passa la moitié du corps dans l'ouverture et empoigna la jeune femme par la taille. Il la fit passer devant lui et la poussa hors de la hutte. La jeune femme trébucha et se retrouva à quatre pattes dans la forêt. Après s'être assuré qu'elle n'allait pas se mettre à courir, Vercoutre referma l'ouverture derrière lui. Il avait découpé le mur bien proprement et on ne s'en rendrait pas compte immédiatement. Ils bénéficieraient de quelques minutes d'avance avant que l'alerte ne soit donnée. Relevant Marie, il s'enfonça avec elle dans la forêt.

Vercoutre essayait de laisser le moins de traces possible et la progression était difficile. Marie marchait pieds nus, ce qui les ralentissait considérablement. Et puis elle n'était pas très coopérative.

— Où allons-nous comme ça ? Aïe ! Simon, j'ai mal aux pieds. Arrêtez-vous.

Vercoutre fit l'erreur de s'arrêter. Marie en profita pour se jeter sur lui comme une sangsue. Elle l'embrassa fiévreusement tandis qu'elle laissait ses mains courir sur le corps du capitaine… et leur cible devint rapidement très évidente. Vercoutre grogna, agacé. Marie était incroyablement sensuelle dans cette tenue minimale et ses cheveux foncés par les huiles dont on les avait enduits lui donnaient une allure plus sauvage et dangereusement attirante. Prenant une grande respiration, il la repoussa fermement.

— Marie, vous n'êtes pas vous-même et je ne profiterai pas de vous ainsi. De plus, il y a de grands risques qu'une tribu entière d'Indiens féroces déboule sur nous à tout moment. Alors, excusez-moi…

Il se pencha, prit la jeune femme au niveau des genoux et la balança sur son épaule. Privilégiant la vitesse plutôt que la discrétion, il leur ouvrit un passage à coups de machette. Au bout de quelque temps, il quitta la forêt pour s'engager dans un ruisseau. À partir de là, il pourrait commencer à brouiller les pistes.

Marie paraissait endormie sur son épaule. Étourdie par la mixture qu'on lui avait fait avaler, elle se laissait ballotter au rythme de la course de Vercoutre, qui ne semblait nullement incommodé par le poids de sa passagère. Mais après une heure, il ressentit le besoin de se reposer un peu.

— Nous allons nous arrêter quelques instants. Nous ne sommes plus très loin de l'abri où nous passerons la nuit. Comment vous sentez-vous ?

— Mmmmmm…

Un léger sourire flottait sur son visage. Elle le regarda et tendit la main vers le comte.

— Bon, soupira-t-il, ne nous attardons pas.

Il reprit Marie et retourna dans le ruisseau qui, fort heureusement, n'était pas profond. Il poursuivit sa marche. La lune éclairait ses pas. C'était à la fois un avantage, il voyait ainsi où il allait, et un inconvénient, ils étaient beaucoup plus visibles. Mais il n'y en avait plus pour longtemps. Heureusement d'ailleurs, parce que Marie commençait à s'agiter sur son épaule. Vercoutre se pencha pour éviter une branche basse, mais pas assez pour que Marie y échappe complètement. Celle-ci protesta lorsque la branche l'accrocha. Aussitôt l'arbre passé, le comte déposa la jeune femme sur le sol. Ils étaient aux abords d'un renflement du ruisseau qui se convertissait, à cet endroit, en petit étang.

— Hé ! vous m'avez fait mal, protesta-t-elle.

— Désolé. Mais voilà, nous allons nous arrêter ici pour la nuit. Je crois que pour l'instant nous sommes assez loin, et vous avez besoin de repos.

— Mais je ne suis pas du tout fatiguée, dit-elle en se relevant et en jetant ses bras autour du cou de Vercoutre.

— Peste ! L'effet de cette chose dure combien de temps ? Désolé encore une fois, Marie, mais vous ne me laissez pas le choix.

Il empoigna de nouveau la jeune femme et, faisant fi de ses protestations, il la jeta à l'eau. Ce n'était pas très profond à cet endroit, suffisamment cependant pour qu'elle soit immergée complètement. L'eau froide la saisit et elle se releva en toussant et crachant.

— En voilà des manières ! Qu'est-ce qui vous prend ?

— Histoire de vous rafraîchir les idées, dit-il en lui tendant une main qu'elle refusa.

La nuit avait beau être chaude, Marie se mit à frissonner. Vercoutre alla chercher, dans l'abri sommaire qu'il avait monté avec quelques branches, le tricot de la jeune femme.

— Tenez, passez ça. Ça vous évitera d'attraper la fièvre…

Par orgueil, Marie voulut d'abord refuser, mais finalement enfila le tricot.

— Venez, dit-il en la prenant par les épaules. On va essayer de dormir quelques heures. On a une longue marche demain, et il ne faut pas croire que nos amis vont renoncer à vous si facilement.

L'eau semblait avoir vaincu sa résistance et une grande fatigue s'abattit sur elle subitement. Elle laissa Vercoutre la mener jusqu'à la paillasse de mousse qu'il avait entassée dans un coin et se coucha en chien de fusil. Le tricot lui arrivait à peine aux hanches. Vercoutre la regarda quelques instants, puis alla nager un peu dans l'eau froide…

Marie se réveilla alors que quelqu'un lui secouait vigoureusement l'épaule. Elle trouvait ça très désagréable et aurait bien aimé qu'on lui fiche la paix. Mais ça ne semblait pas être dans les intentions de son tortionnaire, qui continuait de la secouer comme un prunier.

— Marie ! Marie ! Réveillez-vous. Nous devons partir tout de suite, avant que le jour ne soit complètement levé.

La jeune femme ouvrit un œil péniblement et le referma aussitôt. Vercoutre ne se laissa pas décourager. Il la força à s'asseoir.

— Allez, réveillez-vous ! Tenez, buvez un peu d'eau, vous devez avoir la bouche sèche.

Bien qu'elle eût effectivement la bouche sèche et pâteuse, elle repoussa la gourde que lui tendait Vercoutre. Elle avait aussi l'impression que sa tête allait se fendre en deux. Elle tenta de se relever et retomba aussitôt sur ses fesses, tout étourdie.

— Allez-y doucement, dit Vercoutre. Appuyez-vous sur moi.

Marie se mit finalement debout avec l'aide du capitaine et se laissa conduire jusqu'aux abords de l'étang. Elle s'y pencha et, ramassant de l'eau entre ses mains, se baigna le visage. Elle en profita aussi pour boire de longues gorgées. Puis elle se tourna vers Vercoutre.

— Je ne me rappelle pas m'être jamais sentie aussi mal. Que s'est-il passé ? Il me semble qu'il y a quelques trous dans ma mémoire.

— Je ne doute pas qu'il vous en manque des bouts. Mais je voudrais avant tout que nous partions d'ici. Nous sommes encore trop près du village et les Kalinas se déplacent plutôt bien dans cette forêt. On aura bien le temps de causer par la suite.

— Mais… Où sont mes chaussures ? Et qu'est-ce que je fais dans cette tenue ?

La mémoire lui revint soudainement.

— Oh… les femmes m'ont habillée ainsi… parce que… parce que vous m'avez abandonnée au campement ! Vous m'avez vendue à la tribu et donnée au chef en me coupant une mèche de cheveux ! Salaud !

Vercoutre dut saisir les poignets de la jeune femme, qui s'était mise à le frapper.

— Nom de Dieu, calmez-vous ! Et cessez de crier ainsi. S'il y a quelqu'un à proximité, il va vous entendre à coup sûr ! Vous voulez donc tant que ça retourner parmi eux ?

— Et vous, que craignez-vous d'eux ? Ce sont vos amis après tout !

— Je ne crois pas qu'ils soient du même avis après ce que je viens de faire. Et quant à vous abandonner… ne suis-je pas retourné vous chercher ? Marie, il faut remettre cette discussion à plus tard. Pensez ce que vous voulez, mais votre sécurité m'importe beaucoup.

— J'ai très mal à la tête…

— C'est à cause de ce qu'on vous a fait ingurgiter hier.

— Qu'est-ce que c'était ?

— Une drogue comme seuls les Kalinas en ont le secret. Un puissant aphrodisiaque, en fait.

— Un aphrodisiaque ? Est-ce que…

— Nous en reparlerons plus tard. Mais pour l'instant, partons.

Vercoutre ramassa leurs maigres possessions : le sac contenant quelques victuailles, la gourde d'eau et la machette qu'on lui avait miraculeusement remise. Leur garde-robe se limitait à ce qu'ils avaient sur le dos, la chemise lacérée, la culotte et des bottes pour Vercoutre ; la tenue indienne minimale et le tricot pour Marie. Le capitaine s'assura que la lunette d'approche était toujours dans sa poche arrière et ils se mirent en route.

Ils contournèrent d'abord l'étang avant de s'enfoncer dans la forêt. Si la marche avait été assez aisée jusque-là, elle se compliqua passablement quand ils entrèrent dans la jungle touffue. Le fait que Marie soit pieds nus les ralentissait énormément. Le sol était jonché de branches, d'épines, de petits cailloux qui blessaient les pieds de la jeune femme. Vercoutre offrit de la porter, ce qu'elle refusa catégoriquement. Malgré ses protestations, elle lui en voulait encore de l'avoir abandonnée.

Mais au bout d'une demi-heure, il devint évident qu'ils ne pouvaient continuer ainsi. Vercoutre se tourna vers elle.

— Il faut faire quelque chose, sinon nous allons nous faire rattraper.

— Qui vous dit qu'ils nous suivent ?

— Et qui vous dit qu'ils ne nous suivent pas ? Il nous faut mettre plus de distance entre nous et le village. Et plus nous nous rapprocherons de la ville, meilleures sont nos chances qu'ils abandonnent. Ils n'aiment pas beaucoup se mêler aux Blancs.

— Mais je ne peux pas marcher plus vite, regardez, j'ai les pieds en sang. Et ce n'est pas en me portant que vous allez accélérer !

Vercoutre cherchait une solution. Marie en profita pour s'asseoir quelques instants. Elle n'avait pas encore les idées très claires. Elle avait vaguement mal au cœur et était de nouveau assoiffée.

— Il faudrait que je boive quelque chose…

Vercoutre sortit du sac de victuailles la gourde pleine d'eau. Il la tendit à Marie, puis regarda pensivement le sac. Celui-ci, tout comme la gourde, était fait de cuir tanné. Il en vida le contenu, des fruits et de la viande séchée, et prenant la machette, il se mit à le découper.

— Que faites-vous ? demanda Marie en s'essuyant la bouche du revers de la main.

— Je vais vous faire des chaussures…

La jeune femme ne dit rien et se contenta de soulever un sourcil. Vercoutre décousit le sac avec la machette et le découpa en deux morceaux de même taille. Il posa l'une des pièces sur le sol.

— Mettez votre pied au milieu.

Il avait pris soin de ne pas briser le lacet qui avait servi pour les coutures. Remontant le cuir autour des chevilles de Marie, il le noua avec l'un des lacets. On aurait dit que le pied de Marie était emballé. Mais ça devrait faire l'affaire…

— Alors, qu'en dites-vous ?

Marie eut son premier sourire de la journée.

— C'est la chaussure la plus bizarre que j'ai jamais vue… mais ça devrait aller.

Vercoutre arrangea l'autre pied de la même façon, en utilisant cette fois l'un des colliers dépouillé de ses coquillages en guise d'attache.

— C'est sûr qu'il faudra replacer le tout de temps à autre, mais ça devrait vous protéger un peu.

— Merci. Et tout ça ? Que va-t-on en faire ?

— Nous n'allons garder que la viande. Des fruits, nous en trouverons tout au long de notre chemin.

Marie ramassa néanmoins une banane qu'elle mangea en marchant.

Ils poursuivirent leur route pendant près de deux heures avant que Vercoutre n'autorise une pause. Marie était épuisée. Son mal de tête était persistant et tout ce qu'elle mangeait lui donnait la nausée. Lorsqu'ils s'arrêtèrent enfin, elle se laissa tomber pesamment par terre. Vercoutre s'assit à ses côtés.

— Et maintenant, dit Marie en essayant de reprendre son souffle, si vous me racontiez ce qui s'est réellement passé ? Mes derniers souvenirs clairs remontent au moment où vous m'avez abandonnée à ces sauvages en laissant entendre que j'étais un cadeau.

Vercoutre eut un petit sourire.

— En fait, ce n'est pas tout à fait ce qui est arrivé.

— Mais regardez mes cheveux. Ça, ce n'est pas imaginaire, vous avez coupé une mèche et l'avez jetée aux pieds du chef.

— Je n'ai pas eu le choix…

— Pas eu le choix… Vous n'avez pas hésité trop longtemps, il me semble. Et vous n'avez même pas eu le courage de me regarder dans les yeux.

— Je ne pouvais pas vous regarder…

La jeune femme s'enflammait. La fatigue et le mal de tête semblaient avoir disparu comme par enchantement. Ses yeux brillaient d'une colère longtemps contenue qui éclatait maintenant au grand jour.

— Je vous aurais arraché les yeux…

Ce fut au tour de Vercoutre de hausser le ton.

— Bon sang, allez-vous me laisser parler ?! Vous voulez connaître l'histoire, oui ou non ? Les choses ne sont pas toujours telles qu'elles le paraissent.

Marie ne répondit pas, enfoncée dans un silence boudeur. Son accès de colère avait activé sa circulation et le sang lui martelait douloureusement la tête. Elle se massa les tempes du bout des doigts.

— Bon. Malgré votre enthousiasme, je vais tout de même vous expliquer. Lorsqu'on nous a accompagnés à la porte du village et que le petit bonhomme grassouillet s'est mis à parler, ce n'était pas pour nous souhaiter bon voyage, vous l'avez compris. Il m'expliquait plutôt que je pourrais partir, mais seul. J'ai tenté de protester, mais on m'a bien vite fait signe de me taire en me précisant que si j'ouvrais la bouche encore une fois pour dire quoi que ce soit, ce seraient les derniers mots qui en sortiraient. On m'a ensuite dit que la seule façon que vous aviez de garder la vie sauve était que je parte sans faire de problème, en vous laissant là, bien sûr. Sinon, ils promettaient d'être fort imaginatifs pour nous envoyer tous les deux lentement au pays de nos ancêtres. Finalement, le boursouflé a dit que le chef avait jeté son dévolu sur vous et que nous devrions considérer comme un honneur le fait que vous soyez appelée à partager sa couche.

— Fallait-il en rajouter en me coupant une mèche de cheveux ?

— C'était la seule façon de faire savoir que j'acceptais le marché sans parler. N'oubliez pas que si j'ouvrais la bouche, je signais notre arrêt de mort à tous les deux.

— Ils n'étaient quand même pas sérieux...

— Les avez-vous vus rire beaucoup ? On ne badine pas avec les Kalinas.

— Mais vous auriez pu me faire un signe, quelque chose.

— Si je vous avais seulement regardée, tout aurait risqué de s'effondrer. Pour que tout soit crédible, il fallait que vous-même en fussiez convaincue.

— Eh bien, ça a fonctionné. J'étais persuadée que vous m'aviez abandonnée.

— J'étais à la fois ravi – cela voulait dire que ma comédie fonctionnait – et attristé que vous puissiez croire que j'étais capable de vous laisser là. Et je suis vite parti avant de flancher moi-même.

Marie resta silencieuse quelques instants.

— Je dois dire que vous avez été très convaincant. Et que j'étais complètement paniquée à l'idée de rester là. Mais je n'ai pas eu le temps de réfléchir à ma situation... Les femmes sont venues s'occuper de moi.

— Pour vous préparer pour la cérémonie nuptiale...

— On voulait me marier ?

— Pas au sens où vous l'entendez. On vous préparait pour la couche du chef.

— Je ne savais pas vraiment à quoi tout cela rimait. Puis elles se sont montrées plus amicales, je pense. Il y a eu un repas gargantuesque et, à partir de là, mes souvenirs sont plus confus.

— Bien sûr. Votre nourriture était droguée.

Marie fronça les sourcils.

— Quand je suis sorti du village, j'ai vraiment quitté leur territoire. Je ne savais pas si j'étais suivi et, si je l'étais, il fallait qu'on croie que je partais réellement. J'ai donc marché pendant près de deux heures, jusqu'au moment où j'ai été convaincu que personne ne me suivait. C'est là que j'ai bâti un abri sommaire avec l'idée d'y revenir avec vous plus tard. Pour que mon plan réussisse, il fallait que la nuit tombe. Je suis donc retourné au village et j'ai mis le feu à la palissade. En fait, j'ai allumé quelques foyers distancés pour occuper nos amis suffisamment et me laisser le temps d'aller vous chercher.

— J'ai le souvenir d'un homme noir déboulant dans ma hutte...

Vercoutre rit.

— Je m'étais noirci la peau avec de la terre et un tison refroidi. Avec cette lune, un homme blanc est facilement détectable dans l'obscurité...

— Puis vous m'avez tirée de là.

— Je ne peux pas dire que ce fut facile.

— Je ne me souviens pas très bien. Je vous ai résisté ?

Vercoutre rit à nouveau.

— Ce n'est pas exactement le mot que j'utiliserais. Disons que vous étiez... entreprenante.

Marie rougit.

— Je... je n'étais pas dans mon état normal...

— Que voulez-vous dire ? la taquina le comte. Qu'il faut être droguée pour me trouver du charme ?

— Non, pas du tout !

— Ah non ? Dois-je comprendre que...

— Comprenez ce que vous voulez, dit Marie en se relevant pour mettre fin à cette conversation qui devenait gênante. Mais je pense qu'il vaudrait mieux nous remettre en route. Ça ne me dit rien de me retrouver encore une fois dans le rôle de la volaille garnie qu'on offrirait au chef. Cela dit, vous avez quand même pris un grand risque en revenant me chercher et je vous en remercie.

Vercoutre se leva à son tour.

— Vous avez fait la même chose pour moi, dit-il très sérieusement, et dans un contexte encore plus dangereux, si c'est possible. Je vous le devais bien.

— Alors nous sommes quittes ! Et dorénavant cessons de mettre nos vies en péril, comme ça nous n'aurons plus besoin de voler au secours l'un de l'autre.

— Marché conclu ! Et j'espère sincèrement que nous pourrons respecter cet accord.

Marie ajusta ses chaussures d'occasion et ils purent reprendre leur progression.

Il était près de midi et le soleil chauffait fort, malgré les palmiers et les bois savonnette fleuris qui leur donnaient de l'ombre. La végétation dense au niveau du sol ralentissait leur marche et Marie transpirait dans son tricot. Lorsqu'ils s'arrêtèrent pour casser la croûte, elle était trempée de sueur et ses cheveux, toujours enduits d'huile, lui collaient au visage.

Ils mâchouillèrent un bout de viande séchée en silence.

— Avez-vous une idée de l'endroit où nous sommes ? demanda finalement Marie.

— Je suis presque certain que nous sommes sur l'île de Grande-Terre. Nous avons accosté à la pointe nord de l'île, où se trouvait le campement des Indiens. Nous allons maintenant vers le sud. Je ne sais exactement où nous nous trouvons, mais sur la côte, à l'ouest, il y a un poste militaire à Pointe-d'Antigues. Nous pourrions aller y demander de l'aide. Cependant, c'est aussi ce que vont se dire les Caraïbes, qui risquent fort de nous y attendre. À bonne distance, bien sûr, parce qu'ils ne font pas bon ménage avec les autorités. Mais s'ils décident de nous tendre un piège là-bas, il nous faudra être extrêmement vigilants.

— Pensez-vous qu'ils nous poursuivent toujours ?

Vercoutre hésita.

— On ne sait jamais ce qu'ils pensent vraiment. Ils peuvent avoir décidé de laisser tomber et être déjà passés à autre chose. Ils peuvent aussi en faire une question d'honneur et vouloir vous rattraper à tout prix, avec une petite pensée spéciale pour moi puisque j'ai mis le feu à leur camp. Dans ce cas-là, ils y mettront le temps qu'il faudra, mais ils ne renonceront jamais.

— Avons-nous alors une autre option ?

— Continuer plus loin vers le sud. Obliquer un peu à l'ouest, jusqu'à Grand Cul-de-Sac marin, et espérer trouver là un de mes bateaux.

Marie leva un sourcil.

— C'est possible ?

— Ça l'est. Mon domaine et l'essentiel de mes affaires sont à la Martinique, mais lorsque je suis parti, nous envisagions la possibilité d'explorer les opportunités qu'offrait la Guadeloupe, qui est en plein essor. Avec un peu de chance, le *Bretagne* pourrait y mouiller.

— Eh bien, c'est clair. Allons à Grand Cul-de-Sac marin, dit Marie en se levant.

Elle retrouvait soudainement toute sa combativité. L'effet des drogues avait fini par disparaître complètement, elle n'avait plus mal à la tête et, si elle se sentait encore un peu faible sur ses jambes, elle était néanmoins prête à reprendre le combat. Mais Vercoutre était resté assis.

— Ce n'est pas une marche de santé, Marie. D'après mes calculs, et si je ne me trompe pas trop sur notre position, nous en avons pour encore quatre jours de marche.

— Plus nous perdrons de temps ici, plus nous arriverons tard là-bas.

Le comte finit par se lever.

— Bien. Nous irons donc à Grand Cul-de-Sac marin. Une dernière chose. Pourquoi n'enlevez-vous pas votre tricot, au moins lors des heures les plus chaudes du jour ? Vous allez mourir de chaleur là-dessous.

Marie eut un hoquet.

— Mais je ne porte rien en dessous !

— Vous avez toujours vos colliers, non ?

La jeune femme lui jeta un regard noir. Vercoutre se mit à rire.

— Je blaguais. Je vais plutôt vous passer ma chemise. Elle ne vaut pas grand-chose, mais elle vous protégera quand même du regard du Grand Méchant Loup…

— Je…

— Non, je retire ce que j'ai dit. C'était stupide. Je peux me passer de la chemise. J'ai été exposé au soleil et aux moustiques beaucoup plus que vous, j'ai donc plus de résistance. Il faut mettre toutes les chances de notre côté et veiller à ce que nous restions tous deux en forme. Et si vous enlevez votre tricot, ça vous permettra de le nouer autour de votre taille. Il sera plus efficace que cette jupette d'apparat qui ne cache rien du tout.

À son grand mécontentement, Marie rougit une fois de plus. Si Vercoutre retrouvait la mémoire, il se rendrait compte qu'il n'avait pas eu cette délicatesse lors de leur séjour sur la plage… et qu'elle ne s'était pas trop défendue. Elle passa donc sans mot dire la chemise que lui tendait le capitaine, après s'être pudiquement retournée pour enlever son tricot, qu'elle noua effectivement à la taille.

Vercoutre passa devant. C'était lui qui ouvrait le chemin à la machette. Et il préférait ne pas avoir Marie tout le temps dans son champ de vision. S'il était un gentleman, il n'était pas enclin au masochisme. Ils marchèrent encore longtemps, jusqu'à ce que la nuit commence à tomber et qu'eux-mêmes tombent d'épuisement. Au-delà de la ligne de la forêt se dessinait une plaine. Ils la traverseraient le lendemain et resteraient plutôt sous le couvert des arbres pour la nuit. Cette fois-ci, Vercoutre ne prit même pas la peine de construire un abri. Il allait s'en repentir quelques heures plus tard.

Ils se réveillèrent complètement trempés par une pluie abondante. Elle avait dû commencer subitement puisque, le temps qu'ils ouvrent les yeux, ils étaient aussi mouillés que s'ils avaient sauté dans un lac. Ils n'avaient pas vu venir l'averse, sinon Vercoutre aurait pris la peine de construire un abri pour les protéger. Mais c'était trop tard, le mal était fait. Marie se redressa. La nuit était noire, d'une opacité inquiétante. Vercoutre se leva lui aussi.

— Mais qu'est-ce que cette pluie ? demanda Marie. Il faisait pourtant très chaud aujourd'hui.

— Oui, répondit Vercoutre, effectivement très chaud. Et dans ces régions tropicales, il n'est pas rare qu'une telle chaleur humide soit suivie d'un gros orage. Surtout à cette période de l'année.

— Et ça dure longtemps ?

Elle avait les cheveux collés au visage, tout comme la chemise de Vercoutre, qui lui faisait comme une seconde peau.

— Cela peut être très bref, mais parfois l'orage se transforme en véritable tempête, et là...

Il ne put finir ses explications. Sa voix fut couverte par un vent violent qui s'éleva soudainement. Les arbres, surpris par cette attaque subite, ployèrent sous l'agression. De grandes feuilles de palmier volaient dans les airs et les noix de coco tombaient autour d'eux. Le vent courait librement dans la plaine un peu plus loin, mais se heurtait aux arbres en tentant de pénétrer la forêt. Il se vengeait en saccageant tout sur son passage. Une petite branche frappa Marie à la tête et lui entailla le front. Elle porta la main à son visage et un peu de sang resta sur ses doigts.

Le vent, loin de se calmer, semblait augmenter en intensité. Vercoutre, tenta de s'adresser à la jeune femme.

— ... nez ! Il va ... oin. Dangeu ... agan !

— Je ne comprends pas ! hurla Marie. Qu'est-ce que vous dites ?

Toute conversation était impossible. Vercoutre saisit la main de Marie et la tira derrière lui, s'enfonçant un peu plus au cœur de la forêt. Le vacarme était impressionnant et dans l'épaisseur de la nuit tourmentée, il était difficile de trouver son chemin. En fait, ils marchaient à tâtons, essayant d'éviter tant bien que mal les branches des arbres qui s'agitaient. Vercoutre cherchait un endroit où ils pourraient se mettre à l'abri pendant que la tempête se déchaînait. Il craignait surtout la formation d'un ouragan, toujours possible sous les tropiques. Et s'ils avaient le malheur de se retrouver sur son chemin…

Mais mieux valait ne pas se perdre en conjectures et plutôt agir.

Marie trébucha derrière lui. Il l'aida à se relever. Les chaussures de fortune qu'il lui avait fabriquées n'avaient pas tenu dans l'eau et la boue, et elle courait maintenant pieds nus.

Vercoutre s'arrêta quelques instants. Il lui était impossible de s'orienter dans ce paysage torturé. S'enfonçaient-ils dans la forêt, comme il le souhaitait, ou allaient-ils vers la plaine ? Il lui sembla voir un peu plus loin une masse sombre se découper au travers des arbres. Il repartit dans cette direction, tirant sans pitié sur la main de Marie. Celle-ci serrait les dents et tentait de faire fi des morsures du terrain sur ses pieds. Elle ne put retenir un petit cri, cependant, lorsqu'une épine lui déchira la plante du pied, un petit cri qui fut avalé par le vacarme ambiant. Elle se mit à boiter. Vercoutre s'en rendit compte. Il se tourna vers elle et lui cria quelque chose qu'elle ne comprit pas. Elle fit un signe de dénégation de la tête. Vercoutre fit alors un bref signe de la sienne et souleva Marie dans ses bras.

Surprise, la jeune femme essaya de lui dire de la poser par terre, qu'elle pouvait tout à fait marcher seule, mais le comte ne l'entendit pas. Porté par l'urgence de la situation, il progressait aisément dans la forêt, aussi aisément que les conditions le lui permettaient. Au bout de quelques instants, ils furent à quelques pas de la masse sombre que Vercoutre avait aperçue. Il s'agissait d'un massif rocheux enchâssé entre les arbres. Le comte le contourna et, derrière, il découvrit un abri-sous-roche. Il eut un sourire de contentement, le premier depuis qu'il s'était réveillé trempé par la tempête. Là, ils seraient à l'abri, même si un ouragan venait à se pointer. Il déposa Marie devant l'ouverture et elle pénétra aussitôt à l'intérieur.

Curieusement, le sol était sec, tapissé d'une épaisse couche de mousse. La hauteur de l'abri ne permettait pas de se mettre debout, mais elle était suffisante pour qu'ils puissent s'asseoir confortablement et il y avait assez d'espace pour eux deux. Même si le vent continuait à souffler avec violence à l'extérieur, les conversations étaient de nouveau possible.

— Je n'ai jamais vu un orage d'une telle violence, dit Marie en s'essuyant le visage et en tordant ses cheveux.

— C'est une tempête tropicale, répondit Vercoutre, et j'espère qu'elle ne se transformera pas en ouragan. Mais peu importe, ici nous serons à l'abri.

Marie jeta un coup d'œil sur ses pieds, mais l'obscurité était totale et elle dut se contenter de les nettoyer à tâtons. Elle s'en tirait plutôt bien, avec seulement quelques petites coupures.

La jeune femme était transie. L'humidité de l'abri la transperçait jusqu'aux os et elle se mit à frissonner. Vercoutre étendit le bras et la serra contre lui. D'abord un peu rétive, elle se laissa aller doucement. Elle appuya sa tête sur l'épaule du capitaine et ferma les yeux. Sa chaleur se communiquait à elle et ses tremblements s'apaisèrent. Les émotions des dernières heures eurent raison d'elle ; elle s'endormit.

Chapitre 24

Lorsque Marie se réveilla, il faisait toujours aussi noir et le vent semblait souffler avec autant de violence, sinon plus. C'était étrange d'être en sécurité alors que là, à deux pas, la terre entière semblait bouleversée. Elle était toujours appuyée sur Vercoutre. Elle se souleva légèrement et le capitaine laissa échapper un gémissement.

— Simon, chuchota Marie, vous êtes réveillé ?

— Je ne sais pas comment j'aurais pu dormir... Ce n'est pas très confortable d'être appuyé sur ces roches et j'ai le bras tout engourdi.

— Oh ! c'est ma faute, dit Marie toute penaude. Vous n'auriez pas dû me laisser vous envahir comme ça.

— Mais non, vous aviez besoin de vous reposer.

— Laissez-moi vous masser le bras.

— Aïe, ça c'est mon nez !

— Pardon. Mais je n'y vois rien. Étendez-vous sur le ventre, je vais masser votre épaule. Comment va votre dos ?

— Bien, dit Vercoutre en se soumettant aux ordres de la jeune femme. Ce n'était pas très agréable d'être adossé à la roche mais... vous dormiez si bien.

Marie ne dit rien et ses doigts légers parcoururent le dos du capitaine, évaluant les blessures. Tout semblait en ordre. Les croûtes qui s'étaient formées commençaient à tomber, signe que la guérison était en bonne voie. Pas d'écoulement, pas de plaies à vif, tout allait pour le mieux. Elle se mit à masser les épaules et le cou de Vercoutre qui, cette fois-ci, grognait de satisfaction. Dans cette atmosphère humide, sa peau était étonnamment chaude et douce sous les doigts de Marie. Elle sentait les muscles tendus et s'affairait à les délier avec des mouvements lents et une bonne pression. Ses cheveux lui retombaient sur le visage et, même si cela ne nuisait pas à sa vision dans la totale obscurité, cela l'agaçait. Elle cessa le massage pendant quelques instants pour tenter de les rattacher avec un bout de tissu qu'elle gardait à son poignet pour cet office. Lorsqu'elle voulut reprendre le massage, Vercoutre lui saisit la main. Il s'était retourné entre-temps et était maintenant assis. Il lui baisa doucement l'intérieur de la paume.

— Merci, dit-il doucement.

En un geste machinal, Marie caressa de sa main la joue de Vercoutre. Sa barbe de quelques jours piquait légèrement. Le capitaine saisit son poignet et elle sentit un baiser léger comme un papillon sur sa peau tendre. Son cœur se mit à battre plus fort. L'autre main de Vercoutre remonta le long de son bras libre et vint emprisonner sa nuque. Répondant à une pression imaginaire, Marie pencha sa tête vers le capitaine. Leurs fronts se touchèrent et leurs bouches glissèrent naturellement l'une vers l'autre.

Ce fut comme si on frottait une allumette au milieu d'un tas de paille sèche. Le baiser perdit rapidement de sa douceur pour devenir passionné, affamé. Marie se laissa tomber sur Vercoutre qui, à son tour, s'étendit sur la mousse. La tempête qui se déclencha à l'intérieur de l'abri-sous-roche n'avait rien à envier à celle qui sévissait à l'extérieur. L'obscurité semblait décupler leurs sensations. Ils n'avaient que leurs mains pour aller à la reconnaissance l'un de l'autre, mais retrouvaient aisément les chemins empruntés des millions de fois par l'humanité tout entière.

Vercoutre avait glissé l'une de ses mains à l'intérieur de la chemise ajourée que portait Marie et il caressait passionnément le sein offert, celui-là même qui pointait insolemment depuis deux longues journées. Ouvrant avec précaution cette chemise précieuse, il put enfin savourer son butin. Il buvait à cette chair fraîche qu'il n'osait pas regarder depuis quelques jours, de peur de rompre un équilibre fragile entre lui et la jeune femme. Mais cet équilibre venait d'éclater et ses sens se mettaient en accord avec la tempête tropicale.

Marie était aussi déchaînée que la pluie dehors. Quand Vercoutre prit son sein dans sa bouche, elle s'arqua pour aller à sa rencontre. Ses doigts s'enfoncèrent dans les cheveux du capitaine et elle poussa un grand cri, couvert par le tonnerre, lorsqu'il mit sa main entre ses cuisses. Le pagne ne résista pas longtemps à la volonté de l'assaillant et Marie se serait retrouvée totalement exposée si une lumière quelconque avait illuminé leur refuge.

Marie s'attaqua à la culotte de Vercoutre, qui ne demandait pas mieux que de s'en libérer. L'instant d'après, ils étaient nus tous les deux, leurs corps étroitement collés l'un contre l'autre. C'était au tour de Marie d'embrasser, de lécher, de mordiller. Vercoutre jouait à son tour la victime immolée et il grogna de plaisir lorsque Marie réchauffa entre ses mains la partie la plus sensible de son être. Elle le caressait lentement, se repaissait de cette chair chaude, vivante, vibrante. Elle en goûtait la saveur, humait son odeur particulière. Elle voulait vivre pleinement ce moment unique, cette parenthèse dans cette épopée tumultueuse, ce point d'orgue dans cette tempête dévastatrice.

Vercoutre glissa sa jambe entre les cuisses de la jeune femme qui les resserra désespérément, s'y frottant à la manière d'une chatte langoureuse. C'en fut trop pour le capitaine, qui la renversa et l'écrasa sous son poids. Marie referma ses cuisses autour de la taille du capitaine, qui la posséda d'un seul coup de rein.

Le bruit de la pluie déchaînée couvrait leurs voix enfiévrées, le vent marquait le rythme de leur accouplement. La vague qui déferlait au plus profond des entrailles de Marie n'avait rien à voir avec celle qui, à cette heure précise, devait marteler la côte de la Guadeloupe. C'était une longue déferlante, qui semblait suspendre le temps et qui finit par éclater en mille gouttelettes pour laisser Marie à bout de souffle sur une plage dorée... Vercoutre retomba à ses côtés, le corps trempé de sueur et l'esprit en bataille.

Marie ferma les yeux, un léger sourire flottant sur ses lèvres. Ils n'avaient pas échangé un mot, mais ils s'étaient tout dit.

Ils refirent l'amour deux fois cette nuit-là, toujours sans parler, toujours portés par un désir mutuel qui les bousculait malgré eux. Il leur semblait assouvir un besoin d'étancher une soif intense née dans le tumulte et le chaos. Ils s'accrochaient l'un à l'autre comme un naufragé à une bouée.

Puis dehors, tout comme à l'intérieur, la tempête finit par se calmer. Le vent tomba presque aussi brusquement qu'il avait commencé et, après quelques hésitations, la pluie cessa elle aussi. Un jour blafard se leva sur l'île ; un peu de lumière pénétra dans l'abri. Marie se rhabilla avec les hardes qui lui servaient de vêtements et Vercoutre remit sa culotte. Dans la lumière du jour, la situation prenait une autre couleur et Marie, subitement, se sentit mal à l'aise. Ce que l'obscurité avait cautionné, elle était un peu moins prête à l'affronter au grand jour. Pourtant, par deux fois elle avait de nouveau succombé au charme viril du capitaine.

Ce fut lui qui rompit le silence.

— Je crois que nous allons bientôt pouvoir sortir d'ici. Si cette tempête suit un cycle normal, le beau temps devrait revenir rapidement. Comment te sens-tu ?

Marie était assise les bras passés autour de ses jambes, le menton appuyé sur ses genoux. Elle le regarda. Il était tourné vers elle, les yeux dissimulés dans la pénombre. La lumière jouait sur les muscles de ses bras, sur ce torse où sa tête avait reposé une heure auparavant.

— Je suis un peu confuse, Simon, avoua-t-elle franchement. Je n'arrive pas à me défaire d'un certain sentiment de culpabilité…

— Marie, l'interrompit-il, ce qui s'est passé entre toi et moi restera entre toi et moi. Je pense que nous avions bien besoin l'un de l'autre et je ne regretterai jamais ce qui est arrivé.

— Moi non plus, remarque…

— Lorsque cette histoire aura pris fin, nous retournerons probablement à nos vies respectives. Tu auras retrouvé ton fils et ton époux, que tu aimes. Et moi… tout dépendra d'Évelyne.

— Mais je ne voudrais pas que… que quelque chose change entre nous. Je ne voudrais pas que ces moments partagés viennent changer quoi que ce soit à notre relation.

— C'est impossible que ça ne change rien. Nous avons vécu là une intimité qui va forcément nous marquer…

— Nous l'avions déjà vécue, mais tu délirais et tu ne te rappelles pas.

Vercoutre se mit à rire.

— Que tu crois ! C'est utile parfois de prétexter l'égarement…

— Quoi ! Tu étais conscient de ce que tu faisais ? Tu t'es joué de moi ?

— Je me demande qui s'est joué de qui. Tu étais là à te balader seins nus et à me tourner autour…

— Pour te soigner !

— … et j'étais censé rester insensible à ça ? J'avais beau avoir de la fièvre, je n'étais pas devenu aveugle. Tu étais incroyablement tentante et, tout malade que j'étais, je n'ai pu résister à la tentation…

— Mais pourquoi avoir feint d'avoir tout oublié ?

— Parce que je sentais bien que cela te mettrait mal à l'aise. Parce que je ne voulais pas de distance ou de malentendu entre nous. Il était évident que nous aurions à passer quelque temps ensemble et je ne voulais pas t'imposer quoi que ce soit. Si tu avais décidé de m'en parler, cela aurait peut-être été différent. Mais ton silence m'a confirmé que j'avais bien fait.

Marie sourit à son tour.

— Tu avais probablement raison…

— Et tu vois, aujourd'hui, tes vieux démons reviennent. Ne donne pas plus d'importance à ce qui s'est passé que cela n'en a réellement. L'amour est le sentiment le plus compliqué du monde, mais ce peut être si simple parfois. Surtout dans son aspect physique.

Marie ne dit rien. Elle se rappelait tout à coup Stevo, le gitan, qui lui tenait un discours un peu semblable. Il la taquinait en disant que les *gadjé,* les étrangères, avaient une attitude bien peu naturelle face aux choses de l'amour. Peut-être que Vercoutre avait un peu de gitan en lui.

Jugeant qu'il avait consacré suffisamment de temps aux explications, le capitaine était sorti de l'abri et s'étirait avec délices dans l'air chargé d'humidité.

— Il va falloir que tu sortes toi aussi, dit-il à Marie. Je ne sais pas pour toi, mais les événements de la nuit m'ont creusé l'appétit. Il va falloir trouver de quoi nous nourrir et reprendre notre chemin là où nous avons été interrompus.

L'attitude naturelle de Vercoutre eut raison des dernières réserves de Marie. Elle sentit soudainement une bouffée de bonne humeur l'envahir. Tout allait se résoudre un jour, elle en était certaine. Mais pour l'instant…

— Oui, allons-y ! Moi aussi j'ai faim !

Le spectacle qui s'offrait à leurs yeux était désolant. La forêt magnifique la journée précédente était aujourd'hui dévastée. Certains arbres avaient été déracinés sous le souffle du vent, d'autres s'étaient ployés et étaient restés ainsi, comme s'ils avaient peur que la tempête revienne. Marie et Vercoutre pataugeaient dans la boue et devaient enjamber des troncs d'arbres fraîchement tombés qui ralentissaient leur marche. Le soleil tentait de percer l'épaisse couche de nuages, qui finit par se dissoudre. C'était étonnant de découvrir que le ciel était toujours bleu derrière. Les oiseaux reprenaient confiance et, peu à peu, leur chant revint en force.

Au bout de quelque temps, ils s'assirent sur un tronc d'arbre pour se reposer. Vercoutre entoura les épaules de la jeune femme de son bras et lui déposa un baiser sur la tête.

— Tu es bien forte et courageuse.

— Je ne fais pas plus que ce que tu fais toi-même.

— Oui, mais tu es une femme, et les femmes habituellement ne se promènent pas à moitié nues dans les bois.

— Celles que tu fréquentes, peut-être.

Vercoutre rit.

— Ça c'est sûr que tu es unique en ton genre. Je n'ai jamais rencontré quiconque qui t'arrive à la cheville... Quand je t'ai vue grimper sur les enfléchures en pleine tempête, j'étais impressionné alors même que je croyais que tu étais un garçon.

— Et en quoi le fait que je sois une femme change-t-elle la donne ? demanda Marie, agacée. Il n'y a rien de ce que vous accomplissez que nous ne puissions faire nous aussi.

— Disons que ça prend une bonne dose de volonté et de détermination. Tu ne manques ni de l'un ni de l'autre. Puisque tu es dans de si bonnes dispositions, allez viens ! On continue.

Et, sans la regarder, Vercoutre reprit sa marche.

Ils finirent par traverser la plaine où la tempête les avait surpris. En temps normal, la végétation devait y être magnifique, mais pour l'instant tous les massifs de fleurs étaient écrasés, les buissons avaient été écartelés par l'action conjuguée du vent et de la pluie et la majorité des bambous étaient couchés sur le sol. Ils entrèrent à nouveau dans une forêt que l'on devinait cependant beaucoup moins dense. La texture de l'air changeait doucement. Ils laissaient derrière eux les odeurs chargées de l'humidité de la terre pour aller vers quelque chose de plus léger, quelque chose qui ressemblait à l'air salin de la mer. Lorsque le bruit des vagues devint plus évident, Marie sut qu'elle ne s'était pas trompée.

— Nous arrivons à Grand Cul-de-Sac marin ? demanda-t-elle.

— Nous y sommes presque. Nous sommes présentement à l'extrémité nord et les bateaux, s'ils ont résisté à la tempête, se trouvent un peu plus vers le sud. Nous allons longer la plage, ce sera plus agréable pour tes pieds.

Marie sourit. Vercoutre démontrait toujours un réel souci pour elle.

— Nous devrions rencontrer des habitations et quelque chose qui ressemble aux bases d'un port, poursuivit-il. Là, nous pourrons glaner quelques informations.

— Mais je ne peux arriver dans cette tenue, protesta Marie. Ni toi, d'ailleurs.

Vercoutre la regarda pensivement.

— Tu as raison. Je ne tiens pas à me battre avec tout ce que cette île compte d'hommes mal intentionnés. Il va falloir t'habiller décemment.

— Je te ferais remarquer que ta crédibilité va souffrir aussi de ton torse nu et de ta culotte déchirée.

— Ne t'inquiète pas, nous allons trouver une solution.

La solution se présenta effectivement une demi-heure plus tard. Après avoir traversé l'embouchure d'une rivière qui venait se jeter dans la mer, ils croisèrent une première maison qui semblait inoccupée pour l'instant même s'il était évident que des gens y habitaient. Comme le reste du pays semblait-il, elle avait souffert du passage de la tempête tropicale et une partie de sa toiture était arrachée. Il n'y avait personne dans les parages mais, pourtant, quelqu'un avait pris le temps de mettre des vêtements à sécher sur une corde à linge tendue entre deux arbres. Ils s'approchèrent doucement et, avec quand même un peu de remords, se servirent parmi les vêtements accrochés au soleil. La lessive venait d'être faite, toutes les pièces étaient encore humides. Mais ça valait mieux que de courir les routes à moitié nus.

Vercoutre trouva une culotte et une chemise à jabot à peu près à sa taille. Marie, de son côté, constatant l'ampleur de la jupe suspendue à la corde, en avait déduit que la dame de la maison était de forte corpulence. Mais il y avait aussi un jeune garçon ou un adolescent dans cette famille. Ses vêtements firent parfaitement l'affaire de la jeune femme, qui passa une culotte à bretelles et une rugueuse chemise de coton. Plus précieux que tout, elle trouva une paire de sabots sous le porche.

— Il faudra un jour venir rembourser tout ça, dit Marie pour se donner bonne conscience.

— Absolument d'accord. Mais pour le moment, si nous voulons éviter les explications, autant ne pas nous attarder ici.

— Attends quand même un instant ! dit Marie en courant vers la maison.

Avant que Vercoutre n'ait pu dire quoi que ce soit, la jeune femme était entrée dans la maison et, quelques secondes plus tard, elle ressortait avec un pain sous le bras, un fromage et une jarre de lait dans les mains.

— On ajoutera ça à la note, dit-elle à Vercoutre en le dépassant.

Il lui emboîta le pas en se disant que, décidément, Marie était pleine de ressources.

La maison qu'ils avaient croisée était très isolée et ils durent marcher encore une bonne heure avant de retrouver signe de vie. Mais casser la croûte leur avait fait du bien et, après avoir mangé, ils reprirent leur route avec beaucoup plus d'énergie.

Ils arrivèrent à une petite agglomération. Ils eurent à contourner de grandes flaques d'eau et, partout autour d'eux, des débris jonchaient le chemin. Les maisons avaient toutes plus ou moins subi des dommages et leurs habitants s'affairaient en tentant de réparer les principaux dégâts. La population était essentiellement blanche. Quelques Noirs se chargeaient des tâches les plus lourdes – des esclaves, expliqua Vercoutre –, houspillés par leurs maîtres, que les conséquences de la tempête avaient rendus irascibles.

— Et maintenant, qu'allons-nous faire ? demanda Marie.

Ils s'étaient arrêtés sur le bord de la route et contemplaient les scènes de dévastation qui s'étalaient devant eux. Le point positif, c'était que personne ne leur prêtait attention, ce qui leur permettait d'observer et de mener leurs affaires en toute tranquillité.

— J'aimerais aller traîner près du port, dit Vercoutre. Enfin à ce qui doit servir de port ici. Je voudrais voir s'il y a des bateaux qui y mouillent. Et si j'y reconnais quelqu'un. Je n'ai pas beaucoup d'espoir, mais peut-être aurons-nous de la chance...

Ils reprirent le chemin. Marie trébuchait sans cesse, peu habituée à marcher avec des sabots.

— Ça va aller ? lui demanda Vercoutre.

— Peux-tu me dire comment les gens font pour marcher et travailler avec ces objets saugrenus aux pieds ? dit-elle avec humeur.

Le capitaine réprima un sourire et préféra ne rien répondre. Au bout de quelques minutes, ils se retrouvèrent devant deux quais qui avaient eux aussi été malmenés par la tempête. Les pilotis n'avaient pas résisté aux assauts des vagues et les quais s'étaient effondrés par endroits. Mais ce n'était rien en comparaison de l'unique bateau dans la rade. Poussé par une mer qui avait dû être d'une incroyable violence, il était venu s'échouer sur la plage et gîtait tristement, affalé sur son flanc droit, les voiles pendant mollement aux vergues brisées. Les haubans et les étais s'agitaient dans la brise matinale et le mât principal s'appuyait paresseusement sur le mât de misaine. Il ne semblait pas y avoir de vie à bord. Vercoutre grimaça.

— Il va falloir un bon bout de temps avant qu'il ne reprenne la mer, celui-là. Si jamais il la reprend, ajouta-t-il. Je doute qu'ici on ait les ressources nécessaires pour le réparer...

— Il pourrait rester là à pourrir sur la plage ?

— Ça dépend de l'étendue des dommages. Ils semblent importants.

— Ce n'est pas un de tes navires ?

— Non, heureusement. Mais c'est quand même un bateau français... le *Galantine*.

— Il faut savoir depuis quand il est ici. S'il est arrivé récemment, peut-être a-t-il vu du mouvement dans les parages ?

Vercoutre jeta un regard tout autour.

— Le problème, c'est qu'il y a peu de bâtiments ici… Je ne sais où les gens se réunissent, où les marins se retrouvent.

— Aussi petit que soit Grand Cul-de-Sac marin, il doit bien y avoir une auberge. Et elle ne doit pas être loin d'ici. Attends.

Marie courut maladroitement en direction de deux gamins qui jouaient au bord de l'eau. Elle se mit à parler avec eux et le plus grand tendit le bras en direction du rivage, un peu plus loin sur la route. La jeune femme revint vers Vercoutre.

— Il semblerait que nous ne sommes pas allés assez loin. Il faut continuer encore un peu et le centre du village est devant nous. On va trouver là une auberge, *La Queue de chat*. C'est drôle de donner le nom d'un fouet à une auberge.

Vercoutre sourit.

— Tu parles du chat à neuf queues… C'est plutôt le nom d'une fleur ici. Une fleur rouge, qui doit son nom à sa forme allongée…

— Eh bien, allons-y.

Le capitaine emboîta le pas à la jeune femme, qui marchait déjà d'un air décidé vers l'endroit indiqué.

En contournant le bateau de la plage, ils aperçurent une chaloupe qu'ils n'avaient pas pu apercevoir avant parce qu'elle était cachée par le navire. Trois hommes étaient à bord et venaient vers la plage. D'abord, Marie et Vercoutre n'y firent pas attention, puis la jeune femme ralentit le pas.

— C'est étrange, dit-elle en regardant l'embarcation.

— Qu'est-ce qu'il y a d'étrange ? demanda le capitaine. Ce sont probablement ceux qui naviguaient à bord et qui…

— Mais la silhouette là, debout, ne m'est pas inconnue, l'interrompit la jeune femme.

Vercoutre fronça les sourcils et regarda avec plus d'attention. La chaloupe venait de toucher terre et un homme sauta à l'eau pour la mettre au sec. Elle était lourde et il ne réussit qu'à la tirer suffisamment pour permettre à ses compagnons d'en descendre sans se mouiller les pieds.

— Non. Non, ces gens ne me rappellent personne. Où...

Mais il s'arrêta, il parlait dans le vide. Marie s'était mise à courir, aussi vite que ses sabots le lui permettaient, vers les trois hommes qui, ensemble, tiraient maintenant sur l'amarre de l'embarcation. Vercoutre étouffa un soupir et s'avança à son tour vers le petit groupe.

La jeune femme avait déjà abordé les trois hommes. L'un d'entre eux semblait un peu plus vieux que les deux autres. Il avait un ventre rebondi, un visage rond dévoré par une barbe broussailleuse et tirait sur une pipe éteinte. Le comte se joignit à eux, plein de curiosité.

— Et vous dites que vous étiez sur mon bateau ? demandait le gros homme.

— Rappelez-vous, votre ami Julien Legoff, vous l'aviez pris comme passager à Malaga il y a de cela cinq ou six ans. Il était accompagné d'un jeune garçon qu'il devait ramener chez une tante à Marseille.

Le bonhomme plissa les yeux.

— Vous voulez dire le jeunot un peu demeuré ?

Marie tiqua.

— Demeuré, demeuré, ce n'est pas parce qu'on lui avait donné la consigne de ne pas parler qu'il faut en déduire qu'il était demeuré. Et en plus, ce n'était pas un garçon, c'était moi.

— Vous, ce petit morveux maigrichon qui pouvait à peine tenir une serpillière ?

La moutarde commençait à monter au nez de Marie.

— Eh ! Vous n'aviez pourtant pas l'air de vous plaindre, avec tout ce que votre équipage m'avait fait faire, en se payant en plus la tête de ce « pauvre garçon demeuré » !

— C'est donc devenu une habitude de vous vêtir comme un garçon ?

Marie était en train de devenir cramoisie.

Vercoutre, qui s'amusait beaucoup, jugea que c'était le moment d'intervenir. Il reprit à l'égard de Marie un vouvoiement plus convenable.

— Bon, il semble que vous êtes en pays de connaissance. Marie, si vous faisiez les présentations ?

— Marie ? dit le gros homme.

L'air un peu pincé, celle-ci éclaira la lanterne du capitaine.

— Je vous présente Jacques Tadoussac, un ami de Julien Legoff. Il nous a amenés à Marseille il y a quelques années, alors que nous devions quitter l'Espagne.

— L'Espagne ? Mais que faisiez-vous donc en Espagne ?

— Une autre fois, vous voulez bien ?

— Vous êtes donc la Marie de Julien Legoff ? reprit Tadoussac en semblant réfléchir à toute vitesse. Et vous... ?

— Simon Vercoutre, dit celui-ci en tendant la main, capitaine du *Fleur de lys*...

— Le *Fleur de lys* ? s'exclama Tadoussac, qui allait de surprise en surprise.

— Vous le connaissez ? Vous l'avez vu ? l'interrogea Vercoutre.

— Il me semble que je n'entends parler que de ce bateau-là dernièrement. Bon, je crois décidément que nous avons des choses à nous dire... Suivez-moi, je pense que j'ai une petite surprise pour vous. Et vous, ajouta-t-il en s'adressant aux deux hommes qui étaient restés près de la chaloupe, allez amarrer cette chaloupe et rendez-vous à l'auberge.

Ils regagnèrent la route, qui semblait un peu mieux entretenue de ce côté, et commencèrent à marcher en direction d'une petite agglomération qui apparaissait au loin. Vercoutre n'allait pas attendre d'être arrivé à l'auberge pour questionner Tadoussac.

— Que savez-vous du *Fleur de lys* ?

— Qu'il y a eu une mutinerie à bord parce que son capitaine voulait forcer l'équipage à faire des choses illégales. Qu'un combat a suivi et que ledit capitaine a été tué dans la bataille, avec quelques-uns de ses fidèles, et que le second a pris le commandement du navire.

— Quoi ! Vercoutre était furieux. Où avez-vous entendu ça ?

Tadoussac haussa les épaules.

— Vous savez, les nouvelles voyagent vite sur la mer. Je me suis arrêté pour ravitaillement à Pointe-d'Antigues et c'était la rumeur qui circulait un peu partout.

Vercoutre serrait les mâchoires si fort qu'une veine saillait à sa tempe.

— Connaissez-vous la direction qu'il a prise ? réussit-il à demander.

— Non pas vraiment… mais patientez un peu, vous aurez peut-être un autre éclairage bientôt.

Ils poursuivirent leur marche en silence, chacun perdu dans ses pensées. Marie était peinée pour Vercoutre, qui voyait ainsi son nom traîné dans la boue sans qu'il ait pu se défendre. Et qui sait ce que Dutrisac avait pu rajouter… C'était tout de même habile de faire courir ce genre de rumeur. Cela justifiait la prise du bateau par Dutrisac et, s'il menait bien ses affaires, il pourrait même s'en retrouver le propriétaire légal. Pour le reprendre, non seulement Vercoutre devrait ressusciter d'entre les morts, mais il devrait aussi faire la preuve que tout ce qu'avait avancé son second était faux. Ce serait la chasse aux témoins et, entre-temps, nul doute que Dutrisac aurait veillé à influencer quelques gens haut placés en sa faveur.

Ils entraient maintenant dans l'agglomération proprement dite. On ne pouvait pas vraiment parler d'un village et encore moins d'une ville. Il manquait pour cela quelques édifices officiels, comme une mairie ou une église. C'était les prémices de ce qui pourrait devenir quelque chose de plus important si Grand Cul-de-Sac marin arrivait un jour à développer ses activités portuaires. Mais l'étendue de l'agglomération était quand même respectable. Des dédales de rues grossières, construites selon un plan anarchique, partaient dans tous les sens, bordées de bâtiments mêlant les maisons de bois aux huttes rudimentaires avec, çà et là, quelques établissements qui devaient être des commerces. Quelques centaines de personnes devaient vivre là. Ici aussi on gardait des traces de la tempête. Les maisons avaient un peu moins souffert, protégées par un pli dans le paysage, une petite colline située entre elles et la côte, mais de nombreux arbres jonchaient la route et des hommes étaient affairés à la dégager.

Ils arrivèrent devant une maison un peu plus grande que les autres, agrémentée d'une galerie qui en faisait le tour. Deux étages, des volets rouges aux fenêtres et une affiche suspendue à moitié arrachée par le vent : l'auberge *La Queue de chat*. Un artiste amateur y avait peint une représentation de ce qui devait être la fleur dont avait parlé Vercoutre, avec des feuilles vert clair et de longues tiges rouges tombantes.

L'escalier menant au rez-de-chaussée avait déjà besoin de rénovations, même si le bâtiment était relativement récent. Il était encombré de plantes vertes en pot, mais pas de trace de la fameuse queue-de-chat. Ils l'empruntèrent l'un à la suite de l'autre et se retrouvèrent dans une entrée exiguë, puis dans un petit couloir menant à l'arrière, là où se trouvait la réception. Cette « réception » était en fait une table bancale sur laquelle un registre de cuir vert était installé. Ils ne s'y attardèrent pas. Tadoussac les fit sortir derrière et, traversant un petit jardin laissé en friche, ils se dirigèrent vers un pavillon.

Bâti sur un seul étage, pourvu de deux fenêtres à l'avant, le pavillon l'avait échappé belle quand un gommier rouge avait été déraciné par la tempête et s'était renversé sur lui.

— Ça a fait un sacré boucan, commenta Tadoussac, et ça nous a fait bien peur.

Il ouvrit la porte difficilement – le cadre avait dû s'enfoncer sous la pression de l'arbre – et, s'effaçant pour laisser passer les visiteurs, il lança dans la pénombre du pavillon : « Eh bien, mon ami, je vous amène de la visite ! » Vercoutre entra, suivi de Marie. Elle l'entendit pousser un cri étouffé. L'instant d'après, elle était devant Julien Legoff.

Chapitre 25

Pendant quelques secondes, Marie resta là, la bouche ouverte, sans trouver quoi que ce soit à dire. Puis, ce fut comme si l'information atteignait enfin son cerveau. Elle sauta dans les bras de Legoff, tout aussi abasourdi qu'elle, et le serra à l'étouffer.

— Julien ! Julien ! Par quel miracle êtes-vous ici ? J'avais tellement peur de ce qui avait pu vous arriver !

Quand il put reprendre son souffle et se dégager de l'embrassade musclée de la jeune femme, le Breton la regarda à son tour en la tenant à bout de bras.

— Marie ! Bon Dieu que je suis heureux de vous voir ! J'ai imaginé toutes sortes d'histoires mais jamais que je vous retrouverais ici, dans ce coin perdu ! Je n'ai jamais cru à votre chute du bateau et quand j'ai compris que Vercoutre s'était échappé, je me suis dit qu'il y avait de la louve des mers là-dessous.

— La louve des mers ? demanda Tadoussac.

— Oh rien, dit Legoff avec un geste vague de la main, une vieille blague entre nous. Et vous, Vercoutre, comment allez-vous ?

— Bien, grâce à cette jeune dame.

— Mais d'où venez-vous comme ça ? Comment avez-vous quitté le bateau et comment vous êtes-vous retrouvés ici ?

— Et vous-même, Julien ? Comment avez-vous pu vous échapper ?

Tadoussac les arrêta.

— Je pense qu'une bonne conversation s'impose. Que penseriez-vous d'aller nous asseoir sous la tonnelle avec un pichet de la piquette qu'ils réussissent à arracher à la terre ici ? Et j'imagine que vous devez avoir une petite faim, ajouta-t-il en se tournant vers Marie et Vercoutre.

Le fromage et le pain chapardés quelques heures plus tôt les avaient soutenus jusque-là, mais l'effet commençait à se dissiper. Ils sortirent donc vers la tonnelle pendant que Tadoussac allait chercher de quoi abreuver et nourrir tout le monde.

— Je vois que vous avez varié votre garde-robe, dit Legoff en regardant Marie, qui portait la culotte volée et la chemise de coton rugueux. Et vous aussi, Vercoutre. Avec ce jabot, vous vous donnez des airs de damoiseau à la cour...

Vercoutre sourit, puis prenant un couteau qui reposait sur la table, il trancha net le jabot, qu'il jeta par terre.

— Je me disais aussi qu'il y avait un détail de trop sur cette chemise. Quant à Marie, mieux vaut la voir vêtue ainsi qu'avec son costume d'Indienne...

Devant le regard intrigué de Legoff, et alors que Tadoussac revenait avec les victuailles, Marie se mit à raconter leur épopée.

Elle parla longuement, régulièrement interrompue par Vercoutre, qui venait ajouter un détail ou insister sur le rôle de la jeune femme, que cette dernière avait tendance à minimiser parfois. Il y eut quand même certains faits qui furent passés sous silence... Mais Legoff n'était pas tombé de la dernière pluie. Il avait remarqué les regards échangés entre Marie et Vercoutre et noté une certaine familiarité entre eux qui n'existait pas quand ils étaient sur le bateau. Mais après ce qu'ils venaient de vivre, c'était tout naturel, pensa-t-il ensuite. Lorsque Marie conclut son récit, certaines questions restaient tout de même en suspens. Il n'eut pas le temps de les poser, la jeune femme voulait savoir à son tour.

— Alors voilà comment nous sommes arrivés ici. Mais vous-même, Julien, par quel miracle vous êtes-vous retrouvé avec M. Tadoussac ? Comment avez-vous quitté le bateau ?

— Bon. À mon tour de me mettre à table, donc.

Tadoussac se leva.

— Comme je connais cette partie de l'histoire, je vais aller chercher de quoi boire, dit-il en montrant le pichet vide.

— De l'eau, s'il vous plaît, dit Marie. Ou du jus de fruits. Mais de grâce, pas d'alcool !

— Et s'il y avait encore un peu de bananes grillées... ajouta Vercoutre, qui retrouvait avec plaisir les spécialités des Antilles.

Tadoussac s'en alla et Legoff commença enfin son récit.

— Le soir où vous vous êtes envolés, dit-il, l'équipage entier a pris une sérieuse cuite, ce qui a dû favoriser votre fuite d'ailleurs. Peu de marins sont restés sobres, sauf les deux qui sont intervenus, semble-t-il. Ces libations se sont poursuivies toute la nuit et l'équipage tout entier s'est réveillé avec une sérieuse gueule de bois le lendemain matin. L'humeur de Dutrisac n'était pas des plus charmantes, et quand il a découvert que vous vous étiez enfui, dit-il avec un petit signe de tête vers Vercoutre, il est devenu fou furieux. Même là où on était, dans la cale, on pouvait l'entendre gueuler. Il a quand même passé le bateau au peigne fin, parce qu'il est venu vers nous et a fouillé notre enclos dans tous les recoins, comme s'il croyait qu'on y avait caché le capitaine. Il s'est mis à nous poser des questions et comme personne ne répondait, il a commencé à taper plus ou moins sur tout le monde. Sans possibilité de répliquer, bien sûr, car il était accompagné d'une dizaine de gars bien armés et ayant l'air aussi teigneux que lui. Puis il est reparti et on n'a revu personne de la journée, pas même pour nous porter à boire ou à manger. Les blessés en ont souffert et tout le monde s'est rapidement affaibli. Il faisait une chaleur insoutenable dans la cale ; la soif nous dévorait tous. Une journée ou deux sont passées comme ça, j'ai moi-même perdu le compte des heures. Puis Dutrisac est revenu. Il nous a dit qu'il avait besoin de quelques hommes pour aider à la navigation. On entrait dans une zone délicate où il y avait de nombreux bancs de coraux, et il semblait que son équipage ne suffisait pas à la tâche. Moi je pense que c'est plutôt parce que c'était une bande d'abrutis qui ne connaissaient rien à la mer. J'avais eu l'occasion de les voir à l'œuvre et je m'étais très souvent querellé avec plusieurs d'entre eux parce qu'ils n'étaient que des tire-au-flanc, des paresseux et des ignorants. Alors nul doute que Dutrisac avait besoin d'aide. Il nous proposait donc un marché. Si dix d'entre nous participaient aux manœuvres, il adoucirait les conditions de détention de tous. Je ne peux pas dire que ça s'est bousculé aux portes pour répondre à son invitation, mais quelques hommes ont fini par se porter volontaires. Je me suis proposé, mais il a refusé ma candidature, dit Legoff avec un petit rire, en disant qu'il n'avait pas confiance en moi et qu'en ce qui le concernait, je pouvais bien pourrir dans la cale. Je pense qu'il a eu raison parce que, à la première occasion, je lui aurais tordu le cou. À partir de ce jour-là, nous avons commencé à avoir des nouvelles grâce aux hommes qui avaient été enrôlés parmi l'équipage. Dutrisac avait au moins tenu parole, la nourriture et l'eau étaient réapparues et les hommes se portaient mieux. Et puis, chaque fois qu'ils en avaient l'occasion, les nôtres nous apportaient en douce quelque chose qui pourrait éventuellement nous servir d'arme : un bout de bois, un bout de corde, un long clou, peu importe, et nous on cachait ça précieusement. Enfin, un jour – tout le monde avait fini par reprendre des forces –, l'un des hommes est venu ouvrir notre cage. Il avait réussi à dégotter les clés et nous a libérés. Nous sommes montés sur le pont et une bataille bien en règle s'en est suivie. Une fois l'effet de surprise passé, il est devenu évident que nous n'aurions pas le dessus. Les hommes avaient été affaiblis par la détention et ceux qui avaient rejoint l'équipage étaient trop peu nombreux pour faire une réelle différence. Mais ils avaient du cœur et du courage. Il y a eu des blessés dans les deux camps et quelques morts aussi. Le plus important, c'est que pendant qu'on se battait sur le pont, deux ou trois hommes ont pu mettre une chaloupe de sauvetage à l'eau. C'est ainsi que quelques-uns, dont moi, ont eu la chance de s'enfuir. C'était impossible d'embarquer tous nos hommes et on s'est dit qu'on leur enverrait des secours.

— Et le bateau de Beaupré… Je veux dire, de Larouche ? demanda Marie.

— Ah, vous l'aviez reconnu, vous aussi ! Disparu. On ne l'a pas revu après votre départ.

— Cependant, reprit Marie, sa présence ici nous montre que nous sommes sur la bonne trace. Nous nous rapprochons de Thierry, je le sens dans mes veines. Donc, vous vous êtes retrouvés dans la chaloupe. Étiez-vous loin de la côte ?

— Suffisamment pour qu'on ne la voie pas. Le bateau avait quelque peu dévié de sa trajectoire. Nous étions une dizaine, entassés dans cette barque, sans eau ni nourriture et rien pour nous protéger d'un soleil de plomb cruel. Je me suis dit qu'on allait tous y rester et que notre évasion n'aurait servi à rien. C'est alors qu'un autre miracle s'est produit. Je pensais délirer et avoir des hallucinations quand j'ai vu la silhouette d'un navire s'approcher de nous.

Tadoussac était revenu entre-temps. Il prit la relève.

— La vigie nous avait signalé la présence d'une petite embarcation à bâbord. D'abord, on n'a rien vu et on a pensé que le gamin avait confondu avec un banc de dauphins. Mais il a insisté et, finalement, on a scruté la mer plus attentivement pour nous rendre compte qu'il y avait effectivement une embarcation. C'était étrange parce que, tout d'abord, nous n'avions croisé aucun navire d'importance dans les parages et, d'autre part, parce que la mer avait été très calme les jours précédents et que rien ne justifiait qu'une chaloupe de sauvetage ait été mise à l'eau. Nous nous sommes donc approchés pour découvrir une douzaine de types plutôt mal en point. Nous les avons fait monter à bord, et c'est là que j'ai eu la surprise de ma vie en reconnaissant mon vieux compagnon Legoff.

— Et moi, reprit Legoff, je croyais aller de délire en délire. Qu'est-ce que pouvait bien faire Tadoussac par ici ?

— Après quelques essais infructueux de commerce dans la Méditerranée, expliqua le principal intéressé, j'ai décidé de tenter ma chance aux Antilles. Tout me paraissait neuf et à construire.

— Ça faisait deux jours que nous étions à bord du *Galantine* quand la mer s'est mise à être mauvaise, poursuivit Legoff.

— Je n'ai alors pas eu d'autre choix que de mettre le cap vers cette baie que nous croisions au large, conclut Tadoussac, mais notre arrivée au port a été brutale. Le vent s'était levé avec force et les manœuvres d'accostage ont été difficiles. Vous avez d'ailleurs vu le résultat dans la rade. Nous avons quand même réussi à évacuer le bateau et à gagner cette petite auberge, non sans mal. La suite, vous la connaissez.

Marie était à la fois abasourdie et soulagée. Tant de hasards et de coïncidences… Mais le plus important, c'était que Julien était sain et sauf et assis devant elle. Elle s'était tellement morfondue à son sujet et s'était sentie si coupable de l'abandonner à son sort. Mais finalement, le destin avait pris les choses en mains…

— Et les enfants ? demanda-t-elle soudain en pensant avec inquiétude au mousse Gabriel. Qu'en a-t-il fait ?

— La plupart faisaient partie de l'équipage de Dutrisac et il n'y en avait pas tant que ça. Alors, ils se sont tout simplement rangés à ses côtés. Sauf votre protégé, Gabriel, qui avait choisi notre camp. Mais nous l'avons persuadé, pour sa propre sécurité, de jouer le jeu et d'aller rejoindre ses camarades. Nous lui avons donné en quelque sorte un travail d'espion. Lors de la bagarre qui a précédé notre fuite, je ne l'ai pas vu.

Vercoutre brisa le silence chargé d'images qui s'était installé.

— Et maintenant ? Dans quel état était le *Fleur de lys* quand vous l'avez quitté ?

— Je dois dire que c'était un peu la pagaille, dit Legoff. On avait surtout à cœur de s'éloigner rapidement de cet équipage de malheur et on ne s'est pas vraiment préoccupés de l'état du bateau. Mais, hormis la tempête qu'il a dû essuyer lui aussi par la suite, il n'y a aucune raison qu'il ait subi des avaries.

— Avez-vous une idée de ce que Dutrisac projetait ?

— Moi, j'en ai une pas mal bonne, dit un homme en pénétrant sous la tonnelle.

Tous se retournèrent, et Marie et Vercoutre, qui n'en étaient plus à une surprise près, reconnurent avec stupéfaction Jacquelin, dit le Boiteux.

Vercoutre fut le premier à réagir.

— Vous ici ? Mais ne faisiez-vous pas partie de l'équipage de Dutrisac ?

— Dutrisac et moi, ce n'était pas la grande harmonie, et je sentais peu à peu que je risquais d'y laisser ma peau, moi aussi. J'ai préféré ne pas tenter le diable.

Legoff semblait un peu perdu, tout comme Tadoussac. Vercoutre les éclaira.

— Marie vous a dit que nous avions eu un coup de main pour nous échapper du bateau. C'est ce monsieur ici qui nous a facilité la tâche. Mais si vous étiez avec Dutrisac depuis le début, reprit-il en regardant le nouveau venu, vous deviez avoir une idée de ce qui se mijotait.

— Oui. Enfin, dans les grandes lignes.

— Est-ce que vous savez où il se rendait ?

— En Dominique. Il y avait rendez-vous avec un bonhomme qui fait la pluie et le beau temps dans cette île. Et qui commence à prendre beaucoup de place dans le paysage de la flibusterie.

— Marek ! Ce ne peut qu'être Marek ! s'exclama Marie.

L'homme fronça les sourcils.

— Vous le connaissez ?

— Il a enlevé mon fils !

— Votre fils ?

Jacquelin la regarda, perplexe.

— Nous y reviendrons, dit Vercoutre. Si vous nous en disiez plus sur cette opération, ce... rendez-vous.

— Marek veut établir sa suprématie dans les Caraïbes, et évidement, ça ne fait pas l'affaire des flibustiers bien établis, notamment Morgan-le-Brave, qui y régnait en roi et maître avant que

Marek ne vienne jouer dans ses eaux. Il y a donc une guerre de pouvoir entre les deux. Pour affermir sa puissance, Marek veut se monter une flotte et c'est pour ça que, avec l'aide de complices, il s'empare de bateaux en mer. Principalement des bateaux qui n'ont pas de liens réels avec le Vieux Continent. Il tient à ce que ses activités se limitent à cette partie-ci du monde et veut éviter de faire des remous en France.

— Pour être discret, il l'est ! s'écria Marie. Il n'a pourtant pas hésité à venir lui-même chercher mon fils.

— Si vous m'expliquiez cette histoire d'enfant ?

Marie lui raconta en quelques mots l'enlèvement de Thierry. Elle s'efforçait de le faire froidement, relatant succinctement les faits, pour ne pas laisser l'émotion l'envahir. L'image de son petit garçon dansait dans sa tête.

Jacquelin, dit le Boiteux, plissa les yeux.

— Et pourquoi aurait-il pris un tel risque ?

Marie serra les lèvres. Elle attendit quelques instants, puis dit :

— Pour se venger de moi, j'imagine. Parce que j'avais réussi à ouvrir les yeux du roi sur les véritables activités de son corsaire favori.

Le Boiteux la regarda avec plus d'attention.

— Ainsi donc, vous existez réellement… Il y avait une rumeur qui courait autour de l'arrivée de Marek. Une histoire de femme.

— Mais n'était-il pas contraint aux travaux forcés ici ?

L'homme haussa les épaules.

— Au début, peut-être, avant que je n'arrive dans le coin. Quand je l'ai connu, il avait réussi à s'embarquer sur le *Fontainebleau*, un navire français, et à en devenir le patron à la suite d'une mutinerie.

— Une autre ! s'écria Marie.

— Il en a rapidement pris le commandement. La moitié des hommes sur ce navire était loyale à sa cause et l'autre moitié n'a pas survécu pour rapporter l'incident. Ce ne fut pas difficile pour lui d'aller se perdre dans les îles, qui pullulent dans cette région. Il est resté tranquille quelque temps, histoire de voir s'il y aurait des conséquences à son geste. Il n'y en a pas eu, en grande partie parce qu'il s'est assuré de faire courir la rumeur que le *Fontainebleau* s'était perdu en mer, corps et biens.

— Pourtant ici, on le connaît.

— Non, pas vraiment. Sur terre, il est un honnête marchand, qui possède un domaine maintenant. Sur mer, il ne laisse aucun témoin qui risquerait de le dénoncer.

— Mais alors vous-même, comment savez-vous… ?

— Je faisais partie des compagnons de Marek qui se sont emparés du *Fontainebleau*.

Un grand silence accueillit cette révélation. Vercoutre prit la parole.

— Il me semble qu'il y a des trous dans votre histoire. Comment vous êtes-vous retrouvé sur le *Fleur de lys* ?

Ce fut au tour de Jacquelin le Boiteux de garder le silence quelques instants.

— Je vous l'ai dit sur le bateau, je n'ai rien d'un ange moi non plus. Sur le *Fontainebleau*, après que Marek en a pris possession, il s'est entouré d'hommes qui ont formé son état-major, en quelque sorte. Je n'en faisais pas partie, mais l'un de mes meilleurs amis en était. Lors de leurs soirées, Marek leur racontait ses diverses aventures en mer et sur terre, cherchant ainsi, ça c'est moi qui le dis, à accroître son prestige auprès d'eux. Ils le connaissaient de réputation pour la plupart, sauf les deux hommes qui avaient orchestré la mutinerie.

— Dutrisac ?

— Non. Il n'a pas assez d'envergure pour ça.

Vercoutre tiqua. Après tout, Dutrisac était venu à bout de son bateau…

— Bref, au fil de ses histoires, Marek s'est aussi vanté de ses nombreuses conquêtes féminines et plusieurs noms ont été prononcés. Dont un qui a attiré l'attention de mon ami. Il est venu me voir ensuite pour m'en parler. Il m'a demandé des nouvelles de ma famille… et de ma petite sœur. Un peu étonné, je lui ai dit que la dernière fois que je les avais vus, tout le monde allait bien… Il m'a alors appris que Justine était au tableau de chasse de Marek. Je lui ai dit qu'il se trompait sûrement parce qu'elle n'avait que quatorze ans. Il n'a pas répondu, se contentant de me regarder. J'ai essayé d'en savoir plus, mais il m'a dit qu'il n'avait rien à ajouter. C'est resté comme ça, mais cette histoire s'est mise à me ronger. Le temps a passé jusqu'au jour où j'ai eu le courage d'aller enfin en parler à Marek. Il a semblé étonné, il ne se souvenait plus du nom de ma sœur et il m'a dit qu'il avait eu tellement de femmes et de jeunes filles dans sa vie que c'était bien difficile pour lui de se les rappeler toutes. Il a fini par me convaincre que mon ami s'était sûrement trompé, qu'il n'aimait pas les filles aussi jeunes et sans expérience, bref que tout ça n'était que foutaises. Et j'ai bien voulu le croire.

Jacquelin se tut quelques instants et but quelques gorgées de vin. Il reprit la parole.

— L'an dernier, j'ai eu l'occasion de retourner sur le Vieux Continent. Ça faisait des années que je n'y étais pas allé et je voulais revoir les miens. C'est une famille dévastée que j'ai retrouvée. Un petit garçon aux cheveux dorés, que je ne connaissais pas, jouait dans la cour de la maison. Ma mère a fondu en larmes en me voyant. J'ai alors appris que Justine s'était enlevé la vie quelques mois plus tôt. Elle avait eu ce bambin d'un homme qui lui avait fait maintes promesses pour disparaître ensuite. Elle l'avait cherché, attendu, espéré, puis était tombée peu à peu dans une mélancolie dont elle ne pouvait plus sortir jusqu'à ce jour fatidique où on l'avait retrouvée pendue dans l'appentis. Ce ne fut pas très difficile pour moi de comprendre de qui il s'agissait, le bambin ressemblait beaucoup à son père. Je suis resté auprès de mes parents quelque temps, puis j'ai décidé de revenir ici.

— Pour venger votre sœur, dit Marie.

— Estimez-vous que j'ai tort ?

— Ce n'est certes pas moi qui vais vous blâmer.

— Mais votre présence à bord du *Fleur de lys*, c'était un hasard ? demanda Vercoutre.

— Non, pas du tout. Votre bateau était ciblé depuis longtemps. Il avait le tonnage, l'armement, le profil voulus. Et de plus, Marek savait qu'il allait revenir ici pour y rester définitivement. Il est particulièrement bien informé... Dutrisac avait pour mission de le guetter et, le moment venu, de manœuvrer pour se retrouver à son bord avec des hommes de confiance.

Vercoutre ouvrit les mains.

— Mais si j'avais eu un équipage complet ?

Le Boiteux ricana.

— Vous ne connaissez pas la prévoyance de Marek. Une grande partie de votre équipage aurait été atteinte d'un mal mystérieux, comme un empoisonnement. Écoutez, ça peut sembler invraisemblable, ce que je vous raconte là, mais c'est pourtant la vérité. Mais pour moi, l'occasion était parfaite. Je revenais ici, reprenais ma place au sein de l'équipe de Marek et attendais mon heure.

— Pourquoi ne pas être resté à bord, alors ?

— Je vous l'ai dit, les choses se sont envenimées entre Dutrisac et moi. Et puis le gars que j'ai assommé pour vous permettre de vous échapper commençait à me regarder d'un drôle d'œil. Dutrisac n'aurait eu besoin que d'un prétexte pour me faire pendre. Je me suis dit qu'en gardant la vie sauve, j'aurais plus de chances de retrouver Marek un jour.

Vercoutre se leva et se mit à marcher sous la tonnelle.

— Ce que je ne comprends toujours pas, c'est pourquoi il a pris autant de risques et monté une telle machination pour s'emparer de mon bateau. Ça ne tient pas debout. Il y a beaucoup d'autres bateaux par ici qui répondent aux critères de Marek.

Le Boiteux haussa les épaules.

— Je vous dis ce que je sais. Tout ce que je peux ajouter, c'est que Marek ne fait jamais rien à la légère. Il avait certainement de bonnes raisons pour agir ainsi, mais celles-là, je les ignore.

— Bon. C'est bien beau tout ça, dit finalement Marie, mais qu'est-ce qu'on fait maintenant ?

Vercoutre était sombre. Toutes ces informations tournaient dans sa tête et formaient un écheveau emmêlé dont il avait peine à trouver le fil conducteur.

— Ils se dirigeaient vers la Dominique, dites-vous ?

— Oui. Enfin, c'était le plan. Est-ce qu'ils ont fait voile dans cette direction tout de suite après notre départ ? Ça, je ne le sais pas. Ils devaient se trouver un peu à court d'hommes. Et s'ils ont essuyé la tempête avant d'être arrivés à destination, il se peut aussi qu'ils se soient réfugiés par ici.

Cette hypothèse alluma une lueur dans l'œil du capitaine.

— Grand Cul-de-Sac marin n'est ouvert que vers le nord, n'est-ce pas ? demanda-t-il à Tadoussac.

— Oui. La bande de terre qui nous sépare de Petit Cul-de-Sac marin au sud n'est pas très large. La rivière Salée traverse cette bande de terre de part en part, mais nous n'avons pas d'embarcation adéquate pour y naviguer. De toute façon, je crois que l'entreprise serait plus complexe que de tenter une traversée terrestre, si c'est ce que vous avez en tête.

Vercoutre réfléchissait à voix haute.

— Si, comme vous le supposez, dit-il en s'adressant au Boiteux, ils ont eu besoin d'un refuge, ils peuvent être de l'autre coté et avoir cherché abri à l'intérieur de Basse-Terre. Et si, avec un peu de chance, ils ont des réparations à faire, il se peut aussi qu'ils y soient encore. Ça vaudrait la peine d'aller voir.

Legoff intervint.

— Dans le cas, fort improbable, où on les retrouve, que fait-on alors ? Nous ne sommes qu'une petite poignée d'hommes… et une femme, s'empressa-t-il d'ajouter en voyant Marie froncer les sourcils. C'est bien peu pour monter à l'assaut d'un bateau.

— Je suis certain qu'on pourrait augmenter les effectifs, avança le Boiteux. Je pourrais traîner par ici et voir si je ne peux pas trouver quelques hommes qui tenteraient le coup avec nous. Avec promesse de bénéfices, bien sûr.

— Ça, ce ne serait pas un problème. Notre ami a certainement accumulé quelques richesses que l'on pourrait leur distribuer, si on met la main dessus.

— Très bien, dit Marie en se levant. C'est clair maintenant, nous avons un plan. Voici ce que je propose : Jacquelin, vous voyez s'il y a moyen de trouver des hommes. Tadoussac, vous réparez votre bateau, on ne sait jamais quand il pourra servir, ne serait-ce que pour vous permettre de reprendre vos affaires. Julien, Simon et moi trouvons des chevaux et allons voir du côté de Petit Cul-de-Sac marin ce qu'on peut y découvrir.

— Marie, peut-être que vous pourriez... commença Legoff.

Elle se tourna vers lui en un quart de tour.

— Attention à ce que vous allez dire, Julien. Que je ne vous entende pas évoquer la possibilité que je patiente sagement ici à me ronger les sangs. Je n'ai aucune disposition pour l'attente à la fenêtre, vous le savez bien. Et si vous me perdez de vue, qui sait ce qu'il pourrait me prendre l'envie de faire ? ajouta-t-elle malicieusement.

Legoff referma la bouche sur les objections qu'il s'apprêtait à soulever. Vercoutre se mit à rire.

— Legoff, mon ami, je pense sincèrement qu'il sera plus facile de s'attaquer à Marek que de s'opposer à cette jeune dame. Et puis, elle a raison sur un point, mieux vaut l'avoir près de nous que de la laisser libre dans la nature. Elle serait capable de réveiller un volcan endormi...

Marie le regarda par en dessous.

— Il y a aussi des volcans qui font mine d'être endormis.

Vercoutre éclata de rire tandis que Legoff demandait :

— Des volcans ? Qu'est-ce que cette histoire ?

— Rien du tout, Julien. Si on passait plutôt à l'action ?

Chapitre 26

Tout s'organisa alors rondement. La question des chevaux fut réglée grâce à l'efficacité de Tadoussac. Les chevaux étaient encore assez rares dans le pays, il y en avait un seul par milicien dans chaque commune. À Grand Cul-de-Sac marin, qu'on ne pouvait réellement appeler une commune, il y avait cinq chevaux au total pour l'ensemble de la population. Tadoussac réussit à s'en faire prêter deux. On aurait pu songer à faire voyager Marie en croupe avec Legoff, ou plus vraisemblablement avec Vercoutre, mais comme on ne connaissait pas la difficulté du terrain dans lequel on s'engageait, il était préférable que la jeune femme ait sa propre monture. Tadoussac lui trouva donc un mulet, le moyen de transport le plus courant pour les besoins domestiques ainsi que pour l'agriculture.

Marie se mit en quête d'une paire de bottes pour remplacer ses inconfortables sabots. Impossible de penser à monter à cheval avec ça ! En moins de deux heures, ils étaient prêts à partir. Les trois bêtes sellées attendaient Marie, Vercoutre et Legoff.

— Un mulet ? s'étonna la jeune femme. Pour qui, ce mulet ?

Legoff et Vercoutre, mis au courant de la situation par Tadoussac, échangèrent un regard discret.

— Euh… Je pense que si je monte sur cet animal, ou mes pieds vont toucher terre, ou il va s'effondrer sous mon poids, dit Legoff.

— Dans mon cas, ajouta Vercoutre, il n'y a peut-être pas le problème du poids, mais celui de la hauteur certainement…

Marie les regarda les yeux tout ronds.

— Vous voulez dire que je vais monter sur cette bête…

— Francis Drake, dit Tadoussac.

Marie se retourna vers lui.

— Quoi, Francis Drake ?

— C'est son nom. C'est le nom du mulet, expliqua-t-il patiemment. Son propriétaire est un passionné des histoires de pirates, de corsaires et de flibustiers.

— Tiens, un autre, dit Vercoutre. Au domaine, nous avons un sous-contremaître qui est aussi passionné par les histoires, réelles ou fictives, de ce monsieur.

— Eh bien, vous voyez, là ! dit aimablement Legoff. Vous pourrez dire que vous avez mené au pas le célèbre corsaire anglais.

— Très drôle, Julien, vraiment très drôle.

— C'est une bête vaillante, tenta Tadoussac. Ici, la plupart des gens seraient bien heureux de pouvoir compter sur elle. Et si vous n'en voulez pas, ça va compliquer un peu les choses. Il n'y a aucun autre cheval de disponible, déjà que pour avoir ceux-là ça m'a coûté cher de promesses, et…

— Ça va, ça va, le coupa Marie. Puisqu'il le faut… Mais que je ne vous voie pas rire, dit-elle en pointant un doigt menaçant vers les deux hommes, qui se mordaient les lèvres.

On avait attaché au mulet et aux chevaux des sacoches remplies de vivres et de couvertures. Peu d'armes, l'arsenal de Grand Cul-de-Sac marin n'étant pas très garni. Une machette pour Vercoutre, une dague pour Legoff et un pistolet sans munition pour Marie. Quand elle s'étonna qu'on s'encombre de cet article inutile, Vercoutre lui répondit simplement : « Vous savez qu'il n'est pas chargé, mais celui qui sera éventuellement en face de vous au bout du canon ne le sait pas. Et ça peut toujours servir à assommer quelqu'un. » L'argument tenait. Lorsqu'ils furent prêts à partir, le soleil tombait déjà derrière la montagne, ce qui fit hésiter Legoff.

— Je n'aime pas beaucoup l'idée de partir alors que l'obscurité envahit déjà la forêt. Nous ne sommes pas en terrain connu et je doute que nous trouvions des pistes très larges pour nous déplacer. Je pense qu'il vaudrait mieux remettre notre départ à demain à la première heure.

— Ah non ! dit Marie, qui piaffait d'impatience. Nous avons décidé de partir aujourd'hui, nous avons tout ce qu'il nous faut, alors allons-y. On ne va pas remettre éternellement nos projets sous n'importe quel prétexte.

— Legoff a raison, dit Vercoutre en s'avançant. Vous vous êtes rendu compte que dans ces régions tropicales la nuit tombe très rapidement. Nous n'aurions pas couvert beaucoup de chemin avant de devoir nous arrêter. Profitons donc d'une bonne nuit de sommeil et mettons-nous en route tôt demain matin. Nous ne savons pas exactement ce qui nous attend, mieux vaut prendre tout le repos possible.

Devant la mine renfrognée de la jeune femme, Legoff ajouta :

— Allons, soyez raisonnable, Marie. Une nuit ne changera pas…

— Raisonnable ! Raisonnable ! explosa-t-elle. Comment voulez-vous que je sois raisonnable alors que je sais que mon fils est quelque part au-delà de ces îles, aux mains d'un rustre sans scrupules ? Je n'en peux plus d'attendre, je n'en peux plus de ne rencontrer que problèmes et embûches sur mon chemin. Je…

Elle se tut brusquement et tourna les talons.

Les deux hommes restèrent sans voix.

Vercoutre posa sur la table la lunette qu'il tenait dans ses mains.

— Je vais la voir, dit-il en sortant.

Legoff leva la main pour dire quelque chose, puis se ravisa. Il resta quelques instants à regarder pensivement Vercoutre disparaître, puis retourna à ses préparatifs, l'air soucieux.

Vercoutre chercha Marie dans la petite cour et ne la trouva pas. Elle ne pouvait pourtant pas être allée bien loin. Il passa par la réception de l'auberge et sortit sur la route. Le soleil jouait sur toutes les gammes des couleurs de l'arc-en-ciel et enflammait l'horizon dans un ultime spasme avant de mourir devant la nuit... Le spectacle était si magnifique que le comte ne put s'empêcher de s'arrêter quelques instants pour l'admirer. Le cri des mouettes, ces oiseaux apatrides qu'on retrouvait dans tous les océans du monde, le ramena au moment présent. Où était Marie ?

Il se dirigea vers la plage, regardant attentivement autour de lui. Lorsqu'il déboucha sur un petit coude de la baie, il la vit, assise sur le sable près d'un rocher, la tête couchée sur ses genoux, qu'elle tenait serrés entre ses bras. Vercoutre s'approcha d'elle et s'assit à ses côtés sans rien dire. Si elle eut conscience de sa présence, elle n'en montra rien. Ils restèrent là de longues minutes, enveloppés par les odeurs que dégageaient la mer et les herbes avoisinantes chauffées au soleil toute la journée. Les vagues s'étiraient langoureusement sur le sable et devant cette eau si calme, teintée de toutes les nuances du monde, il était difficile de penser que, quelques jours auparavant, elle offrait un spectacle bien différent, charriant des images de violence et de mort.

Marie ne bougeait toujours pas. On aurait pu la croire endormie quand, tout à coup, elle releva la tête, fixant son regard sur l'horizon.

— Je n'en peux plus de cette attente, dit-elle d'une voix morne et sans vie. Il ne se passe pas un jour, pas une heure sans que je me demande où est Thierry, ce qu'il fait, ce qu'il mange, s'il a peur, s'il me demande, si seulement il est encore vivant.

Vercoutre étendit le bras et le passa autour des épaules de la jeune femme, qu'il serra contre lui.

— Même si je sais que c'est impossible pour toi de faire autrement, te morfondre ainsi ne te mènera nulle part. Garde ton énergie pour l'action, tu vas en avoir bien besoin. Et ne t'emporte pas contre Julien Legoff. Ta peine est aussi la sienne et ce n'est pas ton ennemi.

— Je sais, soupira Marie.

— Regarde, le soleil se couche déjà. Tu connais les pièges de cette forêt pour en avoir traversé une partie. Nous ne savons pas ce que nous trouverons comme piste, bien que l'aubergiste m'ait indiqué un chemin à prendre. Je soupçonne qu'elle doit être très rudimentaire. Pourquoi alors prendre des risques inutiles en nous y aventurant alors qu'on n'y verra pratiquement rien ? Legoff a raison. Nous partirons demain à l'aube et la journée sera bien plus fructueuse.

— Je sais qu'il a raison, dit Marie, et c'est bien ce qui m'ennuie. D'ailleurs toi aussi, tu es de son côté.

— C'est ce qui est le plus logique.

— Ah, vous les hommes et votre logique ! Et l'instinct, qu'en faites-vous ? Je demeure certaine qu'aussi difficile qu'il soit, nous aurions trouvé notre chemin même dans l'obscurité la plus complète.

— Ce qui nous aurait pris six heures ce soir ne nous en prendra que trois demain…

— De toute façon, je suis battue.

— Pas battue, Marie, mais entourée de gens qui t'aiment et qui veulent parfois te protéger contre toi-même. Si tu te blesses ou si tu te trouves dans une fâcheuse position, dis-moi de quel secours tu seras alors à Thierry ?

— Pourquoi cela m'arriverait-il si je suis entourée de gens qui m'aiment et qui veulent me protéger ?

Vercoutre se mit à rire et se releva en aidant la jeune femme à faire de même.

— Je n'aurai jamais le dernier mot avec toi. Allez, viens là, dit-il en la serrant dans ses bras.

Marie ferma les yeux et s'appuya sur cette épaule hospitalière et rassurante. Le capitaine l'embrassa tendrement sur le front, perdant ensuite ses lèvres à la naissance de ses cheveux. L'odeur de Vercoutre faillit lui monter à la tête, alors elle se dégagea doucement. Il avait dû ressentir le même trouble car il s'écarta lui aussi. Mieux valait ne pas s'embarquer dans quelque chose de compliqué, maintenant qu'ils étaient revenus à la presque civilisation. Il lui prit simplement la main et ils s'en retournèrent vers l'auberge.

Il n'y avait encore qu'une faible lueur dans le ciel, indiquant l'imminence de la naissance du jour, que Marie était déjà debout, vêtue de pied en cap, et allait secouer ses compagnons de voyage encore profondément endormis.

— Allez, debout ! Il est l'heure.

Legoff grogna et se tourna de l'autre côté. Mais Marie fut intraitable.

— Ah non ! Vous avez dit qu'on partirait à la première heure, eh bien elle est arrivée ! Allez, debout ou je vais chercher un seau d'eau pour vous faire reprendre vos esprits !

Vercoutre, que tout ce vacarme avait réveillé, se leva en se frottant le visage.

— Marie, ayez un peu pitié de ce pauvre bougre. Un peu de respect pour le poids de ses années…

Legoff grommela quelque chose d'incompréhensible et finit par s'asseoir sur le lit bancal qu'il avait occupé pendant la nuit.

— On dirait qu'une armée m'est passée sur le dos, finit-on par comprendre. Ce fichu lit conviendrait mieux à un de ces fakirs qu'on nous montre dans les foires.

— Bon, bon, encore à vous plaindre, dit Marie sans aucune sollicitude. Venez plutôt dans ce qui sert de salle à manger. J'ai réussi à persuader la cuisinière de nous préparer un petit déjeuner à avaler avant de partir. Vous voyez que je suis devenue « raisonnable », non ?

De son côté, Vercoutre s'était levé en laissant tomber la couverture qui l'avait protégé durant la nuit, révélant ainsi qu'il avait dormi nu. Marie ne put s'empêcher de glisser un regard vers lui, alors que la silhouette de son corps ferme se découpait dans la pénombre matinale. Les épaules bien dessinées, le dos parcouru de muscles nerveux, les fesses…

— Marie ! dit Legoff, maintenant bien réveillé. Pouvez-vous sortir pendant que nous nous habillons ?

La jeune femme rougit subitement.

— Je vais voir si le café est prêt, dit-elle en sortant précipitamment.

L'air frais du matin chassa les images qui étaient restées imprimées dans ses yeux. Elle tenta de faire le vide dans son esprit et l'odeur du café l'aida à penser à autre chose. La cuisinière passa la tête par l'embrasure de la porte.

— Tout est prêt, mam'zelle. On peut dire que vous vous levez à bonne heure, vous là !

— Je vous remercie infiniment. Les hommes vont venir me rejoindre dans quelques instants.

— J'ai préparé des œufs, une soupe à la tortue, quelques galettes de maïs et des bananes rôties.

— Eh bien, voilà qui va certainement satisfaire l'appétit de ces messieurs…

Comme les messieurs dont on parlait faisaient leur apparition, la femme rentra précipitamment dans sa cuisine pour aller chercher les plats.

Ils partirent dans l'heure qui suivit. Tadoussac était venu leur souhaiter bonne route, la tignasse embroussaillée et les poches sous ses yeux témoignant d'un sommeil écourté. Il était convenu qu'il appuierait Jacquelin le Boiteux dans sa recherche d'hommes et qu'il resterait de son côté à l'affût des nouvelles.

Les trois compagnons montèrent en selle et se dirigèrent vers la fin de la route qui traversait le « village ». Un petit pont surplombait un large ruisseau qui courait vers la mer. Ils le traversèrent et trouvèrent ensuite la piste qui avait été indiquée à Vercoutre par le patron de l'auberge. Le sentier était prometteur. Assez large, pas trop caillouteux, bordé de bambous par endroits et d'arbres au tronc fin à d'autres, il allait permettre aux cavaliers de progresser au moins au trot. Francis Drake arrivait à suivre le rythme des chevaux sans trop de peine.

Il n'y avait pas tout à fait une lieue entre Grand Cul-de-Sac marin et son petit frère. Si la route continuait d'être aussi belle, ils y seraient en un rien de temps. L'humidité du matin se dissipait tranquillement tandis que le soleil prenait de la force. Peu de paroles étaient échangées, chacun étant plongé dans ses pensées. Pour l'instant, la route ne requérait pas beaucoup d'attention, le sentier restant large et dégagé. Mais ça ne devait pas durer. Un peu plus loin, la route, qui ressemblait plus à une piste en fait, semblait fermée par un mur de broussailles et de bambous. Il était difficile de voir par où on pourrait faire passer les chevaux. Au fur et à mesure qu'ils s'approchaient, ils finirent par distinguer une petite ouverture dans la verdure. Ils mirent pied à terre.

— C'est pas très large, constata Legoff à voix haute. Les chevaux ne passent pas…

— Mais mon mulet passe, lui ! dit Marie, dont on ignora l'intervention.

— Il va falloir travailler un peu le passage, ajouta Vercoutre en sortant une machette de l'une des sacoches de son cheval.

En tenant sa monture par son licou, Marie s'approcha à son tour.

— On va mettre un temps fou pour dégager tout ça. Je pourrais prendre de l'avance…

— Vous allez rester avec nous bien sagement. Je n'ai pas l'intention de défricher une route à deux voies, répondit Vercoutre. En y allant doucement, nous pouvons faire passer les chevaux à condition que leurs sacoches ne s'accrochent pas aux arbres et que rien ne vienne leur obstruer la vue. Et puis, la bande de terre que nous avons à traverser n'est pas très large, alors cela vaut le coup d'essayer.

Joignant l'action à la parole, Vercoutre se mit à ouvrir un passage d'une main, tout en tenant le licou de son cheval de l'autre. Marie suivait, puis Legoff.

La tâche était plus difficile qu'elle ne l'avait paru. La lame de la machette était émoussée et les bambous offraient une résistance appréciable aux efforts de Vercoutre. En peu de temps, il fut en nage. Legoff s'offrit pour le remplacer.

— Je propose que nous alternions, vous et moi, dit le Breton. Inutile de vous épuiser, répartissons l'effort entre nous deux.

— Je pourrais... commença Marie.

— Ah non ! la coupa Legoff en se retournant vivement vers elle. Pour une fois, tenez-vous tranquille ! Nous allons amplement suffire à la tâche tous les deux, et malgré toute votre bonne volonté, vous ne réussiriez qu'à vous esquinter les mains !

Marie haussa les épaules. Après tout, s'ils tenaient à être les seuls à se couvrir d'ampoules, tant pis pour eux.

Leur progression en fut bien évidemment ralentie. Au bout d'une heure, ils décidèrent de faire une petite pause et de se rafraîchir un peu sous un gommier qui étendait aimablement ses branches au-dessus d'eux. Les bambous, même s'ils poussaient serrés l'un contre l'autre, ne dispensaient pas suffisamment d'ombre et le soleil se faisait de plus en plus mordant. Marie transpirait dans sa chemise de coton grossier. Elle fouilla dans la sacoche de Francis Drake et en sortit une chemise légère à manches courtes qui serait beaucoup plus confortable, pensa-t-elle. Se cachant derrière le mulet, elle changea de vêtement et s'attacha les cheveux de façon à se dégager la nuque. Lorsqu'elle revint auprès des hommes, Vercoutre la regarda longuement.

— Vous allez vous faire dévorer toute crue, vêtue de la sorte. Et je ne parle pas de moi, ajouta-t-il avec un petit sourire.

Si Marie n'avait pas déjà eu les joues rougies par la chaleur étouffante, elle aurait piqué un joli fard.

— Je préfère encore les moustiques au risque de mourir de chaleur !

— À vous de choisir, répondit simplement Vercoutre avec cet air irritant de celui qui sait tout.

Les deux hommes se relevèrent et Vercoutre reprit le travail. Ils entraient dans une région marécageuse beaucoup plus dégagée. On avait moins besoin de la machette. Leur progression n'était pas plus aisée pour autant parce que les sabots des chevaux s'enfonçaient dans le sol vaseux. Et… et on dérangeait des milliers de moustiques dans leur habitacle, moustiques qui n'eurent rien de mieux à faire que de se jeter sur Marie, dont la peau fraîche leur était offerte sur un plateau d'argent. Elle tenta d'abord discrètement de les faire fuir, mais son combat était inutile. Aussitôt qu'elle en chassait un nuage, deux autres l'attaquaient. Bientôt, elle pensa devenir folle. Vercoutre eut pitié d'elle.

— Enduisez-vous de boue, ça va vous protéger un peu.

Au moins, il avait eu l'élégance de ne pas ajouter : « Je vous avais avertie… »

Marie suivit son conseil sans desserrer les dents, et toute partie de peau exposée se trouva couverte d'une épaisse couche de boue. Elle n'était pas la seule à être ennuyée par les moustiques. Même si Legoff et Vercoutre semblaient, injustement, épargnés, les chevaux souffraient eux aussi des attaques incessantes des bestioles et cela les rendait nerveux. Francis Drake semblait mieux supporter ces assauts, mais le cheval de Legoff s'impatienta et donna un violent coup de tête qui surprit le mulet, lui fit faire un écart et précipita Marie dans le marécage.

— Bon sang, Julien ! Ne pouvez-vous pas tenir votre cheval ?

Vercoutre lui offrit une main secourable qu'elle refusa avec humeur.

— À votre guise, dit-il avec un petit sourire qui eut le don de faire monter son irritation d'un cran.

Elle s'arracha à la vase avec un bruit de succion et tenta tant bien que mal d'essuyer ses mains sur sa chemise.

— Saleté de marécage, saleté de pays, grogna-t-elle.

Ils finirent tout de même par sortir du marécage pour se retrouver dans une plaine qui avait le mérite d'avoir un sol sec et relativement dégagé. Une petite brise se leva et balaya les derniers nuages de moustiques.

Marie aurait bien voulu nettoyer la couche de boue qui la recouvrait et qui commençait à lui causer des démangeaisons, mais il n'y avait pas de ruisseau en vue. Ils grimpèrent sur leurs montures et progressèrent encore une heure avant de s'arrêter pour prendre un peu de repos.

— Une sieste serait la bienvenue, dit Legoff en cherchant un coin d'ombre où s'allonger.

— Ne perdons pas trop de temps, répondit Marie. Une pause de quelques minutes fera l'affaire.

— Legoff a raison, dit Vercoutre en attachant son cheval à un gommier. Une petite demi-heure les yeux fermés serait appréciée.

— Bon, bon. Allez-vous tout le temps faire front commun contre moi, tous les deux ? Ça devient agaçant, à la fin.

Mais personne ne lui répondit. Legoff n'avait pas attendu sa permission pour se coucher sur le sol et il ronflait déjà. Vercoutre s'était aussi installé à l'ombre et avait fermé les yeux. Marie dut se résigner. Elle se dit qu'elle ne les laisserait dormir que quelques minutes, et malheur à eux s'ils ne se levaient pas quand elle jugerait qu'il était temps de repartir ! Une petite voix au fond d'elle-même lui disait que Julien devait avoir besoin de se reposer un peu. Il n'était plus aussi fringant, et même si elle se refusait à l'accepter, l'âge le rattrapait durement. Mais pour l'instant, elle était incapable de faire passer quoi que ce soit devant l'urgence de retrouver son fils. C'était un peu égoïste pour son vieil ami, mais elle était certaine qu'il partageait ses vues. Un oiseau chantait joliment à ses côtés. Elle se dit que lorsqu'il aurait terminé son concert, ce serait le moment de reprendre la route.

On la secouait sans ménagement alors qu'elle était délicieusement enfoncée dans un sommeil profond.

— Marie ! Marie ! Réveillez-vous ! Allons, vous avez assez dormi, il faut repartir.

La jeune femme ouvrit difficilement un œil pour voir la figure de Legoff penchée sur elle.

— Laissez-moi dormir, dit-elle d'une voix pâteuse.

— Eh bien ! Pour quelqu'un qui ne voulait pas s'arrêter, commença une autre voix.

Elle ouvrit les deux yeux, bien réveillée maintenant. Elle se redressa en regardant autour d'elle.

— Où... Bon sang ! J'ai dormi longtemps ?

— Une bonne grosse heure, répondit Vercoutre. Si vous le souhaitez, nous pouvons établir un campement ici.

— Non, dit Marie en se relevant vivement. Vous n'auriez pas dû me laisser dormir aussi longtemps, ajouta-t-elle, un peu honteuse.

Legoff sourit.

— Vous avez beau prétendre que vous êtes faite de fer, une fois de temps à autre, vous avez besoin de repos vous aussi.

— L'après-midi est déjà entamé, souligna Vercoutre, et ce serait bien d'arriver à Petit Cul-de-Sac marin de jour.

— Ça ne devrait pas tarder, dit Legoff en se remettant en selle, imité par les deux autres. Il me semble que je sens déjà les effluves de la mer.

L'instinct de Legoff ne l'avait pas trompé. À peine une vingtaine de minutes plus tard, les arbres s'écartaient pour laisser voir la mer aux trois compagnons. Le spectacle était magnifique. Petit Cul-de-Sac marin devait son nom à l'étroitesse de sa baie, comparativement à sa contrepartie, de l'autre côté de la bande de terre, qui était beaucoup plus ouverte sur l'océan. Sur la gauche, on voyait la côte de Grande-Terre, découpée par une falaise abrupte sur laquelle les oiseaux allaient nicher. Cette falaise se prolongeait à leurs pieds, mais en jetant un regard sur la droite, du côté de Basse-Terre, ils virent qu'un peu plus loin la falaise faisait place à la plage et qu'à cet endroit l'accès à la baie était chose facile.

La mer était turquoise, avec des nuances sombres dans les hauts-fonds et du vert d'émeraude autour du rivage. L'eau était tranquille, agitée seulement par quelques petits frémissements des vagues qui se hérissaient sous la caresse du vent. Les cocotiers, mêlés à toutes sortes de feuillus de moindre taille, bordaient en une joyeuse pagaille la plage au sable doré qui s'étendait à perte de vue. Mais aussi loin que portait leur regard, il n'y avait pas de bateau en vue. Vercoutre avait sorti sa lunette d'approche.

— Nous avons deux possibilités, dit Vercoutre en observant le paysage. Aller vers l'est, du côté des falaises, où il semble y avoir une petite bourgade et quelques modestes installations portuaires dans un repli de la côte, ou partir du côté ouest, beaucoup plus dégagé. Pour un bateau, poursuivit-il en refermant sa lunette, il peut être plus intéressant d'aller du côté ouest si on cherche refuge. Il y a moins de risques de se fracasser sur la falaise si les vents sont mauvais, même s'il semble y avoir là quelques récifs de corail à éviter.

— Mais on ne voit aucun bateau par là, dit Marie avec une pointe de découragement dans la voix.

— Je pense que nous ne sommes pas allés assez loin, répondit Vercoutre. N'oubliez pas que Petit Cul-de-Sac marin n'était pas la destination du navire. S'il s'y trouve, c'est qu'il y aura été forcé. Il ne voudra donc pas s'y enfoncer inutilement pour pouvoir en repartir facilement. Je pense que si notre bateau est dans les parages, ce sera bien sur la côte de Basse-Terre, mais beaucoup plus loin.

— Vous semblez malgré tout bien connaître la région, souligna Legoff.

— La Martinique est à trois ou quatre jets de pierre d'ici, et j'ai pas mal navigué dans le coin. Cette partie intérieure de l'île est la côte au vent, alors que de l'autre côté, là où vous naviguiez, c'est la côte sous le vent, beaucoup moins appréciée des marins. C'est pour cela que j'affirme que, si bateau il y a, ce sera de ce côté-ci.

— Je suis d'accord avec l'analyse de Vercoutre, dit Legoff. Ça me semble être logique et je pense aussi que nous devrions aller par là.

— Eh bien allons-y, dit Marie.

Ils remirent leur monture en marche et se dirigèrent vers les plages de Basse-Terre.

La falaise s'estompait rapidement. Ils la longèrent jusqu'à ce qu'elle s'efface peu à peu en une pente douce qui les amena au niveau de la mer. Marie regardait la plage dorée qui s'étendait devant eux et brûlait d'envie d'aller se jeter dans l'eau pour enlever la boue qui avait fini par sécher sur son corps. Elle se sentait sale et poussiéreuse, mais elle jugea qu'il valait mieux pour l'instant rester ainsi et attendre de voir où ils établiraient leur campement. Elle ne voulait pas échanger une croûte de boue contre une croûte de sel.

— Ce sera difficile de continuer par la plage, évalua Vercoutre. Elle est large par endroits mais rétrécit beaucoup un peu plus loin. Cherchons plutôt une piste ou quelque chose qui y ressemble.

— Regardez devant le rocher, là-bas, il semble y avoir un sentier qui arrive là ou qui part de là.

Ils s'approchèrent de l'endroit désigné par Legoff et virent qu'il y avait effectivement un sentier praticable pour les chevaux et le mulet de Marie. Et, à en juger par les pommes de route qui le parsemaient, ils ne seraient pas les seuls à l'utiliser.

— Est-ce que cette partie de l'île est habitée ? demanda Marie.

— On risque de trouver des maisons éparses et parfois quelques habitations regroupées. J'imagine que, d'ici quelques années, ce sera beaucoup plus peuplé, mais pour l'instant il n'y a pas foule, répondit Vercoutre.

Le soleil commençait à peindre des traces colorées dans le ciel et les trois amis jugèrent qu'il était temps de trouver un endroit où passer la nuit. D'ailleurs, la fatigue de la longue journée commençait à se faire sentir, et même si Francis Drake avait une allure paisible, Marie était toute courbaturée. Après deux mois sans monter, c'était inévitable. Ils arrivèrent à l'embouchure d'une petite rivière qui venait se jeter dans la baie. Les trois cavaliers descendirent de leur monture et la traversèrent à pieds. Marie y mit la main et constata avec surprise que l'eau était très fraîche. De plus, c'était de l'eau douce.

— Peut-être pourrions-nous établir notre campement par ici, suggéra-t-elle. Le sol semble moelleux et la rivière nous permettra de nous rafraîchir.

Les deux hommes convinrent qu'en effet, c'était une bonne idée.

Ils déballèrent le contenu des sacoches, sortant les victuailles et trois couvertures dans lesquelles ils pourraient s'enrouler pour dormir. Mais Marie n'avait qu'une idée en tête : se délester des restes de boue qui lui raidissaient la peau.

— Je vais aller me nettoyer à la rivière, dit-elle en prenant une chemise propre qu'elle avait eu soin d'apporter.

Legoff, déjà allongé sur le sol, leva la tête vers elle.

— Soyez prudente.

— Voulez-vous que je vous accompagne ? demanda Vercoutre.

— Que voulez-vous qu'il m'arrive ? demanda Marie, un brin agacée. Et non, je ne veux pas que vous m'accompagniez, dit-elle à Vercoutre. Je voudrais me laver en toute intimité.

— À votre guise, mais si vous avez besoin d'aide, criez.

Marie haussa les épaules et tourna les talons.

En fait, elle ressentait le besoin de s'éloigner un peu. Les événements se précipitaient, entremêlés de pénibles périodes d'attente, et elle avait un peu de mal à y voir clair. Et puis Étienne... Il lui manquait terriblement, et pourtant, en même temps, la présence de Vercoutre était troublante. Leur étreinte dans l'abri-sous-roche avait laissé sa marque alors qu'elle percevait celle de la plage comme un accident de parcours. Vercoutre lui apportait un soutien précieux et une présence rassurante dans cette aventure, quoique, depuis la réapparition de Legoff, ce rôle s'était un peu modifié. Le comte avait une autorité toute naturelle, qui n'était pas sans lui rappeler celle d'Étienne, et il semblait absolument normal qu'il ait pris en mains la direction des opérations. Elle devait reconnaître qu'il agissait en parfait gentleman. Il se comportait avec elle comme il l'aurait fait avec une amie chère et ne la traitait pas en maîtresse. Marie appréciait beaucoup cette attitude car elle ne voulait surtout pas être jugée par Julien, qui avait appris à beaucoup apprécier son mari.

Tout cela est bien confus, soupira-t-elle en enlevant sa chemise raidie par la boue. Mais dans le fond, peu importaient les sentiments des uns et des autres, tout ce qui comptait réellement, c'était de retrouver Thierry. Ne disait-on pas que la fin justifiait les moyens ? Retrouverait-elle seulement Étienne un jour ? La terre était si grande et les mers si vastes. Où était-il en ce moment même ? Il ne pouvait deviner que son fils était aux mains de... pirates et que sa femme courait aux quatre vents pour le retrouver. Quelle serait sa réaction quand il rentrerait à La Rochelle, dans un peu moins de six mois maintenant ?

Au fil de ses pensées, Marie s'était avancée dans la petite rivière, dont l'eau fraîche la fit d'abord frissonner. L'eau lui arrivait à peine au mollet mais, légèrement en amont, il y avait une poche d'eau un peu plus profonde. Marie enleva ses vêtements et les secoua pour les débarrasser de la couche de boue qui les recouvrait. Puis elle les rinça vigoureusement et les étendit sur une grosse roche qui bordait la rivière. Enfin, avec un soupir de volupté, elle se laissa flotter en fermant les yeux. Elle plongea la tête sous l'eau et secoua ses cheveux dans l'onde fraîche. Elle tenta de faire le vide dans son esprit et y parvint presque. Elle arrivait enfin à se détendre un peu et sentait ses muscles se relâcher un à un. Elle serait bien restée là durant des heures, mais au bout d'une quinzaine de minutes elle se mit à frissonner. Elle soupira. Il allait bien falloir revenir vers le campement...

Une fois sortie de l'eau, elle enfila la chemise sèche qu'elle avait pris soin d'apporter. Elle tordit ses cheveux et les secoua, puis, même si la chemise lui tombait jusqu'aux genoux, elle s'entoura la taille de la couverture qui lui servirait de couche pour dormir un peu plus tard. Elle frappa ses bottes l'une contre l'autre, regardant avec amusement les plaques de boue s'en détacher. Elle reprit enfin ses vêtements trempés et retourna au campement pieds nus.

L'ombre s'épaississait déjà sous les catalpas, un petit arbre en forme de parasol qui produisait de jolies fleurs blanches en saison, les amandiers et les cocotiers. Marie passa près d'un arbre chargé de fruits vert-jaune semblables à des pommes. Ils étaient très appétissants et, comme la jeune femme commençait à avoir faim, elle en cueillit un qui tomba aisément dans sa main, visiblement arrivé à maturité. Elle l'essuya sur la manche de sa chemise et, tout en marchant, s'apprêtait à en prendre une bonne bouchée lorsque son geste fut brutalement interrompu par Vercoutre. Surgi d'on ne sait où, il lui donna une forte claque sur la main, envoyant valser le fruit dans le sable. Dans sa précipitation, il avait accroché la joue de Marie et l'avait légèrement égratignée. La jeune femme le regarda, furieuse.

— Mais qu'est-ce qui te prend ? Tu te crois peut-être drôle avec tes gamineries ? Tu m'as fait une de ces peurs !

— C'est plutôt toi qui m'as fait une de ces peurs, répliqua-t-il. Tu t'apprêtais à mordre dans l'un des fruits les plus toxiques des Antilles. En avaler une bouchée, c'est comme signer ton arrêt de mort.

Marie était secouée. Elle regarda Vercoutre avec de grands yeux, la colère ayant cédé la place à l'étonnement.

— Que… ?

— Le mancenillier est l'arbre le plus dangereux des Antilles, insista-t-il en serrant Marie contre lui, son cœur battant à tout rompre. L'écorce, la sève, les feuilles, tout en lui est toxique. J'ai oublié de t'en avertir et je m'en veux terriblement. Je n'ai absolument pas pensé qu'on pourrait en trouver sur notre chemin et j'aurais dû. C'est un arbre qui pousse sur la bande littorale. C'est un miracle que tu ne sois pas tombée dessus quand nous avons débarqué sur l'île et que j'étais inconscient.

Marie se remettait peu à peu de la commotion.

— Eh bien finalement, je l'ai échappé belle, dit-elle alors que Legoff déboulait vers eux.

— Que se passe-t-il ? Je vous ai entendue crier.

Il fronça les sourcils en voyant Marie toujours dans les bras de Vercoutre. La jeune femme se dégagea.

— Plus de peur que de mal, Julien. Simon vient de me sauver d'une mort atroce.

— Mais… comment ? Qui vous a attaquée ?

— Personne, répondit Vercoutre. Mais elle s'apprêtait à manger un fruit de mancenillier, ce qui aurait équivalu à l'un des empoisonnements les plus réussis de la cour…

Vercoutre pointa du pied le fruit en question.

— C'est cette petite chose, qui a l'air bien innocente comme ça, mais qui est très dangereuse. Il faut même éviter de toucher l'arbre parce que le simple contact avec son écorce peut causer de sévères irritations. Nous avons eu comme ça un ouvrier au domaine qui n'avait pas fait attention et avait été en contact avec sa sève. Il a souffert pendant des jours. Alors, conclut-il en donnant un coup de pied dans le fruit, mieux vaut éviter de s'en approcher.

— Vous devriez vous laver les mains, ajouta-t-il en s'adressant de nouveau à Marie.

La jeune femme retourna à la rivière et se rinça les mains. Elle en profita pour passer de l'eau sur sa joue là où Vercoutre l'avait griffée. Ça piquait un peu, mais rien de grave. La jeune femme revint vers les deux hommes et regarda l'arbre chargé de fruits. Rien ne le distinguait des autres. L'arbre aux feuilles vert tendre allongées et aux branches souples se fondait parfaitement dans la végétation environnante.

— Eh bien, il y a quand même quelques pièges dans ce paradis. Bon, mais ce n'est pas tout ça, reprit-elle, j'ai toujours aussi faim. Si on mangeait ?

Chapitre 27

Les trois voyageurs n'avaient pas prolongé les discussions plus que nécessaire et ils s'étaient endormis sitôt leur campement plongé dans l'obscurité. Lorsqu'ils se réveillèrent au petit matin, Legoff et Vercoutre constatèrent que Marie n'était pas là. Le Breton rejeta sa couverture en ronchonnant.

— Où est-elle encore passée ? Il va falloir que nous l'attachions pour dormir, vous allez voir...

Vercoutre était en train d'enfiler ses bottes quand Marie fit son apparition.

— Où étiez-vous ? demanda Legoff avec humeur.

— Je n'ai pu résister à l'envie d'aller nager un peu dans la mer.

Elle avait rassemblé ses cheveux sur le dessus de sa tête et deux petites branches passées en travers de son chignon improvisé les maintenaient tant bien que mal en place. Sa chemise collait sur sa poitrine. Vercoutre sentit un élan de désir le transpercer, mais il détourna les yeux et dit qu'il allait préparer le petit déjeuner.

Marie, inconsciente du charmant tableau qu'elle offrait, embrassa légèrement Legoff sur la joue.

— Allons, Julien, ne faites pas cette tête. Pourquoi n'ouvrez-vous pas les deux yeux ?

— Saloperie de moustiques ! répondit-il. Ils ne m'ont pas laissé tranquille de toute la nuit.

— Ah bon ? dit Marie, un peu ironique. Je n'ai pas été ennuyée du tout.

— C'est parce que la couverture vous couvrait entièrement. Moi, elle ne me cachait qu'à moitié.

Marie retint un sourire. Le pauvre Legoff avait un œil presque fermé à cause des piqûres de moustique et des taches de sang autour des oreilles.

Vercoutre, qui s'affairait à allumer un feu, lui jeta un coup d'œil.

— Faites attention à ces piqûres, elles pourraient bien s'infecter.

Marie déplora le fait de ne plus avoir avec elle ni ses pommades ni ses herbes médicinales. Elle ne doutait pas que la forêt autour d'eux regorgeait de produits qu'elle pourrait utiliser avec succès, mais sa méconnaissance de la flore environnante et l'épisode du mancenillier l'incitaient à la prudence.

— Il y a un peu de glaise en bordure de la rivière, cela pourrait vous soulager, proposa-t-elle au Breton.

— Non, ça va aller, déclina-t-il.

Marie reporta son attention sur Vercoutre.

— Pourquoi un feu ?

— Des œufs, ça vous dirait ?

— Des œufs ? Vous n'avez pas transporté des œufs dans vos sacoches tout de même !

Vercoutre éclata de rire.

— Bien sûr que non ! Mais j'ai vu des nids de tortues à quelques pas d'ici, et leurs œufs sont délicieux. Ça nous fera un petit déjeuner parfait avant de reprendre la route.

Vercoutre s'assura que son feu était bien alimenté et il s'en fut chercher les œufs, accompagné de Marie, qui était curieuse de voir ces nids de près. La curiosité eut aussi raison de Legoff, qui se joignit à eux.

— Comment sont-ils, ces nids ?

— En fait, ce sont plutôt des trous dans le sable. La tortue vient y pondre à trois reprises durant la saison et y laisse entre cent cinquante et deux cents œufs, qu'elle recouvre de sable.

— Tant que ça ! s'écria Marie.

— Oui, et c'est pour ça qu'en prendre quelques-uns pour notre consommation ne changera pas grand-chose...

— Et comment savez-vous... ?

Marie s'interrompit, les traces dans le sable répondaient à sa question. Vercoutre creusa délicatement à l'endroit où elles s'arrêtaient et repartaient. Il découvrit ainsi les œufs à la coquille blanchâtre, entassés les uns sur les autres. Marie en prit un dans sa main.

— Mais la coquille est toute molle !

— Ce sont des coquilles souples, contrairement à celles des œufs de poules et d'oiseaux. N'en prenons pas plus que nécessaire.

Ils en sortirent une douzaine, qu'ils emportèrent avec précaution à leur campement. Le bois du feu était presque entièrement consumé et Vercoutre l'éteignit en marchant dessus. Puis, il écarta les braises avec un bâton, fit un trou dans le sable et y déposa les œufs, qu'il recouvrit des cendres chaudes.

— Voilà ! Dans une dizaine de minutes, ce sera prêt. Il ne manquerait qu'un bon café pour nous faire un repas royal.

Pendant que les œufs cuisaient, ils remplirent les sacoches des chevaux et du mulet, qui s'étaient nourris des herbes environnantes. Marie amena les bêtes à la rivière pour qu'elles puissent s'y désaltérer. Puis, les trois voyageurs mangèrent les œufs, qui furent décrétés délicieux par Marie et Legoff et pas si différents, finalement, des œufs de poules. Leur repas terminé, ils se remirent en selle et repartirent au long du chemin.

La journée était belle et ils avancèrent rapidement. Le sentier s'ouvrit sur un village d'une centaine de maisons. L'agglomération, beaucoup plus organisée que ce qu'ils avaient vu à Grand Cul-de-Sac marin, s'étirait principalement de chaque côté du chemin devenu une route.

Ils ne s'y attardèrent pas, mais à partir là, ils purent voyager dans des conditions beaucoup plus faciles. La route, bien que peu fréquentée, était assez large pour qu'ils puissent chevaucher côte à côte et parfois même piquer un petit galop. Ça ne durait jamais longtemps parce que Francis Drake s'épuisait à tenter de suivre le rythme des chevaux, et ce, malgré les encouragements de Marie. Alors Legoff et Vercoutre attendaient la jeune femme au détour d'un virage, avec un petit sourire franchement agaçant.

Ils arrivèrent jusqu'à une autre commune, où ils décidèrent de mettre pied à terre. Il y avait, en bordure de la route, une maison un peu plus grande que les autres, avec une petite terrasse à l'avant ainsi que quelques tables et quelques chaises. Une auberge ? Laissant son cheval à Legoff, Vercoutre entra dans la maison.

Marie observait les murs de la maison, dont les poteaux de bois dur supportaient un tressage de branches. Le tout était surmonté d'un toit de paille. De simples ouvertures dans les murs constituaient les fenêtres.

— Pas de volets ? s'étonna Marie. Ce ne doit pas être très pratique quand il pleut.

— Je crois qu'ils sont à l'intérieur, répondit Legoff. C'est un type de construction différent de ce que nous connaissons, mais ça doit avoir le mérite de laisser passer la fraîcheur.

— Je ne voudrais pas y être pendant une tempête, remarqua la jeune femme.

Ils ne poussèrent pas plus loin leurs réflexions, Vercoutre revenait vers eux.

— Nous sommes à Sainte-Anne de la Petite-Rivière-à-Goyaves, leur annonça-t-il. Nous pouvons manger ici et ensuite, nous rendre un peu plus loin. À moins que vous ne préfériez passer la nuit ici.

— Il est beaucoup trop tôt pour s'arrêter, protesta Marie.

Vercoutre sourit.

— Je me doutais bien que vous diriez ça. Le propriétaire nous propose du poisson pour déjeuner. Profitons de ces quelques moments de repos, nous poursuivrons notre route par la suite.

Il m'a dit qu'il n'avait vu aucun bateau dans les parages récemment, mais que, peut-être, du côté de Capesterre, on pourrait apprendre quelque chose. La tempête qu'on a connue a été moins féroce ici, mais il a entendu raconter que des bateaux seraient venus trouver refuge dans la baie.

Marie ressentit un regain d'optimisme.

— A-t-il mentionné de quel type de bateau il s'agissait ?

— Marie, il n'est même pas certain qu'il y en ait un… Attendons de nous rendre jusque-là.

Une jeune femme à la peau foncée vint vers eux avec un plateau entre les mains. Sur ce plateau, trois verres et une bouteille de rhum.

— Nous sommes dans le pays où on produit le rhum, dit Vercoutre. Autant goûter à la production locale en attendant le poisson…

— De quoi vivent les gens ici ? demanda Marie en regardant la couleur ambrée du rhum dans son verre.

— La culture de la canne à sucre est très importante, dit Vercoutre. Et c'est pour ça que le trafic d'esclaves est si florissant par ici, et quand je dis par ici, c'est dans toutes les colonies. La Martinique profite aussi beaucoup de cette main-d'œuvre bon marché.

Marie grimaça. L'idée que des hommes puissent en mettre d'autres en esclavage la révoltait, mais que pouvait-elle y faire… Elle fit passer l'information avec une gorgée de rhum qu'elle trouva excellent par ailleurs. Légèrement parfumé à la vanille, épicé à souhait, c'était le meilleur rhum qu'elle avait bu depuis… depuis toujours, en fait. Legoff semblait de son avis puisqu'une fois son verre terminé, il s'empressa de s'en verser un autre.

Le patron arriva sur ces entrefaites avec un poisson grillé, du manioc, un légume vert que Marie ne connaissait pas et des bananes grillées, sur lesquelles Vercoutre se jeta aussitôt.

— Voilà, messieurs-dame, dit-il avec un accent surprenant du midi de la France. Une belle dorade pêchée ce matin.

Amusée, Marie le regarda.

— Visiblement, vous n'êtes pas né ici.

— Ah ça, ma p'tite dame, pour sûr que non ! Mais ça fait déjà dix ans que j'ai quitté le pays.

— Et vous ne regrettez pas ?

— C'est le paradis ici, mam'zelle. Enfin, pas tout le temps, on fait avec... On ne vit pas richement, mais on n'a pas besoin de grand-chose. Je vais aller vous chercher de l'eau fraîche. Le rhum, c'est bien beau, mais ça va finir par vous brouiller le teint.

Il repartit à l'intérieur. Marie s'inquiéta soudainement.

— Avons-nous de quoi payer ?

— Ne vous inquiétez pas, dit Legoff. Tadoussac a veillé à me donner une petite bourse pour nos besoins.

Le poisson fut vite avalé, les œufs de tortue du matin étant de l'histoire ancienne. L'aubergiste revint leur offrir un café.

— J'ai quelques plants de café dans le champ, dit-il avec une certaine fierté, et vous allez goûter là le meilleur café au monde.

— Vous avez parlé de Capesterre, je crois. Est-ce loin ? demanda Legoff.

— À trois ou quatre lieues d'ici, répondit l'aubergiste. Christophe Colomb y a débarqué quand il a découvert cette partie de pays. En fait, ça s'appelle Capesterre-Belle-Eau. En gros, ça veut dire « terre exposée aux vents de l'est », et si on y a ajouté « belle eau », c'est à cause de l'abondance des cascades, des rivières et des petits lacs qu'on y trouve. Mais vous, que faites-vous par ici ?

— On se promène, mon brave, dit Vercoutre. Ma jeune épouse et moi, ainsi que le frère de celle-ci, on veut découvrir un peu plus du pays afin de décider si, oui ou non, on s'y installe, ou si on repart pour le continent.

— Ben, vous ne repartirez plus, c'est moi qui vous le dis ! Et cette terre, elle a besoin de beaux petits enfants bien français, ajouta-t-il avec un clin d'œil appuyé à Vercoutre.

— Bon, dit Legoff en se levant pour mettre fin à la conversation. Il va falloir repartir, on a du chemin à faire. Venez, l'aubergiste, je vais vous payer.

Et il entra dans l'auberge à la suite de l'homme.

Vercoutre était resté bien appuyé sur sa chaise.

— Peupler un peu cette île, ça te dirait ? lança-t-il à Marie avec une petite étincelle au fond des yeux.

Elle ne put rien répondre parce que Legoff revenait.

La route vers Capesterre-Belle-Eau quittait le bord de la plage pour s'engager un peu plus à l'intérieur des terres. Marie s'était faite à l'allure un peu chaotique de Francis Drake, mais elle aurait cent fois préféré monter un cheval qui leur aurait permis d'aller plus vite. Ça lui donnait l'occasion cependant de se perdre dans la contemplation des champs de canne à sucre, qui s'étendaient à perte de vue. Elle voyait des hommes y travailler, des Noirs pour la plupart, sous un soleil de plomb, tranchant à grands coups de machette les tiges ligneuses de la canne à sucre et les emportant en lourds ballots sur leur dos courbé. Marie ne savait trop que penser quand elle voyait un contremaître sortir son fouet et vociférer de telle façon que même d'aussi loin elle pouvait l'entendre.

De temps en temps, surtout lorsqu'ils contournaient une pointe qui s'avançait dans la mer, Vercoutre cherchait une ouverture vers la baie et, armé de sa lunette d'approche, il allait la scruter pour voir si un bateau s'y cachait. Chaque fois qu'il revenait bredouille, Marie ressentait une petite pointe de déception lui transpercer le cœur. Peut-être que tout ça n'était que chimère, peut-être couraient-ils après un nuage qui s'évaporait sans cesse avant qu'ils puissent l'atteindre, peut-être que... Mais elle chassait alors ces pensées moroses et essayait d'encourager Francis Drake à maintenir une allure raisonnable.

Au cœur de l'après-midi, ils calculèrent qu'ils devaient être tout près de Capesterre-Belle-Eau. Une maison solitaire se dressait du côté de la baie, désespérément vide de bateaux. Alors qu'ils passaient devant le chemin qui y menait, Francis Drake s'y engagea résolument et accéléra même le pas. Marie avait beau tenter de le retenir, rien n'y faisait.

— Marie, où allez-vous ? cria Legoff.

— Ce n'est pas moi, c'est cette fichue bête qui m'entraîne ici... Hé ! Veux-tu bien m'écouter !

Elle tirait comme elle le pouvait sur les rênes du mulet, mais celui-ci semblait parfaitement insensible à ses imprécations.

Legoff et Vercoutre n'eurent d'autre choix que de la suivre. Ils éperonnèrent leur monture et partirent au galop pour essayer de retenir le mulet de chaque côté de sa bride. Mais Francis Drake les avait sentis arriver et il se mit à courir dans un galop désordonné qui désarçonna Marie, laquelle se retrouva cul pardessus tête dans la poussière du chemin.

Les deux hommes s'arrêtèrent à sa hauteur.

— Ça va ? demanda Vercoutre en faisant de valeureux efforts pour ne pas rire. Pas trop de mal ?

Marie se relevait péniblement en brossant sa culotte du plat de la main.

— Non, ça va. Qu'est-ce qui lui a pris à cette sale bête ?

— Vous n'avez pas réussi à établir une véritable relation avec lui, dit Legoff, il a dû se sentir rejeté.

— Une autre bataille gagnée par sir Francis Drake, annonça pompeusement Vercoutre de sa voix grave.

Marie leur lança un regard noir avant de reporter son attention vers l'endroit où s'en était allé le mulet. Un vieil homme sortit sur le pas de la maison.

— Ça alors ! l'entendirent-ils s'écrier. Francis Drake ! Mais que fais-tu ici ? D'où viens-tu ? Ma parole, tu es tout en sueur ! Qui t'a fait courir comme ça ?

L'homme vit alors les deux cavaliers et la femme, qui venaient vers lui.

— Excusez-nous pour le dérangement, monsieur, dit Marie, mais ce mulet est devenu incontrôlable.

— Ce n'est pas un mulet, la coupa l'homme, c'est Francis Drake.

— Vous le connaissez ? demanda Marie en ouvrant des yeux ronds.

— Je l'avais prêté à un ami qui ne devait me le remettre que dans quelques mois. De l'autre côté de l'île, là-bas, du côté de Grand Cul-de-Sac marin.

Vercoutre, qui était resté en retrait tout ce temps, s'avança sur son cheval.

— C'est de là que nous venons, Narcisse, mais toi-même, que fais-tu ici ?

Ce fut au tour du vieil homme de lever un regard étonné vers l'homme à cheval. Aveuglé par le soleil qui baissait à l'horizon, il mit sa main en visière pour tenter de distinguer les traits de son interlocuteur, dont la silhouette se découpait à contre-jour.

— Mais qui… ?

Vercoutre mit pied à terre et s'avança vers l'homme.

— Alors ? On ne reconnaît plus ses amis ?

L'homme, éberlué, enleva tout de suite son chapeau.

— Monsieur le comte, balbutia-t-il. Ça alors ! J'aurais jamais cru…

— Ma foi, Narcisse, on dirait que tu vois un revenant.

— Ben, à vrai dire, monsieur le comte, je ne vous croyais plus de ce monde.

Vercoutre fronça les sourcils.

— Et qu'est-ce qui a pu te faire croire ça ? D'abord, que fais-tu ici ? Pourquoi n'es-tu pas au domaine ?

— Ah ! C'est que monsieur ne sait pas…

Vercoutre devenait impatient.

— Qu'est-ce que je ne sais pas ?

Le vieil homme semblait au supplice. Il triturait son chapeau et se dandinait d'un pied à l'autre. Marie le prit en pitié.

— Peut-être que M. Narcisse souhaiterait vous parler seul à seul, Simon, et que notre présence le gêne.

Une femme, visiblement l'épouse de Narcisse, sortit de la maison à son tour. Son regard se figea à la vue du petit groupe.

— Dieu du Ciel ! Monsieur le comte ! Vous n'êtes pas mort !

Elle se précipita vers Vercoutre et lui saisit la main, qu'elle se mit à embrasser. Gêné par tant d'effusions, Vercoutre tenta tant bien que mal de retirer sa main tout en calmant la femme replète qui s'était jetée sur lui.

— Allons, allons, Ernestine, calmez-vous. Qu'est-ce que c'est que cette histoire comme quoi je serais passé de vie à trépas ?

Pendant ce temps, Legoff était descendu de cheval à son tour.

— Narcisse Beauchastel est sous-contremaître dans notre domaine en Martinique, dit Vercoutre à l'intention de ses amis.

Marie se rendit compte qu'elle en savait en réalité très peu sur ses occupations. Il avait donc une plantation... et probablement des esclaves puisqu'il avait dit que tout le monde en avait. Est-ce que cet homme, en apparence si droit, utilisait lui aussi le fouet sur les esclaves ?

Vercoutre poursuivait les présentations.

— Voici Marie de Beauval et Julien Legoff. Des amis qui me sont devenus très chers et pour qui je n'ai pas de secret.

Narcisse semblait gêné.

— Monsieur le comte, je ne sais par où commencer.

— Essaie par le début, tu verras, ça ira mieux.

Tandis qu'Ernestine retournait dans la maison, les trois voyageurs et Narcisse se dirigèrent naturellement vers la tonnelle, où quelques bancs de bois étaient à l'ombre d'une vigne fleurie. Le vieil homme s'assit pesamment, semblant porter sur ses épaules tout le poids de la terre. Quand tout le monde fut installé, il commença :

— Quand vous êtes parti, il y a plus de deux ans, Mme Évelyne était toujours mélancolique. Rien ne l'intéressait plus et, de nouveau, elle sortait à peine de sa chambre. Si j'essayais de lui parler du domaine, elle me disait de consulter Frémond Legoix, le contremaître en chef. Comme vous le savez, monsieur le comte, je n'ai jamais eu de bons rapports avec lui. Quand vous étiez là, ça pouvait aller mais, en votre absence, il avait le champ libre. On s'est mis à le voir de plus en plus avec le comptable, Germain Cornier. Ça ne me disait rien de bon. Ils sont pareils, ces deux-là.

Vercoutre ne disait rien, mais la tension de son corps trahissait l'importance qu'il portait aux propos du vieil homme.

— Puis un jour, un grand monsieur est venu les voir. Le Frémond lui a fait visiter la plantation. J'ai voulu savoir de quoi il s'agissait, mais on m'a éconduit comme un malpropre en me disant de me mêler de ce qui me regardait. Je n'avais jamais vu ce monsieur auparavant.

Marie voulut dire quelque chose, mais elle se ravisa. Narcisse poursuivit.

— Et puis, une journée, on m'a fait venir. Frémond m'a donné une bourse en me crachant que c'était ma dernière paye, qu'il me remerciait de mes services mais qu'on n'avait plus besoin de moi. J'ai répondu que je ne partirais pas comme ça, que c'était à monsieur le comte de me renvoyer s'il le souhaitait, mais pas à lui. Il s'est mis à ricaner et c'est là qu'il m'a appris la terrible nouvelle. Il m'a dit que le bateau de monsieur le comte avait rencontré une violente tempête en revenant du continent et qu'il s'était perdu corps et biens.

— Quand t'a-t-il dit ça ? demanda Vercoutre d'une voix tranchante.

— Oh, ça devait faire six mois que monsieur le comte était parti !

— Tout était donc planifié pour que je ne revienne pas... Et Évelyne ?

— J'ai demandé à parler à madame, mais on m'a dit qu'elle ne recevait pas parce qu'elle était terriblement affectée par la nouvelle. J'ai insisté, alors Frémond s'est fâché et s'est mis à me menacer. Ernestine et moi, on a eu à peine le temps de ramasser nos affaires que déjà deux solides lascars que je ne connaissais pas nous ont escortés hors du domaine et ont claqué la grille derrière nous. On a trouvé refuge chez des voisins. Au bout d'une semaine, j'ai trouvé le courage d'y retourner. Quand j'ai frappé à la porte de la grande maison, c'est un inconnu qui m'a reçu.

J'ai demandé à voir Mme Évelyne et on m'a annoncé qu'elle était partie, qu'elle avait vendu le domaine. J'ai dit que je ne pouvais pas croire ça, que je voulais voir madame. Là, le bonhomme s'est mis à crier. Il a dit qu'elle était partie très loin dans une maison de santé, et c'est là que Frémond est arrivé avec Cornier, le comptable. Il était armé d'un pistolet. Il m'a dit qu'il me donnait une dernière chance de disparaître et que le meilleur conseil qu'il pouvait me donner, c'était de quitter l'île. Et c'est comme ça qu'Ernestine et moi, on s'est retrouvés ici, qu'on a acheté cette petite maison et le bateau de pêche amarré au quai là-bas, qui nous permet de gagner de quoi vivre.

Vercoutre avait pâli au fur et à mesure que le récit du vieil homme progressait. Lorsque Narcisse eut terminé, le comte se leva et alla s'appuyer à la tonnelle en regardant vers la baie. Marie brisa le silence, épais comme un brouillard de novembre.

— Cet homme à qui Legoix a fait visiter le domaine, vous en souvenez-vous ? Comment était-il ?

— Il était grand et très intimidant. À un moment donné, il a enlevé son chapeau et j'ai pu voir qu'il était blond. Mais ce sont surtout ses yeux qui m'ont frappé. Jamais je n'avais vu un regard aussi tranchant, aussi cruel, devrais-je dire. Des yeux bleus qui vous transpercent au plus profond de votre âme.

— Eh bien, Simon, dit Marie en se tournant vers le comte, je crois que Marek a croisé votre route.

Encore une fois, un silence porteur d'images et d'idées funestes s'abattit sur le groupe.

— Mais qu'est-ce que tout cela peut bien signifier ? explosa finalement Vercoutre. Qu'est-ce que cette histoire de vente, de maison de santé ? Où est Évelyne en ce moment ?

Legoff prit la parole.

— Nous savons tous que ce Marek, si toutefois il s'agit bien de lui, est un fin renard. Il a l'art d'arriver à ses fins, peut être extrêmement convaincant et retourner aisément une situation en sa faveur. C'est certain qu'il y a un but derrière tout ça. Probablement même qu'à l'origine, c'était plus le domaine que votre bateau qui était visé, l'un permettant d'obtenir l'autre. En disparaissant en mer, vous lui laissiez le champ libre ; il pouvait régler toutes ses petites affaires. Et si en plus il y gagnait un bateau, c'était tout bénéfice. Il y a une chose qu'il n'avait cependant pas prévue.

— Laquelle ? demanda Marie.

— Votre présence dans tout ça.

— Pourtant, il est allé jusqu'en France pour m'enlever Thierry !

— Sincèrement, dit Legoff, je ne crois pas que les deux événements soient liés. C'est un curieux effet du hasard qui vous aura réunis.

Vercoutre regarda pensivement la jeune femme.

— Oui. Et maintenant, il a un ennemi de plus. Il faut non seulement que je retrouve mon bateau, mais aussi que je fasse la lumière sur tout ceci. Et que je retrouve Évelyne, dit-il, la voix empreinte de rage et de tristesse.

— La feuille de route de ce monsieur est certainement fort chargée, convint Legoff, mais on sait également qu'il bénéficie de beaucoup d'appuis par ici. Nous devrons être prudents.

— Il nous faudra tout simplement être plus malins que lui. Narcisse, dis-moi, continua Vercoutre, as-tu vu des bateaux dans le coin depuis la tempête ?

— Des bateaux ? Y a bien quelques pêcheurs qui ont repris la mer depuis, si c'est ce dont vous parlez, monsieur le comte. Moi, je n'ai pas pu, ma barque ayant été abîmée par les fortes vagues. J'ai dû passer trois jours à la réparer, mais justement je me proposais de retourner pêcher demain matin, à l'aurore.

— Non, je parle de gros bateaux, comme ceux que j'ai… que j'avais au port.

— Ah ! ces bateaux-là ! Non, monsieur le comte, je n'en ai pas vu. Mais comme je vous ai dit, je ne suis pas sorti et il y a une petite île, là devant, qui me bouche la vue. Alors si vos bateaux sont passés au large…

Le regard de Vercoutre se porta vers la baie, qu'il scruta pensivement. La maison était située sur un promontoire d'où l'on avait un beau point de vue jusqu'à la mer ouverte. Il n'y avait aucune voile en vue. Son regard revint vers la petite île, qui n'était pas si petite que ça, en fait. Couverte d'une végétation dense, elle était suffisamment imposante pour cacher une bonne partie de la baie à quiconque se trouvait sur le rivage. À plus forte raison si cette personne était occupée à réparer une barque.

— Tu dis qu'il y a des pêcheurs qui sont sortis ces derniers jours ?

— Pour sûr, monsieur le comte. Y a le Fabien qui y est allé le jour suivant la tempête, y dit que c'est là qu'on fait les meilleures prises. Faut croire qu'il a raison parce qu'il est revenu la barque pleine de gros poissons…

— Tu lui as parlé ?

— Non, c'est Legouellec qui me l'a dit quand je suis allé au magasin général pour acheter de quoi réparer ma barque.

— Un Breton ? demanda Legoff.

— Oui, m'sieur. Il est arrivé y a plus de dix ans. Têtu comme deux !

Marie pouffa dans son verre, ce qui lui valut un regard courroucé de Legoff. Mais Vercoutre ne se laissa pas distraire.

— Il ne t'a pas dit s'il avait vu un grand voilier ?

— Non, Legouellec ne m'en a pas parlé. À moins que…

Narcisse regardait pensivement ses pieds.

— À moins que… ? l'encouragea Vercoutre.

— Je ne sais pas, monsieur le comte, et je ne voudrais pas vous donner de faux espoirs. Vous avez l'air d'y tenir à ce bateau. M'est avis que le mieux serait d'aller parler avec le Fabien, si ça vous chante. Vous pourrez lui poser toutes les questions que vous voulez. Il habite pas loin d'ici, à peine dix minutes à pied, si ça ne vous dérange pas de marcher. Si vous préférez y aller à cheval, je vais vous indiquer où c'est et je vous y rejoindrai, parce que vous savez, moi et les chevaux, on n'est pas vraiment amis…

Ernestine sortit à ce moment-là.

— Si vous veniez dans la maison boire un peu de limonade ? suggéra-t-elle. Le soleil est encore chaud à cette heure.

Vercoutre déclina l'invitation.

— Je préférerais partir tout de suite, Narcisse. Vous venez ou vous préférez m'attendre ?

Cette dernière question s'adressait à Marie et à Legoff.

— Pour ma part, je vais rester ici, dit Legoff en portant sans cesse la main à son œil, qui lui faisait mal, et goûter à la limonade de cette dame.

— Je vais rester avec Julien, dit Marie.

Vercoutre et Narcisse Beauchastel partirent immédiatement.

Marie et Legoff entrèrent dans la maison. Ils se retrouvèrent dans une pièce de dimensions modestes, où une solide table et quatre chaises dominaient l'espace. Tout était impeccable. Marie était certaine qu'elle aurait pu passer la main sur n'importe quel meuble, n'importe quel bibelot de la pièce – et il y en avait beaucoup – sans trouver un seul grain de poussière. Des rideaux à carreaux encadraient une grande fenêtre qui donnait sur la baie. On y voyait la barque de pêcheur de Narcisse qui, pour l'instant, flottait paisiblement, tirant mollement sur ses amarres, ainsi que des filets de pêche laissés négligemment sur le quai.

Le regard de Marie se porta plus loin. Au large, l'île chargée de cocotiers servait de lieu de rendez-vous à toute la faune ailée de la région, dominée par les pailles-en-queue, des oiseaux typiques du coin, semblait-il. Ernestine Beauchastel leur versa à chacun un grand verre de limonade fraîche et retourna s'occuper d'un poulet bien gras qu'elle se mit à plumer avec énergie.

— Laissez votre œil, Julien, le semonça Marie, vous allez l'infecter.

Ernestine quitta son poulet des yeux.

— Qu'est-ce qui lui est arrivé ?

— Quelques piqûres de moustique mal placées…

— Ah ! Faut faire attention à ça.

Elle s'essuya les mains sur son tablier.

— J'ai une petite pommade de ma confection qui devrait vous aider.

Marie dressa une oreille intéressée.

— Vous avez des herbes médicinales ?

— Oh ! Ici, c'est un paradis pour ça, ma p'tite dame. On trouve de tout et pour tout. Ça m'a pris quelques années pour m'y retrouver, mais maintenant je peux venir à bout de presque n'importe quoi. Pour votre œil, monsieur Julien, il vous faut de l'herbe au charpentier.

— De l'herbe au charpentier ? s'étonna Marie.

— Oui, je crois qu'il m'en reste un peu. Je devais justement aller en cueillir aujourd'hui. Je l'utilise beaucoup.

Tout en parlant, Ernestine avait sorti un gros pot de l'armoire et montrait une tige de plante séchée aux feuilles allongées vert foncé et aux petites fleurs blanches.

— C'est de l'achillée millefeuille ! s'écria Marie.

— Ici, on l'appelle herbe au charpentier parce qu'elle soigne très bien les coupures et que les charpentiers s'en font beaucoup.

— L'achillée millefeuille est mon herbe préférée dans bien des cas, dit Marie, mais pour les piqûres d'insectes, je préfère la lavande fraîche.

— Ah ? dit Ernestine. J'en ai justement dans mon jardin. En fait, on pourrait frotter avec de la lavande, puis faire un petit cataplasme d'herbe au charpentier pour prévenir l'infection.

Marie était heureuse de trouver quelqu'un avec qui discuter de l'une de ses passions. De plus, elle voyait là l'occasion de se faire une trousse de secours qui pourrait certainement être utile.

— Et si vous cessiez de parler comme si je n'étais pas là ? protesta Legoff.

— Allons, Julien, on ne parle que de vous. Allez vous étendre sur cette banquette, nous vous soignerons dans quelques instants.

Ernestine laissa là son poulet, empoigna un panier d'osier et sortit dans le jardin, suivie de Marie. Quant à Legoff, il ronflait déjà sur la banquette.

Lorsque Vercoutre revint à la maison avec Narcisse, il la trouva vide. Quelque chose cuisait dans une grande casserole, répandant des odeurs appétissantes dans la pièce. Puis un bruit attira son attention. Legoff dormait la bouche ouverte sur une banquette, et un gros bandage couvrait son œil amoché. Le capitaine ébaucha un sourire et ressortit aussitôt. Marie avait disparu. En tout autre temps, cela l'aurait inquiété, mais comme il ne voyait Ernestine nulle part non plus, il en déduisit qu'elles étaient ensemble. Il était impatient de pouvoir parler à ses compagnons. Il avait des nouvelles à leur communiquer. Narcisse pour sa part était descendu près du quai et travaillait dans la petite cabane qui abritait son matériel de pêche. Comme il l'avait dit, il avait l'intention de sortir pêcher dès l'aurore.

La patience de Vercoutre fut récompensée quand il entendit un joyeux babillage de l'autre côté de la maison. Les deux femmes revenaient, leurs paniers débordant d'herbes de toutes sortes. En le voyant, Marie lui fit un grand signe de la main. Elle était heureuse, autant qu'elle pouvait l'être depuis la disparition de Thierry. La récolte avait été bonne et elle avait trouvé en Ernestine une interlocutrice agréable. Sa science des plantes médicinales n'était peut-être pas aussi poussée que celle de Sarah, ni même de Farida la gitane, mais elle était suffisante pour que les deux femmes puissent échanger sur le sujet. Tandis qu'Ernestine rentrait les paniers dans la maison, Marie se dirigea vers Vercoutre.

— Alors ? demanda Marie lorsqu'elle arriva à sa hauteur. Avez-vous appris quelque chose ?

— Oui, répondit-il, des choses intéressantes. Nous allons devoir réveiller Legoff.

— Il dort encore ? s'étonna Marie.

— C'est qu'il avait du sommeil à rattraper ! répliqua le principal intéressé en sortant de la maison et en plissant son œil valide sous le soleil vif.

— Eh bien, profitez bien de ce repos parce que nous risquons d'avoir de l'action.

— Il y a du nouveau ?

Marie posa son panier par terre. Ils retournèrent s'asseoir sous la tonnelle. Vercoutre étira ses longues jambes.

— Nous avons trouvé le fameux Fabien. Il est effectivement sorti il y a trois jours pour pêcher. Sa première sortie a été un peu houleuse, la mer étant encore agitée après la tempête. Mais la pêche a donné de bons résultats, ce qui l'a incité à ressortir un peu plus tard. C'est là qu'il a vu le bateau.

Instinctivement, le regard de Marie se porta vers la baie.

— Il est reparti ? demanda-t-elle en regardant l'eau turquoise briller doucement au soleil.

— Non, dit Vercoutre, il serait toujours là.

— J'ai beau n'y voir que d'un œil, dit Legoff, il n'y a pas grand voilier sur l'eau. Ce n'est quand même pas quelque chose de facile à cacher…

— Mais ce n'est pas trop difficile non plus quand il y a une petite île broussailleuse avec une crique pour s'y dissimuler.

Marie se leva d'un bond, sortit de la tonnelle et se mit à observer l'île en question, qui semblait flotter sur les eaux au large du rivage. Rien, pourtant. Un petit promontoire au centre de la bandelette de terre, coiffé d'une touffe hérissée de cocotiers, et ceinturé d'arbres variés, difficiles à distinguer à une telle distance. Elle revint vers Vercoutre.

— Avez-vous votre lunette ?

Vercoutre la lui tendit en souriant.

— Vous ne verrez rien. La crique dont je vous parle est de l'autre côté de l'île.

Mais Marie voulait le constater par elle-même. Elle scruta attentivement tout le pourtour de l'île, qui semblait aussi sauvage avec la lunette grossissante qu'à l'œil nu. Vercoutre avait raison, on ne voyait rien là qui pouvait trahir la présence d'un bateau ou d'êtres humains. Ni Indiens Caraïbes ou Kalinas, ni Noirs, ni Blancs. Elle referma la lunette en soupirant. Seraient-ils près du but ? Si cela ne dépendait que d'elle, elle sauterait à l'instant même dans la barque de Narcisse Beauchastel et, dût-elle ramer jusque-là, elle aborderait l'île pour aller la fouiller de fond en comble. Mais elle se doutait bien que ce n'était pas ce que Vercoutre allait suggérer, ni d'ailleurs ce qu'il y avait de mieux à faire. Un fourmillement familier s'empara d'elle.

— J'imagine que vous avez un plan, dit-elle à Vercoutre.

— Pour l'instant, une ébauche, répondit le comte, qui redevenait capitaine. Mais il vous faudra patienter un peu. Nous ne pouvons rien faire tout seuls et nous n'aurons pas une deuxième chance.

— Êtes-vous certain que le *Fleur de lys* se cache là, devant nous ?

— Le Fabien m'en a fait une description assez convaincante.

— Ne risque-t-il pas de repartir d'un moment à l'autre ?

— Il semble que le bateau soit ancré très près du rivage et qu'il ait subi des dommages suffisamment importants pour avoir besoin de réparations avant qu'il ne reprenne la mer. Nous allons miser là-dessus. L'homme ne pouvait le jurer, mais il avait l'impression que l'un des mâts avait été touché. Même si Dutrisac décide de s'en passer et de naviguer à voiles réduites, il lui faudra quand même démonter les voiles, assurer les cordages, bref il en a pour plusieurs jours. Il faut seulement espérer que son équipage soit aussi apathique ici qu'il l'a été en mer avec moi. Ainsi, les choses n'iront pas trop vite.

— Mais s'ils ont rendez-vous avec Marek ?

— C'est le risque que nous devons prendre.

Vercoutre sentait l'impatience de la jeune femme. Elle était de nouveau prête pour l'action. Legoff enleva son bandage, qui commençait à le gêner. En dessous, son œil avait repris des proportions presque normales. La lavande et la compresse d'achillée avaient fait merveille.

— J'imagine que vous allez chercher du renfort, dit-il en repliant le bandage.

— Exactement. Je vais aller voir si Jacquelin le Boiteux a pu trouver quelques hommes qui se joindraient à nous.

— Et nous ? demanda Marie.

— Vous ? Rien.

— Comment ça, rien ?

— Vous allez rester tranquille et ne pas faire de bêtises jusqu'à mon retour. Vous ne pensez tout de même pas monter à l'assaut d'un bateau à vous seule.

— Elle en serait bien capable, dit Legoff.

— Elle sait aussi que ça ruinerait toutes nos chances.

— Ne me prenez pas pour une imbécile, dit Marie, agacée. Je sais attendre quand il le faut.

— Puisse Dieu vous entendre ! dit Legoff.

Marie l'ignora.

— Mais si vous partez demain…

— Non, je vais partir tout de suite. Je vais profiter de ce qu'il reste de jour pour tenter de me rendre jusqu'à l'endroit où nous avons dormi. De là, ce sera facile de terminer le trajet demain, d'autant que Narcisse m'a indiqué un chemin qui me fera éviter le marécage. Un léger détour qui devrait, malgré, tout me faire gagner du temps.

— Faites attention aux moustiques si vous dormez de nouveau à la belle étoile, dit Legoff.

— Même ça devrait m'être épargné. Narcisse m'a expliqué qu'en entrant un peu plus dans les terres, il y a une toute petite bourgade où je trouverai aisément une chambre où dormir. D'autant plus qu'il m'envoie chez un de ses amis. Alors, compléta-t-il en se levant, autant partir tout de suite.

Ernestine revenait vers eux.

— Monsieur le comte s'en va ? s'exclama-t-elle. Sans manger du colombo de poulet qui mijote sur le feu ?

— Ne me tentez pas, Ernestine, j'adore le colombo de poulet. Il faut vraiment que je parte, je n'ai déjà que trop tardé.

— Laissez-moi vous donner tout de même un en-cas.

— Le temps que je prépare mes affaires…

La femme avait déjà disparu dans la maison.

Chapitre 28

Vercoutre manqua effectivement quelque chose, le colombo de poulet était délicieux. Ernestine était toute fière de leur présenter ce plat, habituellement fait avec du cabri, mais qu'elle avait adapté au poulet. Le mélange de curcuma, de cumin, de moutarde, de coriandre, de fenugrec et d'ail lui donnait une saveur exotique. Le parfum particulier qui en émanait avait réussi à lui seul à ouvrir l'appétit des convives. De gros morceaux de courgettes et de patates douces accompagnaient le poulet, avec un autre légume que Marie ne connaissait pas, la pomme de terre.

Ils avaient prolongé le repas jusqu'à ce que le soleil ne soit plus qu'un vague souvenir à l'horizon et que la dernière goutte du pichet de vin rustique soit bue. Marie avait pris plaisir à observer ses hôtes tandis que Legoff faisait les frais de la conversation. Narcisse était un petit homme dont la maigreur contrastait avec la corpulence de sa femme. Ses cheveux rabattus sur le côté pour cacher une calvitie déjà avancée faisaient des efforts pour rivaliser avec sa moustache bien fournie. Ses mains calleuses témoignaient du labeur d'un homme qui n'avait pas peur de les user. Ernestine, quant à elle, outre ses formes généreuses, qu'elle cachait sous des montagnes de jupes et de tabliers, avait un visage rieur et des yeux pétillants. Le couple avait eu huit enfants, dont trois étaient morts en bas âge. Les enfants survivants étaient disséminés un peu partout dans les Antilles, sauf le plus jeune, qui avait préféré aller découvrir la terre de ses ancêtres.

La fatigue s'abattit soudain sur le petit groupe. L'instant d'avant tout le monde discutait, l'instant d'après ils bâillaient à s'en décrocher la mâchoire ! La maison était petite, mais il y avait tout de même une chambrette réservée aux enfants quand ils venaient rendre visite à leurs parents. Marie dormirait donc là. Quant à Legoff, il décréta qu'il avait déjà fait de la banquette son territoire. Ils ramassèrent la vaisselle et Ernestine insista pour que tout reste là, disant qu'elle s'en occuperait le lendemain. Il était inconcevable que Marie donne ne serait-ce qu'un petit coup de main. Comme la jeune femme était aussi très fatiguée, elle ne protesta pas et gagna la chambre qu'on lui avait préparée. Les draps étaient frais et parfumés. Marie se dévêtit et s'y glissa avec délices. Thierry, Étienne et Marek se partagèrent ses pensées ce soir-là. Elle aurait voulu dire à son petit garçon qu'elle n'était plus loin, qu'elle venait vers lui. Elle aurait voulu dire à Étienne qu'elle regrettait infiniment qu'il ne soit pas à ses côtés. Quant à Marek, elle aurait simplement voulu l'égorger de ses propres mains...

Lorsqu'elle se réveilla, il faisait encore nuit. Marie tenta de se rendormir en s'enfouissant plus profondément sous l'édredon, mais elle savait que ce serait peine perdue. Quand elle s'éveillait ainsi au milieu de la nuit, ses démons venaient la harceler, comme s'ils n'attendaient que ce moment et, généralement, elle roulait de droite à gauche sur sa couche pendant des heures avant que l'épuisement la gagne au petit matin.

Bien décidée à ne pas perdre ce combat inutile, elle préféra se lever, cherchant ses vêtements à tâtons. Elle ouvrit doucement la porte de sa chambre et sortit de la maison. Le ciel avait la couleur de l'encre. Des milliers d'étoiles s'y répandaient, comme des diamants qu'un joaillier aurait renversés sur une pièce de velours sombre. La nuit était agréable, ne baignant plus dans cette moiteur qui avait caractérisé la journée. La jeune femme entendit du bruit derrière elle et se retourna en sursautant. Le nouvel arrivant fut aussi surpris qu'elle et étouffa en cri en la voyant.

— Madame Marie ! Vous m'avez fait une de ces peurs ! dit Narcisse, la main sur le cœur. Que faites-vous là, au milieu de la nuit ?

— Je ne pouvais pas dormir alors j'ai décidé de me lever. Mais vous-même, Narcisse ?

— Ben, je m'en vais à la pêche. Je n'ai que trop tardé avec le bateau à réparer. Il me faut rattraper le temps perdu.

— Oh ! Puis-je vous accompagner ? demanda spontanément Marie.

L'homme parut embêté.

— Ben je ne sais trop… M. le comte m'a dit de veiller sur vous… Je ne sais si…

— La meilleure façon de veiller sur moi, c'est de m'avoir à l'œil, Narcisse. Et si je pêche à vos côtés, je serai en sécurité, non ?

— Mais la mer n'est pas faite pour les dames…

Marie se mit à rire mais plaqua rapidement sa main sur sa bouche. Elle ne voulait pas réveiller Julien.

— Ne vous en faites pas pour ça. Il a bien fallu que je prenne le bateau pour venir jusqu'ici, n'est-ce pas ?

— Oui, mais…

Le vieil homme ne savait trop que faire. Jamais il n'avait emmené une femme à la pêche avec lui, même pas son Ernestine, qui aurait préféré se faire couper un bras plutôt que de monter dans sa barque.

— Laissez-moi vous aider, proposa-t-elle. Mon père était pêcheur, mentit-elle effrontément. Quand j'étais petite, j'allais souvent en mer avec lui. Vous allez voir, je ne serai pas un poids.

Elle prit alors les devants et se mit à descendre vers le quai, où la barque de pêche était amarrée. Narcisse la regarda quelques instants, puis entra dans la maison pour en ressortir aussitôt. Parvenu à la hauteur de la jeune femme, il lui remit une veste épaisse qui avait visiblement été beaucoup portée.

— Elle n'est pas neuve, ni à la dernière mode, dit Narcisse, mais elle vous gardera au chaud. C'est toujours un peu froid au large.

Lui-même avait un bonnet de laine enfoncé jusqu'aux yeux. Marie le remercia avec un petit hochement de tête et mit la veste sur son bras. Elle l'enfilerait une fois sur l'eau. Narcisse entra dans la cabane qui jouxtait le quai et en ressortit avec un lourd filet. Il s'offusqua lorsque Marie offrit de l'aider à le porter.

— Je veux bien que vous m'accompagniez, mais vous allez quand même pas faire le travail d'un homme ! protesta-t-il.

Marie se mordit la langue pour garder la réplique qui y pointait. Elle n'était pas là pour semer la bisbille. Narcisse la laissa tout de même rentrer les rames dans le bateau alors qu'il s'affairait sur la voile. C'était en fait une grosse chaloupe relativement maniable mais qui n'était pas faite pour la haute mer. La jeune femme détacha habilement les amarres et sauta dans la barque. Narcisse utilisa l'une des lourdes rames pour pousser l'embarcation qui se mit à dériver quelques instants, le temps qu'il remette la rame en place. Il tira quelques coups sur les rames, puis lorsqu'il sentit une petite brise venir lui chatouiller les joues, il monta la voile, qui se gonfla rapidement, et l'embarcation avança doucement sous la poussée du vent léger.

Marie se cala confortablement à la proue du bateau, laissant sa main glisser dans l'onde fraîche. Elle goûtait à nouveau le plaisir d'être sur l'eau et ne ressentait plus aucune fatigue. C'était comme si tous ses soucis s'étaient envolés d'un seul coup. Marie avait cru qu'ils iraient vers la mer ouverte, mais ils voguaient plutôt vers l'intérieur de la baie. Elle s'en étonna auprès de Narcisse.

— Le Fabien m'a dit que de gros bancs de poissons sont venus se réfugier dans la baie, m'est avis qu'ils y sont encore. Je veux aller vérifier. Si on trouve rien là, y aura qu'à aller de l'autre côté ensuite.

— Quelle sorte de poissons pêchez-vous ?

— Y a de tout par ici. On ne sait jamais ce qu'on va ramener. Des barbarins, des gorettes, des moringues, des couliroux, y en a pour tous les goûts et de toutes les couleurs !

— Vous pêchez au filet ?

— Oh ! J'ai bien quelques nasses d'installées pas loin du quai, mais je vais aussi lancer le filet à l'occasion, et parfois je pêche à la ligne.

— Et aujourd'hui ?

— Ben c'est sûr que le filet serait l'idéal, surtout si y a un banc de poissons, mais Armand, qui vient parfois avec moi pour tirer le filet, pouvait pas venir aujourd'hui, alors je vais devoir lancer des lignes.

— Mais je suis là, moi !

Narcisse eut un petit rire.

— C'est que c'est lourd, ma petite dame ! Malgré toute votre bonne volonté…

— Si vous n'essayez pas, vous ne le saurez jamais, l'interrompit Marie, qui commençait à en avoir assez d'être considérée comme une porcelaine fragile.

Narcisse ne dit rien, impressionné malgré lui par la détermination de la jeune femme. Ils naviguèrent pendant un moment en silence. Marie avait reporté son attention sur l'eau qui fuyait sous la coque. Les étoiles s'y reflétaient comme des petits poissons lumineux s'agitant dans tous les sens. En s'enfonçant dans la baie, ils s'étaient éloignés de l'île. Marie la regardait pensivement en se demandant si le *Fleur de lys* s'y cachait réellement. Si elle pouvait le découvrir, peut-être gagneraient-ils un temps précieux lorsque Vercoutre serait de retour. Elle regarda Narcisse, concentré sur la conduite de sa barque. Pourrait-elle le convaincre d'aller y faire un petit tour ? En ne s'approchant pas trop, bien sûr… Mais quoi de plus anonyme qu'une barque de pêche dans ces eaux ?

Finalement, Narcisse affala la voile. Cherchant des appâts dans un seau à ses pieds, il mit une dizaine de lignes à l'eau. Au bout de quelques instants à peine, ça se mit à mordre. Les informations du Fabien étaient donc bonnes ! Bientôt, il ne sut où donner de la tête, toutes les lignes semblaient occupées en même temps. Sans rien dire, Marie se mit à la tâche elle aussi. Non seulement elle enlevait les poissons de l'hameçon, mais elle y remettait des appâts, comme elle avait vu Narcisse le faire. Bientôt le seau fut vide et le fond de la chaloupe grouillait de poissons.

— J'ai jamais vu une pêche comme celle-là ! jubilait Narcisse. Dommage qu'Armand ne soit pas là.

— Ne soyez pas têtu, Narcisse, dit Marie. Lancez votre filet, je vais vous aider à le remonter.

Narcisse hésita. Il était visiblement partagé entre l'envie de jeter son filet et sa réticence à faire travailler Marie. Quelque chose dans le regard de la jeune femme le convainquit.

— Bon, d'accord. Mais mettez au moins ces gants pour vous protéger les mains.

Marie les enfila et ils jetèrent le filet par-dessus bord. C'était une espèce de filet rond, différent des filets droits que les pêcheurs posent une journée à l'avance au fond de l'eau. Celui-ci rapportait peut-être des quantités moindres de poissons, mais il était parfait pour une barque de la taille de celle de Narcisse. Cela requérait cependant une certaine habilité de la part du pêcheur, qui devait le lancer correctement puis le remonter sans perdre les poissons qui en étaient prisonniers.

La première tentative ne donna rien et Marie et Narcisse remontèrent un filet vide. Au second essai cependant, cinq ou six poissons frétillaient sur les mailles. Ils en perdirent deux au moment de la remontée. Les deux pêcheurs ajustèrent leur technique et réussirent à remonter dix poissons la fois suivante. Narcisse débordait d'enthousiasme. Si le petit homme était doté d'une force nerveuse, Marie de son côté trouvait l'exercice beaucoup plus pénible qu'elle ne l'avait cru. Sans les gants, ses mains auraient déjà été en sang, et ses bras et son dos lui faisaient mal sous l'effort. Narcisse dut s'en rendre compte car, après quatre lancers, il décréta qu'ils avaient suffisamment de poissons pour ce jour-là. De toute façon, le fond de la barque était rempli de poissons qui sautaient dans tous les sens. Encore un filet plein et il n'y aurait plus eu de place pour les pêcheurs !

Le vieil homme replia soigneusement son filet et hissa la voile. Marie était fourbue mais le cachait tant bien que mal.

— Eh bien, madame Marie, Armand aurait pas mieux fait que vous. Seulement, dites-le pas à M. le comte, s'il vous plaît, il ne serait pas content que je vous aie fait travailler.

— Ne vous en faites pas pour ça, Narcisse, il a bien d'autres chats à fouetter. Mais j'aurais quelque chose à vous demander.

— Dites toujours, lança Narcisse, que la pêche fructueuse avait rendu de belle humeur.

— Pourrions-nous contourner l'île par l'extérieur avant de rentrer ?

L'homme fronça ses sourcils broussailleux. On aurait dit qu'ils voulaient aller rejoindre sa moustache.

— Et pourquoi ça ?

— Je voudrais simplement voir si votre ami Fabien a eu des visions. Je ne parle pas de nous approcher, je regarderai avec ça, dit-elle en montrant la lunette d'approche de Vercoutre, qu'elle avait emportée avec elle.

Le comte avait eu la malencontreuse idée de l'oublier...

— Et puis, poursuivit-elle perfidement, ça me ferait oublier mes courbatures...

Narcisse hésitait. Son bateau chargé lui commandait de regagner le quai, mais il voulait aussi être agréable à la jeune femme qui l'avait aidé.

Marie pouvait lire sur le visage ridé de l'homme l'intensité de sa réflexion. Elle eut pitié de lui.

— Écoutez Narcisse, je ne vous demande là rien de bien méchant. Nous passons au large de l'île, je jette un coup d'œil sans même que vous ralentissiez, puis nous retournons au quai. Je suis certaine que vous avez pris cette route des centaines de fois.

— Ben oui, parfois, ça dépend des vents.

— Justement. Nous avons là un vent qu'il vaut mieux avoir de travers pour revenir au quai. Il nous faut donc monter au large, de l'autre côté le rivage est trop près. Impossible d'y aller en ligne droite, vous l'auriez carrément de face.

Narcisse Beauchastel la regarda, abasourdi. Tant de science de la mer chez une femme, et si jeune en plus, était tout simplement stupéfiant. Tout ce qu'elle venait de dire était parfaitement exact. À bout d'arguments, il n'eut d'autre choix que de céder.

Le soleil commençait à montrer qu'il avait l'intention de se lever. La nuit reculait tranquillement derrière les rayons roses qui taquinaient le ciel avant de l'embraser réellement. La chaloupe s'approchait de l'île, et l'arrivée imminente du soleil en faciliterait l'observation. Par contre, s'il y avait vraiment un bateau, ils seraient eux aussi beaucoup plus visibles s'il prenait à quelqu'un l'envie de les observer. Mais quelle raison aurait-on de le faire ? Une barque de pêcheur passant dans ces eaux n'avait rien d'extraordinaire…

Marie était impatiente de voir si le *Fleur de lys* se trouvait réellement derrière l'île. Le Fabien de Narcisse avait parlé d'une petite crique. Était-elle profonde ? Cachée ? Le bateau y serait-il bien en vue ? Aurait-on tenté de le dissimuler, de le camoufler ? Comble de malchance, le vent venait de tomber et la barque avançait avec une lenteur désespérante. Tentant de refréner son impatience, la jeune femme se dit que cette panne de vent justifierait un passage très lent qui lui permettrait d'observer à son aise le pourtour de l'île.

Ils arrivèrent enfin à la pointe nord de l'île, qu'ils dépassèrent tranquillement. Ils étaient à un peu moins d'un mille du rivage, distance que Marie estimait un peu trop grande.

— Ne pourrions-nous pas nous rapprocher un peu ? demanda-t-elle à Narcisse.

— Non pas ! S'il y a un bateau, vous voulez vous faire remarquer ?

— On pourrait jeter une ou deux lignes pour faire croire qu'on pêche.

— Il n'y a pas de poissons par ici, et ça, tout un chacun le sait.

— Mais eux ne le savent pas nécessairement, insista-t-elle. Ils ne sont pas du coin.

— Madame Marie, on avait dit un petit passage rapide. Si vous me faites des misères, je vire de cap tout de suite, d'autant plus que maintenant que le vent est tombé, y a plus de raison pour faire ce détour.

— D'accord, Narcisse, d'accord. Restons à cette distance.

Marie sortit sa lunette et commença à balayer la plage du regard. Ils en étaient au quart de la longueur de l'île et rien n'annonçait un éventuel bateau caché dans une crique. Passée la falaise qui découpait la pointe nord, la plage de sable doré reprenait ses droits. Et s'il y avait une plage, c'était que le fond remontait à cet endroit. Donc, s'il y avait eu un bateau, il aurait jeté l'ancre au large sous peine de s'échouer. La déception commençait à s'emparer de Marie. Elle espérait tellement retrouver le *Fleur de lys*. Elle sentait que c'était là le lien qui la ramènerait vers Thierry. En pensant à son fils, des larmes vinrent brouiller sa vue. Elle les sécha vivement avec la manche de sa veste crasseuse et se concentra plutôt sur le rivage accidenté de l'île.

Elle scruta méticuleusement la plage et, dans un mouvement continu, arriva jusqu'à la pointe sud sans rien déceler. À moins que… Elle revint légèrement en arrière tandis que le bateau continuait d'avancer. Il lui semblait qu'il y avait une zone d'ombre dans le feuillage maintenant éclairé par le soleil, qui avait fini par émerger des collines de Grande-Terre. Elle regarda plus attentivement de ce côté. Il lui semblait que…

— Narcisse, ne pouvez-vous pas vous rapprocher un tout petit peu ? Pas grand-chose, quelques brasses tout au plus. Je vous en prie, le supplia-t-elle, c'est très important.

Le vieil homme allait dire quelque chose mais, devant l'air désespéré de la jeune femme, il se ravisa. Il poussa le gouvernail et le bateau obliqua légèrement en direction de l'île. Marie se concentra sur la tache sombre qui avait attiré son attention. Au fur et à mesure que l'aurore gagnait en lumière, elle distinguait plus de détails. Elle voyait maintenant nettement l'eau rentrer à l'intérieur de la terre en gardant une couleur sombre qui annonçait une bonne profondeur. Narcisse se mit à grogner.

— Je n'irai pas beaucoup plus loin, jeune dame. On risque de rencontrer des récifs de coraux.

— À d'autres, Narcisse ! dit Marie sans lever les yeux de sa lunette. Si ce que je vois est bien un bateau, il a franchi vos récifs bien aisément avec un tirant d'eau pourtant bien supérieur au vôtre !

Il y avait une petite pointe de triomphe dans sa voix. Quelque chose avait attiré son œil au-delà de la cime des cocotiers qui bordaient l'île. En regardant avec attention, et en vérifiant plutôt deux fois qu'une, elle avait bel et bien distingué un mât. En partant de ce mât, elle était descendue jusqu'au niveau de la mer et lentement, sous ses yeux, une coque était apparue au travers du feuillage pour finalement dessiner un bateau bel et bien caché au fond d'une crique.

Le soleil maintenant haut dans le ciel jouait sur les dorures de la coque. Marie reconnut sans aucun doute le *Fleur de lys*. Elle jubilait.

— Il est là, Narcisse, le bateau de Simon !

Sans la lunette, et avec sa vue usée, le vieil homme ne parvenait pas à le distinguer de la jungle environnante. Il plissa les yeux, la main en visière.

— Vous êtes certaine ? Moi je vois rien.

— Mais oui, regardez, là, on voit poindre le mât principal.

Elle tendit le bras en avant, gardant toujours un œil vissé à la lunette.

— Le soleil s'accroche à la proue, vous ne voyez pas les dorures briller ?

Un éclat plus brillant que les autres perça la pénombre de la crique.

— Ah oui, dit le vieil homme, je crois que j'ai vu quelque chose.

Mais, cette fois-ci, Marie n'aima pas ça. Cet éclat, ce n'était plus le reflet du soleil sur un métal doré… Tout à coup elle comprit et replia vivement sa lunette.

— Narcisse, sans geste brusque, vous allez reprendre le large.

— Que se passe-t-il ?

— Ce que vous avez vu, c'est la réflexion du soleil dans une lunette comme la mienne. On nous observe du bateau... Mieux vaut nous en aller doucement, comme si on ne faisait que passer. Le vent se lève à nouveau, nous pourrions peut-être mettre la voile ?

— Je le savais que ça nous attirerait des ennuis, maugréa Narcisse en s'exécutant. Manquerait plus qu'on vienne après nous.

— Je ne crois pas, répondit Marie, mais ne prenons pas de risques. Rentrons au quai et espérons que le bateau ne prenne pas le large avant le retour de Simon.

Elle reprit sa place à l'avant du bateau et se cala sagement entre deux bancs.

Lorsqu'ils arrivèrent au quai, Marie se redressa à regret. Une fois passée l'excitation de la découverte du *Fleur de lys*, une grande fatigue s'était abattue sur elle et elle s'était assoupie, bercée par le clapotis des vagues. Elle subissait maintenant les contrecoups de sa nuit écourtée, et lorsque le bateau heurta le quai, elle entrouvrit un œil. Un peu courbaturée par sa position dans la chaloupe, elle se redressait péniblement quand une main secourable apparut devant ses yeux.

— Je me demandais bien où vous étiez passée, dit la voix légèrement irritée de Legoff. Le jour où vous resterez tranquille n'est hélas pas arrivé...

En mettant le pied sur le quai, Marie se retourna et se pencha pour ramasser l'amarre fixée à la proue de la barque. Elle l'attacha habilement au taquet puis se redressa pour faire face à Legoff.

— Pour remercier notre hôte de son accueil chaleureux, je me suis permis d'aller l'aider à la pêche. Et regardez, dit-elle en désignant de la main le fond de la barque, cette pêche n'a pas été trop mauvaise...

En découvrant les poissons qui s'agitaient encore au fond de l'embarcation, Legoff siffla entre ses dents.

— Eh bien dites donc, Narcisse, elle vous a porté chance, notre Marie.

Se sentant un peu fautif d'avoir accepté d'emmener la jeune femme avec lui, le vieil homme chercha à se justifier.

— Quand je me suis levé pour la pêche, elle était déjà levée et elle voulait venir avec moi…

Legoff se mit à rire.

— Calmez-vous, mon ami, je ne vous reproche rien. Je sais à quel point il est difficile de lui résister quand elle a décidé quelque chose. Si c'était simplement pour aller à la pêche, alors pas de problème. Mais je ne veux pas qu'on s'attire des ennuis, avec ce bateau qui mouille peut-être dans le coin.

Se sentant rougir, Narcisse préféra cacher son trouble en s'affairant auprès de ses poissons. Il commença à les lancer dans des caisses de bois placées sur le quai.

— Je vais aller vendre ce poisson à Capesterre-Belle-Eau tout à l'heure. Ici, il faut faire vite à cause de la chaleur. Je vais aussi en mettre quelques-uns à saler.

Le vieil homme semblait parler pour lui-même. Marie et Legoff l'aidèrent, puis Narcisse alla atteler Francis Drake à une petite charrette pour transporter le poisson d'abord jusqu'à la maison puis jusqu'à la ville. Lorsqu'ils arrivèrent à la maison, la matinée était à peine entamée. À cette heure, Vercoutre devait avoir repris la route et, s'il avançait à bonne allure, il devrait rejoindre Grand Cul-de-Sac marin au début de l'après-midi, malgré le détour pour contourner le marécage. *Que trouvera-t-il à son arrivée?* se demanda Marie. *Y aura-t-il suffisamment d'hommes pour lui permettre de revenir aussitôt?* Le bateau entrevu ne risquait-il pas de prendre la mer avant le retour du comte ? Tant de questions se bousculaient dans sa tête sans avoir de réponse satisfaisante. Elle regarda Narcisse Beauchastel, qui assurait les caisses de poissons dans la charrette et qui les recouvrait d'une bâche pour les protéger du soleil. L'accompagner en ville serait une belle façon de passer le temps…

— Je pourrais vous accompagner, Narcisse, dit-elle subitement. Il y a beaucoup de poissons ; un coup de main serait certainement utile.

— Ben, je ne sais pas… commença le vieil homme en jetant un regard vers Legoff, qui marchait vers la maison mais qui, en entendant Marie, était revenu sur ses pas.

— L'accompagner en ville ? dit-il. Qui sait ce que vous allez déclencher si vous vous rendez à Capesterre-Belle-Eau ! Ces pauvres gens ont eu bien assez d'une tempête récemment sans qu'un autre fléau leur tombe dessus !

— D'abord, je trouve votre humour douteux, rétorqua Marie. Comme Simon ne risque pas de revenir avant demain, nous pourrions aller aider Narcisse avec ses poissons. Et qui sait ? Peut-être qu'on pourrait y apprendre quelque chose d'utile.

— Ah ! Parce que j'irais moi aussi ?

— L'idée n'est pas si mauvaise, convenez-en.

Legoff regarda pensivement la jeune femme tandis que Narcisse semblait extrêmement concentré sur les sangles qu'il attachait.

— D'accord, finit-il par dire. Allons faire un tour du côté de la ville. Je ne crois pas qu'on pourra y découvrir quoi que ce soit d'intéressant, mais ça vous fera passer le temps.

La région était montagneuse et Francis Drake adopta une allure en accord avec l'effort que lui demandaient les nombreuses côtes à monter. Marie, Legoff et Narcisse marchaient à ses côtés. Le paysage autour était très beau, et si elle n'avait pas été si préoccupée, Marie aurait certainement apprécié le coup d'œil. Une multitude d'oiseaux volaient dans les arbres et leurs chants joyeux les accompagnèrent tout au long du chemin sans que la jeune femme se rende seulement compte de leur présence. Heureusement, la ville n'était pas très loin et dès qu'ils y arrivèrent, l'agitation eut tôt fait de distraire la jeune femme de ses pensées moroses. Une population colorée se bousculait dans la rue principale de la ville, qui se glorifiait d'avoir vu débarquer Christophe Colomb sur ses rivages lors de son deuxième voyage. En fait, c'était faux. Ce n'était que l'un de ses bateaux qui y avait fait escale et non pas le grand explorateur lui-même. Mais nombre des habitants de Capesterre-Belle-Eau préféraient passer outre ce détail qu'ils jugeaient inutile.

On avait dressé des étals pour le marché le long de la rue. De nombreux esclaves travaillaient pour leurs maîtres, certainement heureux de se trouver là plutôt que de peiner dans les champs. Les tables regorgeaient de fruits aux formes et aux couleurs diverses. Le parfum des épices flottait dans l'air et le babillage des humains avait depuis longtemps remplacé le chant des oiseaux.

Ils se rendirent jusqu'à la section des pêcheurs. Certains avaient très peu de poissons, ayant vendu la majorité de leurs prises à leur arrivée au quai, mais d'autres, comme Narcisse, venaient écouler la totalité de leur marchandise. C'étaient pour la plupart, comme le vieil homme, des pêcheurs artisans qui vivaient du produit de leur pêche sans en faire pour autant un large négoce. Et c'était aussi, pour plusieurs d'entre eux, l'occasion de socialiser un peu. Certains étaient accompagnés de leur femme, qui se chargeait du marchandage avec les clients pendant que les hommes allaient bavarder entre eux et se retrouvaient bien souvent au petit café jouxtant le marché.

Avec l'aide de Marie et de Legoff, Narcisse eut tôt fait de monter son étal. Le produit de cette pêche miraculeuse lui valut les éloges de bien des pêcheurs, qui s'étonnèrent de découvrir au milieu des poissons quelques grosses dorades habituellement pêchées à la traîne. Ce furent d'ailleurs celles-ci qui trouvèrent preneur le plus vite. Au bout d'une heure, Marie se lassa de son rôle de vendeuse. Legoff semblait s'accommoder de rester affalé sur un banc, se contentant d'observer la faune humaine qui circulait tout autour. Quant à Narcisse, il pouvait fort bien se passer de son aide.

Elle quitta discrètement l'étal et alla se promener au milieu de la foule. Elle s'arrêta à une table chargée de cages de bambou dans lesquelles se trouvaient des oiseaux de toutes les couleurs.

— Sont beaux, mes oiseaux, lui lança la propriétaire. Z'en voulez pas un ? Regardez celui-ci, insista-t-elle en lui montrant une cage où un petit perroquet se dandinait sur une balançoire.

Marie sourit.

— Il est très mignon. Mais qu'est-ce que je pourrais faire de cet oiseau ?

— Lui apprendre à parler, mam'zelle ! Y sont très intelligents, ces oiseaux. Et si vous vous y prenez bien, au bout d'une semaine il ne quittera plus votre épaule.

Marie secoua la tête en riant.

— Non, je vous remercie. Je n'ai ni le temps ni la patience de l'élever correctement.

— Z'avez pas un petit garçon ou une petite fille à qui ça ferait plaisir d'avoir cet oiseau ?

Le visage de Marie se referma. Comment pouvait-elle se promener comme une brave ménagère alors que... ? Avant que la dame ne pose une autre question troublante, elle quitta la table.

Un peu plus loin, une Noire offrait des foulards colorés ainsi que des colliers de billes de bois. Marie s'y attarda un peu mais le cœur n'y était plus. Elle continua sa promenade jusqu'au bout de la rue. La portion réservée au marché s'arrêtait brusquement et la route de terre s'étirait entre les maisons, plus espacées dans cette partie de la petite ville. Marie revint sur ses pas. Elle chercha du regard un endroit discret où elle pourrait soulager une envie pressante. Il y avait un petit fourré en contrebas de la route qui semblait parfait pour l'usage que Marie souhaitait en faire.

La jeune femme descendit et s'installa à l'abri des regards indiscrets. Alors qu'elle terminait de se rajuster et s'apprêtait à sortir du fourré, elle fut brusquement projetée sur le sol, plaquée par un poids qui fit sortir tout l'air de ses poumons. On la releva rudement, en prenant soin de la museler avec une main crasseuse. Marie se débattit du mieux qu'elle put, mais elle ne pouvait voir son adversaire qui la ceinturait à la taille. Une gifle brutale lui fit monter les larmes aux yeux. Elle savait maintenant qu'ils étaient deux.

— Me semblait bien que c'était toi ! cracha l'homme à la main leste. Même la mer n'a pas voulu de toi, semble-t-il, à moins que tu ne reviennes d'entre les morts ?

Ils l'avaient tirée derrière un gros arbre et Marie put enfin voir qui lui parlait. Son cœur s'arrêta. C'était Ledru ! L'un des complices de Dutrisac sur le *Fleur de lys*. Il ricanait.

— Surprise de me voir là ? On ne peut pas dire que tu te fais discrète. J'étais absolument certain que c'était toi, dans la barque de pêcheur.

Ainsi Marie n'avait pas rêvé ; on l'avait bien observée à la lunette et le malheur avait voulu que ce Ledru soit à l'autre bout.

— Dommage que la tempête ne vous ait pas fait couler par le fond, jeta-t-elle lorsqu'elle recouvra enfin l'usage de la voix.

Ignorant la remarque, Ledru poursuivit.

— J'en connais un qui va être bien content de te revoir. Il a toujours eu un doute sur ta disparition. J'imagine que ce salaud de Vercoutre est avec toi.

Marie réussit à prendre une figure attristée.

— Non. Là où Dutrisac a échoué avec moi, il a réussi avec le capitaine, qui n'a pas survécu à ses blessures.

Ledru cracha par terre.

— Bien fait pour lui. De toute façon, ses jours étaient comptés.

Marie n'avait toujours pas vu l'homme qui la tenait ceinturée et qui en profitait pour la tripoter au passage.

— Pourriez-vous dire à votre acolyte de me lâcher, dit-elle d'une voix glaciale. Sinon, je ne réponds pas de moi.

Ledru ricana, ce qui fit tressauter sa barbichette.

— Eh eh, la poulette qui montre les dents… la seule poule au monde qui en a !

Et il éclata d'un rire gras, visiblement satisfait de sa blague.

— Si tu penses que cette fois-ci je vais te laisser aller comme ça.

Il lui saisit les deux bras et attacha rapidement les poignets de la jeune femme ensemble. Puis, il passa une corde dans le nœud, ce qui lui permettrait de la garder en laisse.

— Tu peux la lâcher, dit-il à l'homme qui tenait Marie. Elle ne risque plus de s'envoler.

Et, pour faire bonne mesure, Ledru donna un coup sec sur la corde. Les liens rugueux ne tarderaient pas à entailler les poignets de la jeune femme. L'homme derrière elle lâcha enfin sa prise, non sans lui avoir tâté les seins une dernière fois. Marie se retourna vivement et cracha dans sa direction. Elle le rata de peu, l'homme ayant eu le réflexe de faire un pas de côté. Il leva instinctivement un poing, mais Ledru l'arrêta aussitôt.

— Calme-toi, Brutus. Mieux vaut ne pas trop l'abîmer pour l'instant. Tu auras l'occasion de te rattraper. Méfie-toi d'elle cependant, elle est plus dangereuse qu'une vipère.

Brutus ! *Quel nom ridicule*, pensa Marie, *mais qui convient parfaitement à son propriétaire*.

— On va retourner au bateau, on n'a qu'à descendre la côte par où on est montés.

— Et si elle crie ?

— Ici, il n'y a pas grand monde qui puisse l'entendre. Mais quand même, on ne va pas courir de risque.

Ledru sortit son mouchoir de sa poche, un mouchoir qui avait visiblement servi. Il l'entortilla sur lui-même et s'approcha pour bâillonner la jeune femme. Celle-ci eut un hoquet de dégoût.

— Pas nécessaire, dit-elle. Je ne crierai pas.

— Comme si j'allais me fier à toi ! répondit Ledru en lui glissant de force le bâillon entre les lèvres.

Puis, d'une rude poussée, Brutus fit avancer la jeune femme vers le bas de la côte.

Chapitre 29

La marche n'était pas facile, car l'escarpement était particulièrement abrupt à cet endroit de la côte. Les mains entravées, Marie avait peine à garder son équilibre. Ledru ne se souciait plus de tirer sur la corde, sa priorité étant de ne pas glisser. Il avait passé la corde à Brutus, qui la manipulait maladroitement. Marie l'entendait grogner sous l'effort quand, soudain, il dérapa sur une roche roulante. Par réflexe, il referma son poing sur la corde et entraîna la jeune femme dans sa chute. Ils dépassèrent Ledru, qui s'accrocha à un arbre, et Marie alla s'écraser sur un rocher un peu plus loin. Brutus, qui avait fini par lâcher la laisse, continua sa course sur une courte distance avant de s'arrêter dans un repli de la pente. Le silence régna quelques instants, puis Brutus se mit à hurler.

— Je me suis cassé la cheville !

Marie se redressa péniblement, encore étourdie par sa chute. Elle bougea précautionneusement chacun de ses membres et constata que, à part quelques ecchymoses et, égratignures, elle s'en tirait plutôt bien. Ledru apparut à ses côtés et, sans se soucier de son état, ramassa la corde et tira la jeune femme jusqu'à son acolyte, qui geignait toujours.

— Allez, lève-toi, minable ! Elle n'est pas cassée, ta cheville, à peine foulée.

Brutus se releva laborieusement. Il tenta quelques pas. Il boitait bas et souffrait visiblement.

— Manquait plus que ça, maugréa Ledru.

En émettant des bruits étouffés, Marie attira l'attention de Ledru. Elle essaya de lui dire quelque chose, mais le bâillon rendait son élocution incompréhensible.

— Qu'est-ce que tu veux ? aboya Ledru.

Il finit par lui retirer le bâillon.

— Votre homme ne pourra pas marcher avec cette cheville blessée, dit Marie après avoir craché par terre. Plutôt que de me remettre ce fichu mouchoir sur la bouche, laissez-moi lui bander la cheville avec. Alors peut-être qu'il pourra poser son pied sur le sol.

Elle était prête à tout pour se débarrasser de cet horrible bâillon, même soigner cet abruti.

D'abord réticent, Ledru accepta.

— Si vous voulez que je lui bande la cheville, il va falloir me délier les mains, fit remarquer Marie.

L'homme lui jeta un regard suspicieux. Il sortit un couteau de sa poche, qu'il planta dans le sol.

— Pas d'entourloupettes, menaça-t-il en défaisant ses liens.

Marie haussa les épaules et ne dit rien. Elle secoua le mouchoir et le replia de façon à faire un bandage approximatif. La cheville de Brutus présentait déjà une belle enflure. Marie la banda serré, ce qui arracha quelques gémissements au blessé.

— Allez, lève-toi maintenant, dit Ledru sans pitié en attachant de nouveau les mains de Marie, malgré ses protestations.

Ils se remirent en marche. En peu de temps, ils se retrouvèrent au bord de l'eau, près d'une chaloupe tirée sur la grève. La jeune femme jeta un regard tout autour, cherchant à voir s'il y avait une fuite possible, si elle pouvait tenter un coup insensé. Hélas, il n'y avait aucune échappatoire possible. Tout ce qu'elle réussirait à faire, ce serait de mettre Ledru encore plus en colère. Mieux valait attendre ; peut-être qu'une occasion se présenterait plus loin. Mais elle savait aussi qu'une fois sur le bateau ses chances de s'en tirer élégamment seraient minces. Ledru, qui avait dû sentir son hésitation, la poussa dans le dos, ce qui la déséquilibra et la fit tomber la tête la première dans la barque.

Son front heurta brutalement un banc et elle en fut tout étourdie. Ledru la saisit par les épaules et la rassit durement.

— Voilà qui devrait t'enlever toute envie d'improviser...

Marie ne répondit rien, elle attendait que les cloches qui résonnaient dans sa tête cessent de sonner. Une belle bosse ornerait son front, sans aucun doute. Avec peine et misère, Brutus entra dans la barque à son tour. Évitant de faire porter son poids sur sa cheville blessée, il sautilla jusqu'au banc du centre. Il prit les rames qui avaient été déposées à l'intérieur de la chaloupe et les installa à leur place. Ledru dut pousser la barque, Brutus en était incapable. La chaloupe était lourde et bien enfoncée dans le sable. Il poussa de toutes ses forces, sans grand résultat. Brutus dut sortir une rame de son ancrage pour l'utiliser comme une aide à la poussée. L'embarcation céda brusquement et Ledru s'étala de tout son long dans l'eau. Malgré sa situation dramatique, Marie ne put s'empêcher de rire. Brutus n'osa pas, balbutiant plutôt des excuses malhabiles. Ledru était déjà furieux, il le fut encore plus. Il monta dans la barque, dégoulinant d'eau, et aboya : « Allez, nom de Dieu ! Fais avancer ce foutu bateau ! » Brutus s'empressa d'obéir aux ordres et se mit à souquer dur.

Marie se rendit compte, par leur position sur l'eau, qu'ils étaient face à la pointe sud de la petite île. Brutus n'aurait pas à ramer longtemps pour la contourner. À l'intérieur de l'île cependant, ils seraient à contre-courant et, à moins que Ledru accepte de l'aider avec une deuxième paire de rames, leur progression serait sûrement ralentie. Marie commençait à craindre l'arrivée sur le bateau. Tout s'était passé si vite qu'elle n'avait pas eu l'occasion d'y penser vraiment. Elle se doutait que le sort qui l'y attendait ne serait pas des plus agréables. C'était étrange. Elle se retrouvait ici, à l'autre bout du monde pour chercher son fils, et alors qu'elle aurait dû avoir le cœur et l'esprit torturés par le désespoir, les événements faisaient en sorte qu'elle avait toujours à faire face à une nouvelle urgence qui reléguait sa préoccupation première un peu à l'arrière-plan. Il lui fallait aussi reconnaître qu'elle s'empêchait de trop y penser. Sinon, l'émotion s'emparait d'elle et ses pensées devenaient moins claires et moins cohérentes. Elle embrassa Thierry mentalement, puis repoussa doucement son image pour se concentrer sur ce qui l'attendait.

Ils avaient maintenant contourné l'île et le courant y était beaucoup moins fort que Marie ne l'avait anticipé. Lorsqu'elle était passée par là avec Narcisse, la chaloupe du pêcheur avait pris un peu de vitesse quand la brise s'était levée, mais aujourd'hui c'était le calme plat. Ils eurent tôt fait de se rapprocher de la crique. Marie devinait maintenant la proue du bateau, qui pointait hors du feuillage. Pour tromper sa nervosité, elle s'adressa à Ledru.

— Quels dommages a occasionnés la tempête ?

Par réflexe, Ledru lui répondit.

— Les voiles du mât de misaine n'ont pas tenu le coup. Le petit hunier s'est déchiré sur toute sa longueur et la majorité des vergues se sont cassées. Le mât a été endommagé par les poulies qui battaient au vent.

— Il y avait déjà une faiblesse depuis la tempête qu'on avait essuyée durant la traversée. Pas étonnant que tout ça n'ait pas tenu le coup. J'imagine que les réparations n'avaient pas été faites…

Ledru sembla étonné.

— Comment sais-tu ça ?

Puis il se reprit.

— Je ne sais pas pourquoi je te dis ça, ce ne sont pas tes affaires, après tout. Et puis, assez parlé, on arrive.

On arrivait, en effet.

Il ne semblait pas y avoir beaucoup de vie sur le pont du bateau. Pourtant, on était désormais au cœur de l'après-midi. Marie examina avec un regard de connaisseuse le mât de misaine dressé à la proue du bateau. Toutes ses voiles avaient été ramenées et, dans le cas du petit hunier, on l'avait carrément enlevé. Le bateau voguerait donc à voiles réduites et manquerait de vitesse, ce qui, dans les circonstances actuelles, n'était pas une mauvaise nouvelle.

À l'heure qu'il était, Legoff et Narcisse avaient dû découvrir sa disparition. Tout s'était passé si vite que Marie n'avait pu laisser aucun indice derrière elle. Le Breton serait certainement dévoré d'inquiétude et Marie se demanda s'il partirait à sa recherche. Peut-être attendrait-il le retour de Vercoutre avant d'agir. Penseraient-ils à la chercher de ce côté ? Le bateau serait-il encore là ? Tant de questions qui restaient sans réponse.

La barque arrivait à côté du bateau. Marie observa la crique. Les eaux sombres où baignait le navire laissaient présager une bonne profondeur, ce qui confirmait pourquoi le voilier avait pu s'approcher autant de l'île. La crique ne s'enfonçait pas très loin dans les terres, juste assez cependant pour que le navire y ait passé quelques jours, bien dissimulé et parfaitement à l'abri du regard des autres. La poupe du bateau était à quelques brasses à peine du rivage. *Un détail intéressant*, songea Marie. Mais elle n'eut pas le temps d'approfondir sa réflexion, Ledru la sommait de se lever.

— Allez, la fille, tout le monde débarque. Et toi la première.

L'échelle de corde pendait devant eux.

— Les mains attachées, je ne pourrai jamais y monter, fit remarquer la jeune femme.

— T'en fais pas, on va te détacher. Ici, tu ne pourras rien tenter. Ohé du bateau ! cria-t-il en levant la tête vers le pont. Y a quelqu'un ?

Il ne se passa rien pendant quelques instants. Ledru s'impatienta.

— Eh ! bande d'abrutis ! Où êtes-vous tous ?

Après quelques minutes, que Ledru passa à invoquer toutes les divinités connues, un homme montra sa tête au-dessus du bastingage.

— Qui diable fait tout ce foin ? Ah, c'est toi, Ledru ? Le capitaine se demandait où tu étais passé. T'as intérêt à avoir de bonnes raisons, il est de mauvais poil.

— Je pense que je lui ramène quelque chose qui va le remettre de bonne humeur.

— À ta place, j'attendrais quand même un peu. Les gars et le capitaine ont pas mal fêté la fin de la réparation du bateau et, à cette heure, il n'a pas encore conscience qu'il y a de la vie sur terre...

Ledru commençait à s'impatienter.

— On parlera de ça plus tard. Je t'envoie la donzelle, arrange-toi pour qu'elle ne fasse pas de bêtise.

Le marin plissa des yeux en regardant Marie.

— C'est ça, ta surprise ? L'est pas ben grosse ni appétissante... mais attend, c'est pas la fille qui était sur le bateau ?

— Quand je te disais que je lui ramenais une surprise... Allez ouste, monte, toi !

Ledru donna une claque sur l'une des fesses de Marie, ce qui lui valut un regard furibond de la part de la jeune femme qui, n'ayant pas d'autre choix, se mit à grimper à l'échelle. Lorsqu'elle franchit le bastingage, l'homme qui était sur le pont l'empoigna rudement.

— Eh, pas besoin de me faire mal, protesta-t-elle.

— Délicate, la fille ? ricana-t-il. Comme ça, t'es toujours en vie... C'est sûr que Dutrisac va être content de te revoir.

Ledru et Brutus arrivaient à leur tour.

— Qu'est-ce qu'on en fait ? demanda l'homme, que Marie reconnut comme l'un de ceux qui l'avaient poursuivie sur le bateau.

— On va la mettre aux fers. Comme ça, on l'aura à l'œil et elle ne risquera pas de nous échapper à nouveau.

Le comparse de Ledru, le bedonnant Bellehumeur, arriva sur ces entrefaites.

— Tiens, tiens, comme on se retrouve...

Il se tourna vers Ledru.

— Ainsi, tu avais raison. C'était bien elle que tu avais vue dans la barque. J'étais certain que tu avais des hallucinations.

— Je n'étais pas trop sûr moi non plus, c'est pour ça que j'en avais parlé à personne, sauf à toi. Mais là, c'est certainement une belle prise qui va faire plaisir à Dutrisac. Les réparations sont finies ?

— Ouais. On devrait repartir aujourd'hui, si le vent peut se lever. En attendant, qu'est-ce qu'on fait de la belle ?

— Je pensais la mettre aux fers.

— M'est avis qu'elle devrait plutôt aller à la cale. Ne prends pas de risque, elle nous a déjà faussé compagnie dans des circonstances plus difficiles.

— T'as peut-être raison. Allez Brutus, amène la dame dans ses nouveaux quartiers.

Brutus ne se fit pas prier. Il mit une main lourde sur l'épaule de Marie et la poussa devant lui. Il boitait toujours, mais marchait beaucoup mieux sur une surface plane. Marie s'inquiétait. Si le bateau prenait la mer aujourd'hui, jamais Vercoutre n'aurait le temps d'arriver. Et même s'il arrivait à temps, mettrait-il leur plan initial en œuvre ou perdrait-il un temps précieux à chercher la jeune femme dans toute la ville ? Que faisait Legoff en ce moment ? Elle se laissa emmener docilement. Ils descendirent dans les entrailles du bateau sans rencontrer âme qui vive sinon quelques hommes affalés ici et là, plongés dans un profond sommeil aviné. Marie se retrouva à l'endroit où Legoff et les hommes de Vercoutre avaient dû être emprisonnés. Brutus la poussa à l'intérieur, puis sembla hésiter avant de refermer la porte à barreaux derrière lui. Il revint sur ses pas, et avant que la jeune femme ait pu esquisser un geste, il se jeta sur elle et la renversa sur la paille.

— Eh, eh, tu ne me refuseras pas une petite gâterie, dit-il tout en essayant d'ouvrir sa culotte. Ça fait un bout de temps que je n'ai pas eu de femme.

Son haleine empestait et Marie se débattait du mieux qu'elle pouvait. Elle se rendait compte avec effroi que ce n'était pas un combat qu'elle pouvait gagner. L'homme était trop lourd, trop fort, et déjà sa main faisait des découvertes intéressantes...

— Brutus !

Le nom claqua comme un fouet.

— Je me doutais bien que je ne pouvais pas te faire confiance.

C'était là voix glaciale de Ledru. Brutus se redressa piteusement et tenta une explication.

— Ben, elle s'est jetée sur moi, et comme je ne suis pas fait de bois...

— C'est ça, c'est ça, dit Ledru sur un ton moqueur, elle n'a pas su résister à tes charmes, j'imagine. Elle n'est pas pour toi, enfin pas pour l'instant. Plus tard, peut-être, si Dutrisac veut partager le butin. Pour l'instant, sors de là et remonte sur le pont. Et estime-toi chanceux que je ferme les yeux là-dessus.

Un peu piteux, comme un enfant à qui on aurait retiré un jouet, Brutus sortit de la cellule et retourna vers le pont. Ledru sortit à son tour et regarda Marie en refermant la porte. Il ricana.

— Ton séjour sur ce bateau risque d'être agité... Je ne serai pas toujours là pour te sauver la mise. Et puis, il va certainement arriver un moment où je fermerai les yeux... ou les ouvrirai moi-même !

Le loquet de la porte résonna comme une condamnation.

Maintenant livrée à elle-même, Marie avait tout le temps nécessaire pour imaginer ce qui l'attendait.

Les retrouvailles avec Dutrisac seraient orageuses. Pour une rare fois dans sa vie, elle se prenait à douter. Pas de ses motivations, ni de ses actions, de celles-là elle avait cent fois douté mais avait toujours su passer outre... Non, elle doutait plutôt de sa possibilité de s'en sortir vivante. Elle était enfermée dans une cellule au fond de la cale d'un bateau. Personne ne savait qu'elle était là ; elle n'avait pas d'allié possible, et les perspectives étaient plutôt sombres en ce qui concernait son avenir rapproché. Elle avait beau chercher, regarder autour d'elle, sonder les profondeurs de sa cellule, aucune solution n'apparaissait. C'était probablement ici que Legoff et les autres avaient été enfermés lors de la mutinerie. Elle pensa alors à ce que son vieil ami lui avait raconté, que des hommes leur avaient fait passer en douce des clous, des pièces de métal, de petites choses qui, mises ensemble, pourraient éventuellement servir pour se défendre ou attaquer. Peut-être restait-il quelques-uns de ces objets dans la cellule ? Elle se mit alors à chercher dans la pénombre, passant ses mains sur le plancher rugueux, cherchant dans les interstices entre les planches, dans les paillasses défaites. Mais plus elle fouillait, plus ses espoirs s'amenuisaient. La cellule était désespérément vide, sauf de souris, qu'elle avait dérangées dans sa recherche. Pourtant… il devait y avoir une solution, il y avait toujours une solution à tout. Combien d'hommes avaient été entassés ici ? Dix ? Vingt ? Trente ? Il faut dire qu'il y avait une autre cellule en face et qu'il y avait quelques enfants parmi les prisonniers. Non, se rappela-t-elle, les enfants étaient tous du côté de Dutrisac, sauf… Elle se redressa. Gabriel ! Bien sûr, Gabriel devait être sur ce bateau. Legoff lui avait dit qu'ils l'avaient convaincu de plus ou moins jouer l'espion parmi l'équipage, en feignant une parfaite allégeance au capitaine mutin. Aussi soudainement qu'il avait disparu, l'espoir se remit à fleurir dans le cœur de Marie. Elle n'était plus seule à bord de ce bateau. Mais comment pourrait-elle arriver à le contacter ? Et les hommes de Vercoutre qui n'avaient pas pu quitter le bateau avec Legoff, étaient-ils toujours à bord ?

Elle avait un peu perdu la notion du temps. La journée avait débuté à l'aube dans la barque de pêche de Narcisse, et se pouvait-il que, à la fin de cette même journée, elle se trouve enfermée dans la cale du *Fleur de lys* ? Pas étonnant qu'elle ressentît une grande fatigue, doublée d'une petite faim qui commençait à poindre. Elle essaya de s'aménager un coin plus confortable avec la paille éparse répandue dans la cellule, mais l'odeur de celle-ci la persuada de se passer de confort. Elle alla s'asseoir dans un coin et fit la seule chose qu'elle pouvait faire : attendre qu'on vienne la chercher.

Lorsque Marie ouvrit les yeux, la cale était plongée dans l'obscurité. La fatigue avait donc fini par avoir raison d'elle. Elle se releva péniblement, courbaturée par sa position inconfortable, et fit quelques mouvements d'étirement. Par désœuvrement et par dépit, elle alla secouer la porte de sa prison qui, bien entendu, ne céda pas plus à ses efforts que quelques heures plus tôt. Comme elle se demandait combien de temps encore elle passerait dans cette geôle nauséabonde – le passage de dizaines d'hommes y ayant laissé une empreinte olfactive assez forte –, elle entendit du bruit du côté de l'escalier. La lueur d'une lanterne éclairait les pas de quelqu'un qui, pour l'instant, n'était qu'une silhouette sombre. Marie grimaça en reconnaissant le pas chaloupé de Brutus.

— Eh bien, la fille, on te demande. Y en a un qui était bien content de savoir que tu serais au menu, ce soir, ricana-t-il. M'est avis qu'il a demandé une recette aux Indiens pour mieux te manger !

Marie chercha une réplique appropriée, mais il lui fallait reconnaître que la peur lui nouait les entrailles. Brutus s'en rendit compte.

— Eh eh, moins fière, la fille ! Remarque qu'à ta place je serais pas brave non plus. À voir la mine qu'a fait Dutrisac en apprenant que t'étais à bord, je pense que tu vas passer de beaux moments.

Instinctivement, Marie rajusta sa chemise et resserra la ceinture de sa culotte. Brutus ricana et cracha par terre.

— Si on ne m'avait pas interdit de te toucher, je te montrerais que quoi que tu fasses, ça ne changera rien à ce qui t'attend. Allez, sors de là !

Marie passa devant lui en tentant de l'éviter soigneusement. Étonnamment, Brutus n'essaya pas de la toucher. Ledru ou Dutrisac avaient dû être très clairs à ce sujet. Ils montèrent l'escalier l'un derrière l'autre sans rencontrer personne. Ils débouchèrent sur le pont, où Marie s'empressa de remplir ses poumons d'air frais, un délice après l'atmosphère confinée de la cale.

Elle vit la silhouette de Ledru qui leur tournait le dos. Prise d'une impulsion subite, elle se jeta sur Brutus en hurlant : « Mais laisse-moi, sale bête ! Ôte tes vilaines pattes de là ! Il me semble qu'on t'avait dit de ne pas me toucher ! »

Surpris, Brutus voulut s'écarter, mais Marie était collée à lui comme une huître sur un rocher. Et, dans la pénombre, il était difficile de voir qui agressait qui. Le petit manège de la jeune femme eut l'effet voulu. Ledru fonça sur eux, arracha Marie des mains de Brutus et asséna un violent coup de poing dans l'estomac de celui-ci, assorti d'un second à la mâchoire.

— Je t'avais dit de ne pas la toucher ! T'es vraiment taré !

Le souffle coupé, Brutus ne put répliquer. Marie lui jeta un regard triomphant, qu'elle s'empressa de dissimuler à Ledru. Elle ne put s'empêcher de décocher un coup de pied à la cheville blessée de Brutus, qui émit un grognement de plus. Mais cela lui valut une gifle de Ledru.

— Ne pousse pas ton avantage trop loin, toi. Allez, ouste ! Tu ne fais que semer la pagaille sur ton passage.

Le regard que Brutus lança à Marie aurait fait frémir n'importe qui. Mais elle n'en était pas à un ennemi près... et ce petit moment de vengeance personnelle valait bien la gifle qu'elle avait reçue.

Ledru la mena à la cabine de Dutrisac, qui avait été celle de Vercoutre. Il la poussa avec humeur à l'intérieur, avant de verrouiller de l'extérieur la porte derrière elle.

— Et tâche de ne pas faire de bêtises !

Marie se retrouva seule à nouveau. Il n'y avait pas de lumière à l'intérieur de la cabine, qui n'était éclairée que par la faible lueur de la lune entrant par le hublot. Elle savait qu'il était inutile de chercher quelque chose pour se défendre ; l'endroit avait sûrement été passé au crible pour s'assurer qu'il n'y avait rien là qui puisse lui servir d'arme. Mais peut-être y aurait-il de la nourriture ? Marie n'avait rien avalé depuis le matin, lorsqu'elle avait mangé quelques fruits et un peu de pain au marché. Il y avait des siècles de ça, semblait dire son estomac. Il en fallait beaucoup pour que la jeune femme perde son appétit...

Une brève inspection lui révéla qu'il y avait aussi peu de vivres que d'armes. Elle trouva cependant un petit flacon métallique, qu'elle déboucha ; l'odeur lui révéla qu'il s'agissait de rhum. Elle en prit une gorgée et l'alcool répandit une chaleur bienfaisante dans ses veines. Elle en prit une seconde et reboucha ensuite le flacon. Il ne s'agissait pas de perdre la notion des choses... Cependant, le rhum lui avait rendu son courage et ce brin d'inconscience qui lui permettait parfois de réussir là où toute personne sensée aurait échoué. Elle était prête à recevoir Dutrisac.

Marie n'eut pas à attendre longtemps. Bientôt, elle entendit une clé jouer dans la serrure, et la porte s'ouvrit sur Dutrisac. Une odeur d'alcool et de sueur rance se dégageait de lui. *Ne dessoûle-t-il donc jamais ?* se demanda Marie. Il referma la porte derrière lui et la verrouilla soigneusement. Il posa ensuite la lanterne qu'il portait sur un meuble et alla tranquillement en allumer une autre, qui était fixée au mur. Il n'avait pas encore jeté un seul regard à Marie. Ses gestes étaient précis et ne traduisaient aucun état d'ébriété. Finalement, il sembla se rendre compte de sa présence dans la pièce. Un lent sourire étira ses lèvres minces, perdu dans la broussaille d'une barbe sale et mal rasée.

— Tiens, tiens, comme on se retrouve. Comme ça, il semble qu'on ait pleuré ta mort un peu trop vite. Et j'ai comme l'impression que tu pourrais aussi me donner des nouvelles de Vercoutre...

Marie resta muette. Son cœur battait la chamade et elle ne voulait surtout pas montrer à ce rustre que sa présence l'inquiétait.

— Le chat a avalé ta langue ? dit Dutrisac en s'avançant vers elle. Il semble que nous étions faits pour nous rencontrer, tu vois. D'abord à Brest, puis sur le bateau, et enfin ici… C'est comme si nous étions faits l'un pour l'autre.

— Qu'est-ce que vous voulez de moi ? réussit-elle à dire malgré sa bouche sèche. En quoi puis-je être une menace, seule femme sans défense sur ce bateau ?

Elle s'était levée de sa chaise et avait fait quelques pas de côté pour s'éloigner de Dutrisac, qui avançait vers elle.

— Seule femme, pour ça t'as raison. Sans défense, je suis moins sûr. Tu m'as déjà surpris à quelques reprises, mais je ne pense pas que, cette fois-ci, tu pourras t'en tirer avec les honneurs.

— Vous n'êtes qu'un sale individu. Un porc sans foi ni loi qui ne vaut pas mieux que ce Marek, avec qui vous vous êtes acoquiné !

Dutrisac eut l'air étonné.

— Marek ? Tiens donc. Et d'où le connais-tu ?

Marie se mordit les lèvres. Visiblement, Dutrisac ignorait les liens qui l'unissaient à Marek. Elle aurait mieux fait de se taire, mais maintenant il était trop tard.

— Dis donc, poursuivit-il, peut-être que ta capture est encore plus intéressante que je le pensais. Mais on aura l'occasion d'en reparler. Pour l'instant, j'ai l'intention de reprendre une conversation que Vercoutre a interrompue…

Et, vif comme un chat, il se jeta sur elle. Marie se débattit férocement. Elle réussit à se faufiler sous ses bras pour se jeter sur la porte, qu'elle secoua vigoureusement. Mais Dutrisac revint derrière elle et l'empoigna par les cheveux. La tête renversée, Marie dut lâcher la porte et fut projetée sur le plancher. L'homme la rattrapa et, la saisissant cette fois par le bras, il la lança sur le lit. À peine tombée sur le matelas, Marie se releva pour faire face à l'ennemi, fort et déchaîné. Il la poussa de nouveau rudement, mais la jeune femme réussit à l'esquiver et c'est lui qui se retrouva à plat ventre sur le matelas. Sa fureur n'en fut que décuplée. Il se releva vivement et prit un fouet accroché au mur qu'il fit d'abord claquer dans les airs.

— Tu veux jouer à la tigresse, éructa-t-il, je vais te montrer comment on les dompte !

Il donna un coup de fouet qui vint déchirer la chemise de Marie à l'épaule, lui entaillant légèrement la peau. Une lueur de plaisir alluma son regard. *Cet homme est un sadique,* pensa Marie, *je ne dois pas lui montrer que ça fait mal*. Elle tourna autour de la pièce tout en restant face à Dutrisac. Son épaule brûlait, mais elle n'avait rien perdu de son ardeur belliqueuse. Il n'était pas question qu'elle le laisse arriver à ses fins. Il donna un deuxième coup de fouet, qui lui mordit la cuisse. Un peu de sang tacha sa culotte. La vue du sang semblait exciter son assaillant, qui se pourlécha les lèvres. Marie avait prévu le troisième coup et, lorsque Dutrisac le décocha, elle fit un pas de côté et, vive comme l'éclair, réussit à mettre la main sur le fouet. Mais Dutrisac savait réagir lui aussi, il avait l'habitude des combats. Il tira sur le fouet que la jeune femme n'eut pas le temps de lâcher et l'attira brusquement vers lui. Sa large main lui emprisonna le cou et il se mit à serrer doucement. Marie y porta les siennes, tentant en vain de desserrer l'étau de Dutrisac. L'air passait difficilement et elle se sentit rapidement étourdie. Il la traîna de nouveau vers le lit.

— Pas facile de te mater, toi, mais j'aime ça. On va voir maintenant ce que tu as à offrir dans un lit.

Marie était sur le point de s'évanouir et il dut s'en rendre compte, parce qu'il laissa brusquement la gorge de la jeune femme. Elle aspira goulûment de l'air, qui vint calmer ses poumons en feu. Dutrisac en profita pour arracher les vêtements de Marie, qui se retrouva bientôt à moitié nue. Cela sembla lui rendre ses esprits, car elle tourna la tête pour mordre jusqu'au sang la main qui avait attrapé une poignée de ses cheveux pour lui maintenir la tête sur le lit. Dutrisac laissa échapper un cri furieux en retirant vivement sa main, qu'il porta à sa bouche. Puis, il frappa la jeune femme avec force tout en la maîtrisant de son poids, assis à califourchon sur elle.

— Tu ne comprendras jamais, sale garce !

Marie était étourdie par la violence du coup, qui lui chauffait atrocement la joue. Des larmes de rage et de douleur brouillaient sa vue alors qu'elle sentait qu'au bout de la lutte, Dutrisac en arriverait à ses fins. Une grande lassitude s'empara d'elle, mais quand l'homme lui arracha sa culotte et qu'il s'affaira à enlever ses propres vêtements, elle eut un regain de combativité. Elle tenta de refermer les cuisses en se tortillant comme une anguille, ce qui eut pour effet de faire ricaner son assaillant.

— Je dois dire que tu ne te défends pas mal, mais ça ne réussit qu'à te rendre plus excitante.

Il se pencha et lui mordit un sein, arrachant un cri à la jeune femme. Il la fit taire en l'embrassant, forçant ses lèvres de sa langue. Marie suffoquait sous l'assaut. Elle était au bout de ses ressources quand elle entendit un grand fracas derrière eux. Dutrisac tourna la tête et relâcha légèrement son emprise, suffisamment pour que Marie le repousse et réussisse à se dégager. L'homme ne pouvait revenir sur elle, occupé qu'il était maintenant à se protéger de la pluie de coups qui tombait sur lui. Tout en ramenant vers elle ses vêtements déchirés, Marie réussit à jeter un regard à la scène. Elle vit avec surprise le jeune Gabriel frappant Dutrisac de toutes ses forces avec un bâton de bois qui ressemblait à s'y méprendre à un manche à balai. Dutrisac était déséquilibré par sa culotte qui pendait à ses genoux, et il tentait de protéger sa tête entre ses bras.

Une fois rhabillée, Marie chercha des yeux quelque chose pour aider son jeune sauveur et, ne trouvant rien, elle arracha le rideau de la fenêtre et en déchira rapidement une bandelette qui lui servirait de corde pour entraver les poignets de Dutrisac. Elle cria :

— Arrête, Gabriel, je crois qu'il a son compte. Attachons-le maintenant !

Le jeune garçon était en sueur, à cause tant de l'effort que de sa nervosité.

— Il faut faire vite, ajouta Marie, j'ai bien peur que tout ce boucan n'ait alerté le reste de l'équipage.

Gabriel tira une autre bandelette du rideau pour attacher les chevilles d'un Dutrisac passablement sonné. Celui-ci avait l'arcade sourcilière gauche fendue, du sang qui coulait sur l'œil, une grosse bosse sur le front, et ses épaules semblaient le faire souffrir. Mais les deux nouveaux complices avaient fait une erreur.

— À moi ! se mit à hurler Dutrisac, qui revenait à lui. À l'aide ! On m'attaque !

— Peste ! s'écria Marie, on aurait dû le bâillonner d'abord ! Il va ameuter tout le bateau !

Gabriel fourra une autre bandelette de rideau – la dernière – dans la bouche de Dutrisac, qui roula des yeux furibonds. Mais le mal était fait. L'instant d'après, trois hommes suivis d'un quatrième déboulaient dans la cabine et s'emparaient brusquement de Marie et de Gabriel. L'un des marins délivra Dutrisac de ses liens, et ce dernier s'empressa de recracher le bâillon. Son deuxième geste fut de relever ses culottes, qui entravaient toujours ses genoux. La fureur déformait ses traits déjà malmenés par le bâton de Gabriel, et c'est vers celui-ci qu'il dirigea sa colère aussitôt qu'il fut debout.

— Sale petite vermine ! Tu vas voir ce qu'il va t'en coûter de t'en être pris à moi ! Passez-moi ce bâton pour qu'il y goûte à son tour.

Une lueur de folie brillait dans ses yeux et Marie craignit qu'il ne tue le jeune garçon, là, sous ses yeux.

— Laissez-le, Dutrisac ! Ce n'est qu'un enfant ! Prenez-vous-en à moi, pas à lui.

Dutrisac lui lança un regard mauvais.

— T'en fais pas, ton tour viendra à toi aussi !

Il leva le bras vers Gabriel, que deux hommes retenaient, mais suspendit son geste quand un bruit d'enfer lui parvint du pont.

— Qu'est-ce que ça signifie encore ? dit-il en tournant la tête vers la porte.

Gabriel avait profité du moment d'inattention des hommes qui le maintenaient pour leur échapper. Dans la cabine, c'était le chaos total. Marie griffait et donnait des coups de pied, un homme était tombé sur le sol, en entraînant un autre dans sa chute, Dutrisac hurlait quand soudain quatre hommes armés de sabres et d'épées firent irruption dans la pièce. Surpris, les hommes de Dutrisac s'immobilisèrent un instant. Un instant de trop, que les nouveaux arrivants mirent à profit pour les maîtriser. Dutrisac et ses hommes étaient tenus en respect au bout de lames acérées quand Vercoutre entra dans la pièce.

Chapitre 30

Le silence tomba lourdement dans la cabine. Vercoutre eut un sourire sardonique en regardant Dutrisac, qui avait le visage en sang.

— Alors, on a des ennuis ? Tu ne peux pas savoir à quel point ça me fait plaisir de te retrouver.

Les sabres et les épées des hommes de Vercoutre étaient dressés de façon menaçante, de sorte que personne n'osait bouger. Le comte tenait Dutrisac en joue avec un pistolet dont il avait dégagé le chien. Puis son regard se posa sur Marie. Ses yeux bleu nuit se détachaient sur le fond sombre de son visage barbouillé de suie, tout comme ceux des hommes qui l'accompagnaient. Son expression féroce s'adoucit progressivement et un lent sourire s'ouvrit sur ses dents blanches.

— Eh bien ! Il semble que j'ai manqué un peu de l'action qui s'est passée par ici. Il faudra que vous m'expliquiez comment vous vous êtes retrouvée ici. N'avions-nous pas convenu d'attendre un peu ?

Marie revenait peu à peu de sa stupeur et la dernière remarque la piqua au vif.

— Je vais très bien, merci. J'ai failli être violée deux fois, étranglée à quelques reprises, traînée comme un chien au bout d'une laisse, mais à part ça, je me porte comme un charme.

— Ça, je peux le constater, répondit-il en élargissant son sourire. En tout cas, vous n'avez rien perdu de votre verve, ce qui est plutôt bon signe.

On entendit des pas lourds et précipités à l'extérieur de la cabine, puis un Legoff à la figure tout aussi noire que celle de ses compagnons déboula dans la pièce, bousculant Vercoutre au passage.

— Nom de Dieu, elle est ici ! Et vivante, en plus !

Il empoigna Marie, qu'il serra dans ses bras à l'étouffer.

— Ne me faites plus jamais ça ! Je ne sais pas combien de fois je vous ai dit ça dans ma vie, mais je vous le répète encore.

— Très touchante, votre petite scène familiale, railla Dutrisac.

— Moi, à ta place, je la bouclerais, dit Vercoutre d'une voix calme mais lourde de menaces. D'ailleurs, pour l'instant, je t'ai assez vu.

Il se tourna vers ses hommes.

— Messieurs, vous allez accompagner ces mécréants à la cale où, si je me souviens bien, il y a une ou deux cellules qui les attendent. Et toi, petit, ajouta-t-il en s'adressant à Gabriel, ça va ? Pas de mal ?

— Je lui dois beaucoup, dit Marie. Il a fait preuve d'un courage insensé en défonçant cette porte.

— Je ne pouvais pas vous laisser entre les mains de cette brute, murmura Gabriel d'une voix à peine audible.

La présence de tous ces hommes l'impressionnait, et l'idée d'avoir échappé à quelque chose de terrible faisait lentement son chemin dans son esprit.

Vercoutre passa la tête par la porte.

— Pérac ! cria-t-il. Envoie ici deux ou trois hommes.

— Pérac ? demanda Marie.

— Jacquelin le Boiteux, expliqua Vercoutre. Comme il vous l'avait dit, le Boiteux n'était qu'un surnom.

— Je peux aller le rejoindre, capitaine ? demanda Gabriel.

Il s'était toujours bien entendu avec Jacquelin Pérac.

— Bien sûr, dit Vercoutre. Nous aurons l'occasion de reparler de tout ça… et de ce que tu as appris sur ce bateau.

Le gamin se leva. Alors qu'il allait sortir de la pièce, Vercoutre l'attrapa par l'épaule et lui tendit la main.

— Beau travail, fiston.

Gabriel rougit jusqu'à la racine des cheveux, serra la main tendue et s'enfuit de la cabine.

Il croisa trois hommes armés eux aussi, arborant le même aspect que les autres, qui se précipitèrent dans la cabine, devenue exiguë avec autant de monde. Dutrisac et ses complices sortirent sous bonne escorte, ne laissant que Marie, Legoff et Vercoutre dans la pièce.

— Dites-moi, vous avez pris goût au maquillage ou vous avez tous ramoné une cheminée avant de venir ici ?

Legoff tendit la main vers une chemise de Dutrisac qui pendait à une chaise et se nettoya la figure. Puis il la passa à Vercoutre, qui fit de même.

— Comme nous sommes venus de nuit, il fallait éviter que nos visages reflètent la lune. Une fois noircis, nous étions plus difficiles à voir dans l'obscurité.

— Oui, j'ai déjà eu l'occasion de voir ce… camouflage, dit Marie.

— Maintenant, pouvez-vous m'expliquer comment vous avez disparu ?

Marie ne répondit pas. Elle subissait le contrecoup des dernières heures et s'était mise à trembler. Elle serra ses bras autour d'elle et se fit toute petite. Legoff s'avança, mais Vercoutre le devança. Il prit Marie dans ses bras et ce simple contact fut suffisant pour la faire fondre en larmes. Il lui embrassa le sommet de la tête.

— C'est fini, Marie, nous sommes là. Dieu sait ce que vous avez dû subir.

— J'ai eu si peur de rester seule, que le bateau parte et que je ne vous revoie plus jamais ! J'ai cru que j'allais mourir et que tout ce que nous avions fait aurait été vain, hoqueta-t-elle. J'ai pensé que Thierry serait abandonné pour toujours.

Vercoutre lui caressait les cheveux. Il se dégageait de cette scène une telle intimité que Legoff n'osait pas intervenir.

— Nous allons laisser passer la nuit, dit Vercoutre, les explications peuvent attendre à demain. Je crois que la journée a été assez longue pour nous tous. Vous allez rester dans cette cabine et nous irons dans celles libérées par les hommes qui ont de nouveaux quartiers dans la cale. Quant à notre nouvel équipage, il trouvera place dans les hamacs.

Vercoutre et Legoff se levèrent.

— Où allez-vous ? demanda Marie, les yeux effrayés.

— Mais... dormir, comme vous l'a dit Vercoutre, répondit Legoff.

— Je ne veux pas rester seule...

— Marie, nous ne serons pas loin.

Legoff était bouleversé par la manifestation de faiblesse de sa jeune amie. D'aussi loin qu'il se souvienne, c'était la première fois que ça lui arrivait. Ses grands yeux gris-bleu étaient humides et des traces de larmes marquaient ses joues dans la suie que Legoff y avait laissée en la serrant dans ses bras.

— Restez avec elle, dit Vercoutre. Je vais aller parler à Pérac.

Legoff le regarda pensivement. Puis ses yeux se tournèrent vers Marie. Il s'adressa au comte redevenu capitaine.

— Non, vous, restez avec elle. Vous avez traversé beaucoup de tempêtes ensemble ces derniers temps, et je pense qu'elle a plus besoin de vous que d'un vieil âne bourru comme moi. Et puis je ronfle trop pour qu'elle puisse dormir à mes côtés. Seulement... soyez sages.

Legoff alla embrasser Marie sur la joue et sortit de la pièce en refermant la porte derrière lui. On l'entendit crier quelque chose à Pérac, puis plus rien. Vercoutre prit Marie dans ses bras et elle se laissa faire docilement. Il souffla les bougies, lui enleva ses bottes, mais lui laissa ses vêtements. Il la coucha dans le lit et s'installa auprès d'elle, passant son bras sous ses épaules. Elle se nicha contre son cou et peu à peu s'apaisa. Son souffle qui devint régulier apprit à Vercoutre qu'elle s'était endormie.

Lorsque Marie ouvrit les yeux, elle fut d'abord étonnée de sentir le poids d'un bras sur sa poitrine et d'une jambe entremêlée aux siennes. Puis, le souvenir des événements de la longue journée précédente lui revint. Elle tourna doucement la tête et vit Vercoutre toujours profondément endormi à ses côtés. Elle ressentit une bouffée de tendresse pour le capitaine. Pas de l'amour, rien ne pourrait remplacer la passion qu'elle éprouvait pour Étienne, ce feu dévorant qui la consumait tout entière. Entre eux, tout était passion, tant leurs nuits enflammées que leurs colères explosives. Mais sa tendresse pour Vercoutre était teintée parfois, il lui fallait bien l'avouer, d'un désir latent qui s'était embrasé à deux reprises, attisé par les circonstances qui les avaient mis sur le chemin l'un de l'autre. Cependant, elle était aussi consciente que les conditions avaient changé désormais et qu'il serait plus prudent de ne pas jouer avec le feu. Il y avait encore trop à perdre dans cette histoire.

Elle se redressa doucement, tâchant de déranger le moins possible Vercoutre, qui avait certes besoin de dormir encore un peu. Elle ne put s'empêcher de lui donner un léger baiser sur la joue… et se retrouva collée contre lui tandis qu'il l'embrassait fougueusement d'un baiser qui n'avait rien d'amical. D'abord surprise, Marie répondit à ce baiser avec ardeur avant de se détacher du capitaine, qui semblait bien réveillé maintenant. Elle se rassit sur le bord du lit en ajustant sa chemise, qui avait un peu souffert de cet élan d'affection spontané.

— En voilà des façons, dit-elle, faussement offusquée mais tenant tout de même à mettre une certaine distance entre elle et lui. Moi qui pensais que tu dormais et qui faisais tout pour ne pas te réveiller.

— C'est vrai que j'ai passé une nuit plutôt agitée, tu étais plutôt déchaînée et insatiable…

Devant l'air interloqué de Marie, il se mit à rire.

— Je plaisante. Mais je ne peux pas dire que tu aies dormi du sommeil du juste. Tu as passé la nuit à combattre je ne sais quels ennemis et j'ai certainement quelques bleus sur les tibias à cause de tes rêves. Il s'en est fallu de peu pour que je prenne aussi un bon coup de poing sur le menton.

— Je suis désolée... commença Marie.

— À d'autres ! répondit Vercoutre en tapotant le lit à côté de lui. Viens là.

Marie hésita.

— Simon, je...

— Viens là, que je te dis, je ne vais pas te manger. Encore que... mais non voyons, je te jure que je ne te toucherai pas. Parce que c'est ça qui t'inquiète, n'est-ce pas ?

Marie finit par s'asseoir sur le bout du lit, le dos bien droit. Vercoutre se redressa et s'assit à côté d'elle, passant le bras autour de ses épaules.

— Ta vie a été suffisamment bouleversée. Tu n'as pas besoin que je devienne une source de soucis supplémentaire. Nous avons partagé des moments qui resteront inoubliables et, peut-être que si nous nous étions rencontrés il y a quelques années, en d'autres circonstances, les choses auraient été différentes. Mais ce n'est pas le cas. Nous devons maintenant nous unir pour faire ce pourquoi nous sommes ici : retrouver ton fils et ma femme.

Marie soupira et appuya sa tête sur l'épaule de Vercoutre. Méritait-elle un tel ami ? Méritait-elle un ami comme Julien Legoff ?

— Et Julien, commença-t-elle, que va-t-il penser ?

— Marie, Legoff a beaucoup vécu. Il n'a pas toujours été l'ange que tu sembles voir en lui. Il sait surtout faire la part des choses. Il l'a prouvé hier soir en m'incitant à passer la nuit auprès de toi. Et cela ne veut pas dire qu'il tourne le dos à ton mari, pour qui il a la plus grande estime – nous avons eu l'occasion d'en parler –, mais simplement il sait que les choses ne sont pas toujours noires ou blanches. Il y a des nuances de gris parfois. Allez viens, sortons d'ici, il faut maintenant passer aux choses sérieuses avant que d'autres idées ne me viennent en tête.

Comme tous les jours, exception faite de cette fameuse tempête, il faisait très beau et un soleil déjà haut baignait le pont du *Fleur de lys*. Marie comptait sur la matinée pour mettre les choses au clair. Vercoutre était parti à la recherche de Pérac, et Marie, de Legoff. Elle le trouva en train d'inspecter le mât de misaine.

— Alors, dit-elle en guise de salutation, est-il bien endommagé ?

Legoff tourna la tête et plissa les yeux en regardant la jeune femme.

— Bien le bonjour, jeune dame. Alors, bien dormi ?

Marie rougit.

— Julien, je voudrais vous dire… En fait je ne voudrais pas que…

Il leva la main.

— Marie, je vous arrête. Je ne suis pas stupide et je sais reconnaître une bouée de sauvetage lorsqu'elle passe à la portée de quelqu'un qui en a besoin. Vous avez la chance incroyable de rencontrer des gens valeureux sur votre chemin, des amis sincères qui veulent vous aider. Vous avez mis votre vie en péril cent fois et je crois qu'Étienne préférera vous trouver bien vivante au bout de ce périple, peu importe les détours que vous aurez pris pour y arriver. Cessez de vous tracasser et allez de l'avant. Et rappelez-vous d'une chose, je ne suis pas ici pour vous juger, mais pour vous aider.

Marie porta son regard vers la mer. À cet instant précis, elle aurait échangé volontiers toute la débauche de couleurs que lui offrait la mer des Antilles contre les eaux froides et agitées de La Rochelle. Et la présence de quiconque sur ce bateau contre celle d'Étienne. Et de Thierry… À la douleur de ces absences s'ajoutait un autre sentiment : une haine féroce, brûlante, lancinante contre Marek. Il lui semblait que le vent portait son odeur jusqu'à elle, qu'elle pouvait flairer sa piste sur ces vagues indolentes. Elle imaginait sans peine tous les supplices qu'elle aimerait lui infliger. L'arrivée de Vercoutre et de Pérac la sortit de ses pensées.

Le capitaine salua Legoff de la tête.

— Si nous faisions le point sur la situation ?

— J'ai bien inspecté le mât de misaine et il aurait besoin de réparations plus poussées, voire d'être remplacé. Mais nous pourrions toujours naviguer à deux mâts seulement. On y perdra en vitesse, mais pour l'instant, ce n'est pas de ça qu'il s'agit, n'est-ce pas ?

— Il va falloir que nous ayons une petite conversation avec Dutrisac, dit Vercoutre.

— J'aimerais quand même que vous m'expliquiez comment vous êtes arrivés ici, dit Marie, je ne vois aucune barque autour. Et combien d'hommes avez-vous avec vous ?

— Une quarantaine.

— Tant que ça ? s'étonna la jeune femme. D'où les avez-vous sortis ?

— C'est une longue histoire, dit Vercoutre.

Marie grimaça.

— Y a-t-il un coq dans votre groupe ? Si c'est long, je risque de mourir de faim.

Legoff sourit.

— Je vous reconnais bien là. Oui, il y en a un, et il s'est déjà mis à la tâche. Il semble que nos amis venaient de s'approvisionner.

Ils se dirigèrent vers la salle à manger, retrouvant instinctivement les places qu'ils avaient occupées lors de la traversée de l'Atlantique.

Gabriel entra quelques instants plus tard, les bras chargés de plats.

— Gabriel, s'étonna Marie, que fais-tu là ?

Vercoutre répondit à sa place.

— Il se trouve que la véritable passion de ce jeune homme, c'est la cuisine. Et comme notre nouveau coq avait besoin d'aide, il est venu me supplier de le laisser travailler avec lui.

— Mais tu réussissais de si beaux nœuds, déplora Marie.

— Ils ne sont rien à côté de mes sauces, madame Marie. J'ai des secrets qui me viennent de ma grand-mère.

— Alors là, je ne dis plus rien.

Et elle ne dit plus rien en effet parce que, l'instant d'après, elle avait la bouche pleine.

Le repas se déroula pratiquement en silence, tous étant affamés. Vercoutre s'était assuré que le reste de l'équipage avait aussi de quoi manger et il fut décidé de laisser les prisonniers patienter un peu, avant qu'on ne statue sur leur sort.

— Alors, dit Marie en repoussant son assiette et en se renversant sur sa chaise. Si vous m'expliquiez enfin comment vous êtes arrivés jusqu'ici ?

— Vous d'abord, dit Legoff. Comment avez-vous pu disparaître comme ça ?

Marie raconta sa mésaventure. Vercoutre siffla entre ses dents.

— C'était donc planifié. Comment ont-ils pu savoir que vous étiez là ?

Marie haussa les épaules. Elle préférait taire l'épisode de sa reconnaissance en barque.

— Qui sait ? Soit c'était un effet du hasard, soit ils avaient des informateurs. Et vous ? demanda-t-elle. Comment êtes-vous arrivés si vite ? Je croyais que vous ne seriez pas de retour avant quatre ou cinq jours !

— Eh bien, c'est à l'initiative de Pérac qu'on le doit.

Le regard de Marie se tourna vers Pérac. Il semblait toujours aussi calme, presque détaché des choses. Le visage long, dévoré par une barbe de quelques jours, les yeux bruns profondément enfoncés, les pommettes hautes et le nez aquilin, Jacquelin Pérac pouvait avoir l'air d'un bandit autant que d'un allié. En fait, c'était un bandit qu'il valait mieux avoir pour allié. Il prit la parole.

— J'avais bien compris que le temps pressait, alors aussitôt que vous êtes partis, je me suis mis à chercher des hommes. Tous ceux qui avaient été dans la barque avec nous ont accepté de me suivre. Mais ça n'en faisait qu'une douzaine tout au plus. Je savais que pour avoir des chances de réussir, il nous fallait être au moins trente et, en plus, compter sur la chance. Je devais donc trouver une vingtaine d'hommes supplémentaires. C'est alors que Tadoussac m'a fait une proposition. Son bateau avait besoin de réparations qui prendraient de longues semaines, peut-être des mois. Il avait sur les bras un équipage désœuvré qui ne pourrait que provoquer des problèmes à plus ou moins court terme et que, de plus, il devait nourrir et payer. Il m'a donc proposé d'emmener ceux de ses hommes qui accepteraient de me suivre et de les prendre en charge. De douze, nous sommes donc passés à quarante. Puisque nous n'avions pas de chevaux, j'ai décidé de prendre la route immédiatement. Au pire, il y en avait pour trois jours de marche. Nous avons suivi vos traces, sauf que nous avons contourné le marécage, car l'un des hommes connaissait un meilleur chemin.

Marie soupira. Ils avaient donc été les seuls à aller s'enfoncer dans cette vase visqueuse infestée de moustiques ! Mais Pérac poursuivait.

— Nous avons passé une nuit dans la forêt, puis avons continué le lendemain. En fin de journée, nous sommes arrivés près d'une petite rivière. Les hommes avaient beaucoup marché et ils étaient épuisés. Nous nous sommes arrêtés, et c'est là que nous avons retrouvé Vercoutre.

Le capitaine prit le relais.

— On a décidé de passer la nuit à cet endroit où nous nous étions retrouvés tous les trois, et au petit matin Pérac et moi sommes allés voir si nous pouvions trouver quelques carrioles pour conduire les hommes jusqu'à Capesterre-Belle-Eau. Ce fut rapidement réglé. On a embarqué les hommes dans deux charrettes qui servent au transport des cannes à sucre, et le jour même, nous arrivions chez Narcisse.

— J'avais craint que vous ne perdiez un temps précieux à me rechercher à terre…

— Nous en étions à analyser toutes les causes possibles de votre disparition quand Narcisse nous a parlé de votre escapade matinale... C'est ce qui nous a mis sur la piste, le fait que vous ayez remarqué que quelqu'un vous observait. À la nuit tombée, nous sommes passés à l'action.

— Me semblait bien que vous ne pouviez pas que pêcher, maugréa Legoff.

— Mais je n'ai vu aucune barque autour du bateau, reprit Marie sans insister sur le fait qu'ils étaient au courant de son travail de reconnaissance.

— Nous sommes passés par l'île, continua Vercoutre. Il n'y avait pas assez de barques pour emmener tout le monde en une seule fois, alors nous avons dû faire des allers-retours entre le quai de Narcisse et l'île. Une fois l'obscurité tombée, nous avons traversé à pied. Nous avions apporté avec nous quelques grappins et le fait que le bateau soit ancré si près du rivage nous a beaucoup aidés.

— Et nous voilà tous réunis sur votre bateau enfin repris, Simon, conclut Marie. La première étape est franchie... Quelle sera la seconde ?

— Il est clair que nous devons retrouver Marek, dit Vercoutre en se levant. C'est lui qui détient la clé de tout cela. Thierry, Évelyne... même la prise de mon domaine, en Martinique.

— Mais comment le retrouver ? commença Marie. Il semble y avoir tellement d'îles par ici.

— Une conversation... amicale avec Dutrisac devrait nous éclairer.

— Et Ledru ? Bellehumeur ? Vous les avez enfermés eux aussi ?

— Avec le reste de l'équipage, dit Legoff. Ça me réjouit de penser qu'ils sont à leur tour entassés comme des sardines dans ces cellules. D'ailleurs, on a retrouvé le reste de mon équipage et nous avons libéré les mousses. Ces querelles d'adultes ne les concernent pas.

— Qu'est-ce qu'on fera de l'équipage de Dutrisac ?

— Chaque chose en son temps, dit Vercoutre. Pour l'instant, allons chercher Dutrisac. Pérac, prends quelques hommes avec toi et rejoins-moi à la cale. Vous, vous attendez ici, dit-il à Marie, qui s'apprêtait à le suivre.

Elle se rassit docilement. En réalité, elle n'avait pas très envie de se retrouver à nouveau dans cette cale malodorante…

En attendant qu'on amène Dutrisac sur le pont du *Fleur de lys*, Marie avait eu le temps de jeter un coup d'œil au bateau et s'était rendu compte qu'aux dommages causés par la tempête il fallait ajouter ceux liés au mauvais entretien du navire. Cela n'avait pas fait partie des priorités de l'équipage mutin.

Gil Dutrisac arriva, maintenu fermement entre deux costauds. Sa mauvaise humeur était évidente. Vercoutre lui parla avec froideur.

— Je crois qu'il est temps que nous ayons une petite conversation.

Dutrisac cracha par terre.

— Si tu penses que tu vas tirer quelque chose de moi…

— Ta vie à bord serait peut-être plus facile si tu collaborais un peu.

— Tu peux toujours espérer.

Il s'enfonça dans un mutisme obstiné. Marie s'échauffa.

— Espèce de gros porc ! Tu vas nous dire ce que vous avez manigancé, toi et Marek. Où dois-tu le rencontrer ? Qu'est-ce qu'il a fait de mon fils ? Qu'est-ce qu'il mijote ?

Dutrisac ricana.

— T'auras beau gueuler, et crier, tu ne tireras rien de moi.

— Il y a des moyens plus radicaux, dit froidement Vercoutre.

— Le fouet ? Ça ne me fait pas peur. Et puis, si tu m'abîmes trop, je ne pourrai plus parler, alors ça t'avancera à quoi ?

— Il y a beaucoup plus simple, dit Marie.

Elle se tourna vers Vercoutre, saisit le pistolet qui était à sa ceinture et, avant que le capitaine ait pu faire un geste, elle arma le chien et tira dans la cuisse de Dutrisac. Le coup de feu surprit tout le monde, à commencer par Dutrisac, qui, une fois l'étonnement passé, fut submergé par la douleur. Il tomba sur le pont en hurlant, tenant à deux mains sa cuisse ensanglantée. Marie le regardait froidement, le pistolet fumant à la main.

— Je suis la seule qui puisse retirer cette balle de ta cuisse et te donner ainsi l'espoir de conserver ta jambe.

Les traits déformés par la fureur et la douleur, Dutrisac éructa :

— Sale pute, t'as raté ton coup, je ne saigne presque plus.

— Si j'avais voulu que tu te vides de ton sang, j'aurais visé un peu plus haut, là où l'artère passe. Et je sais très bien où elle est, parles-en à Legoff. Là, ce que tu risques si je ne retire pas la balle, c'est une belle infection qui va se répandre dans ton sang. La fièvre va s'emparer de toi, tu vas souffrir atrocement et mourir au bout de très longues journées… parce que je peux très bien prolonger ton agonie aussi.

Dutrisac était devenu tout pâle, un peu à cause de ce que Marie venait de lui dire, mais aussi parce que sa cuisse lui faisait un mal de chien. Sur le pont, les témoins de la scène revenaient peu à peu de leur stupeur. Vercoutre enleva doucement le pistolet des mains de Marie.

— Eh bien, je pense que tu es dans une situation très délicate, dit-il à Dutrisac. Elle dit vrai, il n'y a qu'elle maintenant qui puisse t'aider.

— Et je te conseille de faire vite, reprit Marie. Dans quelques minutes, tu vas t'évanouir, et si tu t'évanouis avant d'avoir parlé, je te laisserai moisir dans ton sang jusqu'à ce que tu te réveilles, si tu te réveilles.

Dutrisac était maintenant verdâtre.

— Faites quelque chose !

Il jetait des regards vers les hommes, qui n'avaient pas bronché.

— Je pense bien que cette fois-ci c'est elle qui a le gros bout du bâton, dit Legoff.

— Sincèrement, je n'aimerais pas être dans ta situation… ajouta Pérac. Tu meurs par sa main, ou tu guéris par sa main.

Voyant qu'il n'obtiendrait pas d'aide de leur côté, Dutrisac se mit à gémir.

— Si je meurs, j'emporterai avec moi tout ce que je sais, haleta-t-il.

— Entre te regarder vivre sans rien dire et te voir mourir avec ton secret, je préfère cent fois la seconde option, dit Marie. Dépêche-toi, si je ne pose pas un garrot rapidement, tu vas encore perdre du sang et ta guérison, si guérison il y a, sera beaucoup plus longue.

À deux doigts de tourner de l'œil, le blessé parvint à balbutier : « Je… je… vais parler. »

— À la bonne heure, dit Marie, nous t'écoutons.

— Non… soignez-moi… d'abord.

— À d'autres ! répondit froidement Marie. Il n'y a pas de négociation possible.

Vercoutre intervint à nouveau.

— Écoute, dit-il à Dutrisac, tu nous as suffisamment fait perdre de temps comme ça. N'espère de pitié d'aucun d'entre nous. Nous n'avons qu'à te laisser tranquillement pourrir au soleil et ton cas se réglera de lui-même. Je suis certain de trouver, parmi les ordures qui t'accompagnent, quelqu'un qui aura la langue pas mal plus déliée que la tienne et qui en sait au moins autant que toi. Alors, tu vois, au bout du compte, on n'a même pas besoin de ton aide. Vous venez ? dit-il aux autres. Tout ça m'a donné soif.

Vercoutre mit le bras autour des épaules de Marie et la poussa vers l'escalier qui menait au gaillard. Déjà, Legoff, Pérac et les deux autres hommes leur emboîtaient le pas.

— Attendez ! cria Dutrisac avec toute l'énergie qui lui restait, ne me laissez pas ici. Revenez, je vais parler.

Tous s'arrêtèrent mais seul Vercoutre se retourna.

— Tu parles tout de suite ou tu viens de gaspiller ta dernière chance.

— Je dois rencontrer Marek en Dominique, sur la côte sous le vent.

— Toi seul ou il y aura d'autres bateaux ?

— Il y en aura d'autres, mais, pour le moment, ils sont ailleurs.

— Qu'est-ce que tu devais faire là-bas avec lui ?

Tout le monde était revenu autour de Dutrisac.

— Je ne sais pas… Je vous le jure !

Il s'arrêta, le temps de reprendre son souffle.

— Je devais lui amener le bateau, je n'en sais pas plus.

— Que sais-tu d'un petit garçon ? demanda Marie.

— Un petit garçon ? Je ne sais rien d'un petit garçon.

— Tu mens ! dit-elle. Je me demande ce qui m'empêche de te laisser crever.

— Non, je vous jure que je ne sais rien !

— Tu peux nous guider à l'endroit du rendez-vous ? demanda Vercoutre.

— Oui… oui… je peux vous y mener.

Dutrisac faiblissait. Vercoutre jeta un regard à Marie, qui avait toujours les yeux brillants de colère. Elle regarda à son tour Vercoutre et comprit le message.

— D'accord. Toi, là, dit-elle à l'un des deux hommes qui avait amené Dutrisac, trouve-moi un bout de corde pour que je fasse un garrot.

L'homme n'eut pas à aller très loin. Il fut rapidement de retour avec ce que Marie demandait. Elle noua la corde très serré juste au-dessus de la blessure et, avec un mouchoir sorti d'une de ses poches, elle fit pression sur la plaie, qui cessa aussitôt de saigner. Elle prit une bandelette d'une autre de ses poches et la noua pardessus le mouchoir.

— Amenez-le-moi sur la grande table à l'intérieur.

Les deux hommes saisirent Dutrisac derrière les épaules et sous les genoux et le soulevèrent, ce qui lui arracha un gémissement de douleur. Marie s'apprêtait à suivre les brancardiers improvisés quand Vercoutre la retint par la manche.

— Un instant, dit-il. Tu savais que le pistolet était chargé ?

Marie le regarda droit dans les yeux.

— Je me suis dit que si tu te promenais avec un pistolet à la ceinture sur un bateau envahi de crapules, ce n'était certes pas ornemental.

— Ce n'est donc pas un accident, ce coup de feu ?

— En as-tu seulement douté ?

Elle soutint son regard quelques instants, puis entra dans la salle à manger. Elle se retourna vers Vercoutre.

— Il faudrait une toile pour recouvrir la table. Je ne voudrais pas que le sang de cette pourriture tache l'endroit où l'on mange. Et puis, savez-vous s'il y a des instruments de chirurgien sur ce bateau ?

— Il y en avait, reste à savoir s'ils sont encore là. Je vais les chercher et j'envoie quelqu'un avec la toile.

Un homme apparut sur le pas de la porte quelques instants plus tard, portant dans ses bras un morceau de voile déchirée, suffisamment grand pour recouvrir la table et tomber jusqu'à terre de chaque côté. Le marin jeta un coup d'œil à Dutrisac, affalé sur une chaise, et ressortit aussitôt. On installa Dutrisac sur la table. Marie ne voulait toucher à rien tant qu'elle n'avait pas les instruments entre les mains. Elle sentait qu'elle perdait son patient peu à peu. Il valait mieux pour lui que Vercoutre les trouve vite. Celui-ci revint, un air soucieux peint sur le visage.

— La trousse a disparu, je n'ai trouvé que ceci.

Il présenta à Marie un petit couteau à la lame effilée et une paire de pinces à long bec. La jeune femme grimaça.

— Je pourrai toujours me débrouiller avec ça, mais il me faudrait de l'eau bouillante, du fil et une aiguille. Ce n'est pas que ça me déplairait de l'opérer avec des instruments sales, mais je lui ai dit que je l'aiderais s'il parlait… Et je tiens parole.

— Je savais que vous demanderiez ça, dit Vercoutre. Ça devrait arriver dans un instant.

Dutrisac était au bord de l'évanouissement. Marie se demandait avec quoi elle pourrait prévenir l'infection quand elle se rappela soudainement de sa sortie avec Ernestine.

— Julien, quand vous êtes parti de chez Narcisse, avez-vous pensé à emporter mes affaires ?

— Euh... oui.

— Dans mon sac, il y avait une pochette avec des herbes, celles que je suis allée cueillir avec Ernestine. Pourriez-vous aller voir si elle y est toujours ?

Trop heureux de quitter cette scène, Legoff disparut vers sa cabine. Entre-temps, une marmite d'eau bouillante était arrivée. Marie y plongea le couteau et les pinces, ainsi que le fil et l'aiguille, et s'y lava les mains. Puis, elle défit le bandage improvisé, retira le chiffon et écarta les lèvres de la plaie sans retirer le garrot. Elle ne voyait pas la balle, qui avait dû s'enfoncer plus profondément dans les chairs. Il faudrait fouiller à l'intérieur avec les pinces puisqu'il n'y avait pas de tire-balle dans la trousse. Puisqu'il n'y avait pas de trousse, en fait. Ce ne serait pas très agréable pour Dutrisac, mais c'était le cadet de ses soucis. Elle lui avait promis qu'elle retirerait la balle et qu'elle le soignerait, pas que ce serait sans douleur.

— Je vais avoir besoin de votre aide, dit-elle aux hommes autour d'elle. Il va falloir le tenir solidement.

— Il est pourtant très faible, dit l'un des costauds.

— Vous seriez surpris de voir ce qu'un blessé, même mourant, peut déployer comme force quand on joue au cœur de sa blessure. Tenez-le, messieurs.

Ouvrant la plaie d'une main, elle enfonça la pince de l'autre. Dutrisac se cabra aussitôt et se mit à hurler.

— Tenez-le, bon sang !

Vercoutre et Pérac durent prêter main-forte aux deux autres. Marie fouillait avec la pince et, ne trouvant rien, elle dut ouvrir un peu plus la plaie à l'aide du couteau. Dutrisac continuait à hurler.

Un des deux costauds se mit à pâlir.

— On ne peut pas lui donner au moins un peu de rhum ?

— Qu'il souffre, cet abruti, répondit Marie avec une dureté qui la surprit elle-même. Du rhum, vous devriez en prendre vous-même, vous êtes bien pâle.

Elle n'avait pas fini sa phrase que l'homme tombait par terre dans un grand bruit.

— Oh ! Seigneur ! Il ne manquait plus que ça ! Enfin, il ne peut pas tomber plus bas, laissez-le et maintenez Dutrisac, j'y suis presque.

Dutrisac avait cessé de se débattre et geignait maintenant, les yeux révulsés. Finalement, avec un petit cri de triomphe, Marie retira la balle. Elle arrosa la plaie avec le rhum et recousit la blessure avec le fil et l'aiguille, opération qui fut loin de plaire à Dutrisac, qui trouva la force de se débattre à nouveau. Legoff arriva sur ces entrefaites, comme s'il avait attendu derrière la porte que tout soit fini pour entrer. Marie lui fit un petit sourire en coin.

— Mettez quelques-unes des feuilles de cette pochette dans l'eau.

Ce qu'il fit en lui disant : « Ernestine vous a aussi envoyé ceci. » Il désigna un petit pot avec un geste du menton. Marie l'ouvrit, le sentit et s'exclama : « Eh bien, on peut dire que cet imbécile a de la chance et qu'il s'en sortira peut-être. Elle m'a envoyé un onguent antiseptique de sa fabrication. » La jeune femme sortit les feuilles de l'eau, les apposa en cataplasme sur la blessure, puis mit de l'onguent tout autour. Elle termina avec un bandage serré.

— Voilà. C'est tout ce que je peux faire pour l'instant. Il vaudrait peut-être mieux ne pas le renvoyer à la cale. Tant que la blessure n'est pas refermée, c'est trop risqué.

Et, ayant besoin d'air elle-même, elle sortit de la pièce.

Chapitre 31

Une pensée avait traversé l'esprit de Marie. Puisque le *Fleur de lys* était revenu, peut-être que ses bagages s'y trouvaient encore ? Elle enfilerait bien volontiers ses propres vêtements et chaussures. Elle chercha le chemin de la cabine qu'elle avait occupée lors de la traversée de l'Atlantique et la trouva aisément. Personne n'était sorti à sa suite. On devait comprendre son besoin de s'éloigner un peu quelques instants.

La porte de la cabine était ouverte et il régnait un fouillis indescriptible à l'intérieur. Des bouteilles traînaient partout et de nombreux vêtements jonchaient le sol. Parmi ceux-ci, Marie reconnut une veste qu'elle affectionnait particulièrement, une jupe qui avait visiblement servi de paillasse, quelques chemises et, plus important encore, deux culottes qui semblaient en bon état. En soulevant un habit, elle trouva le petit soldat de Thierry. Elle décida de voir là un heureux présage. Refoulant l'émotion qui menaçait de la gagner, elle se changea rapidement.

Elle décida ensuite de chercher ses bottes. Elle en repéra une au fond de l'armoire, mais la seconde restait invisible. La perspective délicieuse de les enfiler la convainquit de poursuivre ses recherches. Elle se pencha sous le lit et crut distinguer quelque chose au fond, près du mur. Elle se coucha sur le ventre et rampa vers l'objectif. Elle n'y voyait guère, mais en étirant la main, celle-ci toucha quelque chose qui, sous la poussée de ses doigts, s'enfonça un peu plus loin. Étouffant un juron entre ses dents, Marie s'avança un peu plus et, cette fois-ci, poussa un petit cri de triomphe. C'était indéniablement le cuir souple de sa botte qu'elle tenait dans sa main. Elle commença à ramper à reculons et était presque sortie de sous le lit quand une voix la fit sursauter.

— Qu'est-ce que tu fais là ?

Surprise, Marie se frappa la tête sur le lit et retomba à plat ventre sur le plancher. Deux mains la tirèrent par les pieds vers la lumière et elle ressortit couverte de poussière. Vercoutre la regardait, hilare.

— À quoi tu joues ?

— Très drôle, dit Marie en se frottant la tête avant de se remettre debout. Je cherchais ma botte.

Elle éternua. Pour une fois, c'était la poussière et non la moutarde qui lui montait au nez. Vercoutre offrit une main attentionnée pour épousseter ses vêtements.

— Tu en as partout.

— Ça va, dit Marie en l'arrêtant, je peux le faire toute seule. Le bateau est dans un état lamentable. Il n'y a pas grand monde qui s'est soucié de sa salubrité.

— Ce sont plutôt les dommages subis pendant la tempête qui m'inquiètent.

— La malpropreté devrait t'inquiéter aussi, c'est bien souvent porteur de maladies, et dans un climat aussi chaud, elles n'attendent qu'un petit coup de pouce pour éclore.

Marie s'était assise sur le lit et enfilait sa botte. Elle fronça les sourcils.

— Qu'est-ce qu'il y a ? demanda le capitaine.

— Il y a quelque chose dedans, répondit Marie en la retirant.

Elle glissa la main à l'intérieur et en sortit un papier tout chiffonné. Elle le déplia et le lissa du plat de la main. Il n'y avait pas grand-chose dessus, quelques mots à moitié effacés. On pouvait cependant lire « Dominique » puis deux séries de chiffres : 15° 20'N et 61° 23'W. Et au bas, ce qui semblait être une indication : « … lac Bouillant, suivre W et… » Le reste était illisible.

— Ce sont des coordonnées, dit Vercoutre qui était penché au-dessus de son épaule.

Il y avait quelque chose qui retenait l'attention de Marie sans qu'elle sache exactement quoi. Elle se leva en clopinant et s'approcha du hublot pour avoir plus de lumière. Puis elle comprit. Elle reconnaissait cette écriture ! Elle leva la tête vers le capitaine.

— C'est l'écriture de Marek !

Vercoutre fronça les sourcils.

— Tu en es sûre ?

— Oui. Quand il a pris mon fils, il a laissé une note fichée dans le mur. Je l'avais emportée dans mes bagages, Dieu sait où elle est actuellement. Mais je l'ai tant et tant regardée que je reconnaîtrais cette écriture n'importe où. Ces lettres taillées comme s'il les traçait avec le bout de son épée, ces mots qui même écrits claquent comme des ordres…

— Dans ce cas, dit Vercoutre en prenant le papier dans ses mains, ces coordonnées deviennent encore plus intéressantes. Il va falloir que je les reporte sur une carte, mais vraisemblablement, c'est un endroit en Dominique, un lieu bien précis de rendez-vous.

Les yeux de Marie brillaient.

— Dutrisac avait donc réellement rendez-vous avec Marek et nous n'avons plus besoin de lui pour nous y rendre.

— Mais nous avons encore besoin de lui pour savoir ce qu'ils avaient convenu. Nous ne pouvons arriver là et débarquer sans crier gare. On ne sait pas ce qui nous y attend. D'autres bateaux ? Une flotte entière ? Des hommes armés ? Des canons ? Et puis, on ne peut pas se présenter comme ça. Marek attend ce bateau, mais pas avec nous à bord.

— Pérac.

Vercoutre la regarda sans comprendre.

— Pérac ?

— Oui, Pérac. Jacquelin faisait partie de l'équipage de Dutrisac. Ce pourrait être lui, notre intermédiaire.

— Pas bête… Encore faut-il qu'il soit d'accord pour jouer ce jeu dangereux.

— Eh bien, allons le lui demander, dit Marie en se dirigeant vers la porte.

Vercoutre sourit.

— Toujours prête à réagir au quart de tour, n'est-ce pas ?

— Y a-t-il une autre façon ?

Elle sortit, entraînant Vercoutre dans son sillage.

Il y avait un peu plus d'activité sur le pont. Pérac, justement, avait mis les hommes au travail et certains briquaient le pont, pendant que d'autres vérifiaient les voiles. Quelques-uns avaient été envoyés au deuxième pont pour vérifier l'état des canons, bref les choses marchaient rondement. De son côté, Legoff avait réuni les mousses sur le gaillard d'avant. Pas de trace de Gabriel, cependant, qui devait être aux côtés du coq. Pendant que la jeune femme s'intéressait aux activités de son vieil ami, Vercoutre était allé chercher Pérac et venait maintenant vers elle.

— Tu… Vous venez ? Il nous faut parler.

Marie jeta un coup d'œil du côté du gaillard.

— On ne devrait pas demander à Julien de se joindre à nous ?

— Legoff ! cria Vercoutre. Venez par ici !

Le Breton se retourna et fit un geste disant qu'il ne pouvait y aller tout de suite.

— Tant pis, dit Marie.

— Non, attendez.

Vercoutre disparut à l'intérieur d'une écoutille. Pérac regarda Marie d'un air qui, elle le savait, était faussement désinvolte. Cet homme était comme un pistolet chargé. Malgré son aide indéniable, elle n'arrivait pas à lui faire totalement confiance. Son regard semblait toujours un peu moqueur quand il l'observait. Pérac brisa le silence :

— Il y a beaucoup à faire sur le bateau. Avec un mât en moins, il faut s'assurer que le reste va tenir.

— Comment réagissent les hommes ?

— Plutôt bien. Ils ont l'habitude du travail en mer, ça se voit, et ça se voit aussi qu'ils sont d'une autre qualité que ceux de l'équipage de Dutrisac... dont je faisais partie, ponctua-t-il avec un petit sourire ironique.

— Je... mais vous avez l'habitude de commander.

— Disons que je sais prendre des initiatives.

Marie n'eut pas à demander de quel genre d'initiatives il s'agissait parce que Vercoutre revenait, Gabriel sur ses talons.

— Va rejoindre Legoff, lui dit-il, et remplace-le auprès des mousses.

— Mais qu'est-ce qu'il fait ? demanda l'adolescent.

— Aucune idée, répondit Vercoutre, il te le dira lui-même.

Gabriel n'insista pas et fila rejoindre Legoff. Marie, Vercoutre et Pérac s'en furent vers la salle des cartes, qu'ils trouvèrent en aussi piteux état que le reste du bateau. Des détritus jonchaient le sol et les cartes étaient éparpillées un peu partout. Vercoutre ne put retenir une exclamation de dépit.

— Nom de Dieu ! Regardez-moi ça ! Le temps que ça m'a pris pour réunir toutes ces cartes ! Il y en a parmi elles qui sont de véritables œuvres d'art... Quel gâchis !

Il se pencha pour récupérer une carte qui avait baigné dans un liquide qui en avait partiellement effacé les données. Il la lissa précautionneusement malgré tout et la roula doucement. Marie et Pérac se mirent à ramasser les cartes eux aussi. Certaines étaient déchirées, d'autres simplement chiffonnées. Marie en trouva une où l'on pouvait lire « Antilles françaises ».

— C'est celle-là qu'on cherche ? demanda-t-elle en la montrant à Vercoutre.

Il s'approcha et prit la carte des mains de la jeune femme.

— Oui. Il y en a une autre aussi sur laquelle j'aimerais bien mettre la main, celle de la Dominique.

— Elle est ici, dit Pérac en désignant une carte qui était coincée sous le pied de la table.

Pérac tira un peu sec et la carte perdit son coin supérieur droit. Vercoutre grimaça.

— Désolé, dit simplement Pérac.

Legoff entra à son tour dans la salle.

— Qu'est-ce qui se passe ? Vous vouliez me voir ? Bon sang, mais que s'est-il passé ici ?

— Comme sur le reste du bateau, dit Marie avec un soupir.

— Venez voir par ici, les interrompit Vercoutre.

Avec Pérac, ils étaient penchés sur les deux cartes, qu'ils examinaient attentivement. Marie et Legoff s'approchèrent. Vercoutre avait dans les mains un compas qu'il avait trouvé sous une chaise. Il leur montra la carte des Antilles.

— Voilà, nous sommes ici, de ce côté de cette tache sur la carte, qui est la petite île derrière laquelle nous sommes abrités. Nous devons sortir du couvert de la côte et d'abord prendre le cap vers l'est avant de mettre cap vers le sud. Il y a des récifs de corail, et des courants à éviter. Ça nous prendra une journée de plus avec notre problème de voiles, mais avec un bateau endommagé le détour en vaut la peine.

Marie pointa une île plus loin sur la carte.

— Ça, c'est la Dominique ?

— Non, c'est la Martinique. On finira par y arriver. C'est là que se situe mon domaine… Enfin, je dois dire mon ancien domaine pour l'instant. Mais j'ai bien l'intention de le récupérer. La Dominique est ici, dit-il en pointant une île de petite taille au pourtour presque ovale.

— Elle ne semble pas bien grosse.

— Elle ne l'est pas. Mais c'est une île très hostile, avec un relief accidenté et surtout de féroces tribus de Caraïbes qui en ont rendu la colonisation très difficile, voire impossible. Pas étonnant que Marek y ait donné rendez-vous, il ne risque pas d'être ennuyé par une quelconque autorité.

Il tira vers lui la carte de la Dominique.

— Les coordonnées inscrites sur le papier que vous avez trouvé dans votre botte indiquent ce point ici, à quelques milles au nord d'une petite agglomération qui tente de s'accrocher à la côte. Comme vous pouvez le voir, même si la carte n'est pas très précise, il y a une pointe qui semble offrir une certaine protection pour les bateaux. J'ai bien l'impression que c'est là que Marek attend le *Fleur de lys*.

Marie regardait attentivement la carte, comme si elle pouvait voir ce qui se passait là, sur la côte sous le vent. Elle leva les yeux vers Vercoutre.

— Et c'est là que nous allons ?

— Si nous voulons en finir avec cette affaire et avoir le dernier mot, si nous voulons garder quelque chance de retrouver vous votre fils et moi ma femme, si je veux récupérer mon domaine, je dirais que oui, c'est là que nous allons.

— Alors, qu'attendons-nous ?

L'impatience de la jeune femme refaisait surface.

— Nous attendons d'être certains que le bateau soit en condition de reprendre la mer, répondit le capitaine. Ça ne servirait à rien de partir d'ici pour aller couler un peu plus loin.

— D'accord. Qu'est-ce je peux faire ?

— Idéalement, rien, dit Vercoutre, nous pouvons à nous trois diriger les opérations. Mais comme je sais que vous tenir à l'écart, c'est irrémédiablement s'attirer des problèmes, je vous demanderai de prendre quelques hommes avec vous, parmi ceux qui accepteraient de se faire diriger par une femme, et de vérifier chacun des haubans, chacun des filins et chacune des voiles. Si vous avez été capable d'aller attacher une voile sur une vergue la nuit et en pleine tempête, poursuivit-il, je me dis que ça ne devrait pas vous poser problème au grand soleil et par temps calme…

Marie fit un grand sourire et sortit de la pièce.

Ils passèrent toute la journée à récurer, réviser, réparer le bateau. Marie s'amusa comme une enfant à grimper aux enfléchures, à se suspendre aux cordages, à vérifier les voiles. Tranquillement, les hommes commençaient à l'accepter et à la voir sous un jour nouveau. *Exactement comme sur la* Louve des mers, pensa Legoff en la regardant. *D'ici peu, ils seront prêts à se faire tuer pour elle...* Lorsque la nuit tomba, tout l'équipage était fourbu, mais Vercoutre se déclara satisfait du travail accompli. Marie avait consacré une heure ou deux à nettoyer la cabine qu'elle avait occupée lors de la traversée et déclara qu'elle allait s'y établir à nouveau et laisser celle du capitaine à Vercoutre. Elle avait par ailleurs retrouvé sa trousse de soins et y ajouta l'onguent d'Ernestine et sa récolte d'achillée. Le soir venu, elle s'affaira à soigner les petites blessures que les hommes s'étaient faites au cours de la journée et accrut ainsi son nouveau prestige auprès d'eux.

La fatigue de tous était telle que personne n'avait vraiment faim. On mit à la disposition de l'équipage des fruits et un peu de poisson séché, et ce qui plut par-dessus tout, ce fut le baril de rhum qui fut distribué, un rhum particulièrement bon, épicé et vanillé qui venait, bien sûr, de la région.

Marie, Vercoutre, Legoff et Pérac s'étaient retrouvés dans la salle à manger.

— Je crois que nous pourrons partir demain, leur annonça Vercoutre.

— Qu'est-ce qu'on fait de Dutrisac et de son équipage ? demanda Legoff. D'ailleurs, comment va Dutrisac ? Est-ce que quelqu'un est allé le voir aujourd'hui ?

— Oui, dit Marie, je suis passée le voir. La blessure va guérir, mais pour l'instant c'est encore fragile. Il est d'une humeur de chien.

— On le serait à moins, ricana Pérac. Vous lui tirez une balle dans la jambe et ensuite il est entièrement à votre merci.

Marie plissa les yeux.

— Vous le défendez ?

— Non pas, dit Pérac, j'explique.

— De toute façon, coupa Vercoutre, Dutrisac doit rester avec nous. Mais nous devons prendre une décision pour le reste de l'équipage. Je pense qu'il ne serait pas très prudent de garder autant de prisonniers. J'ai confiance en mes hommes, mais nous ne sommes jamais à l'abri d'une trahison ou d'un mauvais concours de circonstances.

— Qu'est-ce que vous proposez ? demanda Marie.

— On pourrait les pendre, dit Pérac.

Devant l'air horrifié de Marie, il reprit :

— C'était une plaisanterie.

Mais elle n'en était pas si sûre.

— Il faut les laisser ici, poursuivit-il.

— Ici ? Que voulez-vous dire ?

— J'y avais pensé, dit Vercoutre, mais je voulais avoir votre avis.

— C'est la seule solution, affirma Pérac de sa voix traînante. Sinon, nous allons naviguer avec une menace constante dans la cale.

— Il faudrait donc les débarquer sur l'île, commença Legoff.

— En ayant soin d'aller d'abord couler les barques que nous avons laissées de l'autre côté. Ils finiront bien par trouver un moyen de retourner sur la grande île, mais mieux vaut tard que tôt. Nous serons loin à ce moment-là.

— Et les mousses ? demanda Marie.

— Nous leur laisserons le choix, dit Vercoutre, mais je répugne à abandonner des enfants ou presque avec ces hommes. Ils n'ont rien à tirer de profitable de telles fréquentations.

— Mais nous ne savons pas ce qui nous attend, souligna Marie. Cela peut être dangereux.

— C'est un risque à prendre.

— D'accord. Nous débarquons les hommes, nous prenons la mer, et comment voyez-vous la suite ?

Vercoutre se servit un autre verre de rhum.

— Même en supposant que nous ayons de bonnes conditions de navigation, le voyage sera long à cause de l'absence du mât de misaine. Le bateau sera plus difficile à tenir et on aura moins de vitesse. De plus, on risque d'avoir de la difficulté à faire des virements de bord, et cela pourrait même parfois être carrément impossible. Il faudra alors faire des empennages, ce qui prend beaucoup de temps. Même pour garder le cap, ce ne sera pas simple ; le bateau aura une fâcheuse tendance à vouloir remonter dans le lit du vent. Alors, ce qui normalement nous prendrait deux ou trois jours pourrait facilement se transformer en une semaine.

— Donc, plus tôt on partira, mieux ce sera, conclut Marie. Et une fois là-bas ?

— Nous aurons le temps de décider notre stratégie en route, dit Vercoutre. Écoutez, je ne sais pas vous, mais moi je suis fourbu. Prenons tous une bonne nuit de sommeil, une longue journée nous attend demain.

— Je propose d'aller dès l'aube couler les chaloupes, dit Pérac. Comme ça, nous pourrons ensuite agir quand bon nous semblera.

— Je vous accompagnerai, dit Marie spontanément.

Pérac eut l'air surpris.

— Pourquoi ? Vous craignez que je ne saborde pas les bateaux ? Vous voulez me surveiller ?

Marie rougit sous l'allusion et se mit à bafouiller.

— Non, pas du tout voyons. Je… je voudrais simplement vous aider.

— Vous grimpez peut-être aux enfléchures comme un gabier aguerri, lui répondit Pérac d'un air narquois, mais vous ne seriez d'aucune utilité dans ce cas-ci. Si j'y vais seul avec une hache, je finirai le travail bien plus vite et je serai de retour rapidement.

— D'accord, dit Marie. Qu'est-ce qui nous dit que vous ne chercherez pas à aider vos anciens compagnons ?

— Il vous faudra prendre le risque.

— Peut-être que Legoff ou Vercoutre pourrait vous accompagner ?

— Marie, dit Vercoutre, il y aura trop à faire ici. Sachez que j'ai une totale confiance en Pérac. Il ira seul demain, et cessez de vous méfier de tout le monde.

— J'ai appris que les choses ne sont pas toujours telles qu'elles paraissent l'être…

Vercoutre bâilla ostensiblement.

— Bon, pensez ce que vous voulez, moi je vais me coucher.

Il se leva, vite suivi de Legoff.

— Il a raison, Marie. Allez donc dormir vous aussi.

Marie se leva de mauvais gré. Elle sentait sur elle le regard insistant de Pérac. Vercoutre et Legoff sortirent de la pièce, et au moment de la quitter elle aussi, elle se retourna et fixa Pérac droit dans les yeux.

— La confiance est un lien fragile. Une fois qu'il est rompu, c'est impossible de le réparer.

Pérac la regarda, ne dit rien et hocha seulement la tête.

Marie pensait tomber comme une masse dans son lit, mais il n'en fut rien. Elle passa son temps à se retourner, voulut se lever cent fois, changea autant de fois d'avis, pensant que le sommeil la gagnerait enfin, ce qui finit par arriver sans qu'elle s'en rende compte. Ce furent des cris et des protestations qui la réveillèrent. Elle pensait rêver quand elle se rendit compte que tout ce brouhaha appartenait bien à la vie réelle. Elle posa ses pieds sur le sol et la fraîcheur du plancher lui fit du bien. Il faisait très chaud et, sans même bouger, Marie était déjà en sueur. Elle se décida finalement à se lever, enfila ses vêtements rapidement et alla voir ce qui se passait. Elle sortit sur le château arrière et cligna des yeux sous la lumière intense du soleil déjà brûlant. Du haut du deuxième étage, elle pouvait examiner à loisir ce qui se passait sur le pont.

Les prisonniers étaient enchaînés l'un à l'autre et marchaient en colonne, escortés par les hommes de Vercoutre armés jusqu'aux dents. Marie descendit sur le pont principal. Elle remarqua que, pendant qu'on s'occupait des prisonniers, d'autres hommes montaient les voiles sur les deux mâts valides. On était donc en train de descendre les mutins sur l'île… Pérac était-il revenu ? Elle le chercha des yeux mais ne le vit pas. Avait-il sabordé les barques ? Ou avait-il caché des armes sur l'île pour que ses anciens compagnons puissent s'en servir contre eux ? Elle se morigéna. Si Vercoutre et même Legoff avaient confiance en cet homme, pourquoi mettre en doute cette confiance ?

La voix furieuse de Ledru vola au-dessus du groupe. Les prisonniers étaient poussés vers l'échelle qu'ils devaient emprunter, la pointe d'une épée aidant les récalcitrants à se décider. Pour la majorité des hommes, cela semblait se terminer par une chute dans l'eau, à en juger par les bruits d'éclaboussures qu'entendait Marie. On les chassait du bateau et tant pis s'ils se noyaient.

Elle amorça un geste pour traverser le pont quand une main ferme se posa sur son épaule.

— Vous feriez mieux de rester ici. Ce n'est vraiment pas de votre ressort, ce qui se passe là-bas.

Marie avait reconnu, à ses inflexions traînantes, la voix de Pérac. Et avant qu'elle ait pu répondre, il ajouta :

— À cet endroit, le bateau est vraiment très près du rivage. Ils n'auront qu'à patauger dans l'eau quelques instants avant de pouvoir gagner la terre ferme.

— Et s'ils ne savent pas nager ? Et en plus ils ont les poings liés.

— Si ce n'avait dépendu que de moi, ils auraient eu aussi les jambes entravées… Mais que vous importe leur salut ? Ces hommes vous auraient passé sur le corps cent fois s'ils l'avaient pu et, maintenant, vous vous souciez d'eux.

Marie observa de nouveau la troupe qui diminuait au fur et à mesure que les hommes étaient expulsés du bateau, puis son regard revint sur Pérac.

— Oui, j'ai bien sabordé les embarcations, dit-il en réponse à son interrogation muette. Ça leur prendra un peu de temps avant de s'organiser et de pouvoir regagner Basse-Terre.

Marie ne dit plus rien. Au fond, Pérac avait raison. Elle n'avait pas à se mêler de ça. Ce bateau était celui de Vercoutre, et c'était son autorité qui avait été renversée, ses biens qui avaient été volés. Le capitaine devait être heureux de voir cet épisode se clore aujourd'hui. Elle décida de se tourner plutôt vers l'avenir.

— Nous allons donc appareiller ?

— Dès que le dernier d'entre eux aura quitté le navire.

— Pourquoi n'êtes-vous pas là à les pousser hors du bateau vous aussi ?

— Rien ne sert d'attiser inutilement leur colère. Certains d'entre eux pourraient me reprocher ma nouvelle alliance avec Vercoutre.

— Et quand cela serait ?

— Vous allez apprendre un jour à ne pas foncer sur tout ce qui bouge, madame. C'est bien plus payant parfois.

Marie voulut répliquer mais se rendit compte qu'elle n'avait rien à dire. Alors elle se tut.

Une fois tous les prisonniers débarqués, les hommes de Vercoutre relevèrent l'échelle et s'en furent chacun à leur poste. Marie vit que le capitaine était aux côtés du timonier et que Legoff orchestrait la descente des voiles. Cela faisait curieux de voir le mât de misaine dépouillé devant les deux autres, et la jeune femme se demanda comment on pourrait naviguer sans ses voiles. Pérac était toujours près d'elle et regardait le spectacle lui aussi. Ses réflexions devaient aller dans le même sens que celles de la jeune femme car il déclara :

— Ce n'est plus un mât de misaine, c'est un mât de misère.

Marie le regarda avec une certaine surprise. Il sourit en plissant les yeux.

— Eh oui ! Même un rustre comme moi peut faire des jeux de mots à l'occasion.

Et là-dessus, il la laissa et alla rejoindre les autres. Marie le suivit des yeux quelques instants. Quel homme étrange ! Puis elle le chassa de ses pensées et se demanda comment elle allait occuper son temps. Elle descendit sur le pont et alla rejoindre Legoff.

— Ça me fait drôle de me tenir à l'écart, dit Marie. Sur la *Louve des mers*, c'était différent.

— C'était votre bateau. Ici, vos interventions n'auraient pas le même effet, même si, déjà, vous avez pris beaucoup de place.

— Beaucoup de place ? De quoi parlez-vous ? Je suis aussi discrète qu'une souris !

Legoff sourit.

— Une souris ne grimpe pas aux mâts et ne fait pas d'acrobaties sur les vergues. Vous avez le don de vous attirer la sympathie des gens. J'ai entendu les gars parler de vous…

— Ah oui ?

Legoff lui donna un petit coup sur la tête.

— Eh eh, ne cherchez pas les compliments. Venez, allons voir comment on manœuvre un bateau sans misaine.

Il prit Marie par le coude et l'emmena à la proue du bateau.

Un vent de faible intensité s'était levé, suffisant toutefois pour gonfler les voiles valides et faire avancer le bateau. Ils sortirent de la crique assez aisément mais, une fois arrivés dans la baie, il devint évident que le navire ne serait pas facile à contrôler. Vercoutre avait raison, le *Fleur de lys* avait tendance à aller dans le lit du vent et pourtant ils naviguaient encore en zone protégée. Marie commençait à craindre ce que ce serait lorsqu'ils atteindraient la mer ouverte.

Elle fut fixée bien vite. Dès qu'ils sortirent de la côte au vent, ils débouchèrent dans le canal de Marie-Galante. L'île, qu'ils devaient passer à l'ouest, était à une quinzaine de milles devant. Le vent poussait le bateau vers l'est et le timonier devait sans cesse rétablir le cap. Comme s'ils avaient besoin de ça, le vent se mit à forcir, rendant le travail des hommes encore plus difficile.

En temps normal, ils s'en seraient réjouis, mais les virements de bord étant rendus impossibles, il fallait sans cesse faire des empannages. Marie, fascinée, observait le ballet des marins qui montaient et descendaient aux enfléchures, se pendaient aux voiles, choquaient et bordaient les écoutes, sous les directives précises de Vercoutre relayées par un Pérac bien en voix.

La manœuvre était longue à faire à cause du nombre de voiles impliquées, mais cela fonctionnait. Le vent continua à monter, mais plutôt que d'en profiter, Vercoutre dut ariser, c'est-à-dire faire baisser la surface de la voile pour laisser passer les bourrasques, sinon la direction serait trop difficile à tenir. Alors, au lieu d'augmenter la vitesse, ils en perdaient. Il semblait maintenant à Marie qu'ils n'avançaient plus, même si ce n'était qu'une impression. Son impatience commençait à refaire surface et elle se demandait ce qu'elle pourrait faire pour ne pas devenir folle. L'inaction tournerait forcément ses pensées vers Thierry, et là, c'était la déprime qui la guettait. Elle s'était efforcée de repousser l'inquiétude qui la rongeait, mais Vercoutre avait calculé qu'environ soixante milles nautiques les séparaient de leur objectif et, à cette allure, ils y seraient dans une semaine ! Et si le vent devenait trop fort, il faudrait affaler toutes les voiles et ariser au maximum la grand-voile, ce qui les retarderait encore. Cela voulait dire des heures et des heures à tuer, à n'avoir rien à faire. Elle aurait pu se mettre à nettoyer le reste du bateau, comme elle l'avait fait pour sa cabine, mais cette pensée ne faisait que l'accabler davantage.

Elle en était là de ses sombres pensées quand on posa une épée à ses côtés. Marie tourna la tête, les sourcils froncés, et vit Legoff qui était là, une épée à la main lui aussi.

— Il me semble que cela fait très longtemps que vous n'avez pas touché à ça, dit-il, en lui faisant un salut. Un peu d'entraînement, ça vous dirait ?

Marie voulut dire quelque chose, mais une grosse boule dans sa gorge l'empêcha de parler. Legoff, encore une fois, venait à son secours. Il avait senti qu'elle était minée par l'inquiétude et avait trouvé un moyen de la distraire. Marie essuya discrètement ses yeux sur sa manche, ce que ne manqua pas de remarquer le Breton.

— Vous pleurez ?

— Non pas, j'ai une poussière dans l'œil, répondit-elle en empoignant l'épée et en saluant à son tour. Alors, messire, en garde !

Les épées s'entrechoquèrent et aux oreilles de Marie, c'était le son le plus joyeux qu'elle avait entendu depuis longtemps. La jeune femme se rendit compte bien vite qu'elle était rouillée. Elle ne parait plus aussi bien les attaques de Legoff et les siennes étaient trop prévisibles. Le Breton avait pour lui l'avantage d'une plus longue expérience et, pour l'instant, cela faisait la différence face à sa jeune adversaire. Mais il ne doutait pas qu'elle reprendrait bien vite le terrain perdu. Elle avait prouvé par le passé qu'elle était douée. Ils étaient si concentrés sur leur combat qu'ils ne remarquèrent pas que le travail avait cessé sur le bateau, tous les yeux étant tournés vers eux. Pour la plupart des hommes, c'était la première fois qu'ils voyaient une femme se battre à l'épée et, si certains secouaient la tête en signe de désaccord, plusieurs admiraient la fougue et la détermination de la jeune femme. Vercoutre dut les rappeler à l'ordre, le bateau dérivait…

Chapitre 32

Deux journées passèrent. Le bateau progressait très lentement, les multiples empannages ralentissant sa course. Mais Marie trouvait le temps moins long, ses entraînements avec Legoff ayant atteint l'objectif visé par le Breton : son moral allait mieux et elle retrouvait ses réflexes à l'épée, bien que tout son corps la fît souffrir. Les cuisses surtout, malmenées par les fentes de ses attaques, et ses épaules, peu habituées à subir cette tension constante. Ils en étaient à s'échauffer tranquillement quand Vercoutre vint les rejoindre.

— Puis-je me joindre à vous ? demanda-t-il.

— Je vous cède ma place avec le plus grand plaisir, dit Legoff en lui tendant son épée. Il fait beaucoup trop chaud aujourd'hui pour s'agiter de la sorte.

Il faisait chaud en effet. Et pour comble de malheur, pas un souffle de vent n'agitait les voiles qui pendaient tristement à leur mât. C'était pour cette raison que Vercoutre avait pu se dégager des manœuvres du bateau, qui l'occupaient presque jour et nuit.

— Je vous ai regardés du coin de l'œil, dit-il en refusant d'un geste l'épée de Legoff et en montrant la sienne, qu'il portait à la ceinture. Marie ne se débrouille pas mal, mais il y a place à l'amélioration.

— Je vous la laisse bien volontiers, dit Legoff, et si ça ne vous embête pas, je vais aller me réfugier à l'abri du soleil et boire une bonne gorgée d'eau.

— Julien, l'alcool donne encore plus soif, lui dit Marie.

— De l'eau, je vous ai dit…

Il s'en fut d'un pas pesant, les épaules légèrement voûtées.

— Tu devrais faire attention à lui, dit Vercoutre en enlevant sa chemise et en reprenant leur tutoiement habituel lorsqu'ils étaient seuls. Il ne rajeunit pas, et s'exercer ainsi dans une telle chaleur n'est pas nécessairement ce qu'il y a de mieux pour lui.

— Julien est solide, affirma Marie en partie pour se rassurer, mais c'est vrai qu'il semble un peu fatigué depuis deux jours.

— Depuis que vous avez commencé à vous battre à l'épée… Il t'aime tellement qu'il ne te le dira jamais quand il est trop fatigué pour continuer s'il voit que toi, tu en veux encore. Mais assez parlé, montre-moi ce que tu sais faire.

Marie se mit en garde et porta la première attaque, qui fut rapidement parée par Vercoutre. Elle ne vit pas la riposte venir à la rapidité de l'éclair, et elle se retrouva avec la pointe de l'épée de son adversaire sous la gorge.

— Il faut toujours que tu saches quel sera ton mouvement suivant. Tiens, nous allons faire un exercice. Je vais d'abord attaquer dans une séquence continue et tu pares quarte, tierce, sixte, quinte. Mais attention, je vais augmenter progressivement le rythme.

Marie grimaça. Elle préférait le combat libre. Mais elle se rendit compte très vite que ces exercices n'avaient rien de facile. Au contraire, ils devenaient même de plus en plus difficiles à soutenir. Au bout d'un petit moment, elle demanda une pause en faisant un signe de la main gauche. La sueur lui coulait dans les yeux. Vercoutre, lui, transpirait à peine. Son torse nu, légèrement bronzé, brillait dans les rayons du soleil qui découpaient ses muscles bien taillés.

— Tu es très doué, dit Marie en reprenant son souffle.

Philippe Saint-Yves était probablement la meilleure lame qu'elle avait rencontrée jusque-là, si elle faisait exception de son combat contre Marek, il y avait des siècles de cela, mais Vercoutre les dépassait en tous points. Il y avait une assurance dans chacun de ses mouvements qui trahissait un long entraînement et une vaste expérience des combats.

— Le combat à l'épée fait partie des choses qu'un comte qui se respecte doit maîtriser. Je dois à mon père des sessions interminables d'entraînement, auxquelles j'ai dû m'astreindre dès l'âge de sept ans.

— Tu aimais ça ?

— Je détestais, comme tout ce qui venait de lui d'ailleurs. Mais je dois reconnaître qu'au fil des années j'ai fini par y prendre goût, surtout à cause de mon maître d'armes, qui était un homme d'une grande sagesse. Il a finalement pris la place que mon père aurait dû occuper dans mon cœur.

— Que lui est-il arrivé ?

— Il était déjà vieux quand je l'ai connu, alors il est mort au bout de quelques années. J'avais quinze ans. Après la mort de ma mère, c'est certainement le décès qui m'a le plus affecté. Mais assez parlé. Es-tu prête à recommencer ? Ton temps de réaction de parade à riposte est beaucoup trop long, on va travailler ça.

Marie reprit son épée, trop orgueilleuse elle aussi pour dire qu'elle était fatiguée, et s'appliqua à suivre les enseignements de Vercoutre.

En soirée le vent se leva et gonfla enfin les voiles pour retomber cependant une heure plus tard. Puis plus rien. Vercoutre patienta encore un moment puis envoya les hommes se coucher, n'en gardant que cinq pour assurer un quart de nuit. Il valait mieux profiter de ces moments de répit parce qu'on ne savait jamais de quoi demain serait fait. Lui-même regagna sa cabine et, en chemin, fut tenté d'aller frapper à la porte de celle de Marie. Simplement pour voir comment elle allait, si elle dormait, si elle n'était pas trop courbaturée après l'entraînement intense de la journée. Elle l'avait étonné par sa dextérité et sa rapidité à apprendre. Il avait volontairement rendu les exercices difficiles, s'attendant à tout moment à l'entendre demander grâce, mais, chaque fois, elle avait serré les dents et avait redoublé d'efforts. Jusqu'à ce qu'il ait pitié d'elle et déclare la session close. Elle l'avait alors salué, puis avait prétexté avoir quelque chose à faire dans sa cabine. Depuis, elle n'en était plus sortie. Vercoutre avait envoyé Gabriel lui porter quelque chose à manger, et celui-ci avait dit que la cabine sentait le thé des bois à plein nez. Vercoutre avait souri. Ainsi la jeune dame avait les muscles fatigués…

Quelle femme étrange, pensa-t-il. Elle était souvent plus forte que bien des hommes, pourtant il y avait quelque chose de fragile qui se cachait sous cette carapace qu'elle s'efforçait de construire autour d'elle. Il se demanda quels étaient les drames qui l'avaient façonnée, quelles guerres elle avait traversées pour être si forte aujourd'hui. Elle représentait une énigme fascinante qu'il aurait volontiers tenté de déchiffrer. Mais, en même temps, il n'osait pas aller plus loin. S'il allait frapper à cette porte, le fragile équilibre sur lequel ils dansaient risquait de se rompre. Et il ne le voulait pas. Ni pour elle, ni pour lui. Il monta dans sa cabine et referma la porte derrière lui.

Le jour suivant leur apporta des conditions de navigation beaucoup plus favorables. Dès l'aurore, les hommes eurent fort à faire. L'équipage, bien que restreint, devenait de plus en plus habile dans la conduite de ce bateau difficile. Les empannages qui demandaient un temps fou au début se faisaient maintenant beaucoup plus aisément, même si cela restait une longue manœuvre. Avec comme résultat que le bateau prenait à présent une certaine vitesse et, ce qui était plus important encore, pouvait la maintenir.

On avait passé au large de Marie-Galante depuis belle lurette et, d'après les estimations de Vercoutre, le *Fleur de lys* n'était plus qu'à une dizaine de milles du lieu de rendez-vous. Ce qui voulait dire que, si les conditions restaient les mêmes, on pourrait y être en début de soirée. Le capitaine était à la proue du bateau, fouillant la mer avec sa lunette d'approche.

— Quelque chose en vue ? demanda Marie en apparaissant à ses côtés.

— Il m'avait semblé voir une bande de terre, répondit Vercoutre sans cesser de regarder dans sa lunette.

— Est-ce que ce pourrait être la Dominique ?

— Probablement, à moins que je me sois complètement fourvoyé dans mes calculs.

Marie trembla à cette idée.

— Serait-ce possible ?

— Mais non, voyons, je te taquine. On pourrait même y être un peu trop tôt à mon goût. Comme j'ignore ce qui nous y attend, je préférerais ne pas arriver une fois la nuit tombée. Je veux être en mesure d'observer le terrain avant de m'y engager.

— Que comptes-tu faire alors ?

— Nous allons jeter l'ancre un peu plus loin, sans trop nous approcher. Au matin, si Marek est bien au rendez-vous, nous mettrons une chaloupe à la mer et Pérac ira le rencontrer. Il lui dira que le bateau a rencontré la tempête tropicale en mer et que Dutrisac est passé par-dessus bord. Que c'est lui qui a pris le commandement et qu'il vient chercher les ordres.

— Ça fonctionnera ?

Vercoutre haussa les épaules.

— C'est ce qu'on verra.

Le silence retomba quelques instants. Le bateau continuait de glisser entre les vagues et les hommes s'étaient finalement habitués à son allure particulière. Ils avaient même réussi à faire quelques virements de bord sans avoir recours aux pénibles empannages.

— Tu lui fais confiance, à Pérac ? demanda finalement Marie.

Vercoutre se tourna vers elle.

— Qu'est-ce que tu crains ? Pourquoi te méfies-tu tant de lui ? Pourtant, il t'a aidée à deux reprises.

— Je sais, dit Marie en s'appuyant sur le bastingage. C'est juste... Je ne sais pas, en fait. Une impression. Il me semble... Je ne sais trop comment expliquer. C'était l'un des hommes de Marek, il a navigué à ses côtés, il l'admirait. Et, tout à coup, il se retourne contre lui.

— Avec de bonnes raisons, me semble-t-il. Tu ne crois pas à son histoire ?

Le regard de Marie se porta au loin. Étant donné la feuille de route du corsaire, l'histoire que Pérac avait racontée était plausible. S'il ressentait la moitié de la haine qu'elle-même nourrissait pour Marek, il devenait alors l'allié idéal. Le reste dépendrait de ses talents de comédien.

— De toute façon, finit-elle par dire, nous n'avons pas d'autre option. Tu sais probablement juger les hommes mieux que moi. Alors, si tu dis qu'on doit lui faire confiance, faisons-lui confiance.

L'obscurité tombait rapidement, les voiles étaient affalées. Ce serait la dernière nuit calme sur ce bateau. Le destin de bien des gens se jouerait le lendemain.

La navigation reprit dès l'aube et le vent se fit le complice de leur entreprise. Il soufflait juste ce qu'il fallait pour donner au bateau une allure raisonnable, sans engendrer les habituels problèmes de direction. Une certaine tension planait sur le pont. Le *Fleur de lys* mit un peu moins de deux heures à atteindre le point que Vercoutre avait identifié sur la carte, celui indiqué par les coordonnées géographiques. Mais il était au large des côtes, et c'était impossible qu'un rendez-vous ait été donné à cet endroit.

— Ça m'aurait étonné qu'on tombe pile dessus, dit Vercoutre à Legoff. Il y a quand même une certaine marge d'erreur dans ces calculs. Reste à savoir de quel côté il faut rétablir.

— Du côté de la côte, j'imagine, dit Marie en entrant dans la conversation.

— Ce serait le plus logique, confirma Vercoutre, mais vers le nord ou vers le sud ?

— Il me semble que, d'après ce que vous aviez vu sur la carte, il y avait une pointe intéressante au nord de Roseau.

Vercoutre sourit.

— Rien ne vous échappe, n'est-ce pas ? C'est vrai, sauf qu'il faut maintenant la trouver, cette pointe. Elle peut être derrière comme devant. La seule solution, c'est de se rapprocher de la côte.

Son regard se tourna vers une bande de nuages gris qui roulaient à l'horizon.

— Je ne sais pas ce que ces nuages annoncent et je ne tiens pas à le découvrir en haute mer. On va tout de suite mettre cap sur la terre et on verra bien ensuite. Legoff, vous voulez bien aller voir le timonier ? Je veux aller faire un tour au second pont et m'assurer que les sabords sont prêts à s'ouvrir et les canons à être utilisés.

— Les canons ? demanda Marie.

— On ne sait jamais, répondit Vercoutre, mieux vaut être prêts à tout.

Ils mirent environ une heure pour se rapprocher de la côte. Les nuages entrevus à l'horizon avaient suivi le même mouvement et semblaient glisser au ras des flots. Bientôt la visibilité serait réduite, ce qui fit grogner Vercoutre, qui n'aimait pas entrer dans des eaux inconnues de cette façon. Il avait fort peu fréquenté la Dominique, une île inhospitalière qui devait pourtant elle aussi cacher des beautés insoupçonnées.

Marie était nerveuse. Ce n'était pas tant les incertaines conditions climatiques qui la tracassaient que l'imminence d'une confrontation avec Marek. Sa haine pour lui était toujours aussi vive. Elle était aussi consciente qu'ils n'étaient pas en position de force. Le corsaire avait certainement pour lui l'avantage numérique – il devait naviguer avec un équipage complet et entraîné –, son bateau était sûrement bien armé, il avait une meilleure connaissance des lieux, bref rien qui ne pouvait avantager le *Fleur de lys* et ses valeureux marins. Toute l'opération reposait sur des bases bien faibles. Et est-ce que Thierry était au bout du chemin ?

Elle ressassait ces pensées dans sa cabine quand elle sentit un changement dans l'allure du bateau. Elle sortit sur le pont, où elle se retrouva enveloppée d'un nuage de ouate, et sa surprise fut d'autant plus grande que la dernière fois qu'elle avait regardé par le hublot, le soleil régnait encore en roi et maître dans le ciel.

Elle avança précautionneusement sur le pont et, malgré ça, ses pieds s'accrochèrent à un cordage et elle s'étala de tout son long, se cognant douloureusement le coude. Elle était à genoux, se tenant le bras et attendant que le fourmillement désagréable passe, quand elle entendit une voix ironique derrière elle.

— Faut regarder où vous mettez les pieds !

Pérac lui tendit une main, qu'elle accepta avec un brin de réticence.

— On n'y voit rien, grommela-t-elle. Où sont Simon et Julien ?

— Là-bas, devant. Avec les sondeurs, ils tentent de voir si on peut jeter l'ancre ici. Ça va devenir trop risqué de continuer.

— Je vais les rejoindre, dit-elle en partant dans la direction indiquée.

— Attention aux cordages, lui recommanda Pérac.

Marie ne daigna pas répondre.

Elle trouva les deux hommes à l'endroit indiqué par Pérac. Deux autres hommes étaient avec eux, munis de lignes lestées de plomb, et sondaient le fond de l'eau pour tenter d'en connaître la profondeur.

— Qu'est-ce que ça dit ? demanda Marie.

— C'est encore trop profond, répondit Vercoutre. Nous allons nous laisser dériver encore un peu avant de jeter l'ancre.

Marie tourna la tête vers les mâts. On avait affalé toutes les voiles.

— Le courant nous aide, expliqua Legoff. Il nous pousse vers la côte de telle façon qu'il est inutile d'utiliser les voiles. Ce pourrait même être risqué de le faire, avec une visibilité aussi réduite. Si le vent se levait, on risquerait de perdre le contrôle.

— Sable par le fond ! cria l'un des sondeurs.

L'attention de Vercoutre et de Legoff se reporta sur la sonde.

— À combien ?

— Dix brasses.

— Bien, dit le capitaine.

Et plaçant ses mains en porte-voix, il cria :

— Jetez l'ancre !

Marie se déplaça à bâbord de façon à voir les cordages passer dans les palans de bossoirs, ces fortes pièces de bois débordant l'avant du gaillard et au bout desquelles l'ancre pendait lourdement à la poulie. Cela prenait plusieurs hommes pour la descendre et encore plus pour la remonter. Les poulies grincèrent sous la charge, et l'ancre disparut peu à peu dans l'eau jusqu'à ce que son diamant s'enfonce dans le sable. Un peu plus bas à l'avant de la coque, le câble d'ancre sortait de l'écubier, un câble de gros diamètre capable de résister aux frottements et aux tractions, et dont le poids mouillé agissait comme amortisseur. On avait fait la même manœuvre à tribord avec une seconde ancre, de sorte que l'avant du bateau était bien immobilisé mais que le navire pouvait quand même, sous la poussée du vent et des courants de la marée, pivoter autour de son point de mouillage. Marie retourna auprès de Vercoutre et de Legoff.

— Et maintenant ?

— Maintenant rien, dit Legoff. On attend.

— On attend quoi ? demanda Marie.

— Que le brouillard se lève, pardi ! Parfois, Marie, je me demande ce qui se passe dans votre tête, dit Legoff avec humeur.

— Comment va Dutrisac ? demanda Vercoutre pour détourner la conversation.

Marie porta involontairement sa main à la bouche.

— Zut ! je l'ai oublié, celui-là !

— Ce serait peut-être le moment de lui rendre une petite visite, suggéra le capitaine.

— J'y vais de ce pas, dit Marie un peu honteuse d'avoir oublié si facilement son patient.

Passant d'abord chercher sa trousse dans ses quartiers, elle s'engagea dans la coursive jusqu'à la petite cabine où on avait enfermé Dutrisac. La porte était verrouillée de l'extérieur et la clé pendait à un clou. Marie ouvrit sans se donner la peine de frapper. Elle n'avait pas jugé bon de se faire accompagner. La dernière fois qu'elle avait vu Dutrisac, il était plutôt mal en point et avait passé son temps à geindre sur sa couche. Il ne représentait donc pas une grande menace. En entrant dans la pièce, une odeur âcre l'agressa. Dutrisac était couché sur son lit, le rideau tiré devant le hublot. Marie alla l'ouvrir, laissant pénétrer un peu de lumière dans la cabine.

— Alors, comment se porte-t-on aujourd'hui ?

Il ne lui répondit pas, se contentant de lui jeter un regard mauvais.

— On n'est pas d'humeur ? se moqua-t-elle.

Il se redressa en crachant par terre.

— T'es gonflée, toi, de venir seule ici.

La voix de Marie se durcit.

— Je peux repartir, si tu préfères. À l'odeur qui flotte ici, j'ai bien l'impression que je devrai te couper la jambe d'ici peu. Ou te laisser mourir tout simplement. L'humanité n'y perdra pas grand-chose.

— C'est bon, c'est bon.

Marie déposa sa trousse et s'approcha du lit. Elle rabattit le drap rêche qui recouvrait le prisonnier et eut un mouvement de recul en constatant qu'il était nu. Dutrisac ricana.

— Hé, hé... Je vois que le spectacle te plaît toujours autant.

— Pourquoi n'as-tu pas tes vêtements ?

Il haussa les épaules.

— La lavandière n'est pas passée et j'ai un peu sali mon linge de corps.

Marie tenta de faire abstraction de sa nudité et se concentra sur la blessure de Dutrisac. Pour une raison inconnue, elle cicatrisait mal. Le pourtour de la plaie était tout rouge et un amas de pus en gonflait l'extrémité.

— Il va falloir que je perce ça, dit Marie.

Tout à coup, Dutrisac fut moins arrogant.

— Comment ça, percer ? Et avec quoi ?

— Tiens, est-ce qu'on serait effrayé ? se moqua-t-elle. Si tu veux avoir des chances de guérir, il faut que l'infection se résorbe. Je vais chercher de l'eau chaude et je reviens. Profites-en pour mettre une culotte.

Elle sortit en prenant soin de verrouiller la porte derrière elle. Elle passa rapidement à la cuisine et croisa Gabriel, affairé à préparer un ragoût de poisson sous les ordres du coq.

— Alors, comment se comporte votre élève, Jonas ? lui demanda Marie.

— Très bien, madame Marie, très bien. Il est doué, le petit, et pas bête en plus. Tiens, ce ragoût, c'est son idée. Et cette odeur que vous sentez, c'est grâce aux épices qu'il y a ajoutées.

Marie huma à son tour.

— Cette odeur me rappelle quelque chose, dit-elle. Où ai-je senti ça ? C'est quoi, comme épice ? demanda-t-elle à l'adolescent. J'y suis ! s'exclama-t-elle. C'était le colombo de poulet d'Ernestine qui sentait ça. Où as-tu pris tes épices ?

— Je les ai achetées au marché quand nous sommes descendus à terre, après la tempête, dit-il.

Marie parut surprise.

— Mais tu ne cuisinais pas à ce moment-là. Pourquoi alors acheter des épices ?

Gabriel eut l'air embêté.

— Juste comme ça, balbutia-t-il, par curiosité. Je n'avais jamais vu ces feuilles et ça sentait bon. J'espérais avoir l'occasion d'en faire quelque chose...

— Quand je vous dis que ce petit a l'instinct ! dit Jonas.

— Pour ça, on peut le dire. Et si ton ragoût est aussi bon que le plat d'Ernestine, on va se régaler sur ce bateau. Bon, mais ce n'est pas tout ça, il me faut de l'eau bouillante.

Gabriel s'empressa de lui en verser dans une théière en fer-blanc.

— Attention de ne pas vous brûler, madame Marie, le métal chauffe vite. Tenez, prenez ça, ajouta-t-il en lui tendant un chiffon.

Touchée par sa sollicitude, la jeune femme entoura la poignée du tissu humide.

— Merci. Je te la rapporterai tout à l'heure.

— Y a pas d'urgence ! cria Jonas alors qu'elle sortait déjà.

De retour dans la cabine de Dutrisac, Marie vit que l'homme avait l'air un peu plus réveillé.

— Alors, prêt à souffrir un peu ?

Il ne répondit rien, se contentant de la regarder s'approcher, sa théière à la main. Elle humecta précautionneusement un linge propre qu'elle avait sorti de sa trousse. Dutrisac avait de nouveau rabattu le drap sur lui et Marie dut le retirer. Elle sursauta à nouveau, cette fois-ci pas à cause de la nudité de l'homme, mais plutôt à cause de l'érection qu'il avait visiblement travaillée pendant son absence.

Marie devint cramoisie.

— Espèce de salaud ! Je viens en toute bonne foi pour te soigner et toi tu...

Elle ne put terminer sa phrase. Dutrisac l'avait subitement empoignée par les cheveux et tirait sa tête vers son sexe dressé.

Son geste déséquilibra Marie, qui lâcha la théière et ébouillanta la cuisse de Dutrisac. Celui-ci hurla et Marie en profita pour se dégager. Des cloques se formèrent immédiatement autour de la plaie ; l'abcès, parvenu à maturité, éclata sous l'eau chaude. Le pus s'écoulait le long de la cuisse tandis que Dutrisac hurlait toujours. Legoff ouvrit la porte à la volée.

— Qu'est-ce qui se passe ici ?

Marie était rouge comme une pivoine. Dutrisac, lui, avait cessé de hurler pour gémir.

— Elle est folle, cette femme ! Éloignez-la de moi ! Elle m'a ébouillantée !

Marie voulut dire quelque chose, mais un regard en direction de Dutrisac lui apprit qu'il ne restait plus grand-chose de son excitation originelle. Legoff regardait Marie avec étonnement lorsque Vercoutre puis Pérac arrivèrent à leur tour.

— On égorge un cochon ici ?

La jeune femme éclata.

— Que ce porc immonde crève, c'est désormais le dernier de mes soucis ! Vous ne me verrez plus m'approcher de lui, dût-il se vider de son sang devant mes yeux.

— Calmez-vous, Marie, dit Legoff en posant ses grosses mains sur ses épaules. Qu'est-il arrivé ?

— Elle m'a ébouillanté ! cria de nouveau Dutrisac.

Vercoutre lui jeta le drap à la figure.

— D'abord, couvre-toi ! Marie ?

La jeune femme rangeait ses affaires dans sa trousse avec des gestes furieux. Elle lança un pot de pommade à Legoff, qui eut juste le temps de l'attraper avant qu'il ne lui percute la poitrine.

— Voilà, mettez ça sur ses cloques, nettoyez le pus et ensuite, vous pouvez le laisser crever, en ce qui me concerne.

Puis elle sortit sans fermer la porte.

Les trois hommes se regardèrent un instant. Legoff se tourna vers Dutrisac.

— J'ai comme l'impression que tu vas regretter les mains fines de la dame…

Les cris du blessé retentirent sur tout le bateau alors que Legoff terminait les soins.

Marie fulminait. Elle entra dans sa cabine et fit claquer la porte derrière elle. Dutrisac était une véritable ordure, elle regrettait de ne pas avoir laissé la gangrène s'occuper de lui. La colère concentrait toutes les émotions qu'elle avait ressenties au cours des derniers jours, et elle avait l'impression d'être dans un volcan en pleine éruption.

Incapable de se calmer, elle prit un peu d'eau dans la cruche qu'elle gardait pour sa toilette et se rafraîchit le visage. Son cœur avait repris un battement régulier mais un mal de tête menaçait. Elle sortit sur le pont prendre un peu l'air. La brume était toujours aussi épaisse, mais le vent s'était levé maintenant, y perçant des trouées qui se refermaient aussitôt. Marie regardait distraitement les vagues venir heurter la coque. Le bateau tanguait maladroitement au bout de ses câbles, comme un danseur malhabile incapable de s'accorder au rythme de sa partenaire. Une vague plus hardie vint claquer tout près de Marie, lui envoyant des embruns dans les yeux. Elle les ferma sous la brûlure du sel et les essuya délicatement avec sa manche. Lorsqu'elle les rouvrit, elle vit une silhouette se dessiner fugitivement devant ses yeux pour disparaître aussitôt. Marie s'approcha du bastingage et, s'y agrippant à deux mains, scruta la purée de pois qui entourait le navire. Elle ne vit rien, elle avait dû rêver. Elle allait repartir vers le confort de sa cabine quand la vision se répéta. Cette fois-ci, elle ne pouvait pas avoir eu la berlue, il y avait bel et bien quelque chose, là devant ! Un bateau ? Elle aurait voulu avoir la lunette de Vercoutre avec elle. Le soleil fit une très brève apparition sous la forme d'un disque blanc qui lui donnait des allures de lune. Un de ses rayons perça le nuage de brume et vint s'accrocher l'espace d'un instant à des postes de vigie perchés sur des mâts qui parurent alors s'embraser. Ce détail frappa Marie comme si on l'avait giflée. Elle connaissait ce bâtiment, elle l'avait déjà vu ancré dans une baie à La Rochelle. C'était un bateau de fort tonnage, qui ne pouvait avoir qu'une seule raison d'être là et qui ne pouvait appartenir qu'à une seule personne. Le bateau de Marek les attendait.

Le cœur de Marie reprit un rythme accéléré. Elle voulut avertir quelqu'un, mais il n'y avait personne autour d'elle. Elle restait là sur le pont, les mains crispées sur le bastingage, les yeux fixés sur la vision fugitive comme si elle avait peur que le bateau s'envole. Il était là, presque à portée de main. Mais il était impossible de distinguer quoi que ce soit, car le navire était enveloppé de brouillard comme d'une couette moelleuse et épaisse. Une idée commença à germer dans la tête de la jeune femme. Déjà, dans son imagination, elle était sur le pont du navire de Marek et en fouillait silencieusement les entrailles. Machinalement, elle prit le chemin de sa cabine, sentant monter en elle une détermination qui raffermissait ses pas, qui faisait taire ses doutes et balayait du revers de la main tout obstacle au projet insensé qui naissait en elle. Elle était menée par la colère et l'urgence d'agir.

Chapitre 33

Marie fonctionnait sans réfléchir. Son cerveau bouillait encore de la colère déclenchée par Dutrisac. Elle était submergée par une vague qui l'aveuglait, écourtait sa respiration et lui faisait serrer les dents. Toute la frustration des derniers mois, toute son impuissance face à Marek, toute la rage qu'elle avait difficilement contenue jusqu'à ce jour éclataient en elle à ce moment-là. Dutrisac avait fait sauter le couvercle de la marmite.

Le seul remède, le seul exutoire pour elle, était dans l'action. Et l'action se présentait sous la forme du bateau qui flottait là-bas devant ses yeux, le bateau où elle retrouverait peut-être Thierry. Ou Marek. Mais malgré la fureur qui l'aveuglait, elle ne souhaitait pas un affrontement. Pas encore, du moins. Le corsaire pouvait attendre.

Les deux bateaux n'étaient pas si éloignés que cela l'un de l'autre ; elle savait qu'elle pourrait sans peine combler la distance à la nage. Elle ne voulait pas prendre le risque de descendre une chaloupe, beaucoup plus visible que la tête d'un nageur dans la brume. Regagnant sa cabine, elle prit des vêtements qui lui permettraient une plus grande liberté de mouvements dans l'eau, une culotte ajustée, une camisole serrée. Elle jeta dans une poche une chemise et des bottes légères pour circuler sur le bateau une fois à bord. Les habits seraient bien sûr mouillés à cause de son passage dans la mer, mais peu importait. Elle attacha ses cheveux, prit la poche et s'apprêta à sortir. Alors qu'elle allait passer la porte, elle se ravisa en regardant son lit. Elle revint à l'intérieur et, prenant quelques vêtements au hasard, elle modela une forme sous les couvertures. Sur une feuille de papier elle griffonna : « Je dors. » Accrochant cette note à la porte, elle sortit.

De toute façon, elle ne comptait pas être absente bien longtemps. Elle partait en quelque sorte en mission de reconnaissance, chercher, sinon son fils, à tout le moins un indice qui la conduirait jusqu'à lui. La pensée de Thierry la ramena dans sa cabine, où elle prit le petit soldat de plomb et le mit dans sa poche. Ce serait en quelque sorte son porte-bonheur.

Aussi silencieusement qu'elle le put, elle s'approcha de l'avant du bateau, où elle savait qu'on gardait l'échelle de corde qui servait à descendre dans les chaloupes. Elle la prit et la jeta par-dessus bord. Le brouillard était toujours aussi présent et, cette fois-ci, il était un complice apprécié. Elle allait enjamber le bastingage quand elle vit une bouée. Elle s'en empara, ça pouvait toujours servir. Puis elle descendit les échelons de bois maintenus par la corde. Évidemment, l'échelle n'allait pas jusqu'à l'eau. Retenant son souffle, elle se laissa tomber en espérant que personne n'entendrait son plongeon.

Elle fut surprise par la tiédeur de la mer, finalement plus chaude que la température ambiante. Elle remonta rapidement à la surface et saisit la bouée pour y attacher son sac de toile. Marie se mit à nager rapidement vers le bateau de Marek, soucieuse de s'éloigner du *Fleur de lys*. Elle était heureuse d'avoir pris la bouée, elle pouvait s'y accrocher de temps à autre pour reprendre son souffle. Elle avait perdu l'habitude des longues séances de nage.

Si elle avait aisément réussi à descendre du *Fleur de lys*, comment allait-elle pouvoir grimper sur l'autre bateau ? Elle n'y avait pas vraiment songé, pensant qu'elle trouverait bien une solution une fois sur place. Mais là, le doute s'installait. La distance qui lui avait paru si courte du pont du bateau semblait maintenant s'étirer devant elle. La jeune femme se força à adopter un rythme régulier pour ménager ses forces. L'exercice fit son effet et elle commença à se calmer. Son entreprise lui semblait maintenant extravagante. Elle jeta un coup d'œil au *Fleur de lys* : c'était le calme plat sur le pont. Mais elle était maintenant plus près de l'autre navire… *Autant continuer,* pensa-t-elle.

Elle commençait à en distinguer les détails, comme cette figure de proue incroyable qui avait attiré son attention à La Rochelle. Là-bas, elle n'avait pu voir de quoi il s'agissait. Maintenant, elle découvrait que c'était une tête de loup aux yeux féroces et aux crocs menaçants. Les poils hérissés de son cou lui donnaient une allure démoniaque et il était entièrement recouvert d'or, ce qui expliquait les miroitements du soleil à sa surface. Il n'avait rien à voir avec sa louve, celle qui avait un jour orné l'étendard de son bateau, mais Marie trouva tout de même curieux que Marek ait choisi cet animal comme figure de proue… Un loup pour dominer une louve ? Elle chercha le nom du bateau, ne le trouva pas, puis se désintéressa de la question, reportant son attention sur un problème plus immédiat : comment monter à bord ?

Elle était à bâbord de l'imposant bateau et aucune échelle ne pendait à son flanc. Elle s'accorda quelques instants de répit pour étudier la question. Elle n'était pas tentée d'en faire le tour complet, ce serait une perte d'énergie inutile et elle ne trouverait probablement pas d'échelle non plus de l'autre côté. Il devait y avoir une autre solution. Le vent soulevait la brume autour du navire comme un homme polisson soulèverait les jupes d'une bergère. Marie entrevit le câble de l'ancre à l'arrière du bateau. *Eh bien voilà !* se dit-elle. *Je n'ai qu'à grimper à ce câble qui mène au pont.* Animée d'un second souffle, elle poussa la bouée et son chargement dans cette direction.

Le câble d'ancre était vraiment imposant. Elle comprenait pourquoi il fallait autant d'hommes pour le manipuler. Arrivée à sa hauteur, elle attacha la poche de vêtements à sa ceinture et laissa partir la bouée. Puis elle se ravisa et alla la rechercher avant qu'elle ne dérive trop loin. Elle revint vers le câble et l'y attacha. Cela pourrait toujours servir. Enfin, elle saisit le câble et entreprit d'y grimper. Le fait qu'il forme avec la surface de l'eau un angle de quarante-cinq degrés l'aidait un peu, mais l'entreprise restait difficile. Le chanvre rugueux lui écorchait les mains et les pieds et elle glissait sur la surface mouillée. Elle leva la tête vers le haut du navire et la distance la découragea. Elle n'y arriverait jamais ! Puis elle se secoua : qu'avait-elle à se plaindre ? Elle savait que ce ne serait pas facile. Elle serra les dents et poursuivit sa montée. Mais plus elle avançait, plus le câble devenait vertical. Elle anticipait avec angoisse le moment où elle ne serait plus capable de monter. Elle leva de nouveau la tête et vit que le trou de l'écubier, où disparaissait le câble, n'était plus très loin. Ses épaules étaient en feu et les muscles de ses jambes tremblaient un peu. Elle s'accorda un bref instant de répit mais commença à glisser doucement vers le bas. Elle dut donc reprendre sa progression pour rattraper le chemin parcouru. Marie jeta un coup d'œil en bas. Si jamais elle glissait et tombait dans la mer… mais elle ne tomberait pas !

Et elle ne tomba pas. Elle arriva enfin au trou de l'écubier, qui était de bonnes dimensions et dans lequel elle n'eut aucun mal à se faufiler. Elle pénétra dans la cale sombre et se laissa choir sur le plancher avec un immense soulagement. Tous ses muscles la faisaient souffrir, elle avait l'impression de s'être arraché la peau des mains et des pieds, mais elle n'en avait cure. Elle avait réussi. Elle était au cœur du bateau de Marek.

Elle resta étendue sur le sol cinq bonnes minutes, prenant le temps de bien récupérer et de laisser ses yeux s'habituer à l'obscurité. La colère et la nage l'avaient épuisée. Elle avait l'impression d'être une outre vidée.

Finalement, Marie se remit en mouvement. Elle ouvrit la poche qui contenait ses bottes et sa chemise. Elle enfila les premières en grimaçant un peu. Le cuir mouillé glissait mal sur ses pieds écorchés. *J'aurais dû les mettre pour grimper,* pensa-t-elle un peu trop tard. Elle exprima du mieux qu'elle put l'eau qui imbibait la chemise, puis secoua celle-ci à bout de bras pour lui redonner sa forme. Elle fut tentée de ne pas la mettre, mais sa camisole était trop légère. Elle enfila donc la chemise, ce qui lui arracha un frisson, puis se leva.

Le trou de l'écubier apportait une certaine lumière à l'avant de l'entrepont où elle était, mais plus loin c'était l'obscurité totale. Elle longea les parois du bateau en tâtonnant. Elle cherchait une échelle, un escalier, quelque chose qui lui permettrait de monter sur le pont supérieur. Pour l'instant, elle ne risquait pas de rencontrer grand monde. Un bruit soudain sur sa gauche la fit sursauter. Elle s'arrêta et se plaqua contre la paroi, son cœur cognant à ses oreilles. Le bruit revint, un grattement suivi d'un autre. C'était deux ou trois rats dont elle avait troublé la tranquillité. Intérieurement, elle se moqua d'elle-même : effrayée par un rat alors qu'il y avait beaucoup plus terrifiant sur ce bateau ! Cela la raffermit dans sa décision de ne pas s'attarder. C'était simplement un travail de reconnaissance. Connaître l'ennemi était le premier pas en direction de la victoire.

Après avoir trébuché plusieurs fois sur des câbles et des objets traînant sur le plancher, elle finit par découvrir une échelle. D'après ses calculs, elle ne devait pas avoir parcouru plus du cinquième de la longueur du navire. Elle se retrouverait donc près du gaillard d'avant si elle se hasardait à monter sur le pont supérieur. Mais elle voulait d'abord fouiller le deuxième pont. Elle poussa précautionneusement la porte de la trappe qu'elle trouva au bout de l'échelle. Glissant un œil prudent dans l'ouverture, elle fut soulagée de constater que le pont, du moins à cet endroit, semblait désert. Marie s'y hissa et referma doucement la trappe derrière elle. Elle tenta de se situer. Dans l'ensemble, tous les bateaux se ressemblaient, mais à l'intérieur chacun avait ses particularités. Après quelques pas, elle déboucha sur une pièce remplie de tonneaux. Elle en ouvrit un par curiosité et vit qu'il s'agissait de la réserve d'eau potable. Elle le referma en résistant à l'envie puérile de cracher dedans...

Elle sortit de la pièce et poursuivit son exploration. Elle arrivait maintenant au cœur du bateau, où deux rangées de canons étaient alignées de chaque côté. Les sabords étaient fermés, sauf un ou deux, qui permettaient à la lumière de se frayer un chemin et d'éclairer un tant soit peu les pas de la jeune femme. Au bout du pont, elle trouva la salle de l'équipage. Un coup d'œil lui permit de constater que la plupart des hamacs avaient été roulés, ce qui voulait dire que leurs occupants se trouvaient quelque part sur le bateau. Quelques ronflements indiquaient cependant que les hommes qui avaient été de quart de nuit y reposaient. Marie passa son chemin.

Plus bas, il y avait l'autre pont, où se trouvait le reste des canons, le garde-manger, les animaux, les entrepôts, la salle d'armes, et à une extrémité du bateau, la sainte-barbe. Plus bas encore, dans la cale les cellules... La salle d'armes ! Il lui vint une idée. Ce ne serait pas une mauvaise chose d'avoir sur elle de quoi se défendre, juste au cas où... Elle chercha cette fois-ci l'escalier qui menait vers les différents paliers du bateau et le trouva sans peine. Elle descendit au troisième pont, cherchant la salle d'armes. Là aussi, l'obscurité régnait. Il lui aurait fallu allumer une torche, mais cela aurait signalé sa présence à quiconque passerait par là. Elle arrivait tout de même à distinguer les parois et les portes. Certaines étaient identifiées : « Réserve », « Voiles et cordages », etc. Toutes s'ouvraient sans difficulté et Marie put constater que le contenu correspondait à la dénomination. Une quatrième porte était verrouillée par un gros cadenas. Pas d'indication sur celle-ci, mais le verrou indiquait mieux qu'un écriteau le contenu de la pièce. La jeune femme jura. Elle n'avait pas pensé que les armes pourraient être gardées sous clé.

Essayer d'ouvrir la porte serait très difficile, d'une part, et, d'autre part, cela risquait encore une fois d'attirer l'attention. Un peu plus loin, une autre pièce l'intrigua. Contrairement aux autres, la porte de celle-ci était percée d'une ouverture entravée de trois barreaux courts. La curiosité l'emporta. Marie s'en approcha et se hissa sur la pointe des pieds pour tenter de jeter un œil à l'intérieur. Elle n'y parvint pas. Regardant autour d'elle, elle vit une caisse vide qui pourrait l'y aider. Elle la traîna avec précaution près de la porte et grimpa dessus. Un petit hublot dispensait de la lumière à l'intérieur de ce qui semblait être une espèce de cellule, mais avec un peu plus de confort qu'une simple paillasse. Pas de chaînes en vue non plus. Dans un coin, il y avait un banc qui faisait presque la longueur du mur ; à son extrémité, un seau sous une table basse. Son regard se porta de l'autre côté de la pièce, où se trouvait un lit rudimentaire. Marie ne distingua tout d'abord rien, puis crut voir une forme roulée en boule, avec une couverture sommairement jetée dessus. Est-ce que cela pouvait être Thierry ? Elle appuya sa joue sur les barreaux pour mieux voir, et son pied glissa dans le mouvement. Elle se rattrapa vivement aux barreaux et reprit son équilibre. Mais le bruit avait été entendu par l'occupant de la pièce. La jeune femme vit une tête émerger de la couverture et, à sa grande surprise, en vit une seconde. Ce n'était donc pas Thierry. Elle ressentit un pincement de déception. L'instant d'après, deux jeunes filles la dévisageaient avec frayeur. Puis, lorsqu'elles constatèrent qu'il s'agissait d'une femme à peine plus âgée qu'elles, leur peur céda la place à la surprise.

Marie était tout aussi surprise. Que faisaient là ces jeunes filles ? Pourquoi étaient-elles enfermées ? Quand elles se levèrent et que Marie constata qu'elles étaient nues, à l'exception d'un pagne minuscule, la jeune femme vit qu'il s'agissait d'Indiennes Caraïbes. Elles avaient la peau mate et bronzée, leurs cheveux noirs de jais tombaient sur leurs reins et leurs seins fermes se dressaient effrontément, ce qui donnait à l'ensemble une grande sensualité. Mais elles portaient aussi des marques de violence, des bleus sur les bras, une morsure ou une griffure sur un sein, une zébrure boursouflée sur une cuisse. Marie n'eut alors aucune difficulté à deviner pourquoi ces jeunes filles étaient gardées à bord du bateau. Elle ressentit une grande colère : les femmes seraient-elles toujours assujetties au désir des hommes ? Malheureusement, elle ne pouvait rien pour celles-ci, du moins pour l'instant. Elle ne pouvait s'encombrer de ces deux Indiennes alors qu'elle fouillait le bateau. Elle tenta de leur faire signe de patienter et murmura tout bas : « Je reviendrai vous chercher plus tard. Je sais maintenant que vous êtes là. » Elle ne savait aucunement si elles comprenaient ce qu'elle disait, mais dans l'immédiat, c'était le mieux qu'elle pouvait faire. Elle redescendit de sa caisse et s'apprêtait à la remettre là où elle l'avait prise quand les filles se mirent à secouer la porte en criant.

Le cœur de Marie s'arrêta de battre. Elle revint précipitamment vers la porte et, tirant de nouveau la caisse, elle monta dessus.

— Chut ! fit-elle en mettant le doigt sur ses lèvres. Taisez-vous ! Vous allez ameuter tout le bateau ! Je reviendrai, c'est promis. Je ne peux pas vous emmener maintenant.

Mais les jeunes femmes ne semblaient pas l'entendre de cette façon. Celle qui semblait la plus vieille des deux – Marie ne leur donnait pas plus de seize ans, encore qu'il était difficile de déterminer leur âge – s'approcha de la porte et, en fixant ses yeux noirs sur ceux de la jeune femme, elle dit quelque chose que, bien sûr, Marie ne comprit pas. Celle-ci fit un signe de dénégation.

— Je ne comprends pas. Il faut attendre.

Mais la jeune Indienne haussa le ton et se remit à secouer la porte tandis que la seconde pleurait doucement. Marie était torturée entre le désir de les aider et sa raison, qui lui disait de les laisser là. Cela lui compliquerait drôlement la vie si elle était accompagnée de ces deux filles. Pourtant, elle se rendait compte qu'elle n'aurait peut-être pas le choix : si elles n'arrêtaient pas de faire ce boucan d'enfer, d'ici peu tout l'équipage du bateau serait là. L'Indienne cessa de secouer la porte et dit un mot que Marie comprit.

— Sortir.

Marie soupira. Peut-être arriverait-elle à se faire comprendre, après tout.

— Je sais que tu veux sortir, dit-elle en détachant chacune de ses syllabes. Mais pour l'instant je ne peux pas vous emmener. Moi revenir... ajouta-t-elle en désespoir de cause.

Mais la jeune Indienne se remit à frapper doucement sur la porte.

— Crier, dit-elle simplement.

Marie laissa échapper un gémissement. Elle se maudissait d'avoir eu la curiosité de s'approcher de cette porte, et en même temps, elle savait qu'elle ne pouvait laisser ces jeunes filles à leur sort. Cette chair tendre aux mains des rustres de l'équipage... Des images précises lui revinrent en mémoire, celles d'un autre équipage se jetant sur elle pour assouvir ses appétits. Cela suffit à la décider. Elle fit un signe de la main à l'aînée, qui était en train de consoler sa compagne en pleurs, et descendit à nouveau de la caisse. Elle la poussa sur le côté en jetant un regard inquiet du côté de l'escalier. Personne ne venait. Marie reporta son attention sur la porte. Deux gros verrous la fermaient de l'extérieur. Elle tenta de les ouvrir mais ils étaient très difficiles à faire coulisser. Sa main glissa et elle se cogna douloureusement les doigts contre la porte. Secouant vivement sa main, elle se dit qu'elle n'y arriverait pas à mains nues. Il lui fallait quelque chose pour frapper sur le verrou... Une masse ou un pied-de-biche, par exemple. Mais, bien évidemment, il n'y avait rien de tel aux alentours.

À l'intérieur, la jeune Indienne s'impatientait. Elle se remit à secouer la porte.

— Sortir ! cria-t-elle de nouveau.

— Attends, répondit Marie avec impatience, je fais ce que je peux.

Elle ouvrit l'une des portes à proximité, et se retrouva dans une pièce où tout un fourbis était amassé. En fouillant rapidement, elle trouva quelque chose qui ressemblait à un marteau. L'emportant avec elle, elle se dépêcha de revenir vers la cellule des Indiennes.

— Voilà, je suis de retour.

Elle frappa un coup avec le marteau et il lui sembla que le bruit avait dû retentir jusqu'au poste de vigie ! Elle enleva sa chemise et en enveloppa la tête de l'outil. Elle y perdrait en précision, mais les coups seraient assourdis. Le premier verrou finit par glisser, puis le second coulissa, plus aisément. Marie ouvrit la porte et les deux Indiennes se précipitèrent dans le couloir.

— Bon, maintenant, qu'est-ce qu'on fait ? dit Marie en remettant sa chemise.

Les deux filles restaient devant elle, dans l'attente de quelque chose.

— Il vous faut partir d'ici, dit Marie sans trop d'espoir d'être comprise.

La jeune femme réfléchit. Elles devaient quitter le navire, sans aucun doute. Elle pensa alors au chemin qu'elle-même avait emprunté pour arriver jusque-là.

— Vous savez nager ? demanda-t-elle en mimant le geste.

Elle dut être claire parce que la plus vieille fit un signe de la tête en mimant à son tour le geste de nager. Cela décida Marie.

— Suivez-moi, dit-elle avec un signe de la main.

Elle refit en sens inverse le chemin qu'elle avait parcouru plus tôt, passa par la trappe, descendit jusqu'au pont inférieur et regagna l'écubier sans rencontrer âme qui vive. Elle montra aux jeunes filles le trou et le câble d'ancre.

— Il vous faut passer par le câble, expliqua-t-elle en le montrant, pour descendre jusqu'à l'eau. Puis, vous nagerez jusqu'à la côte, qui n'est pas très loin. Regarde, dit-elle à la plus vieille en pointant la bouée qui flottait toujours attachée à la chaîne, ça vous aidera. Tu comprends ?

La jeune Indienne la dévisageait, impassible. Marie soupira. Impossible de savoir si elles avaient compris. La jeune femme fit une autre tentative.

— As-tu vu un petit garçon ? demanda-t-elle en mimant la taille de l'enfant. Les cheveux bruns et les yeux comme les miens, ajouta-t-elle en montrant ses yeux.

Aucune réponse. Marie soupira. Il fallait qu'elles y aillent maintenant. Prenant la première par les épaules, elle la poussa vers l'ouverture. La jeune fille se tourna et se laissa glisser sur le câble, les pieds en avant. Elle progressa rapidement, suivie de sa compagne.

Elles se laissèrent tomber alors qu'elles étaient encore à quelques bonnes toises de l'eau. Marie s'inquiéta du bruit, suffisant pour alerter quelqu'un d'attentif sur le pont, d'autant que la brume semblait s'être levée et n'offrait donc plus aucune protection. Elles refirent surface rapidement, puis l'une d'elles alla chercher la bouée, montrant ainsi que le message de Marie avait été bien compris. Celle-ci fut tentée d'aller les rejoindre et de retourner au *Fleur de lys*. Elle se ravisa rapidement. *Tu as voulu venir ici, alors va jusqu'au bout*, se dit-elle. Après un dernier regard aux jeunes filles, qui nageaient maintenant en direction de la côte en poussant la bouée devant elles, elle retourna vers le cœur du bateau.

Marie n'eut aucune difficulté à trouver son chemin cette fois-ci, aucun objet inconnu traînant sur le sol ne la fit trébucher. Elle eut vite fait de retourner au deuxième pont, évitant toutefois de fouiller les autres pièces. Elle ne voulait pas avoir à effectuer un autre sauvetage qui risquerait de contrecarrer ses plans. Enfin… si véritablement plans il y avait. Son espoir que Thierry soit à bord du bateau s'évanouissait peu à peu. Elle était maintenant persuadée que l'enfant n'y était pas. Ce n'était rien de rationnel, mais il lui semblait qu'elle aurait senti sa présence au fond de ses tripes s'il avait été tout près.

Empruntant de nouveau l'escalier, elle déboucha par l'écoutille sur le pont principal. Avant de sortir à découvert, elle y risqua un œil et vit que cette partie du pont était déserte. Ce qu'elle voulait, c'était s'approcher du gaillard d'arrière et y grimper le plus haut possible afin d'avoir une bonne vue de l'ensemble du bateau, d'en observer les particularités, puis, éventuellement, de surprendre les conversations entre l'homme de barre et les officiers du navire, voire avec Marek lui-même.

Elle regarda du côté du gaillard : trois étages incroyablement ouvragés, la timonerie surplombant le tout. Elle vit passer un ou deux hommes de quart, mais l'attention générale sur le bateau semblait passablement relâchée, probablement parce que le bateau était à l'ancre et que rien ne venait menacer sa sécurité. Peut-être même y avait-il quelques hommes à terre, une terre que l'on voyait maintenant nettement, le brouillard s'étant entièrement dissipé.

Son regard glissa en direction du *Fleur de lys*, bien visible lui aussi. Il était plus près qu'elle ne l'avait cru. La distance avait été difficile à évaluer lorsqu'elle était dans l'eau, ses sens trompés par l'épaisseur du brouillard. Ce dernier avait cédé la place à un ciel bleu parsemé de nuages, et la mer était calme. *Quel climat étrange*, pensa Marie, *pouvant passer du meilleur au pire en un court laps de temps*. Elle se faufila entre les cordages enroulés sur le pont. Les voiles étaient serrées sur leur vergue et le bateau lui-même semblait endormi. À l'autre bout, un homme briquait le pont tandis qu'un autre passait une serpillière. Il lança un seau d'eau sur les planches, éclaboussant au passage son compagnon, qui lui en fit vertement la remarque. Un gros homme au crâne dégarni avait jeté une ligne à l'eau et attendait patiemment que le poisson morde.

Puis, tout à coup, le bateau sembla s'animer. Marie se cacha entre deux caisses près du mât central et chercha la cause de ce brouhaha subit. Deux ou trois hommes s'approchèrent du bastingage, à proximité de Marie.

— Ils ont mis une chaloupe à la mer.

— Combien d'hommes dedans ?

— Je ne sais trop, ils sont encore loin. Marcel, passe-moi ta lunette.

Ce que dut faire Marcel, car l'instant d'après la même voix reprenait : « Cinq. Quatre qui rament et un à l'avant. »

— Parfait, dit la deuxième voix. Va avertir le capitaine.

Un frisson parcourut l'échine de Marie. Le capitaine… Ce ne pouvait être que Marek. Après tant d'années il serait à nouveau devant elle ! À l'idée de le revoir, elle avait le cœur qui s'emballait, non pas d'émotion mais de rage, une rage exacerbée au fil des semaines. Elle s'obligea à une immobilité parfaite. Une bâche avait été jetée sur l'une des caisses et Marie la rabattit sur elle. Si Marek venait rejoindre l'homme qui l'avait fait appeler, elle serait aux premières loges pour écouter leur conversation.

Elle n'eut pas à attendre longtemps. Déjà un pas ferme se faisait entendre sur le pont, martelant les planches de ses talons comme si l'homme voulait y enfoncer des clous à la force de ses pieds. Il s'arrêta près des deux marins et prit la lunette à son tour.

– C'est bien ce qui avait été convenu, dit-il, mais un détail manque. Il devait y avoir un fanion rouge à l'avant du bateau, mais celui-ci est bleu et à l'arrière.

Marie sursauta. Cette voix tranchante, glaciale, c'était celle de Marek. Marie aurait voulu lui sauter sur le dos toutes griffes dehors. Elle se contrôla à grand-peine, sachant pertinemment que ce n'était pas la chose à faire, enfin pas pour l'instant. Puis elle comprit les implications de ce qu'elle venait d'entendre et étouffa un juron : Dutrisac les avait trompés. Elle avait eu raison de se méfier de ce serpent et regrettait de ne pas avoir travaillé un peu plus à lui soutirer des informations.

– Et je ne vois pas Dutrisac, reprit Marek. Le bateau est assez abîmé, on voit que le misaine ne sert plus à rien.

Marie s'étonna. Le *Fleur de lys* avait affalé toutes ses voiles et, à première vue, rien ne distinguait le mât de misaine des autres mâts. Mais c'était compter sans la grande compétence et l'instinct infaillible de Marek. Marie entendit un bruit sec. Le corsaire avait dû refermer sa lunette.

– Recevons donc nos invités comme il se doit, dit-il. Je crois que nous allons avoir de l'action aujourd'hui.

Le cerveau de Marie fonctionnait à toute vitesse. Comment réussir à avertir Pérac – il ne pouvait s'agir que de lui – du piège dans lequel il se jetait ? Mais peut-être était-il de connivence avec Marek et tout cela n'était-il qu'une gigantesque mascarade ? Pourquoi alors tant de précautions de la part de Marek ? Marie risqua un œil. La silhouette du corsaire se détachait sur celles de ses hommes. Même de dos, on pouvait sentir l'impression de force et d'autorité qui émanait de lui, de ses larges épaules, de son port de tête altier, de ses cheveux très blonds coupés court à son habitude. Les jambes légèrement écartées, il avait joint ses mains puissantes dans son dos. Ces mains, Marie aurait voulu les trancher et les jeter à la mer pour oublier qu'un jour elles s'étaient posées sur elle. Eut-il conscience de l'examen dont il était l'objet ? Marek se retourna, son regard bleu acier figeant Marie dans sa position aussi sûrement qu'une flèche l'aurait clouée à un mur. Le soleil des tropiques avait bronzé son visage, donnant un aspect encore plus inquiétant à son regard. Sa mâchoire carrée était crispée et la jeune femme vit entre ses sourcils un pli qui n'était pas là quelques années auparavant. Elle se fit toute petite, n'osant plus respirer. Le regard du corsaire balaya le pont, s'attarda quelques instants sur les caisses où Marie était cachée, puis revint à la chaloupe, qui était maintenant beaucoup plus proche. Marek allait repartir quand deux hommes accoururent vers lui.

— Capitaine, les filles sont parties !

Marek suspendit son pas et se retourna vers les deux hommes.

— Comment ça, parties ?

— Ben, vous savez, on allait leur faire une petite visite, comme vous nous l'avez permis, et quand on est arrivés la porte était ouverte et la cellule vide.

Marie s'en voulut. Pourquoi n'avait-elle pas pris soin de refermer la porte ? Mais cela n'aurait pas changé grand-chose à l'affaire, les deux hommes y allant avec des intentions bien précises. L'un d'eux avait une cravache à la main.

— Elles ne peuvent pas avoir ouvert cette porte toutes seules…

— Il y avait un vieux marteau tout près.

Encore une fois, Marie se fustigea. Mais tout s'était passé si vite.

— Alors, c'est forcément quelqu'un de l'extérieur qui les a aidées à fuir.

— Et là, on se retrouve sans femmes, protesta l'homme à la cravache. Moi j'aurais bien voulu m'amuser, ce matin.

— Eh bien, va t'amuser avec quelqu'un d'autre ! répliqua Marek, que les besoins de l'homme laissaient froid. Des femmes, ce n'est pas ça qui manque par ici, on en trouvera d'autres. Il faut savoir qui a ouvert la porte... mais plus tard, voilà la chaloupe qui arrive. Amenez-les-moi au carré des officiers et tenez-vous prêts. Laplante, avertis les hommes.

Et Marek s'en fut, du même pas décidé qu'à son arrivée.

Beaucoup d'émotions se bousculaient dans le cœur de Marie. Elle aurait voulu trouver un moyen d'avertir Pérac, mais en même temps, elle n'était toujours pas convaincue de sa loyauté. Et s'il était de mèche avec Marek ? Par contre, s'il venait ici en toute bonne foi, il courait vers une mort certaine, ainsi que les hommes qui l'accompagnaient. Pour l'instant, elle ne pouvait rien faire. Pérac savait-il qu'elle avait quitté le *Fleur de lys* ? Sa disparition avait-elle été découverte ? Elle en doutait. Si ç'avait été le cas, Legoff aurait été à bord de cette chaloupe, déguisé en bergère s'il le fallait ! Son attention se reporta sur les hommes qui se penchaient maintenant au-dessus du bastingage.

Une première tête émergea, celle de Pérac. Puis les quatre hommes de son escorte apparurent à leur tour. Après un bref échange de salutations, le groupe suivit les hommes de Marek, comme on l'en avait prié. L'eût-elle voulu, Marie aurait été dans l'impossibilité d'avertir Pérac de quelque façon que ce soit. En restant cachée, elle gardait une infime possibilité de lui venir en aide, le cas échéant. Elle les regarda grimper au premier étage du gaillard puis entrer dans la coursive qui devait mener au carré des officiers. Pendant quelques minutes, le pont fut désert. C'était le moment d'agir avant que d'autres hommes de l'équipage n'apparaissent.

Courbée en deux, elle courut jusqu'à l'escalier, qu'elle monta silencieusement. Il lui fallait trouver un poste d'observation à l'abri des regards. La porte du carré des officiers avait été refermée. Elle était trop épaisse pour que Marie puisse entendre quelque chose et trop en vue pour qu'elle soit en sécurité près d'elle. Elle contourna la cloison et se retrouva sur le côté bâbord du bateau Il y avait là une fenêtre légèrement entrouverte. Au pied de cette fenêtre, pas directement en dessous mais légèrement sur le côté, il y avait une malle où on gardait les lanternes et la corne de brume. Une voile qu'on avait dû réparer puis nettoyer pendait à la rambarde de l'étage supérieur. Marie la regarda. Si elle parvenait à tirer légèrement la voile et à pousser la malle en dessous, elle pourrait se dissimuler derrière le tissu épais. Elle serait ainsi à bonne hauteur pour entendre ce qui se disait dans la pièce et pratiquement invisible.

Elle passa donc à l'action. Elle poussa facilement la malle, mais il lui fut impossible de tirer la voile, qui restait bien accrochée à la rambarde. Elle dut se résoudre à la laisser là où elle était, quitte à perdre un peu de sa qualité d'écoute. Marie monta sur la malle et, cachée par la voile, elle tendit l'oreille.

— Ainsi donc, Dutrisac a disparu, disait Marek, un scepticisme moqueur dans la voix.

— J'ai l'impression que je ne suis pas clair.

Marie reconnut les inflexions traînantes de Pérac.

— La tempête a pris tout le monde par surprise. Le mât de misaine a été fissuré, le bateau est devenu incontrôlable et nous avons perdu plusieurs hommes, dont Dutrisac. Ils ont tous été emportés par la même vague.

— Et toi, miraculeusement, tu t'en es tiré.

— Je n'étais pas au même endroit sur le bateau.

— Caché dans la cale ?

Un court silence s'ensuivit.

— Tu connais bien mal tes hommes, dit finalement Pérac sans trace d'émotion. Dutrisac ne méritait pas le dixième de la confiance que tu lui portais. Un mousse avait plus de connaissance en mer que lui, et son intérêt personnel passait toujours avant celui de son équipage. C'est un crétin de la pire espèce.

— Tiens tiens, tu ne l'aimes pas, on dirait. Une bonne raison pour te débarrasser de lui. Mais tu me dis que *c'est* un crétin… Il vit donc encore ?

On aurait dit un chat jouant avec une souris.

— Tu fais dire ce que tu veux aux mots, répliqua Pérac. Crétin il était, crétin il est, là où ses entrailles pourrissent dans celles des poissons.

— Il y a quelques petites choses que je voudrais que tu m'expliques. Tu étais de mon équipage il y a quelque temps…

— J'ai eu à retourner sur le continent, mais me voilà de retour.

— Qui sont ces hommes qui t'accompagnent ?

— De nouveaux membres d'équipage, répondit Pérac sans se démonter. Il fallait compenser les pertes.

— Curieux quand même que je n'en connaisse aucun.

Il y eut de nouveau un silence. Pérac devait hausser les épaules.

— Je n'ai pas fait l'appel avant de venir. En as-tu fini avec ton interrogatoire ? Peut-on passer aux choses sérieuses ? Le bateau est mal en point, l'équipage réduit mais à ta disposition. Quelle est la suite des événements ?

La voix de Marek se rapprocha. Il devait avoir marché jusqu'à la fenêtre et regarder le *Fleur de lys* au loin.

— Une chose encore. Pourquoi n'as-tu pas fait le signal convenu lorsque tu t'approchais ?

Au ton de sa voix, on sentit que Pérac était surpris par la question.

— Tu n'as pas vu le fanion bleu à l'arrière ?

Marie grimaça. Marek avait tendu un piège et Pérac était tombé dedans. Elle maudit une fois de plus Dutrisac. Marek avait dû se détourner parce que sa voix parvint un peu plus étouffée à Marie.

— Tout ça sent mauvais. Je ne crois pas à ton histoire…

— Eh bien, dans ce cas, brisons là. Tu t'arranges avec tes affaires et moi avec les miennes, dit Pérac d'un ton sec.

— Tu oublies une chose, tes affaires sont les miennes. Ce bateau, il est à moi.

— Pas plus à toi qu'au marchand de sable ! Il a bien eu un propriétaire un jour, mais maintenant il se trouve que c'est moi qui le mène.

— Je ne crois pas que tu mèneras grand-chose. On va te garder ici, bien au chaud, avec ces hommes qui t'accompagnent. Je suis bien curieux de voir qui tu as laissé sur le bateau. On finira bien par venir te chercher…

— Tu me gardes prisonnier ? dit Pérac d'une voix glaciale.

— Pas prisonnier, invité. Un invité spécial dans une cabine sûre…

— Je ne sais pas pourquoi tu te méfies de moi à ce point. Dutrisac a bel et bien disparu ; qu'est-ce qui m'obligeait donc à venir jusqu'ici te livrer un bateau que j'aurais bien pu garder pour moi si tes allégations sont justes ? Je me suis peut-être emmêlé dans les fanions, je n'ai jamais vraiment distingué les couleurs et retenu ce genre d'enfantillages. Plutôt que de te méfier de moi, pourquoi ne pas nous entendre et faire des affaires ensemble ?

Marie commençait à avoir des crampes à force de rester immobile. Elle n'osait pas descendre de son perchoir, une certaine activité se faisant entendre sur le pont. Jusqu'à maintenant, elle n'avait pas appris grand-chose. Mais Pérac poursuivait.

— La piraterie n'est plus très facile par ici, il y a beaucoup de concurrence avec les boucaniers et les flibustiers.

Marek émit un petit rire.

— Qui parle de piraterie ? Il y a bien mieux à faire…

— Ah oui ? Tu m'intéresses…

Il y eut un silence. Puis Pérac reprit :

— Écoute, je vais te dire la vérité. Ce sera peut-être là la véritable base d'une bonne association. Dutrisac n'est pas passé par-dessus bord…

— Il me semblait bien ! dit Marek.

— … je m'en suis débarrassé. C'était un homme veule et sans envergure. Il t'aurait tout d'abord obéi, mais à la première occasion il t'aurait tourné le dos pour un plus offrant. Ç'aurait été accueillir une pomme pourrie dans ton entourage. Avec moi, tu gagnerais un associé capable de véritablement te seconder et d'aller plus loin. C'est un monde nouveau qui s'ouvre ici, à nous d'y imposer notre marque et d'en profiter.

Pendant quelques longues minutes, Marie n'entendit plus rien. Pérac était-il en train de l'emporter ? S'il gagnait la confiance de Marek, cela ouvrait bien des possibilités. Après ce qui parut une éternité, le corsaire reprit la parole.

— Ton histoire reste boiteuse, mais je veux bien te donner une chance. D'autant plus que j'ai besoin d'un bateau rapidement. On m'a annoncé quelques cargaisons et ma flotte est un peu à court pour l'instant. Si on arrive à réparer à temps le bateau que tu amènes, ça pourrait faire l'affaire.

— Quel genre de cargaisons ?

— Tu as entendu parler du « bois d'ébène » ?

Pérac parut surpris.

— Tu veux dire… les esclaves ?

Marek ricana.

— C'est ça, les esclaves. C'est vrai que tu es plus malin que Dutrisac. Vois-tu, quand on laisse les autres les ramener d'Afrique, c'est beaucoup plus payant. D'abord, on n'a pas à faire ce voyage interminable et toujours imprévisible, ensuite on ne risque pas d'attraper une saloperie en cours de route. Et enfin, on peut se débarrasser des malades et des plus faibles avant de rentrer au port.

Marie eut un frémissement. Elle ne connaissait pas grand-chose au commerce des esclaves, mais elle trouvait horrible qu'on se débarrasse en pleine mer d'êtres humains qui n'avaient surtout pas demandé à être là. Ce Marek était le diable incarné !

— Mais comment peux-tu vendre ces cargaisons ? Si tu es hors-la-loi, tu ne peux te rendre dans un port et les revendre.

— Mais qui dit que je suis hors-la-loi ? Je suis un honnête planteur, qui vend aussi des esclaves pour faire marcher son domaine.

— De quel domaine s'agit-il ? demanda l'autre innocemment.

— De mon domaine en Martinique !

Pérac resta sans voix quelques instants. Marie fulminait. Pérac poursuivit :

— Et tu l'as acheté à qui, ce domaine ?

Marek ricana.

— Oh ! En fait, j'ai presque fait une bonne œuvre en le reprenant à une veuve qui ne savait plus quoi en faire.

— Et cette veuve... ?

— Tu poses beaucoup de questions, l'ami. Cela n'est pas de ton ressort. Si tu veux qu'on s'associe, tu devras apprendre à te contenter des informations que je te donne sans chercher à en savoir plus. La connaissance n'apporte pas toujours le salut...

Ainsi Marek se trouvait encore une fois à la tête d'un commerce lucratif basé sur des opérations totalement illégales. Marie serrait les dents si fort que sa mâchoire lui faisait mal. L'aisance avec laquelle Marek parvenait toujours à ses fins ne cessait de l'ébahir. Avec quelle facilité et quelle habileté il avait tissé sa toile !

Elle en avait assez appris. Mieux valait maintenant regagner le *Fleur de lys*. Elle descendit de son perchoir et longea avec précaution la cloison du gaillard. Elle allait emprunter l'échelle de corde, descendre à l'eau et nager vers le *Fleur de lys*. Mais elle ne put mettre son plan à exécution. À peine avait-elle mis le pied sur le pont principal qu'un homme sortit de l'ombre et l'attrapa par le collet.

Chapitre 34

Marie se trouva soulevée dans les airs par sa chemise, qui l'étranglait. Celui qui la malmenait était doué d'une force colossale ; la jeune femme avait l'impression d'être une marionnette au bout de ses mains. Elle réussit finalement à tourner la tête pour voir qui était son agresseur. Elle reconnut immédiatement le chauve qu'elle avait vu pêcher un peu plus tôt. Manifestement, il venait de faire sa meilleure prise de la journée...

Mais pour l'heure le bonhomme la traînait, les pieds de la jeune femme touchant à peine le sol. Marie gigota en tentant vainement de s'échapper. La poigne de l'homme était solide et il ne semblait même pas se rendre compte de ses efforts désespérés. Ils eurent tôt fait d'arriver jusqu'à la porte du carré des officiers. Il l'ouvrit sans frapper et lança Marie, qui atterrit sur le plancher au milieu de la pièce. Un silence stupéfait l'accueillit. Elle était tombée durement sur l'épaule et se massa la zone endolorie en se relevant. Le premier regard qu'elle croisa fut celui de Pérac. À voir le pur étonnement qui se peignait sur son visage, elle sut qu'il ignorait tout de sa défection du *Fleur de lys*. La voix de Marek ramena tout le monde sur terre :

— Eh bien, décidément, on va de surprise en surprise.

La porte s'était refermée sur le chauve, qui devait estimer que son travail était accompli. Il n'avait pas échangé un seul mot avec son capitaine.

— Voilà qui change un peu la donne, reprit Marek en s'approchant doucement de Marie, comme un tigre flairant une proie. Regardez-moi ça. Je me disais que nos chemins finiraient certainement par se croiser un jour, mais là j'avoue que je ne t'attendais pas ici. Remarque, ta présence à bord me fait grand plaisir... Toutefois, cela donne un autre éclairage à la situation.

Marek se tourna vers Pérac.

— Eh bien, moi qui étais presque prêt à te croire... Cette donzelle n'est certainement pas tombée du ciel et, que je sache, il n'y a qu'un seul bateau à la ronde. Toute ton histoire cousue de fil blanc vient de s'effondrer.

Pérac jeta un regard furieux à Marie.

— Maintenant, j'aimerais bien savoir qui d'autre se trouve à bord de ce bateau, dit Marek.

— Personne que tu connaisses, répondit Pérac en retrouvant l'usage de la parole. Cette fille... Cette fille, je ne sais pas qui c'est. Elle a dû monter clandestinement à bord du bateau et...

— Ne gaspille pas ta salive pour rien, Pérac. Il se trouve que moi je la connais et que j'étais certain qu'un jour ou l'autre elle débarquerait de ce côté-ci du globe. En fait, je devrais te remercier de me l'avoir amenée.

L'assurance tranquille de Marek et son arrogance eurent raison de la réserve de la jeune femme. Elle se jeta sur lui en laissant éclater la rage qui couvait en elle depuis trop longtemps.

— Salaud ! Sale chien ! Qu'as-tu fait de mon fils ? Où est Thierry ?

Marek reçut l'assaut sans avoir le temps de le parer et Marie réussit à le griffer sur la joue. Il la repoussa avec force, portant la main à l'égratignure, qui saignait.

— Ton fils ? Penses-tu sérieusement que je me serais encombré d'un mioche ici ? Je t'ai écrit qu'il t'oublierait et tu ferais mieux de l'oublier toi aussi. Tu ne risques pas de le revoir. À l'heure qu'il est, je doute qu'il se rappelle qu'il a seulement eu une mère. Bon. Fini de s'amuser, gronda-t-il alors que ses hommes avaient réussi à se saisir de Marie, qui se débattait comme une furie.

— Toi, reprit-il en s'adressant à Pérac, tu vas rester à bord cette nuit, mais tu vas faire signe à tes amis que tout va bien. Parce que vous avez bien sûr convenu d'un signal.

La voix laconique de Pérac se fit entendre :

— Il n'y a pas de signal.

Marek hocha la tête.

— Je m'en doutais. On va t'aider à t'en souvenir.

Sur un signe de Marek, deux hommes traînèrent Marie jusqu'à la table. L'un d'eux y maintint le bras droit de la jeune femme tandis que Marek sortait son épée.

— On va commencer par un doigt, dit-il, et on continuera ainsi jusqu'à ce que la mémoire te revienne.

Marie était terrorisée. Pérac ne l'avait jamais aimée, pourquoi parlerait-il pour la sauver ? Marek jouait nonchalamment avec son épée, appréciant visiblement ce moment. Il aimait ce sentiment de puissance ; il aimait susciter la terreur chez ses victimes. Et c'était bien de la terreur qu'on lisait dans les yeux de Marie, malgré tous ses efforts pour paraître brave. Elle ne se laisserait pas aller à supplier, dût-elle y perdre la main. Et c'était probablement ce qui allait arriver, car Marek levait son épée au-dessus de sa tête. Fut-ce le courage de la jeune femme qui émut Pérac ? Au dernier instant, il dit : « Arrête ! » Marek suspendit son geste et le regarda.

— Trois signaux de lanterne.

— Eh bien voilà, dit Marek en rengainant son épée. Ce n'était pas si difficile. Je t'en suis reconnaissant, je n'aurais pas aimé l'abîmer, dit-il en caressant la joue de Marie. Enfin, pas tout de suite, j'ai quelques projets pour elle. Il paraît, ajouta-t-il en se tournant vers ses hommes, que vos « filles » se sont enfuies aujourd'hui ? J'ai une petite idée maintenant de ce qui a pu se passer. Alors, ma chère, tu vas remplacer ces Indiennes qui avaient fini par gagner l'affection de mon équipage. Ce sera un peu plus lourd pour toi parce qu'elles étaient deux, mais tu es forte, n'est-ce pas... Bon, assez ri. Vous deux, amenez-la à ma cabine et surtout, restez devant la porte. N'y touchez pas pour l'instant, votre tour viendra bien assez vite. Quant à nous, dit-il à Pérac, allons sur le pont faire ce fameux signal. Et si j'ai ne serait-ce que l'ombre d'un soupçon que tu me trompes, je te transperce le corps.

On sortit Marie de la pièce sans qu'elle puisse jeter un regard en direction de Pérac. Il devait être furieux, mais elle lui était reconnaissante de l'avoir sauvée. Enfin, sauvée… pour l'instant. Son avenir lui semblait bien sombre. Mais une chose à la fois. Dans l'immédiat, c'était sur le face-à-face avec Marek qu'elle devait se concentrer.

La cabine du capitaine était spacieuse et luxueuse, comme elle s'y attendait. Lorsque la porte claqua derrière elle, elle ne perdit pas de temps à fouiller la pièce. Tout comme Dutrisac, si Marek l'avait fait enfermer ici, ce n'était pas sans raison. Elle n'y trouverait rien pour se défendre. Elle tenta de se calmer, mais c'était bien difficile. Elle se raccrocha au seul élément positif des dernières heures : Marek lui avait dit que son fils était en vie. Elle le croyait parce que, dans le cas contraire, il n'aurait pas hésité à lui jeter la mauvaise nouvelle à la tête. Il aurait pris plaisir à savourer sa peine et son désespoir.

Elle pensa à Pérac, qu'elle commençait à voir sous un nouveau jour. Aurait-elle jamais l'occasion de le remercier ? À l'heure qu'il était, Marek devait planifier soigneusement la prise du *Fleur de lys*. Il avait tous les avantages de son côté et, visiblement, ne prenait aucun risque. Coincée dans cette cabine, sous bonne garde en plus, elle voyait mal comment elle pourrait avertir ses amis de ce qui se tramait… Volontairement, la jeune femme préférait oublier qu'elle était un peu responsable de la situation. Cependant, sa folle initiative lui avait permis d'avoir l'assurance que Thierry était toujours vivant, ce qui, finalement, justifiait tous les risques et toutes les conséquences. Elle ne put pousser plus loin ses réflexions puisque Marek entrait dans la pièce.

La cabine qui semblait si vaste tout à l'heure devint subitement trop petite. Le corsaire semblait l'habiter tout entière tant sa présence était forte. Il déboucla sa ceinture et jeta son épée sur le sol. Puis, tranquillement, il alluma une lanterne pour chasser la pénombre qui envahissait la cabine et se tourna vers Marie.

— Comme on se retrouve, n'est-ce pas ?

Marie le dévisageait, adossée au mur. Marek ne s'était pas laissé empâter par les années. Il était toujours aussi costaud, ses larges épaules tendant le tissu de sa chemise. Il était bien campé sur ses cuisses fermes, et une excitation naissante se devinait au creux de son pantalon. Un sourire mauvais étira ses lèvres.

— Eh bien, nos rencontres seront toujours animées. Je te dois quelques années de cachot et un exil qui finalement ne s'est pas si mal terminé.

— Que dirait le roi s'il apprenait tes activités ? Le trafic d'esclaves te va comme un gant… répondit-elle pour essayer d'en savoir davantage.

— À ton habitude, tu es trop curieuse. Le roi ? ricana-t-il. Il est bien loin d'ici aujourd'hui et je doute qu'il te soit d'un quelconque secours.

Marek sortit une dague de sa botte, une dague du même modèle que celle qu'il avait plantée dans le mur de la chambre de Thierry. Il s'avança vers la jeune femme, qui ne put reculer car elle était adossée au mur. Vif comme l'éclair, il posa ses bras de chaque côté d'elle, ne lui laissant aucune échappatoire. Elle tenta de se glisser sous ses bras, mais il avança sa jambe entre celles de Marie, lui bloquant aussi cette issue. D'une main, il lui enserra la gorge et de l'autre il joua de sa dague, promenant le plat de la lame sur sa joue, glissant sur sa poitrine tout en lui en faisant sentir la pointe.

Marie évitait de regarder la dague et gardait ses yeux fixés sur ceux de Marek, avec un air de défi bien involontaire. Il ricana.

— Toujours aussi fière, n'est-ce pas ? Mais aujourd'hui la cavalerie ne viendra pas et nous avons tout notre temps…

Il écrasa les lèvres de la jeune femme avec sa bouche, et sa langue en força le passage. La dague se promenait sur le corps de Marie, puis déchira sa chemise, qui s'ouvrit en deux larges pans. La camisole n'offrait maintenant plus qu'un mince écran devant les mains du corsaire. Menacée par la pointe de l'arme, la jeune femme ne pouvait bouger. Elle tenta tout de même de lever son genou entre les jambes de l'homme mais ne put lui porter un bon coup. Il s'écarta un peu.

— Ce que j'aime chez toi, grogna-t-il en la saisissant par les cheveux, c'est que tu as du caractère.

Il la traîna vers le lit où il la jeta violemment et, délaissant la dague, il empoigna la camisole à deux mains pour la déchirer. Le tissu délicat ne résista pas longtemps aux mains puissantes du corsaire. La vue des seins de Marie sembla décupler ses ardeurs. Retenant ses mains prisonnières au-dessus de sa tête, il se jeta sur elle et elle put sentir contre sa cuisse l'urgence de son désir. La jeune femme se tortillait avec vigueur sous le poids du corsaire, qui tentait de l'immobiliser. Il ouvrit la bouche pour aspirer voracement un sein, puis il s'attaqua à sa culotte et, étant donné la détermination qu'il y mettait, elle allait bien vite se retrouver complètement nue. Marek était très fort, mais Marie était bien décidée à ne pas lui faciliter la tâche. Pour venir à bout de son pantalon, le corsaire lui avait libéré une main. Elle en profita pour saisir une pleine poignée de cheveux qu'elle tira de toutes ses forces. Un grognement de douleur lui répondit, et Marek saisit son poignet, qu'il tordit férocement. Il la retourna alors sur le ventre.

— Puisque tu ne veux pas d'une rencontre romantique, on va y aller d'une autre façon.

Il voulut retirer sa culotte, mais la ceinture était toujours nouée et le vêtement ne glissa pas sur ses hanches. Marek avait besoin de la dague qu'il avait lancée par terre. Gardant un genou au creux des reins de la jeune femme, il regarda derrière lui pour repérer l'objet. Ce fut suffisant pour que Marie se dégage et saute sur ses pieds. Cela rendit Marek furieux, la colère déforma ses traits. La jeune femme y lut une folie qui lui fit peur. Elle ne douta aucunement que, s'il remettait la main sur elle, il la tuerait. Elle jeta un coup d'œil désespéré dans la pièce. C'est alors qu'elle vit la lanterne. Si elle pouvait l'atteindre... Marek n'avait pas remarqué son regard, tout occupé qu'il était à saliver devant le spectacle des seins blancs qui s'agitaient devant lui. Elle leva le pied et repoussa le corsaire de toutes ses forces. Surpris, il tituba quelques instants avant de reprendre son équilibre. Marie en profita pour aller saisir la lanterne qu'elle lança à bout de bras sur la cloison derrière le lit. L'huile qu'elle contenait se répandit sur les couvertures, qui s'enflammèrent aussitôt. Le feu se propagea rapidement et bientôt toute une partie de la cabine fut embrasée.

Marek ne fut pas long à réagir. N'ayant rien pour éteindre le feu, il ouvrit la porte pour appeler à l'aide. Le coup d'air subit alimenta les flammes, qui grimpèrent jusqu'au plafond. Trois hommes déboulèrent dans la cabine et, voyant le feu, deux d'entre eux coururent chercher de l'eau. La crainte d'un incendie était toujours une terreur à bord d'un bateau. Marek lança dans les bras du troisième homme la jeune femme, qu'il avait rattrapée au moment où elle tentait de s'esquiver.

— Va la mettre à la cale, cracha-t-il.

Puis il se désintéressa du sort immédiat de Marie pour se consacrer au feu qui ravageait son bateau.

L'homme, apparemment peu sensible à la tenue vestimentaire de la jeune femme, saisit Marie par le poignet. Il la traîna sans ménagement à travers le bateau et elle ne put s'empêcher de frissonner, à cause de la fraîcheur de l'air mais aussi des regards surpris et lubriques des hommes qu'ils croisèrent sur leur chemin.

— Pas étonnant qu'il y ait le feu à la cabine du capitaine, dit l'un d'eux, rien qu'à la voir, elle m'allume déjà les sangs !

Un autre s'approcha et pinça un sein de Marie au passage, ce qui lui valut une solide bourrade de son gardien.

Et ils continuèrent de descendre dans les entrailles du bateau. L'homme prit une lanterne pour combattre l'obscurité qui s'épaississait. Arrivés dans la cale, ils s'arrêtèrent devant ce qui devait être une cellule, puisqu'il y avait une porte semblable à celle que Marie avait ouverte pour libérer les deux Indiennes. Sans lâcher le poignet de la jeune femme, qui portait déjà des marques rouges, l'homme posa la lanterne sur le sol, prit une clé suspendue à un clou et fit jouer la serrure. Ici, c'était une serrure et non de simples verrous qui gardait la porte close. Puis, sans même jeter un coup d'œil à l'intérieur, il y poussa Marie, qui alla choir sur un tas de paille moisie. Il flottait dans l'air une odeur nauséabonde qui devait venir du lest du bateau, ce mélange de gravier et de cailloux disposé au fond de la cale pour aider à maintenir la stabilité du navire et contrer le roulis. Souillé d'urine et d'eaux de ruissellement, ce lest était une source majeure de contamination et répandait des odeurs terribles. Faute de pouvoir le changer assez souvent, il fallait la plupart du temps se contenter d'enfumer le navire pour le désinfecter avec du soufre et du vinaigre jeté sur des braises. Pour l'heure, il empestait.

C'était évidemment très sombre à l'intérieur de la cellule et ce le fut encore plus lorsque la porte se referma derrière Marie. Elle sursauta quand elle entendit une voix.

— Eh bien ! De la visite.

Un ton laconique, des accents traînants. Pérac. Croisant ses mains sur ses seins nus, Marie se tourna vers l'endroit d'où venait la voix.

— C'est vous, Jacquelin ?

Elle sentit un mouvement et une silhouette s'approcha d'elle.

— Qui voulez-vous que ce soit ?

La jeune femme recula et se recroquevilla dans un coin. Même si l'obscurité était épaisse, sa nudité la mettait mal à l'aise.

— Je… je suis désolée.

— Il fallait y penser avant.

— Je voulais chercher des informations, voir si mon fils était ici, tenta-t-elle d'expliquer.

— Et c'est en montant seule à l'abordage du *Loup des îles* que vous comptiez y arriver ?

— Le *Loup des îles* ?

— C'est le nom de ce bâtiment.

Marie haussa un sourcil. Le *Loup des îles* ? Ça expliquait la nature de la figure de proue du bateau. Était-ce une façon ironique de Marek d'exorciser une *Louve* responsable de ses malheurs ? Elle reprit :

— Ça ne devait pas se dérouler de cette façon.

Pérac sembla retourner à sa place et Marie respira un peu plus librement. Elle l'entendit se laisser tomber sur le sol.

— Je ne vois vraiment pas comment ça aurait pu finir autrement.

— Si vous n'étiez pas arrivé, je serais retournée sur le *Fleur de lys*...

— Tiens, c'est de ma faute, ironisa-t-il.

Marie sentit un mouvement sur sa gauche.

— Qu'est-ce que c'est ? demanda-t-elle, un brin inquiète. Nous ne sommes pas seuls ici ?

— Non pas, dit Pérac, je crois que deux ou trois hommes traînent ici.

Marie sentit une main remonter le long de son épaule.

— Eh ! Lâchez-moi !

La main glissa sur sa poitrine et saisit un sein. Marie lança un coup de poing au hasard et dut faire mouche parce qu'un cri de douleur répondit à son attaque. Elle sauta sur ses pieds.

— Votre voix a dû leur faire réaliser qu'il y avait une femme ici. Je pense qu'ils sont dans cette cellule depuis un petit moment. Ça doit faire un bout de temps qu'ils n'ont pas eu de compagnie féminine...

— Eh bien, ils s'en passeront encore !

— Tant que vous glapirez de la sorte, vous serez facile à localiser, même dans le noir.

Les joues de la jeune femme s'enflammèrent, ce que heureusement Pérac ne put voir dans l'obscurité. Mais elle comprit l'avertissement et elle se tut, allant tout de même se réfugier le plus silencieusement possible du côté de Pérac. Le silence s'installa, aussi épais que l'obscurité elle-même. Combien de temps restèrent-ils là ? Marie n'en savait rien. Mais cette attente lui sembla interminable. De temps à autre, son ventre émettait des gargouillis.

— Vous n'avez rien à manger ? chuchota-t-elle sans grand espoir à Pérac.

Il émit quelque chose qui ressemblait à un ricanement.

— Vous êtes incroyable. Vous vivez peut-être vos dernières heures et tout ce qui vous préoccupe, c'est de manger.

Marie se renfrogna.

— Le dernier repas du condamné… maugréa-t-elle.

Elle ne pouvait croire que sa vie était effectivement en jeu. Elle savait que Marek voudrait reprendre là où l'incendie les avait interrompus, et si elle ne se réjouissait pas à cette idée, ça devrait quand même assurer sa survie. Du moins pour un certain temps, et Dieu sait ce qui pouvait se produire d'ici là. Faute de mieux, elle tenta de somnoler. Pérac, lui, y était certainement parvenu car elle entendait sa respiration régulière à ses côtés. Quant aux autres occupants de la cellule, ils avaient, semblait-il, décidé de se tenir tranquille.

Marie ne sut combien de temps ils passèrent dans cette cellule. Une heure ? Deux heures ? Une journée ? Elle avait fini par oublier les cris de son estomac. Elle ne se souciait plus des autres prisonniers et devait s'avouer que la présence de Pérac à ses côtés avait quelque chose de rassurant. Ils entendirent du bruit de l'autre côté de la porte. Si Marie était à moitié assoupie, Pérac, lui, semblait bien réveillé.

— Enfin, on vient nous chercher, dit-il d'une voix parfaitement claire.

La jeune femme émergea de son engourdissement et prit à nouveau conscience de sa nudité. Elle croisa les bras sur sa poitrine et se redressa. La porte s'ouvrit et la lumière d'une lanterne pénétra dans la pièce. Marie regarda autour d'elle et vit que trois hommes, tous des Noirs, étaient affalés dans un coin de la cellule. Pérac s'était tournée vers elle et la regarda d'un air étonné.

— Vingt dieux ! Vous parlez d'une tenue pour sortir !

Marie était très embarrassée. L'homme qui l'avait amenée se tenait dans l'embrasure de la porte et on en entendait deux autres parler à l'extérieur. Mais encore une fois Pérac la surprit. Il enleva d'abord la veste sans manches qu'il portait, puis sa chemise, qu'il remit à Marie. Il repassa ensuite sa veste sans manches.

— Vous risquez de prendre froid, dit-il simplement.

Marie enfila avec reconnaissance la chemise de Pérac. C'est fou ce qu'un simple vêtement pouvait donner comme assurance... L'homme s'impatientait à la porte.

— Allez, vous deux, venez.

— Qu'est-ce que vous avez fait des hommes qui m'accompagnaient ? demanda Pérac.

— Qui sait ? répondit seulement l'homme en haussant ses épaules.

Ils allaient devoir se contenter de cette réponse.

Ils entreprirent de remonter jusqu'au pont principal, où Marek et toute une délégation les attendaient.

— Alors ? Passé une bonne nuit ? demanda celui-ci. Son regard dur démentait l'amabilité de ses paroles.

Marie regarda l'horizon, qui se couvrait de lueurs roses. Le soleil était en train de se lever, ils avaient donc effectivement passé la nuit dans la cale.

— Qu'est-ce que tu veux faire de nous ? cracha Marie.

— Oh ! Pour toi, j'ai bien des idées, répondit Marek en suscitant les rires gras de ses hommes. Mais ça, on y reviendra plus tard. Désolé, fillette, mais tu devras attendre. Quant à toi, dit-il à Pérac, je suis bon prince, tu vas retourner sur ton bateau.

Marie fronça les sourcils, elle flairait un piège. Pérac ne se démonta pas.

— Où sont mes hommes ?

— Tes hommes ? Ne t'en fais pas, ils vont t'accompagner. Allez les chercher, dit Marek en se tournant vers quelques-uns des siens.

Puis le corsaire reporta son attention sur les deux prisonniers.

— Je vois que tu as encore une fois laissé parler ta galanterie. Mais on ne comprendrait pas sur ton bateau que je te renvoie à moitié habillé.

Il se tourna vers Marie.

— Rends-lui sa chemise !

— Ici ? Devant tous ces hommes ?

— Tu veux peut-être que je t'aide ?

Marie savait que toute discussion était inutile. Elle allait s'exécuter quand la voix de Pérac s'éleva.

— Si on nous observe à bord du *Fleur de lys*, on s'étonnera certainement de la présence d'une femme blanche presque nue sur le pont. Et si on se rend compte que tu la retiens prisonnière, on risque de prendre certaines initiatives.

Marek le regarda d'un œil glacial. Il soupesa ce que Pérac venait de dire et lança finalement :

— Emmenez-la à ma cabine et rapportez-moi la chemise.

Pendant qu'on l'escortait, Marie étouffa un soupir de soulagement. Elle devait vraiment réviser l'opinion qu'elle avait de Pérac. Sous ses allures de bandit et son passé douteux se cachait un tout autre homme.

Lorsqu'ils arrivèrent à la cabine, les deux gardes qui l'accompagnaient entrèrent dans la pièce en ricanant.

— Alors, la belle, on doit te prendre ta chemise, ordre du capitaine.

Elle leur tourna le dos.

— Bas les pattes !

Elle enleva rapidement la chemise et la leur lança sans se retourner.

— Et si vous vous avisez de vous approcher de moi, je crie à tue-tête !

Déçus, les deux hommes grognèrent quelque chose mais sortirent néanmoins, verrouillant la porte derrière eux. Le feu avait noirci tout le mur autour du lit et, de toute évidence, Marek n'avait pas pu dormir là. Les flammes avaient dévoré une bonne partie du matelas, qui restait trempé à cause des seaux d'eau qu'on avait dû lancer pour éteindre l'incendie. L'armoire aussi avait souffert des flammes et les portes entrebâillées laissaient voir des étagères vides. L'orgueilleux corsaire avait dû faire déplacer ses vêtements pour éviter qu'ils ne s'imprègnent de l'odeur de fumée tenace qui régnait dans la pièce. Marie ouvrit grand les portes sans réel espoir de trouver un vêtement qui pourrait la couvrir. Les Indiennes ne voyaient peut-être aucun problème à se promener à demi nues, mais elle, si. Une chemise avait échappé au transfert des vêtements. En la prenant, elle comprit pourquoi. La chemise était usée, tachée et déchirée par endroits, mais elle n'en avait cure. Elle l'enfila vivement, saisit les deux pans qui tombaient sur ses genoux et les noua à la taille. Puis elle roula les manches jusqu'aux coudes. Elle s'assura enfin, pour la centième fois, que le petit soldat de plomb était toujours dans la poche de sa culotte.

Une fois vêtue, Marie entreprit de fouiller la pièce, ce qu'elle n'avait pas fait la veille. Outre le lit et l'armoire, finement ouvragés et parés de dorure – Marek avait dû être furieux en constatant les dommages dus au feu et à la fumée –, quelques toiles coûteuses ornaient les murs et un bureau à cylindre occupait un côté de la pièce. Marie s'en approcha. Quelques papiers, pas de journal de bord, qui devait être gardé en lieu sûr, rien de vraiment intéressant… si ce n'était une carte qui attira le regard de la jeune femme.

C'était une carte de la Dominique, une carte beaucoup plus détaillée que celle qu'elle avait pu voir à bord du *Fleur de lys*. Marek y avait ajouté quelques annotations personnelles. Ainsi, la baie où ils étaient ancrés était encerclée. Le corsaire devait avoir des intentions pour ce site car il y avait quelques autres indications, des projets de quais et de bâtiments, semblait-il. Si cette région était passablement annotée, un autre endroit retint également l'attention de Marie. À l'intérieur des terres, un lac était dessiné avec cette mention étrange : « lac Bouillant ». Quelques traces sur la carte y menaient, mais Marie n'eut pas le temps d'approfondir son étude, des bruits à l'extérieur attirèrent son attention. Sans presque y penser, elle plia la carte et la mit dans la poche arrière de sa culotte. Si l'île était petite, la carte aussi.

Elle s'approcha du hublot pour tenter de voir ce qui faisait ce bruit. Elle vit tout d'abord la chaloupe transportant Pérac et ses hommes se diriger vers le *Fleur de lys*. Marie fronça les sourcils. Ça ne ressemblait pas à Marek de libérer ainsi simplement ses otages. Il y avait anguille sous roche. Puis le bruit reprit, et cette fois-ci la jeune femme put l'identifier. On levait l'ancre ! Mais qu'est-ce que ça signifiait ? Le léger tangage du bateau lui apprit que la manœuvre était terminée. Elle reconnut ensuite un autre bruit, un bruit qui lui était familier... On levait les voiles ! Puis un ordre déclencha une autre séquence de bruits. La bouche sèche, Marie devina qu'on ouvrait les sabords sur le côté opposé au *Fleur de lys*. C'était ça ! Marek devait estimer qu'il n'avait plus l'utilité d'un bateau abîmé qui nécessitait d'importantes réparations, mené de surcroît par un équipage qui en savait trop. Avec Marie à bord, il avait deviné que ce n'étaient pas ses alliés qui en arpentaient le pont. Leur plan, monté à la va-vite, montrait toutes ses faiblesses maintenant. Marek était un adversaire trop coriace pour se laisser abuser ainsi. Mais lui, en revanche, avait bien ourdi sa riposte. En renvoyant Pérac et ses hommes, il pouvait présumer que le *Fleur de lys* les attendrait. Et, même s'il soupçonnait une embuscade, Vercoutre ne laisserait jamais un de ses hommes dans une situation précaire. Cela donnait tout le temps au *Loup des îles* de prendre position et de préparer son attaque. Marie regarda à nouveau autour d'elle. Comment sortir d'ici ? Elle s'approcha de la porte et regarda la serrure. Elle n'avait jamais été très habile à les crocheter. Et puis, elle n'avait aucun outil à sa disposition. Elle retourna au hublot. Il était solide et parfaitement scellé. Son regard balaya à nouveau la pièce et s'attarda cette fois-ci sur l'armoire. Elle y revint. Elle restait désespérément vide. « Réfléchis, se dit-elle à voix haute, il y a sûrement une solution. »

Elle en était là de ses réflexions quand la porte s'ouvrit soudainement. Ne faisant ni une ni deux, elle fonça dans l'ouverture, bousculant l'homme qui avait ouvert et qui ne s'attendait évidemment pas à cette attaque. « Eh là ! » eut-il juste le temps de crier. Marie se précipita vers le pont, sortit sur la claire-voie de cabine du capitaine et courut de l'autre côté. Elle grimpa à l'étage supérieur. Sa vitesse et son agilité lui avaient permis de distancer son poursuivant, incapable de s'agripper comme elle aux différents parements du bateau qui, pour l'instant, lui servaient de prises d'escalade. Elle voulait atteindre la grosse cloche, celle qui dispensait les ordres et sonnait les alertes. Mais si l'homme n'avait pu la suivre, il faisait maintenant un foin de tous les diables, et si les membres de l'équipage ignoraient que Marie était en fuite, c'est qu'ils devaient être sourds !

Elle vit la cloche au bout de la galerie supérieure et se précipita vers elle. Comme toutes les cloches de voilier, elle était fixe, afin d'éviter que le roulis du bateau ne la fasse tinter à tout bout de champ. Pour la faire sonner, il fallait empoigner la corde attachée à son battant et l'agiter. Elle produisait alors un son puissant que l'on pouvait entendre à des milles à la ronde. C'était ce qu'espérait Marie, qu'on l'entende à bord du *Fleur de lys*. Elle eut le temps de sonner une dizaine de coups avant que trois hommes apparaissent sur la galerie et s'emparent d'elle. Elle espérait de tout cœur que ses amis l'avaient entendue.

Chapitre 35

Les hommes l'avaient empoignée rudement. Marie se retrouva les mains maintenues dans le dos, sauvagement bousculée par des marins furieux. Elle dégringola plus qu'elle ne descendit les escaliers avant d'être projetée, une fois de plus, aux pieds de Marek. Celui-ci dirigeait les manœuvres du bateau, qui avait commencé à bouger, le vent gonflant les quelques voiles hissées aux mâts. Une lunette vissée à l'œil, il observait la progression de la chaloupe qui emmenait Pérac au *Fleur de lys*. Il jeta à peine un regard à Marie.

— Mettez-la aux fers, dit-il simplement. On s'occupera d'elle plus tard.

Le ton faussement détaché en disait beaucoup plus sur sa colère que s'il s'était mis à crier. Mais la jeune femme n'en avait cure. Que lui importait son propre sort comparé à celui de tout un équipage ? Cela ne voulait pas dire qu'elle abandonnait pour autant; il lui fallait retrouver Thierry, Thierry une fois encore repoussé dans l'ordre de ses priorités. Elle sentit à peine qu'on la traînait jusque sur la plate-forme surplombant le pont principal, où on l'attacha pieds et poings aux lourdes menottes de fer. Si deux des hommes retournèrent rapidement auprès de leur chef, le troisième semblait vouloir s'attarder. Il regardait Marie en se passant la langue sur les lèvres et sa main alla d'elle-même frotter son entrejambe. La jeune femme avait l'impression d'être une brebis attachée à un piquet, que le loup regardait. Elle fut sauvée par un ordre qui se répandit sur tout le bateau.

— Tous à vos postes de combat !

L'homme grogna et la laissa à contrecœur. Sa crainte de Marek était plus forte que tout.

Marie assistait, impuissante, aux préparatifs du combat. Elle se demandait si à bord du *Fleur de lys* on avait compris ce qui se préparait. Le *Loup des îles* virait de bord pour se mettre en position de faire feu avec les canons déjà engagés dans les sabords et certainement prêts à tirer. Le bateau avançait à bonne allure, et la dernière fois que Marie avait vu la barque de Pérac, il était presque arrivé au *Fleur de lys*. Aurait-il le temps d'y grimper avant que les premiers boulets soient tirés ? Elle n'avait aucun moyen de le savoir, car depuis que le *Loup des îles* avait viré, elle n'avait plus qu'une vision partielle des choses. Elle avait beau se tordre le cou, elle ne voyait pratiquement plus rien et devait deviner, aux cris et aux bruits, ce qui se passait.

Une première bordée fut tirée. Marie secoua ses chaînes. Une seconde bordée suivit. Marie s'entailla les poignets avec les bracelets de fer. En levant la tête au maximum, elle vit un peu plus haut, sur le mur auquel elle était adossée, le trousseau de clés qui devait ouvrir ses menottes. Mais, bien sûr, il était hors de portée. Le *Loup des îles* avançait toujours. Puis on arisa quelques voiles, la vitesse diminua immédiatement. La troisième bordée de canons fut suivie d'un craquement sinistre. On devait être à proximité du *Fleur de lys* et les boulets avaient fait mouche.

Marie tenta de se lever mais les chaînes ne lui permettaient pas de se déplier complètement. En regardant le trousseau de clés à nouveau, elle vit qu'il avait quelque peu glissé sur le clou auquel il était suspendu, grâce aux mouvements du bateau sans doute. Elle se mit alors à frapper avec son dos la paroi où était planté le clou. Le bois, qui avait été soumis à toutes sortes de températures ainsi qu'aux agressions du sel et de l'eau, n'était plus aussi solide qu'à l'origine. À chacun des coups qu'elle portait, Marie le sentait vibrer derrière elle. À bout de souffle, elle s'arrêta. Son dos lui faisait mal et elle se demanda si elle ne faisait pas tout ça pour rien. C'est alors que le navire entier fut pris d'une grosse secousse. Aux cris qui l'accompagnaient, Marie comprit que le

Loup des îles venait de passer à l'abordage. Comme un cadeau du Ciel, le trousseau de clés lui tomba sur la tête.

Marie s'empara du trousseau de clés et chercha celle qui pouvait la libérer. Il y en avait quatre, mais une seule devait convenir. Elle déchanta bien vite, les chaînes étaient trop courtes pour permettre à sa main d'atteindre l'autre. Elle put cependant libérer un de ses pieds, ce qui, somme toute, ne l'avançait pas à grand-chose. Il fallait qu'elle parvienne à se détacher. Si c'était impossible pour ses mains de s'approcher l'une de l'autre, sa tête, elle, pouvait les atteindre. Elle prit la clé dans sa bouche et tenta de la faire entrer dans la serrure. Elle ne réussit pas du premier coup. Le lourd trousseau tomba entre ses jambes et Marie se contorsionna à nouveau pour reprendre la clé entre ses dents, ce qui lui laissa un goût de fer rouillé dans la bouche. Elle réussit cette fois-ci à introduire la clé dans la serrure. Elle tentait de faire abstraction du tumulte qui l'environnait. Ce n'étaient que cris furieux auxquels se mêlaient maintenant des bruits de ferraille. On avait dû sortir les épées. Quelques coups de feu retentirent également. Marie était déchirée : l'équipage de Vercoutre allait rapidement crouler sous le nombre.

La jeune femme reporta son attention sur ses menottes. La clé était maintenant enfoncée dans la serrure et elle tenta de la faire tourner avec ses dents. C'était difficile parce que le mécanisme n'était pas bien huilé. On ne devait pas se servir très souvent de cet appareil, l'autorité naturelle du corsaire devait le rendre inutile. Après bien des efforts, la clé finit par jouer et le bracelet de fer s'ouvrit. De sa main libre, elle déverrouilla l'autre bracelet, puis sa cheville. Elle sauta sur ses pieds. Elle était libre !

Marie descendit par l'échelle et regarda précautionneusement autour d'elle. Il n'y avait pas grande activité sur le pont principal du *Loup des îles*. Les deux bateaux étaient maintenant arrimés l'un à l'autre et la majeure partie de l'équipage de Marek était passée sur le pont du *Fleur de lys*, où on se battait ferme. Elle eut le temps de voir que les sabords du bateau étaient ouverts. Son avertissement avait donc été compris à temps, mais, malgré tout, la bataille était inégale. Marie avait un goût de bile – et de rouille – dans la bouche. Marek ne ferait pas de prisonniers, elle en était certaine. Il ne serait cependant pas dit qu'elle abandonnerait sans combattre. Elle saisit l'une des cordes qui pendait à une vergue et se balança jusqu'au *Fleur de lys*, où elle tomba dans un chaos total. Déjà quelques cadavres jonchaient le pont, et elle aurait été bien en peine de dire à quel équipage ils appartenaient. Elle prit l'épée de l'un des morts et voulut se lancer dans cette bataille désespérée.

Elle cherchait des yeux Legoff, Vercoutre, ou même Pérac mais ne voyait aucun d'entre eux. Puis, quelque chose attira son attention. Quelque chose d'incroyable. Un grand navire de guerre venait de passer la pointe de la crique. Toutes voiles dehors, il avançait vers eux à vive allure, fendant les vagues avec puissance. Mais outre le spectacle magnifique qu'il offrait, un détail retint l'œil de la jeune femme : au mât principal du navire flottait le drapeau de la *Louve des mers*, même si ce bâtiment n'était pas la *Louve du roi*, et même si c'était un bâtiment militaire. Avec une grosse boule dans la gorge et une très grande émotion, Marie reconnut le *Gergovie*, le bateau d'Étienne.

Pour le moment, l'arrivée imminente du *Gergovie* semblait passer inaperçue. La bataille faisait rage et les hommes de Vercoutre seraient bientôt submergés par le nombre. Ils devaient tenir bon jusqu'à l'arrivée des secours. Marie se mit à crier.

— Haut les cœurs ! Allez, les braves ! Combattez, combattez, les secours arrivent !

Quelques hommes tournèrent la tête vers elle tandis que d'autres regardèrent en direction du *Gergovie*. Marie vit finalement Vercoutre, qui se battait vaillamment, une épée dans chaque main. Il attaquait ses adversaires deux à la fois et aucun n'arrivait à le désarmer. La jeune femme se dit que son maître d'armes aurait certainement été fier de son élève. Mais elle revint rapidement à l'instant présent. Elle voulait, elle aussi, sauter dans la bagarre. Pourtant, un sentiment indéfini la retenait. Elle ne voyait Legoff nulle part, mais ce n'était pas la cause de son inquiétude. Elle aperçut tout à coup l'un des hommes de Marek retourner sur le *Loup des îles*. Puis un deuxième. Elle comprit soudain ce qui se passait en voyant Marek sur la galerie, s'apprêtant à sonner la cloche. Il avait vu le bateau, il ordonnait la retraite. Un regard vers le *Gergovie* lui apprit qu'il était encore trop loin pour empêcher la fuite du *Loup des îles*, sur lequel on hissait déjà les voiles. Il n'allait pas prendre le large comme ça !

Foncer dans la bataille ne changerait pas grand-chose à son issue, d'autant plus qu'elle avait perdu l'habitude de ces combats sauvages et sans merci. Ses échanges avec Vercoutre l'avaient remise en forme, mais serait-ce suffisant pour faire face à ces hommes déchaînés ? Le plus urgent était d'empêcher le *Loup des îles* de s'enfuir. Si Marek leur échappait, elle perdait toute chance de retrouver Thierry. Lui seul savait où était l'enfant. Et puis, Vercoutre aimerait certainement lui poser quelques questions, lui aussi. Marie chercha alors un moyen de retourner sur le bateau de Marek. Le cordage qui l'avait amenée sur le pont du *Fleur de lys* était retourné sous sa vergue.

Pour faciliter la retraite des hommes du *Loup des îles*, les grappins n'avaient pas encore été retirés et les bateaux n'étaient pas trop éloignés l'un de l'autre. Marie pensa à utiliser la passerelle qui servait à descendre à terre, mais celle-ci était trop lourde, elle ne pouvait la manipuler seule. Une planche, alors ? Suffisamment longue pour passer d'un bateau à l'autre ? Elle chercha quelque chose qui lui permettrait de combler la courte distance entre les bateaux, courte certes, mais suffisante pour rendre toute tentative de saut trop périlleuse. Une échelle de bois était couchée sur le côté du bastingage. Marie s'en empara et la posa sur les lisses de pavois des deux bateaux. L'échelle formait alors un pont sommaire sur lequel elle ferait mieux de ne pas s'attarder. Elle y posa un premier pied, puis se lança, les bras en croix en guise de balancier. Elle passa d'un échelon à l'autre, il y en avait une douzaine. Elle était arrivée à la moitié quand une vague fit gîter les bateaux en sens contraire. L'échelle glissa, mais le pied de l'échelle resta accroché à l'un des barreaux du bastingage. Marie perdit l'équilibre. Dans sa chute, elle réussit cependant à s'agripper à un barreau. Incapable de remonter dessus, elle progressa à bout de bras d'un barreau à l'autre, son cœur battant à tout rompre. Touchant maintenant le bateau, elle balança ses pieds, parvint à saisir une partie du bastingage et put se hisser sur le pont du *Loup des îles*. À l'autre bout, les hommes revenaient de plus en plus nombreux sur leur bateau, il lui faudrait donc faire vite. Marek continuait de sonner la retraite. *Il doit être hors de lui,* pensa Marie avec une pointe de satisfaction. Sans hésiter, elle se lança dans l'écoutille qui donnait accès à la cale. Elle passa au deuxième, puis au troisième pont. La sainte-barbe devait se situer sous la cabine du capitaine. L'entrepôt de poudre et de munitions était habituellement fermé à clé, comme elle avait pu le constater lors de sa visite, mais Marie espérait qu'à cause de la bataille qui faisait rage, on aurait dérogé à cette règle pour permettre aux hommes d'aller s'y approvisionner à leur guise. Jusque-là, elle avait profité de la lumière qui entrait par les sabords, mais pour poursuivre son expédition au cœur du bateau, il allait lui falloir se munir d'une lanterne.

Marie eut tôt fait de trouver l'endroit qu'elle cherchait. Comme elle l'espérait, la pièce était ouverte, une négligence que ni Saint-Yves ni Vercoutre n'auraient jamais permise à bord de leurs navires, encore moins Étienne. Elle allait coûter cher à Marek. Marie entra à l'intérieur. Un éclairage étouffé était diffusé par une lanterne fixe à vitre épaisse et étanche. Marie chercha des gargousses, ces poches de serge qui servaient au transport de la poudre noire vers les canons lors des batailles. Elle les trouva sans peine et, après avoir ouvert un baril de poudre, elle se mit à les remplir rapidement. C'était de la poudre en grains, put-elle constater, plus efficace que la poudre fine. Elle réagissait mieux au contact du feu, l'air passant plus facilement entre ses particules. Les deux gargousses remplies – elle espérait que cela suffirait –, elle sortit à nouveau sur le pont intérieur et s'en fut vers la poupe. Il était peu probable qu'elle croise quiconque ; on semblait avoir mieux à faire sur ce bateau que de surveiller la sainte-barbe. Arrivée au bout du navire, Marie chercha une ouverture pour descendre plus bas. Elle voulait se rendre jusqu'au trou'madame, l'extrême arrière de la cale qui, compte tenu de sa forme en pointe vers le bas de l'étrave, était vide de matériel. On l'appelait ainsi parce que, semblait-il, certains marins pouvaient y cacher une galante compagnie. Marie se demanda bien quelle femme pourrait accepter d'y être enfermée, ne serait-ce que quelques heures.

Cet espace avait l'avantage de se situer tout près du gouvernail, et c'était ce que recherchait la jeune femme. Elle posa par terre ses gargousses, qui avaient tout de même un poids respectable, et alla chercher une lanterne portative. Il y avait des lanternes disséminées partout dans le navire pour permettre aux hommes de se promener sur les ponts inférieurs. Encore une fois, Marie eut de la chance. Une petite lanterne allumée se balançait au bout d'un clou. Elle la prit et se hâta de retourner à son poste. Était-ce une illusion ? Il lui semblait que le bateau bougeait. Elle devait faire vite.

Une échelle étroite lui permit de descendre plus bas. Jamais elle n'était allée si profondément dans un bateau et elle n'était pas certaine d'aimer ça. Surtout avec ce qu'elle venait y faire… Son plan était simple : mettre les gargousses dans le trou et y lancer la lanterne pour provoquer une explosion. Cela endommagerait le safran de gouvernail et, sans gouvernail, le bateau ne pourrait plus se diriger, ce qui permettrait au *Gergovie* d'aborder le navire. L'espace était quand même assez grand et les structures autour faites d'un bois très épais. Marie craignit que ses charges ne fussent pas suffisantes. Elle posa là sa lanterne et retourna à toute vitesse vers la sainte-barbe. Son cœur manqua un battement quand elle vit que la porte était verrouillée et cadenassée. Quelqu'un était donc venu... Peut-être que l'homme traînait encore dans les parages... Redoublant de prudence, la jeune femme revint sur ses pas. Devrait-elle se contenter de sa charge initiale ? En longeant les canons du troisième pont, elle se surprit à fouiller du regard l'alignement de la batterie. Peut-être avait-on laissé là une gargousse pleine ? N'en trouvant pas, elle prit avec elle un boulet de canon. La pièce était très lourde et Marie marchait avec peine ainsi chargée. Si elle ne pouvait ajouter une gargousse, peut-être qu'un boulet de canon augmenterait les dégâts ?

Il n'y avait plus de temps à perdre. Elle était maintenant certaine que le bateau avançait. Retrouvant sans peine son chemin grâce à la lumière de la lanterne qui luisait doucement dans le noir, Marie se glissa dans le trou'madame. Elle ne voulait pas lancer ses charges tout au fond, craignant que cela ne cause qu'une petite voie d'eau qui ne freinerait pas suffisamment, et surtout pas assez vite, le bateau. Non, ce qu'elle voulait, c'était endommager sérieusement la direction. Elle plaça donc les gargousses sur une traverse et mit le boulet entre les deux. Elle n'avait aucune idée de la direction qu'il prendrait, ni même s'il bougerait dans l'explosion, qu'elle souhaitait importante. Marie remonta tout en haut et saisit la lanterne. Elle trouva deux sacs de sable isolés qu'elle prit et alla placer derrière les gargousses en espérant qu'ils dirigent le souffle de l'explosion. La question de sa propre sécurité lui effleura l'esprit. Elle n'aurait pas vraiment le temps de se mettre à couvert. Il y avait, un peu plus loin, quelques autres poches remplies d'une matière quelconque. Peut-être de la farine, ou du blé... Il arrivait que les fonds de cales soient utilisés comme garde-manger même si, la plupart du temps, la nourriture en ressortait avariée. Elle transporta une dizaine de sacs de son côté. Ainsi, lorsqu'elle aurait lancé sa lanterne, elle pourrait sauter derrière ce faible rempart pour tenter de se mettre à l'abri. C'était mieux que rien. Et si elle n'y survivait pas... Eh bien, elle espérait qu'Étienne trouverait assez d'informations pour aller à la rescousse de leur fils. Mais on n'en était pas là.

Marie empoigna la lanterne et ouvrit la petite porte vitrée. Il lui fallait viser juste, elle n'aurait qu'une seule chance. Elle la lança de toutes ses forces contre les charges qu'elle avait disposées et sauta derrière les poches. L'explosion fut instantanée. Un éclair de feu illumina fugitivement la cale et des morceaux de bois volèrent dans tous les sens. Le feu menaça quelques instants, mais s'étouffa bien vite sous les retombées de poussière, de sable et de toutes sortes de matières en suspension. La jeune femme fut propulsée jusqu'à un panneau qui séparait le trou'madame du reste de la cale et s'y écrasa lourdement. Un terrible sifflement avait envahi ses oreilles et, tentant de se redresser, elle se rendit compte en retombant qu'elle avait perdu tout sens de l'équilibre. Elle voulut aller constater les dégâts causés par l'explosion, mais, totalement désorientée, elle rampa plutôt vers l'intérieur du bateau. Marie n'arrivait pas à aligner deux pensées cohérentes. *Le boulet de canon...* pensa-t-elle, mais l'idée fuyait, enterrée par le son strident qui lui vrillait la tête. Elle finit par se remettre péniblement sur ses pieds et entreprit de retourner à l'air libre.

Elle croisa en chemin cinq ou six hommes, qui ne firent pas attention à elle. C'était fort heureux, parce qu'elle ne les avait pas entendus venir, le sifflement occupant tout son univers auditif. Ces hommes semblaient avoir d'autres urgences. Marie titubait. Elle sentit quelque chose de chaud lui couler sur le front. *Du sang,* constata-t-elle, curieusement détachée. Elle avait dû recevoir un morceau de bois ou de fer ou d'autre chose lors de l'explosion. Elle réussit à remonter sur le deuxième pont, puis sur le pont principal. Sa tête lui faisait un mal de chien. Lorsqu'elle sortit à la lumière, elle eut du mal à fixer son regard. Une brusque nausée la fit se plier en deux, mais, n'ayant rien mangé depuis belle lurette, elle n'eut rien à vomir et ce ne fut qu'un spasme désagréable. Elle était complètement détachée des événements. Elle sentait qu'on courait autour d'elle et se demandait bien pourquoi. Puis quelqu'un l'empoigna par le collet et la retourna brusquement. Elle se retrouva face à un Marek furieux, le visage décomposé par la colère. Il lui criait quelque chose qu'elle n'entendait pas. Elle eut conscience d'un choc sur le bateau, puis le corsaire lâcha prise et Marie tomba par terre, inconsciente maintenant du reste du monde.

Lorsque Marie revint à elle, elle gisait toujours sur le pont et avait encore de violentes nausées. Les sons qui lui parvenaient semblaient étouffés par un épais brouillard. Même si elle était à deux doigts de sombrer à nouveau dans l'inconscience, son corps rompu aux allures de la mer perçut nettement le tangage du bateau. *Quelque chose n'a pas fonctionné,* pensa-t-elle, *on vogue maintenant en mer.* Elle se releva sur ses avant-bras. Sa tête semblait peser des tonnes ! Au prix de bien des efforts, elle leva les yeux. Les voiles étaient déployées et gonflées par le vent. Il ne fallait pas qu'elle reste sur ce bateau. Thierry... Thierry... Le spectre de Marek l'envahit tout entière. Elle devait quitter ce bateau... quitter ce bateau. Alors qu'elle réussissait à se remettre sur ses pieds, un autre spasme la courba en deux et cette fois-ci elle vomit un peu de bile. Elle s'était accrochée à quelque chose au bastingage... une bouée. Machinalement, Marie la retira de son crochet et la passa autour d'elle. Puis, portée par son seul instinct, elle sauta à l'eau. Si la température de celle-ci la surprit d'abord, cela ne dura pas longtemps parce qu'elle s'évanouit à nouveau.

Quand elle reprit connaissance, la première sensation qu'elle ressentit fut le froid. Elle était glacée et frissonnait de tous ses membres. Puis une certaine chaleur l'envahit. Peut-être allait-on la jeter par-dessus bord ? Mais n'était-elle pas déjà passée par-dessus bord ? Elle n'en avait cure. Tout ce qu'elle voulait, c'était dormir. Elle sentit qu'on la transportait. Les bras au creux desquels elle était nichée étaient très confortables. Il flottait autour d'elle une odeur de lavande et de cuir. Elle se laissait ballotter au rythme des pas qui l'emmenaient elle ne savait où et, de toute façon, elle s'en fichait. Quelques bribes de mots parvinrent jusqu'à elle.

— ... vivante... miracle...

— ... disparue...

On la posait maintenant sur quelque chose de dur. Elle aurait bien voulu ouvrir les yeux, mais elle était si lasse. Les voix continuaient de parler autour d'elle. Beaucoup de voix inconnues, mais au milieu d'elles, une voix familière. Elle aurait été bien en peine de dire à qui elle appartenait. Au prix d'un effort immense, elle réussit à soulever ses paupières, qui retombèrent aussitôt. Elle avait eu le temps d'entrevoir la silhouette vague d'un visage anxieux penché sur elle, et deux yeux verts qui la scrutaient intensément. *Qui est-ce ?* pensa Marie avant de sombrer à nouveau dans l'inconscience.

Elle sentit qu'on lui tapotait les joues, puis qu'on lui mouillait le front et les tempes.

— Si Sarah était ici, disait la voix à la fois familière et inconnue, elle saurait quoi faire.

Le bourdonnement qui avait remplacé le sifflement dans sa tête s'estompait peu à peu et les sons lui parvenaient plus clairement. Lentement, les récents événements se frayaient un chemin dans son esprit. Marek. L'attaque du *Fleur de lys*. L'abordage. Puis une explosion... L'explosion ! L'image devenait de plus en plus nette dans son esprit. Elle était responsable de cette explosion… Mais pourquoi ? Puis tout devint clair. Marek voulait prendre la fuite, d'autres navires arrivaient, elle voulait le retarder… Avait-elle réussi ? Ouvrant à moitié les paupières, elle tenta de se redresser. Il fallait agir vite, avant qu'il ne soit trop tard. Deux mains sur ses épaules la repoussèrent fermement.

— Eh là ! Tout doux. Reste couchée.

Elle tenta mollement de se dégager.

— Non… laissez-moi… il faut… que je me lève.

— Vas-tu rester tranquille !

Une voix douce, mais sans appel. Elle tourna péniblement la tête vers celui qui avait parlé. Ses yeux avaient du mal à s'ouvrir et sa vue était un peu embrouillée. Elle se concentra cependant sur les yeux verts qui la regardaient intensément. L'image s'éclaircit peu à peu. Et enfin elle le reconnut. Étienne… Étienne était venu jusqu'à elle, Étienne l'avait retrouvée. Puis la raison de sa présence lui revint très clairement : s'il était là, c'était parce que Thierry avait disparu. Elle fondit alors en larmes et ils surent qu'elle était sauvée.

Marie était dans les bras de son époux. Elle s'accrochait à lui comme un naufragé s'accroche à une bouée.

— Mon amour… lui murmurait-il à l'oreille. Tu m'as fait si peur.

— Étienne, réussit-elle à dire.

Sa voix était ténue, mince comme un fil. Elle referma les yeux. Il la secoua délicatement.

— Ne dors pas, reviens avec nous. Sarah disait toujours qu'après un coup sur la tête il ne fallait pas laisser le blessé s'endormir…

S'endormir ? Elle ne voulait pas dormir, elle voulait tout simplement se laisser aller là, sur cette poitrine solide, respirer cette odeur qui lui avait tant manqué, sentir la chaleur d'Étienne l'irradier tout entière pour réchauffer son cœur, qui en avait bien besoin. Blessée ? Elle se souvint du sang qui coulait sur son visage… Il était temps pour elle d'émerger définitivement des brumes. Il y avait encore beaucoup à faire. Elle se dégagea doucement.

Le mouvement l'étourdit un peu et la lumière crue du soleil heurta ses yeux. Elle passa sa main sur son visage. L'eau de mer avait nettoyé sa plaie au front mais elle sentait une belle bosse sous ses doigts. Elle devait être belle à voir !

— Marie… commença Étienne.

— Non, laisse, ça va bien. Je suis encore un peu sonnée, mais tout va bien.

Sa voix prenait de l'assurance au fur à mesure qu'elle parlait. Elle le regarda. Ses cheveux brun foncé étaient en broussaille, ses yeux verts se détachaient sur un visage souillé de suie, de poussière, et sur lequel la sueur – ou les larmes ? – avait laissé des traces.

Il était venu jusqu'à elle ! Mais l'incongruité de la situation lui apparut soudainement.

— Comment se fait-il que tu sois ici ? Par quel miracle nous as-tu trouvés ?

Il la regarda intensément.

— Il faut vraiment qu'on se parle.

— Et Marek ? ajouta-t-elle. Où est-il ? Son bateau a-t-il coulé ?

Étienne émit un petit rire sans joie.

— Calme-toi… Non, son navire n'a pas coulé. Il est en fuite, mais nous le poursuivons. Il a l'avantage de bien connaître le coin. J'espère être capable de le rattraper avant qu'il n'aille se perdre dans les petites îles un peu plus loin… ou qu'il ne trouve du renfort.

— Tu sais donc…

Étienne releva Marie et la tint contre lui.

— Qu'il a enlevé Thierry ? Qu'il fait ici des choses pas très propres ? Oui, je le sais… et j'ai bien l'intention de le faire payer, crois-moi ! Viens à l'intérieur, il faut te reposer.

Mais Marie n'avait pas terminé.

— Attends… Je suis donc sur le *Gergovie* ? Où est le *Fleur de lys* ?

— Il est resté derrière. Son état ne lui permettait pas de se lancer à la poursuite du *Loup des îles*. Il nous aurait fait perdre un temps précieux. Et à deux, nous étions suffisants…

— À deux ?

Étienne amena la jeune femme à tribord.

— Regarde.

La *Louve du roi* naviguait à un demi-mille derrière eux. Marie se retourna vivement vers Étienne. Son mouvement brusque fit résonner mille cloches dans sa tête. Elle ferma les yeux quelques instants.

— Philippe ? Mais comment ?

Elle ne put aller plus loin, un grand cri suivi d'une fougueuse embrassade l'interrompit.

— Vous avez juré ma perte ! s'exclama un Legoff bouleversé par l'émotion. J'étais certain que vous étiez morte ! Il faut l'attacher, dit-il à Étienne, s'assurer qu'elle reste là, sous nos yeux. Ah, Marie, Marie ! reprit-il en l'embrassant à nouveau. Mais de quel bois êtes-vous donc faite ?

— D'un bois qui menace de craquer si vous continuez de me serrer comme ça, Julien, répondit Marie en tentant de reprendre son souffle. Mais vous-même, que faites-vous sur ce bateau ?

— Je crois qu'il aurait été plus difficile de le laisser sur le *Fleur de lys* que de l'emmener avec nous, même s'il a fallu faire certaines manœuvres pour qu'il puisse monter à bord, expliqua Étienne en souriant.

— Comment vont les autres ? demanda-t-elle à Legoff avec anxiété. Simon ? Pérac ? A-t-il rejoint le bateau à temps ?

— Trois hommes ont perdu la vie dans le combat, mais comme celui-ci a été écourté, on s'en tire sans plus de pertes. Vercoutre et Pérac vont bien. Quand je les ai laissés, ils comptaient entrer plus profondément dans la crique pour voir comment ils pourraient réparer le bateau.

Rassurée, bien que peinée pour les trois vaillants marins qui avaient donné leur vie, Marie porta son regard sur le *Loup des îles*. Son avance n'était pas insurmontable, mais justifiait que le *Gergovie* navigue à pleines voiles. Un claquement attira son attention en haut du mât. Aux côtés du pavillon royal flottait le drapeau de la *Louve des mers*. Une bouffée d'émotion envahit Marie en reconnaissant son étendard. Étienne avait suivi son regard.

— Je me suis dit que ça te ferait plaisir de le voir à nouveau… et que Marek saurait ainsi à qui il s'est attaqué.

Un peu surprise, Marie dit :

— Mais comment as-tu mis la main sur ce drapeau ? Je croyais qu'il avait disparu…

— Il fait partie de toi, je n'avais pas pu le détruire, dit Étienne.

— Tu n'as jamais approuvé…

— C'est vrai, mais disons qu'aujourd'hui la situation est différente. C'est Marek qui est venu réveiller la louve en toi… Cessons de parler, veux-tu ? J'aimerais que tu rendes visite au chirurgien du *Gergovie*… Un homme très compétent, ajouta-t-il pour prévenir les protestations de sa femme.

Marie le suivit docilement. Le geste d'Étienne la touchait au plus haut point. Elle savait que son mari avait fait une grande entorse à ses principes en faisant flotter le pavillon à la tête de louve au mât de son navire. Et elle savait qu'il l'avait fait pour elle, uniquement pour elle. Plus que n'importe quelle déclaration, ce geste la bouleversait.

Marie passa une demi-heure avec le chirurgien, qui se déclara satisfait de l'examen. On lui avait remis des vêtements secs qui lui donnaient des allures de jeune matelot. Sitôt libérée, elle s'empressa de remonter sur le pont, à la recherche d'Étienne et de Legoff. Les soldats qu'elle croisait la regardaient avec curiosité. C'était étrange de se retrouver de nouveau sur un bâtiment militaire. La dernière fois qu'elle avait foulé le pont du *Gergovie*, c'était en tant que prisonnière… et elle y était remontée une fois alors que le bâtiment était de passage à La Rochelle et que son époux le lui avait fait visiter. Elle se rappelait avoir senti une petite pointe d'envie devant l'orgueil évident du capitaine pour son bâtiment. Elle trouva les deux hommes à la timonerie, en compagnie de celui qui devait être le second d'Étienne.

— Belle tenue ! commenta Legoff.

— Ça va ? demanda Étienne, le regard plein de tendresse.

— Oui. Mon mal de tête a disparu. Est-ce qu'on se rapproche du bateau ? Il me semble que la distance entre nous s'est accrue…

— Tu as un bon œil, confirma Étienne. Marek est un navigateur hors pair et il connaît très bien les courants par ici. Ça lui donne un avantage sur nous.

— Il ne va pas nous échapper tout de même ? s'inquiéta Marie.

— J'espère que non, répondit simplement Étienne. Mais laissons la navigation au lieutenant de Foy, que tu connais déjà, d'ailleurs.

Marie le salua de la tête. Elle se souvenait de ce lieutenant qu'elle avait rencontré sur la plage, à Marseille, lorsqu'elle y avait découvert Mathieu inconscient. Mais déjà Étienne la tirait par le bras.

— Viens, dit-il, nous avons à parler.

La tendresse avait disparu, le ton avait changé. Il avait repris celui de l'officier du roi. Legoff les laissa partir et Étienne l'entraîna dans le carré des officiers. Il referma la porte derrière eux. Puis, croisant les bras, il s'assit sur le bord de la table et fit face à la jeune femme.

— Je voudrais maintenant que tu m'expliques. Qu'est-ce qui t'as pris de partir ainsi, de te lancer à la poursuite de cet homme sans m'attendre ?

— Sans t'attendre ? s'offusqua Marie. Mais où étais-tu seulement ? Combien de temps aurais-je mis à te retrouver ? Ton fils avait disparu et il fallait agir vite.

— Saint-Yves m'a bien retrouvé, lui.

— Parce qu'il avait un bateau ! Parce qu'il pouvait se lancer à ta recherche ! Et d'ailleurs, je n'ai jamais su qu'il partait vers toi. Pourquoi ne m'a-t-il pas emmenée avec lui ?

— Je te signale que tu ne devais pas remettre les pieds sur un navire…

— Ce qui faisait bien ton affaire, avoue-le. Ainsi tu ne risquais pas de me voir prendre la mer et je devais me résigner à rester bien sagement au domaine…

— Marie, tu dis n'importe quoi !

— Je dis n'importe quoi ! La jeune femme était maintenant hors d'elle. Non, mais ! Est-ce que tu t'entends ? Qui courait les mers tandis que nous étions seuls à La Rochelle, à la merci du premier corsaire venu ? Qui était absent quand son fils a été enlevé ? Qui n'était toujours pas là pour voler à son secours ? Il fallait que je reste les bras croisés à t'attendre, j'imagine ?

— J'étais en mission, tu le sais bien. Et tu sais aussi que je donnerais ma vie pour toi et pour Thierry.

— Ta vie, mais pas ton temps ! Pas ta carrière ! Si tu avais été là, rien de tout ça ne serait arrivé !

Marie était injuste et elle le savait. Mais tout ce qu'elle avait souffert dans les derniers mois – se pouvait-il qu'on soit seulement à la fin de novembre ? – remontait à la surface et obscurcissait son jugement. Le coup avait porté, elle le voyait, mais pour l'instant elle n'était capable d'aucune compassion, d'aucune empathie pour les sentiments de son mari.

— Comment aurais-je pu deviner que Marek allait rompre ses conditions d'exil ? dit le jeune homme pour tenter de se justifier.

— Ses conditions d'exil ?

L'étonnement coupa net Marie dans son envolée.

— N'était-il pas condamné aux travaux forcés ?

Étienne se mordit les lèvres. La phrase lui avait échappé…

— Il avait fait son temps, finit-il par expliquer. Le roi avait dit qu'après quelques années de bonne conduite il pourrait être libéré sous certaines conditions…

— Libéré ! cria Marie. Et tu le savais !

Elle n'en croyait pas ses oreilles.

— Que pouvais-je faire ? protesta Étienne. C'était une décision du roi.

— Tu aurais pu m'en avertir ! Tu aurais pu me le dire, et je me serais tenue sur mes gardes !

— Crois-tu ? répondit-il avec un petit ricanement. Tu serais partie bride abattue jusqu'à Versailles, où tu aurais forcé la porte du roi.

— Et quand cela serait ? Qu'est-ce qu'il a, ce Marek, pour toujours se trouver dans les bonnes grâces du roi ? Qu'est-ce qu'il vous faut, vous les hommes, pour vous convaincre de la roublardise de l'un des vôtres ? Quand finirez-vous par comprendre qu'il y a des gens derrière vos actes de guerre et vos jeux de bataille ? Même le roi se laisse aveugler par les récits d'aventures et autres imbécillités de ce genre. Libérer Marek ! Pourquoi ne pas lui donner l'ordre de Saint-Louis tant que vous y êtes !

— Je ne pensais pas qu'il représentait un quelconque danger... tenta vainement Étienne

— Tu ne pensais pas ! N'y a-t-il que moi qui savais à quel point cet homme est retors et dangereux ? Même le roi s'est mis de son côté ! J'aurais dû m'en douter ! À l'époque, plutôt que de le punir, il l'aurait fait libérer s'il avait pu trouver un prétexte !

— Marie...

— On aurait pu lui fournir un bateau, poursuivit la jeune femme sur sa lancée. D'ailleurs, ce *Loup des îles*, est-ce un cadeau du roi ? Pour services rendus à la nation ?

— MARIE !

Le capitaine du *Gergovie* avait retrouvé le ton qu'il prenait pour mener ses hommes. Et ce fut efficace. La jeune femme suspendit sa tirade et Étienne put se faire entendre à nouveau. Mais c'était à son tour de se laisser submerger par la colère.

— Ce n'est pas à toi de juger les actions du roi, lui dit-il sèchement. D'ailleurs, je te signale que c'est lui qui a autorisé cette opération de secours, puisqu'on peut l'appeler ainsi. Quand il a appris ce que Marek avait fait, il est entré dans une grande colère.

— Pfft ! fit Marie, ce qu'Étienne ne releva pas.

— Et pour être certain que, cette fois-ci, son ancien corsaire ne s'en tirerait pas ainsi, il a envoyé deux bateaux de sa flotte. De plus, compte tenu des preuves amassées, j'ai toute autorité pour le condamner à la pendaison. Est-ce là un châtiment convenable pour toi ? Ou est-ce encore un complot pour protéger la « roublardise » des hommes ?

Les bras croisés sur sa poitrine, Marie s'enfonça dans un silence obstiné. Marek pendu ? Grand bien lui fasse ! Mais elle ne pardonnait pas à Étienne de lui avoir caché que le corsaire avait à nouveau le champ libre. On avait estimé, semblait-il, que violer une femme, la laisser en pâture à un équipage, être responsable de la mort de son père, attaquer des bateaux français et amis n'étaient pas assez graves pour mériter plus qu'une simple réprimande. Elle regarda son mari. Un mur semblait s'être érigé entre eux alors qu'ils auraient dû unir leurs efforts pour retrouver Thierry. Ces retrouvailles au bout du monde avaient quelque chose d'incroyable, mais la tournure des événements creusait une distance entre eux aussi sûrement que l'auraient fait trois océans l'un à côté de l'autre. Ils étaient là, campés chacun sur leurs positions, quand Legoff ouvrit la porte après avoir frappé. Il jeta un coup d'œil aux jeunes gens, qui semblaient être deux adversaires dans une arène.

— Désolé de vous interrompre, dit-il, sans être désolé le moins du monde, mais il se passe quelque chose d'étrange avec le *Loup des îles*.

Étienne se précipita hors de la pièce, suivi de Marie. Ils allèrent rejoindre de Foy, qui était près de l'homme de barre.

— Qu'est-ce qu'il y a ? demanda Étienne sans préambule.

— Regardez vous-même, répondit de Foy en lui tendant la lunette avec laquelle il regardait l'instant d'avant.

Étienne pointa la lunette sur le bateau du corsaire. Marie le vit froncer les sourcils.

— Ça, par exemple ! Qu'est-ce qui lui arrive ?

— Que se passe-t-il ? demanda Marie à son tour.

— Le bateau a beaucoup ralenti, expliqua Étienne sans baisser les yeux. Et il a une trajectoire passablement erratique.

Le cœur de Marie bondit dans sa poitrine.

— Comme s'il avait perdu son gouvernail ?

— Je… oui, dit Étienne en la regardant avec une lueur d'interrogation dans les yeux.

— Je pense savoir de quoi il s'agit, dit la jeune femme avec un grand sourire.

— Et si tu nous expliquais ? demanda Étienne avec un brin d'impatience dans la voix.

— Avant de quitter le *Loup des îles*, j'ai fait sauter une charge près du safran de gouvernail. Je pensais que ça n'avait rien donné, mais l'explosion a dû affaiblir la structure, qui aura fini par casser sous la pression…

Étienne lui jeta un regard où les dernières traces de colère avaient été balayées par tout l'étonnement du monde. Puis il regarda de nouveau en direction du navire de Marek.

— Par tous les saints… Ce bateau n'a plus de gouvernail ! Forcez l'allure, de Foy ! Il faut foncer, l'occasion est trop belle ! Où est la *Louve du roi* ? demanda-t-il en se retournant.

— À une centaine de brasses, monsieur. Elle est plus rapide que nous.

— Faites signe à Saint-Yves de forcer aussi son allure. Cette fois-ci, Marek ne nous échappera pas. Préparez les hommes au combat !

Il replia sa lunette et se dépêcha de gagner le pont supérieur. Il avait fait trois pas quand il s'arrêta.

— Je ne sais pas comment tu as fait ça, tu as pris des risques incalculables mais… beau travail, Marie, dit-il simplement.

Puis il descendit les marches.

Le lieutenant de Foy regardait la jeune femme avec stupéfaction.

— Qu'est-ce que vous avez fait, madame ? Vous savez manier des explosifs ? Mais c'est très dangereux !

Legoff s'était approché de la jeune femme et la prit par les épaules.

— Si vous saviez tout ce dont elle est capable, vous en frémiriez, mon ami. Venez Marie, laissons le lieutenant à son travail.

Ils traversèrent le pont pour se trouver un point d'observation à l'avant du bateau. L'écart entre les deux navires diminuait rapidement. Les hommes de Marek devaient avoir peine à tenir le cap et les manœuvres étaient beaucoup plus longues pour redresser le bateau. D'ici peu, ils seraient à portée de canons. Étienne avait dû en arriver à la même conclusion car il fit ouvrir les sabords du *Gergovie*, manœuvre qui fut imitée sur le *Loup des îles*. Un mouvement à tribord attira soudain l'attention de Marie. Plus rapide, plus souple, la *Louve du roi* les doublait. La jeune femme ressentit une grande émotion en voyant le navire glisser élégamment sur l'eau. Elle n'avait pas eu beaucoup d'occasions de la voir naviguer de l'extérieur et le spectacle lui semblait magnifique. Ses sabords avaient été aussi ouverts dans sa coque profilée et elle devinait les canons légers prêts à être engagés dans les ouvertures.

Marek avait pris les devants. Jugeant qu'il serait bientôt rattrapé, il avait décidé de prendre l'initiative du combat. Il avait manœuvré pour présenter le flanc à ses poursuivants. Cela pouvait paraître étonnant puisqu'il exposait ainsi une plus grande surface aux tirs ennemis, mais Marie avait vu les canons qui constituaient son arsenal, des armes redoutables au tir puissant, un cran au-dessus de ceux qui armaient les bateaux de Sa Majesté. Cependant, la *Louve* garderait l'avantage de la légèreté et de la maniabilité. Le combat serait terrible. Sentant l'imminence du début des hostilités, Legoff voulut ramener Marie à l'intérieur.

— Venez, nous n'allons pas rester ici, c'est trop dangereux.

— Je ne veux pas aller me cacher, dit Marie, je veux voir ce qui va se passer.

— Oui, mais pas d'ici. Allons trouver un poste plus sûr.

La jeune femme finit par le suivre. Les ordres fusaient de partout sur le *Gergovie*. Quiconque se serait trouvé là aurait juré que cette cacophonie n'avait ni queue ni tête, et pourtant tous les soldats participaient à un ballet répété cent fois. Pas un geste inutile, pas une manœuvre qui ne fût étudiée.

Malgré tout, la première bordée venant du *Loup des îles* sembla prendre tout le monde par surprise. Elle avait été dirigée contre la *Louve*, plus près maintenant du bateau de Marek. Un seul boulet l'atteignit, sans faire trop de dommages. Le *Gergovie* en avait profité pour se rapprocher à son tour, s'écartant volontairement de la *Louve*. Marek devrait choisir entre tirer sur l'un ou sur l'autre. Marie se demandait lequel des deux navires aborderait le *Loup des îles* le premier.

Saint-Yves parut s'éloigner du bâtiment du corsaire, mais en fait c'était pour décrire un arc de cercle qui l'amènerait à la proue du *Loup des îles*. Cela permettrait au *Gergovie* de foncer vers la poupe. La deuxième bordée fut tirée vers le *Gergovie*, maintenant plus près. Trois boulets le touchèrent, mais ils étaient mal dirigés, les canonniers du *Loup des îles* n'ayant pas pris le temps d'ajuster leur mire. Le bateau d'Étienne étant un peu plus gros que celui que manœuvrait Saint-Yves, les boulets frappèrent le navire entre les sabords et le bastingage. Quelques morceaux de bois volèrent en éclats et quelques enfléchures du mât d'artimon tombèrent. Aucun des navires royaux n'avait tiré encore. Ce fut la *Louve* qui ouvrit le feu en premier, fauchant la figure de proue du navire ennemi. La tête du loup plaquée d'or fut arrachée et sombra dans les eaux claires de la mer des Caraïbes. Marie y vit un symbole et un espoir.

Pendant ce temps, le *Gergovie* s'était rapproché avec une rapidité étonnante. Déjà, les hommes faisaient tournoyer les grappins au-dessus de leur tête et les lançaient vers le *Loup des îles*. Dans quelques minutes, ils se déploieraient sur le pont adverse. Marie serrait la rambarde du gaillard d'arrière comme si elle voulait l'écraser. Legoff était silencieux à ses côtés, tout aussi tendu qu'elle.

Puis, ce fut l'abordage. Les soldats se déversaient par dizaines sur le bateau ennemi, brandissant épées et pistolets. Marek dut juger que le danger venait d'abord de ce côté, parce que tous ses hommes accoururent pour faire face à la troupe royale. Marie eut le temps de jeter un regard vers la *Louve,* qui avait fait un virement de bord et qui revenait à toute allure vers le *Loup,* avant d'apercevoir Étienne qui chargeait lui aussi avec ses hommes. Elle retint un petit cri, puis planta là Julien, qui se mit à crier à son tour, bien inutilement, pour la retenir. Marie fila à toutes jambes vers la bataille, se laissant glisser sur les échelons de l'échelle qui menait au pont supérieur. Une fois là, elle le traversa comme une flèche. Il n'était pas question qu'elle perde Étienne. S'il devait mourir sur le bateau ennemi, eh bien, elle mourrait avec lui ! Tout le ressentiment né de leur dispute avait fait place à une inquiétude profonde, où Thierry n'avait aucune part cette fois-ci.

Vu du pont, l'affrontement était terrible. Les hommes de Marek étaient des combattants aguerris et quelques jeunes recrues, peu habituées à la sauvagerie de ces attaques, tombèrent rapidement. Marie était accrochée au bastingage du *Gergovie,* cherchant des yeux, désespérément, Étienne. Elle ne le voyait nulle part. *Il doit être à la recherche de Marek,* pensa-t-elle. C'est ce qui la décida à sauter sur le pont ennemi. Les navires étant rattachés ensemble par les cordes des grappins, elle n'eut aucune difficulté à passer de l'un à l'autre. Elle alla vite récupérer une épée dans la main d'un homme qui n'en aurait plus besoin. Son regard vide contemplait un ciel qu'il ne verrait plus, mais qu'il habitait peut-être à l'heure présente. À moins qu'il ne pourrisse en enfer… Tendue comme la corde d'un arc, Marie avança en évitant les coups d'épée qui ne lui étaient pas destinés, ne cherchant pas à engager le combat avec quiconque, se dissimulant derrière tout ce qu'elle pouvait trouver sur son chemin, caisses, portes entrouvertes et même cadavres entassés. La bataille ne faisait pas de quartier.

Puis elle vit Marek, une épée à la main et un coutelas dans l'autre. Il venait d'enfoncer celui-ci dans la gorge d'un soldat, qui s'écroula dans une mare de sang. Celui de Marie se figea dans ses veines quand elle vit Étienne lui faire face. Un pistolet inutile pendait à sa ceinture. Le jeune homme le jeta sur le pont, il le gênait dans ses mouvements. Étienne engagea alors le combat avec le corsaire. Marie ne l'avait jamais vu combattre et elle était fascinée par le spectacle, oubliant un court instant que la vie de son époux était en jeu. Les deux hommes étaient de force égale, Marek ayant peut-être le léger avantage de l'habitude de ces assauts sanguinaires et sans merci. Mais Étienne savait se défendre, attaquer aussi. Il forçait son adversaire à reculer, enchaînant les passes à une vitesse stupéfiante. La colère déformait ses traits et portait son épée.

Marie dut s'arracher à la scène lorsqu'on l'attaqua parderrière. Elle se retourna vivement pour faire face à un gros homme qui, s'il avait pour lui la force brute, ne faisait pas le poids devant la vivacité de la jeune femme. Elle commença par le faire reculer d'un bon coup de pied au centre de son abdomen proéminent et, profitant de son déséquilibre, elle fonça sur lui épée en avant. Mais elle n'eut pas à lui transpercer la gorge, l'homme s'était assommé en tombant.

Elle se retourna sur sa droite, un autre mouvement l'ayant mise en alerte. Un homme venait à la rescousse du corsaire. Il avait dû perdre son épée dans la bataille puisqu'il semblait désarmé, mais Marie le vit se pencher et ramasser le pistolet d'Étienne, qu'il empoigna par le canon. À pas furtifs, le marin s'approcha du capitaine et brandit le pistolet au-dessus de sa tête avec l'intention bien nette de l'abattre sur celle d'Étienne. Marie poussa un grand cri et bondit sur l'homme. Cette fois-ci, elle n'eut aucune hésitation et trancha net la main de l'homme au niveau du poignet. Il eut un grand regard étonné avant de s'effondrer sur le pont en hurlant. *Il ne nuira plus à personne*, pensa-t-elle.

Les deux adversaires s'étaient instinctivement tournés vers elle, mais Marek profita de ce moment pour foncer sur Étienne.

— ATTENTION ! cria Marie.

Étienne se tourna juste à temps pour parer l'attaque terrible de Marek. Déséquilibré par le choc, il chancela quelques instants, le temps que Marek fonce à nouveau sur lui. Marie voulut lui porter secours quand elle s'écroula de tout son long sur le pont. Le gros homme était revenu à lui et l'avait accrochée par la cheville. Le reste fut très confus. Ils se retrouvèrent instantanément noyés sous une nouvelle vague de combattants qui avait envahi le pont. Marie attendait le coup qui lui serait fatal, pensant avec détresse qu'Étienne allait mourir lui aussi et que plus personne ne pourrait retrouver Thierry. Pourtant, quelqu'un la prit par le bras et la remit rudement sur ses pieds. Elle mit quelques secondes à reconnaître Saint-Yves, qui la regardait d'un air goguenard.

— Eh bien, je crois qu'il était temps qu'on arrive, dit-il simplement.

Les renforts apportés par la *Louve* permirent aux soldats de la marine royale d'avoir rapidement raison de l'équipage du *Loup des îles*. Trois hommes s'étaient emparés de Marek, tandis que deux aidaient Étienne à se relever. La stupeur devait être évidente sur le visage de Marie parce que Saint-Yves se mit à rire.

— Même si je ne suis pas vraiment surpris, je ne m'attendais pas à vous trouver là.

Marie ne put rien répondre parce qu'elle se retrouva le nez collé sur la poitrine d'Étienne, les bras du capitaine la serrant dans une étreinte désespérée. Il embrassait ses cheveux et quelque chose d'humide tomba sur les joues de la jeune femme.

— Espèce de folle, parvint-il à dire tendrement, qu'avais-tu à venir là, au milieu de ces sauvages, à risquer ta vie à chaque pas ?

— Je n'aurais pas survécu à ta mort, réussit-elle à articuler, submergée elle aussi par l'émotion.

Marie leva légèrement la tête pour le regarder. Saint-Yves les avait laissés, dirigeant plutôt ses hommes et ceux d'Étienne, qui mettaient aux arrêts un équipage complet. Les deux jeunes gens n'avaient pas besoin de lui. Quelques fines rides étaient apparues aux coins des yeux d'Étienne qui, en ce moment, avaient des nuances de jade et de mer turquoise. La tempête qui avait fait rage dans son regard à peine une heure plus tôt s'était estompée et avait fait place à une lueur nouvelle, comme un ciel bleu qui revient après l'orage. Puis la main d'Étienne trouva la nuque de Marie. Il la ramena vers lui et l'embrassa. Ses lèvres s'emparèrent voracement de celles de la jeune femme, indifférentes à l'agitation autour d'eux. Il n'eut pas à forcer sa bouche, elle s'offrait à lui toutes barrières tombées. Leurs dents s'entrechoquèrent sous la violence de leur baiser. Étienne délaissa les lèvres pour embrasser les yeux, les joues, les oreilles, le cou de la jeune femme, qui s'abandonnait totalement dans les bras de son mari. Elle passa à son tour ses doigts dans les cheveux d'Étienne, qu'il portait, à son habitude, jusqu'au col de sa chemise. Elle garda au creux de sa main sa mâchoire volontaire, suivit le tracé de son cou. Étienne reprit ses lèvres, comme pour s'abreuver à une source qui aurait été trop longtemps tarie et qui jaillissait à nouveau. Marie sentit une nouvelle faiblesse s'emparer d'elle, qui n'avait rien à voir avec celle qui l'avait conduite chez le chirurgien.

— J'ai eu le temps de t'imaginer morte cent fois, je t'ai crue perdue, noyée. J'ai pensé que je ne te reverrais jamais. À la douleur de la disparition de Thierry s'ajoutait celle de te savoir en danger et de ne rien pouvoir faire sinon traverser l'océan le plus vite possible pour tenter désespérément de te retrouver.

— J'aurais voulu t'attendre, mais il me semblait que plus le temps passerait, plus il serait difficile de remonter la trace de notre fils.

Un toussotement vint les interrompre.

— Désolé de m'immiscer dans vos retrouvailles, dit Saint-Yves avec un petit sourire en coin, mais j'aimerais savoir ce que tu souhaites faire de cet homme, capitaine.

Étienne se détacha de Marie en gardant la main sur sa taille, comme s'il avait peur qu'elle disparaisse. Marek était entouré de trois soldats, les mains liées derrière le dos. Un peu de sang coulait de son nez. On avait dû avoir à le convaincre de rester tranquille.

Échappant brusquement à son mari, la jeune femme se jeta sur le corsaire.

— Espèce de salaud ! Qu'as-tu fait de mon fils ? Où est-il ?

Elle martelait le corps et le visage de Marek de toutes ses forces, sans aucune retenue. Incapable de se défendre, à cause de ses mains liées, il subissait l'assaut de la jeune femme en serrant les dents et en rentrant la tête dans les épaules. Le temps que tout le monde réagisse, il avait déjà le visage en sang. Étienne ceintura Marie et l'obligea à lâcher prise.

Marek crachait du sang et reprenait péniblement son souffle.

— Marie, calme-toi, dit Étienne. Si tu le tues de tes mains, il ne pourra pas parler.

— Je n'ai absolument rien à lui dire, réussit à articuler Marek malgré ses lèvres éclatées.

Le regard d'Étienne se durcit.

— Je pense que tu n'es pas en bonne position, dit le capitaine du *Gergovie*. Je pourrais te faire pendre sur-le-champ et personne ne trouverait à y redire.

— Si je meurs, vous ne retrouverez jamais le gosse, souligna le corsaire en crachant une dent.

Marie n'y était pas allée de main morte.

— Laisse-le-moi, dit celle-ci, je saurai bien le faire parler.

— On va prendre le temps de voir clair dans tout ça, lui répondit Étienne. Marek va bien vite comprendre qu'il est dans son intérêt de collaborer. Pour l'instant, dit-il en s'adressant à Saint-Yves, nous allons devoir répartir l'équipage du *Loup des îles* sur nos deux bateaux, mais tu envoies cet homme sur le *Gergovie*. Tu peux t'en occuper ?

— Oui, et je vais mettre Mathieu aux commandes du *Loup des îles*.

— Bonne idée, approuva Étienne.

Un rugissement leur fit tourner la tête. Legoff arrivait et il arracha Marie à Étienne.

— Je vais vous faire entrer de force dans un couvent ! tonna-t-il. On va vous faire bonne sœur et le seul péril de votre vie sera de ne pas vous brûler en allumant des cierges.

Étienne rit doucement.

— Je ne sais pas si je suis d'accord avec votre programme.

Mais il laissa sa femme au Breton.

— Prenez-en soin, Legoff. Les affaires m'appellent.

Après un dernier baiser sur le front de Marie, il retourna vers ses hommes et Saint-Yves.

Legoff avait ramené la jeune femme sur le *Gergovie*, bien que celle-ci eût préféré fouler à nouveau le pont de sa *Louve*. La journée avait été incroyablement riche en émotions et événements de toutes sortes, et l'étourdissement que ressentait Marie à cet instant n'était lié à aucune blessure ni aux vapeurs de l'amour. Elle n'avait rien mangé depuis plus de vingt-quatre heures et commençait à en ressentir les effets. Legoff la conduisit jusqu'au carré des officiers et réussit à leur trouver quelque chose à se mettre sous la dent. La jeune femme était épuisée.

— Et maintenant ? demanda-t-elle. Qu'allons-nous faire ? Que va-t-il arriver si Marek ne veut pas parler ?

Elle sentait qu'elle était proche de Thierry et ce nouveau délai la bouleversait.

— On va attendre qu'Étienne nous donne des nouvelles, répondit sagement Legoff. Ayez confiance en lui.

— Et Simon ? demanda subitement Marie. Le *Fleur de lys* ? Qu'est-il advenu d'eux ?

— Ah, c'est vrai que vous avez manqué une partie de l'histoire. Cela nous a pris un bon bout de temps avant de nous rendre compte que vous aviez déserté le navire. Votre petit stratagème de mettre une note à la porte de votre cabine a bien fonctionné.

Quoique, avec le recul, je me dis que j'aurais dû me méfier. Ce n'est pas dans vos habitudes de dormir en plein jour. Pérac était déjà parti vers le *Loup des îles* avec quatre hommes quand je me suis inquiété de votre absence prolongée et que j'ai découvert votre supercherie. Je vous fais grâce de ce que j'ai dit à ce moment-là.

Marie sourit.

— Je m'en doute assez bien.

— Mais il n'y avait rien à faire. Nous ne pouvions même pas avertir Pérac. Il fallait attendre. Quand on a vu la chaloupe à l'eau le lendemain, nous étions sur nos gardes.

— Donc, Marek ne vous a pas pris complètement au dépourvu.

— En partie grâce à vous. Nous étions sur le pied de guerre depuis qu'on savait que vous n'étiez plus à bord. Vercoutre avait pensé lancer un assaut, mais c'était compromettre toute chance, aussi mince fût-elle, de réussir ce que vous aviez en tête et dont nous n'avions pas la moindre idée, d'ailleurs. Puis les événements se sont précipités. Le retour de Pérac, l'attaque de Marek et l'arrivée inopinée du *Gergovie* et de la *Louve du roi*. Les rapports de force ont subitement été inversés et Marek a pris la fuite.

— Des pertes du côté du *Fleur de lys* ? Comment va Simon ?

— Bien, sinon qu'il était mortellement inquiet pour vous, tout comme moi, évidemment. Quand Pérac est monté à bord, il nous a raconté ce qui s'était passé, comment vous vous étiez rencontrés…

— J'ai eu un peu honte de ce que j'avais pensé de lui…

— … quelques bordées ont encore été tirées, ce qui explique peut-être que personne n'a eu conscience de l'explosion à bord du *Loup des îles*.

— Il n'y avait pas grand-chose à remarquer puisqu'elle est d'abord restée sans effet.

— Mais elle a fini par être lourde de conséquences. C'est en grande partie grâce à ça qu'on a pu rattraper Marek aussi vite.

— Mais est-ce que ça va me ramener Thierry ? demanda Marie, à nouveau au bord des larmes.

Legoff se leva et prit la jeune femme dans ses bras.

— Gardez confiance. Je vous promets qu'on va le retrouver, votre petit bonhomme.

Étienne entra à ce moment-là dans la pièce, suivi de Saint-Yves et de Mathieu. Le jeune garçon saisit les mains de Marie et les serra à lui écraser les doigts.

— Madame Marie ! Que je suis heureux de vous voir en vie et en bonne forme !

La jeune femme eut un sourire las.

— En vie peut-être, mais la forme n'est pas resplendissante…

— Tout le monde est sous bonne garde, annonça Étienne.

— Et Marek ? demanda Marie.

— Marek est dans une cellule sous haute surveillance. Après son passage à tabac, il avait plus besoin d'une visite du chirurgien que de la mienne pour le faire parler. Tu ne l'as pas raté, il a la bouche enflée, un œil complètement fermé et l'autre à moitié. L'aurais-je soumis à la torture qu'il aurait de toute façon été incapable de prononcer un mot. Alors je propose que nous allions tous nous reposer et que nous tentions de profiter d'une bonne nuit de sommeil. Demain, nous y verrons plus clair.

— Nous allons jeter l'ancre ici ? demanda Marie.

— Non, nous allons retourner dans la crique où nous attend le *Fleur de lys*. Je n'aime pas l'idée de rester dans ces parages, reconnus pour être fréquentés par des flibustiers et des boucaniers qui n'ont rien à envier à Marek. Je préfère la sécurité relative de cette petite crique, et plus nous serons nombreux, mieux ce sera.

Il passa la main sur son visage.

— Legoff, reprit le capitaine, mon enseigne va vous trouver un coin où dormir. Saint-Yves et Mathieu, retournez sur votre bateau et mettez en remorque le *Loup des îles*.

— Je ne devais pas le mener ? demanda Mathieu avec une pointe de déception dans la voix.

— Demain, mon ami, répondit Étienne. Va dormir tranquillement toi aussi. Les prochaines journées seront chargées. Quant à toi, ajouta-t-il en s'adressant à Marie, je veux bien t'offrir l'hospitalité de ma cabine.

Comme tous étaient fourbus, le carré des officiers se vida rapidement.

Lorsqu'ils entrèrent dans la cabine d'Étienne, une surprise attendait la jeune femme. Une baignoire d'eau fumante trônait au centre de la pièce. Marie était fatiguée, mais pas au point de refuser un bain qui l'aiderait à se débarrasser des tensions de la journée. Quelqu'un d'attentionné avait allumé quelques chandelles et tiré le rideau sur le hublot. Il régnait dans la pièce une atmosphère de confort et d'intimité. Étienne alla chercher quelque chose dans son armoire. Il revint avec une pochette de sels de bains qu'il laissa tomber dans l'eau. Il s'en dégagea une odeur à la fois douce et piquante.

— Qu'est-ce que c'est ? demanda Marie.

— Des sels que j'ai achetés pour toi lors d'une escale au Maroc. C'est au bois de santal, je crois. Viens vite avant que l'eau ne refroidisse !

Marie s'approcha et Étienne se mit à détacher sa chemise tachée du sang de Marek bouton par bouton, avec une lenteur délibérée. Lorsqu'elle fut complètement ouverte, il s'attaqua à la culotte de la jeune femme, qu'il fit glisser sur ses hanches. La culotte de coton fin qu'elle portait en dessous prit le même chemin. Elle se retrouva là devant lui, n'ayant que sa chemise entrebâillée sur elle. Étienne la trouvait magnifique, plus belle encore que dans son souvenir. La maternité avait adouci ses courbes, ses seins étaient un peu plus lourds et son ventre un peu plus doux, mais cela ne faisait qu'accroître le désir qu'il avait pour elle. Il passa un bras autour de sa taille et l'approcha de lui. Étienne l'embrassa délicatement, effleurant à peine ses lèvres. Il la fit entrer dans l'eau et, lorsque ses deux pieds furent à l'intérieur du bain, il fit glisser la chemise de ses épaules, la laissant complètement nue.

Marie frissonna; pourtant il ne faisait pas froid dans la pièce. Étienne prit une éponge et entreprit de laver la jeune femme. Il fit ruisseler l'eau sur son dos, sur sa poitrine, frôlant malicieusement ses seins. Elle avait un bleu au-dessus du sein droit, il l'embrassa doucement, puis glissa un peu plus bas pour aussi goûter de ses lèvres la pointe dressée du sein. L'éponge descendit vers le ventre, traçant le chemin pour la bouche d'Étienne.

Il s'agenouilla devant elle et elle poussa un petit cri quand son intimité subit le même traitement. Marie se mit à haleter doucement. Sa main se perdit dans les cheveux du jeune homme qui lui rendait hommage. Étienne passa ses mains derrière les genoux de Marie et la força à s'asseoir dans l'eau. Elle se laissa faire sans peine, peu solide sur ses jambes qui tremblaient. Prenant un petit bol, il se mit à arroser sa chevelure, qu'il fit ensuite mousser à l'aide d'un savon doux. Il lui massa les tempes, la nuque, le cuir chevelu. Marie fermait les yeux, pas loin de l'extase. Un peu de savon lui piqua les yeux, mais Étienne l'épongea aussitôt avec une serviette épaisse qu'il avait pris soin de placer à proximité. Il profita de ce qu'elle avait les yeux fermés pour l'embrasser beaucoup plus passionnément. Sa langue avide fouillait la bouche de la jeune femme, qui répondait avec la même soif à ses baisers. Il rinça soigneusement les cheveux de Marie avant de l'embrasser à nouveau. Puis, n'y tenant plus, il prit sa femme dans ses bras et la porta sur le lit, où elle tomba comme une fleur à la corolle ouverte.

Là, ses caresses devinrent plus précises, plus exigeantes. Il se dévêtit rapidement et se laissa tomber sur elle. Marie sentait sur son ventre le désir d'Étienne. Mais il ne voulait pas la posséder encore, il voulait d'abord s'assurer qu'elle était bien réelle, que c'était bien elle, là entre ses bras, et non pas le fantôme qui avait hanté ses rêves pendant ces longs mois. Ses mains s'assuraient que c'était la chaleur de sa peau qui réchauffait ses doigts, que ce sein pulpeux n'était pas une chimère, que ce mont duveteux réagissait à ses caresses. Puis, bien convaincu par les soupirs qu'elle poussait qu'elle ne s'évanouirait pas dans l'air du soir, Étienne la posséda tout entière. Marie se donnait à lui complètement, voluptueusement. Elle s'ouvrait sous les poussées d'Étienne, souhaitant qu'il la pénètre au plus profond d'elle-même, jusqu'au fond de son cœur, jusqu'au bout de son âme. Ils s'étaient enfin retrouvés.

De longues minutes après, alors que Marie reposait alanguie dans les bras de son mari, Étienne lui raconta le martyre de ses derniers mois.

— Tu ne peux pas imaginer les mois d'enfer que j'ai vécus. Je sais que, toi aussi, tu es passée par des moments difficiles, mais au moins tu étais au cœur de l'action. Moi, je ne pouvais que tenter d'imaginer ce que tu ferais. Je savais que j'avais déjà perdu un temps précieux avec ce long mois qu'il avait fallu à Saint-Yves pour me rejoindre, puis ces trois autres semaines passées en démarches de toutes sortes pour obtenir l'autorisation d'aller enfin à ta recherche. Cent fois j'ai failli plaquer là la marine pour partir sur-le-champ, mais cent fois je me suis ravisé parce que je savais qu'en agissant ainsi je me priverais, je nous priverais, de moyens importants pour d'abord te retrouver toi, puis pour retrouver Thierry. Je…

Il fit une petite pause, puis reprit.

— Je ne pouvais tout simplement pas imaginer la vie sans toi. Sans lui.

Marie ne dit rien. Toute la colère qu'elle avait ressentie, voire cultivée, à son endroit avait disparu sans laisser de trace. Étienne avait toujours cherché à faire son devoir quoi qu'il lui en coûte. Mais elle savait profondément que jamais, au grand jamais, il n'aurait fait quoi que ce soit qui aurait risqué de mettre sa sécurité ou celle de Thierry en péril. En le voyant torturé ainsi, laissant paraître un rare moment de faiblesse, Marie sut qu'elle ne l'avait jamais aimé autant qu'en cet instant. Ils s'endormirent dans les bras l'un de l'autre, en rêvant d'un petit garçon qui devait les demander dans son sommeil.

Chapitre 36

Lorsque Marie se réveilla, elle avait mal partout, tant à cause de son épopée à bord du *Loup des îles* que de la nuit qui, finalement, n'avait pas été si reposante dans les bras d'Étienne... Elle se leva précautionneusement et s'habilla avec de nouveaux vêtements, apparus comme par magie à son intention. Elle les passa avec reconnaissance, ne souhaitant pas porter une chemise souillée du sang de son ennemi. Elle finit par sortir sur le pont et fut surprise de constater qu'on avait déjà jeté l'ancre dans la crique. Cherchant des yeux le *Fleur de lys*, elle le trouva à quelques brasses du rivage. Visiblement le bateau s'était déplacé en eaux peu profondes et une partie de ses hommes s'était rendue à terre.

Legoff apparut à ses côtés.

— Comment vous sentez-vous ce matin ?

Il semblait de belle humeur.

— Bien, répondit Marie. Mais on dirait qu'une horde sauvage m'est passée sur le corps.

— Ah bon ? répondit le Breton. Je n'aurais jamais imaginé qu'Étienne...

— Julien ! le coupa Marie.

Legoff se mit à rire tandis qu'Étienne arrivait sur ces entrefaites.

— Qu'est-ce qui vous fait rire ? demanda-t-il en embrassant sa femme sur le front.

— Rien, répondit Marie en lançant un regard sévère vers son ami.

— Nous parlions de la férocité de la faune locale, dit Legoff.

— Ah bon ? Il y a des animaux sauvages par ici ?

— Allons-nous descendre à terre nous aussi ? demanda Marie pour faire diversion.

— Possiblement. Je suis allé voir Marek ce matin et il n'y a pas grand-chose à en tirer. Ou c'est un admirable comédien, ou tu l'as vraiment amoché et je devrai alors me tenir loin de toi lors de notre prochaine dispute ! Mais j'ai beaucoup réfléchi et je me suis dit qu'il n'était pas venu ici par hasard. Il y a quelque chose qui devait l'attirer dans cette crique.

— La carte ! s'écria Marie.

Les deux hommes se tournèrent vers elle.

— Quelle carte ? demanda Étienne.

— Celle que j'ai trouvée dans la cabine de Marek. Il y avait des indications dessus, mais je n'ai pas pris le temps de bien l'étudier. Où sont les vêtements que j'avais quand tu m'as repêchée ?

Étienne réfléchit.

— Ils ont dû rester à l'infirmerie. C'est là que tu t'étais changée, non ?

— J'y cours !

Avant qu'il n'ait pu ajouter un mot, Marie était déjà partie. Elle revint quelques minutes plus tard.

— Voilà ! dit-elle avec fierté. Elle a peut-être été abîmée un peu par mon passage forcé dans la mer, mais je crois qu'elle a gardé l'essentiel de ses informations.

Étienne prit la carte et la déplia. Il plissa les yeux. Oui… il y avait peut-être quelque chose là.

— Nous allons descendre à terre, décida-t-il, et réunir ce qu'on pourrait appeler un conseil de guerre. Je vais demander qu'on fasse signe à Saint-Yves de nous y rejoindre. Le capitaine du *Fleur de lys* pourra se joindre à nous.

— Simon connaît bien la région, dit Marie.

— Simon ?

— Simon Vercoutre, le capitaine.

— Ah ? Tu sembles bien le connaître…

— Nous avons quand même passé quelque temps sur son bateau, puis à la Guadeloupe.

Étienne ne savait encore rien des aventures et du périple de Marie.

— Qu'est-ce que tu faisais à la Guadeloupe avec lui ?

— Je… Écoute, je te raconterai tout ça quand il n'y aura plus d'urgence. Mais sache seulement qu'il nous a été d'une aide très précieuse, à Julien et à moi, et que sans lui nous ne serions pas ici aujourd'hui. Pour l'instant, concentrons-nous sur nos recherches pour retrouver Thierry.

— C'est un homme de valeur, confirma Legoff. Il va vous plaire.

Pourtant, le Breton n'en était pas si sûr. Deux hommes de la même trempe, pensait-il, deux hommes qui pourraient être des amis… ou des rivaux impitoyables.

Après avoir mangé un peu, ils équipèrent rapidement une chaloupe pour gagner le rivage où on avait vu que Vercoutre avait monté un campement. Marie, Legoff, Étienne et trois soldats embarquèrent et se dirigèrent vers la plage. À bord de la *Louve du roi*, on avait aussi détaché une chaloupe dans laquelle quatre hommes, dont Saint-Yves, avaient pris place. Tout le monde arriva à terre à peu près en même temps. Alors que les soldats tiraient la chaloupe au sec, Marie vit Vercoutre s'avancer vers eux. La jeune femme sentit son cœur battre un peu plus vite. Le capitaine du *Fleur de lys* ne lui laissa pas le temps de réfléchir. Il s'approcha d'elle et la serra simplement dans ses bras.

— Je me suis terriblement inquiété pour toi, murmura-t-il à son oreille.

Puis il reprit ses distances et fit face à Étienne, qui se dirigeait vers eux, les sourcils froncés. L'espace d'un instant, Marie craignit d'assister à une crise de jalousie. Mais Vercoutre l'avait devancée. Il s'avança vers Étienne, la main tendue.

— Capitaine de Beauval, je présume. Notre ami Legoff m'a beaucoup parlé de vous et je dois vous remercier de votre intervention salvatrice. Nous vous devons une fière chandelle.

Étienne eut un très bref moment d'hésitation avant de serrer la main tendue devant lui. Marie avait repris ses esprits.

— Étienne, je te présente Simon Vercoutre, comte de Bellefeuille et capitaine du *Fleur de lys*. Nous lui devons beaucoup.

— C'est un honneur de vous rencontrer, dit finalement Étienne. Je vous remercie de ce que vous avez fait pour ma femme.

— Je lui suis aussi redevable. Sans elle, je ne serais plus de ce monde.

Un silence suivit, où les deux hommes s'observaient, silence interrompu par l'arrivée de Saint-Yves.

— Bonjour, messieurs ! Madame, ajouta-t-il avec un petit signe de tête en direction de Marie.

Puis, le capitaine de la *Louve du roi* s'approcha de Vercoutre, à qui il serra vigoureusement la main avant de lui donner de grandes tapes dans le dos.

— Bien content de te revoir. Eh bien, il s'en est passé des choses depuis Brest.

— Oui, je m'en souviendrai la prochaine fois que tu me demanderas de prendre quelqu'un à bord, dit Vercoutre en souriant.

Marie tiqua.

— Suis-je responsable d'une mutinerie ?

— Une mutinerie ? répéta Étienne.

Tout cela le dépassait un peu.

— Ça aussi, c'est une longue histoire, mais tout est lié, répondit Marie.

— Une histoire qu'il faudra peut-être remettre à plus tard, intervint Saint-Yves. J'ai quelques informations pour vous.

L'attention de tous se tourna vers lui.

— Est-ce que Marek a parlé ? demanda Saint-Yves à Étienne.

— Il n'était pas vraiment en état de le faire, répondit le capitaine en jetant un bref regard à Marie.

Vercoutre haussa les sourcils.

— Eh bien, un de ses hommes a été un peu plus bavard… annonça Saint-Yves.

— Allons sous la tente, proposa Vercoutre en montrant de la main le quartier général dressé derrière eux. Nous serons plus à l'aise pour discuter.

Ils se dirigèrent vers le campement et Étienne prit la main de Marie dans un geste possessif. Vercoutre avait fait installer une grande table et plusieurs chaises sous une toile fixée par quatre piquets. Marie revit en un éclair leur abri de fortune à la Guadeloupe. Le comte dut avoir la même pensée car il adressa un petit sourire complice à la jeune femme. Mais ce moment fut bref; déjà il invitait tout le monde à s'asseoir. Ce fut au tour de Pérac de se joindre à eux. En le voyant arriver, la jeune femme se sentit un peu coupable. Elle avait oublié l'homme de qui elle s'était tant méfiée et qui lui avait tendu une main secourable à plusieurs reprises. Il prit place autour de la table.

— Je suis heureuse de voir que vous allez bien, Jacquelin.

Comme à son habitude, il ne répondit rien, se contentant d'un léger hochement de tête.

Saint-Yves prit immédiatement la parole.

— Ne fondez tout de même pas trop d'espoirs sur ce que je vais vous dire, commença-t-il en préambule, parce que le bonhomme ne semblait pas savoir grand-chose.

— Mais que vous a-t-il dit ? le pressa Marie.

— Il m'a affirmé qu'il y a de cela quelques semaines, il est venu à bord d'un autre bateau rejoindre Marek dans cette crique. Marek y était depuis quelque temps et avait navigué à bord du *Loup des îles* avec un équipage réduit. Mon bonhomme et une trentaine d'autres venaient compléter les effectifs.

— Que faisait Marek ici ? demanda Étienne.

— Ça, nul ne le sait, répondit Saint-Yves. Mais toutes sortes de rumeurs circulaient. Entre autres qu'il s'était rendu à l'intérieur des terres pour porter quelque chose… ou quelques personnes.

— Thierry ! cria Marie.

— Évelyne ! lança Vercoutre.

Étienne regarda le comte.

— Évelyne ?

— Ma femme, répondit simplement celui-ci.

Était-ce une illusion ou Marie avait-elle vu passer une ombre de soulagement dans les yeux d'Étienne ?

— Un méfait de plus à mettre sur le compte du corsaire, continua Vercoutre.

Et il expliqua à Étienne la machination ourdie pour le faire disparaître et prendre possession de son domaine. Le capitaine du *Gergovie* réfléchissait à toute allure.

— Ce serait donc possible que, quelque part sur cette île, votre femme et mon fils soient retenus prisonniers. La carte trouvée par Marie dans la cabine de Marek prendrait alors tout son sens.

Joignant le geste à la parole, Étienne déplia la carte qu'il avait apportée avec lui et l'étendit sur la table. Tous s'approchèrent.

— Voici la crique où nous mouillons présentement, dit-il en pointant un endroit sur la carte. Ici, ces traits marquent des quais qui n'existent pas, qui doivent être en fait des projets de construction. On y voit l'emplacement de futurs bâtiments, et tout nous indique donc que Marek avait l'intention de développer cet endroit. Mais ce qui est le plus intéressant, poursuivit-il, c'est cette fine ligne pointillée qui part du rivage et traverse la forêt. On la voit aller par ici, contourner cette montagne et s'enfoncer vers le lac.

Marie fronça les sourcils.

— J'ai déjà vu entendu parler de ce lac.

Étienne la regarda avec une interrogation dans les yeux. Marie se tourna vers Vercoutre.

— Tu... Vous vous souvenez du papier que j'avais trouvé dans ma cabine, dans ma botte ? Celui avec les coordonnées qui nous ont amenés jusqu'ici ? Il y était fait mention de ce lac Bouillant.

Vercoutre acquiesça.

— Oui, ça disait de prendre vers l'ouest après la montagne, mais malheureusement le reste était effacé.

— Si ce lac est signalé sur deux cartes différentes, c'est qu'il est important, souligna Marie.

— Ou que c'est tout simplement un lac majeur dans la région, dit Étienne.

— Dans ce cas, pourquoi cette ligne ? Il faut organiser un voyage de reconnaissance, insista Marie.

Le capitaine du *Gergovie* continuait d'observer la carte.

— Il y a combien de jours de marche pour arriver au lac Bouillant ? demanda-t-il à la ronde.

Vercoutre s'approcha.

— Je dirais deux jours, si tout va bien et si le terrain n'est pas trop inhospitalier. Rappelons-nous que la Dominique n'est pas une île très accueillante, tant par son relief accidenté qu'en raison des tribus d'Indiens Caraïbes qui l'habitent. Bien des efforts de colonisation ont été abandonnés pour ces deux raisons : la difficulté d'y implanter des cultures et l'attitude hostile des Indiens, expliqua-t-il à Étienne.

— Un endroit parfait donc pour y cacher quelqu'un, répondit celui-ci.

— C'est possible, confirma Vercoutre.

— Il faut y aller ! s'écria Marie bondissant sur ses pieds. Partons tout de suite.

Étienne eut à calmer encore une fois l'impétuosité de son épouse.

— Nous ne partirons pas sur un coup de tête ; nous devons bien planifier cette opération.

— Il ne faut pas prendre à la légère la menace représentée par les Indiens Caraïbes, souligna Vercoutre. Je ne crois pas qu'un camp français, fût-il rempli de pirates dangereux, survivrait longtemps dans ces parages. Si votre fils est là, c'est parce que Marek a réussi à s'entendre avec eux. Par contre, je ne vois pas comment il aurait pu traîner Évelyne jusqu'ici.

— Il en serait capable ! s'exclama Marie.

— Alors que proposez-vous ? demanda Étienne, tenant compte de l'expérience de Vercoutre dans ces contrées.

— Un premier détachement de quatre ou cinq personnes, pas plus. Comme ça, nous aurons une chance de passer inaperçus et pourrons observer plus aisément. Un second détachement devra suivre le premier, à quelques heures de distance. Celui-là sera composé d'hommes armés, prêts à intervenir. Le premier groupe laissera des indices sur sa progression à l'intention du second. Et si tout va bien, tout le monde se retrouvera pour revenir ensemble aux bateaux.

Étienne regarda Vercoutre. Le plan avait du sens. Simple, concis, facile à exécuter.

— Bien. Je partirai dans le premier groupe avec Vercoutre, Legoff et Pérac. Saint-Yves, vous nous suivrez avec Mathieu et une vingtaine d'hommes. De Foy, vous resterez auprès des navires, prêts pour un départ rapide si besoin est.

Marie s'était levée.

— Et moi ?

— Tu as parcouru la moitié de la terre pour retrouver notre fils. Je crois que tu as largement gagné ta place dans le groupe de tête.

— Je ne serai pas loin derrière, ajouta Saint-Yves qui, jusque-là, s'était limité à un rôle de spectateur. En cas de pépin, vous l'attachez à un arbre et je la récupère.

— Au cours des années, dit à son tour Legoff, je me suis rendu compte que la meilleure façon de la surveiller, c'est de la garder sous nos yeux.

Marie sourit. Elle savait que ces vagues menaces étaient en réalité une démonstration de tendresse et d'amitié envers elle. Le cœur gonflé d'espoir, elle se mit à croire qu'ils pourraient finalement retrouver Thierry. S'il était quelque part sur cette île, ce groupe valeureux ne pouvait que réussir.

Ils mirent la matinée à profit pour préparer leur expédition. S'ils voulaient partir le jour même, ils devraient malheureusement le faire aux heures les plus chaudes. Mais Marie insistait pour qu'ils partent quand même, alléguant qu'ils seraient à couvert sous l'ombre des arbres. Ils n'apportaient avec eux que le strict nécessaire pour ne pas entraver une marche qui risquait d'être pénible. Dans le sac qu'Étienne portait sur le dos, il y avait quelques outils, un peu de nourriture – chacun transportant ses propres rations –, quelques munitions pour éventuellement recharger les pistolets que les quatre hommes portaient à la ceinture, une lunette d'approche et la carte trouvée par Marie. Vercoutre, qui ouvrirait la marche devant Étienne, emportait en outre quelques babioles qui pourraient servir à amadouer les Indiens si jamais la situation l'exigeait. C'était lui qui se chargerait de la boussole. Marie marcherait au centre de la colonne. Elle avait tenu à se munir d'une trousse de secours et avait exigé de chacun des membres de l'expédition qu'il se recouvre d'un onguent à base de graisse et de citronnelle, cette herbe particulière qu'elle avait découverte lors de sa petite virée avec Ernestine. Les hommes avaient bien protesté un peu, mais Marie gardait en mémoire la traversée du marécage et ne tenait pas à répéter l'expérience.

Tout le monde était prêt. Avant de partir, Étienne tint cependant à aller faire un dernier tour sur le *Gergovie* pour s'assurer que les bateaux seraient prêts à les accueillir en cas de retraite urgente. Ils ne savaient pas ce qui les attendait.

Marie fourrageait dans sa trousse de secours quand elle vit Vercoutre s'écarter du campement et se diriger vers la forêt. Laissant là sa trousse, elle se leva et s'en fut dans sa direction. Il se faufila dans un bosquet de bambous et disparut rapidement. Marie entra à son tour dans les bambous, mais ne trouva nulle trace de Vercoutre, la végétation l'ayant absorbé comme par magie. La jeune femme s'avança un peu plus. Elle ne voulait pas crier pour ne pas ameuter tout le campement, mais ne souhaitait pas non plus s'enfoncer trop profondément dans la forêt. Mais où pouvait-il bien être passé ? Il n'avait même pas deux minutes d'avance sur elle !

Elle contourna un petit palmier puis se retrouva devant un tas de feuilles larges et colorées qui la firent hésiter. N'étaient-ce pas là les plantes toxiques contre lesquelles Vercoutre l'avait mise en garde à la Guadeloupe ? Elle ne se posa pas longtemps la question parce que quelqu'un la saisit par-derrière en plaquant une main sur sa bouche. On la retourna comme si elle n'avait été qu'un fétu de paille et elle se retrouva face à Vercoutre, qui la regardait, l'air goguenard.

— Mais qu'est-ce qui t'a pris ? fulmina Marie quand il la lâcha enfin. Tu m'as fait une de ces peurs !

— Et toi ? Pourquoi me suivais-tu ainsi, comme un Indien Caraïbe sur le sentier de la guerre ?

— Je... je me demandais où tu allais...

— Imagine-toi que je peux avoir besoin d'intimité, parfois, moi aussi.

Marie rougit.

— Euh... pardonne-moi... je ne voulais pas...

— Enfin Marie, dis-moi ce qu'il y a.

Elle prit une grande respiration et s'assit sur une roche.

— Je voulais te dire...

Ses yeux devinrent humides et elle ne put continuer. Vercoutre s'assit à ses côtés et l'entoura de son bras.

— Je sais ce que tu veux me dire et je t'en remercie. Ces journées incroyables passées auprès de toi, ces moments de passion que nous avons partagés resteront gravés dans mon cœur et dans ma mémoire. Mais nous savions tous les deux que cela aurait inévitablement une fin.

— Mais je ne veux pas te perdre ! dit Marie en laissant une larme glisser le long de sa joue. C'est si compliqué. Comprends-moi bien, j'aime Étienne de tout mon cœur, mais tu as pris toi aussi une place importante dans ma vie.

— Comme toi dans la mienne, répondit Vercoutre en recueillant la larme sur le bout de son doigt. Mais nos routes se sont croisées accidentellement et notre vie à tous les deux est ailleurs.

— Pourrons-nous rester amis ?

Vercoutre la retourna vers lui et plongea ses yeux bleus sombres dans ceux plus clairs de la jeune femme.

— Nous serons toujours amis, Marie, mais il serait stupide de penser que nous réussirons à faire comme si rien ne s'était passé entre nous. Quand cette histoire sera terminée, nous retournerons chacun à nos vies, toi avec Étienne et ton fils, et moi… eh bien, ça dépendra de ce qu'il y aura au bout du voyage.

— Je voulais que tu saches que je ne me suis pas jouée de toi, que tout ça fut bien réel et important à mes yeux. Et que, pour toujours, tu auras une grande place dans mon cœur.

— Ça je le sais, ma belle et, crois-moi, je n'arriverai jamais à regretter aucun des moments que nous avons passés ensemble.

Vercoutre prit la jeune femme dans ses bras et la serra bien fort sur sa poitrine. Marie l'enlaça à son tour et leva son visage vers lui. Il l'embrassa doucement sur les lèvres, puis la releva.

— Allez, il faut retourner au camp. Étienne sera bientôt de retour et nous devons nous mettre en marche. Sors d'abord, je te suivrai ensuite.

Marie fit quelques pas, puis elle se retourna.

— Tu es un homme bien, Simon Vercoutre, et Évelyne a beaucoup de chance.

Puis elle sortit de la forêt.

Dès qu'Étienne revint du bateau, le petit groupe se mit en branle. Comme convenu, Vercoutre et Étienne devançaient Marie, Legoff la suivait et Pérac fermait la marche. Tous portaient une dague ou un couteau à la ceinture en plus d'une gourde d'eau qu'ils espéraient pouvoir remplir dans les ruisseaux au besoin. Chacun avait une couverture roulée attachée à son sac, pour la nuit qu'ils auraient sans doute à passer en forêt. Ils prirent un sentier qui semblait, pour l'instant du moins, les emmener dans la direction qu'ils souhaitaient emprunter. Étienne et Vercoutre avaient passé une heure sous la tente à étudier minutieusement la carte et, à l'aide d'une boussole, ils avaient tiré des traits, pris des repères. Les deux hommes avaient la même rigueur d'approche, le même souci du détail et, à bien des points de vue, partageaient les mêmes idées. Marie ne savait trop si cela la réjouissait ou si cela l'inquiétait.

La première heure de marche se déroula en silence. Le sentier, probablement tracé par les Indiens qui voulaient atteindre la crique, leur facilitait la tâche. Autour d'eux la forêt était dense et les nombreux chants des oiseaux les accompagnaient bruyamment. Comme prévu, Marie se mit à transpirer abondamment. Étienne avait fait main basse sur les vêtements d'un de ses mousses et Marie ressemblait à un jeune marin avec la culotte blanche qui s'arrêtait au mollet et la chemise au large col qui, pour l'instant, lui collait à la peau. Mais ce qu'elle appréciait le plus, c'étaient ses chaussures solides, qui lui permettaient d'avoir une bonne prise sur le sentier. Derrière elle, Legoff soufflait comme un bœuf.

— Ça va, Julien ? demanda la jeune femme en se retournant.

— Mais bien sûr que ça va, ronchonna le Breton. Ça va autant que ça peut aller dans cette chaleur d'enfer, ce sentier de malheur et ces moustiques du diable, qui semblent ne pas savoir que votre onguent magique est censé les éloigner !

Marie sourit. Il allait bien. De temps à autre, Étienne et Vercoutre accrochaient des bouts de ruban ou de cordelette colorée aux arbres, pour signaler à Saint-Yves et à son équipe le chemin qu'ils empruntaient. Le capitaine de la *Louve du roi* devait leur donner quelques heures d'avance, puis partir à son tour avec son équipe.

Au bout de deux heures de marche, Vercoutre suggéra qu'ils fassent une pause. Ils se laissèrent tomber sur une étendue de mousse avec un visible soulagement. Depuis une demi-heure, leur progression était moins aisée. Ils grimpaient sur le flanc d'une colline escarpée et les cailloux roulaient sous leurs bottes.

Devant eux, le sentier grimpait de façon plus abrupte encore. En le regardant, Marie ressentit une petite pointe de découragement, mais elle se reprit aussitôt.

— Vous aviez vu cette montagne sur la carte ?

Vercoutre sourit.

— Elle n'est pas assez haute pour y être signalée. La montagne que nous devons atteindre est un peu plus loin et, je suis désolé de vous le dire, pas mal plus escarpée.

Marie soupira. Legoff était en train de vider sa gourde d'eau et pestait parce qu'on n'avait rien emporté de plus costaud.

— Déjà, Julien ?

— Il n'y a pas d'heure pour se faire du bien ! Et une petite gorgée de rhum m'aurait donné l'énergie pour continuer.

Pérac, qui n'avait rien dit jusque-là, lui tendit un petit flacon.

— Une seule gorgée alors, dit-il avec une voix dénuée d'émotion. L'alcool vous assèche.

— Pérac, mon ami, vous me sauvez la vie, répondit Legoff en prenant le flacon tendu.

Sous le regard attentif de Marie, il se contenta effectivement d'une petite gorgée. Il reboucha le flacon, le remit à Pérac et sauta sur ses pieds.

— Bon ! Alors, on y va ? On n'a pas de temps à perdre si on veut se débarrasser de cette foutue montagne avant la nuit !

— Eh bien, dit Étienne en se levant et en tendant la main à Marie pour l'aider à faire de même, nous devrions peut-être tous prendre de cette potion magique !

Ils se remirent en marche. C'était maintenant beaucoup plus difficile, le sentier était devenu plus étroit et disparaissait même à l'occasion. La forêt, incroyablement dense, témoignait d'un sol très fertile. « Il y a un vieux dicton qui dit : Restez sur place une heure et vous vous mettrez à pousser », leur dit Vercoutre. Et à voir le nombre de plantes différentes et d'arbres de toutes sortes qui croissaient autour d'eux, Marie n'était pas loin de croire que c'était la vérité. Au bout d'une demi-heure, ils arrivèrent à une intersection. Ils avaient le choix entre continuer tout droit et aller vers la gauche ou vers la droite. Étienne sortit la carte et Vercoutre consulta sa boussole.

— On doit se trouver ici, dit Étienne en montrant un point sur la carte, au pied de la montagne.

— Notre chemin est droit devant, confirma Vercoutre. J'ai bien l'impression que ces sentiers qui partent de chaque côté sont en fait des voies de contournement.

Pérac s'était approché.

— Si l'on prenait l'un ou l'autre, on aurait peut-être un sentier plus facile, mais ça nous rallongerait inévitablement. La question est de savoir de combien de lieues ? Vous avez prévu deux jours, Vercoutre, ce qui me paraît raisonnable. Avec ce détour, il faudrait probablement en ajouter un de plus.

— Et qui nous garantit que cela contourne vraiment la montagne ? ajouta Legoff. Peut-être que ce sont des chemins qui vont dans une tout autre direction.

Marie, qui n'aimait pas l'idée d'ajouter une journée de plus à leur expédition, opina à son tour :

— Cette montagne ne doit pas être si terrible à passer puisqu'un sentier la traverse. Si nous sommes tous d'accord, ne perdons pas de temps.

— Si vous vous en sentez les jambes… dit Vercoutre. Mais je dois vous avertir que les montagnes ici sont assez redoutables.

— Nous en avons vu d'autres ! dit Legoff avec un optimisme qu'il était bien loin de ressentir.

— Parfait, répondit Vercoutre en remettant son sac sur ses épaules, mais ensuite, ne venez pas vous plaindre que je ne vous ai pas avertis.

Ils prirent donc tout droit, en prenant bien soin de signaler leur direction à ceux qui les suivaient.

Il leur apparut très rapidement que les avertissements de Vercoutre n'étaient pas sans fondement. Peu après la croisée des chemins, le sentier perdit toute amabilité… Il se fondait maintenant dans un amas de pierres, de racines et d'arbres aux troncs minces enchevêtrés. Marie et ses compagnons devaient s'aider de leurs mains et de leurs genoux pour grimper aux rochers, pour éviter de glisser dans la boue et pour garder leur équilibre, mis plus d'une fois en danger. Devant les efforts et les grognements de ses compagnons, Vercoutre eut la décence de ne pas dire : « Je vous avais prévenus ! », se contentant d'offrir une main attentionnée lorsque le besoin s'en faisait sentir.

Marie serrait les dents, mais elle commençait à ressentir les effets de ces dernières journées riches en émotions de toutes sortes, et de l'accumulation des nuits courtes ou sans sommeil, la dernière n'étant pas en reste. Ses cuisses chauffaient sous l'effort et ses bras lui faisaient mal. Sans le vouloir, elle se mit à ralentir le rythme et, de plus en plus souvent, Étienne et Vercoutre devaient s'arrêter pour l'attendre. Si, derrière elle, Legoff et Pérac profitaient de cette baisse de régime, elle n'avait pour sa part aucun instant de repos car dès qu'elle rejoignait les hommes de tête, ils repartaient aussitôt.

Lorsqu'ils atteignirent un palier, Vercoutre décréta que c'était l'endroit idéal pour casser la croûte. Ils s'assirent tous en poussant un soupir de soulagement, celui de Marie étant peut-être un peu plus profond que les autres. Puis ils sortirent des provisions de leur sac : œufs durs, viande séchée, pain rassis qu'ils firent passer avec de l'eau. En chemin, Legoff avait rempli sa gourde dans un ruisseau mais il devrait le faire à nouveau parce qu'il venait d'en avaler la dernière goutte. Vercoutre se leva, aussitôt imité par Étienne.

— Un peu de courage, nous y sommes presque ! Après, si on se fie à la carte, nous n'aurons plus qu'à descendre, traverser une vallée, puis nous arriverons aux abords du lac Bouillant.

— Comment pouvez-vous savoir que nous y sommes presque ? demanda Marie avec une pointe d'agacement dans la voix. Avec tous ces arbres, c'est impossible de voir le sommet de la montagne.

Étienne la souleva par les coudes.

— Eh ! Je te signale que c'est toi qui voulais venir.

Piquée, Marie rougit un peu, si c'était possible de rougir davantage, son visage étant bouffi par la chaleur.

— Je ne me plains pas, protesta-t-elle faiblement, c'est juste que l'effort est grand pour Legoff…

— Jeune fille ! lança celui-ci. Mes vieux os se portent bien. Il est vrai que j'ai peut-être mieux dormi que vous ces dernières nuits et que j'ai probablement attaqué ce sentier plus reposé…

Marie rougit encore plus.

— Et cette chaleur ! dit-elle en passant sa manche sur ses joues pour en dissimuler l'écarlate.

Étienne, qui n'était pas dupe, sourit. Puis il reposa son sac sur le sol, l'ouvrit et en sortit une corde qu'il passa autour de la taille de Marie avant d'en nouer l'autre extrémité à sa propre taille.

— Qu'est-ce que tu fais ? demanda-t-elle. Je n'ai pas l'intention de m'échapper !

— Juste un peu d'aide pour monter jusqu'au sommet, dit le jeune homme. En marchant devant toi, je vais te tirer un peu et tu verras, ça va faciliter ta progression.

L'orgueil de Marie lui commandait de refuser ce coup de main, mais Legoff la devança.

— Acceptez, Marie, vous êtes épuisée. Vous ne serez d'aucun secours pour le groupe si on en venait à devoir vous porter. Mettez de côté votre satané orgueil, pour une fois.

Marie ouvrit la bouche pour répliquer, puis la referma aussitôt. Pourquoi refuser, finalement ? Étienne n'avait pas attendu son accord pour se remettre en route et la jeune femme, tirée par le câble tendu entre eux deux, se rendit immédiatement compte de l'efficacité de la méthode. Elle devait encore fournir un effort, mais la corde lui facilitait la tâche. Elle se mit à envisager la suite de l'ascension avec plus d'optimisme. Ils grimpèrent encore comme ça pendant presque deux heures, faisant de courtes pauses toutes les demi-heures. Puis les arbres semblèrent s'espacer, la forêt devint moins touffue. Et enfin, ils aperçurent le sommet de la montagne.

La crête de la montagne était pelée, comme la tête d'un homme qui n'aurait plus qu'une couronne de cheveux comme parure. Lorsqu'ils atteignirent le sommet, les compagnons eurent droit à un spectacle à couper le souffle. Ils avaient une vue extraordinaire sur l'île. Pas un nuage ne voilait le soleil et on pouvait distinguer avec précision tous les plis et replis du terrain. À l'ouest se découpait la côte sous le vent et on voyait les bateaux danser dans la crique qu'ils avaient quittée quelques heures plus tôt. La mer, d'un bleu profond au large, prenait des nuances turquoise au bord des plages. Un peu plus au sud, on distinguait une petite agglomération, la ville de Roseau, un effort de colonisation qui pour l'instant ne donnait pas grands résultats.

Vers l'est, la côte était un peu plus près. C'était de ce côté qu'ils descendraient la montagne, une descente abrupte, autant qu'ils pouvaient en juger, qui les conduirait vers une vallée désertique qui faisait tache dans cette débauche de végétation. Marie chercha des yeux le lac qu'ils devaient atteindre.

— Je ne vois pas de lac, constata-t-elle.

— Il est pourtant là, répondit Vercoutre en pointant du doigt.

— Où ça, « là » ? Je ne vois que des nuages.

— Ce ne sont pas des nuages comme tu l'entends, expliqua Étienne, mais des nuages de vapeur dégagés par l'eau chaude du lac.

— L'eau chaude ?

Et soudain elle comprit.

— C'est pour cela qu'on l'appelle le « lac Bouillant » ? Je croyais que c'était un nom sans signification particulière.

— Il doit son nom aux eaux très chaudes qui y bouillonnent, reprit Vercoutre. C'est un lac volcanique. Ce serait très imprudent de s'y baigner car la température de l'eau peut monter subitement et vous seriez cuite dans le temps de le dire. Et ce n'est pas un jeu de mots.

C'était tout de même étrange de voir ces nuages flotter autour du vaste trou d'eau que l'on pouvait apercevoir de temps en temps, à la faveur d'un coup de vent. Marie reporta son attention sur le chemin devant eux. Il leur faudrait être prudents dans la descente ; ce n'était certes pas le moment de se fouler une cheville ou de se briser un os. Étienne avait détaché Marie, qui devait avouer que le système avait très bien fonctionné. Elle avait franchi le dernier tiers de l'ascension plus aisément, la légère traction exercée par son mari faisant toute la différence. Ils commencèrent donc leur descente. « Ne vous laissez pas aller, avait recommandé Étienne. Si vous sentez que vous n'arrivez pas à contrôler votre vitesse, accrochez-vous à n'importe quoi, mais tentez à tout prix de vous arrêter. » Ils y allaient à petits pas précautionneux et les cailloux dévalaient la pente devant eux, comme des insectes fuyant une invasion barbare.

La descente prit naturellement beaucoup moins de temps que la montée, mais ce ne fut pas sans douleur. Ils arrivèrent au bas de la montagne les cuisses en feu et s'accordèrent quelques instants de répit. Ils avaient débouché dans une plaine aride, qui faisait contraste avec l'abondante végétation de la montagne. Les fougères et la mousse avaient remplacé les plantes aux fleurs colorées et aucun sentier ne se dessinait dans le sable gris du sol. Au loin, un amas de nuages se détachait dans le ciel bleu : les nuages de vapeur du lac, vers lesquels ils pourraient se diriger.

— Ici, on ne peut pas laisser de rubans ou de cordelettes pour Saint-Yves. Comment vont-ils savoir par où nous sommes passés ? fit remarquer Marie.

— En faisant des marques sur le sol et en alignant des cailloux, répondit Pérac, qui s'était déjà mis à l'œuvre.

Étienne et Vercoutre discutaient.

— Jusqu'à cette rangée d'arbres, et tant que nous serons un peu en hauteur, nous pourrons nous guider sur les nuages. Mais dès qu'on sera plus proches, nous allons les perdre de vue.

— Il faudra alors reprendre la boussole, dit Vercoutre.

— Puis-je revoir la carte ? demanda Marie.

Étienne la lui donna en fronçant les sourcils.

— Pourquoi ?

— Je voudrais vérifier quelque chose, murmura la jeune femme presque pour elle-même.

Après avoir observé la carte pendant un instant, elle se tourna vers Vercoutre.

— Simon, me prêteriez-vous votre lunette ?

Intrigué, il la lui passa.

Marie se mit à regarder non pas en direction du lac, mais plutôt sur la gauche.

— Qu'est-ce que tu cherches ? demanda Étienne.

— Attends... Ça devrait pourtant être là... Ah ! cria-t-elle avec un accent de triomphe. Je le savais ! C'est là ! Juste sous nos yeux !

— Mais de quoi tu parles ? demanda son mari avec un rien d'impatience dans la voix.

Marie abaissa la lunette.

— Vous vous souvenez, Simon, de ce qui était écrit sur le papier que j'avais trouvé dans ma botte ?

— Vous parlez des coordonnées de la crique ?

— Oui, mais ensuite, il était fait mention du lac Bouillant et on disait de suivre le « W »...

— D'aller à l'ouest, oui, mais je vois mal comment on pourrait tourner à l'ouest sans nous éloigner du lac.

— Ce n'était pas de l'ouest qu'il s'agissait ! expliqua-t-elle triomphalement. « W » ne voulait pas dire « ouest » mais tout simplement... « W » ! Regardez !

Elle lui mit la lunette dans la main et la dirigea vers le point qu'elle observait, à la gauche du lac. Vercoutre ne vit tout d'abord rien, puis il s'exclama à son tour : « Ça, par exemple ! »

— On peut savoir ? demanda Étienne.

Pérac avait lâché ses cailloux et Legoff aussi s'était approché. Vercoutre avait baissé la lunette et regardait Marie avec une admiration non feinte.

— Vous alors, vous ne cesserez jamais de me surprendre.

Marie lui prit la lunette des mains et la passa à Étienne.

— Regarde et tu vas comprendre.

Étienne balaya la plaine de la lunette avant de s'arrêter sur le point signalé par Marie. Il se mit à rire.

— Bien vu, Marie !

Legoff soupira.

— On joue aux devinettes ou vous nous expliquez ?

Marie reprit la carte.

— Regardez ici, c'est presque effacé. On voit un « W » très pâle à cet endroit, et on faisait déjà mention d'un « W » sur le papier que j'avais trouvé. Nous avons cru à tort qu'il s'agissait de l'un des points cardinaux, alors qu'il signalait tout simplement un repère fait de quatre arbres formant un « W ». Nous ne devons pas nous rendre au lac Bouillant, ça aussi ce n'était qu'un repère. À partir du moment où on l'a en vue, il faut suivre le « W » !

Elle termina son explication avec un grand sourire sur le visage.

— Eh bien, dis donc ! dit Étienne en la serrant contre lui, on a bien fait de t'emmener !

— Bien joué, jeune fille, la félicita Legoff.

— Pérac, il va falloir changer l'orientation de tes pierres… dit Vercoutre.

Mais Pérac n'eut jamais le temps de le faire. L'instant d'après, ils étaient entourés d'Indiens Caraïbes menaçants.

Chapitre 37

Les compagnons ne les avaient pas vus venir et, subitement, ils étaient apparus à leurs côtés. Ils étaient certainement une bonne trentaine, armés de lances ; certains avaient des arcs bandés avec une flèche encochée, de sorte qu'il était impossible pour les hommes de prendre leur pistolet. Au moindre geste, les Indiens tireraient.

— Mais d'où est-ce qu'ils sortent ? murmura Legoff entre ses dents.

— Ne bougez pas, recommanda Vercoutre sur le même ton. Et ne les regardez pas dans les yeux. Levez tranquillement les mains au-dessus de vos têtes.

Ses amis suivirent sa recommandation et aussitôt quelques Indiens s'approchèrent pour les dépouiller de leurs armes. Vercoutre tenta quelques mots dans leur langue, mais soit ils ne le comprirent pas, soit ils l'ignorèrent délibérément. En peu de temps, ils se retrouvèrent les poings liés et attachés l'un à l'autre par une corde. Puis celui qui avait pris la direction des opérations lança un ordre et toute la troupe se mit en marche en gardant les prisonniers au milieu du groupe. Ils se dirigèrent directement vers le point qu'avait découvert Marie, ce dont elle s'aperçut avec un sentiment de triomphe, un peu puéril étant donné dans les circonstances.

— Manquait plus que ça, dit Legoff. Qu'est-ce qu'ils vont faire de nous maintenant ? J'ai entendu dire qu'ils étaient cannibales...

Il ne put pousser plus loin sa réflexion car il reçut un solide coup dans les reins.

— Mieux vaut vous taire, chuchota Vercoutre.

Le reste du voyage se passa en silence. Ils atteignirent le « W » assez rapidement. Les Indiens les forçaient à marcher d'un bon pas, insensibles, semblait-il, aux cailloux du chemin malgré le fait qu'ils étaient nu-pieds. Passé les quatre arbres à la formation curieuse, ils s'enfoncèrent dans la forêt, qui reprenait ses droits à cet endroit. *Saint-Yves ne nous trouvera jamais*, songea Marie en pensant aux pierres disposées par Pérac et qui indiquaient la mauvaise direction. Distraite, elle trébucha sur une racine et s'étala de tout son long, entraînant Étienne dans sa chute. Ils furent remis de façon brusque sur leurs pieds.

— Eh, doucement ! protesta le capitaine, pas besoin d'être brutal. Ça va, Marie ? demanda-t-il à la jeune femme.

Mais elle ne put répondre parce qu'on avait repris la marche et que le terrain accidenté requérait toute son attention. Un Indien s'approcha d'elle et, tout en marchant à ses côtés, il prit une mèche de ses cheveux entre ses doigts et la regarda curieusement. Il dit quelque chose à ses compagnons et tous éclatèrent de rire. Il s'enhardit, voulut pousser plus loin son exploration. Étienne fit un pas vers lui et le bouscula.

— Eh toi, lâche-la !

Surpris, l'Indien fit un pas de côté mais, fronçant les sourcils, il revint rapidement vers Étienne, qu'il frappa du plat de sa lance. Marie poussa un petit cri.

— Restez tranquille, Beauval, le somma Vercoutre. Il n'y a rien que nous puissions faire pour l'instant. Il semblait simplement s'étonner de la couleur de ses cheveux.

Il n'ajouta pas que cette curiosité aurait certainement amené l'Indien à pousser plus loin ses recherches. Marie déglutit en pensant à son passage précédent dans un camp caraïbe. Ça n'allait pas recommencer ! L'incident sembla calmer tout le monde et la troupe entière se concentra sur la route à suivre. Au bout d'un petit moment, ils débouchèrent dans une clairière qui s'ouvrait sur un camp composé de cases de toutes tailles, mais qui n'était pas enfermé dans une enceinte. L'entrée du « village » était signalée par de grosses pierres sur lesquelles on avait peint des signes quelconques. Avertissements ? Incantations ? Vercoutre n'aurait su le dire, sa connaissance sommaire des langues indiennes se limitant aux échanges verbaux et n'allant pas jusqu'à l'écriture.

Leur arrivée causa un bel émoi. En l'espace d'un instant, toute la population du village se trouva autour d'eux, les regardant avec curiosité et les touchant avec un intérêt marqué. Puis le chef du village s'avança vers eux. Il dit quelque chose à l'intention d'Étienne qui, bien entendu, ne comprit rien. Le chef parlait en montrant Marie du doigt.

— Il vous demande sans doute si elle vous appartient, expliqua Vercoutre. Je ne comprends pas ce qu'ils disent, il doit s'agir d'un dialecte propre à cette île.

Marie ressentit une petite pointe de découragement. Sans aucun moyen de communiquer avec les Indiens, comment allaient-ils faire pour s'en tirer ? Le chef répéta sa question à Étienne. Déjà, on s'affairait à détacher les poignets de Marie. Celle-ci sentit une onde de panique la parcourir. Elle avait déjà vécu une situation semblable.

— Déchire le col de ma chemise et noue-la autour de ta cheville, dit-elle à Étienne.

Le jeune homme la regarda avec stupéfaction.

— Mais pourquoi…

— Fais ce que je te dis !

Étienne fit alors un pas vers Marie et, avant que les Indiens ne réagissent, il avait déchiré d'un coup sec le vaste col. Il le noua autour de sa cheville.

Deux ou trois hommes grognèrent de mécontentement, mais le chef parut satisfait. Il lança un ordre, et Marie et Étienne furent emmenés vers une case tandis que leurs compagnons étaient dirigés ailleurs. On les poussa à l'intérieur et ils se retrouvèrent seuls. Étienne prit Marie dans ses bras.

— Ça va ? Tu n'as rien ?

— Non, ça va.

— Que signifiait cette histoire de col de chemise ? demanda-t-il en pointant du doigt le bout de tissu, qui avait l'air d'un pansement à sa cheville.

— Lorsque nous avons échoué en Guadeloupe, Simon m'a sauvée d'une situation délicate en agissant de cette façon.

Étienne plissa les yeux.

— Qu'est-ce que ça veut dire ?

— Que je t'appartiens. Ainsi, pendant un certain temps du moins, le chef et ses hommes vont respecter ça et je serai relativement à l'abri de leur convoitise.

— Mais qu'est-ce que vous faisiez là ? Et tu aurais donc déjà « appartenu » à Vercoutre ?

— C'est une longue histoire, dit Marie en se laissant tomber sur la paille qui tapissait le sol de la case.

— Nous avons tout le temps, répliqua Étienne un peu froidement.

— Ah non ! s'exclama Marie. Tu ne vas pas commencer à être jaloux ! S'il n'avait pas agi ainsi, je serais probablement, à l'heure actuelle, le joujou d'un chef en rut et de ses guerriers. Ou alors je serais morte, sacrifiée sur l'autel d'un rite quelconque. Peut-être aurais-tu préféré ça ? On peut être jaloux d'un ami mais pas d'une tribu entière, c'est ça ?

Sagement, Étienne laissa tomber. Il s'assit à ses côtés.

— Avoue que tout cela est assez déstabilisant.

— Ça l'est aussi pour moi, imagine-toi donc. Nous nous retrouvons prisonniers d'une tribu d'Indiens féroces sans personne pour nous secourir et incapables de poursuivre nos recherches pour retrouver Thierry.

À cette pensée, sa gorge se noua et ses yeux se remplirent de larmes. Étienne passa son bras autour de ses épaules.

— Tout n'est pas perdu. Saint-Yves est un homme brillant, il va certainement retrouver notre trace…

— … et venir se faire tuer avec ses hommes au cœur de cette forêt. Ces Indiens sont redoutables et ils ont pour eux l'avantage du terrain.

Ils ne purent continuer leur conversation car la porte s'ouvrit sur quatre guerriers qui venaient les chercher. Marie et Étienne se levèrent.

— Quoi encore ? murmura celui-ci.

Ils furent emmenés à la place centrale. Le chef y était assis sur un siège de bois, entouré de divers personnages. Il y avait là un vieillard tout ridé, accroupi sur ses talons, un bonhomme à l'air hautain, paré de plumes de toutes les couleurs et de multiples colliers de coquillages, et une jeune fille, qui les regardait arriver. Marie fronça les sourcils. Elle avait l'impression de l'avoir déjà vue… mais où ? Lorsqu'une deuxième vint la rejoindre, la lumière se fit dans son esprit. C'étaient les deux Indiennes qu'elle avait aidées à s'enfuir du bateau de Marek ! L'espoir lui revint. Peut-être que tout n'était pas perdu ? La première s'approcha de Marie et la prit par la main. Elle la conduisit jusqu'au chef et se mit à lui parler rapidement. Il l'écoutait avec un visage impassible. Il était impossible de lire quoi que ce soit dans ses yeux opaques. Une petite foule s'était de nouveau rassemblée qui écoutait avec intérêt le récit de la jeune Indienne. Ce récit était interminable et le regard de Marie se mit à vagabonder aux alentours. Quelques cases plus loin, un groupe de femmes égrainait des épis de maïs séchés tandis qu'une autre s'affairait autour d'une gigantesque casserole de terre cuite, sous laquelle était allumé un feu. *Pas pour nous faire bouillir, tout de même ?* pensa Marie.

Quelques enfants jouaient nus dans la poussière. La jeune fille continuait de parler, la main de Marie toujours dans la sienne. Les enfants se poursuivaient en riant, leurs petits corps dorés par le soleil. L'un d'entre eux se tenait un peu à l'écart et ne participait pas aux jeux de ses camarades. Il avait la peau un peu plus pâle et ses cheveux, bien que foncés, accrochaient les rayons du soleil plus que ceux des autres enfants. Puis il se retourna vers Marie et ses yeux noirs examinèrent la jeune femme avec curiosité. Celle-ci détourna son regard. Qu'avait-elle cru ? Qu'elle retrouverait Thierry tout simplement comme ça, dans la première tribu venue ? Elle tenta de reporter son attention sur la jeune fille qui discourait toujours, mais en vain.

Elle regarda à nouveau l'enfant qui était à l'écart. Il y avait quelque chose d'étrange… Prise d'une inspiration subite, Marie chercha dans sa trousse de secours, qu'on lui avait laissée, le petit soldat de plomb qu'elle avait eu soin d'y glisser. Laissant la main de la jeune Indienne, elle se dirigea vers le petit garçon, qui l'observait aussi. Il y eut un mouvement parmi les guerriers lorsque Marie s'éloigna, mais ils se contentèrent de la suivre.

Le bambin s'était levé. Marie le voyait mieux maintenant. Son cœur s'emballa à nouveau. De là-bas, à cause des jeux d'ombre et de lumière, elle avait cru que les yeux de l'enfant étaient noirs… mais ils étaient bleus. Et ses cheveux avaient été foncés avec la même substance que celle que les Caraïbes avaient utilisée pour les siens.

Les yeux embués de larmes, elle s'accroupit. Elle posa le petit soldat de plomb devant elle. L'enfant le regarda, puis leva les yeux vers la jeune femme. Il fronça les sourcils, et son visage s'éclaira lentement, comme si un gros nuage passait son chemin. Puis, timidement, il dit : « Maman ? » Il fit trois pas. « Maman ? » Marie lui ouvrit grand les bras et il courut s'y jeter.

La jeune femme reçut son fils contre elle, et rien au monde n'aurait pu les séparer. Il ne cessait de répéter « Maman, maman ! » et si Marek avait cru qu'un jour Thierry oublierait sa mère, il s'était trompé. Marie embrassait son fils, se repaissait de son odeur. Elle le serrait comme si elle avait peur qu'on le lui arrache, comme s'il pouvait s'en aller encore une fois à l'autre bout du monde. Le temps semblait s'être suspendu autour d'elle. Il n'y avait plus d'Indiens, plus de lac Bouillant, plus de forêt, plus de montagnes. Il n'y avait qu'elle et Thierry qui, soudés l'un à l'autre, formaient le centre du monde, le centre de l'univers.

Puis, un à un, les bruits reprirent leur place autour d'eux. Les oiseaux chantèrent à nouveau, le vent se remit à souffler doucement et, subitement, ils ne furent plus seuls au monde. Les guerriers avaient fini par la rattraper, tout comme la foule de curieux qui se massait autour d'eux. On voulut lui prendre Thierry des bras, mais un regard farouche ponctué d'un « Non ! » sans appel fit reculer l'intrépide. On savait reconnaître une louve quand elle protège ses petits… bien que les loups ne pullulent pas dans ces îles !

La jeune fille qui discourait avec le chef quelques instants plus tôt vint rejoindre Marie. Elle la prit gentiment par la main en lui souriant, comme pour la rassurer, et la ramena, Thierry dans ses bras, au centre du village. Là, Marie retrouva Étienne, qui n'avait pu s'élancer à sa suite. Les guerriers avaient échoué à maintenir la jeune femme sous bonne garde, mais ils s'étaient rattrapés avec Étienne. La jeune Indienne poussa Marie vers lui et dit quelque chose aux guerriers, qui lâchèrent alors le capitaine. Et enfin, pour la première fois depuis de très longs mois, ils furent réunis tous les trois.

Le petit garçon avait retrouvé son père avec un égal bonheur. Des larmes de joies coulaient sur les joues d'Étienne alors que son fils lui demandait : « Pourquoi tu pleures, papa ? » L'enfant ne semblait pas trop mal en point. Il avait peut-être les joues un peu creuses et les yeux légèrement cernés, mais il ne paraissait pas avoir trop souffert de son aventure. Marie ne se lassait pas de le regarder. Peu lui importait maintenant ce que l'on ferait d'elle, elle avait retrouvé Thierry et c'était tout ce qui comptait. Quelques éclats de voix attirèrent son attention. C'était Legoff, qui protestait parce qu'on l'empêchait de s'approcher de la jeune femme. Thierry glissa des bras de son père et courut vers le géant breton. « Julien ! » cria-t-il en lui sautant dans les bras.

— Ça, par exemple ! dit un Legoff tout ému en le recevant contre lui. Ben, tu peux dire que tu nous en as fait faire du chemin, toi !

— Je savais que vous alliez venir, dit l'enfant, qui retrouvait tranquillement son aplomb. Mais ça vous a pris beaucoup de temps !

— C'est que tu étais bien caché, mon bonhomme.

— Et le méchant monsieur, il n'est pas avec vous ?

— Il ne risque plus de te faire du mal, mon poussin. Ton papa et ta maman vont bien s'occuper de toi.

— Et Marguerite, elle est avec toi ?

À la pensée de sa femme restée en France, la voix de Legoff cassa.

— Non... elle...

Il venait de réaliser à quel point Marguerite lui manquait. Mais il n'eut pas le temps de s'appesantir sur cette pensée car les événements se précipitèrent. La voix de Vercoutre se faisait maintenant entendre. Legoff, Marie et Étienne tournèrent la tête vers lui. Il discutait avec un Indien, mêlant les gestes à la parole, et les deux hommes semblaient se comprendre. Marie s'approcha.

— Vous comprenez leur dialecte, maintenant ? demanda-t-elle.

Vercoutre se tourna vers elle.

— Cet homme a vécu quelques années dans une autre tribu, en Guadeloupe, et il parle la langue que j'ai apprise.

— Et que dit-il ?

— Que cet enfant et deux autres personnes ont été amenés ici par un grand homme aux cheveux d'or. Cet homme était accompagné de guerriers qui avaient des bâtons qui crachent le feu. Ils se sont installés ici autour du village, et tous ont vécu dans la terreur pendant plusieurs jours.

— Pourtant, les Caraïbes savent se défendre.

— Mais il semble que Marek, puisqu'il s'agit de lui sans aucun doute, avait bien préparé son plan. Ses hommes, des géants aux yeux de ces Indiens, ont envahi le camp et se sont servis de leurs femmes après avoir soûlé les hommes de la tribu. Ils ont tout saccagé et ne manifestaient aucune intention de partir, jusqu'à ce que Marek fasse une proposition au chef, par l'intermédiaire d'un interprète. Ils allaient partir à la condition que la tribu accepte de garder trois otages et leur donne en compensation deux filles. Le chef n'avait pas le choix, c'était ça ou voir son village brûlé, ses hommes tués et ses femmes violées et éventrées. C'est ainsi que Thierry et deux autres otages se sont retrouvés ici tandis que les deux jeunes filles que vous avez libérées à bord du *Loup des îles* ont été emmenées par la troupe de Marek.

Curieusement, la tribu paraissait avoir perdu toute animosité à leur égard. On semblait avoir compris que ces hommes et cette femme étaient bien différents de ceux qui les avaient terrorisés quelques mois plus tôt. Et puis, pour eux, le lien entre une mère et son enfant était sacré, et ce lien existait sans aucun doute entre cette femme et l'enfant bleu, comme ils l'appelaient.

— Et ces gens dont ils parlent, ceux qui accompagnaient Thierry, demanda Étienne, que sont-ils devenus ?

— Je ne sais pas, répondit Vercoutre. Je vais le lui demander.

Une voix timide perça alors le brouhaha autour d'eux.

— Simon ?

Vercoutre se tut et se retourna lentement. Puis il blêmit comme s'il avait vu un fantôme.

— Simon ? reprit l'apparition, qui se révéla être une jeune femme pâle, blonde comme les blés, vêtue d'une robe usée déchirée aux genoux.

Elle était pieds nus et se mit subitement à trembler. Elle voulut faire un pas, mais une petite fille d'un peu plus d'un an, qu'on n'avait pu apercevoir à première vue, s'accrochait à sa jambe.

Les yeux exorbités, Vercoutre avança vers elle.

— Évelyne ?

Sa voix n'était qu'un souffle.

— Évelyne ! reprit-il avec plus de force.

Puis il la serra contre lui alors qu'elle fondait en larmes. La petite fille se mit à pleurer, elle aussi. Thierry s'avança vers elle.

— Ne pleure pas, Simone. Elle a pas mal, ta maman.

Vercoutre sembla enfin se rendre compte de la présence de la fillette.

— Simone ?

Évelyne se pencha et prit l'enfant dans ses bras.

— Ta fille, Simon.

Vercoutre était tellement ému qu'il ne sut que dire. Comme la fillette ne voulut pas aller dans ses bras, il étreignit la mère et l'enfant d'un même geste. Tous étaient remués par la scène, et Legoff écrasa subrepticement une larme. Les effusions auraient pu continuer encore longtemps si Saint-Yves et toute sa troupe n'avaient pas débarqué à cet instant précis.

Chapitre 38

L'atmosphère amicale qui régnait sur la tribu s'envola aussitôt. Tous les hommes présents agrippèrent leur lance de façon menaçante et les archers coururent chercher leurs armes. Les femmes s'enfuirent en courant et le chef commença à crier des ordres. Marie et ses compagnons furent empoignés durement. La petite Simone se remit à pleurer.

Étienne s'avança, les paumes levées en signe de paix.

— Arrêtez ! Vous n'avez rien à craindre, ce sont des amis.

Il se tourna vers Saint-Yves et cria :

— Philippe, dis à tes hommes de déposer leurs armes.

— Mais... commença celui-ci.

— Fais ce que je te dis, commanda Étienne d'une voix sans appel.

Il se tourna vers Vercoutre.

— Vercoutre ! Demandez à l'interprète d'expliquer au chef de la tribu que ce sont des amis. Qu'ils sont venus nous chercher parce qu'ils étaient inquiets pour nous. Qu'ils ne viennent pas menacer leur village.

Le message passa de Vercoutre à l'interprète, qui le transmit à son tour au chef. Celui-ci sembla se calmer et lança des ordres qui apaisèrent la panique dans le camp. Tout le monde se regardait en chiens de faïence et, quand Saint-Yves fit quelques pas vers eux, les mains se crispèrent à nouveau sur les armes. Mais Saint-Yves s'arrêta à une distance respectueuse, et la main sur le cœur, il s'inclina devant le chef. Celui-ci hésita quelques instants, puis répondit de la même manière. Un soupir de soulagement flotta sur le village.

Le chef dit quelque chose que l'interprète répéta à Vercoutre. Ce dernier se tourna vers ses compagnons, sans lâcher la taille d'Évelyne, comme s'il craignait qu'elle s'évanouisse dans la nature.

— Le chef dit qu'il faut parler. Que les femmes vont servir à manger et à boire et qu'il faut faire la lumière sur tout ça.

— Fais dire au chef que nous sommes disposés à l'entendre et qu'aucun mal ne sera fait à sa tribu. Mais que nous souhaiterions partir au plus tôt, avec nos femmes et nos enfants.

Le message se rendit à l'intéressé, qui ne fit aucun signe, ni d'acquiescement ni de dénégation. Il retourna simplement à son siège de bois et leur indiqua de s'asseoir sur le sol. Saint-Yves se joignit à eux, et quand Mathieu et les autres firent mine de le suivre, la tension remonta aussitôt au sein des Indiens. Le capitaine de la *Louve du roi* se retourna et fit signe à ses hommes de rester à l'écart. Les femmes voulurent conduire Marie, Évelyne et leurs enfants un peu plus loin, mais celles-ci refusèrent. Encore une fois, un ordre du chef claqua et on les laissa tranquilles.

On leur servit dans des bols de bois des galettes de maïs et du manioc, qu'ils mangèrent avec leurs doigts. Marie regarda autour d'eux.

— Où est Pérac ?

Étienne leva la tête, imité par Vercoutre.

— Tiens, c'est vrai, où est-il passé ?

Comme s'il n'avait attendu que ce signal, Pérac sortit d'une case, accompagné de deux jeunes filles. Il était torse nu et on lui avait passé un collier de coquillages autour du cou. Il ne semblait pas être mal en point ni avoir été maltraité. Il s'assit un peu à l'écart accompagné de ses deux gardiennes, qui devaient avoir à peine vingt ans, et fit un petit signe de tête à ses amis, indiquant par là que tout allait bien.

On servit Pérac et le chef mangea aussi. Quand il eut terminé de manger, le chef prit enfin la parole. Il parla longuement, et l'interprète attendit qu'il ait fini pour transmettre ses propos à Vercoutre. Ce fut alors au tour de Vercoutre d'écouter attentivement. Tout cela était bien long, et Thierry et Simone commencèrent à s'agiter. Finalement, le garçonnet prit la petite fille par la main et l'emmena un peu plus loin jouer avec des bouts de bois et des cailloux. Marie voulut se lever, mais Étienne la retint par le poignet d'une main ferme.

— Il ne lui arrivera rien, chuchota-t-il, amusé malgré tout par la faculté d'adaptation de son fils.

L'interprète avait terminé et Vercoutre se tourna enfin vers eux.

— Il dit que la tribu a beaucoup souffert de la présence des méchants hommes. Qu'ils ont dû leur donner deux filles productives, dans la force de l'âge, pour accueillir trois personnes qui n'ont été en fait que des bouches supplémentaires à nourrir. Que deux filles solides qui pouvaient faire le bonheur de deux de ses guerriers valaient beaucoup plus qu'une femme pâle et deux enfants. Qu'il n'a rien à faire d'eux et qu'il accepte que nous les emmenions avec nous. Qu'il souhaite d'ailleurs que nous partions au plus vite, avant qu'une autre catastrophe s'abatte sur son peuple. Mais il y met une condition, poursuivit Vercoutre. Il veut qu'en échange de la femme, d'Évelyne, spécifia-t-il en lui serrant la main, et des enfants nous lui laissions nous aussi au moins une personne en compensation. Les enfants auraient grandi et auraient fini par être utiles à la tribu.

— Mais ils ont récupéré leurs filles ! s'écria Marie.

— C'est l'argument que j'ai présenté moi aussi, mais il semble que ça ne compte pas parce qu'elles ne leur ont pas été restituées officiellement. Elles se sont enfuies et sont revenues d'elles-mêmes. Alors c'est comme si elles appartenaient encore à Marek.

Marie était abasourdie et Étienne restait sans voix lui aussi.

— C'est impossible, nous ne pouvons pas faire ça ! On ne va pas laisser quelqu'un ici !

L'interprète ajouta quelque chose que Vercoutre traduisit, le front soucieux.

— Il semble que deux émissaires soient partis vers une tribu voisine et amie et que, d'ici peu, du renfort va arriver. Dès lors, ils ne nous laisseront plus partir et le sang va couler.

Évelyne poussa un petit cri. Vercoutre mit aussitôt son bras autour de ses épaules et lui embrassa le front.

— Personne ne te fera de mal, affirma-t-il. J'y veillerai personnellement.

— Moi, je vais rester.

La voix assurée de Pérac résonna au-dessus de l'assemblée. Ses compagnons tournèrent vers lui des yeux incrédules.

— Mais... vous ne pouvez pas faire ça, commença Marie.

— Et pourquoi pas ? répondit Pérac en se levant. Contrairement à vous tous ici, je n'ai aucune vie qui m'attend dans les Antilles ou ailleurs. Je n'ai rien à perdre en restant ici, et au contraire tout à y gagner, dit-il en jetant un regard sur l'une des jeunes filles qui s'était assise à ses côtés. Je pense que j'ai beaucoup à apporter à cette tribu et, en échange, ils me donneront peut-être la paix que je recherche.

— En es-tu sûr ? demanda Vercoutre. Tu ne risques pas de le regretter si nous partons sans toi ?

— J'en suis absolument certain. La vie en mer ou même sur le continent n'a plus rien à m'apporter, tandis que celle-ci est riche de découvertes. Et si un jour je m'en lasse, je trouverai bien le moyen de retourner dans la civilisation.

Étienne se leva et alla serrer la main de Pérac.

— Je sais reconnaître quand un homme parle avec sincérité. Si c'est ce que vous souhaitez, qu'il en soit ainsi. Mais si vous hésitez un tant soit peu, nous tâcherons de trouver une autre solution.

— Je suis certain de ma décision, répondit Pérac en tendant la main à la jeune femme à ses pieds, qui vint aussitôt se coller contre lui. Pour la première fois de ma vie, j'ai l'impression d'être vraiment rentré au port.

Vercoutre transmit donc la proposition de Pérac à l'interprète, qui la communiqua ensuite au chef. Celui-ci écouta attentivement, puis il hocha la tête et dit quelque chose. Lorsque son commentaire arriva aux oreilles de Marie, elle s'en irrita un peu.

— Le chef dit que cela peut être équitable : un homme fort contre une femme faible et deux enfants. Il dit qu'il accepte notre proposition.

Dès que l'accord fut passé, on autorisa Marie, Étienne, Vercoutre, Évelyne, Legoff et les enfants à se joindre à la troupe de Saint-Yves. Visiblement, le chef avait peur qu'ils ne reviennent sur leur arrangement et qu'il se retrouve à nouveau avec ces trois bouches inutiles à nourrir. Il semblait considérer que ces Blancs étaient un peu fous de conclure un tel marché. Il n'aurait jamais laissé partir un guerrier dans un si piètre échange !

Après des adieux chargés d'émotion, ils se mirent en marche.

— Attendez ! cria soudainement Marie.

Et avant que personne n'ait pu faire un geste, elle retourna vers Pérac, qu'elle enlaça et embrassa chaleureusement sur les deux joues.

— Je vous ai mal jugé à un moment donné et je vous prie de m'en excuser. Sans vous, je ne serais certainement pas ici, et je n'aurais jamais retrouvé mon fils, ni Simon sa femme et sa fille. Je vous en serai éternellement reconnaissante. Et si jamais vous décidez de revenir un jour, seul ou accompagné, ajouta-t-elle avec un petit hochement de tête vers la jeune femme qui était à ses côtés, sachez que vous serez toujours le bienvenu chez nous, peu importe où sera notre maison.

À son habitude, Pérac ne répondit rien, mais Marie crut voir un filet d'eau flotter dans ses yeux. Elle tourna les talons et retourna vers les siens.

Lorsque la troupe arriva au pied de la montagne, là où Vercoutre, Étienne et les autres avaient obliqué vers le fameux « W », la nuit était presque tombée, absorbant la chaleur moite du jour. Vercoutre décréta qu'il valait mieux établir là un campement et reprendre la route au petit matin.

Personne ne protesta. La journée avait été dure et ils étaient tous épuisés. Ils s'installèrent rapidement à même le sol, jetant leur couverture sur la terre sablonneuse. Ce serait peut-être inconfortable, mais pour Marie cela valait toutes les couches de rois. Elle avait Thierry et Étienne auprès d'elle. Vercoutre devait être dans le même état d'esprit, mais il aurait un peu plus à faire pour entrer dans les bonnes grâces de sa fille…

Les hommes de Saint-Yves s'installèrent autour d'eux. Les conversations ne s'étirèrent pas et rapidement le campement fut plongé dans le silence.

Après avoir avalé une petite bouchée, ils reprirent la route dès l'aube. Ils progressaient rapidement. Les hommes portaient les enfants et les femmes avaient retrouvé une énergie nouvelle qui les faisait marcher d'un pas allègre. Marie et Évelyne profitèrent du voyage pour nouer des liens d'amitié. C'était nouveau pour Marie, qui n'avait jamais eu vraiment d'amie dans sa vie, à part Marguerite et Sarah, bien sûr.

Ce fut tout de même avec soulagement qu'ils retrouvèrent en début d'après-midi les barques qui les attendaient sur la plage pour les ramener jusqu'à leurs navires. Marie et Thierry embarquèrent sur le *Gergovie* avec Étienne ; Vercoutre, sa femme et sa fille, qui s'apprivoisait tranquillement, s'en allèrent sur le *Fleur de lys*, même si celui-ci était mal en point. On avait prévu un voyage commun vers la Martinique, où Vercoutre était certain de pouvoir faire annuler le contrat d'achat de Marek sur son domaine et de voir ses biens lui être restitués.

Thierry dormait dans la chambre de ses parents quand Marie demanda à Étienne de l'emmener voir Marek. Il parut surpris de la requête.

— Je veux qu'il sache qu'il n'a pas gagné, dit-elle. Laisse-moi ce petit instant de triomphe que j'ai bien mérité.

Ça allait un peu à l'encontre du sens de l'honneur d'Étienne, qui avait toujours traité ses prisonniers dignement, quels que soient les méfaits qu'ils avaient commis. Mais, dans ce cas-ci, il était bien prêt à faire une exception. Ils descendirent donc dans le quartier des cellules, beaucoup plus grand sur un bateau militaire que dans les autres. Marek était mal en point, en partie à cause de Marie – les traces de sa fureur étaient toujours visibles –, puis parce que la réclusion ne lui convenait pas. Il avait déjà maigri et l'orgueilleux corsaire avait laissé la place à un prisonnier piteux.

— J'ai retrouvé mon fils, lui annonça Marie tout de go. Et la femme de Vercoutre, aussi. Tout le mal que tu as fait est terminé maintenant. Tu ne nuiras plus jamais à personne.

Marek ricana. Ses yeux d'acier semblaient briller dans la pénombre, mais ils avaient perdu de leur éclat.

Étienne s'avança à son tour, l'œil mauvais.

— Tu as cessé de faire du mal autour de toi. Il y a suffisamment de charges contre toi, et comme le roi m'en a donné l'autorité, je t'annonce que tu seras pendu demain, au lever du soleil.

— Je demande sa grâce !

À peine eut-elle prononcé ces paroles que Marie se demanda si c'était bien elle qui les avait prononcées. Étienne parut aussi surpris qu'elle.

— Toi ? Après tout ce qu'il t'a fait ?

— La mort serait un châtiment trop doux pour lui, dit-elle d'une voix dure. Je veux qu'il pourrisse en prison, je veux qu'il subisse la disgrâce du roi, je veux qu'il croupisse tout ce qui lui reste de sa chienne de vie dans une cellule sombre et humide à la Bastille et qu'il y devienne fou en pensant à tout ce qu'il a perdu. Ce sera là un bien meilleur châtiment que celui qui l'attend au bout d'une corde.

Étienne regarda sa femme, presque étonné de voir tant de haine se peindre sur un si joli visage.

— Il en sera ainsi, dit-il simplement.

La famille de Beauval retrouva la famille Vercoutre à la faveur d'un dîner sur le *Gergovie* le soir suivant. On allait appareiller pour la Martinique le lendemain et ils tenaient à fêter l'événement.

— Alors, qu'allez-vous faire ? demanda Étienne à Vercoutre en portant un toast à leurs femmes.

— Je ne sais trop, répondit Vercoutre. Il va d'abord falloir régler les affaires du domaine, puis décider de ce que sera notre vie et surtout de l'endroit où nous nous établirons. La Martinique recèle beaucoup de mauvais souvenirs pour Évelyne, et elle aimerait plutôt que nous tentions notre chance en France. Et vous ?

— Je ne sais trop non plus, dit Étienne. Il faudrait que je retourne prendre mon poste dans la marine et que je ramène le *Gergovie* à Brest. Mais je dois avouer que la vie en mer ne m'attire plus autant qu'avant. Je n'ai plus envie de quitter Marie et Thierry pour de longs mois, dit-il en mettant la main sur celle de sa femme. Alors peut-être faudrait-il que j'envisage autre chose, bien que la vie de marchand à La Rochelle ne me séduise pas beaucoup.

Marie regarda son époux, puis elle se tourna vers Évelyne, qui couvait Vercoutre d'un regard amoureux. Une pensée commençait à poindre dans son esprit, un peu ténue d'abord, puis de plus en plus claire. Elle prit une gorgée de vin en fronçant les sourcils, puis elle reposa sa coupe si fortement sur la table que la nappe en fut tout éclaboussée.

— Il me vient une idée folle ! dit-elle en surprenant tout le monde.

Épilogue

Marie était assise sur la terrasse de la villa et contemplait la baie qui s'étendait devant elle. Elle soupira d'aise. La saison sèche était revenue et les terribles orages qui avaient accompagné la saison des pluies étaient du passé. Elle chercha des yeux Thierry tout en prenant une gorgée du vin frais qu'elle buvait et le trouva en train de jouer avec sa sœur, âgée d'un an. Encore une fois, ce tableau l'émut au plus haut point.

Elle se remit à la lecture de la lettre qu'elle avait entre les mains et qui lui était arrivée la veille par bateau. Elle la lisait pour la troisième fois. Elle venait d'Évelyne, qui lui annonçait la naissance d'un petit garçon qu'ils avaient prénommé Jacquelin, en hommage à l'extraordinaire preuve d'amitié de Pérac. Ils vivaient heureux à La Rochelle, dans le domaine qu'avaient habité Marie et Étienne jadis. Les affaires de la boutique qu'ils avaient reprise allaient bien, et Marie sourit en imaginant Vercoutre dans un rôle de marchand prospère. C'était par goût qu'il habitait là et qu'il s'adonnait au commerce. Depuis qu'il avait hérité de son père, avec qui il s'était réconcilié avant sa mort, il était à la tête d'une immense fortune et mettait sur pied un petit empire de boutiques fines à travers toute l'Europe.

Marie et Étienne habitaient le domaine qui avait été celui de Vercoutre à la Martinique. Ils faisaient fonctionner avec succès la plantation, remplaçant peu à peu la canne à sucre par le café. La capacité d'Étienne à mener des hommes leur avait permis de développer une plantation sans esclaves, mais avec des affranchis qui mettaient beaucoup plus de cœur à la tâche, puisqu'ils retiraient des bénéfices de l'exploitation. De la flotte de Vercoutre, ils n'avaient gardé qu'un bateau. Le temps de courir les mers était révolu.

Isabelle était née un an plus tôt et la vie semblait pleine de promesses pour eux. Étienne n'était jamais retourné en France. Il avait démissionné de la marine, qui lui avait cependant remis une solde importante à titre de services rendus à la nation. C'est Saint-Yves qui avait ramené le *Gergovie* à son port d'attache, Mathieu prenant les commandes de la *Louve du roi*. Étienne avait peur que s'il laissait sa femme, ne fût-ce que quelques mois, elle disparaîtrait aussitôt !

Legoff avait fait la traversée pour aller chercher Marguerite, qui se languissait d'eux tous. Ils vieillissaient maintenant doucement tous les deux sous le ciel des tropiques, remplissant auprès des deux enfants de Marie et d'Étienne le rôle des grands-parents qu'ils n'avaient jamais eus.

La vie était douce et aucun nuage ne venait en assombrir l'horizon. Marie eut une dernière pensée pour Sarah, sa vieille amie, dont Évelyne lui avait annoncé le décès dans sa lettre. Elle était certaine que la vieille femme était partie en paix, sachant que Marie avait retrouvé tous ceux qu'elle aimait. Une main chaude vint essuyer furtivement la larme qui coulait sur sa joue. Étienne se pencha vers elle et, l'embrassant doucement sur les lèvres, il lui dit : « De l'endroit où elle est, je suis certain qu'elle veille sur toi. » Étienne avait toujours su deviner ses pensées…

Remerciements

Écrire un roman est une aventure à la fois fascinante et terrifiante. C'est pour cela que l'appui précieux de quelques personnes vaut la peine d'être souligné. Merci tout d'abord à Jean Brossard, marin dans le cœur et dans l'âme, avec qui je naviguerais sur n'importe quelle mer et dans n'importe quelles conditions. Grâce à ses connaissances, les équipages de mes bateaux sont tous rentrés à bon port. Merci au Dr Martin Loebl pour une discussion fort intéressante sur les accouchements, et ce malgré son emploi du temps chargé aux Jeux olympiques de Beijing, et à Emmanuelle Hébert, sage-femme, pour sa grande sensibilité et ses conseils judicieux. Merci à Marie-Josée Vasseur et Jean Perron, pour leurs commentaires pertinents et rassurants, mais surtout pour leur amitié indéfectible. Un grand merci à mon éditrice et amie retrouvée, Johanne Guay, pour son oreille attentive et ses remarques éclairées qui ont fait éviter quelques récifs au *Loup des îles*. Et comme tous les capitaines de ce roman, elle a su s'entourer d'un équipage compétent auprès duquel travailler est un réel plaisir.

Merci enfin à mon recherchiste personnel, mon mari, Simon Hernandez, toujours là pour m'appuyer, et à ma famille, qui en plus de supporter mes absences professionnelles doit maintenant composer avec mes « absences » littéraires.

Cet ouvrage a été composé en Cochin 12,25/14,7
et achevé d'imprimer en septembre 2009 sur les presses
de Marquis imprimeur, Québec, Canada.

Imprimé sur du papier 100 % postconsommation,
traité sans chlore, accrédité Éco-Logo et fait à partir de biogaz.

certifié

procédé sans chlore

100 % post-consommation

archives permanentes

énergie biogaz